KB121145

내 남친 구하러 갑니다

내 남친 구하러 갑니다 2

2019년 01월 25일 초판 1쇄 인쇄
2019년 01월 30일 초판 1쇄 발행

지은이 로토스
발행인 이종주

기획 편집 주종숙 송영경 이은정
경영 지원 배진경
마케팅 김정수

발행처 (주)로크미디어
출판 등록 2003년 3월 24일
주소 서울시 마포구 성암로 330 DMC첨단산업센터 318호
Tel (02)3273-5135 **Fax** (02)3273-5134
홈페이지 rokmedia.blog.me
E-mail queens@rokmedia.com

값 13,000원

ISBN 979-11-354-1102-1 04810 (2권)
ISBN 979-11-354-1100-7 04810 (세트)

II

내 남친 구하러 갑니다

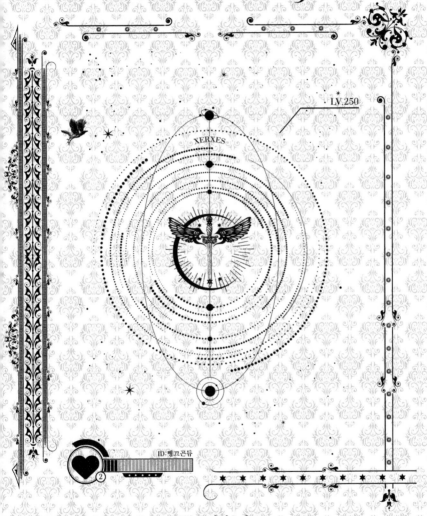

LV.250

XERXES

ID: 뺑고콘듀

로토스 장편소설

Queen's Selection

CONTENTS

***

08. 이거 서브 퀘스트인가요? (2)

　루다가 눈만 깜빡였다.

　아타나스의 군주가 여기 있어도 되는 건가? 아니, 그건 절대 아닐 텐데. 아닌 걸 스스로도 아니까 저렇게 온몸을 칭칭 감아 숨긴 게 분명했다.

　게다가 말투는 형우가 아니라 루드비히였다. 아타나스에 대한 충성심으로 똘똘 뭉친 루드비히가 에세나에는 도대체 왜?

　하지만 아무리 머리를 굴려도 답을 찾을 수는 없었다. 에라, 그건 직접 물어봐야지. 그러기 위해서는 우선 이 상황을 정리해야 했다.

　루다가 루드비히의 등을 톡톡 쳤다. 루드비히가 눈을 마주쳐 왔다. 검은 눈동자가 아니었다. 붉은색의 눈동자.

　시선을 마주한 채 루다가 눈을 깜빡였다.

　이것도 이것 나름대로 섹시하긴 한데, 적안이라니……. 설마 은발은 아니겠지.

　아무래도 에세나로 건너오기로 하고 어떤 색으로 염색할지 정한 사람은 형우가 아닌 루드비히인 모양이었다.

"염색약 썼어?"

"……."

"이미 알고 있으니까 안 숨겨도 되는데."

"……그래."

루다가 웃었다. 의사 무리들에게 날렸던 웃음과는 전혀 다른, 따스함이 묻어나는 웃음이었다.

허리춤에서 롱소드를 뽑아 든 채 전투태세에 돌입한 루드비히가 루다에게 눈짓했다.

"지금 상황은 뭐지?"

"음……. 내가 공격받고 있는 상황?"

"네가 처리하면 되지 않나?"

"내가 왜 이 모습이겠어?"

"……."

대답이 없는 걸 보니 지금 루다가 대충 어떤 상황인지 납득한 모양이었다.

대뜸 끼어든 남자 때문에 잠시 멈췄던 장내가 다시 소란스러워지기 시작했다. 사람들의 눈에 루드비히의 등장은 마치 아무것도 없는 허공에서 갑자기 나타난 것과 같았다.

갑작스러운 등장 후 루다와 두런두런 대화를 나누고 있으니 그 모습을 바라보는 모두의 머리에 둘은 한패라는 인식이 박힐 수밖에 없었다.

대뜸 나타난 루드비히의 모습에 잠시 불안한 듯 동공이 흔들렸지만, 그게 한 명이라는 걸 확인하자 파이든의 입에는 다시 비열한 미소가 떠올랐다.

"한 명이 더 끼어들어 봤자 뭐가 달라지겠나? 여전히 우리가 유리하다! 이만 의사 협회에 들어오는 게 어때?"

"삼류 양아치 같은 대사 잘 들었습니다."

"뭘 믿고 있는지 모르겠지만 곧 후회할 거다! 어서 공격하지 못하고 뭐 하나?"

비꼬는 루다의 답에 이마에 힘줄이 돋아난 파이든이 깡패들에게 소리를 질러 댔다. 그 명령에 정신을 차린 깡패들이 다시 덤벼들기 시작했다.

또다시 시작된 싸움에 루드비히가 검을 고쳐 잡는 것이 보였다.

"죽이면 안 돼."

루다가 루드비히의 등에 바싹 붙은 채 목소리를 낮춰 속삭였다.

"왜지?"

"그야……."

루다가 눈을 굴렸다. 어떻게 설명해야 하지? 저크시즈는 전쟁 중인 곳이었다. 게다가 어찌 됐든 이자들은 루드비히에게 에세나 진영의 사람이었다.

적에다가 에세나의 사람들이라니. 루드비히가 죽이는 데에 거리낌이라고는 하나도 없는 존재들이었다. 하지만 그래도 죽이도록 해서는 안 됐다.

설마 여기 도착해서 사람을 죽였나?

루다는 사람들에게 너를 죽이네 뭐네 협박해도 죽일 생각은 단 하나도 없었다. 아무리 차원이동을 했다지만 누군가를 죽일 만큼 도덕성이 결여되어 있지는 않았다.

"혹시 사람 죽인 적 있어?"

"없다만."

"다행이네."

안도의 한숨을 내쉬고는 의아한 빛을 띤 루드비히의 눈과 마주쳤다. 왜 그런 말을 하냐고 묻는 것만 같았다.

루다는 입을 꾹 다물었다. 네가 사람을 죽이면 형우가 얼마나 트라우마에 시달리겠냐고, 안에 든 말을 그대로 말할 수는 없었다.

9

자신의 입장에 대입시켜 봤을 때, 기억이 없을 때 내 손으로 살인을 한다면 기억이 돌아왔을 때 정신이 멀쩡하지는 않을 게 뻔했다.

"그냥. 피는 안 보는 게 좋잖아."

해서 루다는 도덕성이 덕지덕지 묻어 나오는 대답을 내뱉었다. 물론 그 말이 먹힐지는 모르겠지만.

"……그렇군."

무엇을 생각한 건지 모르겠지만 루드비히는 가만히 루다를 바라보다가 그저 가볍게 고개를 끄덕였다.

음, 잘 넘어간 거지? 루다가 볼을 긁적이고는 루드비히의 등을 가볍게 팡팡 두드렸다.

응시하던 그의 눈이 살짝 커지는 것이 보였다. 루다가 마주하며 가볍게 씨익 웃었다.

"그럼, 잘 부탁해."

"그런데."

"응?"

달려오는 깡패1의 공격을 피하며 루드비히가 입을 열었다.

"어떻게 안 죽이지?"

헛손질한 깡패1이 황망히 제 손을 내려다봤다. 하지만 그러든지 말든지 그게 중요한 건 아니었다.

어떻게 죽이지 않냐니. 무슨 이런 중2스러운……. 생각하다가 루다가 아, 깨달음을 얻었다.

그러니까 너무 쪼렙이라 어떻게 죽이지 않고 이기냐는 질문이겠지? 하긴, 평타 한 방에 목숨이 사라질 것 같기는 했다.

루다가 고민하다가 뒤에 서 있는 스테안과 경호원들을 바라봤다. 그 와중에도 루드비히는 공격하는 다섯 깡패의 공격을 피해 내고 있었다.

스테안을 부를까 싶었지만 스테안 역시 레벨이 200이 넘으니 둘과 같은 상황일 게 뻔했다. 해서 루다는 나머지 경호원들을 호출했다.

"거기 깡…… 아니, 경호원들!"

"옙! 성…… 아니, 다이루 님!"

루다가 큰 소리로 부르자 멍한 표정으로 싸움을 보고 있던 경호원 다섯이 몸을 바짝 세웠다.

"우리 자…….'"

기. 말하려다가 루다가 입을 다물었다. 형우가 자기라고 부르지 말라고 했는데.

하지만 여기서 루드비히라고 부를 수는 없잖아. 이번 한 번은 어쩔 수 없는 상황이니까 기억 돌아오면 사과해야지.

"자기야! 이름이 뭐야?"

루다의 부름에 루드비히가 순간 멈칫했다. 뒤돌아 보이지 않는 그의 표정이 눈에 보이는 것 같아 루다가 살풋 웃음을 입에 걸었다.

무언가 망설이는 듯 잠시간의 침묵 후 루드비히가 어렵사리 입을 열었다.

"……루비."

"픕."

명백한 비웃음이 들려온 곳은 루다의 입이 아니었다.

루다의 눈이 자연스레 뒤로 향했다. 스테안이 언제 웃었냐는 듯 무표정으로 돌아왔지만, 경련하고 있는 입꼬리를 숨길 수는 없었다.

그 모습을 발견한 루드비히의 움직임이 멈췄다. 동시에 스테안의 얼굴 역시 살짝 굳었다. 마치 기회를 잡았다는 듯, 깡패6의 공격이 루드비히에게 향했다.

"루비 피해……!"

하지만 한발 늦었다. 그대로 한 대 맞으려나 싶었지만 갑자기 깡패6의 발이 삐끗하더니 혼자 주저앉았다.

11

"진짜 미스가 뜨네……?"

루다가 눈을 깜빡이다가 깨달은 듯 작게 내뱉었다. 아니, 이게 중요한 게 아니지.

"경호원들! 팔다리 부러진 사람?"

바닥에 누워 있는 세 명이 손을 들었다.

"다른 사람들은? 타박상 정도?"

"예, 예!"

경호원들이 고개를 끄덕였다.

죽은 사람이 없어서 다행이라고 해야 하나. 루다가 그쪽으로 성큼성큼 걸어갔다.

역시나 그들의 머리 위로 부상자 표시가 떠올라 있었다. 그리고 그 표시가 있다는 말은 루다의 스킬이 먹힌다는 말이었다.

"범위 지정."

역시나 루다의 주변으로 지정된 범위가 보였다.

"성스러운 치유!"

그대로 루다가 스킬명을 외치자 쓰려져 있던 사람들, 그리고 서 있던 사람들을 빛이 한번 감싸고는 사라진다.

"다 나았어?"

"헉. 성, 성, 아니, 예! 다이루 님!"

두 번의 기적을 목도한 그들은 성녀라고 말하고 싶었지만 아까 무시무시했던 루다의 모습을 보고는 생존본능으로 그 단어를 목구멍 안으로 넣어 버렸다.

"그럼 루비 좀 도와줘."

"허, 허나 저분이 저보다 강한 것 같……."

"너무 강하면 까딱 잘못하면 힘 조절을 못 한다고."

"혹시…… 죽일 수도 있다는 말씀입니까?"

"그렇지."

"그렇다면 좋은 것……!"

"이것들이 깡패라고 또 안 좋은 말만 하지? 사람 죽이는 것만 배웠어?"

"아, 아닙니다! 도와 드려야죠!"

그들과 어느새 천막 밖으로 나와 대치를 구경하고 있는 사람들의 눈에 알 수 없는 이채가 서렸다. 무한한 존경이 그 안에 깊게 잠들어 있었다.

도대체 뭐 때문에 더 존경심을……. 설마 '살인은 안 돼요.' 때문은 아니겠지.

정확히 정답이었지만 납득할 수 없는 루다는 금세 고개를 저었다. 그리고 기립해 있는 열 명의 경호원들 눈을 하나하나 마주했다.

"얼른 가서 도와주고 와."

"그런데 혼자 잘하고 계시는데 저희 같은 하찮은 것들이 어떻게 도와 드려야 할지……."

"그냥 가서 제일 지쳐 보이는 사람들을 한 대씩만 쳐서 기절시키면 돼."

"그, 그런데 만약 저들이 저희에게 단체로 달려들면 감당하기가 힘든데요."

"거참 말이 많네. 혹시 경호하기 싫어? 내가 너희 고쳐 준 이유는 여기 있는 사람들 경호해 주라는 의미였는데?"

"그, 그것이 아니라, 저희도 한때 저들 무리였으니까 어떤 방식으로 싸우는지 알지 않습니까? 저들은 야비한 인간들이라 수단과 방법을 가리지 않습니다!"

듣다 보니 일리가 있는 말이었다.

루다가 고개를 끄덕였다. 하는 꼴을 보아하니 충분히 그러고도 남을 무리들이었다.

"힘들어 보이는 사람 있으면 내가 고쳐 줄게. 그럼 됐지?"

"오오! 기적을 여러 번이나! 감사합니다!"

"그런 건 아니지만……. 아무튼 잘 부탁할게."

"당연하지 말입니다!"

그들이 루다에게 허리를 깊이 숙여 감사 인사를 외쳤다. 결연한 표정을 짓더니 경호원 무리가 우르르 싸움판에 끼어들었다.

충성심에 똘똘 뭉친 그들의 얼굴을 보고 있자니 루다는 머쓱한 마음을 지울 수가 없었다.

좀비 부대를 만든다는 이야기였는데 그걸 너무 기쁜 마음으로 받아들이다니.

저크시즈에 들어와서 양심과 도덕은 저 바닥에 버렸다고 생각했는데, 조금 남은 양심이 콕콕 쑤시는 게 느껴졌다.

"에이, 알 게 뭐람. 우선 어떻게든 저 무리를 보내야지 사람들을 고쳐 주지. 그래야 내 할 일도 하고."

그래도 혹시 모르니 도와줄 게 있나 싶어 저들의 싸움을 살폈다. 하지만 상황은 잘 돌아가고 있었다.

왜인지 모르겠지만 루드비히는 루다의 말을 잘 새겨들었는지 사람을 죽일 생각이 없어 보였다.

"자기, 아니 루드…… 아니, 루비! 공격하지 말고 피하기만 해!"

루드비히가 시선을 돌려 루다와 눈을 마주했다. 붉은 눈이 한 번 깜빡이는 것이 보였다.

달라진 눈 색에 적응은 안 되지만 눈빛은 루다가 알고 있는 눈빛이라 그 눈이 의미하는 바는 충분히 알 수 있었다.

'알았다.'

어떤 계기인지는 모르겠지만 루드비히는 루다를 이제 완전한 적으로 받아들이지는 않는 모양이었다. 아니, 생명의 은인으로 받아들인 것일 수도.

루다가 입가에 기분 좋은 웃음을 건 채 흙먼지를 일으키며 패싸움을 하고 있는 쪽으로 다가갔다. 지금 루드비히의 눈빛은 형우를 닮아 있었다. 그 모습이 퍽이나 마음에 들었다.

"타깃."

기분이 좋은 건 좋은 거고 싸움은 도와야지. 아까 말했던 것처럼 나가떨어진 경호원들을 타기팅 한 후 스킬명을 외쳤다.

"성스러운 치유!"

빛이 경호원들을 휘감고는 사라졌다. 좀비처럼 벌떡 일어난 경호원이 지쳐 보이는 깡패에게 돌진했다.

충성심에 젖은 좀비가 이래서 무서운 거구나. 깨달음을 얻은 루다가 부상자를 볼 때마다 족족 치유했다.

루드비히가 요리조리 피해 가며 깡패들의 체력을 방전시키고, 방전된 체력의 깡패들을 경호원들이 때려눕히는 게 몇 번이나 반복되자, 어느새 천막 앞 공터에는 바닥에 누워 있는 자들이 수북이 쌓이기 시작했다.

"끝이다!"

꽤 오래 지속됐던 싸움이 경호원의 외침을 마지막으로 끝이 났다. 풀썩, 공터에 누군가가 쓰러지는 소리와 함께 경호원들의 함성이 들려왔다.

루다가 그 난장판 안으로 걸어 들어갔다. 바닥에 쓰러져 있는 수십의 건장한 사내들 뒤로 얼굴이 새하얗게 질린 의사 무리가 보였다.

하나하나 눈을 마주하며 루다가 씩 웃고는 그쪽으로 뚜벅뚜벅 걸어가기 시작했다.

루다의 발걸음에 맞춰 그들이 뒤로 물러나기 시작했다. 하지만 등이 벽에 닿자 물러나는 그들의 걸음도 멈췄다.

루다의 뒤로 루드비히가 다가왔고, 그 뒤로 경호원들이 다가왔다. 수십의 깡패들을 쓰러뜨린 자들의 위세는 의사 무리를 겁먹게 하기 충분했다.

믿을 수 없다는 듯 눈을 도록도록 굴리는 영주의 앞에 루다가 섰다.

"뭐, 더 할 말 있으신가?"

"비, 비겁한……!"

"그럼 나랑 검으로 대화해 보려고?"

루다가 허리춤의 검을 두어 번 톡톡 쳤다. 아까 루다의 기세를 확인한 그들은 그녀를 무시할 수도 없었다.

서로 고개를 돌려 시선을 마주하던 그들이 큼큼, 헛기침을 하더니 대뜸 루다를 향해 삿대질했다.

"네년! 영주의 심기를 거스르다니! 이번에는 넘어가 주지만, 곧 후회하게 해 주지!"

비열한 웃음과 함께 그들이 루다 일행을 헤치고는 성큼성큼 걸어 멀어지기 시작했다. 그 뒷모습은 누가 봐도 도망가는 패배자의 모습이었다.

"악당들은 멘트 연습하기라도 하나? 뭘 그렇게 다 똑같아."

루다가 고개를 설레설레 젓고는 검집에 롱소드를 꽂아 넣었다. 스릉, 탁. 경쾌한 소리와 함께 침묵했던 사람들이 팔을 들어 환호성을 내지르기 시작했다.

"이겼다!"

"살았다!"

그들에게 있어 첫 승리였다. 그중 가만히 있는 자는 루다, 루드비히, 그리고 스테안밖에 없었다.

저들끼리 만세를 불러 대던 사람들이 루다와 루드비히를 둘러쌌다. 그들의 얼굴에는 존경심이 덕지덕지 묻어 있었다.

"다이루 님, 루비 님 감사합니다!"

그들이 허리를 숙이며 둘을 찬양하기 시작했다.

루다야 이 모습이 익숙했다 쳐도 루드비히는 아니었다. 게다가 이렇게 되니 루드비히의 이름이 루비로 사람들에게 각인될 판이었다.

아무리 판타지력에 면역이 높은 루드비히라 하더라도 이거까지 각오한 건 아닐 텐데, 생각하며 루드비히를 바라봤다.

루다의 예상대로 루드비히는 그 자리에 못 박혀 아무 말도 하지 못하고 있었다. 아마 얼굴을 전부 감싸고 있는 천을 벗긴다면 귀가 빨개져 있을 것이 분명했다.

"이쪽은 루비. 제롬을 구해 준 은인이나 마찬가지니 잘 모시도록 하세요."

루다는 '나만 아니면 돼.'를 적극 시전하기로 했다.

나를 영웅이나 성녀라고 부르는 건 참을 수 없지만 루드비히를 은인이나 영웅이라고 부르는 건 참을 수 있지. 참을 수 있다 뿐이랴. 재밌어 죽겠다!

"……은인이 아니다."

무슨 말을 할까 고민하다가 루드비히가 겨우 부정의 한마디를 내뱉었다.

하지만 온갖 기적을 보여 주고도 성녀로 불리는 걸 거부하는 루다를 봐 왔던 제롬의 사람들에게 그 한마디가 그냥 부정으로 다가올 리가 없었다.

"오오, 은인께서도 정말 겸손하시군요! 역시 다이루 님의 동료. 루비 님께서도 그럼 다이루 님과 같이 수도에서 오신 분입니까?"

"……."

"네, 맞아요."

거짓말에 능숙하지 않은 모양인지 잠시 망설이는 루드비히 대신 루다가 냉큼 대답했다.

"그럼, 남은 사람 치료 좀 해야 하는데……."

천막 안에도, 건물 안에도, 그리고 여기가 끝나도 남은 곳이 한 군데 더 있었다. 최대한 빨리 치료를 진행해야 하지만 루드비히와 대화하는 게 우선인 것 같았다.

어떤 연유로 에세나에 왔는지 알아본다. 그리고 상황이 급박해 보이지 않으면 루드비히에게 경호를 부탁해도 되지 않을까? 나름 은인인데. 지금도 도와줬는데.

그리고, 설마 그럴 리 없지만, 어쩌면 루다가 보고 싶어서 온 걸 수도 있

17

지 않을까? 까지 생각하다가 루다가 금세 고개를 저었다. 루드비히가 그럴 리가 없지.

나름 신경 쓴 모양인지 검은색이 아니라 짙은 회색 로브를 입은 채 말없이 우뚝 서 있는 루드비히에게 힐끔 시선을 던졌다. 우선은 대화가 필요했다.

"잠깐 들어가 있어요. 우선 대화 좀만 하고 금방 치료할게요."

루다의 말에 사람들이 고개를 끄덕이고는 우르르 들어갔다. 사람들에게 휩쓸려 같이 들어가려는 스테안에게 루드비히가 성큼성큼 걸어가더니 그의 뒷덜미를 덥석 잡았다.

아무리 그래도 레벨 차이가 몇 십은 나는지라 스테안은 그대로 걸음을 멈출 수밖에 없었다.

사람들이 의아한 시선을 던졌지만 대수롭지 않게 여기며 모두가 안으로 들어가 버렸다.

루드비히가 스테안을 바라봤다. 이 상황에서도 스테안은 뻔뻔하게 웃고 있었다. 이쯤 되면 저 두꺼운 낯짝도 대단한 재능이라 생각될 정도였다.

그 얄미운 얼굴을 바라보다가 루드비히가 물었다.

"네가 왜 여기 있지?"

그의 목소리에는 언짢은 기색이 담겨 있었다.

하지만 굴하지 않고 스테안이 싱글 웃었다. 꿀릴 게 전혀 없다는 미소였다. 그리고 그의 입에서 나오는 한 마디는 가관이었다.

"누구세요?"

"……."

"성함이 혹시 루비라고 하셨습니까?"

오오. 루다가 속으로 감탄했다. 하긴, 저 둘은 진짜 이곳에 온 걸 들키면 안 되는 상황이지.

루드비히가 움찔하는 게 느껴졌다. 어쩌면 얼굴을 가리고 있는 게 다행이라 생각할 정도였다.

"날 모르면 아까 왜 비웃었지?"

"어라, 처음 보는 사이인데 바로 말을 낮추시네요. 마치 어딘가의 군주라도 되는 것처럼."

까드득, 칭칭 감긴 천 안에서부터 이빨 가는 소리가 들렸다.

"뭐, 두 분이 하실 말씀이 있는 것 같으니 저는 잠시 자리를 비켜 드리죠."

그래도 뭔가 두렵기는 했던 모양인지 끝끝내 스테안은 루드비히에게 말을 낮추지는 않았다. 끝까지 깐죽거리는 건 잊지 않았지만.

어깨를 으쓱하고는 여유로운 걸음걸이로 사라지는 스테안을 죽일 듯이 바라보다가 루드비히가 체념의 한숨을 내쉬었다.

이쯤 되니 스테안이 루드비히보다는 루다에게 더 호의적인 것 같다는 생각이 들 정도였다.

그렇다고 루드비히를 싫어하는 것 같지는 않았지만. 싫어한다기보다는 뭐랄까, 기회만 된다면 놀리고 싶어 하는 느낌이었다.

루다가 고개를 절레절레 젓고는 루드비히에게 시선을 돌렸다. 이곳에 온 이유가 뭔지는 물어야 했다.

"여긴 무슨 일이야?"

하지만 루드비히는 루다가 아닌 다른 곳을 바라보고 있었다. 스테안이 빠르게 걸어 들어가 버린 천막이었다.

"저자는 왜 여기 있지?"

"그걸 나한테 물어보면 어떡해? 스테안이 나한테 자기, 아니 네가 왜 여기 있냐고 물어보는 거나 마찬가지라고."

"설마 우연히 만났나?"

"응. 그냥 여기 있던데?"

"어째서?"

19

루드비히의 미간이 찌푸려졌다.

"글쎄, 이유는 모르겠고. 어쨌든 여기서 사람들을…… 음."

루다가 말을 하려다가 멈췄다.

어찌 됐든 스테안은 기예르모의 반신이었다. 에세나를 도와줬다는 걸 말하면 스테안에게 좋은 게 있을까?

어쨌든 스테안은 지금 루다와 모종의 거래를 한 상태였다. 거래가 끝날 때까지는 같이 있어야 했다.

사실, 거래가 걸리기도 했지만, 아까 그가 보여 줬던 모습이 더욱 눈에 걸렸다. 이유를 전혀 알 수 없지만 스테안은 루다에게 호의를 내비쳤다.

게다가 아타나스에서 엿들었던 대화를 생각했을 때, 스테안은 이상하게 기예르모에게 절대적인 신앙심을 가진 것 같지 않았다.

외려 신앙심을 가진 건 루드비히였다. 물론 그것이 신앙심인지 은인에 대한 예우인지는 알 수 없는 노릇이었지만.

그래서 루다는 엘피드의 반석까지 다다르는 동안 스테안을 관찰하기로 한 상태였다. 그리고 만약 루다가 파악한 것이 맞다면 스테안을 루다 편으로 끌어올 수 있지 않을까 하는 생각도 있었다.

"뭘 그렇게 고민하지?"

말을 하려다 만 채 팔짱을 끼고 고민하는 루다의 귀로 못마땅한 음성이 들렸다.

루다가 퍼뜩 고개를 들었다. 눈빛 역시 못마땅한 기색이 역력했다.

"하하, 아니 그냥. 음……. 그냥 궁금한 게 있는데."

루드비히가 말해 보라는 모양으로 눈썹을 까딱였다.

"스테안 여기 있는 거 기예르모에게 말할 거야?"

"그건 왜 묻지?"

"아니…… 서로 도와주기로 한 게 있거든. 그래서 스테안이 억지로 아타나스에 잡혀가기라도 한다면 내가 좀 곤란해. 뭐, 아타나스의 일이니 어쩔 수 없다면 할 말은 없지만…….."

루다가 하하, 멋쩍게 웃으며 답했다. 하지만 루드비히를 바라보는 루다의 눈이 간절함에 빛나고 있었다.

루드비히가 꾹 눈을 감았다가 떴다. 내키지 않는 걸 다짐한 게 분명했다.

"말하지 않는다."

"정말?"

루다가 반색했다. 그에 루드비히가 잠시 얼굴빛을 굳혔다가 입을 열었다.

"마음 같아서는 지금 당장이라도 가서 말하고 싶다만 스테안에 관한 걸 이야기하면 내가 에세나에 온 것까지 밝혀야 하니까."

"그렇지."

쌍방의 약점을 잡았다는 건 그런 것이었다.

"그런데 너는 왜 정체를 숨기지?"

훅 들어온 질문에 루다가 고민했다. 동상을 부숴야 하는데 군주인 상태로 부수면 안 되니까, 하고 있는 그대로 밝힐 수는 없었다.

"암행."

"암행?"

"요즘 좀 돌아다니다 보니까 에세나가 좀 썩었더라고. 그런데 내가 군주의 모습으로 돌아다니면 악행을 저지르던 사람들이 전부 아닌 척할 거 아니야? 그러니까 이렇게 변장했지."

루다가 말하고는 과장되게 하하 웃었다. 제일 표면적이고 그럴듯한 정의로운 대답이라 너무 양심에 찔렸지만 어쩔 수 없었다.

"그런가?"

"그렇지."

"좋은 방법이군……. 한 가지 배웠다."

21

"응?"

루다의 눈이 크게 뜨였다.

설마 암행할 생각인가. 뭐……. 형우야 미안해.

"그래서 여기에는 왜 왔어?"

"……알아볼 게 있어서."

"에세나에서?"

루다가 보고 싶었다고 말했으면 좋겠지만 지금은 루드비히의 상태였다. 루다가 보고 싶어서 위험을 무릅쓰고 에세나로 건너왔을 리가 없었다.

"정확히 말하자면 엘피드 근처에서."

엘피드? 이쯤 되면 거기에 뭐가 있나?

루다의 목적지 중 한 군데도 엘피드였으며, 스테안이 가는 곳도 엘피드였다.

"알아볼 게 뭔데?"

루드비히가 고민했다.

예전 같았으면 말할 생각이 전혀 없다고 대답했겠지. 아니, 그러기도 전에 둘은 치고받고 싸우고 있었을 게 분명했다.

"미안하군."

고민하던 루드비히의 입에서 나온 말은 예상치 못한 사과였다.

"응? 뭐가?"

"대답해 줄 수 없다."

루다가 눈을 깜빡였다.

이게 사과할 건가?

"아니, 대답 못 할 수도 있지! 괜찮아. 사람마다 다 사정이 있는 거고."

조금 미안하지만 형우한테 물어봐도 되는 거고.

"괜찮은가?"

"뭐가?"

루다가 정말 모르겠다는 표정으로 물었다. 루드비히가 잠시 고민하다가 천천히 입을 열었다.

"에세나의 군주 아닌가. 그런데 적 진영의 군주가 와서는 이유조차 말하지 않잖은가."

"음? 뭐 상관없어. 그리고 에세나 멸망시키려고 온 것도 아니잖아."

사실 그렇다 한들 상관없었다. 에세나를 멸망시킨다면 그 과정에서 타라까지 어떻게 손봐 주겠지. 루다도 타라를 없애 버리고 싶었으니 그렇게 되면 차라리 속이 편할 정도였다.

"그렇긴 하다만……."

"그럼 됐어."

루다가 정말 별일 아니라는 듯 어깨를 으쓱였다.

"과한 신뢰인데."

"그럴 만하면 그럴 수도 있지. 게다가 믿음뿐만 아니라 상황도 그렇잖아. 그러니까 음…… 내 신뢰가 부담스러워도 '아, 이 인간이 상황 파악을 끝내서 내 말을 믿는 거구나' 생각해도 좋다고."

루다가 가볍게 말하고는 루드비히의 적안과 가만히 마주했다. 색이 변해도 담은 빛은 익숙할 수 있다는 게 신기할 따름이었다.

몇 번 눈을 깜빡인 루드비히의 눈이 사르르 접혔다.

어? 루다의 눈이 크게 뜨였다.

분명 웃었다. 웃었는데?

하지만 그 모습은 마치 신기루라도 되는 것처럼 금세 사라져 버렸다. 순식간에 지나간 따스함에 루다가 눈만 깜빡였다.

어느새 다시 돌아온, 하지만 미세한 온기가 조금 더 담긴 눈을 한 채 루드비히가 말했다.

"이유는…… 확실해지면 말해 주겠다."

"어? 정말?"

고개를 끄덕이던 루다가 번쩍 고개를 들었다.

웬일이래?

"그래."

"좋아!"

활짝 웃는 루다를 보다가 루드비히가 고개를 돌렸다. 분명 또 재미있는 표정을 짓고 있을 게 뻔한데, 그의 얼굴 전체를 보지 못한다는 게 이렇게 아쉬울 수가 없었다.

"해야 할 일이 있다고 하지 않았나?"

"아, 맞다!"

예기치 못한 곳에서 만난 반가운 사람 때문에 잠시 해야 할 일을 잊은 상태였다. 이상한 놈들 때문에 시간을 낭비했다.

게다가 지금은 두고 보자며 사라졌지만 아마 곧 어디선가 더 많은 숫자의 깡패를 데리고 깽판 치러 나타날 게 뻔했다. 그들과 한 번 더 엮이면 시간만 늘어질 뿐 좋을 건 하나도 없었다.

방법은 하나였다. 그들이 다시 들이닥치기 전에 환자를 전부 치료해 주는 것.

"부탁할 게 있는데."

"뭐지?"

"나는 사람들 좀 치료해 줘야 하거든. 아까 그 경호원들이랑 여기 좀 지켜 주지 않을래?"

아타나스 사람한테 에세나를 도와 달라고 하면 좀 그런가? 하지만 딱히 부탁할 사람도 없었다. 만약 안 된다고 하면 어쩔 수 없었다. 스테안을 시키고 최대한 빨리, 무리를 해서라도 사람을 고치는 수밖에 방법이 없었다.

"환자들이 많은가?"

"글쎄, 원래 수천이었는데 지금 한 천 명 정도 남았을걸?"

"그 환자들을 네가 전부 치료했나?"

"스킬이야, 스킬."

"그렇게 많은 환자라면…… 혹시 전염병인가?"

"그렇다고는 하는데 확실하진 않아. 우선 전부 치료하고 나면 이유를 찾아봐야지."

루드비히가 가만히 고민에 잠겼다. 아마 에세나를 도와줘도 되나 고민하는 거겠지? 하지만 그 고민의 시간은 그리 길지 않았다.

"도와주지."

루드비히가 천천히 고개를 끄덕였다.

✳

도와준다는 말대로 루드비히는 경호원 열댓 명과 환자들이 누워 있는 곳을 지켰다. 건물 앞에 루드비히를 세운 이후로 루다의 치료에는 더욱 속도가 붙었다.

한껏 망신 주고 보낸 의사 무리가 언제 다시 들이닥칠지 모르기 때문에 그 귀찮은 사태를 막기 위해서라도 루다는 얼른 이 치료를 끝내야 했다.

이전에는 너무 힘들다 싶으면 의자에 앉아 조금 쉬었다가 움직였지만 지금은 아니었다.

치료하고 바로 이동하고 치료하고 바로 이동하고. 쉬지 않은 채 스킬을 난사하다 보니 그에 비례해 랭크는 쑥쑥 올랐다.

이렇게 많은 수의 환자가 힘들긴 했지만 랭크 업을 보상이라고 생각하니 나름 할 만하다는 생각마저 들 정도였다.

그렇게 네 번째 건물에서 치료를 전부 끝내고 서둘러 다섯 번째까지 전부 끝내고 나니 입에서 단내가 나는 것 같았다.

막판에는 체력 포션을 마실 시간도 아까워 기절하지 않을 정도의 체력만 남긴 채 최대한 빨리 스킬을 사용했다. 제아무리 루다가 만렙이라도 힘들 수밖에 없었다.

"끝!"

마지막 사람들까지 치료하고는 루다가 팔을 번쩍 들고 소리쳤다. 루다의 말에 사람들이 와아아 소리를 질렀다.

그 함성에 순간 머리가 핑 도는 것이 느껴졌다. 이건 혹사나 마찬가지였다.

만렙치고도 무리하며 치료한 결과, 거의 천에 가까운 환자를 치료하는 데는 1시간 정도가 소요됐다. '성스러운 치유' 랭크를 확인하니 그곳에는 1이라는 숫자가 적혀 있었다.

기어코 1랭크를 찍어 버렸다. 하긴 도시 사람들의 반을 치료하는데 그걸 못 찍으면 밸런스 문제로 신고할 정도지.

"으아아, 죽겠다."

루다가 허리를 쭉 폈다. 으드득 소리가 나는 것만 같았다. 만렙인데 설마 허리 디스크 이런 건 아니겠지?

그대로 비틀비틀 걸어가 보이는 아무 의자에 털썩 주저앉았다. 이건 앉는 게 아니라 거의 눕는 수준이었다.

상태 창을 살피니 역시나 체력이 절반 이상 닳아 있었다. 쓸데없이 현실적인 게임이라고 생각했는데, 그게 정말 현실에 나타나니 왜 체력이 닳는지 알 것 같았다.

체력 상태가 없었다면 잠을 자지 않더라도 지치지 않을 수 있지 않았을까? 쓸데없는 생각을 하며 루다가 기지개를 쭉 켰다.

"포션."

루다가 스테안에게 손을 내밀었다.

"치료 다 끝났잖아?"

"치료 다 끝났으니 체력 포션 좀 내놔 봐. 와, 체력 이 정도까지 달린 거 정말 처음인데. 눈이 감긴다, 감겨."

루다가 뻑뻑한 눈을 천천히 감았다 뜨며 말했다. 진짜 포션 없으면 당장이라도 쓰러질 것 같았다.

"다이루 님! 쉴 곳을 마련해 놨습니다!"

"앗……."

별생각 없이 내뱉은 한마디에 대답한 자는 스테안이 아니었다. 그 옆에서 존경과 선망이 가득 담긴 눈으로 루다를 바라보던 더그가 그 말을 놓칠 리가 없었다.

마음 같아서는 루다 역시 들어가 잠이라도 청하고 싶었다. 하지만 지금은 그럴 수가 없었다.

새벽에 황성에서 도망쳐 사건에 연루됐다. 그리고 지금은 해가 지기 시작할 때였다. 하늘과 맞닿은 땅끝 색이 점점 선홍빛으로 변하고 있었다.

아마 여기서 쓰러져 자고 일어나면 10시간은 지나 있겠지. 이 정도 체력 소모는 정말 오랜만이었으니까.

하지만 루다에게 그럴 여유는 정말, 전혀, 단 하나도 없었다.

"아니요. 괜찮습니다."

루다가 손을 내저었다. 진심이었다.

"제가 할 일이 있어서요."

"설마 지금 이대로 출발하신다는 말씀입니까!"

"어……."

루다를 바라보는 사람들의 눈에 눈물이 그렁그렁 맺혀 있었다.

루다는 그 모습을 당황한 표정으로 바라봤다.

원래 이런 거에 흔들리는 성격은 아닌데, 마치 버림받았다는 눈빛을 수백 정도 되는 사람이 동시에 보내 버리면 루다로서도 말문이 막힐 수밖에 없었다.

"그게……."

"다이루 님! 그리고 루비 님, 일란 님! 제발 저희의 성의를 받아 주십시오! 병상에 누워 있던 자들이 전부 건강을 되찾았습니다.”

더그의 뒤에서 콧수염이 무성한 남자가 튀어나와 무릎을 꿇었다. 루다가 멍하니 그 모습을 바라봤다.

“그거야 그렇죠.”

“그건 전부 다이루 님 덕입니다.”

“어…… 살고자 하는 의지도 중요한 거라고 들었는데요.”

제 공을 조금이라도 덜기 위해 루다가 덧붙였다.

“그럴 리가요! 다이루 님이 없었다면 전부 불가능한 일이었습니다! 루비 님과 일란 님까지 일행이었다니. 대단한 분들을 통솔하는 다이루 님께 저희가 얼마나 감사한지 모르실 겁니다.”

“그, 알고 있어요.”

모를 리가 있나. 치료해 줄 때마다 눈물을 주룩주룩 흘리는 걸 무시하느라 얼마나 고생했는데.

하지만 사람들은 루다의 말을 들을 생각이 전혀 없어 보였다.

“아니요! 모르십니다! 저희가 다이루 님께서 부담스러워하시는 걸 알아 얼마나 마음속으로 감사를 담고 담았는지 아십니까!”

“아, 그랬나요. 하하하!”

“예. 지금 완치된 자들이 다이루 님께 감사의 선물을 가지고 오기 위해 전부 집으로 돌아갔습니다.”

“예?”

아니, 무슨 소리야. 집으로 가긴 왜 가. 나는 지금 떠날 건데.

당황한 루다의 표정이 금세 굳어 버렸다.

“마음은 알겠는데 성의로만 받으면 안 될까요?”

인벤 창은 이미 꽤 차 있었다. 루다의 인벤토리 창을 채우려면 유니크 등급 정도는 되어야 했다.

분명 이 정도 레벨의 사람들이 가져와 봤자 루다를 만족시킬 리가 없었다. 받아 봤자 두고 갈 텐데, 괜히 헛수고를 시키고 싶지는 않았다.

"그럴 수는……!"

진심으로 거절하는 루다에게 더그가 무어라 말을 하려다 잠시 멈췄다. 무언가 혼자 납득한 듯 고개를 끄덕이고는 큼큼, 헛기침을 한 번 한다.

"다이루 님의 마음 잘 알았습니다."

"잘 아셨나요?"

루다의 얼굴이 활짝 펴졌다.

"하지만 그래도 저희의 최소한의 성의 딱 하나만 받아 주실 수 없습니까?"

"그게 뭔데요?"

"다이루 님께 맛있는 음식을 대접하고 싶습니다."

"아니요, 괜찮습니다."

아, 왠지 그럴 줄 알았지. 머리가 지끈 울리는 느낌이었다.

눈을 꾹 감았다 뜨며 루다가 단호하게 거절했다.

"오, 감사합니다!"

하지만 동시에 전혀 상반된 대답이 들려왔다.

루다가 시선을 돌려 목소리의 주인공을 바라봤다. 은발을 묶고 싱글 웃고 있는 스테안이 그 자리에 서 있었다.

아니, 아까까지는 루다를 잘만 도와주다가 갑자기 왜 저래?

인상을 찌푸린 채 루다가 그쪽으로 성큼 다가가 그의 어깨에 손을 올렸다. 귀에 입을 바싹 갖다 댄 채 아무도 듣지 못할 한마디를 내뱉었다.

"무슨 개수작이야, 죽을래?"

"아니, 다이루 님도 너무 배가 고팠다고? 배가 고팠으면 진즉 말하지 그랬어! 그랬다면 내가 이들한테 미리 배고프다고 말했을 텐데."

하지만 스테안의 입에서 튀어 나간 말은 루다가 한 말과 정반대였다. 게다가 엄청 큰 목소리로 말했다. 여기 모인 사람들이 다 들을 정도로 커다란

29

목소리로.

루다가 입을 떡 벌렸다.

어이가 없다 못해 날아갈 지경이었다. 뭐가 어쩌고 어째?

"배가 고팠나? 말했으면 저들에게 언질이라도 줬을 텐데."

"자, 아니 루비는 또 왜 그래?"

옆에서 낮은 목소리로 한마디 보태는 루드비히를 보며 루다는 벌렸던 입을 더욱더 크게 벌렸다.

대체 이게 뭐 하자는 짓인지.

"아니……!"

"앗, 다이루 님! 역시! 저희에게 부담이 갈까 봐 거절하셨던 거군요."

이때다 싶은 모양인지 사람들이 웅성웅성 목소리를 높이기 시작했다.

"아니, 그게 아니……."

"이봐, 켈시! 어서 구역별로 말을 보내 음식을 더욱 빨리 가져오도록 하게."

"아이고, 이거 서둘러야겠구먼!"

"다이루 님을 배고프게 둘 수는 없지."

루다가 말을 내뱉을 틈도 없이 사람들이 재빠르게 움직이기 시작했다. 여기저기 바구니들이 왔다 갔다 하고, 이미 집에 간 사람들에게 연락을 보내기 시작했다.

"다이루 님, 걱정하지 마십쇼! 저희가 가지고 있는 최고의 방과 최고의 음식을 대접하겠습니다!"

루다는 정말로 괜찮았다. 진짜 정말로. 하지만 아무도 루다의 진심을 알아주지 않았다.

식자재를 들고 옮겨 다니는 사람들. 어딘가로 바쁘게 향하는 사람들.

루다는 이 장면을 잘 알았다. 〈저크시즈〉를 플레이할 때, 커다란 잔치 이전에 보이는 모습이었다.

"저 진짜 괜찮……."

"저희야말로 괜찮습니다! 저희는 전혀 부담스럽지 않습니다. 은혜를 갚는 것에 어떻게 부담을 느끼겠습니까! 그러니 다이루 님께서는 저희가 준비한 방에서 편히 쉬시면 됩니다."

더그가 감격한 표정으로 꾸벅 인사하고는 말을 이었다.

"준비된 방으로 다이루 님을 안내해 주게!"

이미 그들의 귀에 루다의 말은 들리지도 않는 상태였다. 루다는 얼이 빠진 채 거의 끌려가듯 무리에 휩쓸렸다.

아, 체력 포션. 체력이 필요해! 그 와중에 드는 생각은 그것뿐이었다.

"이게 뭐야."

루다가 침대에 앉은 채 허망하게 내뱉었다.

"이게 뭐야!"

언성이 높아졌다.

"이게 뭐냐고!"

결국 소리를 지르고 말았다.

체력 포션 그거 가져다줄 필요 없어. 나한테 있다!

침대에 누웠다가 금방 눈이 감길 뻔한 걸 가까스로 참아 내고는 인벤토리를 뒤졌다.

포션은 다발로 가지고 다니는 상태니 체력 포션이 없을 리가 없었다. 체력이 쭉 찰 때까지 입에 콸콸콸 부으니 어느새 체력이 꽉 차 있었다.

조금 문제가 있다면 왠지 하이한 상태가 되었다는 것. 밤새우고 에너지 드링크 마신 느낌이 이 느낌일까? 아까 이 정도로 체력이 꽉 찬 상태였으면 들러붙는 사람이 누구든지 간에 다 털어 버리고 도망쳤을 것이다.

"아."

그러다가 무언가 깨달은 사람처럼 퍼뜩 고개를 들었다. 지금이라고 도망치지 말라는 법은 없지. 사람들은 루다가 지쳐 곯아떨어진 줄 알고 있을 게 뻔했다.

하지만 루다는 지금 포션을 10통도 넘게 마셨다. 그리고 그 포션 때문에 평소보다 더 업된 상태였다. 그러다 보니 평소보다 더 생각이 널뛰고 있었다.

지금 루다가 내릴 결론은 하나였다.

그래, 도망가자.

그렇다면 챙길 건……. 루다는 제 방에 수북이 쌓여 있는 선물을 뒤지기 시작했다.

아까 선물은 안 받는다고 했는데. 루다의 의지와는 달리 사람들이 몰래몰래 들어와 선물을 두고 간 모양이었다.

마음은 감사했지만. 뭐든 만렙인 루다에게 크게 도움이 될 것 같지는 않았다. 뭐 그래도 포션이라도 있으면 챙겨 두는 게 좋으니까.

"어?"

쌓여 있는 선물들을 뒤지던 루다가 목소리를 높였다.

선물들을 파헤쳐 더미 안에 있던 단검을 꺼내 손에 쥐었다. 보라색의 신비한 색이 단검을 휘감고 있었다.

"에픽템이 왜 여깄어?"

루다가 멍청하게 중얼거렸다.

〈저크시즈〉에 있는 아이템은 단계가 정해져 있었다. 노멀, 레어, 유니크, 에픽. 단어처럼 에픽 등급은 쉽게 얻을 수 있는 아이템이 아니었다.

루다가 가지고 있는 에픽은 전부 메인 퀘스트 중에서도 엄청난 난이도를 자랑하는 퀘스트를 클리어하고 얻은 것들이었다.

그런 등급의 아이템이 여기 있다고?

"정보."

-근원의 단검, 등급: SSS
??를 구성하는 ??을 깎아 만든 단검. 드러나지 않는 ??%%????
속성: ??
효과: ??? ???? 할 수 있다.

"이게 뭐야……?"

루다가 손에 들린 단검을 황망히 내려다봤다.

진짜 대체 이게 뭐야? 글씨가 깨져 보인다니?

"아."

루다의 머리에 번뜩 스쳐 지나가는 것이 있었다.

"진실의 눈!"

랭크가 9밖에 되지 않았지만, 혹시 사용할 수 있지 않을까?

"정보."

스킬을 발동한 채로 단검의 정보를 띄웠다. 하지만 깨진 글자들은 아까와 매한가지였다. 하지만.

-근원의 단검, 등급: SSS
??를 구성하는 반석을 깎아 만든 단검. 드러나지 않는 ??%%????
속성: 근원
효과: ??? ???? 할 수 있다.

두 가지가 바뀌어 있었다. 지금 스킬의 랭크로는 이 정도가 한계인 모양이었다.

"속성이 근원이라고?"

이게 말이나 돼?

속성은 빛 아니면 어둠, 즉 타라 아니면 기예르모를 나타냈을 뿐이지 근원이라는 것이 적힌 적은 없었다.

"위그드라실이랑 가까운 도시라 그런가?"

한 번도 보지 못했던 아이템을 손에 넣었다. 공격력이나 방어력은 루다가 강화에 옵션까지 덕지덕지 붙였던 거에 비하면 형편없었다.

하지만 지금 루다에게 중요한 건 공격력이 아니었다. 그녀가 가지고 있던 것과 달리 특별함이 있는 무언가였다.

물론 이전처럼 옵션을 붙이고 강화를 한다면 능력치가 오를 수도 있겠지만 이 단검의 속성은 근원이었다.

저크시스에서 강화하고 옵션을 붙일 때는 같은 속성의 강화석과 성수가 필요했다.

근원이라는 속성은 루다가 생전 처음 보는 것이었다. 수중에 있는 것 중에 근원 속성이 없는데 옵션을 더 붙일 수가 없었다.

"우선 챙겨야지."

지금처럼 득템할 만한 게 있을까 다른 것들을 둘러봤지만 따로 챙길 만한 건 없었다.

"좋아, 가 볼까."

하다가 루다가 멈췄다.

아, 스테안. 그리고 루드비히. 스테안과 거래했으니 스테안을 데려가야 한다. 그리고 루드비히는……. 아타나스의 군주라 두고 가고 싶은 마음은 없었다.

같이 다니다가 형우의 기억이 돌아오면 더욱 좋고. 아니더라도 지금의 루드비히는 루다에게 호의적이니 나쁠 건 없었다.

하지만 루다는 지금 당장 할 게 있었다. 어서 동상을 부숴야 하는데.

자리에 서서 고민하던 루다가 이내 손뼉을 짝 쳤다.

"동상부터 부수고 다시 와서 데려가면 되지."

동상을 부수는 건 완전 범죄여야 한다. 어차피 동상이란 건 신전 앞 아니면 광장 한복판에 세워져 있을 테고, 루다는 텔레포트를 좌표를 찍고 가면 끝이었다.

우선 이 방은 텔레포트가 불가능하니 가능한 곳으로 튀어야지. 얼른 갔다가 부수고 빨리 돌아와서 루드비히랑 스테안 데리고 튀면 되겠지?

게다가 루드비히와 스테안은 루다 방의 옆방, 그리고 옆옆방이었다. 와서 테라스 창문 두드리면 되지 않을까.

가볍게 생각한 루다가 창문을 활짝 열고 테라스로 나갔다. 아까보다 한껏 쌀쌀해진 밤공기가 루다를 맞았다.

좋아, 동상 부수기에 적절한 날씨야.

고개를 끄덕이고는 테라스 난간에 발을 올렸을 때였다.

"어디 가지?"

화들짝 놀라 삐끗하려던 걸 겨우 잡아냈다. 소리가 들린 곳으로 고개를 돌리자 그곳에는 루드비히가 서 있었다.

"오……."

잠깐 바람 좀 쐬고 오려고, 생각했던 변명보다 탄식이 먼저 루다의 입 밖으로 나왔다.

루드비히는 아까와 달리 얼굴을 가렸던 천과 로브를 벗어던진 상태였다. 그러니까, 그의 얼굴이 제대로 보이는 상태.

"정말 은발 했네?"

그리고 결국 탄식의 이유를 입 밖으로 꺼내고야 말았다.

정말로 은발에 적안을 해 버렸네?

이쯤 되면 루다는 형우를 의심할 수밖에 없었다. 형우의 마음속 깊은 곳

어딘가에 어마어마한 흑염룡이 잠들어 있던 것은 아닌가 하는 의심을.

'그래도 잘생기긴 잘생겼네.'

5년을 사귀었어도 콩깍지는 콩까지인 거다. 안 벗겨졌으니까 계속 사귀지.

은발에 적안이 안 어울렸으면 당장에라도 염색약을 쥐어 주며 외양을 바꾸라고 말할 수도 있었다.

"역시 조금 이상한가······?"

'이게 뭐 어때서.'라든가 아니더라도 '불만 있나?' 같은 말이 튀어나올 줄 알았는데. 예상외의 한마디에 루다가 눈을 깜빡였다.

원해서 한 머리가 아닌가?

"아니야, 예뻐. 그런데 왜 은발에 붉은 눈이야?"

"예뻐······."

루드비히가 넋이 나가 중얼거리다가 퍼뜩 정신을 차렸다.

"에세나에서는 밝은 머리일수록 눈에 안 띈다고 들었는데······."

와서 보니 아니었겠지. 왜냐면 은발은 그렇게 많지가 않거든.

"눈은?"

"눈도 붉은 눈이 흔하다고 들었다."

"에세나에 대한 이미지가 그런가?"

"······글쎄."

"누구한테 들었는데?"

"스테안."

"아."

모든 것이 이해가 갔다.

여기서도 은발에 적안이 중2스러운 건지는 모르겠지만 특이한 건 확실했다. 보아하니 분명 놀려 먹은 게 틀림없었다.

"스테안이니까."

"......"

이빨을 세게 짓씹고 있는 게 틀림없었다. 나 같아도 그럴 테니까.

그래도 은발 적안을 직접 하지 않아서 다행이라고 해야 할지 아니라고 해야 할지. 그래도 잘 어울리니까 다행이지.

루다가 고개를 끄덕이고는 루드비히의 눈치를 살폈다.

루다는 얼른 동상을 부수러 가야 했다. 그런데 지금 들켰고, 심지어 잡혔다.

안절부절못하며 주변을 살피고 있는 루다를 눈치챈 모양인지 루드비히가 의아한 표정을 지었다.

"그런데 어딜 가는 거지?"

"아."

루다가 고민했다.

"바람 좀 쐬려고?"

"그런데 왜 테라스로?"

"그…… 하하하."

루다가 애써 변명을 생각했다. 형우였다면 말했겠지만 루드비히는 아직 완전히 믿을 수 없었다.

도록도록 눈을 굴리다가 괜찮은 변명이 떠올랐다.

"지금 나가면 안 잤니 뭐니 하면서 붙잡을 거 아니야. 난 소란스러운 거 딱 질색이라고."

"그렇군."

다행히도 납득한 모양이었다.

"금방 다녀올 테니까 기다리고 있어. 아, 맞다. 내가 다녀오면 바로 여기 뜰 거니까 준비하고 있어."

"왜?"

"나 엘피드 갈 거거든."

"나 때문인가?"

"아니, 그건 아니고. 나도 갈 일 있었고. 아, 스테안도 같이 갈 거야."

"스테안도?"

같이 가도 되나? 루다가 생각했다. 하지만 뭐 어쩔 건데. 거래의 전제 조건은 스테안을 엘피드의 반석으로 데려다주는 거였다.

그리고 루드비히가 반석으로 간다는 말도 한 적이 없었다.

어차피 걸어서 이동할 것도 아니고, 엘피드에 이동만 하면 따로 알아서 할 일 하겠지. 그래도 그렇게 헤어지는 건 아쉬우니까 볼일 끝나면 만나서 돌아다니자고 해야지.

루드비히는 모르는 계획까지 전부 세운 루다가 고개를 끄덕이고는 다시 테라스 난간에 발 한쪽을 올렸다.

"어쨌든. 나 금방 올 거니까. 들어가 있어. 참고로 그 잔치는 참가 안 할 거야. 아, 나 지금 나간 거 아무한테도 말하지 말고. 알았지? 금방 다녀올 게."

루드비히가 멈춰 세워 또 몇 분의 시간이 사라졌다. 얼른 다녀와야지. 지금 제롬 전역은 루다의 행보 때문에 정신없이 바쁠 게 뻔했다. 이 틈을 노려야 했다.

대답도 듣지 않고 빛의 속도로 사라지는 루다를 루드비히가 어이없다는 눈빛으로 바라봤다.

"대답은 들어야 하는 거 아닌가."

부탁했으면서 당연히 들어줄 거라고 생각하고 떠나 버리다니. 아니라고 말했지만 역시나 루드비히를 향한 루다의 신뢰는 과했다.

문제는, 이제는 그것이 싫지 않다는 것이었다.

광장에서 제일 가까운 골목에 밝은 빛이 터져 나왔다가 금세 사라졌다.

그곳에 나타난, 짙은 회색 로브를 뒤집어쓴 사람이 주변을 조심스레 둘러봤다. 눈에 보이는 자가 아무도 없자 안심하며 고개를 끄덕이고는 최대한 소리를 낮춰 외쳤다.

"헤이스트!"

발밑에 희미한 마법진이 생김과 동시에 탁, 경쾌한 소리가 들렸다. 그대로 하늘로 붕 떠오른 루다가 최대한 높은 고도까지 뛰어올랐다.

높은 곳에서 내려다보니 멀지 않은 곳에 광장이 보였다. 그 한가운데 세워져 있는 영웅의 동상까지. 그리고…….

"미친."

루다는 너무 당황한 나머지 허공에서 중심을 잃고 말았다. 그대로 바닥에 떨어지던 루다가 재빨리 정신을 차리고는 무사히 착지했다.

하지만 황당함이 가득한 표정만큼은 변하지 않은 상태였다.

"제정신이야?"

루다는 제가 본 걸 부정하고 싶었다. 그녀는 그저 영웅의 동상이 싫을 뿐이었다. 제 흑역사나 마찬가지였기 때문에.

하지만 그 동상 아래 그런 문구가 새겨질 것이라고는 상상도 하지 못했다.

「에세나의 위대한 영웅 '철혈의 여제 삥끄곤듀님'을 기리며.」

심지어 '철혈의 여제 삥끄곤듀님'은 볼드체처럼 더 두껍고 커다란 글씨체로 새겨져 있었다.

그나마 다행인 건 그 동상 옆에 루드비히의 동상도 세워져 있다는 것이었다.

루다는 고민했다. 루드비히의 동상을 부술까 말까?

루다는 저렇게 삥끄곤듀님이라고 멀리서도 보일 만큼 크게 볼드체로 박혀 있으면 민망해 죽을 것 같지만, 형우가 마음속 깊은 곳에 흑염룡을 키우고 있을지 혹시 모르는 상황이니까.

그래도 아직 아타나스의 군주가 에세나의 남자 영웅이라는 건 밝혀지지 않은 상황이구나.

고민하던 루다가 결심한 듯 고개를 끄덕였다.

형우 거는 가만히 내버려 두자.

루다 동상 옆에 '피의 제왕 루드비히2세'가 적혀 있긴 하지만. 혹시 알아? 형우가 부끄러워 말은 안 했지만 그걸 자랑스러워할지?

"좋아. 내 것만 부수자."

결론을 내린 루다가 다시 높은 곳으로 뛰어올랐다. 아무도 보지 않을 곳에 몸을 숨기고 동상을 부술 만한 곳을 찾기 시작했다.

짧은 시간 동안 최대한 주변을 스캔하던 루다가 광장 근처에 세워져 있는, 몇 백 년은 되어 보이는 높고 거대한 나무를 발견했다.

"저기다."

그대로 루다가 튀어 나갔다. 만렙의 속도를 눈으로 잡을 수 있는 사람은 단 한 명도 없었다.

그대로 나무 제일 높은 곳에 안착한 루다가 주변을 둘러봤다. 다행히도 루다를 눈치챈 사람은 없어 보였다.

"아이스……."

루다가 중얼거렸다. 루다의 앞에 한기가 서리기 시작했다. 그것이 뭉쳐 열 개의 화살을 만들어 냈다.

"애로우!"

루다의 말이 끝남과 동시에 열 개의 얼음 화살이 그대로 동상을 향해 돌진했다. 쇄애액, 바람을 가르는 소리가 그 언제보다 시원하게 들렸다. 물론 루다에게만.

어마어마한 파괴력을 지닌 채 날아간 얼음 화살들이 그대로 광장에 웅장하게 세워졌던 영웅의 동상에 박혔다.

어찌나 단단한 소재로 만들어 놨는지 만렙이 던진 얼음 화살도 그걸 쉽게 뚫을 수가 없었다.

하지만 그것도 잠시, 가공할 만한 회전력과 함께 얼음 화살이 동상에 박혀 들어가기 시작했다.

루다 커스텀 캐릭터의 얼굴, 어깨, 팔, 다리, 복부, 심장 등등 무게를 지탱할 수 있는 모든 곳에 박혀 들어간 화살들이 거대한 동상에 금을 만들어 내기 시작했다.

맨 처음 영웅의 팔이 그 파괴력을 이기지 못하고 바닥에 쿵 떨어졌다. 곧 있을 성녀를 위한 감사 축제 때문에 분주하게 움직이던 사람들이 자리에 멈췄다.

"안 돼!"

"곤듀님의 동상이!"

"뼁끄곤듀님의 성스러운……!"

쩌적쩌적 금이 가며 파괴되기 시작했지만, 루다는 그 찰나조차 견딜 수 없었다.

최악의 경우 저 동상이 무너지는 동안 뼁끄곤듀니, 철혈의 여제니 하는 잊고 싶은 닉네임을 들을 게 뻔했으니까.

"아, 빨리 좀. 아이스 피어스!"

그 누구의 시선도 닿지 않을 나무 꼭대기에서 루다가 조금 더 강한 스킬명을 외쳤다.

얼음 칼날 다섯 개가 그대로 날아가 동상의 한가운데에 박혔다.

그리고 동시에 퍼엉! 거대한 소리와 함께 산산조각이 난 영웅의 동상이 광장 위로 떨어지기 시작했다.

그나마 다행인 건 제롬 대부분의 사람이 축제를 준비하느라 동상 바로 아래에 자리하고 있지 않다는 점이었다.

거대한 힘에 의해 파괴된 동상이 우르르 무너져 내렸다.

"오오…… 타라시여."

"영웅이시여."

"삥끄곤듀님이시여, 부디 굽어살피시옵소서."

사람들이 가던 걸음을 멈추고 하늘을 향해 기도하기 시작했다.

"삥끄곤듀님이시여……!"

"으아아아악! 제발!"

루다는 그 소리를 도무지 들을 수 없어 그대로 그 자리에서 벗어나고 말았다.

빠른 움직임에 의한 반발력 때문에 나무가 흔들렸으나 삥끄곤듀님 동상의 붕괴로 아비규환이 된 사람들의 눈에 그 모습이 보일 리는 없었다.

루다는 서둘러 원래 있던 곳으로 돌아왔다.

완전 범죄를 위해서는 최대한 빨리 알리바이를 만들어 놔야지.

민첩을 최대한 올려서 테라스에 도착하니 옆방 테라스에는 루드비히가 나와 있었다.

이 어두운 밤에 은발을 흩날리고 있으니 새삼스레 제가 10대 때 왜 은발에 적안을 좋아했는지 알 것도 같았다. 아니, 그게 중요한 게 아니지.

탁, 테라스에 안전하게 착지한 루다가 루드비히에게 휙 고개를 돌렸다. 다급한 얼굴로 속사포처럼 한마디를 내뱉었다.

"준비해."

"무슨 일이지?"

"여기 떠야 해."

"어째서?"

완전 범죄를 위해서. 게다가 아까 돌아가는 꼴을 보아하니 사람들이 패닉에 빠져 삥끄곤듀님, 삥끄곤듀님 그러던데.

여기에 있다가는 사람들이 성녀가 아닌 삥끄곤듀님, 하는 꼴을 보게 될 게 뻔했다. 그걸 눈 뜨고 멀쩡한 정신으로 볼 수는 없지.

"바쁘다니까? 얼른 준비하고 테라스에 나와 있어."

빠르게 말하고는 루다가 스테안의 방으로 들어갔다. 벌컥 열리는 테라스 문에 스테안이 화들짝 놀랐다. 아니, 놀라는 척이 분명했다.

"다 큰 숙남의 방에 노크도 없이 들어오다니. 변태 아니야?"

루다의 등장에 뻔한 말을 내뱉으며 눈을 휘둥그레 뜬 스테안이 이불로 온몸을 감싼 채 배배 꼬았다.

"꼴 보기 싫으니까 준비해. 아까 보니까 창문도 반쯤 열려 있던데, 우리 대화 들었을 거 아니야. 나갈 준비 하라고. 5분 준다."

"루비한텐 그런 말 안 했으면서!"

"루비랑 너랑 같아? 시끄럽고 징그러우니까 빨리 그 몸 배배 꼬는 꼴 좀 그만두고 준비해."

"엘피드로 가는 거야?"

"응, 목적지는 같으니까."

"루비도?"

"그래."

루다의 긍정에 스테안의 눈동자가 깊게 가라앉았다. 하지만 언제나처럼 순식간에 본연의 색을 찾은 채 생글 웃어 보였다.

"금방 준비할게."

그렇게 얼른 짐을 싼 셋은 10분도 되지 않은 시간 안에 테라스에 모였다.

루다와 루드비히는 인벤토리를 사용하는 만렙이었고, 스테안은 루다가 별로 알 필요 없었다.

"준비됐지? 가자."

루다의 한마디와 함께 테라스에서 셋은 금세 자취를 감췄다. 200이 넘는 레벨은 테라스의 높이 따위는 별로 중요하지 않게 만들어 줬다.

그리고 거의 간발의 차이로 누군가가 루다의 방문을 똑똑 두드렸다.

"다이루 님."

다시, 똑똑.

"다이루 님?"

"아직 주무시는 거 아닌가?"

"하지만 일란 님께서 이 시간쯤 깨우라고 하셨는데?"

"그럼 일란 님을 깨워 볼까?"

다이루의 방 옆에 자리한 스테안의 방문을 사람들이 조금 전처럼 똑똑 두드렸다. 하지만 역시나 답이 없었다. 다시 똑똑. 여전히 아무도 대답하지 않았다. 그건 루드비히의 방 역시 마찬가지였다.

"혹시 전부 기절하신 것 아닌가?"

"그럼 안 되는데! 우리의 은인을 이렇게 쓰러지게 둘 수는 없지 않은가!"

셋이 한꺼번에 도망갔다는 걸 알 리 없는 자들이 걱정에 잠겨 두런두런 말을 주고받다가 무언가 결심이라도 한 듯 고개를 끄덕였다.

들어가자.

"실례하겠습니다…….."

조심스러운 인사와 함께 끼이익 스테안 방의 문을 열었다. 하지만 아무도 없었다. 그리고 그다음에는 루다의 방도, 그 옆 루드비히의 방도. 역시나 아무도 없었다.

모두의 얼굴에 충격이 스쳤다. 그러다 이내 어둡게 가라앉았다.

"우리가 너무 부담을 드린 모양이군."

"아이고, 그럴 줄 알았으면 그냥 음식이나 몇 개 쥐어서 보내 드릴 걸 그랬네."

때늦은 후회를 하던 자들이 걱정 어린 한숨을 푹푹 내쉬었다.

"지금 쓰러진 영웅의 동상 대신 성녀의 동상을 세우고 싶다는 건 결국 물어보지 못했잖나?"

"하지만 그 자리에 세울 만한 동상이 성녀님의 동상 말고는 없지 않은가?"

"허나 군주가 시타라이기도 하고…….."

"거참, 딱딱하게 굴기는! 그건 폐하의 명이 있어야 세우는 것 아닌가! 그리고 동상을 하나만 세우라는 법은 없네. 성녀의 동상을 세우고 그 옆에 시타라의 동상을 세우면 되지!"

"오, 자네 천재군. 맞네, 맞는 소리야. 그래, 그러면 되겠어."

"그렇지! 위대하신 성녀님이네. 동상을 세워 기리기에 정말 부족함이 없는 분 아닌가!"

"맞네, 맞아. 하하하!"

사람들이 뿌듯한 미소를 지으며 고개를 끄덕였다.

물론 루다는 그 사실을 알 리 없었다. 제가 무너뜨린 제 동상이 있던 자리에 또 다른 자신의 동상이 세워질 사실을.

✳

엘피드의 골목에 밝은 빛이 나타났다가 금세 사그라들었다.

빛과 동시에 모습을 드러낸 루다, 루드비히, 그리고 스테안은 누군가 봤을까 싶어 주변을 둘러봤다. 다행히 보이는 사람은 아무도 없었다.

제롬에서 허락도 없이 성녀의 동상이 올라가고 있는 끔찍한 일을 알 리 없는 루다는 성녀나 영웅이라는 말이 수놓는 곳에서 벗어났다는 사실에 가슴을 쓸어내렸다.

"여긴 사람이 별로 없네."

주위를 둘러보며 골목에서 나가 대로변으로 향했다. 건물의 그림자에서 벗어나자 밝고 커다란 달이 엘피드의 모습을 비추었다.

흰색 벽을 가진 건물들, 대로변을 끼고 조금 돌아 나간 곳에 자리한 분수, 분수를 중심으로 예쁘게 가꿔진 광장과 건물들이 보였다. 하지만 그 모든 것들과 함께 있어야 할 것들이 없었다.

"사람이 없⋯⋯."

사람이라고는 코빼기도 보이지 않았다. 신기한 듯 주위를 둘러보던 루다의 말끝이 서서히 흐려졌다.

"없어도 너무 없는데?"

루다가 걸음을 멈췄다. 뒤에서 따라오던 스테안과 루드비히 역시 걸음을 멈췄다.

"⋯⋯아무도 없군."

처음 제롬에 나타났을 때처럼 온몸을 칭칭 감은 루드비히가 긍정했다. 하지만 그 단조로운 한마디 안에 미미한 당황의 기색이 담겨 있는 걸 보아하니, 루드비히에게도 이 광경이 흔한 광경은 아닌 모양이었다.

하긴, 루드비히도 저와 비슷한 시기에 온 걸 테니. 그렇다면 스테안의 반응은? 하고 스테안의 얼굴로 눈을 돌렸다.

"이게 무슨⋯⋯."

스테안이 작게 중얼거렸다. 미간을 찌푸리고 한껏 심각해진 그의 표정이 눈에 들어왔다.

알게 된 지 얼마 되지 않았지만 처음 보는 표정이었다. 저 인간이 저렇게 진지할 수도 있구나, 할 정도의 심각함.

꽤 오래 저크시즈에 살았을 반신에게마저 생소할 만큼 이 광경은 이상한 광경임이 틀림없었다.

자세히 보니 사람뿐이 아니었다. 사방이 폐허였다.

멀리서 봤을 때 멀쩡해 보였던 건물의 새하얀 벽면들이 마모되어 있었다. 뿐만 아니라 나무들 역시 마치 재로 이루어진 것처럼 거칠하고 아슬아슬해 보였다.

무언가가 한번 휩쓸었다가 지나간 것처럼 뿌연 광경. 침식된 대리석과 미세한 먼지들이 뽀얗게 앉아 있는 길바닥.

모르고 본다면 백여 년 전에 망하고 사람들이 사라진 곳처럼 보일 정도였다.

"왜 난 이걸 몰랐지?"

루다가 낮은 목소리로 중얼거렸다.

아무런 보고도 없었다. 아르비드가 숨긴 걸까? 아니면 제롬의 전염병처럼 보고할 새도 없던 걸까?

엘피드는 제롬과 정말 가까운 지역이었다. 혹시 갑자기 발생한 전염병과 원인이 비슷한 걸까?

루다가 주변을 크게 한번 둘러봤다. 물어볼 사람을 찾고 싶었지만 물어볼 사람이 없었다.

그렇게 주변을 둘러보는 루다의 눈에 기이한 것이 들어왔다. 빛인지 어둠인지 모를 것들이 녹아서 액체처럼 땅에 들러붙어 있었다.

"이게 뭐지?"

루다가 그쪽으로 걸어가 쭈그려 앉았다. 만질까? 손을 뻗었지만 금세 거둬들였다. 왠지 만지면 큰일 날 것 같은데.

"뭘 말하는가?"

그 뒤를 따라온 루드비히가 허리를 숙여 루다의 시선을 같이 좇았지만 아무것도 찾지 못한 듯 의아함을 담았다.

"이거 안 보여?"

루다가 손가락으로 제 눈에 보이는 걸 가리켰다. 바닥에 달라붙은 그것은 액체라고 정의하기도 힘들었다.

뭐랄까, 예전에 쓰던 온도계가 깨졌을 때 튀어나왔던 수은이 바닥에 떨어져 있으면 이런 모양일까?

조금 다른 건 수은보다 더 위험해 보인다는 점이었다. 흰색과 검은색이 반쯤 뒤섞여 있었는데, 그것이 단순한 액체보다는 마치 빛과 어둠이 한데 뒤엉킨 것처럼 보였다.

"뭘 말하는지 모르겠군. 혹시 손가락으로 보이는 걸 가리키고 있나?"

정말 아무것도 보이지 않는다는 듯 루드비히가 한마디 덧붙였다. 루다가 눈을 깜빡이며 그 액체와 루드비히를 번갈아 봤다.

"정말 안 보여?"

루드비히가 말없이 고개를 끄덕였다.

"왜 안 보이지?"

같은 만렙인데? 루다가 고개를 갸우뚱했다. 루다가 알기로 둘은 속성도 비슷하고 공격력도 비슷하고 캐릭터 상태도 전반적으로 비슷했다. 그렇다면 보여야 할 텐데?

아니면 저크시즈에 떨어져서 이것저것 정반대의 행동을 하느라 무언가가 많이 바뀌었나?

저와 루드비히의 차이가 뭐지? 생각하다가 루다가 퍼뜩 고개를 들었다.

아, 진실의 눈.

물론 다른 이유가 있을 수도 있었다. 하지만 어느 순간부터 루드비히는 루다가 보는 것을 보지 못했다. 그 차이로 얻게 된 것이 진실의 눈 스킬이었다.

혹시 그 스킬이 사용되고 있는 건 아닌가?

"스킬."

현재 활성화되어 있는 스킬이 눈에 보였다.

루다가 올려놓은 패시브 스킬들, 그리고 역시나 진실의 눈이 깜빡거리며 제가 사용되고 있다는 걸 보여 주고 있었다.

스킬 창에 나와 있는 진실의 눈의 랭크는 8이었다.

"언제 올랐지?"

눈썹이 움찔했지만 좋은 게 좋은 거라고 심각하게 생각하지는 않기로 했다. 아까 단검을 봤던 일도 있고, 아니면 어떤 비밀 같은 걸 접할 때마다 랭크가 오를 수도 있겠지.

지금 엘피드가 폐허가 된 상황을 분석하고 싶은 마음이 없는 건 아니었지만, 그 전에 해야 할 일이 있었다.

이곳의 해결은 루다가 직접 할 필요는 없었다. 아르비드에게 말하면 조사단을 파견할 것이다. 이곳의 문제점을 알아낸 것만으로도 충분했다.

루다는 타라가 부탁한 일을 떠올렸다. 엘피드의 반석을 부숴 달라는 퀘스트.

루다는 진실의 눈을 활성화시킨 상태로 다시 주변을 자세히 둘러봤다. 혹시 반석의 위치를 쉽게 알려 주지 않을까 싶어서.

역시나. 반석이 어디 있는지 힘들게 찾을 필요도 없었다. 저 액체들이 선처럼 이어져 있었고 그 끝에 '반석'이라는 글자가 적혀 있었다. 멀리서도 눈에 띌 정도의 크기였다. 문제는.

"결계……?"

선을 따라가 반석 앞에 선 루다가 조용히 중얼거렸다. 루다를 따라 같이 앞에 선 루드비히가 의아한 목소리로 물었다.

"결계가 있나? 왜 내게는 보이지 않지?"

"어떻게 보이는데?"

"그냥 터 같은 곳을 거대한 반석 열 몇 개가 채우고 있는 광경만 보인다."

"음, 아마도 스킬 때문에? 자기, 아니 너는 익히지 않은 스킬을 익혔거든."

"아."

그때 그 스킬. 말하려다가 입을 막았다. 루드비히는 아타나스에서 루다와 있던 일을 스테안이 여전히 모른다고 알고 있었다.

스스로 입단속을 한 채 팔짱을 끼고 루드비히가 고민에 잠겼다.

"그럼 나는 들어가지 못하는 건가?"

루드비히가 무언가 살피듯 상체를 앞으로 기울였다. 그의 움직임에 돔처럼 둘러싸고 있던 결계가 흔들리는 것이 보였다.

그 모습이 반발력처럼 보이지는 않았다. 아니, 외려 그의 움직임에 반응해 길을 열어 주려는 것처럼 보였다.

"음……. 한 발자국만 앞으로 가 봐."

루드비히에게 반응해 결계가 조금 더 열렸다.

"아니, 갈 수 있을 것 같은데."

루다가 루드비히처럼 제 상체를 앞으로 기울여 봤다. 역시나 반응한다.

설마 이것도 조건이 시타라나 뭐 그런 거 아니야?

"나 먼저 들어가 볼까?"

가볍게 내뱉은 한마디에 루드비히가 무언가 고민하다가 이내 고개를 내저었다.

"아니, 나 먼저 들어가 보도록 하지."

말이 떨어지기가 무섭게 루드비히가 결계 쪽으로 발을 성큼 내딛었다. 동시에 루드비히를 기준으로 감싸고 있던, 빛과 어둠이 한데 뒤섞였던 장막이 문처럼 열렸다.

"열렸어."

"조건에 만족한 모양이군."

"이거 근데 엄청…… 자동문 같다."

루다가 멀뚱히 루드비히를 바라보며 중얼거렸다.

그녀의 말 그대로였다. 루드비히가 서 있는 곳은 결계의 한복판이었다. 그곳에서 장막이 마치 자동문처럼 열린 상태로 닫히지 않고 있었다.

"너는 자격이 되나?"

"아까 반응 보니까 되는 것 같던데 문제는……."

시선이 스테안에게 향했다. 가까이에 스테안이 서 있었지만 그와 가까운 쪽의 결계는 움직일 생각조차 없었다.

그가 루다의 시선을 느낀 모양인지 가볍게 웃으며 어깨를 으쓱였다.

"어라, 걱정해 주는 거야? 근데 걱정 안 해도 돼. 내가 괜히 너한테 여기까지 데려와 달라고 말한 건 아니거든."

"들어갈 수 있다고?"

"너 먼저 들어가고 나면?"

"흠."

왠지 안 될 거 같은데. 안 되면 다시 나가서 물어보지 뭐.

가볍게 생각한 루다가 손가락으로 동그라미를 그려 보였다.

"알았어. 알아서 들어와."

그렇게 루드비히가 들어가고 그다음 루다가 따라 들어갔다. 둘이 동시에 들어가자 딱 그들의 몸만큼만 열렸던 결계가 조금 더 넓게 열리는 것이 보였다.

그리고 그 틈새로 스테안이 쏙 몸을 들이밀었다. 마치 자동문이 닫히기 전 얄밉게 통과하는 사람처럼.

저러려고 된다고 한 거구먼.

"너 엄청 얄밉게 들어온다."

"들어와야 되니까 어쩔 수 없지."

스테안이 여전히 뻔뻔하게 어깨를 으쓱였다. 뭐, 틀린 말은 아니라 루다가 조용히 고개를 끄덕였다.

그나저나.

"여긴 왜 데려와 달라고 한 거야? 에세나에 못 오는 것도 아니고. 보아하니 그냥 들어오면 되는 것 같은데. 네 레벨이 그렇게 낮은 것도 아니고."

"그 전에."

스테안이 루다를 지나쳐 루드비히 앞에 가서 섰다.

"폐하."

"이제야 그렇게 부르는군."

땅굴처럼 낮아진 루드비히의 목소리였다.

"여기는 아무도 없으니까요."

"아까 누군가 있어서 그렇게 말한 건 아닌 것 같았는데."

"그건 폐하의 착각입니다, 폐하. 마음에 들지 않으면 루비라고 불러 드릴까요?"

태연하게 지껄이는 스테안의 한마디에 루드비히의 이마에 힘줄이라도 돋아난 것 같았다. 물론 보이지는 않았지만.

"하던 대로 해라."

"예, 분부대로."

과장되게 허리를 굽혔다가 다시 펴고는 스테안이 싱글 웃었다.

"그래서 폐하가 여기 계신 걸 아는 사람이 있나요?"

"너와 이 여자."

"루다."

루다가 이 여자라는 단어가 마음에 들지 않는지 불쑥 끼어들어 호칭을 정정했다.

"……루다."

"저희밖에 없다는 이야기군요."

루드비히가 고개를 끄덕였다. 여전히 의심 어린 눈빛은 지우지 않은 상태였다.

"그렇다면 거래를 하나 하는 게 어떻습니까?"

그의 눈이 치켜 올랐다. 아까부터 못 미더웠는데, 대체 뭐 하는 짓거리냐는 뜻이 분명했다.

"무슨 개수작이지?"

"개수작이라니요. 아무도 폐하가 이곳에 있는 걸 모른다면 그건 비밀 아니겠습니까?"

"……."

스테안의 말에 긍정의 침묵이 뒤따랐다. 그럴 줄 알았다는 듯 스테안이 씨익 웃고는 말을 이었다.

"그건 저도 마찬가지랍니다."

"그렇겠지. 기예르모님께서 네가 에세나에 넘어가는 걸 막으라고 말했으니."

"그리고 그런 폐하께서도 이곳에 와 계시고요."

"……."

"그러니 거래를 합시다."

"서로의 비밀을 묻어 주기로?"

"예. 아주 탁월한 거래 아닌가요?"

"……좋다."

기분 나쁜 기색을 한껏 담은 표정에 비해 대답은 금방 튀어나왔다.

고민할 것도 없었다. 둘 다 기예르모의 귀에 들어가면 안 되니 그런 거래를 할 수밖에.

"여기 데려와 달라고 한 이유는, 여기는 아무나 들어올 수 없는 곳이거든."

"아까 그 결계?"

"응."

"하지만 넌 반신인데. 아, 기예르모의 반신이라 그런가?"

여기는 에세나고. 그렇게 생각하면 앞뒤가 맞았다.

"뭐 틀린 말은 아닌데."

"어, 잠깐. 루드비히는?"

루드비히는 기예르모의 사자나 마찬가지였다. 그런데 왜 통과했지? 그러다가 퍼뜩 떠오르는 것이 있었다.

"아."

둘이 같은 편이었지? 뒷말을 내뱉으려다 얼른 집어삼켰다.

아무리 스테안이 호의적인 모습을 보여 준다 한들 신의 반신이다. 괜히 신들의 귀에 들어가게 할 필요는 없지.

"뭐 그럴 수도 있겠지."

해서 루다는 그냥 아무것도 모르는 척하기로 했다. 그런 루다를 잠시 빤히 바라보던 스테안이 다시 그 특유의 웃음을 입에 걸었다.

"어쨌든 두 분 아니었으면 저는 여기에 들어올 수도 없었을 겁니다. 그 부분은 감사하게 생각하고 있지요."

루드비히는 별로 그 감사를 받아 줄 생각이 없어 보였다.

둘 사이 진짜 안 좋구나.

"그런 너는? 여기 왜 왔어?"

"나?"

급작스러운 스테안의 질문에 루드비히가 손가락으로 자신을 가리켰다.

기예르모를 이룬다는 반석을 부수러 왔는데. 이거 말해도 되는 걸까?

루다가 생각에 잠겼다.

그래도 뭐. 스테안이 기예르모의 반신이면 에세나에서 일어나는 일은 상관없지 않을까. 있더라도 어차피 기예르모와 타라는 같은 편인데. 타라가 시킨 걸 스테안이 막을 리는 없겠지.

나름대로 결론을 내린 루다는 고개를 끄덕였다.

"여기 반석 좀 부숴 달라고 해서. 한두 개만 부수고 갈 거야."

가볍게 말하며 얼음송곳을 제 앞에 띄웠다. 반석을 부수기 위한 용도였다.

저 반석이 얼마나 단단한지는 모르겠지만 패시브 스킬로 가능할 수도 있지 않을까?

하지만 그 앞을 가로막는 자가 있었다.

"이런. 내가 한번 뱉었던 말을 정정하는 사람은 아닌데."

스테안이었다.

앤 또 뭐야? 의아한 기색이 루다의 얼굴에 떠올랐다.

"응?"

"아까 했던 말 중에 하나 취소해야겠어."

썩어 들어가는 루다의 표정을 마주하며 스테안이 웃었다. 그 웃음에서는 평소의 장난기도 능글맞음도 그 무엇도 보이지 않았다. 단지 비장함이 감돌 뿐이었다.

대뜸 무슨 말이지. 하지만 돌아가는 상황이 루다에게 썩 좋게 흐르는 것 같지는 않았다.

"방해하지 않겠다고 했는데. 이건 방해해야겠어."

루다의 예상과 전혀 다른 한마디가 스테안의 입에서 튀어나왔다.

"뭐야? 왜 말을 바꿔?"

루다의 언성이 높아졌다.

아니, 아까는 방해 안 한다며!

루다가 흘끔 루드비히를 바라봤다. 너도 방해할 거냐는 질문이 담긴 시선이었다.

"나는 방해할 생각은 없다만……."

안심한 듯 루다의 눈이 풀렸다. 그게 무얼 의미하는지 알아챈 모양인지 루드비히가 한마디 덧붙였다.

"도와줄 생각도 없다."

"왜!"

"방해하지 않는 것만으로도 감사히 여기도록."

"와, 잘해 준다 싶더니 이렇게 나오기야?"

"……원래라면 방해해야 했으니까."

루다가 멈칫했다.

사실 루드비히의 말이 맞았다. 남자 친구가 형우가 아닌 루드비히인 이상 제롬에서부터 방해하지 않고 도와준 게 엄청난 호의라고 볼 수 있었다.

반박할 말이 없네.

루다가 잠시 멈췄다가 결국 버럭 짜증을 내고 말았다.

"아니, 둘 다 여긴 대체 왜 온 거야? 뭔가 일 있어서 온 거 아니야? 그 일이 대체 뭔데!"

"그러는 너야말로 이걸 왜 부수려고 하는 건데?"

"나? 당연히 타라지."

루다의 대답에 스테안의 표정이 확연하게 굳었다. 아까 엘피드에 처음 발을 디뎠을 때 보여 줬던 심각함과는 차원이 달랐다.

"기어코……."

짓씹듯 중얼거린 한마디는 스테안 혼자만 들을 수 있는 크기로 퍼졌다가 금세 사라졌다.

"응? 뭐라고?"

스테안이 뭐라고 하긴 했는데. 제대로 들리지 않은 한 마디에 루다가 물었지만 스테안은 대답해 줄 생각이 없어 보였다.

"아니, 아니야. 그런데 넌 타라를 탐탁지 않게 여기지 않았어?"

"그렇…… 그걸 네가 어떻게 알아?"

바로 긍정하려다 루다가 무언가 깨달은 듯 대답을 바꿨다. 마주한 스테안의 얼굴은 여전히 평온하기 그지없었다.

"나 이래 봬도 반신이라고. 그런 것도 모를 줄 알아?"

"당연하지! 타라도 내가 뭔 짓을 하고 다니는지 다 모르는데 반신인 네가 그걸 어떻게 알아?"

타당한 질문에 스테안이 뻔뻔한 표정으로 어깨를 으쓱였다.

"너 진짜 어디 가서 누구 속이려고 하지 마."

"엉?"

"찔러본 건데 그렇게 금방 펄쩍 뛰어서야 누굴 속이겠냐?"

웃음기가 가득 담긴 대답에 루다가 멍청히 서 있다가 이내 와락 얼굴을 구겼다.

"와, 진짜 재수 없어! 좀 괜찮아졌나 싶었더니 진짜 여전하네?"

어이가 없다는 표정이 루다의 얼굴에 떠올랐다가 금세 사라졌다. 무언가 생각난 듯 잠깐 행동을 멈췄다가 눈을 가늘게 떠 스테안을 바라봤다.

"아니야, 너 이것도 알고 말한 거지? 그때 나 에세나 군주인 거 아는 것처럼."

"아니라니까? 내가 타라의 일을 어떻게 알겠어? 나는 기예르모의 반신인데."

큭큭, 즐거움이 가득한 웃음까지 지으며 루다에게 덧붙였다.

루다가 그런가? 잠시 고개를 기울였다가 다시 도리질했다.

"아니야. 분명 뭔가 있어. 혹시 알아? 네가 이중첩자 같은 걸지? 그래서 기예르모뿐 아니라 타라의 명령까지 듣고 있을지?"

이중첩자는 그냥 던진 말이었다. 하지만 후자는 다분히 노리고 던진 말이었다.

어차피 타라와 기예르모가 한편이라는 건 루다 안에서 기정사실이었으니. 이중첩자가 아니더라도 둘의 명령을 동시에 듣는다는 건 충분히 있을 수 있는 일이었다.

"넘겨짚기?"

"그걸 내가 말해 줄 거 같아?"

"땡, 틀렸어."

스테안이 생글 웃었다.

웃기시네. 루다가 속으로 웃음을 삼켰다.

진짜 내가 이거 티를 못 내는 상황만 아니었으면 너한테 다 말했다. 내가 봐준 줄 알아.

속으로 비웃음을 날리며 루다가 괜히 인상을 찌푸렸다.

"그래? 뭐 그럴 수도 있다 쳐. 그런데 진짜 왜 안 되는데? 기예르모가 부수지 말래? 하긴, 이거 기예르모의 반석이라고 들었거든."

"누가?"

"누가 그랬나?"

둘이 동시에 시선을 돌려 루다를 바라봤다. 루다가 눈을 동그랗게 떴다.

스테안은 그렇다 쳐도 루드비히는 갑자기 왜 그러지?

"응? 이거 타라 퀘스트라니까? 당연히 타라가 시킨 거지."

"……."

루드비히의 눈이 심각한 빛을 띠었다. 그 옆에 서 있는 스테안 역시 마찬가지였다.

이유는 모르겠지만 둘 다 동시에 고민에 잠겨 있었다.

"둘이 대체 왜 그래? 나 이러면 좀 불안해진다?"

"나도 말할 수 있었으면 좋겠네."

스테안이 희미하게 웃었다. 루다는 그의 그런 웃음을 처음 봤다. 미간이 찌푸려졌다.

대체 왜 저런 웃음을 짓지?

정말로 미안하다는 듯한, 그리고 답답한 미소. 무언가를 말하고 알려 주고 싶지만 여력이 되지 않아 속으로 집어삼키는 자의 표정.

그런 웃음을 왜 스테안이?

"너 무슨 하고 싶은 이야기 있어?"

"아니?"

그 표정이 금세 휘발되고 일상의 표정으로 돌아왔다. 하지만 루다는 이제 저 스테안 특유의 웃음이 거짓된 웃음이라는 걸 알고 있었다.

루다의 눈이 의심으로 빛났다. 저렇게 나온다면 마지막 보루가 하나 남아 있었다.

"거래, 여기서 하자."

반석 안을 괜히 한번 둘러보던 스테안이 고개를 획 하고 돌렸다. 그의 얼굴에는 드물게 놀란 표정이 떠올라 있었다. 루다가 팔짱을 낀 채 고개를 모로 꺾었다.

"뭘 그렇게 놀라? 거래, 여기서 하자고. 나는 너를 데려다줬으니 내가 할 일은 끝났어. 그럼 네가 할 일만 남았지. 너는 내게 세계의 진실 하나를 알려 주기로 했잖아."

"후회하지 않겠어?"

그의 입가에는 미소가 걸려 있었다. 눈은 웃고 있지 않았다.

진중에 진중을 담은 눈동자. 심해만큼의 깊이를 담은 벽안을 마주했다.

저게 반신, 수백의 세월을 살아온 자가 가질 수 있는 깊이인가, 순간 루다가 생각할 만큼의 진지함이었다.

그 눈이 금세 휘어졌다.

그제야 정신을 차린 루다가 고개를 가로로 내젓고는 큼큼, 헛기침을 한 번 한 후 입을 열었다.

"후회는 무슨. 그런 거 안 해."

루다가 스테안의 눈을 똑바로 마주쳤다.

사실 허세였다. 루다는 조금 걱정하고 있기는 했다. 후회하면 어떡하지? 하는 걱정을.

설마 이건 제가 쉽게 알아낼 수 있는 일이고, 나중에 정말 중요한 게 궁금한데 이미 기회를 써 버려서 사용할 수 없다면?

예를 들자면 타라의 약점 같은 것.

잠깐, 그런데 생각하다 보니, 스테안이 전부 알고 있을 거라는 보장은 없잖아. 타라의 약점을 모르는 거 아니야?

그래, 왜 그 생각을 못 했지? 제가 궁금한 걸 스테안이 모를 수도 있다는 생각을 왜 안 한 거지?

"아니, 잠깐, 잠깐!"

"왜, 후회할 거 같아?"

"아니, 잠깐 기다려 봐. 너 혹시……."

루다가 잠시 고민에 잠겼다.

이거 물어봐도 되나? 에라 모르겠다. 안 되면 뭐 어쩔 건데. 지금도 계속 가정하고 결론 내리고 난리를 치느라 머리가 터질 것 같았다.

"너, 신 약점 같은 거 알아?"

"신?"

"타라나 기예르모 같은 자들."

"글쎄?"

"설마 이것도 진실에 들어가는 거야?"

스테안이 의뭉스럽게 웃었다. 루다는 그 모습을 고운 눈으로 바라볼 수가 없었다.

"아, 너무 쪼잔하잖아! 네가 아는지 모르는지도 모르는데 어떤 질문을 할지 내가 어떻게 정해!"

"그런데 신의 약점은 왜? 신을 죽이기라도 하게?"

정확한 의도를 담은 질문에 루다는 찔렸다.

"아, 당연히 기예르모는 죽여야 될 것 아니야!"

루드비히의 고개가 서서히 돌아갔다. 헙, 루다가 바로 입을 가로막았다.

아, 말실수.

"아니, 그게 아니라. 잠깐, 지금 안 싸우면 안 될까?"

당연히 루드비히가 공격할 거라 생각한 루다가 그를 향해 손바닥을 내민 채 간절히 쳐다봤다. 당연히 덤벼들 줄 알고 반사적으로 한 행동이었다.

하지만 루드비히는 그 자리에서 움직임이 없었다.

루다는 얼떨떨한 표정을 지은 채 가만히 서 있는 루드비히와 눈이 마주쳤다. 루드비히의 눈가에 작은 웃음이 맺혔다.

잘못 본 건가?

루다가 눈을 깜빡였다. 그 웃음이 찰나처럼 다시 사라졌다.

에이, 잘못 본 거겠지. 형우도 아니고 루드비히가.

다시 돌아온 무뚝뚝한 눈빛으로 루드비히가 말했다.

"싸울 생각 없다."

의외의 한마디에 루다가 눈만 깜빡였다.

"왜?"

"싸우려고 온 게 아니니까."

"내가 기예르모 죽인댔는데?"

"너는 에세나 군주니까 그럴 수밖에 없겠지."

"그러니까 내가 네가 그렇게 따르는 기예르모와 대적하는 에세나의 군주인데?"

"……무슨 거래를 한 거지?"

대화를 돌렸어.

루다가 또다시 당황스러움에 눈을 깜빡거렸다.

"이 친구가 저를 여기에 데려다주는 대신 제가 진실을 하나 알려 주기로 했죠."

상황을 모면하려고 던진 게 뻔한 그 질문에 스테안이 흔쾌히 대답했다. 그 대답에 루드비히가 미간을 찌푸렸다.

"아까 세계의 진실이라고 들었는데."

"그러게요."

스테안이 평소의 웃음을 지었다. 대답을 회피하려는 것이 분명했다.

"도대체 왜?"

루드비히의 한마디에는 이해할 수 없다는 기색이 역력했다. 단 하나도 이해할 수 없다는 그 질문을 오히려 루다가 이해할 수 없었다.

그냥 거래였다. 그것도 데려다주면 궁금한 거 하나를 알려 준다는 거래. 그게 그렇게 이상한 건가?

"뭐가 왜야? 엄청 정당한 거랜데? 설마 내가 에세나에 있고 스테안이 기예르모에 있어서 그래? 그런데 그건 상관없잖아. 반신의 거래인데."

"반신이 내뱉는 세계의 진실은 그 크기에 따라 목숨이 얹어지지 않는

가?"

"뭐?"

하지만 돌아오는 대답은 루다의 예상 밖이었다.

의외의 한마디에 루다가 눈을 깜박였다.

뭔 소리야? 여기에 목숨이 왜 나와? 그러니까, 이해한 게 맞다면.

"내가 질문 잘못해서 그게 네가 말하면 안 되는, 엄청난 세계의 비밀이었으면 너 죽는다는 말이야?"

"……"

스테안이 웃었고 루드비히는 입을 다문 채 고개를 끄덕였다. 긍정이나 다를 바 없는 둘의 반응에 루다만이 와락 얼굴을 구겼다.

"와, 진짜 치사한 거 아니냐? 그럼 내가 질문을 할 수가 없잖아! 지금 사람 죽이면서 진실을 들으라고?"

아니, 그게 아니지. 이 사실을 지금 알았잖아.

루다가 버럭 소리를 지르다가 우뚝 멈췄다.

"나한테 그 진실을 알려 준다고는 왜 한 거야?"

목숨을 걸어 가면서.

맨 처음부터 밉상이고 얄밉고 한 대 때려 주고는 싶었지만 죽이고 싶은 생각은 없었다.

"에이, 뭘 그렇게 심각하게 물어보고 그래? 설마 내가 나 죽을 거 각오하고 거래했을까 봐? 네가 그렇게 핵심을 찌르는 질문을 할 리가 없잖아."

스테안이 얄미운 웃음을 지었다. 하지만 루다는 지금 그가 그런 웃음을 짓는다는 사실 자체가 아주 마음에 들지 않았다.

이제는 대충 알 것 같았다. 저 웃음이 의미하는 바를.

"했잖아."

"무슨 말 하는 거야."

"했잖아. 죽을 각오."

"아닌데? 나 그렇게 인생 어렵게 살지 않거든."

이렇게 잡아뗄수록 루다는 확신하게 됐다. 루드비히의 말이, 말 한 마디만 잘못해도 그의 목숨이 위험해진다는 것을.

루다가 큰 한숨을 푹 내쉬었다. 이제는 그와의 말다툼이 피곤해지려고 했다.

"됐어. 너 말고 루드비히랑 대화할 거야."

루드비히와 눈이 마주쳤다.

"너는 여기 왜 왔어?"

"……."

루드비히가 스테안의 눈치를 봤다. 루다는 이제 짜증이 날 것 같았다.

"왜? 너도 말하면 목숨이 달려 있어?"

"……그저 확인하고 싶었다."

"뭘?"

"모든 근원이 이곳에 적혀 있다는 게 사실인지."

"응?"

근원? 무언가 익숙한 단어인데.

"그건 누가 말했습니까?"

스테안이 급박하게 끼어들었다.

"그걸 내가 왜 답해야 하지?"

하지만 루드비히는 협조적이지 않았다. 역시나 스테안을 엄청 싫어하는구나. 하지만 궁금한 건 루다 역시 마찬가지였다.

"그건 나도 궁금한데?"

도대체 누가 말했지? 기예르모가 말할 리는 없었다.

"나도 너와 비슷한 명령을 들었고, 타라의 힘과 직결되어 있다는 마법진을 파괴하러 갔다. 모든 근원이 여기에 있다는 걸 들은 건 아니고, 그곳에 적혀 있었지. 진실을 확인하고 오라고. 그 후에도 마법진을 파괴하고 싶은 생각이 든다면 파괴하라는 말과 함께."

스테안의 동공이 흔들리는 것이 보였다.

"여기에서 진실을 확인할 수 있대?"

"그렇다. 헌데……."

루드비히가 스테안을 또 흘끔 바라봤다.

스테안은 그러든지 말든지 굳었던 표정을 금세 풀고는 콧노래를 흥얼거리기 시작했다.

"저는 아~무것도 안 들립니다."

가당치도 않은 말을 하면서.

"이건 스테안도 아는 것 같으니 말하도록 하지."

"제가요?"

"그래, 너도 알고 있지 않은가?"

"제가 뭘요?"

"여기가 기예르모의 반석이 아니라 타라의 근원석이라는 것."

"……."

셋 사이에 침묵이 가라앉았다.

그 침묵을 깬 건 루다였다.

"무슨 소리야?"

루다가 루드비히와 스테안을 번갈아 봤다. 설명을 요하는 표정과 목소리였다.

"말 그대로다. 나는 여기가 타라의 근원석이라고 알고 있다. 그렇기에 네가 여기를 부순다고 했을 때 방해하지 않으려 했지."

"그래서 지금은 방해할 거야?"

"부수는 건 상관없다만, 우선 진실은 알고 싶군."

루드비히의 말을 곱씹다가 문득 한 가지를 깨달은 듯 루다가 고개를 모로 기울였다.

"루드비히. 나 궁금한 거 있는데."

"뭐지?"

"기예르모의 명령, 안 들어도 돼?"

"……."

직구로 날린 루다의 질문에 루드비히가 입을 다물었다. 정곡이었다.

루드비히는 그때 영문을 알 수 없는 안내 창이 뜬 날을 기점으로 이상할 정도로 기예르모에게 의심을 품고 있었다.

물론 던전에서 루다와 있던 일들도 작용했겠지만, 그것치고는 너무 급작스러운 반응이었다. 그리고 루드비히 역시 그 사실이 의아한 참이었다.

그래서 루드비히는 선뜻 답할 수 없었다.

"이곳에서 널 방해하라는 명령을 들은 적은 없으니까."

해서 루드비히는 지금 그나마 앞뒤가 맞을 것처럼 보이는 변명을 댔다.

루다는 그 한마디에 한 번 고개를 갸웃했다가 가볍게 고개를 끄덕였다. 완벽히 납득 가지는 않지만 그럴듯한 답변으로 보인다고 생각한 모양이었다.

"그래서 이곳을 부술 건가?"

"꼭…… 부숴야 해?"

둘의 질문이 동시에 들려왔다.

"응?"

갑작스러운 질문에 루다가 반사적으로 반문했다. 그 모습을 다르게 해석한 모양인지 스테안의 얼굴에 심각한 표정이 떠올라 있었다.

"꼭 부숴야 한다면 방해해야 할 것 같은데. 물론 영웅이자 시타라인 너를 내가 이길 수는 없겠지. 보아하니 폐하께서 나를 도와주실 리도 없고 말이야. 최악의 경우 목숨을 잃게 될 수도 있겠지만, 나는 방해해야겠어."

스테안의 말에 루다가 미간을 찌푸렸다.

이쯤 되니 제가 무슨 타라 말을 엄청 잘 듣는 사람이 된 것 같은데. 전혀 아니었다.

부순다고 오긴 했지만 굳이 그럴 필요는 없었다. 타라의 명령을 꼭 들을 필요는 없으니까. 또 다른 타라라면 모를까.

아니, 오히려 생각해 보면 퀘스트 수행을 안 하는 게 더 낫기는 했다.

루다가 하나라도 부수는 척하려고 했던 이유는 연막을 위해서였다.

마치 지금의 타라를 믿고 있다는 것처럼 행동하면 나중에 뒤통수를 때리기 좋을 테니까, 밑밥을 깔아 놓는다고 해야 하나.

딱 그 정도의 생각으로 반석이 많으니까, 그중 하나 정도만 부술 생각이었다.

그런데 둘이 이렇게 나오고, 게다가 여기가 엄청 중요한 곳이라는 생각이 드니 이제는 타라의 퀘스트를 이행할 생각은 전부 사라진 상태였다.

"아, 알았어. 안 부술게. 안 부수면 되잖아."

마치 제가 악역이라도 된 것만 같은 상황에 루다가 손을 들어 올리며 항복 아닌 항복을 표했다.

그 한마디에 스테안의 얼굴이 환하게 펴졌다.

이러니까 제가 더 악역이 된 것 같은데.

"대신."

루다가 머리를 흐트러뜨렸다. 별로 친한 사이도 아니고 좋아하는 인간도 아닌데 자꾸 저 스테안이 하는 꼴이 마음에 걸렸다.

진실을 말하면 중요도에 따라 소멸할 수 있다는 것도 그렇고. 여기가 소중하다고 말하니 부수기에 꺼림칙한 것도 그렇고.

맨 처음에는 진짜 한 대 때려 주고 싶다고 생각했는데, 물론 그 마음은 지금도 마찬가지인데.

그렇다고 죽기를 바라냐고 물어보면 그건 절대 아니었다.

오히려 죽어 버리면 충격받고 눈물 한 방울 정도는 흘릴 만큼의 호감이 있는 상태였다.

아무리 생각해도 이해가 가지 않았다. 아무래도 미운 정이라도 든 모양이었다.

후, 한숨을 내쉬며 루다가 말을 이었다.

"진실을 알게 된 후 마음 바뀔 수도 있어."

물론 허세였다. 그리고 왠지 돌아가는 상황을 보니 루다는 부술 수 없을 게 뻔했다.

"그건 어쩔 수 없지."

스테안이 순순히 고개를 끄덕였다.

반항하지 않는 모습이 의아했지만 그만큼 궁금하기도 했다. 도대체 여기가 뭐기에 스테안이 이렇게 반대하는 건지.

"근데 진실은 어떻게 알아내?"

루다가 말하며 반석을 샅샅이 살폈다.

"그건……."

"음?"

무언가 설명하려는 스테안보다 먼저 루다의 눈에 반석에 빛나는 글자가 보였다. 아타나스의 던전에서 보았던 모습과 흡사했다.

루다가 그 앞으로 다가갔다. 루다가 가까이 다가갈수록 그 빛이 더욱 밝음을 더해 가고 있었다.

"손 줘."

"뭐지?"

루다가 서둘러 루드비히에게 손을 내밀었다. 갑작스러운 그녀의 행동에 루드비히의 눈에 의아함이 떠올랐다.

"파티 같이 맺으면 너도 볼 수 있다는데, 아무래도 파티 맺는 방법이 확실치 않으니까. 손잡으면 파티 맺는 걸로 돼서 볼 수 있지 않을까?"

잠시 고민하던 루드비히가 조심스럽게 루다의 손 위에 제 손을 올렸다. 익숙한 손을 잡은 채 루다가 성큼성큼 글자가 쓰여 있는 곳으로 걸었다.

"태초의 성전……?"

루다가 조심스레 터 한가운데에 세워진 기둥에 새겨진 글을 읽었다.

무언가 살피려 그 기둥에 손을 가져다 댈 때였다. 빛무리가 환하게 퍼지기 시작했다.

─오셨군요.

익숙한 목소리가 들려왔다.

"뭐야?"

루다가 주변을 둘러봤다. 전경이 뿌옇게 흐려져 있었다.

"이벤트 영상……."

옆에 루드비히는 없었다. 어쩌면 파티를 맺는 방법이 틀렸던 건지, 아니면 파티는 맺었지만 이벤트 영상이기에 옆에 보이지 않는 것인지 확신할 수는 없었다.

─자격을 가진 자여.

"저요?"

따뜻함을 가득 담은 목소리가 다시 한 번 들려왔다.

루다가 반사적으로 본인을 가리켰다. 하지만 타라의 눈은 루다를 바라보지 않고 있었다.

그때, 뒤에서 나타난 누군가가 루다를 스치고 여신의 앞에 섰다.

'여신을 뵙습니다.'

단정하게 자른 깔끔한 은발이 바람에 휘날렸다.

반석만 남아 있던 장소는 어느새 새하얗고 높은 기둥이 일정한 규칙으로 세워져 있는 성소가 되어 있었다.

높은 기둥이 원을 그리며 하늘로 치솟아 있었고, 위를 바라보자 그 기둥이 만들어 낸 뻥 뚫린 천장 안으로 푸른 하늘이 자리하고 있었다.

지금은 무너져 내린 타라의 성소. 딱 봐도 그러했다. 그렇다면 말을 건 자는 타라가 분명했다.

'저를 부른 이유가 무엇입니까?'

여신의 부름에 깔끔한 머리에 단정하게 정복을 차려입은 스테안이 깊숙이 허리를 숙였다. 익숙하지만 생소한 그 모습에 루다가 신기한 듯 스테안을 바라봤다.

―부탁할 것이 있어요.

'말씀하십시오.'

―먼저 말하자면…… 굳이 제 부탁을 들어주지 않아도 돼요.

타라의 말에 스테안의 얼굴에는 의문의 빛이 떠올랐다.

'이상한 소리를 하시는군요. 저를 반신으로 삼은 것은 타라님의 일을 좀더 편하게 하기 위함 아니었습니까?'

―명령이 아니라 부탁이라고 하는 것은, 그리고 이걸 부탁하는 이유는…….

타라가 곤란한 내용을 담은 것처럼 말을 늘렸다. 그리고 이내 다짐한 모양인지 다시 말을 이었다.

―저크시즈를 끝내려고 해요.

'예?'

스테안이 돌처럼 그 자리에 굳었다. 루다 역시 마찬가지였다.

무슨 소리지? 저크시즈는 끝나지 않았다. 지금 루다가 있는 곳이 저크시즈였다. 그런데 저크시즈를 끝내다니?

―지금의 저크시즈는 제가 정화하기 힘든 수준이에요. 스테안이 알고 있다시피. 그리고 그건 전부 제 탓이죠.

'그것이 어째서 타라님 탓입니까? 그건 전부 여신의 은혜가 제 것인 줄알고 탐욕에 못 이겨 날뛴 자들의 탓 아닙니까?'

스테안의 얼굴에 드물게 화난 표정이 지어졌다. 진심으로 분노하고 있었다.

어쩌면 당연한 반응을 바라보며 타라가 쓰게 웃었다.

―과한 애정은 너무 그 크기가 커 시야를 가리고는 하죠. 썩은 부분을 도려내지 못한 건 신의 탓입니다.

'사랑에 잘못이 어딨습니까! 그걸 오만방자하게 휘두른 인간들의 문제지.'

루다는 대화의 흐름을 따라갈 수 없었다. 아니, 무엇보다 지금 신의 모습은 루다가 알고 있던 타라의 모습과 너무나도 달라 보였다.

진심으로 뉘우치고 반성하는 느낌. 그리고 인간을 사랑하는 마음.

루다가 저크시즈에 떨어진 후 몇 번이나 만났던 타라에게서 한 번도 보지 못했던 모습이었다.

지금 당장 난입해서 묻고 싶었지만, 이벤트 영상이라는 것은 물어 봤자 뭘 알려 준 적이 없었다. 그냥 재생되는 대로 보는 게 루다가 할 수 있는 전부였다.

―그래서…….

커다란 빛이 일렁였다. 빛이 지난 곳엔 칠흑 같은 어둠이 있었다. 빛과 어둠……. 문득 타라와 기예르모가 떠올랐다.

루다는 미간을 찌푸렸다.

그러든지 말든지 과거는 계속 루다의 눈앞에서 재생됐다.

―지고한, 영원한 타라의 시대를 끝내려고 합니다.

'대체……. 제 머리가 못나 전부 이해하기 힘듭니다. 더 설명해 주실 수 없겠습니까?'

혼란에 잠긴 목소리가 흘러나왔다. 내용은 그러했지만, 스테안은 대충 어떤 의미인지 알아챈 것 같았다.

―스테안, 시타라이자 타라의 반신이여.

루다가 고개를 번쩍 들었다.

무슨 소리야? 타라의 반신이라니. 스테안은 기예르모의 반신인데.

게다가 시타라라니 무슨 소리야? 시타라는 역사적으로 셋이었다. 루다까지 포함해서 셋. 그리고 시타라는 보통 군주의 자리에 앉는다.

게임을 플레이하다 보면 그 황제의 이름은 꼭 듣게 된다. 루다가 아는 그 이름 중에 스테안이라는 이름은 없었다.

루다가 무슨 생각을 하든지 상관이 없다는 듯 대화는 계속 흘렀다. 타라가 무언가 고민하다가 다시 말을 이었다.

―영원한, 불멸의 타라는 저크시즈에서 사라질 거라는 말이에요.

타라를 감싸고 있던 빛이 약하게 흔들렸다. 빛이 지난 자리에는 여지없이 어둠이 가라앉았다.

'무슨······?'

"무슨?"

루다와 스테안의 입에서 같은 말이 나왔다.

루다는 영상 속 스테안과 전혀 다른 의미로 놀란 상태였다.

대체 무슨 소리지? 지금 저크시즈에는 타라가 있다. 사람들은 그 타라를 지고한 여신, 불멸의 여신이라고 믿고 있었다. 아니, 불멸의 여신이라고 믿고 있기는 한가?

어찌 됐든, 지금 타라는 존재했다. 그런데 이건 무슨 일이지?

루다가 혼란에 눈을 깜빡였다.

그사이에도 영상은 계속 진행됐다.

―저는 더 이상 인간을 미워할 수 없는 존재가 되었습니다. 인간이 악을 행한다고 해도 정화할 객관성을 잃었죠. 그것은 재앙입니다.

'그것은 축복입니다. 신의 사랑을 받는다는 건 인간에게 축복입니다!'

스테안이 소리쳤고, 타라가 입을 다물었다. 성소가 침묵에 휩싸였다.

타라는 슬프게 미소 짓고 있었다.

'설마······ 설마 지금 저크시즈의 상태가 타라님의 잘못이라고 생각하고 계신 겁니까? 그건, 그건 여신님의 문제가 아닌······!'

―신은 인간과 같아서는 안 되죠.

단호한 타라의 한마디가 울부짖듯 외치는 스테안의 말허리를 뚝 잘랐다.

'……'

─인간의 마음을 알게 된 신은 신의 자격이 사라집니다.

'그것은 누가 정했습니까?'

날카롭게 내리꽂히는 한마디에 타라는 그저 웃을 뿐이었다.

누구인지는 말하지 않아도 루다와, 그리고 스테안은 알 수 있었다. 그것을 정한 자는 타라다.

스테안이 입술을 짓씹었다. 지독한 고뇌에 빠진 사람처럼 보였다. 그동안 타라는 아무 말도 잇지 않았다.

스테안이 다시 고개를 들었다. 한껏 처진 눈썹, 분노인지 실망인지에 한껏 날카로워진 그의 눈동자가 보였다.

'그렇다면 어떻게 됩니까? 여신은 어떻게 되며, 저크시즈는……'

─저크시즈는 건재할 거예요.

스테안의 얼굴에 의문이 떠올랐다. 그 의문에 대답이라도 하듯 타라가 다시 입을 열었다.

─사람들은 여전히 여신을 숭배할 거예요.

'타라께서 소멸하지 않는다는 말씀이시군요.'

스테안의 얼굴이 밝게 펴졌다. 안심한 기색이 역력했다.

─타라의 이름을 가진 존재가 태어날 겁니다.

'예?'

하지만 이어진 말은 그의 기대와 전혀 부합되지 않는 내용이었다. 삽시간에 밝아졌던 그의 얼굴은 다시 절망으로 굳어졌다.

─그것은 관리자. 인간의 마음을 배우지 않게 되겠죠. 600년이란, 신에게 그 정도의 기간이니.

'설마……'

-인간의 감정을 배우기 전 관리자는 사라지고 새로운 관리자가 다시 태어날 거예요. 타라라는 이름으로.

'당신은, 지금의 타라는 어떻게 되는 겁니까?'

-……저는 그저 만든 존재일 뿐이죠. 자격을 잃은 신이란 그런 의미입니다.

스테안은 그 의미를 알았다. 소멸.

그의 표정이 처참하게 구겨졌다.

'제게 시타라로서 타라를 죽여야 한다고 말씀하신다면, 처음으로 당신의 명을 거부할 겁니다.'

스테안은 울 것 같은 표정이었다.

-아니오.

타라가 부드럽게 부정했다. 하지만 여전히 스테안의 표정은 펴질 생각이 없었다.

-새로운 타라가 사라지고 다시 태어나는 동안, 당신은 여전히 시타라가 되어 줄 수 있나요?

'무슨 말씀인지 모르겠습니다.'

-가혹한 짐을 얹는다는 이야기예요. 당신의 어깨에.

'싫습니다.'

-시타라여…….

'그게 무슨 명이든 전제는 당신의 소멸 아닙니까? 저는 그 명령을 받들 수가 없습니다.'

스테안의 한 마디 한 마디가 처절했다. 타라가 웃었다. 그 웃음이 마치 우는 것 같았다.

-그렇군요. 알겠습니다.

'…….'

스테안의 거절을 타라가 부드럽게 받아들였다.

너무 순순한 순응에 스테안은 굳은 표정으로 아무 말도 잇지 못했다.

마치 지옥에 발을 담근 자의 모습 같았다. 끔찍한 것을 받아들여야 하는 자의 모습.

잠시의 침묵이 흘렀다. 타라는 스테안의 답을 기다리는 것 같았다.

창백한 표정으로 고민에 잠겨 있던 스테안이 천천히 고개를 들었다. 목소리가 떨리고 있었다. 하지만 표정은 무언가 다짐한 것 같았다.

'제가 거부한다고 한들 당신의 선택이 바뀌는 건 아니겠지요.'

아까와는 달리 웃음이 지어져 있었다. 그 웃음이 지독히도 썼다.

'명하는 것이 무엇입니까?'

―부탁입니다. 꼭 지키지 않아도 돼요.

'무엇입니까?'

―새롭게 태어나는 타라의 옆에 있어 주세요. 당신은 이미 세상을 오래 지켜봤으니.

'……알겠습니다.'

―고마워요.

타라가 환하게 웃었다. 빛이 찬란했다.

빛에 가려진 어둠이 스테안의 얼굴에 내려앉았다. 눈동자 깊이 잠긴 탄식을, 고통을, 어둠을, 루다만이 똑바로 바라보고 있었다.

만약 창조주 타라가 소멸하고, 관리자로서의 타라만 존재한다면, 저크시즈에서 모든 진실을 아는 자는 스테안밖에 남지 않는다.

유일하게 진실을 아는 자. 영겁의 시간을 사는 자. 타라를 보좌하는 사명을 지닌 자.

타라가 스테안의 어깨에 무거운 짐을 지운다는 게 무슨 의미인지 알 것 같았다.

눈물은 흐르지 않지만, 그 눈물을 속으로 삼키고 심장을 긁어내릴 스테안을 말없이 바라봤다.

-혹시라도.

타라가 말을 이었다.

-당신의 어깨가 무너질 것 같다면 그때는 편해져도 됩니다.

'도망치지 않겠습니다.'

-도망친다고 생각하지 말아 주세요. 편해진다고 생각하면 안 될까요, 스테안.

타라가 슬프게 웃었다. 스테안이 입에 웃음을 걸었다.

'저는 타라를 돕겠습니다. 또한…… 모든 진실을 마음에 품겠습니다. 당신의 명령, 아니 부탁대로.'

스테안이 한 발자국 타라에게 다가갔다. 그대로 무릎 꿇었다. 그의 망토가 빛에 펄럭였다.

'그렇지 않을 경우, 억겁의 고통 속에서 소멸할 것을 태초의 신전에, 타라에 맹세합니다.'

-그건……!

타라의 놀란 모습은 갑자기 퍼져 나가는 빛에 의해 가려졌다.

루다가 눈을 감았다가 떴다. 보이는 장소는 똑같았지만 눈앞에 타라는 없었다.

"뭐야, 끝이야?"

하지만 여전히 루다가 있던 곳은 뿌옇게 보였다. 아직 이벤트 영상이 재생 중이라는 말이었다. 루다가 주변을 두리번거렸다.

타이밍도 좋게 입구에서 익숙한 인영이 들어오는 것이 보였다. 스테안이었다.

그의 손에는 새하얀 지팡이가 쥐어져 있었다.

그가 뚜벅뚜벅 루다가 서 있는 곳으로 걸어왔다. 성소의 한가운데. 그가 우뚝 멈춰 섰다.

조금 전, 타라가 있던 때로부터 시간이 얼마나 흘렀는지는 알 수 없었다. 약간 길어진 스테안의 머리카락과 조금 전과는 사뭇 다른 그의 모습이 어느 정도의 시간이 흘렀음을 보여 줄 뿐이었다.

다시 나타난 스테안은 아까보다 초췌해 보였다. 견딜 수 없는 고통을 겪은 것처럼.

그게 뭐지? 생각하자마자 루다는 짐작할 수 있었다.

"타라의 소멸……."

그의 모든 것이 지쳐 보였지만 그의 푸른 눈만큼은 사명감에 불타오르고 있었다. 그가 순백의 지팡이를 높이 치켜올렸다.

'……영원히, 존재하소서.'

그리고 그대로 성소의 한가운데에 내리꽂았다. 쿠웅, 거대한 소리가 성소에서부터 퍼져 나갔다.

동시에 광활한 빛이 날카롭게 튀어나왔다. 과할 정도로 밝은 빛이 태초의 신전을 감싸 안았다.

그것도 잠시. 콰과광, 거대한 소리가 신전에서 울려 퍼지기 시작했다. 무언가가 무너지는 소리였다. 높이 올라가 있던 기둥에 금이 가기 시작했다.

거대한 조각들이 하나둘 바닥으로 내리꽂히기 시작했다. 천천히 붕괴되던 그곳은 어느새 흔적도 없이 파편에 파묻히고 말았다.

그곳에서 빠져나온 스테안이 성소를 향해 허리를 숙였다가 다시 폈다.

무슨 인사지? 루다가 스테안의 인사가 닿는 곳으로 시선을 옮겼다. 그곳에 타라의 모습이 보였다.

'처음 뵙겠습니다. ……타라시여.'

스테안의 얼굴에는 루다가 익히 알고 있는 웃음이 걸려 있었다.

그 모습을 끝으로 모든 것들이 뿌옇게 변하기 시작했다. 그리고 동시에 영상이 뚝 하고 끊겼다.

루다가 눈을 깜빡였다.

"뭐야."

루다가 다시 한 번 눈을 깜빡였다.

여전히 영상은 사라지고 맨 처음 봤던 반석만이 보였다. 영상은 끝난 게 분명했다.

"이게 끝이야?"

루다가 자리에서 멍하니 중얼거렸다. 루드비히와 스테안의 시선이 루다에게 쏠렸다.

"진실을 알고 오라고 했다며!"

루다가 휙, 루드비히에게 몸을 돌렸다. 루다의 질문을 받은 루드비히가 고개를 끄덕였다.

"이렇게 조각난 진실이 어디 있어!"

버럭 소리를 지르고는 머리를 쥐어 싸맸다.

창조주인 타라가 어떠한 규칙을 만들고 소멸했다는 건 알겠다. 하지만 냉정하게 말해서, 그게 지금 루다의 상황에 크게 도움이 되냐고 물어보면 아니었다.

무언가 알아내기에 이건 너무 조각난 진실이잖아!

루다가 혼이 빠져나간 것 같은 표정을 지었다.

갑자기 밀어닥친 정보에, 그럼에도 한없이 부족함에 루다는 머리가 터질 것 같았다. 그런 루다의 옆으로 스테안이 다가왔다.

"부족해?"

그가 싱글 웃었다. 영상 안에서는 아주 진중하고 진지한 충성쟁이더니 여기서는 또 생글생글 능글맞음을 장착한 상태였다.

루다는 그를 바라보며 오른손을 휘휘 내저었다.

"장난은 안 받아."

"궁금한 거 알려 줄까?"

"진짜 장난쳐?"

77

루다의 언성이 다시 높아졌다. 진짜 장난하자는 것도 아니고 진심으로 하는 소리인가?

루다가 스테안을 향해 몸을 획 돌렸다.

"지금 나 갖고 노는 거지? 진실 말하면 그 무게에 따라서 죽을 수도 있다며. 그런데 진실을 알려 주겠다고? 진짜 사람 바보로 알아?"

"너 나 싫어하지 않아?"

"뭐?"

별다른 심각함이 느껴지지 않는 스테안의 질문에 가뜩이나 험악했던 루다의 표정이 더욱 험악해졌다.

"그런데 내가 죽는다고 한들……."

"너 혹시 죽고 싶냐?"

"아니?"

"아니, 진짜 죽고 싶냐고. 그래서 이러는 거야 지금?"

루다가 어이없다는 표정으로 물었다.

아까 영상을 떠올려 보면 스테안은 지금 몇 백 년도 넘게 살아온 반신이었다. 아니, 어쩌면 몇 천 년을.

그럼 죽고 싶을 수도 있었다. 그렇다고 이렇게 죽여 달라는 듯이 물어보는 건 좀 그렇지 않나?

심각함을 담은 루다의 질문에 스테안의 표정이 굳었다.

"……아니. 오래오래 살고 싶은데."

"난 또, 너무 오래 살아서 죽고 싶은 줄 알았네."

스테안의 대답에 루다의 표정이 조금 풀어졌다. 하지만 그 풀린 표정이 아직 살벌했다.

"하하……."

여전히 기분이 저조한 루다를 보며 스테안이 멋쩍게 웃었다.

"아, 혹시나 해서 하는 말인데."

루다의 입 한쪽 꼬리가 올라갔다. 살벌한 그 표정을 보는 순간 스테안은 움찔할 수밖에 없었다.

아직 화 안 풀렸구나. 화가 안 풀리기는커녕 엄청 분노하고 있었다.

"나중에 죽고 싶어져도 나는 안 죽여 준다."

"알았어, 내가 잘못했다고."

결국 스테안이 양손을 들어 올리며 사과를 표했다. 루다가 한 번 스테안을 째려보고는 후, 깊은 한숨을 내쉬었다.

우선 한 가지는 알 것 같았다. 지금 타라가 창조주 타라가 아니라 관리자 타라라는 것.

하지만 인간의 감정을 배우지 않았다고 치기에는 루다가 만난 타라는 인간과 상당히 비슷한 모습을 보여 주고 있었다.

"내가 생각한 게 맞는지 아닌지 물어보는 것도 세계의 진실에 관해 물어보는 거야?"

"……응."

"진짜 죽으려고 작정을 했었구나."

"……."

허, 어이없는 눈빛을 보내는 루다의 눈을 피하며 스테안이 침묵했다.

"그래서."

루다가 루드비히에게 시선을 돌렸다. 아직도 정신을 차리지 못한 루드비히의 모습이 눈에 들어왔다.

그런데 여기에 기예르모에 관련된 게 없는데 저렇게 충격 먹을 건 없지 않나?

어쨌든 루다는 질문을 루드비히에게 던지기로 했다. 루드비히가 뭘 알고 있을 거로 생각했다기보다는, 그저 제가 본 것과 머릿속으로 정리한 게 맞는가 하는 확인 작업이 필요했다.

"우선은 창조주 타라는 사라졌고, 관리자 형식으로 타라가 다시 태어나는데, 600년마다 새로 태어난다는 말이지?"

"그렇다는군."

루드비히가 고개를 끄덕였다.

"그럼 인수인계는 누가 하지? 스테안이? 아, 대답하지 마. 물어본 거 아니야."

입을 열려는 스테안에게 루다가 발 빠르게 말했다. 이제는 뭔 질문을 못 하겠네.

다시 몸을 돌리는 루다를 바라보며 스테안이 쓰게 웃었다.

"어쨌든, 태어난 타라는 이미 정해진 시스템을 관리할 테고, 관리하면서 인간들을 만날 텐데 감정을 안 배운다는 게 말이 되나? 600년 그거 생각보다 긴 세월인데? 그리고 만약 이전 타라의 기억이 전이된다든가 하면, 600년은 소멸한 타라가 생각했던 600년이 아닐 수도 있을 텐데. 아니, 그것보다 그럼 지금 타라는 몇 번째 관리인인 거야?"

"그건……."

"아, 혼잣말이야. 대답하지 마. 여기 지금 몇 년째인지 아는 사람?"

"테모력 599년이라고 한다."

다행히도 스테안이 아니라 루드비히에게서 답이 돌아왔다.

"응? 아, 그래. 여기 연도 세는 거 좀 특이했지. 그런데 테모력 599년이라니. 설마…… 이거 주기 600년인가? 아, 스테안, 너 말고 루드비히한테 물어본 거야."

"그렇다."

"뭐야, 이거 들키겠다는 거야 말겠다는 거야?"

루다는 어이가 없었다.

진실을 말하면 안 된다더니. 연도 세는 주기는 600년이라고? 아주 들키겠다고 고사를 지내는 거나 마찬가지였다.

"누가 정한 거야? 조금만 단서 잡으면 다 알겠네."

스테안이 목에 뭐가 걸렸는지 크게 헛기침을 했다.

"너구나."

"하하하."

멋쩍은 웃음이 따라붙었다. 정말 숨길 생각이 있는 거야 없는 거야.

루다가 가늘게 스테안을 째려보고는 다시 정리를 시작했다.

어쨌든 지금 타라는 모든 걸 관장하는 창조주이자 전지전능한 신이 아니라는 말이었다. 그들은 창조주가 세워 놓은 규칙을 관리하는 관리자일 뿐이었다.

"지금이 몇 번째 주기지?"

"600년의 주기 말인가?"

"응, 저게 타라가 태어난 주기면 지금 타라가 몇 번째 타라인지 알 수 있을 것 같아서."

"네 번째다."

"흠……."

생각보다 오래됐다. 이번이 네 번째고. 599년째이다. 600년이 지나면 새로운 타라가 태어나겠지.

그렇게 생각하자면 지금 타라가 죽을 날이 1년도 채 남지 않았다는 말이었다. 그럼 그냥 가만히 둬도 되지 않나?

"……아직도 정리가 잘 안 되는군."

"음?"

잔뜩 머리를 굴리고 있는데, 루드비히의 목소리가 끼어들었다.

"나는 이곳에서 진실을 알았다. 헌데 그것이 내가 왜 기예르모님에게서 등 돌릴 이유가 되는지 잘 모르겠군."

"무슨? 아, 그거."

이곳에서 진실을 보고도 부술 생각이 들면 부수러 오라고 했던 것을 말하는 게 분명했다.

"그렇지? 나도 그래."

팔짱을 끼고 곰곰이 생각에 잠겼다.

"그런데, 이건 그냥 궁금해서 물어보는 건데."

"뭐지?"

"그래서 가서 기예르모의 명령대로 행동할 거야?"

"……."

루드비히가 침묵했다.

그의 침묵은 하나를 의미했다. 기예르모의 명을 거역할 거라는 것.

"그럼 보고 오면 부수지 않을 거라는 건 맞았네. 그런데 왜?"

"영상에 기예르모님에 대한 언급이 없었다. 관리자라는 건 어떻게 보면 신이 아니지. 헌데 그렇다면……."

기예르모란 무엇인가? 그런 의문일 것이다. 그리고 그런 기예르모가 부수라는 건 도대체 무엇인가?

의문이 쌓인 이상, 무턱대고 확실하지 않은 명령을 들을 수는 없었다.

"루드비히. 혹시 다른 타라의 퀘스트 받은 적 있어?"

"다른 타라? 없다."

"그래? 그럼 왜 나한테만 왔지? 아, 세뇌?"

형우의 말에 의하면 루드비히는 세뇌에 한번 당한 것 같았다. 만약 그 세뇌가 견고했다면, 진짜 타라가 도움을 주려 해도 거부할 게 분명했다.

"다른 타라가 있나?"

처음 알게 된 사실에 루드비히가 심각한 어조로 물었다.

"응. 아무래도 이 영상 안의 타라가 그 타라인 것 같은데."

"하지만 소멸됐다고 하지 않았나?"

"신이 소멸될 수 있어? 난 잘 모르겠는데. 그리고 그 진짜 타라 아니면 퀘스트 보낼 사람도 없잖아."

"또 다른 신이라고 불리는 존재가 있지 않나."

"기예르모? 근데 기예르모는 타라랑 같은 편…… 아."

무심코 말을 내뱉다가 루다가 황급히 입을 막았다. 이 사실은 형우와만 나눈 비밀이었다.

루다가 양손으로 입을 틀어막은 채 주변을 둘러봤다. 둘의 의아한 시선이 루다에게 향해 있었다.

"아니, 이건……!"

말을 하려다가 루다가 무언가 깨달은 것처럼 눈을 크게 떴다.

천천히 손을 내렸다. 머리가 복잡해지기 시작했다.

그래, 타라와 기예르모는 한편이다. 그건 부정할 수 없는 사실이었다. 그렇기에 말이 되지 않았다.

왜 한편인 기예르모를 팔아먹으면서 이것저것 부수라고 하는 거지? 그렇다면 타라가 죽이고 싶어 하는 기예르모는 대체 뭐지?

태초의 타라는 소멸했다. 둘이 한편이라면, 지금의 타라가 죽일 만한 존재는 없었다.

하지만 타라는 계속 기예르모를 죽여 달라고 말했다. 그렇다면 타라가 없애고 싶어 하는 기예르모가 루다가 만난 기예르모일 리는 없었다.

타라는 이곳의 반석을 부수라고 했다.

여기가 대체 뭐기에?

루다의 머리에 아까 봤던 영상이 떠올랐다.

새롭게 태어났던 관리자. 만약 새로운 관리자가 영상에서처럼 계속해서 이곳에서 태어난다면. 반석을 없애는 게 이곳의 힘을 줄이는 일에 해당된다면.

지금의 타라가 죽이고 싶어 하는 자는…….

"다음 대 타라."

"무슨 소리지?"

알 수 없는 루다의 한마디에 루드비히가 의아한 표정으로 반문했다.

"잠깐만."

생각할 때 말을 걸면 고민이 뚝 끊긴다. 루다가 루드비히를 잠시 제지했다.

기예르모를 죽이기 위한 것이 아니라 다음 대 타라를 죽이기 위해 날 데려온 거였어?

그렇다면 제게 퀘스트를 준 또 다른 타라는 누구인가? 유구한 신화처럼 신은 소멸하지 않는다는 이야기일까? 아니면 다음에 태어날 새로운 타라의 잔상 같은 걸까?

지금 확실한 것은 없었다. 하지만 적어도 또 다른 타라는 지금 타라에게 대적하는 존재라는 건 알 것 같았다. 그리고 루다는 또 다른 타라를 믿고 싶었다.

그렇다면 기예르모는 대체 어떤 존재지? 태초의 타라가 세운 계획에 기예르모는 없었다. 설마 오류인가? 지금의 타라는 기예르모와 무엇을 빌미로 손을 잡은 거지?

물어보고 싶은 것이 한가득이었다. 하지만 그럴 수는 없었다.

루다가 스테안을 째려봤다.

왜 그런 제약을 스스로 걸어서는 아무것도 물어보지 못하게 만들어!

기예르모와 타라가 같은 편이 될 수 있는 협상을 하게 된 계기를 찾아야 한다. 그럼 어떡해야 하지?

머리를 굴리다가 루다의 눈에 루드비히가 들어왔다.

"루드비히."

루다의 머리에 한 가지 방법이 떠올랐다. 물론 성공할지는 아무도 모르는 계획.

루드비히가 고개를 들었다.

"기예르모를 믿어?"

"……."

정곡을 찌르는 질문에 루드비히가 침묵했다. 루다가 빙긋 미소 지었다.

예상했던 대답이었다. 아까부터 그가 보여 줬던 행동들을 보면 이런 반응일 줄 대충이나마 짐작할 수 있었다.

"내가 재미있는 사실 알려 줄까?"

루다의 얼굴에 위험한 미소가 걸렸다.

"그게 뭐지?"

"기예르모랑 타라는 같은 편이야."

확고한 답이 루다의 입에서 튀어나왔다. 루드비히의 눈에는 믿을 수 없다는 불신이 잔뜩 묻어 있었다.

그리고 그런 상황을 스테안이 흥미로운 표정으로 바라보고 있었다.

"그리고 스테안, 너는 이거 기예르모에게 말하면 안 돼."

"어째서?"

"너의 사명은 태초의 타라가 소멸하기 전에 세워진 거잖아? 그리고 지금 타라는 타락했지. 타락한 타라를 돕는 건 타라에게 충성해야 한다는 너의 사명에서 벗어나니까."

물론 궤변이었다. 하지만 이게 어느 정도 먹혔든 모양인지 스테안의 눈이 크게 뜨였다.

사실 궤변에 대한 놀라움인지, 타당함에 대한 놀라움인지 확인할 수는 없었다. 어쨌든 밀어붙여야지.

루다가 다음 말을 이었다.

"그러니까 지금 내가 하는 말을 전하지 않고 입을 꾹 다무는 게 타라를 도와주는 거야. 알겠어?"

말도 안 되는 말이었다. 분명 말도 안 되는 말이었지만, 루다는 베팅을 하기로 했다. 이 방법밖에 없었다.

루다의 목표는 집에 돌아가는 것이다. 그리고 그러기 위해서는 루드비히의 기억을 찾으면 된다. 그리고 타라를 구워삶아서 차원의 문을 열어 달라고 지랄을 하면 된다.

　그럼 되는데…….

　'이놈의 오지랖.'

　루다가 눈을 질끈 감았다.

　'난 너무 착해서 탈이라니까. 정말 이루다, 너무 무르다!'

　누군가 들으면 탄식할 말을 속으로 되뇌며 루다가 눈을 번쩍 떴다.

　세계를 구한다느니 그런 건 별로 상관없었다. 사실 타라가 루다한테 처음부터 잘 대해 줬으면 또 이야기가 달라졌을 수도 있었다.

　하지만 루다는 타라의 계획을 위한 피해자였다. 물론 그것도 무시하고 형우의 기억 전부 찾아서 돌아가면 되겠지만.

　문제는 루다가 그러고 싶지 않다는 것이었다.

　'스테안, 저놈은 왜 눈앞에 나타나서는.'

　이쯤 되니 스테안을 조금이라도 도와주고 싶었다. 자신을, 그리고 형우를 구를 대로 구르게 한 타라에게 복수도 해 주고 싶었다.

　힘도 있는데 재수 없고 뒤로 음침한 짓을 하는 게 뻔한 놈을 그냥 두고 싶은 생각도 없었다.

　모든 건 겸사겸사다. 스테안도 도와주고, 복수도 하고, 나쁜 놈인 타라도 처치하고. 그렇게 되면 집으로 갈 수 있겠지.

　그러니까 이건 그걸 위한 시작이다.

　루다가 속으로 고개를 끄덕이고는 결연에 찬 눈으로 루드비히를 바라봤다.

　"다시 한 번 말할게. 기예르모랑 타라는 같은 편이야."

　"말도 안 된다."

　"그렇지? 그런데 그렇더라고."

　"증거는 있나?"

　"물론 증거는 없지. 하지만 정황이라는 게 있잖아? 타라는 아타나스에 대해 이상할 정도로 잘 알아. 그리고 웃긴 거 말해 줄까?"

루드비히가 눈썹을 꿈틀댔다. 긍정의 의미로 해석됐다.

"나한테 기예르모랑 얘기해 보라면서 보낸 자가 타라야."

"무슨."

루드비히의 얼굴이 눈에 띄게 굳었다.

이럴 줄 알았지.

"타라가 왜 보냈겠어? 어차피 기예르모는 타라랑 같은 편이니까 안 될 거 알고 보냈겠지."

"……."

"그리고 기예르모는 그렇게 강력하다면서 나를 왜 안 죽이고 너한테 시켰겠어."

"……."

"말 안 해도 알겠지?"

"하지만…… 그걸로는 충분하지 않다."

충분했다. 루드비히의 얼굴에 떠오른 표정을 보면 그러했다.

"아, 한 가지 더. 루드비히 그거 알지? 기예르모는 너의 모든 일거수일투족을 감시할 수 없어."

루드비히가 천천히 고개를 끄덕였다.

"그건 타라도 마찬가지거든."

"그게 무슨 상관이지?"

"계속 들어 보라니까? 그들은 대충은 알아도 우리가 정확히 어디서 뭘 했는지 모르거든. 그런데 타라는 내가 죽었다고 알고 있었어."

"그러니까 그게……. 아."

루드비히가 무언가 깨달은 것처럼 눈을 크게 떴다.

"네가 기예르모한테 가서 나 죽었다고 말했지? 그랬더니 기예르모는 마치 내가 안 죽었다는 것처럼 반응했을 거야."

"……."

루드비히의 얼굴이 충격에 물들고 있었다.

루드비히가 기예르모에게 말할 때 루다는 그 자리에 없었다. 그런데 루다는 그걸 전부 알고 있었다. 엿들어서? 아니, 그럴 리가 없었다.

루다는 쓰러져 있다가 루드비히가 기예르모를 만나 황성에 돌아온 후에야 눈을 떴다. 앞뒤 정황상 루다의 말이 맞다는 생각밖에 할 수 없었다.

"내 말이 맞는 모양이네."

"……."

루드비히는 루다가 하는 말에 계속해서 침묵했다.

"자, 어때? 기예르모에 대한 신뢰도 와장창?"

루드비히가 말없이 고개를 끄덕였다. 루다가 씨익, 만족스러운 미소를 지었다. 그대로 스테안에게 시선을 돌렸다.

"넌 어차피 애초부터 기예르모 편도 아니었지? 타라의 명이니까 따랐을 뿐."

"……그렇지."

스테안이 웃었다.

"아, 그래도 혹시 모르니까 스테안 귀 막아. 아, 아니다. 우리끼리 비밀 얘기 좀 할게. 타차원의 흐름!"

루다가 스킬명을 외쳤다.

그녀의 주변으로 얇은 시간의 장막이 솟아올랐다. 이 장막을 기준으로 루드비히와 루다, 그리고 스테안의 시간은 다르게 흐르고 있었다.

"이거 가서 말하면 안 돼."

"뭐지?"

"루드비히, 첩자 해 보는 거 어때?"

"첩자?"

"그거 알아? 기예르모랑 타라랑 둘이 짜고 우리 이용하는 거야. 널 도와

주는 거 아니라고. 널 도와주는 거면 기예르모가 그렇게 있는 거짓말 없는 거짓말 다 짜 가면서 구워삶았겠어?"

"구워삶⋯⋯."

"내 감인데, 내가 타라를 방해하려고 하면 기예르모가 나를 방해할 거 같거든? 그걸 막으려면 기예르모랑 타라가 어떤 방법으로 손을 잡았는지 알아야 될 것 같아."

"그걸 내가 알아내라는 말인가?"

"물론 그 방법을 알아내기는 힘들겠지. 이건 그냥 내 생각인데 말이야⋯⋯."

분명 스킬을 사용했음에도 루다는 마치 비밀 이야기를 하듯 주변을 두리 번거렸다.

"타라는 기예르모의 약점을 잡은 것 같거든. 기예르모가 어떤 존재고, 어떻게 태어났다가 죽게 될지는 모르겠지만, 정말 맨 처음처럼 둘이 싸웠 고 세력 싸움을 했다면 기예르모는 타라랑 손을 잡을 리가 없잖아."

"왜지?"

"왜냐면 타라는 1년도 안 돼서 소멸할 거거든."

"그래도 새로운 타라가 나타나지 않는가?"

"그러니까! 새로운 타라가 나타나면 아무것도 모르는 타라를 설득하거 나 죽이면 되지 뭣하러 지금 타라랑 손을 잡겠어. 곧 죽을 건데."

"그건⋯⋯ 그렇지."

"그래서 말인데 혹시 타라가 기예르모의 약점을 잡은 게 아닐까? 아니더 라도 엄청 유리한 위치지만 타라와 손을 잡을 수밖에 없는 이유가 있다든 가 말이야."

"그래서 네 부탁은 그 이유를 캐냈으면 좋겠다는 거군."

"그렇지."

루다가 고개를 크게 끄덕였다.

"아, 물론!"

루다가 손가락 하나를 루드비히의 앞에 쑥 내밀었다. 루드비히가 뭐지? 하고 그 손가락을 바라봤다.

"나와 네가 거래하고 있다는 걸 들키지 말기."

"당연한 것을."

"내가 타라랑 기예르모가 같은 편이라는 걸 알고 있다는 것도 들키지 말기."

"그것도 당연한 것."

"그리고 한 가지 더."

"뭐지?"

"목숨이 위험하다 싶으면 무조건 포기하기."

루드비히의 눈이 크게 뜨였다.

"절대 죽지 말기. 무슨 일이 있어도."

루드비히라면, 그리고 형우라면, 무언가 루다에게 위험이 올 것 같으면 제 목숨이라도 바칠 것 같았다.

루다는 형우를 잘 알았고, 형우와 본성을 같이하는 루드비히 역시 이상하게 목숨까지 걸 것 같았다.

"……명심하지."

"좋았어."

드디어 루드비히와 평화협정을 맺었다.

뛸 듯이 기뻐하며 저도 모르게 안길 뻔했던 루다가 금세 몸을 굳혔다.

아, 큰일 날 뻔했네. 형우가 자기라고 부르지도 말라고 했는데. 여기서 뛰어들어 안겼으면 나타나자마자 무슨 짓을 할지 짐작도 할 수 없었다.

대신 루다는 루드비히에게 손을 내밀었다. 왠지 스테안을 따라 하는 것 같아서 마음에 들지 않았지만 어쩔 수 없었다.

"이게 뭐지?"

"악수, 몰라?"

스테안이 아는데 루드비히가 모를 리 없었다.

"안다만……."

고민의 빛이 보였다.

그러든지 말든지 루다가 루드비히의 오른손을 덥석 끌어왔다. 고작 악수하는 건데 이 정도면 괜찮겠지.

"악수하자고. 첫 평화협정 기념."

루다가 밝게 웃었다. 붉게 물든 루드비히의 얼굴은 천과 로브에 가려져 볼 수 없었다.

둘의 거래 아닌 거래를 끝으로 둘을 둘러쌌던 시간의 장막이 사라졌다. 스킬이 끝났다.

사라진 장막 너머로 가만히 서 있는 스테안에게 루다가 다가갔다.

"스테안, 너는 이제 어떡할 거야?"

"나?"

"응, 여기서 할 거 남았어?"

"아니, 이제 끝났어."

"뭐 하려고 했던 건데?"

"여기저기서 이상한 일이 일어나서 한번 보려고 한 건데. 아무래도 큰 원인이 여기는 아닌 것 같아. 오히려 이곳이 물들었다고 해야 하나."

"그럼 이제 어떡할래?"

"우선 나는 너와 같이 다닐 이유는 없지. 여기저기 돌아다니면서 원인도 찾아봐야 하고."

아까 영상을 본 이후로 스테안은 루다를 대함에 있어 무언가 한 꺼풀 내려놓은 느낌이었다.

루드비히는 어떡할 거야? 하고 물어보려는 루다보다 더 빨리 스테안의 물음이 튀어나왔다.

"아, 그럼 폐하는 어떻게 하실 겁니까?"

"나 역시 할 일이 끝났으니 가야겠지."

평이한 어조로 루드비히가 답했다.

그래. 여기서 할 일은 전부 끝났으니 가야겠지.

하지만 루다는 너무 아쉬웠다.

에세나에서 만났는데 이렇게 보내고 싶지는 않았다. 게다가 아직 형우도 한 번도 안 나왔고.

"가야 해?"

루다가 아쉬운 마음을 가득 담아 루드비히에게 물었다. 망설이는 듯 살짝 흔들리는 루드비히의 눈이 보였다.

"……아직 시간은 남아 있다."

"호오?"

작은 감탄사를 내뱉는 스테안의 얼굴에는 아까와 같은 장난기가 다시 앉아 있었다. 아니, 아까 같은 장난기가 아니었다.

지금 루드비히의 얼굴을 보고 난 후 그 장난기는 최대치가 되어 있었다. 마치 엄청 재미있는 걸 발견한 것 같은 표정.

그리고 다행인지 불행인지 루다는 스테안의 그런 반응을 포착하지 못한 상태였다.

"그럼 루드비히는 나랑 같이 가자."

어차피 루다의 다음 목적지는 진짜 타라의 퀘스트였다. 그 퀘스트를 깨면 형우의 기억이 돌아온다.

지금 꽤 오랫동안 형우의 기억이 돌아오지 않았으니 곧 돌아오겠지. 아니더라도 그 퀘스트를 깨면 분명 기억이 돌아올 거다.

루다는 형우와 만나고 싶었다. 아주 그냥 보고 싶어 죽을 것 같았다. 루드비히도 좋지만 역시나 진짜 형우가 좋았다.

그런 흑심을 담아 루드비히에게 건넨 제안이었다.

"그래, 좋아!"

하지만 돌아온 건 애먼 자의 응답이었다.

"넌 뭐야?"

루다가 스테안에게 날카로운 시선을 보냈다. 역시나 그런 건 신경도 쓰지 않는 것처럼 스테안이 생글 웃었다.

"나도 갈래. 어차피 에세나에 있어야 되는데 군주 따라다니면 편하겠지."

정말 재밌는 걸 발견한 웃음인데. 도대체 왜지?

감을 잡지 못하는 루다가 눈을 도록도록 굴리는 사이 딱딱해진 목소리가 끼어들었다.

"내가 불허한다."

"폐하? 그거 모르십니까?"

스테안이 생글 웃었다. 그 얄미운 웃음을 보자 루다의 미간에는 절로 주름이 생겼다.

"뭘 말이지?"

"제게 명령을 내릴 수 있는 분은 기예르모님밖에 없다는 걸요."

"……."

루드비히의 눈동자가 분노에 번득였다.

"아, 싸우지 마. 셋이 같이 다니면 되잖아."

왠지 싸울 기세인데?

루다가 둘 사이에 끼어들며 중재했다.

또 다른 타라의 퀘스트를 하기 위해서는 어차피 다시 제롬으로 돌아가야 한다. 가서 무슨 일이 생길지 모르니 몸빵 용으로 스테안을 데려가도 되겠지. 친구 좋다는 게 왜 있겠어.

친구가 들으면 어이가 없어 거품 물 생각을 하며 루다가 둘의 팔을 잡아 끌었다.

"자자, 사이좋게 지내자고. 어차피 여기선 내가 군주니까."

어차피 형우 기억 돌아오면 스테안 멀리 보내 버리면 되니까 뭐.

스테안을 향한 루드비히의 불꽃같은 눈길을 놓쳐 버린 루다의 한가한 생각이었다.

둘이 서로를 노려보며 으르렁거리든 말든, 루다는 퀘스트를 다시 꺼내 읽어 내렸다.

메인 퀘스트: 남자 친구의 기억 조각을 찾아라! (3/5)

제롬에 위치한 성스러운 벽을 파괴하고 그 안에 갇혀 있는 신의 새를 구해 내시오.

보상: 신수의 신비한 힘

세 번째 형우의 기억을 찾기 위해서는 성스러운 벽으로 가야 했다.

그런데 성스러운 벽이 어디지? 제롬에 있는 동안 성스러운 벽이라고 할 만한 걸 본 적은 없었다.

나름 환자들을 돌본다고 제롬 여기저기를 돌아다녔지만 성스러운 벽으로 보이는 곳은 눈에 띄지도 않았다.

루다는 '성스러운 벽'이라고 명칭될 정도라면 거대하거나, 아니더라도 사람들의 보호를 받는 티가 나야 한다고 생각했다. 하지만 그런 건 제롬의 그 어느 곳에도 없었다.

"그만 티격대고. 나 궁금한 거 있는데."

루다가 둘 사이에 끼어들어 오른손이 들었다. 둘의 시선이 루다에게 향했다.

"성스러운 벽이 어딘지 아는 사람?"

"그곳이 어디지?"

"거긴 왜?"

둘이 답하는 시간은 같았지만 내뱉는 내용은 달랐다.

루다가 스테안에게 휙 고개를 돌렸다.

"너 알고 있지? 아, 거기 알려 주는 것도 진리인가? 아닌데, 그건 아닐 텐데."

루다가 팔짱을 낀 채 중얼거렸다. 하지만 스테안은 루다의 질문에 대답할 생각이 없어 보였다.

"거긴 왜?"

똑같은 질문이 돌아왔다. 그 질문을 던지는 스테안의 얼굴이 맨 처음, 타라의 반석을 부순다고 할 때처럼 굳어 있었다.

설마 그것도 방해한다고 하는 건 아니지?

루다의 눈썹이 걱정에 꿈틀댔다.

에이, 설마. 그 퀘스트는 루다가 생각하기에 철저한 아군이 던진 퀘스트였다. 그걸 스테안이 방해하진 않을 거야.

그렇게 생각하며 루다가 가볍게 대답했다.

"왜긴, 퀘스트 하려고 하지."

"퀘스트?"

"아, 여신의 부탁이라고 말해야 하나."

대수롭지 않은 대답에 스테안의 얼굴이 더욱 구겨졌다.

아, 생각해 보니 스테안에게 또 다른 여신에 대해서 말한 적이 없구나.

루다가 손을 내저으며 황급히 정정했다.

"아아, 오해할 만한 건 알겠는데. 네가 생각하는 그 여신 아니야. 뭐랄까, 음……."

말하면 방해하지 않을 것 같긴 한데, 이걸 말해도 되나? 하지만 다른 변명을 하자니 마땅히 댈 만한 핑계도 없었다.

에라, 모르겠다. 이 정도는 루다가 타라에게 먼저 말했으니 상관없겠지.

"지금 여신 말고 다른 여신일걸……?"

"다른 여신?"

스테안의 눈이 크게 떠졌다. 스테안의 옆에서 가만히 루다의 말을 듣고 있던 루드비히 역시 놀람을 감출 수 없는 듯 눈이 크게 뜨였다.

"아까도 다른 여신을 말하던데. 도대체 무슨 여신을 말하는 거지?"

"으음…….."

루드비히 역시 루다에게 의문을 표했다. 루다가 팔짱을 끼고 고민했다.

'그래, 별일 있겠어? 어차피 이 정도면 거의 다 말한 거나 마찬가진데.'

다짐한 듯 눈을 꾹 감았다가 뜨고는 루다가 입을 열었다.

"그냥, 별건 아니고. 지금 여신 말고 다른 여신한테 온 부탁들이 있어. 여기 부숴 달라고 요청한 거랑 다른 것들."

"그 부탁들은 이미 들어줬어?"

"응. 그랬는데?"

"왜?"

스테안이 굳은 표정으로 따지듯 물어왔다.

하지만 왠지 이유를 알 것 같았다. 스테안은 태초의 타라를 모시던 반신이었다. 그는 태초의 타라가 소멸했다는 사실을 알고 있었다.

그런데 루다는 지금의 타라도 아니고 다른 타라에게 부탁을 받았다고 한다. 현존하는 타라가 하나밖에 없는 걸 알고 있는 스테안으로서는 불안할 만했다.

"그거 보상이 내 남자 친구의 기억이니까?"

"남자 친구……? 연인?"

루다의 대답이 의외였던 모양인지 거칠게 따져 묻던 스테안이 제자리에 뚝 하고 멈춰서는 눈만 깜빡였다.

연인? 남자 친구? 그런 존재가 있었어? 하고 생각하는 게 뻔했다.

루다가 가만히 고민에 잠겼다.

제가 스테안에게 남자 친구가 누군지 말한 적이 있나? 스테안은 어디까지 알고 있을까? 루드비히가 정신이 좀 회까닥하면 루다의 남자 친구로 돌아온다는 걸 말할 필요가 있을까?

이내 고개를 내저었다.

굳이 그거까지 말할 필요는 없겠지. 게다가 루드비히가 기억을 잃은 루다의 남자 친구라는 걸 밝혀 버리는 순간 스테안은 그를 놀리는 데 사력을 다할 것이 뻔했다.

남자 친구를 놀릴 수 있는 건 나뿐이지.

결론 내린 루다가 대수롭지 않은 척 다음 말을 내뱉었다.

"그냥…… 그런 게 있어."

"남자 친구도 지금 여기에 와 있단 말이야?"

"그렇지……?"

"어디 있는데?"

스테안의 얼굴은 여전히 심각했다. 루다가 무의식중에 곁눈질로 루드비히를 힐끔 바라봤다가 금세 아닌 척 시선을 비껴 냈다.

"그걸 알아서 뭐 하게!"

"남자 친구도 너랑 비슷할 정도로 강해?"

무언가의 심각한 상황에 푹 빠져 있기라도 한 모양인지 다행히도 스테안은 루다의 시선을 잡아채지 못한 상태였다.

아닌가, 강한 걸 물어보는 걸 보면 대충 눈치는 챈 건가? 하지만 그렇다고 치기에는 루드비히가 루다의 연인인 걸 알았을 때 보일 얄미운 모습을 내비치지 않고 있었다.

하지만 불안했다. 이대로 가면 스테안한테 말려든다.

위기감을 느낀 루다가 괜히 언성을 높였다.

"그럴걸. 아, 그만 물어봐! 나도 대답하고 싶은 게 있고 아닌 게 있으니까! 너만 대답 못 하는 게 있는 줄 알아? 나도 있어."

다소 유치한 말을 내뱉으며 루다가 그만하라는 뜻으로 손을 휘휘 저었다. 하지만 마지막 루다의 말이 오히려 단서를 내보이고 말았다.

"하지만 너처럼 강한 자라면⋯⋯. 아?"

스테안의 고개가 천천히 돌아갔다. 그 끝은 루드비히였다.

"아?"

스테안과 루드비히의 눈이 마주쳤다. 루다의 등 뒤로 한 줄기 식은땀이 흘렀다.

설마.

하지만 이 상황은 확인하지 않아도 알 수 있었다. 그게 루드비히인 걸 알아채고 말았다.

"기억을 잃었다고?"

"난 재방송은 안 해."

루다가 애써 태연한 척을 했다.

목소리도 이 정도면 흔들리지 않았어. 물론 루다 혼자만의 생각이었다.

스테안의 얼굴에 알 수 없는 미소가 떠올랐다.

"그랬구나."

무언가 깨달은 듯 혼자 끄덕였다.

"그랬던 거였어."

그 끄덕거림이 더욱 거세졌다. 불안해진 루다가 스테안의 등을 퍽, 한 방 세게 때렸다.

"으악!"

물론 온 힘을 다하진 않았다. 친구끼리 하는 투닥거림에 불과했다. 하지만 문제는 루다가 만렙이라는 거에 있었다.

"뭐, 뭘 그렇게 혼자 깨닫고 그래! 나 급하거든? 성스러운 벽이 어디 있는데?"

"저기, 에세나의 폐하? 네 힘을 생각해. 이렇게 때리면 다른 사람은 죽어."

"안 죽었으니까 됐잖아. 성스러운 벽이 어디 있냐니까?"

"다음엔 나도 죽을 수도 있어."

"지금 확인시켜 줄까?"

기세등등한 루다의 모습에 스테안이 한 발자국 뒤로 물러났다. 하지만 입가에 맺힌 미소는 여전히 생글생글, 여유로움을 자아내고 있었다.

얄미워 죽겠네. 마음 같아서는 한 대 더 때려 주고 싶었지만 그의 말마따나 루다가 한 대 더 때리면 hp가 더 줄어들 게 뻔했다.

루다는 손을 내렸다.

"그 퀘스트 진행했더니 기억 돌아온 거 맞지?"

스테안이 살짝 낮아진 목소리로 질문을 던졌다. 장난기가 가득했던 그의 표정이 금세 바뀌어 있었다.

루다가 눈을 흘겼다.

몇 백 년은 산 능구렁이 같으니. 아, 생각해 보니 스테안이 몇 백 년, 아니 천 년 정도를 산 인간이긴 하는구나. 그러면 뭐 해. 저렇게 얄미운걸.

루다가 스테안을 의심의 눈초리로 바라보다가 결국 사실대로 대답했다.

"맞다니까?"

무어라 바로 답할 거라 생각했던 스테안이 침묵했다. 무슨 생각을 하는지는 모르겠지만 왠지 이대로 두면 안 될 것 같았다.

"뭘 그렇게 생각해? 어디 있는지 알려 달라니까? 그건 내가 꼭 해야 되거든."

"정확히 어떤 부탁인데?"

"어……."

루다가 잠시 망설였다.

이건 진짜 방해하면 안 되는데.

"이건 절대 방해하지 마. 양보할 생각 없어."

"……."

"알려 줄 생각 없으면 내가 어떻게든 알아내면 되지. 그리고 방해할 거면 셋이 다닐 생각도 없어. 이건 절대 방해하도록 못 둬."

루다가 단호하게 덧붙였다.

루다의 눈을 똑바로 마주하던 스테안이 작은 한숨을 내쉬었다. 이건 절대 막을 수 없어 보였다.

"알았어. 방해 안 할게."

"정말이지?"

"진짜로. 어떻게 뭐 증명해야 해?"

"……아니야. 믿어 볼게."

걱정을 담아 물어보던 루다가 이내 고개를 끄덕였다. 조금의 안심이 얼굴에 묻어 있었다.

"그래서 그 부탁 내용이 뭔데?"

"성스러운 벽을 부수는 것."

"아."

방해 안 한다고 약속까지 받아 냈으니 이제 답해도 되겠지, 생각하며 내뱉은 한마디에 스테안이 깨달음의 탄성을 내뱉었다.

"방해 안 받는다."

루다가 단호하게 덧붙였다.

"안 해. 진짜 안 해."

스테안이 가볍게 덧붙였다. 여전히 믿지 못하는 듯 루다가 눈을 가늘게 뜨고 위아래로 훑었지만 스테안은 확고해 보였다.

정말 방해할 생각이 없어 보였다. 다행이야. 루다가 안도의 한숨을 내쉬었다.

소소한 갈등이 끝났다 싶더니 그 사이로 낮은 목소리가 툭 끼어들었다.

"대화는 끝났나?"

"아, 응? 응."

"또 다른 여신이라니 무슨 소리지? 아니, 그것보다 내 기억이 돌아오고 있다는 말인가?"

루드비히가 삐딱하게 루다를 쳐다보고 있었다.

마주한 붉은 눈이 정말이지 적응이 되지 않았다. 별거 아닌 것도 좀 더 심각하게 보이도록 한몫하는 것 같기도 하고.

"음."

루다가 잠시 고민했다.

말해도 되나? 혼란스럽지는 않으려나. 하지만 생각해 보면 본인의 일이었다.

"그렇대……."

루다가 눈을 마주하지 못한 채 마치 남 얘기하듯 말했다.

정작 기억이 돌아오도록 도와주는 사람은 루다인데, 왜 미안한 마음이 드는지 알 수 없는 노릇이었다.

본인의 상황을 세세하게 설명해 주지 않고 혼자만 알고 있어서? 어쩌면 기억이 돌아오는 걸 원치 않을 수도 있어서? 그건 아닐 것 같은데.

이유를 알 수 없어 루다가 눈만 도록도록 굴렸다.

"그래서 그런 거였군."

살짝 굳은 루다의 표정과 달리 루드비히의 눈은 다시 부드럽게 풀려 있었다.

제가 잘못 본 건가? 루다가 눈을 크게 떴다.

"응?"

"아니다."

"뭐가 아니야? 말을 했으면 끝까지 해야지."

"끝."

"어?"

"이만 가지. 할 일이 있다고 하지 않았나?"

루다가 가만히 서서 당황한 눈으로 루드비히를 바라봤다. 지금 개그 한 거야?

그 자리에 가만히 서 있던 루다가 성큼성큼 앞서가는 루드비히의 뒤를 따랐다.

"잠깐! 기다려 봐! 말은 끝까지."

"얼른 움직이지. 타깃."

"타깃?"

설마. 루다가 뭐라 말할 틈도 없이 루드비히, 그리고 루다와 스테안의 발아래에 커다란 마법진이 생겼다.

"텔레포트."

루드비히의 한마디와 함께 셋의 발아래에서 마법진이 빛을 뿜어냈다.

"자기야! 할 말은 끝까지……!"

제가 무슨 말을 하는지 눈치챌 겨를도 없었다. 순식간에 뿜어져 나온 빛은 그대로 셋을 집어삼킨 채 사라져 버렸다.

✳

제롬 광장 한복판에 빛이 나타났다. 그 빛은 이내 복잡한 문양의 마법진을 만들어 내고는 빛을 사그라뜨렸다.

"도대체 무슨 말을……!"

루다가 루드비히에게 날카로운 눈빛을 보내다가 뒤통수에 느껴지는 이상할 정도로 뜨거운 시선에 주변을 둘러봤다.

예상보다 훨씬 많은 사람이 광장에 몰려 있었다. 그리고 그 사람들의 시선이 셋에게 꽂혀 있었다.

"오오, 설마?"

그중 누군가의 목소리가 들렸다. 루다가 황급히 로브를 뒤집어썼다.

하지만 이미 늦은 행동이었다. 사람들이 술렁거리기 시작했다.

아차 싶어 루다가 그 사람들을 꼼꼼히 살폈다.

"다이루 님!"

없었으면 싶은 얼굴이 그곳에 있었다. 더그. 루다가 제롬에 나타나는 순간을 직접 눈으로 본 자였다.

다른 사람은 몰라도 더그가 루다를 못 알아볼 리가 없었다.

"자기야."

루다는 다급한 마음에 저도 모르게 루드비히를 그렇게 부르고 말았다. 루드비히가 루다를 바라봤지만 잔뜩 굳은 루다의 시선은 루드비히를 향해 있지 않았다.

"좌표 어디로 찍었어?"

"제롬."

"그러니까 제롬 어디?"

"제롬의 광장."

"망했다."

루다의 얼굴이 흙빛으로 변했다.

광장이라니. 하필 사람들이 제일 많을 광장이라니!

아무리 밤이라고 해도 전염병의 완쾌로 제롬은 축제 분위기일 게 뻔했다. 게다가 진짜로 수확제이기도 하고.

그러니까 여기에 사람들이 이만큼이나 모여 있는 건 이상한 일이 아니란 말이었다. 아니, 이 정도밖에 모여 있지 않은 게 이상할 정도였다.

역시나 어두운 광장에 나타난 밝은 빛 때문인지 더 많은 사람이 광장으로 모여들고 있었다.

루다는 앞뒤 분간할 정신머리가 없었다. 그냥 이 자리에서 벗어나고 싶다는 생각뿐이었다.

그래서 루다는 소리쳤다.

"뛰어!"

"무슨 일이지?"

루다가 루드비히의 손을 잡고 달리기 시작했다. 의문을 표하면서도 루드비히가 따라 달렸다.

뒤에서 따라오는 스테안이 광장이 떠나가도록 웃어 댔다. 그러든지 말든지 루다에게 중요한 것은 이곳을 벗어나는 것이었다.

레벨 200을 넘는 자들이 전력을 다해 뛰는 속도를 일반인들이 따라올 수 있을 리가 없었다.

막무가내로 뛰던 루다가 주변에 아무도 없음을 발견하자 거친 숨을 내쉬었다. 이곳에 온 이후로 이렇게 전력을 다해 뛴 적이 없었다.

여기가 어딘지도 모르겠지만 루다의 기준으로 안전한 곳임을 확인하자 고개를 휙, 루드비히에게로 돌렸다.

"좌표를 거기로 찍으면 어떡해!"

루다가 울 것 같은 표정으로 소리쳤다. 이유를 알 수 없다는 루드비히의 붉은 눈과 마주쳤다.

"무슨 문제가 있나?"

"그게……!"

루다가 무어라 말을 하려다 이내 작은 한숨을 내뱉었다. 스테안이라면 알고 저질렀겠지만 루드비히는 아니었다.

그래. 보통 제일 쉽게 찍고 텔레포트하는 곳이 그 도시의 광장이니 별생각 없이 좌표를 찍고 이동했겠지. 먼저 말하지 않은 내 잘못이다.

루다가 다시 한 번 깊게 한숨을 내쉬고는 머리를 쓸어 넘겼다.

"아니야. 그냥…… 잘했어."

"내가 뭘 잘못한 거지?"

이럴 때만큼은 정말로 형우가 보고 싶었다.

"아무것도……."

아니야. 말하려던 루다보다 루드비히가 먼저 입을 열었다.

"사람들이 많은 곳에 갑자기 나타나면 주목받을 텐데, 그게 싫었던 모양
이군."

"어?"

"미안하다."

"어어?"

예상치도 못한 말이 루드비히의 입에서 튀어나왔다. 루다가 멍청한 표
정으로 그를 바라보다가 이내 활짝 웃었다.

기억이 날아갔고, 그게 남자 친구를 전혀 다른 사람처럼 보이게 만들었
지만, 루다는 루드비히에게서 형우의 모습을 자주 발견하고 있었다. 지금
처럼.

무뚝뚝했던 모습. 그럼에도 은근히 주변을 살피는 세심함은 루다가 형
우를 처음 만났던 순간을 떠올리게 했다.

"아니야. 내가 소리 질러서 미안해."

루다의 생각을 루드비히가 알게 되면 어떤 반응을 보일지는 알 수 없었
다. 하지만 조금 전 급격히 나빠졌던 기분이 금세 괜찮아지는 건 어쩔 수
없었다. 어찌 됐건 남자 친구는 남자 친구였으니까.

사실 형우의 부탁만 아니었으면 뽀뽀라도 해 주고 싶은 심정이었다.

그럴 수는 없지. 아무래도 형우는 루드비히를 전혀 다른 인격으로 생각
하는 모양이었으니.

"다음부터 조심하도록 하지."

여전히 판타지 말투인 건 조금 그렇지만. 이것도 이제는 익숙해졌으니
까.

루다가 싱긋 웃어 주고는 스테안에게로 몸을 돌렸다.

이건 이거고 퀘스트는 해야 했다. 얼른 퀘스트를 끝내야지 형우의 기억이 돌아올 테고, 그래야 아르비드가 도착하기 전에 데이트다운 데이트를 할 수 있지 않을까?

"그래서 성스러운 벽이 어딘데?"

"아까 거기."

"응?"

거기? 루다가 의문을 표했다.

얼이 나간 루다의 표정을 보며 스테안이 밝게 웃었다. 그토록 밝은 그의 웃음이 이상하게 불안했다.

"아까 거기라고."

"어디?"

설마. 인지 부조화가 온 루다가 머리를 굴리기 시작했다. 하지만 점점 얼굴이 굳는 걸 막을 수는 없었다.

루다의 눈을 똑바로 마주한 채 스테안이 아무렇지도 않게 했던 말을 또 내뱉었다.

"거기라니까?"

"그 광장?"

"응."

설마 싶어 던진 질문에 스테안이 조금 전보다 더욱 활짝 웃었다.

"안 돼!"

곧바로 이어진 루다의 경악이 제롬에 멀리멀리 울려 퍼졌다.

하지만 루다가 싫은 것과 상관없이 할 일은 해야 했다. 루다는 한동안 머리를 쥐어뜯다가 터덜터덜 광장으로 향하기 시작했다.

루다의 예상대로 아까보다 훨씬 많은 수의 사람들이 광장 근처에 포진해 있었다. 루다가 돌아올 걸 알지도 못할 텐데 왜 거기에 저렇게 서 있는지 알 수가 없었다.

루다가 조심조심 사람들의 뒤편으로 다가갔다. 하지만 수많은 사람들의 시선을 피할 수는 없었다.

어떡하지. 루다가 고민하기 시작했다.

"스테안."

"응?"

스테안의 얼굴에는 재밌어 죽겠다는 표정이 떠올라 있었다.

"꼴 보기 싫으니까 웃지 마."

"난 원래 웃는 상이야."

헛소리였다. 안 웃는 모습을 몇 번이나 봤는데.

"웃기고 있네."

"웃기는 게 아니라 웃는 상이라니까."

와락 구겨진 얼굴로 루다가 짜증을 가득 담아 질문을 던졌다.

"여기서 성스러운 벽을 어떻게 마주할 수 있는지 물어보는 것도 세계의 진리야?"

"그건 아니?"

"듣던 중 다행이네. 그럼 어떻게 해야 성스러운 벽을 볼 수 있어?"

"지금 알려 줄까?"

스테안의 짙어진 웃음이 이상하게 불안했다. 루다가 손을 앞으로 내밀어 얼른 스테안을 말렸다.

"잠깐."

아무래도 무슨 짓인가 할 것 같은데. 게다가 저런 불안한 웃음을 걸고 하려는 짓은 루다가 싫어하는 짓일 게 뻔했다. 그렇다면 그 전에 우선 사람들의 시선을 차단할 필요가 있었다.

"이렇게 대규모로 해 본 적은 없는데……."

"뭘?"

"타차원의 흐름!"

대답 대신 루다가 크게 소리쳤다.

시간의 장막이 솟아나 루다와 사람들의 사이를 가로막았다. 스킬이 만들어 낸 벽을 기준으로 사람들과 루다 일행의 시간은 다르게 흐르기 시작했다.

"되긴 되는구나."

"푸하하하하!"

눈을 동그랗게 뜨고 루다가 하는 행동을 보던 스테안이 갑자기 웃어 대기 시작했다.

"뭐가 그렇게 웃겨?"

"아니, 아니야."

스테안이 손을 내저었다. 하지만 웃음을 그칠 생각은 없어 보였다.

스테안은 불쾌한 표정을 지은 루다를 바라봤다.

누가 봐도 사람들이 존경할 만한 행동은 다 해 놓고는 그에 따른 추앙을 받아들이지 않는다.

겸손해서 그렇다고 한다면 이해하겠지만, 옆에서 보고 있자면 그것도 아니었다. 어떤 감정적 이유인지 스테안으로서는 정확하게 알 수는 없었지만, 대충은 알 것 같았다.

수많은 사람을 구하고 남들에게 존경받으면서도 그걸 당연하게 받아들이지 않는 모습이 상당히 마음에 들었다.

수없이 긴 세월을 살면서 수많은 사람을 만나 봤지만 루다와 같은 부류의 사람은 처음이었다. 그게 스테안을 그토록 즐겁게 만들고 있었다.

"뭐가 그렇게 재밌느냐니까?"

스테안은 눈앞에서 인상을 찌푸린 채 대답을 재촉하는 루다를 바라봤다.

이걸 말했다가는 온몸을 긁으며 진절머리 칠 게 뻔했다. 그 모습이 보고 싶기도 한데.

"정말 말해 줘?"

스테안이 싱글벙글 웃으며 루다에게 물었다. 그 모습이 정말로 즐거워 보였다. 그래서 루다는 듣기가 싫었다.

"됐어. 안 들어도 돼."

"그래, 그럼."

여전히 킥킥 웃으며 스테안이 허공에 손을 한 번 휘저었다. 언제 나타났는지 저번에 루다를 던전에 빠뜨렸던 지팡이가 그의 손에 잡혀 있었다.

그 모습이 무언가 익숙해 보였다. 루다가 혹시나 싶어 떠오른 질문을 던졌다.

"너도 인벤토리 써?"

"그게 무슨 소리야?"

"아니면 말고."

"그것도 저 크시즈 밖에서 쓰던 말이야?"

"대충 비슷하지?"

"흐음. 어쨌든, 준비됐지?"

"준비는 아까부터 됐으니까 빨리 해."

돌아가는 상황을 보아하니 아무래도 그때처럼 스테안이 어떤 행동을 해야 벽이 나타나는 모양이었다. 생각해 보니 이 퀘스트 엄청 불친절한 퀘스트였잖아?

만약 스테안을 만나지 못했으면 벽을 찾지도 못한 채 뱅뱅 돌았을 게 뻔했다. 이거, 또 다른 타라가 누군지는 모르겠지만 만나면 뭐 좀 뜯어내야겠는데?

아무도 알지 못할 생각을 하는 사이 스테안이 허공으로 쳐들었던 지팡이를 광장 한복판에 쿵, 박았다. 동시에 콰과광, 지면이 울리는 소리가 들려왔다.

"와우……."

움직임이 없는 사람들과 루다의 사이에 거대한 벽이 솟아오르기 시작했다.

"성스러운 벽……?"

도대체 어떤 벽이기에 부숴야 하지? 생각하며 모습을 전부 드러낸 벽은 보는 순간, 루다와 루드비히는 동시에 의문 서린 한마디를 내뱉을 수밖에 없었다.

"이게 성스러운 벽이라고?"

루다가 어이가 없는 표정으로 다시 한 번 중얼거렸다.

그런 말이 나올 수밖에 없었다. 이게 성스러운 벽이라니. 상상과는 너무나도 다른 모습이었다.

보통 성스럽다고 하면 하얗거나, 아니더라도 무언가 정화될 것 같은 기운을 풍긴다고 생각한다.

그것이 흑을 상징하는 기예르모라 하더라도 마찬가지였다.

어둠으로 뒤덮였던 아타나스의 신전에 빛이라고는 하나도 없었다. 하지만 그렇기에 경이로웠다. 그 모습에는 가히 성스럽다는 수식어를 붙일 만했다.

하지만…….

"마치…… 오염된 것 같군."

루다가 생각하는 것과 정확히 같은 바를 루드비히가 내뱉었다.

그의 말대로였다. 이건 어둠도, 빛도 아니었다. 성스럽다는 말과는 전혀 달랐다.

"대체 이게 뭐야……."

새하얗던 게 분명했던 벽이었다. 무언가 알 수 없는 것들이 얽혀 만들어진 벽에는 군데군데 기름과 같은 것들이 뒤엉켜 있었다. 지저분하게 뒤섞여 있는 것들이 마치 숨 쉬듯 꿈틀댔다. 공격이라도 할 듯한 모양새였다.

"냄새가 안 나는 걸 다행이라고 해야 하나."

이 상황에서 냄새가 났다면 악취가 났을 게 분명한 모양새였다.

"키이이이익—!"

그 순간, 귀가 찢어질 것 같은 울음소리가 들렸다. 벽과 마찬가지로 검은 얼룩에 뒤덮인 새가 벽의 가운데에 낀 채 고통스러운 울음을 내뱉고 있었다.

"아······."

옆에서 탄식이 들려왔다.

루다가 시선을 돌렸다. 그 모습을 바라보는 스테안의 눈에는 슬픔이, 안타까움이, 그리고 분노가 담겨 있었다.

루다는 몸부림치는 새를 바라봤다. 그 새의 위에는 [아티드]라는 이름이, 그리고 그 옆에는 246이라는 레벨이 적혀 있었다.

"레벨이 200을 넘는다고?"

의외의 레벨에 루다가 눈을 깜빡였다.

반신이라도 돼? 대체 왜 저렇게 레벨이 높지? 하지만 반신이라거나 다른 명칭이 적혀 있지는 않았다.

저걸 구해야 하나? 설마 저 새를 자유롭게 해 준다고 우리를 공격하지는 않겠지. 어떻게 해야 저 새를 빨리 구해 낼 수 있을까?

루다가 시선을 서서히 올렸다.

[타락한 종말의 벽.]

그리고 그 벽에 적힌 명칭을 보고 말았다. 루다의 얼굴에 어이없음이 떠올랐다.

"이름이 뭐가 이래? 무시무시하잖아."

분명 성스러운 벽이라고 했는데, 루다의 눈에 들어온 벽의 이름은 그게 아니었다.

성스러운 벽은 개뿔, 그 정반대되는 이름이 적혀 있었다.

설마, 무언가 때문에 변질되어 버린 건가? 혹시 늦은 건가?

갑자기 밀려오는 불안감에 루다가 스테안을 바라봤다.

"아슬아슬하게 도착했어…….'"

하지만 스테안의 얼굴은 그렇게 심각해 보이지 않았다. 그가 하염없이 벽을, 그리고 거기에 갇힌 새를 바라보며 중얼거렸다.

"키아아악—!"

새가 다시 한 번 거칠게 울었다. 그 소리가 찢어질 만큼 고통스러워 루다가 귀를 막았다.

"저 새, 구해야 해?"

"응."

"어떻게? 아, 이거 진리 아니지?"

"아니야. 아마 이 뿌리를 잘라 내면 도망칠 수 있을 거야."

"그건 간단, 응? 뿌리? 웬 뿌리?"

루다가 시선을 벽으로 옮겼다. 한 걸음 벽에 다가갔다. 새가 다시 날카롭게 울부짖었다. 하지만 그런 게 중요한 게 아니었다.

루다는 귀를 막은 채 벽에 더욱 가까이 다가갔다.

"설마 이거…….'"

새하얀 뿌리가 얽혀 있었다. 그리고 그 뿌리를 뒤덮은 무언가 때문에 뿌리가 썩어 들어가고 있었다. 그 뿌리를 뒤덮은 끈적한 것은 아까 엘피드에서 봤던 알 수 없는 검은 것들과 유사해 보였다.

루다가 그것에 차마 손을 대지 못한 채 벽을 세세하게 살폈다. 뿌리라고 듣고 보니 이 벽이 어떻게 이뤄졌는지 눈에 들어오기 시작했다.

굵은 것들이 저들끼리 엮여 있었다. 가지고 있는 결이 마치 나무의 뿌리 같았다.

거기까지 생각한 루다가 눈을 크게 떴다.

새하얀 뿌리, 몸통, 가지, 잎까지 전부 하얀색을 띠고 있는 것은 루다가 알기로 하나밖에 없었다.

위그드라실. 신의 나무라고 불리는 곳.

그곳이 에세나를, 그리고 저크시즈를 지탱하는 곳이라고 영상에서 수없이 흘러나오곤 했다.

성스러운 나무, 위그드라실 뿌리의 끝.

제롬의 광장에 자리하고 있는 성스러운 벽의 정체는 그것이었다.

루다가 멍하니 벽을 응시하다가 스테안을 바라봤다.

"저게 뿌리라고 하지 않았어?"

"……그렇지."

스테안이 침음했다. 그 이유를 알 것 같았다. 위그드라실은 에세나의 근원이나 마찬가지였다.

저크시즈의 근원이라고 하기는 했지만, 타라의 말이었기 때문에 그 부분은 확신하지 못하고 있었는데. 지금 스테안의 반응을 보니 저크시즈의 근원이라는 말도 맞는 모양이었다.

루다가 플레이하면서 봤던 것들이 맞다면, 위그드라실은 이 세계가 균형을 유지하는 데에 있어서 중요한 나무였다. 그런데 그 나무가 뿌리부터 썩고 있다니.

지금까지 루다가 보고 겪은 것에 의하면 스테안은 이 세계를 많이 사랑하는 자였다. 그것이 여신의 뜻을 이어받기 위함인지는 모르겠지만 결론적으로는 그러했다.

천 년 넘게 살아 이곳을 관리한 자가 스테안이었다. 그런 그가 세계의 중심에 해당하는 위그드라실이 썩어 들어가는 것을 보고 멀쩡할 수는 없었다.

"그래도 최악은 아니야."

심각한 눈으로 참담한 사태를 바라보던 스테안이 낮게 중얼거렸다. 그의 목소리에는 미미한 안도가 담겨 있었다.

"저게?"

하지만 루다로서는 의아했다. 저거 아무리 봐도 엄청 심각해 보이는데. 하지만 스테안은 진심인 것 같았다.

"적어도 위그드라실 자체는 보기에 괜찮잖아? 물론 지금은 괜찮다는 이야기야. 아직까지는."

루다는 스테안이 가리킨 손가락 끝을 바라봤다.

그의 말이 맞았다. 제롬에서 보이는 거대한 위그드라실은 새하얀 빛을 뿜어 대고 있었다. 건재하다는 걸 과시하기라도 하듯.

아직 겉보기에 영향을 줄 정도는 아닌 모양이었다. 하지만 루다가 느끼기에 보이지 않는 뿌리부터 썩어 있다는 게 겉이 썩은 것보다 훨씬 위험했다.

"……내가 너무 안일했어."

루다의 생각이 틀리진 않은 모양인지 스테안이 내비친 건 아주 미세한 안심뿐, 여전히 그의 얼굴에는 걱정이 덕지덕지 붙어 있었다.

점점 혼자 땅 파고 들어가는 스테안을 바라보다가 루다가 작게 한숨을 내쉬었다.

"혼자만 반성하지 말고 뭔지 좀 알려 주지…… 아, 아니다. 진실에 관한 거라면 패스."

손바닥 뒤집듯 바로 바뀌는 루다의 모습에 스테안이 쓰게 웃었다.

하지만 기어코 루다의 질문에 답을 하지는 않았다. 왜인지는 말하지 않아도 알 것 같은데.

"침묵하는 걸 보니 세계의 진실에 관한 건가 봐?"

"다음에 되면 전부 얘기해 줄게."

"필요 없거든요. 그래서 어떻게 하면 되는데?"

"벽을 부수고 정화해야 하는데. 그 전에…….."

말을 끝까지 내뱉지 못한 채 스테안이 거칠게 몸을 비틀어 대는 새, 아티드를 바라봤다.

"저거 구해 줘야 한다고?"

"응."

"흠······."

루다가 팔짱을 낀 채 고민에 빠졌다. 어떻게 하는 게 좋을까?

"벽부터 부수는 게 좋지 않아? 벽을 부수면 당연히 저기에 갇혀 있는 새까지 탈출할 수 있을 거 아니야."

"그렇게 간단하면 좋겠지만, 신력이 깃든 것에 커다란 타격을 받아 버리면 어떤 결과가 나올지 모르니까."

"괜히 벽 먼저 전부 부수다가 새까지 죽일 수도 있다는 말이지?"

"그렇지."

뭐가 이렇게 복잡해?

루다의 미간에 주름이 갔다. 그냥 게임이었으면 새건 뭐건 벽부터 부수고 봤을 것이다. 하지만 이게 현실로 튀어나와 버리니 이렇게 성가실 수가 없었다.

"진짜 귀찮네. 저거 주변 나무를 전부 태워 버릴까? 나무는 불에 약하니까."

"하지만 불길이 전이되는 속도도 빠르지."

"새까지 위험해질 수도 있다는 이야기지?"

"그렇다."

가만히 듣고 있던 루드비히가 한마디 보탰다. 루다가 고개를 끄덕였다.

불을 붙이는 건 루드비히의 스킬을 사용한다는 의미인데, 그 정도 불이면 벽면 전체에 전이되는 건 시간문제였다. 그렇게 되면 새의 생사는 확신할 수가 없어지지.

"에라, 모르겠다. 어쩔 수 없지."

루다가 허공으로 단검을 던졌다. 허공으로 올라간 단검이 바닥으로 떨어지기 전, 루다의 가슴팍 앞에서 멈췄다.

허공에 멈춘 단검이 순식간에 열 개로 나뉘었다. 루다를 중심으로 도는 단검은 금방 공격이라도 할 것처럼 보였다.

무슨 계획이라도 있는 것인가? 루드비히의 시선이 루다에게 향했다.

"방법이 있나?"

"퀘스트가 벽 부수라는 거잖아. 새도 구하고."

"그렇지."

"그럼 부수면 되지."

"뭐?"

"뭐라고?"

어이가 없는 듯한 둘의 음성이 동시에 들려왔다. 그러든지 말든지 루다에게는 이 퀘스트를 깨야 한다는 생각밖에 없었다.

처음에 조금씩 깨면 되겠지. 달고나 부숴 먹듯이. 물론 그렇게 침 발라서 정교하게 떼어 내지는 못하겠지만. 그래도 저 새가 도망칠 틈 정도만 만들어 주면 될 것이다.

루다는 대수롭지 않은 표정으로 제 주변을 빙글빙글 도는 단검 중 하나에 손가락 끝을 가져다 댔다. 그리고 소리쳤다.

"할로우 댄싱 소드!"

루다의 외침과 동시에 열 개의 칼이 벽으로 날아갔다. 콰과광, 굉장한 속도와 함께 벽으로 돌진한 단검들이 거대한 파괴음을 자아냈다.

"부서졌겠지?"

이 정도 파괴력인데. 하지만 자욱한 먼지가 사라진 곳에는 여전히 건재한 벽이 보였다. 그나마 금 정도는 가 있다는 게 다행이라면 다행이었다.

"와, 이거 엄청 단단한데?"

새의 주변에 구멍을 내려는 의도로 시전한 스킬이었다.

그래도 스킬에 의한 어마어마한 충격 때문에 두껍게 얽혀 있던 뿌리들이 풀려 있었다. 그 틈새로 훨씬 자유로워진 새가 날갯짓하는 모습이 보였다.

"키이이아아악!"

자유로워진 새가 거칠게 포효했다. 하지만 그 새 곳곳에 묻은 오염된 어둠은 떨어질 생각이 없어 보였다.

"키이이익!"

새가 루다를 향해 다시 한 번 포효했다.

"무슨 말을 하고 싶은 것 같은데 시간이 없어서. 미안."

하지만 알아들을 수 있을 리가 없었다. 다 모르겠고, 루다는 금이 간 벽에만 시선을 고정했다.

루다가 단검을 회수했다가 다시 팔을 높이 치켜들었다.

아직 마나는 충분했다. 최대한 파괴적인 스킬을 이용해 저 벽을 부숴야지, 생각하며 스킬을 시전하려 할 때였다.

얼룩덜룩 어둠을 덧붙인 새가 루다를 향해 무서운 속도로 달려들었다.

"뭐야? 아이스 솔딩 실드!"

분명 공격이었다. 루다가 반사적으로 방어 스킬을 외쳤다.

루다의 앞에 거대한 얼음 장벽이 솟아났다. 루다에게 달려들던 새가 그 벽에 맞고 뒤로 튕겨져 날아갔다.

"죽이면 안 돼!"

스테안이 소리쳤다.

"나도 좀 걱정해 주지 그래?"

루다가 어이가 없어 한마디 쏘아붙였다.

지금 공격당한 사람이 누군데!

"죽진 않았겠지. 레벨이 몇인데."

루다가 새의 머리 위를 살폈다. 다행히도 hp는 0이 아니었다. 그래도 데미지가 어느 정도 있는 모양인지 새는 바닥에서 몸을 떨며 잠시간 고통스러워하다가 다시 날아올랐다.

새의 눈은 날카롭게 루다를 바라보고 있었다. 아무리 봐도 저건 공격하기 직전이었다.

"뭐야. 왜 날 공격해? 저기, 내가 너 구해 줬거든?"

알아들을지는 모르겠지만. 루다는 새가 언제 공격할지 몰라 몸을 바싹 긴장시켰다. 적의에 가득 찬 새가 날아올랐다.

"아이스 솔딩 실드!"

루다가 다시 방어 스킬을 외쳤다. 하지만 날아오른 새는 곧바로 루다에게 돌진하지 않았다.

"오……. 이건 아니지."

루다의 방어막이 하늘까지 닿아 있을 리는 없었다. 게다가 얼음 속성의 방어벽은 평면이었다.

그걸 알아채기라도 한 듯 새가 높이 날아올랐다. 그리고 그 벽을 넘어 루다에게 덤벼들고 있었다.

'젠장, 유저 패턴까지 읽는 몹이라고? 이런 게 어딨어!'

루다가 속으로 욕을 짓씹으며 발에 가속을 걸었다. 그대로 땅을 박차고 허공으로 날아올랐다.

루다를 향해 돌진하던 새는 간발의 차로 다시 땅에 처박혔다.

"뭐가 저렇게 빨라."

레벨 차이도 별로 나지 않았다. 혼자 싸우고 벽까지 부수기에는 무리였다. 옆에 만렙도 있는데, 루드비히를 그냥 둘 수는 없는 노릇이었다.

도와 달라고 말하기 위해 고개를 돌리는 순간, 루드비히의 뒤에서 그를 공격하기 위해 날아가는 새의 모습이 보였다. 그 모습이 그리도 사나울 수가 없었다.

"루드비히!"

"플레임 월!"

루다의 외침에 루드비히가 방패막을 만들었다.

"이거, 뭘 먼저 해야 하는 거야? 스테안, 이건 왜 너보다 센 건데!"

대체 일이 어떻게 흘러가는 거야.

루다가 입술을 깨물었다.

얼른 끝내야 한다. 저 시간의 장벽이 끝나기 전에. 이대로면 사람들이 위험할 수도 있는 노릇이었다.

"야! 공략 알려 주는 것도 진리야? 아니지? 공략 좀!"

스테안에게 소리치는 사이 새가 다시 루다에게 달려들었다. 행동 패턴은 읽을 줄 알면서, 이상하게 이성은 없어 보였다.

보아하니 원래 빛에 속했던 이 새는, 벽과 마찬가지로 타락하고 있는 모양이었다.

"죽이면 안 되고……."

"그건 아까 말해서 나도 알거든? 맞다, 스테안 너도 공격할 수 있잖아? 좀 도와주지?"

루다의 다급한 한마디에 스테안이 미안하게 웃었다.

"미안, 난 공격이 불가해서."

"뭐? 너 레벨이 몇인데. 설마……."

그게 전부 서포트 계열은 아니겠지? 무슨 이런 비효율적인.

루다의 입이 떡 벌어졌다가 금세 다물어졌다.

설마 그럴 리가. 아닐 거야. 어떤 제약이 있을 수도 있지. 빛의 속성이 커다란 타격을 준다고 했으니 그런 이유 때문일 수도 있었다.

"으, 얼른 처리해야 하는데."

"키이이익—!"

여전히 포효하는 새를 바라보며 루다가 초조하게 읊조렸다. 그 모습을 보다가 무언가 결심이라도 한 듯, 스테안이 허공으로 지팡이를 한 번 휘둘렀다.

무언가 하려는 거 같기는 한데, 마땅한 결과가 눈에 보이지는 않았다.

새는 오히려 아까보다 더욱 고통에 몸부림치고 있었다.

"혹시 정화 가능해?"

"정화?"

어느새 정신을 차리고 루다를 향해 다시 달려드는 새를 피해 구르며 루다가 소리쳤다.

보니까 저 새가 스테안을 공격하지는 않았다. 뭔가 억울한데.

"무언가 오염된 것들을 정화해 본 적이 있다든가."

"정화 스킬이 있기는 한데, 그걸 이런 일에 써 본 적은 없는데."

타락했다는 것들을 처리하는 퀘스트를 받은 적은 있었지만, 그 내용은 언제나 타락한 존재를 죽이는 것이었다.

타락한 존재를 정화시킨 적이 없으니, 정화 스킬은 독에 중독됐을 때나 써 봤을 뿐이었다.

"혹시 모르니까 한번 해 봐."

"해 보는 건 어렵지 않지."

"이것도 같이 써 보고."

스테안이 루다를 향해 병을 던졌다. 날아오는 병을 반사적으로 받아 살폈다.

"성수?"

스테안이 내민 성수 위에는 '태초의 성수'라는 명칭이 적혀 있었다.

"이건 좀 다른 거네?"

"될지는 모르겠는데……."

"해 보지 않으면 모르는 거지. 루나틱 홀딩!"

루다가 스킬명을 외쳤다.

루다의 손에서 튀어나간 새하얀 빛이 새를 결박했다. 새는 몸부림쳤지만 만렙이 던진 스킬을 벗어날 수는 없었다.

그 순간을 놓치지 않고 성수를 허공으로 높이 던졌다. 그리고 동시에 단검을 쏘아 올렸다.

"정화!"

루다의 외침과 함께 성수가 빛을 내며 새 위에 흩뿌려졌다. 내려앉은 빛이 마치 물이라도 되는 것처럼 새에게 묻어 있던 어둠을 씻어 냈다.

거칠게 몸부림치던 새의 움직임이 점점 잦아들었다. 날카롭게 울던 소리 역시 금세 줄어들었다.

루다가 그 상황을 바라보며 눈을 깜빡였다.

이거 이렇게 쉬워도 되는 거야?

"아, 이런 거 있으면 먼저 좀 알려 달라고!"

"네가 정화까지 할 수 있을 줄은 몰랐지."

"그걸 변명이라고 해?"

새의 공격을 피하면서 루드비히의 화염도 피하느라 죽을 것 같았던 조금 전 상황을 생각하며 루다가 소리 질렀다.

"하하, 미안. 나도 방금 생각나서."

루다가 씩씩거리며 스테안의 옆으로 다가왔다. 마나가 이미 절반 정도는 닳아 있었다.

"반신이라면서! 그래, 몇 천 년 살면 그럴 수도 있지. 몇 십 년 살아도 건망증이 오곤 하는데 말이야."

"지금 늙었다고 돌려 까기?"

"어머, 들켰나?"

이제는 어느 정도 여유를 찾은 상태였다.

저 벽만 부수면 되겠지? 루다가 손을 높이 치든 순간이었다.

"키이이익—!"

어둠을 몰아내고 새하얀 몸체만 자랑하던 새가 날카롭게 포효했다.

"어어? 정화까지 시켰잖아! 이러면 안 되지."

루다가 반사적으로 방어 자세를 잡았다. 루드비히 역시 마찬가지였다.

정화하고 보니 아까 좀 깎아 놨던 hp가 어느새 가득 차 있었다. 이런 게 어딨어! 이번에는 루다가 포효하고 싶었다.

루다가 그러든지 말든지 날카로운 소리를 내며 하늘로 날아오른 새가 뿌리로 만들어진 벽 위에서 멈췄다. 그리고 그대로 아래를 향해 돌진하기 시작했다.

"어?"

엄청난 속도, 그 속도를 감싸 안은 빛. 그것들 때문인지 새는 마치 검처럼 보였다. 아니…….

"정말 검이잖아……?"

그대로 벽에 내리꽂힌 검에서 거대한 빛이 터져 나왔다. 밤의 어둠을 가른 날카로운 빛은 주변의 빛마저 모조리 앗아 갔다.

콰과광, 거대한 소리를 자아내던 벽에 거대한 금이 생기기 시작했다. 그걸 알고 있기라도 하듯, 검은 더 엄청난 기세로 벽을 파고들었다.

제롬을 가득 채우는 소름 끼치는 소리. 땅을 올리는 거대한 진동 후, 높이 치솟아 있던 벽이 산산이 조각났다.

터져 나오는 빛에 눈을 가렸던 루다가 서서히 팔을 치워 냈다.

"와우……."

눈앞에 나타난 아름다운 광경에 루다가 넋을 놓고 말았다.

가루가 된 위그드라실의 뿌리는 빛의 파편이 되어 새까만 밤을 채우고 있었다. 마치 별처럼.

공간을 가득 메운 채 춤을 추던 작은 빛들이 갑자기 블랙홀에 빨려 들기라도 하듯 한곳으로 모여들기 시작했다.

"응?"

그렇게 모여든 빛들은 어느새 한데 뭉쳐져 밝은 결정을 하나 만들어 냈다.

"이게 뭐야?"

루다가 그쪽으로 한 걸음 다가갔다.

'신수의 신비한 힘'. 결정 조각 위에 적혀 있는 말이었다. 퀘스트를 클리어하면 준다는 보상의 이름과도 동일했다.

그 말은 하나를 의미했다. 형우의 기억 조각.

"루드비히."

루다의 부름에 루드비히가 고개를 들었다.

"이거, 네 거야."

"기억의 조각인가?"

"응. 세 번째 조각."

루드비히가 조각을 향해 손을 뻗었다. 반짝반짝 빛을 내던 조각이 그의 손으로 흡수되는 것이 보였다.

퀘스트 완료 보상까지 전부 받아 냈다. 그러니까.

"끝난 거지……?"

루다가 이마에 맺힌 땀을 닦아 내며 땅에 털썩 주저앉았다.

난이도가 갈수록 너무 높아지는 거 아냐? 그나저나 형우는 제대로 돌아왔으려나?

루다가 형우를 살피려는 순간이었다.

"오오……!"

갑자기 시끄러워진 주변에 루다가 번쩍 고개를 들었다. 사람들의 반짝 거리는 눈이 루다 무리를 향해 있었다.

대체 언제부터 스킬이 풀어졌던 거지? 아까는 정신이 없어 대체 언제부터 이 장면을 보고 있던 건지 감도 잡을 수 없었다.

'망했다.'

언제든 상관없었다. 타차원의 흐름이 풀린 순간부터 루다는 도망갈 타이밍을 놓쳐 버렸다.

"다시 시작된 전염병이 사라졌어."

조용한 와중에 누군가가 중얼거린 목소리가 들렸다. 뜻밖의 한마디에 루다가 눈을 크게 떴다.

전염병이 다시 시작됐었단 말이야?

루다가 전부 치료하고 제롬을 떠났다. 그런데 다시 전염병이 시작됐고, 루다가 아무런 치료도 하지 않았는데 병이 나았다.

그렇다면 타락한 종말의 벽이 그 전염병의 원흉인 게 분명했다.

"오오, 성녀님이시여!"

"일란 님이시여!"

'아, 또 시작됐다.'

사람들이 루다 무리를 경외에 가득 찬 눈빛으로 바라보고 있었다.

진짜 견딜 수가 없다니까.

루다가 눈을 꾹 감은 채 얼른 도망칠 궁리를 하고 있을 때였다.

"오오, 루비 님이시여!"

눈을 질끈 감은 루다의 귀로 기침 소리가 들려왔다. 루다가 천천히 고개를 돌렸다.

"다이루 님이시여!"

"루비 님이시여!"

누군가가 한 번 더 소리쳤다. 그 한마디에 더욱 크게 기침을 해 대는 남자 친구의 눈과 마주쳤다. 자신감에 차 있던 붉은 눈이 지금은 울상을 짓고 있었다.

그 눈과 마주친 순간, 루다는 알 수 있었다.

"돌아왔구나……."

형우야. 하필 이 시점에.

루다는 울어야 할지, 웃어야 할지 감을 잡을 수가 없었다.

사람들이 루다 일행을 둘러싸기 시작했다. 형우의 동공이 거칠게 지진을 일으켰다. 방황하던 눈동자가 무언가 다짐한 듯 굳게 자리 잡았다.

"타깃."

형우가 낮게 읊조렸다.

"텔레포트!"

명쾌한 외침이 광장에 울려 퍼졌다.

발밑에 나타난 마법진에서 뿜어져 나온 빛이 세 명을 동시에 집어삼켰다. 밝은 빛이 터졌다 사그라진 후, 그 자리에는 아무도 남아 있지 않았다.

그 모습을 바라보며 사람들이 다시 웅성거리기 시작했다.

"역시, 하늘이 내리신 분들이네."

서로 마주 보며 사람들이 고개를 끄덕거리기 시작했다.

그들이 어디로 갔는지, 왜 그들을 피해 사라졌는지는 이제 그들 안에서 중요한 게 아니었다.

존경을 가득 담아 고개를 끄덕이던 자들이 무언가 떠오른 듯 퍼뜩 고개를 들었다.

"아이고! 이러다가 수확제 시기를 놓치겠어. 곧 폐하께서 오실 텐데."

"그래도 제롬이 진정되고 폐하가 오셔서 얼마나 다행인가? 아니었으면 폐하 역시 위험할 뻔했지 뭔가?"

그래도 최악은 아닌 현 사태에 사람들이 가슴을 쓸어내렸다.

마구 고개를 끄덕이는 사람들 사이에서 한 명이 슬그머니 아쉬운 표정을 지었다.

"헌데…… 그래도 조금 아쉽지 않은가?"

"뭐가 말인가?"

"듣기로는 이번 폐하께서 저번 군주와는 달리 엄청난 성군이시라는데, 이 사태가 해결되지 않았으면 그분이 영주와 의사들을 어떻게 응징해 주지 않으셨을까 싶어서 말이야."

"아니, 이 사람? 큰일 날 소리를 하고 있구먼! 그럼 폐하 오시기 전까지 사람들이 다 죽어 나가도 상관없다는 이야기인가?"

"아니, 이 사람은 왜 말을 그렇게 왜곡하고 그러나? 그냥 그렇다는 거지. 전염병이 사라진 건 얼마나 다행인데!"

"됐네! 어디 가서 그런 말 하지 마라. 나니까 그냥 듣고 끝내지, 다른 사람이었으면 자넨 이미 뼈가 부러지도록 맞았어."

"알았네, 알았어. 어휴, 무서워서 말도 못 꺼내겠네."

"아니, 이 사람? 아직도?"

"알았네, 알았어! 내가 잘못했으니 얼른 가서 일이나 하게."

"그래도…… 자네 말처럼 폐하께서 영주와 의사 놈들의 잘못을 알아냈으면 좋겠는데 말이야."

조금 전 만났던 사람이 시타라이자 에세나의 군주임을 알 리 없는 제롬의 사람들이 하늘을 바라보며 낮게 읊조리다가 다시 발걸음을 빨리하기 시작했다.

화려한 빛이 터져 나왔다. 새벽을 물들인 밝은 빛은 세 명을 떨어뜨리고는 금세 사라졌다.

"후……."

아무도 없는 고요 속에서 깊은 한숨이 흘러나왔다. 땅이 꺼져라 흘러나온 한숨과 함께 제일 큰 키의 남자가 주저앉았다.

"괜찮아……?"

루다가 웃음을 애써 틀어막은 채 형우에게 물었다.

분명 웃으면 안 된다. 정말 진짜로 웃으면 안 되는데, 루다도 그 기분을 너무나도 아주 뼛속 깊이 공감하는데도 웃음이 입 밖으로 새어 나왔다.

사람이란 아주 간사해서 내 일이 아니라고 이렇게 놀리고 싶어지는 것이다. 하지만 남이라고 하기에는 사랑하는 남자 친구이니까.

루다는 우선 웃음을 꾹꾹 눌러 참기로 했다.

"루다야, 너 지금 입꼬리가 올라가 있어."

그리고 그걸 형우가 놓칠 리가 없었다.

루다가 반사적으로 입가를 매만졌다가 최대한 미안해 보이는 웃음을 입에 걸었다.

"어? 아아. 알잖아? 내가 또 너무 걱정되면 미안함의 웃음이 나오는 거?"

"루다야, 우리가 하루 이틀 안 것도 아니고 내가 그걸……. 그래, 모를 수도 있지."

"형우야, 내가 사랑하는 거 알지?"

"그럼, 너무 잘 알아서 탈이지."

형우가 울 것 같은 얼굴로 후우, 깊은 한숨을 내쉬며 무릎 사이에 머리를 박았다.

형우는 울고 싶었다. 정말로. 진짜로.

이제 기억이 돌아왔으니 이 칭칭 감은 천과 로브를 벗어도 아타나스 군주라는 걸 들키지 않을 자신이 있었다. 하지만 정말 답답한 지금 상황에도 불구하고 형우는 제 얼굴을 드러낼 수 없었다.

도대체, 은발과 적안이라니. 정말. 미쳐 버릴 것 같았다. 아무리 제가 어릴 때 무수한 만화책과 소설과 게임을 섭렵했다고 할지라도 은발과 적안으로 캐릭터를 커스터마이징한 적은 없었다.

형우가 고개를 들어 루다의 옆에 당당하게 서 있는 스테안을 바라봤다. 저기에 모든 원흉이 있었다.

에세나에서 은발이 흔하다고? 대체 누가 그런 말도 안 되는 소리를 지껄인 건지. 형우가 에세나에 도착한 이후로 은발을 본 적은 없었다.

"괜찮아. 그렇게 부끄러워하지 않아도 돼. 적어도 나보다는 낫잖아?"

루다가 형우 옆에 쪼그려 앉아 형우의 등을 토닥토닥 두드려 줬다. 그래서 형우는 더 울고 싶어졌다.

'에세나니까 네가 그렇게 생각하는 게 아닐까?'

아타나스에 돌아가면 기억이 나가서 한동안 스스로 자신이 아닌 상태인 게 다행이라 느껴질 지경이었으니까.

형우는 목까지 올라온 한마디를 굳이 내뱉지 않았다. 괜히 더 놀림당할까 봐. 제가 아는 루다는 충분히 그러고도 남는 사람이었다.

형우는 고개를 푹 숙인 채 몇 번이나 마음을 다스리고는 겨우겨우 몸을 일으켰다.

기억도 한 조각 더 돌아왔고, 루다도 만났는데 왜 돌아올 때마다 이런 상황인 건지. 이쯤 되면 제가 전생에 어떤 죄를 지은 건 아닌가 고민될 지경이었다.

"자! 조금만 참으면 기억 다 돌아오니까 파이팅하자고!"

루다가 애써 밝게 웃으며 형우의 등을 팡팡 두드렸다. 분명 약한 토닥임이었지만 만렙의 토닥임은 차원이 달랐다.

"루다야, 우리 만렙이야."

"아, 맞다. 미안!"

손을 떼고는 루다가 미안한 듯 어색하게 웃었다.

후우, 다시 나오는 한숨을 애써 삼켰다. 이 타이밍에 한숨을 쉬었다가는 괜히 루다가 미안해할 것 같아서.

형우가 루다의 뒤에 서서 흥미를 가득 담아 저를 바라보고 있는 스테안을 바라봤다.

"처음 뵙겠습니다?"

눈이 마주치자 스테안이 싱글 웃었다. 형우의 미간이 꿈틀, 찌푸려졌다.

"처음 뵙……."

는다니 무슨 소리지? 질문이 중간에 뚝 하고 잘렸다.

"아, 처음은 아니지요?"

"무슨 말인지?"

"지금의 폐하가 제가 알고 있던 폐하는 아닌 것 같아서 말입니다. 우리

종종 마주친 적 없는지 묻고 있는 거죠."

스테안이 눈을 접어 웃었다. 루다가 저를 째려보든지 말든지 스테안은 지껄이는 것을 멈추지 않았다.

"가령 이전 에세나의 군주가 아타나스의 황성에 나타났을 때라든가 말입니다."

"하……."

형우가 깊은 한숨과 함께 얼굴을 쓸어내렸다.

들켰다. 들켜 버리고 말았다. 역시 몇 천 년의 눈치는 이길 수가 없었다.

이걸 뭐라고 설명해야 하나 형우가 머리를 굴리는 사이 퍽, 하는 경쾌한 소리가 들려왔다.

"스테안, 그만 놀리지 그래? 날 놀리는 건 참을 수 없어도 내 남자 친구를 놀리는 건 참을 수 없거든?"

갑작스러운 타격에 스테안이 등을 어루만지고 있었다.

"아, 아파!"

"일부러 살살 때렸거든?"

"그래도 아픈 건 아픈 거라고."

"너는 더 맞아도 싸. 어딜 감히 주군을 놀려 놀리길."

루다가 최대한 화난 표정을 지어 보이며 몰아붙였다. 그 모습을 보며 형우는 죽을 것 같았다.

"루다야, 주군이라고 하지 말아 줘."

"오, 그럼 주군이라고 부르지 않아도 되는 건가요?"

스테안이 옆에서 깐죽댔다.

"적어도 지금 있는 위치는 잘 지키는 사람이라고 파악했습니다만……제가 잘못 생각한 건지 의문이 드는군요."

루다에게 보여 줬던 부드러운 눈이 스테안을 향하자 바로 그 빛을 달리했다.

"저는 생각보다 사람을 잘 파악하는 편이라서요."

말투는 부드러워졌다. 하지만 담고 있는 억양과 뿜어져 나오는 분위기는 스테안이 마주했던 이전의 루드비히와 별반 다를 것이 없었다.

짓궂게 짓고 있던 웃음이 금세 놀라움으로 바뀌었다.

"폐하께서 사람을 잘못 파악했을 수도 있지 않습니까?"

스테안이 아까보다 훨씬 짙은 웃음을 입에 걸었다. 하지만 그 눈은 웃고 있지 않았다. 바다와 같던 푸른 눈은 드물게 얼음처럼 차가워지고 있었다.

"당신이 위치를 잊고 행동을 함부로 할 수는 있지요. 하지만……."

형우의 눈에 날카로움이 한층 더 덧씌워져 있었다.

"그렇다고 우리의 위치가 바뀌진 않는다는 걸 잘 알고 있을 거라고 생각합니다. 천 년 이상을 산 반신이라면요."

형우의 눈이 살짝 휘어졌다.

하지만 그 눈이 진정한 웃음을 지은 건 아니었다. 어디 한 번 더 지껄여 보지, 하는 듯 날카롭게 빛나고 있었다.

"폐하께서 제 위치를 다시 되새겨 주시니 감읍할 따름이군요."

죽일 듯이 째려보는 형우의 눈을 그대로 바라보다가 스테안이 깊게 허리를 숙였다. 하지만 그의 목소리가, 그리고 지금의 이 인사가 그저 놀리기 위한 건 아닌 것 같았다.

허리를 숙이기 전 잠시 보였던 스테안의 얼굴에는 미미한 놀라움이 담겨 있었다.

잠시 차가워졌던 그의 눈에는 다시 장난기가 돌아온 상태였다. 그리고 그 안에는 알 수 없는 호의도 엿보였다. 그가 이전에 루다에게 보였던 것 같은.

루다가 옆에서 둘의 대화를 흥미롭게 바라봤다.

'우와, 형우한테 저런 면이 있었어?'

물론 같이 학교를 다니면서 혹은 다른 사람들을 만나면서 옆에서 봤을 때, 형우가 차분하게 리드를 잘하는 스타일이기는 했다.

목소리를 높이지는 않지만 은근히 단호하면서 배려심도 있어 어느새 사람들이 형우의 의견에 제일 귀를 기울이고 있기도 했다.

그때마다 신기하면서도 자랑스러운 마음이 들고는 했었다. 하지만 지금 보여 주는 모습은 그때와는 또 사뭇 달랐다.

'정말 군주 같잖아?'

그때 별로 느껴지지 않았던 카리스마가 느껴진달까.

단호함을 담아 스테안에게 보여 줬던 모습에는 보지 못했던 날카로움이 담겨 있었다. 마치 루드비히에게서 봤던 것 같은.

"응?"

"무슨 일이야?"

저도 모르게 내뱉은 의문의 감탄사에 형우가 루다를 바라봤다. 마주한 남자 친구의 눈은 조금 전과는 달리 부드럽고 따스하게 풀려 있었다.

"아니, 무슨 일이 있는 건 아니고. 그냥……."

아까는 놀리느라 말했지만 지금은 진심인데. 이런 말 하면 오그라들어 하지 않을까?

하지만 말하지 않는 게 더 의문을 증폭시킬 것 같아 루다는 그냥 대답하기로 했다. 칭찬인데 뭐 어때.

"진짜 군주 같아서?"

루다의 한마디에 형우가 콜록콜록, 거센 기침을 하기 시작했다.

"자기야, 괜찮아? 아니, 내가 하고 싶었던 말은……."

루다가 무어라 변명하려 했지만 할 수 없었다. 그게 그 말인데 뭘 변명해.

"그냥, 뭐, 이제는 받아들여도 되지 않을까? 모두가 존경하잖아."

군주가 얼마나 멋있어! 말하려다가 루다가 입을 다물었다.

누가 저한테 똑같이 말하면 미칠 것처럼 몸부림쳤을 테니까. 여기까지만 하자.

"그냥, 처음 보는 모습이라서 멋있었다고!"

루다가 엄지손가락을 들어 올리며 덧붙였다.

'루드비히의 현대판 모습을 보는 것 같기도 했고.'

라는 말은 생략했다. 이 말을 해서 뭐 해, 하다가 루다가 고개를 갸웃했다.

"어라?"

루드비히랑 형우의 간극이 언제 이렇게 좁혀져 있었지?

기억을 잃었다는 건 다른 사람이 된다는 말은 아니었다. 하지만 기억을 잃은 상태로 극단적인 상태에 처하면 미묘하게 다른 성격이 나올 수도 있다고 생각했다. 그게 루드비히를 보며 루다가 생각한 바였다.

그리고 지금 형우의 모습은 그런 루드비히의 모습과 겹쳐진다고 생각했다.

하긴, 또 생각해 보면 형우가 돌아오기 전 루드비히에게서 형우가 보여 주는 것과 같은 따스함을 몇 번 느끼기도 했다.

"혹시……."

이건 그저 의문이었으며 갑자기 떠오른 가정이었다. 그렇기에 물어보기가 꺼려졌다.

"뭐 물어보고 싶은 거 있어?"

제게서 떨어지지 못하는 눈을 바라보며 형우가 물었다.

저 목소리가 부드러웠다. 물론 루드비히의 목소리가 이 정도까지 부드럽지는 않았다.

루다가 마주했던 루드비히의 눈빛이 지금 형우와 비슷하다고 생각했지만, 어쩌면 얼굴을 전부 봤다면 다르게 보였을 수도 있었다.

하지만 적어도 지금 형우와 눈만 마주한 상태에서 느끼는 부드러움은 형우가 돌아오기 전 루드비히에게서 느꼈던 부드러움과 비슷했다. 그것도 아주 많이.

"혹시…… 이거 물어봐도 돼?"

"뭔지 무섭기는 하지만 네가 물으면 안 되는 건 없어."

"정말?"

"응."

남자 친구가 물어봐도 된다고 대답했다. 그 대답을 듣고도 잠시 고민했지만 루다는 결국 물어보기로 다짐했다.

"혹시 루드……가 아니라 기억이 사라졌을 때의 자기도 점점 최형우일 때를 기억하곤 해?"

조심스레 던진 루다의 질문에 형우의 눈이 크게 뜨였다.

"아니, 뭐. 대답하기 싫으면 안 해도 돼."

아, 역시 달가워하지 않는구나.

예상한 반응에 루다가 손을 내저었다.

왠지 형우에게 있어 루드비히라는 존재는 역린과도 같았다. 저번 아타나스에서 나눴던 대화에 의하면 그러했다.

어떻게 상황이 돌아가는지 궁금하기는 했지만 당사자가 내키지 않는 질문이라면 억지로 파고들 수는 없었다.

한 발자국 물러나려는 루다를 보고는 형우가 고개를 가로저었다.

"아니야. 상관없어."

내뱉고는 루다의 뒤에 서 있는 스테안을 바라봤다.

스테안은 마치 아무것도 들리지 않는다는 것처럼 몇 발자국 뒤로 물러섰다. 손가락으로 귀를 막는 건 덤이었다.

"와, 아무 말도 안 들리네."

하는 행동을 보아하니 자리를 비켜 준다는 의미 같았다. 저런다고 완전히 들리지 않는 건 아니겠지만 노력은 가상했다.

형우가 기억을 잃은 상태가 루드비히이며 루다와 연인 관계라는 걸 알게 된 이상, 그가 듣든 말든 상관없었다.

형우는 큰 고민 없이 입을 열었다.

"지금은 기억이 돌아오는 것 같아. 사실 돌아온다고 말해야 할지 돌아오지 않는다고 말해야 할지 잘 모르겠어."

"무슨 말이야?"

"루드비히가 잘 때 가끔 꿈을 꾸는데, 그게 나로 있을 때의 기억이거든. 그래서 무슨 일이 있었는지, 어떤 일을 했는지는 알고 있지만 그게 자신의 기억이라고 체감하지 못하는 것 같더라고."

말하고는 형우가 바람 빠지는 웃음을 지었다. 분명 자신의 이야기인데 이렇게 남 이야기하듯 말하고 있는 꼴을 보고 있자니 어이없는 웃음만 나왔다.

그런 형우와는 달리 루다의 표정은 계속 변하고 있었다. 흥미로웠다가 심각했다가, 지금은 깨달은 표정이었다.

"그래서 그랬나?"

"뭐가?"

"그냥, 가끔 자기랑 대화할 때하고 좀 비슷한 느낌이 들었거든."

"……그래?"

루다의 말에 형우의 눈이 살짝 굳었다.

루다가 아차 싶었다. 말을 또 잘못했나? 하지만 기억이 돌아오고 있다면 충분히 있을 수 있는 일 아닐까?

설마 지금도 자신에게 질투하고 있는 걸까? 둘이 화해했으면 좋겠는데. 같은 사람이니 화해라는 말도 웃기지만, 그냥 루다는 형우가 어떤 모습이어도 상관이 없었다.

'상관이 없진 않은가?'

기억이 사라진 루드비히가 싫으냐고 물어보면 아니었다. 하지만 루다와의 기억이 전부 사라진 루드비히라면 심각하게 고민해 볼 만은 했다. 형우가 완전히 사라진다는 거니까.

'이렇게 생각하면 둘이 다른 사람이라고 생각해야 하는 건가?'

루다의 눈썹이 좁혀졌다. 어렴풋이 생각하긴 했지만 이렇게 본격적으로 고민해 본 건 처음이었다.

스스로가 남자 친구의 상태에 대해 너무 가볍게 생각했나 하는 후회도 들었다.

'그렇다면 루드비히한테 여태까지 내가 유하게 대했던 건 일종의 바람 같은 건가?'

아니지. 분명 같은 사람인데? 이걸로 바람피웠다고 생각하면 어떡해? 게다가 루드비히랑 있을 때 얼마나 조심했는데!

물론 어쩔 수 없을 때마다 방심해서 형우에게 하던 것처럼 행동한 적도 있지만, 그럴 때마다 정신 차리고 행동을 정비하곤 했었다.

루다는 팔짱을 낀 채 혼자만의 고민 속으로 빠져들었다.

루다가 실수한 것과는 별개로, 형우는 루드비히를 자신과 전혀 다른 인간이라고 생각할 수도 있었다.

루다는 '그래도 둘 다 한 사람이니 어때?'라고 무의식중에 생각했지만, 형우의 생각이 그렇지 않았다면?

"형우야."

"루다야."

서로를 동시에 불렀다. 둘의 눈이 마주쳤다.

"자기 먼저 해."

"먼저 말해."

다시 한 번 동시에 말이 튀어나왔다. 푸훗, 웃음소리가 뒤이어 터져 나왔다.

루다는 누가 아무리 뭐라고 해도 형우가 좋았다. 루드비히 역시 형우였다. 둘 중 한 명이라도 싫어한다는 건 있을 수 없는 일이었다.

"내가 먼저 말한다?"

형우가 고개를 끄덕였다.

루다가 빙긋 웃고는 한 발자국 다가갔다. 형우의 얼굴을 감싸 안아 제 쪽으로 끌어당기고 눈을 마주했다.

붉은 눈이면 어떻고 아니면 또 어때. 형우는 형우였다.

"신경 쓰게 해서 미안해."

루다가 최대한 덤덤하게 내뱉었다. 의외의 한마디에 놀란 형우의 눈과 마주쳤다.

"알잖아. 나 둔한 거. 그래서 네가 원치 않는 행동을 많이 했을 거야. 예를 들자면…… 나도 모르게 자기라고 부른다거나 껴안을 뻔했다거나 그런 것들?"

"그렇게까지 신경 쓰지 않았는데……."

"신경 썼잖아."

"……."

루다가 단언했고 형우가 침묵했다. 명백한 긍정의 표현이었다.

루다가 작게 웃었다.

"물론 나는 전부 최형우라고 생각했기에 했던 행동들이지만 자기한테는 그게 아니었겠지. 그냥 계속 생각하면서 깨달은 건데, 자기는 어쩌면 완전 다른 사람이라고 받아들일 수도 있다고 생각했어."

형우의 눈동자가 차분해졌다. 루다는 그가 짓고 있는 표정을 제대로 보고 싶었다.

"나, 자기 입 가리고 있는 천 내려도 돼?"

형우가 말없이 고개를 끄덕였다. 루다가 형우의 입을 가리고 있던 천을 부드럽게 내렸다.

꾹 다물린 그의 입이 보였다. 그의 얼굴을 마주하자 루다는 제가 생각한 게 정확히 맞았다는 걸 깨달았다.

형우는 제가 루드비히에게 했던 것들을 전부 신경 썼다. 루다가 예상했던 것보다 훨씬 더.

그리고 루다의 생각이 맞다면 지금 형우는 루다에게 굉장히 미안해하고 있었다.

"사실 그렇게 중요한 일은 아니었지만, 그냥 미안하다는 이야기를 하고 싶었어."

루다가 미안한 기색을 담아 가볍게 웃었다. 형우는 그녀의 눈을 가만히 바라봤다.

자신의 여자 친구는 가끔, 아니 꽤 자주 욱하는 성정이었다.

하지만 그녀의 짜증이, 화가, 약한 자를 향하지는 않았다. 그녀의 화는 불의를 행하거나 스스로를 무시하는 자에게 향하고는 했다.

그리고 그녀의 행동에 잘못이 있다는 걸 알고 나면 곧바로 인정한 후 진심으로 미안해했다. 지금처럼.

그래서 형우는 제 여자 친구에게 정말로 미안했다. 사과를 받아야 할 사람은 그가 아니라 루다였다.

"루다야."

"응?"

무슨 말이든 해 보라는 듯 올려다보는 루다의 눈을 바라보다가 참지 못하고 꽉 안아 버렸다. 루다를 품에 끌어안은 채 형우가 눈을 꾹 한 번 감았다가 떴다.

"내가 미안해."

"응?"

"모든 일의 원흉은 내가 기억을 잃었기 때문이고, 네가 고생하는 이유도 내가 기억을 잃었기 때문이잖아."

"아니지!"

1초의 망설임도 없이 부정이 튀어나왔다. '이건 다 빌어먹을 신들 때문이지!' 하려던 말은 품에서 빠져나와 형우를 바라보자 쏙 들어갔다. 지금 이런 말을 할 타이밍은 아닌 것 같아서.

"아니야, 형우야. 계속 얘기해 봐."

"물론, 내 기억을 조각내 버린 기예르모의 문제기는 하지만 어쨌든 이 모든 일에서 네가 미안해할 건 전혀 없다는 말이야."

"그래도……! 그, 아니야, 계속 얘기해."

"그리고 내가 그…… 루드비히를 다른 인격이라고 생각했던 건 아마도."

형우가 하던 말을 잠시 멈췄다.

자신의 감정을 객관적으로 돌아본다는 건 정말 어려운 일이었다. 이유가 이게 맞는지 스스로도 확신할 수 없었다.

하지만 제일 그럴듯한 이유는 이거였다. 기억을 잃은 자신을 타인이라고 생각하고 배척했던 이유.

"내가 기억을 잃었을 때 널 공격해서야."

단호한 형우의 말에 루다가 눈을 동그랗게 떴다가 이내 미간을 찌푸렸다.

"그건 네가 기억을 잃고 세뇌당했을 때니까 그렇지!"

"물론 그렇지. 그런데 어찌 됐든 그런 행동은 나였다면 절대 하지 않았을 행동이었거든. 내가 절대 할 수 없는 행동을 한 사람을 나라고 생각하기는 힘들었어."

그리고 어쩌면 그렇게 분리함으로써 죄책감을 덜어 보려 했던 걸 수도 있었다. 결국, 그 분리가 루다에게 짐을 지워 미안하다는 생각까지 하게 될 줄 꿈에도 모르고.

"그야……. 그럴 수도 있지만. 그렇다고 미안해하지는 않았으면 좋겠는데……."

진심으로 미안하다고 말하는 형우를 보고 있자니 루다는 무어라 말해야 할지 감을 잡기가 힘들었다.

미안해하지 말라고 말하기는 애매하고. 그렇다고 받아들이고 싶지는 않고.

그런 생각으로 눈썹 끝을 내린 채 작게 말하는 루다를 바라보며 형우가 가볍게 미소 지었다.

"그게 내가 자기한테 바라는 거거든."

형우의 한마디에 루다가 고개를 들었다. 미안함을 담은, 그래서 따뜻한 눈과 마주했다.

눈을 한 번 깜빡였다. 형우의 눈이 곱게 접혔다. 루다의 이마에 부드러운 입술이 닿았다가 떨어졌다.

"네가 나한테 미안해하지 않기를 바라는 것처럼, 나도 루다, 네가 나한테 미안해하지 않았으면 좋겠어. 이건 강요가 아니라, 그냥 내 마음이야."

가만히 서로를 바라보다가 마치 서로 말이라도 한 것처럼 꽈악 껴안았다.

이래서 좋았다. 강요하지 않아서, 내 말을 들어 줘서, 결국에는 원하는 끝점이 같아서. 그래서 좋았다.

둘의 눈이 마주했다. 항상 담겨 있던 온기가 좋았다.

꽉 찬 애정을 느끼며 둘 사이의 거리가 점점 가까워질 때였다.

"큼큼."

가까운 곳에서 헛기침이 들려왔다.

화들짝 놀란 둘의 고개가 휙 돌아갔다. 그곳엔 누가 있는지 살피지 않아도 알 수 있었다. 스테안.

"아, 방해꾼."

루다의 얼굴이 와락 구겨졌다. 조금 전에는 상상도 할 수 없는 모습이었다.

"이런. 대놓고 방해꾼이라는 소리를 듣는 기분은 또 새로운데?"

"내가 말 안 했으면 '제가 방해했습니까?' 하고 물으려고 했잖아."

"맙소사. 어떻게 알았지?"

스테안이 과장되게 놀란 표정을 지어 보였다. 그 뻔뻔한 자태에 왈칵 짜증이 밀려왔다.

"보면 뻔하지. 왜, 뭐! 방해한 이유가 뭔데?"

"내가 연인이 없어서 좀 방해하고 싶었거든. 옆에 사람이 없는 걸 까먹고 있는 것 같기에 말이야."

"오, 그렇단 말이야? 그럼 더 염장 지르고 싶은데?"

루다가 다시 형우에게 다가가려고 시늉했다.

"물론 염장을 지르겠다면 어쩔 수 없지만!"

"어쩔 수 없지만?"

루다가 형우의 볼을 꼭 감싸 쥔 채 날카롭게 물었다. 네가 진짜 방해하려는 목적만으로 훼방을 친 거라면, 그대로 복수해 준다는 마음이 가득 담겨 있었다.

"저건 좀 어떻게 해야 하지 않겠어?"

하지만 방해하려는 게 그 이유만은 아니었던 모양인지 스테안의 손이 루다와 형우의 뒤를 가리켰다.

루다가 몸을 돌렸다. 그 손을 따라 문제를 발견한 순간, 루다의 표정이 심각하게 굳었다.

"미친……. 저건 또 뭐야?"

그들의 뒤에는 아까 새를 오염시켰던 것과, 그리고 위그드라실의 뿌리를 오염시켰던 것과 똑같은 것처럼 보이는 어둠이 해일처럼 높게 일어나 있었다.

"아, 잠깐."

이제야 루다가 정신을 차린 것처럼 고개를 퍼뜩 들었다.

"여기 어디지?"

질문은 허공을 갈랐다. 누가 우리를 여기로 데려왔지?

루다의 시선은 형우에게 향했다. 텔레포트 좌표를 찍은 건 형우였다. 그렇다면 이곳이 어디인지 아는 자도 형우겠지.

"엘피드……."

형우의 입에서 위치가 어딘지 나오는 순간, 저게 무엇인지 알 수 있었다.

"저거, 아까 엘피드에 뿌려져 있던 그것들이야?"

셋의 시선이 뒤에서 커다랗게 높이 솟아 있는 어둠으로 향했다.

정말 거대한 어둠의 파도처럼 이쪽을 향해 빠른 속도로 다가오고 있었다.

루다 일행을 덮치기까지 어느 정도 여유는 있어 보였지만, 그렇다고 이대로 가만히 놔둘 수는 없었다. 왜인지 저 어둠에 잠식되면 안 될 것 같은 예감이 강하게 들었다.

"이걸 왜 이제 알려 줘!"

"방해하면 죽일 거 같아서."

"아니, 그거랑은 다른 문제지!"

"방해하면 욕했을 거였잖아."

"그건 그렇지만……! 아니, 이럴 시간 없는 거 아니야? 아까는 이렇게 덮치지 않았잖아. 갑자기 왜 저러는 건데?"

정곡을 찔린 기분에 루다가 발끈했다가 다시 이쪽을 향해 오는 어둠의 해일을 바라봤다.

지금 엘피드는 가로등도 고장 난 모양인지 주변을 분간할 수 없을 정도로 어두웠다.

캄캄한 새벽이었음에도 루다 일행을 향해 다가오는 저 어둠은 그 새벽의 어둠보다 더욱 농도가 짙었다.

"아마 여기가 오염되어 있어서?"

"저 반석 말하는 거야?"

"반석이 오염되어 있다고 말하긴 확실하지 않지만, 제롬에 있던 뿌리가 오염되었으면 엘피드 역시 안전하다고 말할 수는 없거든."

"그래, 그럴 법하긴 해. 그럼 저걸 해결하려면……."

"성수가 필요하겠군."

둘의 머리에 떠오른 생각을 형우가 내뱉었다. 형우의 시선이 스테안에게 향했다.

루다는 눈을 크게 떴다.

방금 엄청 루드비히 같았는데? 절대 입 밖으로 꺼낼 수 없는 생각을 하며 형우와 스테안을 번갈아 쳐다봤다.

"그렇죠. 여기!"

가볍게 고개를 끄덕인 스테안이 성수를 꺼내 루다에게 던졌다.

날아오는 성수를 받아 낸 루다가 곧바로 정화를 시전하려다 점점 다가오는 어둠을 한 번 더 살폈다. 가까이 다가올수록 그 규모가 어마어마했다.

"그런데 저거 나 혼자 하기 힘들 텐데."

"나한테 하나 더 주는 게 좋을 것 같군."

"폐하도 필요하십니까?"

무의식적으로 말하던 형우가 무언가 깨달은 모양인지 퍼뜩 정신을 차리고는 천천히 고개를 끄덕였다.

"저도 정화 스킬이 있어서요."

"말 편하게 하셔도 됩니다."

생글 웃으며 스테안이 던진 성수를 형우가 별로 힘들이지 않고 잡았다.

"그건…… 정말 편해지면 그렇게 말하도록 하죠."

"이미 편하신 것 같아서 한번 말해 봤습니다."

"헛소리는 정말 잘하는군요."

형우가 복잡한 눈으로 스테안을 바라보다가 무언가를 외면이라도 하듯 등을 돌렸다.

한층 더 가까워진 해일을 향해 형우가 성수를 던졌다. 동시에 루다 역시 그쪽으로 성수를 던졌다.

"아이스 애로우!"

루다의 외침과 함께 공중으로 던져진 병이 깨지고 성수가 퍼져 나갔다.

"정화!"

둘의 외침이 동시에 들려왔다.

그들 쪽으로 다가오던 어둠이 잠시 머뭇거렸다. 거대한 벽처럼 솟아올랐던 어둠은 확실히 그 규모가 줄어 있었다.

하지만 단 두 명의 스킬로는 역부족이었던 듯, 정화되지 않은 어둠이 루다 일행을 향해 계속해서 다가오고 있었다.

"이대로면 한 번으로는 안 되겠는데."

루다가 입술을 깨물었다.

자칫 잘못하면 정화로 온갖 마나를 전부 쓰게 생겼다.

"스테안!"

루다와 벽을 번갈아 가며 쳐다보던 형우가 스테안을 크게 불렀다.

"네네."

다시 기세를 입은 어둠의 파도가 아까보다 더 빠른 속도로 그들을 향해 다가오고 있었다. 마치 마지막 발악이라도 되는 것처럼.

"성수 열 개만 더 던져!"

"분부대로!"

뒤에서 열 개의 성수가 더 날아왔다.

무슨 성수 상인이라도 되나. 저 많은 성수를 다 들고 다니다니.

하지만 그런 잡생각도 잠시였다.

"플레임 소드!"

"아이스 애로우!"

화염과 얼음이 동시에 성수를 향해 뻗어 나갔다. 쨍, 경쾌한 소리와 함께 깨진 병에서 성수가 오염된 어둠을 향해 흩뿌려졌다.

"정화!"

밝은 빛과 함께 어둠의 높이가 줄어들었다.

"정화!"

까마득한 높이였던 어둠이 이제는 꽤 만만해 보이기 시작했다.

"정화!"

엘피드를 집어삼킬 것만 같던 어둠이 루다의 키만큼 줄어들었다.

"정화!"

루다의 가슴께만큼 위력이 사그라들었다.

"정화!"

허리까지.

"정화!"

루다 일행의 코앞, 지척까지 다가왔던 어둠이 그대로 자취를 감췄다.

혹시 몰라 발아래를 세밀하게 살폈지만 아까처럼 새카만 어둠은 보이지 않았다.

"사라졌다."

"끝났다······."

둘의 입에서 동시에 안도의 한숨이 흘러나왔다. 장막처럼 거대했던 어둠이 사라진 걸 확인하자 형우와 루다가 그대로 자리에 주저앉았다.

둘은 그대로 바닥에 앉아 크게 숨을 몰아쉬었다.

마나도 마나였지만 체력도 함께 소모됐다. 아까 제롬에서 환자들에게 치유 스킬을 썼을 때만큼은 아니었지만, 그래도 힘든 건 어쩔 수 없었다.

"원래 정화가 이렇게 마나를 많이 잡아먹는 스킬이었어?"

루다가 땀이 송골송골 맺힌 이마를 닦으며 한껏 투덜댔다.

"정화하는 게 뭔지에 따라 달라지는 거 아닐까?"

형우 역시 힘들긴 했던 모양인지 손부채질을 하며 한마디 보탰다.

"나름 엄청난 힘을……."

가진 거였나 봐. 하려던 말을 집어삼키고 형우를 빤히 바라보다가 웃음이 나오려는 걸 겨우 삼켰다.

형우가 손을 어쩌지 못하고 있었다. 머리를 쓸어 넘기고 땀을 닦고 싶어 하는 게 분명한데, 차마 그러지 못한 손이 로브 근처에서 배회하고 있었다.

아마 벗으면 드러나는 은발 때문이겠지.

루다는 애써 웃음을 꾹 참은 채 형우를 불렀다.

"형우야."

"응?"

"로브 벗자."

"……."

루다의 한마디에 형우가 침묵했다.

"덥잖아. 벗자."

"참을 수 있어."

"자기 더위 많이 타는 거 다 알아."

"……."

형우가 또다시 침묵했다.

루다는 그 이유를 알았다. 적안까지는 어떻게 안고 갈 수 있다지만 은발에 적안은 차마 꺼내 놓을 수 없는 게 분명했다.

"자기는 무슨 머리를 해도 잘 어울려."

"아니야."

부정이 단박에 튀어나왔다. 루다의 입꼬리가 파르르 떨렸다. 이랬던 적이 없는데.

"진짜야. 정말. 내가 약속할게."

"아닌 거 다 알아."

"형우야, 편한 게 먼저지. 그치, 스테안?"

루다가 어느새 옆에 다가와 있는 스테안을 바라보며 물었다.

어라, 이제 보니까 스테안 역시 은발이잖아?

"형우야, 스테안 봐 봐. 얘 머리도 은발이잖아. 그런데 사람들이 별로 놀라거나 하지 않던데?"

"그게 문제 아니라는 건 알잖아."

"뭐 어때! 나는 여기서 성녀인데!"

물론 알지. 하지만 지금 루다는 형우가 얼마나 더운지 알고 있었다. 그래서 루다는 자폭했다.

형우가 그대로 굳었다가 어색한 웃음을 입에 걸었다.

"……그 정도로 더워 보였어?"

"응, 엄청."

"……그래."

형우가 무언가 다짐한 표정으로 고개를 끄덕이고는 천천히 로브를 벗었다. 반짝이는 은발이 모습을 드러냈다.

맨 처음에 봤을 때는 당황스럽기는 했지만, 그래도 계속 보다 보니 나름 어울렸다.

아까는 이 외양에 판타지 말투까지 써서 좀 미칠 것 같았는데. 지금은 아니었으니까. 사실, 원래 머리보다 지금 머리가 더 잘 어울린다는 생각이 들 정도였다.

그래도 이런 생각을 여과 없이 보여 주면 안 되지.

루다가 형우의 뺨을 살짝 쥔 채 최대한 부드럽게 웃었다.

"아이고, 예쁘다!"

"……그래, 루다야. 하고 싶은 거 다 해."

"진심이라니까!"

루다의 활짝 웃는 얼굴을 보며 형우는 체념의 한숨을 내쉬었다.

그래, 뭔들 어때. 여자 친구가 이렇게 좋아하면 좋은 거지.

그렇게 생각하며 하늘로 시선을 올린 순간이었다.

"아……."

예상치 못한 감탄이 형우의 입에서 흘러나왔다.

"무슨 일이야?"

루다가 의문을 담은 채 형우의 시선을 좇았다. 그를 따라 하늘로 시선을
향한 순간, 그가 왜 넋이 나간 감탄을 내뱉었는지 알 수 있었다.

"와……."

아까 제롬에서 그랬던 것처럼 정화된 어둠이 빛이 되어 공간을 수놓고
있었다. 하늘이 아니라 공기 중에 퍼진 수많은 빛의 향연은 그들의 시선을
사로잡기에 충분했다.

"너무 예뻐."

루다가 중얼거리며 살랑살랑 춤추는 빛을 바라봤다. 여기저기 일렁이던
빛 가루가 루다의 위로, 그리고 형우의 위로 떨어졌다.

거대했던 어둠의 벽만큼이나 공간을 가득 채운 빛이 형우의 머리 위에
내려앉았다. 밝은 은발이 빛을 받아 아름답게 빛났다.

그 모습이 현실과는 멀어 보였다. 한국에 있었다면, 이곳에 오지 않았다
면 볼 수 없는 모습이었겠지.

하염없이 빛무리를 바라보는 형우를 빤히 바라보다가 잡은 손을 더욱 꽉
쥐었다. 형우와 눈이 마주쳤다.

"거봐, 예쁘다니까."

눈이 마주쳤다. 빛처럼 밝은 미소를 지은 형우가 눈을 접어 웃었다.

약속이라도 한 것처럼 입술이 맞닿았다 떨어졌다. 서로의 감촉이 다디
달았다.

둘은 동시에 생각했다. 오늘 본 이 장면만은 아마 평생 잊지 못할 거라
고.

둘은 다시 어둠을 수놓는 빛무리로 시선을 돌렸다. 그 빛 사이에서 언제

저 멀리까지 갔는지 모를 스테안이 알 수 없는 곳을 향해 고개를 깊숙이 숙였다.

마치 그에 반응이라도 하듯 빛이 요동치기 시작했다. 그리고 그 빛은 블랙홀에 빨려 들어가기라도 하듯 그대로 반석을 향해 사라졌다. 아까 제롬에서 퀘스트를 했을 때와 정확히 같은 현상이었다.

"어?"

아까는 저 빛무리가 모여서 형우의 기억을 만들어 냈다. 설마?

물론 지금은 퀘스트를 진행한 것이 아니었다. 하지만 혹시 몰랐다. 루다가 벌떡 자리에서 일어나 그대로 반석으로 달려갔다.

"아, 역시."

단박에 반석으로 갔지만 그곳에는 형우의 기억으로 보이는 조각은 없었다.

"루다야? 무슨 일이야?"

갑작스러운 루다의 행동에 걱정되어 따라온 모양인지 뒤에서 형우가 물었다. 루다가 멋쩍게 웃으며 몸을 돌렸다.

"아니, 아까도 정화한 다음에 빛이 모여서 자기 기억 조각이 됐잖아. 혹시 이번에도 그런가 싶어서 달려왔지."

"아."

"그런데 아쉽게도 이번엔 아닌 모양이네."

"퀘스트가 아니라서 그런 모양이야."

"그럴 수도 있고. 에이, 엄청 기대했는데. 동시에 한 조각 더 찾을 수 있는 줄 알고."

아쉬운 마음을 가득 안은 채 돌아서려는 순간이었다. 스테안이 넋이 나간 표정으로 이쪽을 향해 걸어오는 모습이 보였다.

"쟨 또 왜 저래?"

한 걸음 한 걸음, 천천히 걸어오는 모습이 마치 무엇에 충격이라도 받은 듯한 모습이었다.

아까 빛무리를 향해 인사를 하는 건 알 수 없는 무언가에 대한 경의의 표현이라고 해석할 수 있었다. 하지만 이건 왜?

루다가 자연스레 스테안의 시선을 좇았다.

"어? 나무?"

스테안의 시선 끝에는 새하얀 나무가 있었다. 아니, 나무라고 하기에는 아주 작은 묘목에 불과했지만, 그것이 반석들의 한가운데에 작게 자리하고 있었다.

미미하고 빛을 발하고 있는 걸 보아하니 아까 엘피드를 수놓았던 빛들이 모여 저 나무를 만든 모양이었다.

그런데 저게 도대체 뭐기에 스테안이 저렇게 넋이 나가서 바라보지? 생각하다가 퍼뜩 한 가지가 생각났다.

저 묘목은 하얀빛을 띠고 있었다. 그 가지 끝에 달린 이파리 하나 역시 하얀색이었다. 그 뿌리는 루다가 보지 못했지만, 그녀의 예상이 맞다면 그것 역시 하얀빛을 띠고 있을 것이다.

이파리부터 뿌리까지 하얀색인 나무가 무엇인지 루다는 잘 알고 있었다.

"위그드라실."

그 나무의 정체가 셋의 입에서 동시에 튀어나왔다.

셋의 눈이 동시에 얽혔다.

"위그드라실이 왜 하나가 더 생겨?"

당연한 질문이 루다의 입에서 튀어나왔다. 형우 역시 비슷한 생각을 하고 있는지 옆에서 살짝 고개를 끄덕였다. 둘의 시선은 스테안을 향해 있었다.

"그게."

넋이 나간 스테안의 표정은 금세 제자리로 돌아와 있었다. 하지만 여전히 알 수 없는 고취감은 그대로 남아 있는 상태였다.

여전히 시선을 새하얀 나무에서 떼지 못한 채 그가 말을 이었다.

"나도 잘 모르겠어."

무겁게 가라앉은 침묵에 둘의 얼굴에 어이없는 표정이 떠올랐다.

"야, 그걸 네가 모르면 어떡해!"

"아, 소리 지르지 마. 그런데 나도 모르는 걸 어떡해."

"천 년을 넘게 살았다며. 그 천 년 어떻게 한 거야?"

"천 년 넘었지만 처음 보는 걸 어떡해."

스스로도 실망한 모양인지 스테안이 작게 투덜댔다. 이제 스테안의 얼굴에는 루다가 익히 알고 있는 표정이 떠올라 있었다.

"지금 알면서 모르는 척하는 거 아니지?"

"아니라니까? 사람 말 좀 믿어라."

"넌 사람이 아니라서 잘 못 믿겠어."

"예, 그러시겠지요."

스테안이 대수롭지 않게 대꾸했다.

"진짜 정말 모릅니까?"

옆에서 형우가 거들었다.

"폐하까지 물어보시면 제가 진실을 답해야 하지만, 정말 저도 모른답니다."

생긋 걸리는 웃음과 동시에 스테안이 단호하게 답했다. 몰아붙이듯 질문하다가 루다가 아차 싶었다.

"아, 맞다. 나 물어보면 네가 다 대답해야 하는 거였지. 잠깐 까먹었네. 어쨌든 그럼 진짜 모르나 봐?"

"예, 모릅니다. 정말로 몰랐습니다."

"그럼 됐어."

드물게 저를 째려보는 스테안을 바라보며 루다가 어깨를 으쓱였다. 고개를 절레절레 흔들고는 스테안이 하얀 묘목으로 한 걸음 다가갔다.

"그래도 네가 싸워서 이기기엔 점점 유리하게 흘러가는 것 같은데. 아, 폐하도 혹 같이 싸우실 겁니까?"

스테안이 루다와 형우를 바라보며 물었다. 둘의 머리 위에 물음표가 떴다.

"우리가 누구랑 싸워?"

얘는 뜬금없이 무슨 소리지? 물음표만 띄우던 루다의 머릿속에 누군가가 스쳐 지나갔다. 지금의 타라.

타라를 떠올리니 왠지 사태를 이렇게 만든 존재를 알 것 같았다. 바보가 아닌 이상, 제가 또 다른 타라의 퀘스트를 진행할수록 에세나가 점점 정화된다는 걸 모를 수가 없었다.

에세나가 정화되도록 도와주는 또 다른 타라는 지금의 타라와 대척점에 서 있다고 볼 수 있었다. 그렇다면 스테안이 말하는 싸울 자는.

"설마, 지금 타……."

"쉿."

타라라는 이름을 입 밖으로 꺼내려는 루다의 말을 스테안이 막았다. 더는 말하지 말라는 의미였다.

그의 행동에 더욱 확실해졌다. 그래서 루다는 놀랄 수밖에 없었다.

'너도 싸우려고?'

스테안에게 향하는 루다의 눈이 이렇게 말하고 있었다.

루다가 눈만 깜빡거렸다. 아무리 그래도 스테안은 타라를 모시라는 명을 받은 자였다.

물론 지금은 알 수 없는 이유로 기예르모를 모시기는 했지만. 어찌 됐든 어떤 면으로 봐도 루다와 손을 잡을 만한 위치는 아니었다.

하지만 가볍게 웃는 스테안을 보니 아무래도 루다의 생각이 틀린 모양이었다. 어쩌면 에세나에 와서 이것저것 알아본 후로 생각이 바뀌었을 수도 있었다.

"정말?"

루다가 뜬금없이 질문을 던졌다.

"뭐가?"

같이 싸우려고? 뒤는 생략한 질문에 스테안이 마치 못 알아듣는 척 반문했다. 그래 말하기 싫으면 안 해도 되지.

"아니야, 아무것도."

"그냥, 신경 쓰지 마. 그리고 지금 상황은 이것저것 확실하지는 않지만 나쁜 징조는 아니야."

스테안이 아까보다 훨씬 밝아진 얼굴로 덧붙였다.

위그드라실이 새로 생겼다. 그게 어떤 의미인지는 모르겠지만, 우선은 스테안의 말을 믿어 보기로 했다.

나중에 무슨 일이 있어도 타라를 조질 생각이었다. 지금은 방법을 알 수 없어 찾고 있는 상황이었다.

스테안의 말대로 타라와 싸우는 데 있어서 유리하게 흘러간다면 기분이 나쁠 이유가 없었다.

그래, 꼭 조져야지.

속으로 다짐하며 고개를 끄덕이는 루다의 귀에 답지 않게 진지한 스테안의 목소리가 들려왔다.

"그리고 고마워."

"응?"

"폐하께도 감사합니다."

갑작스러운 인사에 둘이 스테안을 쳐다봤다.

"덕분에 제가 해야 할 일을 찾은 것 같아서요."

그가 웃었다. 밝은 웃음이 분명한데, 이상하게 불안해지는 이유가 뭔지 알 수 없었다.

루다가 미간을 찌푸렸다.

"너 무슨 꿍꿍이 있는 거 아니지?"

"꿍꿍이라니, 그런 거 생각한 적이 없어."

"그러니까 더 못 믿겠는데?"

"속고만 살았나!"

"네가 한 짓들을 생각해 봐."

"난 아무것도 한 게 없는데?"

뻔뻔하게 어깨를 으쓱이는 스테안을 루다가 흘겨봤다.

천 년 묵은 능구렁이 같으니라고.

"어쨌든 고마우면 다음에 뭔 일 있을 때 도와줘."

"그래."

"바로 대답하는 거 보니까 더 의심스러운데?"

"마음대로 생각하시지요. 에세나의 군주여."

"으으, 그렇게 부르지 말라고!"

루다가 소스라치며 양팔을 문질렀다. 그 모습을 보며 스테안이 피식 웃었다.

"저기."

대화가 얼추 마무리될 즈음, 형우가 끼어들었다.

"하고 싶은 말씀이라도 있으십니까?"

"……기예르모에게 저와 있던 일에 대해 말하지 말아 줬으면 좋겠습니다."

심각한 목소리로 형우가 한마디 보탰다. 그의 요청에 스테안이 가볍게 고개를 끄덕였다.

"당연하죠, 폐하."

"그리고 가능하면 그 폐하 소리도."

"루드비히 2세님?"

스테안이 장난기가 뚝뚝 떨어지는 목소리로 되물었다.

루드비히 2세라니. 이걸 여기서 들을 줄이야. 루다가 흥미진진한 표정으로 제 남자 친구를 쳐다봤다.

"……차라리 폐하라고 부르세요."

루다는 와락 구겨지는 형우의 얼굴을 봤다. 역시나 중2 닉네임을 견딜 수 없는 건 루다만이 아닌 모양이었다.

"예, 폐하."

"후……."

다시 얼굴을 쓸어내리는 형우의 등을 두어 번 토닥여 줬다.

그 안에는 그러면 안 되지만 한 가지 의미만이 담겨 있었다. 힘내. 나만 당할 수 없지.

토닥이던 손을 치우고는 루다가 기지개를 쭉 켰다.

상황이 전부 정리된 걸 확인하고 보니 온몸이 피곤했다. 생각해 보니 지금까지 잠을 제대로 잔 적이 없었다.

"이제 할 일 없는 거지?"

"사실 엘피드도 할 일에 포함되진 않았지?"

"맞아. 그건 그래. 그럼 좀 쉬어도 되는 시간인가?"

온몸을 쭉쭉 펴던 루다가 크게 하품을 했다.

포션으로 체력을 채우는 것도 이제는 한계였다. 이제 그냥 잠 좀 자고 싶다는 생각뿐이었다.

"그런데 어디서 자지?"

주변을 둘러보던 루다가 물었다. 그 질문에 아무도 대답하지 못했다.

엘피드의 건물들이 다 쓰러져 가는 건 아니었지만 아무리 그래도 폐가에서 자고 싶은 마음은 없었다.

"방법은 하나뿐인데."

옆에서 스테안이 끼어들었다. 뭘 말하려는 거지 생각하던 루다의 미간이 찌푸려졌다.

"네가 말하려는 답이 내가 생각하는 건 아니길 바랄게."

루다가 질린 표정으로 내뱉었고 스테안은 웃었다.

"너도 알고 있잖아."

"아아, 안 들린다."

루다가 귀를 막았다. 하지만 그게 스테안의 소리를 차단해 줄 리는 없었다.

"제롬에서 제공해 준 방."

"아아."

"거기 아니면 어디로 가게?"

스테안이 웃으며 던진 질문에 한동안 생각에 잠겼던 루다가 번뜩 무언가 생각난 모양인지 귀를 막았던 손을 풀어냈다.

"왜 그 생각을 못 했지?"

루다의 눈은 반짝반짝 빛나고 있었다.

"뭔데?"

"내가 다이루 아닌 척 그냥 방 잡으면 되지! 축제잖아! 사람들이 얼마나 많겠어!"

난 천재야!

형우와 스테안이 불안한 표정으로 바라보는 건 무시한 채 루다가 밝은 표정으로 고개를 끄덕였다.

✳

제롬의 골목에 빛이 나타났다. 그 빛은 앞서 그랬던 것처럼 세 명을 떨 군 채 금세 사라졌다.

"과연 안 들킬까?"

155

스테안이 흥미를 가득 담은 채 루다의 옆에서 작게 중얼거렸다.

"수확제잖아? 방문자는 우리 말고도 많지. 관광객들 사이에 섞여 들어가면 눈치 못 챌 거야."

"정말 그렇게 생각해?"

루다는 확신에 차 답했지만, 그건 루다만의 생각이라는 듯 스테안의 얼굴에는 얄미운 웃음이 떠날 줄을 몰랐다.

"당연하지! 우리가 왜 이렇게 로브를 쓰고 얼굴을 칭칭 감았는데? 아무도 몰라."

지금 셋 다 눈만 내놓은 채 온몸을 전부 가린 상태였다. 혹시 몰라 루다는 굽이 높은 신발까지 신은 상태였다.

체격도 바꾸고 얼굴도 가렸는데 알 리가 있나?

동이 막 튼 이른 아침. 그렇게 셋은 묵을 곳을 찾아 돌아다니기 시작했다.

하지만 어려움은 첫 번째 여관에서부터 시작됐다.

"어서 오십시오."

"방 있나요?"

"다행히도 좋을 때에 오셨군요. 방은 있답니다."

여관 주인이 뛰쳐나와 밝게 루다 일행을 맞이했다. 방을 안내하려던 그가 갑자기 눈을 가늘게 뜬 채 루다를 살피기 시작했다.

"헌데 혹시…… 다이루 님 일행 아니십니까?"

루다는 움찔할 뻔했지만 겨우 참아 냈다.

아니, 뭐야, 여기 어디 정보가 돌기라도 한 거야?

"아닌데요?"

"하하, 로브에 일행이 셋이라 그런 줄 알았습니다."

"하하하, 아닙니다."

루다는 죽고 싶었다. 아니라면 아닌 거지. 왜 저렇게 의심의 눈초리를 지우지 못해!

"아니라니 너무 아쉽군요. 아, 다이루 님이 누구냐면 말이지요. 여기 제롬이 전염병에 아주 폭삭 망할 뻔했는데 그분이 나타나 수천 명의 사람을 전부 구해 주셨죠. 이곳의 구원자이자 성녀님이랍니다."

여관의 주인은 마치 제가 당사자라도 되는 것처럼 아주 뿌듯하게 루다에 대해 설명하기 시작했다.

루다는 미쳐 버릴 것 같았다. 성녀라고 부르지 말랬더니. 제가 없을 때는 저렇게 성녀라고 불러 댔던 거야?

루다는 어서 저 입을 막아 버리고 싶었다. 재빨리 주인의 말허리를 잘랐다.

"하하, 그렇군요. 그래서 방은 있나요?"

"그럼요. 있죠. 그런데 정말…… 성녀님 아니십니까?"

"아니라구요!"

루다는 결국 소리를 지르며 여관을 뛰쳐나올 수밖에 없었다.

대체 어떻게 아는 거지? 우리가 뭘 했다고?

루다는 혹시라도 이런 사태가 생길까 봐 로브도 쓰고 아까의 형우처럼 눈만 빼고 얼굴을 칭칭 감고 있었다.

그리고 그 모습이 사람들에게 커다란 단서를 줄 것이라고는 생각도 못하고 있었다.

함께 붙어 다니는 성녀 무리 삼인조. 게다가 제롬 사람들에게 있어 루다는 너무 겸손해서 스스로를 밝히지 않는 자였다.

얼굴을 전부 가린 세 명이 성녀 무리임을 알아채는 건 어려운 일이 아니었다.

그러다 보니 당연하게도 루다가 가는 여관마다 똑같은 질문을 던져 댔다.

"아! 안 되겠다! 못 해 먹겠어!"

결국, 루다가 소리 지르고 말았다. 그리고 휙, 옆에 가만히 서 있는 스테안을 째려봤다.

'다 너 때문이야!'

의미를 파악한 스테안이 어깨를 으쓱였다.

"난 잘못 없다?"

"아니야, 네가 잘못이야."

"내가 뭘?"

"너까지 셋이니까 사람들이 우리라고 생각하는 거 아니야?"

루다의 한마디에 스테안의 눈에 드물게 어이없음이 떠올랐다.

"그게 왜 내 탓이야? 우리가 셋인 문제지."

"그 셋이 되는 이유가 너이기 때문이지."

"아니 네가 없어도 둘이고 폐하가 없어도 둘인데, 그게 왜 내 문제야?"

"당연히! 우리는 절대 떨어지면 안 되고."

루다가 얼른 형우의 옆으로 가 팔짱을 꼈다. 스테안의 얼굴에는 '얼씨구'라는 표정이 지어져 있었다.

그러든지 말든지 루다가 형우의 팔짱을 꼭 낀 채 스테안에게 단호하게 덧붙였다.

"너는 떨어져도 되잖아. 안 그래?"

"연인 없는 사람 억울해서 살겠나? 못 살겠다, 못 살겠어!"

"억울하면 만들든가. 자, 얼른 돌아가. 나 엄청 피곤하다고!"

루다가 귀찮은 걸 퇴치하듯 오른손을 휘휘 저었다. 드물게 스테안의 안에서 오기라는 것이 피어올랐다.

"나도 피곤하거든?"

"안 피곤한 거 다 알아! 솔직히 말해서 나는 정화에다가 사람들 치유까지 다 했고, 형우도 좀 전에 정화했는데. 넌 아무것도 안 했잖아!"

"와, 막말 너무 심하다."

"내가 없는 말 했나? 그래, 네 말대로 지금 피곤하다고?"

"그래! 피곤하다! 나도 좀 쉬어야겠다!"

"피곤하면 가서 편히 쉬면 되지 뭘 그래? 난 또 할 일이 있지만 스테안, 넌 이제 할 일 없잖아?"

"할 일 있거든?"

"뭔데?"

몰아붙이는 루다의 말에 스테안이 잠시 입을 다물었다. '거봐.' 루다의 눈이 스테안에게 그렇게 말하고 있었다.

스테안이 얼른 머리를 굴렸다.

"……에세나 탐방?"

"웃기시네! 할 거 없고만. 너 돌아가! 너 때문에 삼인조라서 의심받잖아."

"아이고, 억울해서 못 살겠네!"

"내가 더 억울하거든? 나 진짜 엄청 피곤하거든? 억지로 보내 버리기 전에 가시지?"

루다가 으름장을 놨다.

텔레포트가 있으니 타깃을 잡아서 보내 버리면 끝이었다. 마지막 예의로 그 스킬을 쓰지 않고 있으니, 억지로 돌아가고 싶지 않으면 알아서 돌아가라는 의미였다.

"아."

루다의 옆에서 작은 깨달음의 감탄사가 터져 나왔다. 묵묵히 둘의 말다툼을 보고 있던 형우였다.

"무슨 일이야?"

루다가 의아한 눈으로 형우를 쳐다봤다. 하지만 형우의 입에서는 그에 대한 대답이 아닌 다른 말이 먼저 튀어나왔다.

"타깃."

"어?"

타깃? 무슨 타깃? 설마.

"텔레포트!"

루다의 머릿속에서 떠오른 한마디가 형우의 입에서 흘러나왔다.

"폐……!"

하. 끝내지 못한 스테안의 단말마가 빈 곳에 울려 퍼질 뿐이었다.

루다가 스테안이 사라진 공터를 바라보다가 천천히 형우에게 시선을 돌렸다.

"보낸 거야?"

"응, 피곤하다며."

형우가 부드럽게 웃었다. 루다가 그 모습을 허탈하게 쳐다봤다.

와, 인제 보니 내 남자 친구 엄청난 단호박이었네.

"성격이 좀 바뀐 것 같은데……."

예전에는 이 정도까지 하진 않았던 것 같은데. 무심코 튀어나온 루다의 한마디에 형우가 멋쩍게 웃었다.

"좀 그래 보여?"

"아니, 아니, 엄청 바뀌었다는 건 아니고. 그냥, 예전에는 안 그랬을 거 같아서? 그러니까 그게 싫다는 건 아니야!"

"응, 알아. 너무 걱정하면서 말하지 않아도 돼."

필사적으로 변명하는 루다의 팔을 부드럽게 잡고는 형우가 잠시 고민했다.

"그냥…… 세뇌가 사라진 이후로 조금 성격이 바뀐 것 같기는 해. 예전이라면 절대 안 돼, 했을 행동들이 지금은 이 정도까지는 괜찮지 않을까? 하는 느낌이랄까."

"어……."

루다가 눈을 도록 굴렸다.

확실하지는 않았지만 루다는 왠지 한 가지가 떠올랐다.

아까의 말투도 그렇고 지금 했던 행동도 그렇고. 형우라면 하지 않았을 행동을 몇 가지 했다. 만약 그게 형우가 아니라 루드비히였다면? 오히려 자연스러워 보일 행동이었다.

하지만 굳이 그걸 말해서 좋을 건 없었다.

루다는 애써 태연하게 다른 말을 덧붙였다.

"더 좋은 거지! 괜히 스테안 저 얄미운 인간이랑 실랑이하다가 시간 잡아먹는 것보다는 나으니까."

하지만 의문은 여전히 떠나지 않았다. 어쩌면 형우가 루드비히의 감정을 자연스럽게 생각하는 건 아닐까?

차마 그런 말을 형우에게 할 수는 없어서 루다는 속내를 숨긴 채 애써 웃어 보일 뿐이었다.

"……그래."

"자, 이제 들어가 볼까?"

루다가 형우의 손을 덥석 잡은 채 여관으로 들어갔다. 두 명인데 설마 이것까지 의심받지는 않겠지.

그리고 아주 다행스럽게도 둘은 여관에 입성할 수 있었다. 물론 아주 작은 의심의 빛은 있었지만, 다행히도 둘에게 다이루니 성녀이니 하는 걸 묻지는 않았다.

역시 모든 원흉은 스테안이었어. 스테안이 들으면 억울해서 벽이라도 부술 생각을 하며 루다가 방으로 들어갔다.

"와, 살 거 같다!"

폭신한 침대에 쓰러지듯 누우며 루다가 소리쳤다. 저크시즈에 들어오기 전, 만렙에다가 마지막 퀘스트까지 전부 깼던 둘에게 돈은 문제가 아니었다.

제일 좋은 방을 요구했고, 아주 다행히도 제일 좋은 방은 남아 있었다.

침대는 그 가격에 맞게 넓고 푹신푹신했다.

누운 루다의 옆에 형우가 앉았다. 답답했던 모양인지 로브와 천은 다른 침대 위에 벌써 벗어 놓은 상태였다.

"우리 같은 침대에서 잘 거지?"

"새삼스레 그런 건 왜 물어봐?"

루다가 음흉하게 웃었다.

"아니, 내일 깨어났는데 내가 아니면……. 조금 그렇잖아?"

"그럼 잘 때만 다른 침대 쓰면 되지!"

"그래도 혹시 모르는데."

형우의 얼굴에는 걱정이 가득했다. 하지만 루다는 여기까지 와서 처음 부터 다른 침대에서 자고 싶은 생각은 없었다.

루다의 경험상 퀘스트 깨고 기억이 돌아오면 꽤 오래 지속됐다. 게다가 이건 세 번째 조각이었다. 그렇다면 형우의 상태로는 더 오래 지속되겠지.

"에이, 왜 이래. 손만 잡고 잘게?"

루다가 형우의 허리를 잡은 채 히죽 웃었다.

같은 방이라니. 다른 모든 걸 떠나서 그냥 지금 상황이 아주 마음에 들었다.

허리를 꽉 안은 채 얼굴을 부비는 루다를 부드럽게 쳐다보가 몸을 일으켰다.

"그럼 나 먼저 씻고 올게."

뭘 원하는지는 모르겠지만, 아니, 사실 알 것 같기는 하지만. 우선은 씻는 게 우선이었다. 뭐든 씻고 나와서 하면 되지.

"그래! 난 좀 누워 있을게."

루다가 침대에 다시 누웠다. 팔을 뻗은 채 눈을 감은 루다의 얼굴에는 피로가 덕지덕지 붙어 있었다. 하긴, 생각해 보면 24시간도 넘는 시간을 꼬박 일하면서 돌아다닌 거나 마찬가지였다.

형우가 루다의 이마에 가볍게 키스해 주고는 욕실로 들어갔다.

'설마 자지는 않겠지?'

불행한 미래를 예견한 채.

"루다야?"

그리고 씻고 나온 형우의 눈에 보이는 건 미동도 없이 아까 자세 그대로 누워 있는 루다의 모습이었다.

"루다야? 자?"

조심스레 가까이 다가갔지만 들리는 건 규칙적인 숨소리뿐이었다.

"하아……."

형우가 작은 한숨을 내쉬며 루다의 옆에 앉았다. 온갖 바람은 다 넣어 두고. 깨워서 씻으라고 말하고 싶었지만 너무 피곤해 보여 차마 그럴 수도 없었다.

그래도 편하게는 자야지. 아직도 입고 있는 로브를 벗겨 주고 머리를 정돈해 줬다.

"잘 자."

허리를 숙여 볼에 가볍게 입 맞추고는 옆에 누웠다.

이렇게 누워서 자는 모습을 보는 것도 정말 오랜만이었다. 가만히 자는 모습을 눈에 담았다.

여자 친구가 자는 모습을 보다가 제 침대로 갈 생각이었다. 하지만 형우는 저 역시 피로도가 꽤 차 있다는 사실을 간과하고 있었다.

그렇게 저도 모르게 감기는 눈꺼풀을 제아무리 형우라도 막을 도리는 없었다.

✳

"음……."

루다가 뒤척였다. 바깥에서 새가 지저귀는 소리가 들려왔다.

"몇 시지?"

루다가 힘겹게 눈꺼풀을 들어 올렸다.

잔 기억이 없는데 자고 있네? 아무리 기억을 되돌려 봐도 씻고 누운 기억이 없었다.

"아, 나 안 씻었나?"

루다가 도르륵 눈동자를 돌려 상황을 살폈다. 눈앞에 반가운 얼굴이 있었다.

아, 어제 형우가 먼저 씻는다고 들어갔지. 그리고 씻고 나온 후 손만 잡고 자기로 했는데. 그 전에 저도 모르게 잠든 모양이었다.

몇 시인지 모르겠지만 커튼 너머에서는 강한 빛이 들어오고 있었다.

얼마나 잔 거지?

루다는 몸을 일으키려다가 제 허리를 끌어안고 있는 형우의 손을 발견했다.

"진짜 오랜만이네."

루다가 가볍게 웃으며 혼잣말했다.

형우와 같은 침대에서 눈을 뜨는 건 너무 오랜만이었다. 그렇게 오랜 기간은 아니었지만, 체감으로는 1년이라도 지난 것 같았다.

루다가 팔을 뻗어 형우를 살짝 감싸 안았다. 단지 그랬을 뿐인데, 갑자기 형우가 용수철처럼 벌떡 일어났다. 그의 눈에는 혼란이 가득했다.

"이게 어떻게 된 일이지?"

"응?"

그의 얼굴이 경악에 가득 차 있었다.

아니, 같은 침대에서 일어나는 게 한두 번도 아닌데 뭘 그렇게 놀라? 생각하다 보니 떠오르는 이유는 하나밖에 없었다.

아, 루드비히로 돌아왔구나.

"미친……."

루다는 황급히 팔을 거두고는 어이가 없는 눈빛으로 루드비히를 쳐다봤다.

그의 얼굴에 떠오른 건 마치 순결을 빼앗긴 것만 같은 충격적인 표정이었다. 물론 전지적 루다 시점으로.

너무 어이가 없어 잠이 확 달아나는 기분이었다.

'뭐 이딴 타이밍이 다 있어?'

루다는 정말로 머리라도 쥐어뜯고 싶었다.

루드비히가 여전히 경악 서린 얼굴을 한 채 루다에게서 황급히 멀어졌다. 그의 얼굴에는 여전히 의심과 혼란이 가득 묻어 나오고 있었다.

설명을 요구하는 남자 친구이자 남자 친구가 아닌 자의 얼굴을 보고 있자니 루다는 억울해졌다.

"잠깐. 내 말 좀 들어 봐."

"무슨 일이 있던 거지?"

이건 진짜 어이가 없는 상황이었다. 무슨 일이 있던 것도 아닐뿐더러, 무슨 일이 있어도 되는 사이였다.

그런데 그걸 해명하고 있어야 한다니. 대체 전생에 무슨 죄를 지어서 이러나.

하지만 어떤 상황이든지 간에 루다는 루드비히에게 간밤에 아무 일도 없었다고 해명해야 했다.

"아무 일도 없었어."

루다가 양손을 들어 올려 결백을 표했다. 하지만 루드비히의 얼굴은 여전히 풀릴 생각이 없었다.

"그런데 왜 우리가 그렇게…… 그런 자세로 자고 있던 거지?"

"뭐? 그런."

자세라니. 누가 들으면 마치 엄한 자세로 잔 줄 알겠네.

165

저도 모르게 따지는 말이 튀어 나가려는 걸 가까스로 집어삼켰다.

지금은 오해를 푸는 상황이었다. 지금 괜히 따지고 들었다가는 죽도 밥도 못 될 확률이 높았다.

"……가 아니라. 정말 아무 일 없었다니까? 무슨 일이 있었으면 우리가 옷을 입고 누워 있었겠어?"

"그건…… 무슨 일이 있고 난 후에도 입고 있을 수 있지 않나?"

"물론 맞는 소리긴 하지만. 우리는 안 그래."

'그러니까 걱정하지 마.'라는 의미로 던졌지만 그 결과는 루다의 예상과는 정반대였다.

"뭐가 안 그랬다는 거지?"

"어?"

루다의 목소리가 당황에 물들었다. 아니, 우리가 무슨 일을 치른 후에는 이렇게 옷을 꼭 끼어 입지 않는다는 말인데. 그걸 뭐가 안 그랬냐고 묻는다면…….

"아, 그런 게 있어."

루다는 어떻게 설명해야 할지 감을 잡을 수 없었다.

사실 둘이 껴안고 있다가 일어난 건 맞고. 루드비히가 아닌 형우의 상태일 때 키스도 뽀뽀도 수없이 했는데. 그걸 안 했다고 할 수도 없었다.

이걸 계속 변명하기도 뭐하고. 눈을 마주하고 있자니 왠지 위로라도 해 줘야 할 것 같아서 루다는 그냥 손을 휘휘 저으며 시선을 피해 냈다.

"정말 믿어도 되는 건가?"

의심이 짙게 깔린 루드비히의 눈과 마주쳤다. 그 눈을 마주하자 루다는 울컥 억울함이 치밀어 올랐다.

아니, 진짜로 무슨 일이 있었으면 말을 안 해! 정말 아무, 어떠한 일말의 일도 없어서 억울해 죽겠는데. 거기다가 진짜 아무 일도 없냐는 질문을 듣고 있자니 억울함이 천장을 뚫을 기세였다.

"진짜라니까! 진짜로 무슨 일이 없어서 억울해 죽겠는데!"

"뭐?"

"아니, 무슨 일이 없었는데 물어보니까 억울해 죽겠다고! 손도 안 잡았다, 손도! 사람이 피곤하고 그러면 같은 침대에서 자다가 좀 뒹굴고 그럴 수도 있는 거지!"

루다가 당황스러움을 숨긴 채 루드비히를 몰아붙였다. 하마터면 '누가 보면 우리가 한 번도 안 한 줄 알겠다!'라고 말할 뻔했네.

보이지 않게 가슴을 쓸어내리며 루다가 최대한 당당하고 뻔뻔한 표정을 지어 보였다.

루다가 다다다 쏘아붙이자 루드비히의 입이 꾹 다물어졌다. 예상하지 못한 반응이었는지 그의 얼굴에는 당황스러운 빛이 떠올라 있었다.

둘 사이에 침묵이 가라앉았다. '제발 그만 넘어가자.'라는 표정의 루다와 정말인지 재 보는 루드비히.

"믿어도 되겠지……?"

그 침묵을 깬 건 루드비히였다. 루다는 맹렬하게 고개를 끄덕였다.

"응. 정말, 진짜로. 맹세합니다. 정말."

"그렇다면…… 믿겠다."

루드비히의 한마디가 떨어졌다. 루다가 깊은 안도의 한숨을 내쉬었다.

이게 뭐라고 이렇게 안심해야 하는지. 어제 정말 아무 일이 없어서 다행이라고 해야 할지 아니라고 해야 할지 알 수가 없었다.

"됐지? 이제 나 좀 씻고 온다?"

루다는 수건을 챙기며 별 의미 없이 내뱉었다. 하지만 그 한마디를 들은 루드비히의 표정이 순식간에 굳어 버렸다.

"씨, 씻고 온다고?"

"뭘 그렇게 놀라?"

"큼, 아니다."

기침을 하며 애써 눈을 피하는 루드비히를 빤히 쳐다봤다. 그의 귀 끝이 빨갛게 물들어 있었다.

루다의 얼굴에 당황으로 물들었다.

씻고 오는 걸로 얼굴 붉힐 시기는 애초에 지났다고 생각했는데. 막상 당하고 보니 정말 감회가 새로웠다. 너무 새로워서 뭐라고 말해야 할지 모를 만큼 새로웠다.

"같이 씻은 적도 있다고 하면 아주 까무러치겠네."

멍한 눈으로 루드비히를 바라보다가 욕실로 들어가며 루다가 중얼거렸다. 그 중얼거림이 생각보다 컸고, 그 한마디는 루드비히의 귀에 들리고 말았다.

루다가 욕실 안으로 사라지자마자 루드비히의 얼굴이 붉게 물들었다.

"하아……."

루드비히가 얼굴을 감싼 채 깊은 한숨을 내쉬었다. 이 상황에서 아무렇지 않은 루다가 야속하기 그지없었다.

그리고 루드비히의 고뇌는 루다가 원치 않는 결과를 가져오고 말았다.

"돌아간다고?"

"그렇다."

루다의 놀란 목소리가 방을 가득 메웠다. 이제 전부 씻었고, 나가서 수확제나 돌아다녀 볼까, 한 시점이었다.

제롬에 와서 계속 일밖에 안 했으니 하루 정도는 쉬어도 되겠지.

루다가 예상하기로 아르비드가 제롬에 도착할 시간은 내일이었다.

그렇게 되면 루다에게 축제를 즐길 시간은 하루밖에 남아 있지 않았다. 게다가 옆에는 기억이 사라진 상태이기는 하지만 남자 친구가 있었다.

타국의, 아니 이세계의 축제라니. 남자 친구와 이세계의 축제를 즐길 기회가 단 하루만 있다는 말이었다. 하루 정도는 즐겨도 되지 않을까 하는 기대를 가득 담고 있었는데. 대뜸 돌아간다고?

"왜?"

"그야……."

"분명 가서 할 일 없다고 그랬는데?"

"그건……."

평소와 달리 루드비히는 여타 적당한 이유를 대지 못하고 있었다.

"설마, 나랑 있는 게 싫어졌어?"

아까 일 때문에? 제가 밀어붙여서 믿는다고 대답은 했지만 사실은 믿는 척했던 걸까? 그래서 신뢰가 떨어져서 이제는 루다가 싫어졌나?

너무 갑작스러운 태세 전환이었지만, 그렇다고 절대 아니라고 할 만한 확신도 없었다.

"아니."

하지만 희한하게도 루드비히의 입에서 곧바로 부정의 말이 튀어나왔다. 루드비히의 대답에 루다의 얼굴에는 궁금증이 더욱 피어올랐다.

"그럼 왜?"

"그야……."

루드비히가 다시 말꼬리를 흐렸다.

대체 뭐기에 이렇게 대답을 바로 못 하지? 공적인 이유가 있어서 가는 거였으면 곧바로 대답했을 게 분명했다. 그렇다고 싫어서도 아니라고 한다.

어제 루다와 제롬에서 계속 있겠다고 말한 것도 형우가 아니라 루드비히였다. 그때는 분명 기분이 좋아 보였는데 갑자기 왜?

"설마……."

퍼뜩 루다의 머리에 한 가지가 스쳐 지나갔다. 어제의 루드비히와 지금의 루드비히 사이에 일어났던 일은 조금 전 있던 사건밖에 없었다. 그런데 그게 또 싫은 건 아니란 말이지.

설마 그렇다면.

"민망해서?"

루드비히가 거칠게 기침을 하기 시작했다. 루다가 눈을 크게 떴다.

"정말이야?"

"……아니다."

"아니긴 뭐가 아니야! 내가 자기, 아니 너를 하루 이틀 보는 줄 알아?"

"……."

"그럴 거면 같이 있어. 그거 하나도 안 민망한 거니까. 그게 민망한 거면 진즉 민망해서 죽었어야지. 알았지?"

"하지만……."

이상하게 아까부터 루다의 얼굴을 똑바로 보기가 힘들었다. 그녀는 모든 일이 다 있던 연인처럼 아무렇지도 않았지만, 루드비히로서는 절대 아니었다.

계속 같이 있으면 눈앞에서 편안하게 웃고 있던 루다의 얼굴이 떠오를 거 같고 그렇게 되면……. 또다시 귀 끝부터 빨갛게 변하기 시작했다.

아무래도 이대로 돌아간다고 말해야겠다. 돌아가서 정리라도 해야겠다고 생각하며 입을 열려는 순간이었다.

똑똑.

방문을 두드리는 소리가 들렸다.

"우선 이따 이야기하고. 이것부터 입자."

루다가 화들짝 놀라더니 급하게 움직이기 시작했다.

"무슨 일이지?"

"무슨 일인지는 모르겠지만, 문 열려면 얼굴을 가려야 할 거 아니야."

"왜?"

"왜긴. 우리인 걸 들키면 안 돼서지. 성녀라니. 절대 들키면 안 된다고. 절대로."

루다는 침대 맡에 접혀 있는 로브를 입고 천을 칭칭 감았다. 굼뜨게 행동하는 루드비히에게 성큼성큼 다가가 그의 얼굴을 칭칭 감아 줬다.

그러는 동안 루드비히는 미동도 없이 가만히 서 있을 뿐이었다.

똑똑.

부산한 와중에 다시 한 번 노크 소리가 들렸다.

"네네, 나가요, 나가."

루다가 후다닥 둘의 얼굴을 전부 가리고는 얼른 문을 열었다.

"안녕히 주무셨습니까?"

문 앞에는 여관 주인이 웃으며 서 있었다.

"네, 그런데 무슨 일이신지……?"

"식사 가지고 왔습니다."

주인의 손에는 맛있어 보이는 수프와 빵이 올려져 있었다. 루다가 의아하게 음식과 주인을 번갈아 쳐다봤다.

"식사 시킨 적 없는데요?"

"원래 특실을 잡으시면 조식은 기본이거든요."

"아, 그렇군요."

루다가 얼결에 음식을 주인에게서 넘겨받았다.

맛있어 보이긴 하네. 잠깐, 그런데 뭐라고? 조식?

분명 루다가 여기에 들어올 때는 해가 떠오른 아침이었다. 그리고 루다는 푹 잤다.

그런데 조식이라니? 대체 지금이 몇 시기에?

"잠깐만."

루다는 가려는 주인을 불러 세웠다.

"예?"

"혹시 지금 몇 시죠?"

"지금은 아침 8시입니다."

"네?"

8시? 엄청 오래 잔 것 같은데 한두 시간밖에 안 잤다고? 아니, 그보다 언제 들어왔지?

"제가 여관에 언제 들어왔죠?"

"어제 아침에 들어오시지 않았습니까?"

"네?"

루다가 어이가 없어 눈을 깜빡였다.

어제 아침이라고? 지금 하루가 지났다고? 하루를 내리 잤다고 말하고 있는 거야?

루다의 넋 나간 표정을 살피던 주인이 조심스레 질문을 던졌다.

"혹시 온종일 주무신 겁니까?"

"어…… 네."

루다가 멍하니 대답했다.

정말 어이가 없었다. 아무리 피곤해도 그렇지 하루를 꼬박 잘 줄이야.

"아이고, 저는 손님께서 어제 돌아다니다가 들어오신 줄 알았는데. 그럼 아무것도 못 보셨겠군요."

"뭐, 그렇죠."

"그럼 어제 있던 성목의 축복도 못 보셨겠군요."

주인장이 아쉬움이 뚝뚝 떨어지는 어투로 말했다. 루다가 고개를 끄덕였다.

축제라고 해서 좀 기대했는데 아무것도 보지 못했다. 루다는 제가 한낮에 깼다고 생각하고 있었는데.

이렇게 되면 바랄 거는 아르비드가 내일 제롬에 도착하는 것이었다.

"그래도 다행입니다."

"뭐가요?"

"오늘 수도에서 올라온 기사들이 제롬에 도착한다고 합니다."

"예, 그렇군요."

루다가 관성처럼 고개를 끄덕이다가 멈췄다.

방금 어디에서 뭐가 올라온다고?

"예?"

"수도에서 올라온 기사들이 제롬에 도착한다고 말했습니다만 무슨 문제라도……?"

"그게 그, 설마 기도를 올린다는……."

"예, 폐하의 행렬이지요. 기도까지는 며칠 남았지만, 이번에는 예년보다 일찍 도착했나 봅니다."

주인이 진심으로 다행이라는 듯 루다에게 말했다. 하지만 루다의 머릿속에서 경종이 울려 대기 시작했다.

그걸 알 리 없는 여관 주인이 계속해서 말을 이었다.

"어휴, 이런 말 하기 좀 그렇지만 작년에 올라왔던 선대 군주는 얼마나 포악하던지. 이번 군주께서는 시타라에다가 그렇게 성군이라면서요. 이번 기회에 성군을 뵙다니. 정말 기대가 큽니다."

주인이 껄껄 웃으며 진심으로 덧붙였다.

평소라면 소스라치듯 놀라 팔을 문질렀을 루다였지만 지금은 아니었다. 지금 루다의 머릿속엔 기사들이 제롬에 오늘 도착한다는 사실 하나만 뱅뱅 돌고 있었다.

아르비드를 만나는 건 상관없었다. 하지만 아르비드가 제롬에 도착해 사람들에게 어떤 이야기를 듣기 전에 루다가 먼저 아르비드를 만나야 했다.

아르비드라면 제롬을 구한 성녀가 누구인지 곧바로 눈치챌 테고, 융통성이 없는 아르비드라면 그게 자신과 동일 인물이라고 말할 가능성이 높았다. 그 전에 얼른 아르비드를 만나 입막음을 해야 했다.

"언제 온대요?"

"예?"

루다가 다급하게 물었다.

"그 수도에서 온 행렬. 언제 도착 예정이래요?"

갑작스레 몰아붙이는 루다의 기세에 여관 주인이 당황했다가 금세 표정을 되돌렸다.

"아이고, 손님께서도 기대가 엄청 크셨나 보군요. 폐하의 행렬은…… 어디 보자. 오늘 아침이라고 했으니, 영주 말이 맞으면 1시간 내로 도착하겠군요. 아마 빠르면 곧 도착할 수도……."

"곧이요?"

"예, 곧이요. 혹시 무슨 문제라도."

시간이 없었다. 얼른 가서 합류해야 했다. 입막음. 제가 누군지에 대해 입막음시켜야 해.

루다의 머릿속에는 그것밖에 없었다.

루다가 번쩍 고개를 들었다.

"퇴실할게요."

"예? 손님, 식사는……!"

"주인께서 드세요. 마음만 감사히 받을게요."

루다가 제 손에 들려 있던 쟁반을 주인의 손 위에 올려놨다. 어안이 벙벙한 주인의 시선이 루다를 좇았지만 신경 쓸 겨를 따위 없었다.

정신없이 방에서 나가려던 루다가 루드비히를 뒤돌아봤다. 그나마 다행인 건 둘 다 로브도 입었고 천으로 얼굴도 둘러싼 상태라는 점이었다.

루다가 성큼성큼 들어가 루드비히의 팔을 잡았다.

"가자."

"나는 황성에……."

"우선 가서 얘기하자. 텔레포트!"

지금 루드비히와 실랑이할 틈이 없었다. 루다가 한마디로 일축한 채 스

174

킬명을 외쳤다.

여관에서 텔레포트가 된다는 게 다행이야. 루다가 망설임 없이 소리쳤다. 너무 급한 나머지 루다는 성녀의 트레이드마크가 텔레포트 스킬이라는 점을 간과한 상태였다.

루다의 외침과 동시에 주인장의 눈앞에서 둘이 사라졌다.

"히, 히, 히익……!"

음식이 올려진 쟁반을 손에 든 채 주인이 괴성을 내뱉다가 무언가 깨달은 듯 입을 다물었다. 눈만 연신 깜빡이던 그가 아무도 듣지 않을 한마디를 조심스레 내뱉었다.

"설마…… 성녀님?"

✳

제롬의 입구에 커다란 빛이 터져 나왔다. 터져 나온 빛은 두 명을 떨구고는 곧바로 사라졌다.

그나마 다행인 것은 군주의 입성으로 바쁜 나머지 루다가 떨어진 곳에 나와 있는 자가 없다는 점이었다.

다행이라고 해야 할지, 불행이라고 해야 할지. 저 멀리서 꽤 많은 인원이 제롬을 향해 다가오고 있는 모습이 보였다.

그들이 입고 있는, 꽤 질이 좋은 밝은 색 갑주를 보아하니 그들의 신분이 높다는 것을 충분히 알 수 있었다.

그리고 저 멀리 기사 무리의 맨 앞에 아주 익숙한 얼굴이 하나 보였다. 아르비드.

루다가 휙, 제 옆에 서있는 루드비히에게 고개를 돌렸다.

"루드비히."

"뭐지?"

"너는 지금부터 루비야."

"대체……."

"돌아가긴 뭘 돌아가. 나랑 할 거 남아 있거든? 네가 돌아가려면 사흘 정도 남았다는 거 이미 알고 있어. 그거 다 채우고 가기로 나랑 약속했으니까 갈 생각 하지 마."

"내가 언제 그런 약속을."

"기억 돌아왔을 때!"

루다의 어마어마한 눈빛에 루드비히가 입을 다물었다. 요동치는 심장을 잠재우기 위함이었지 루다와 함께 있는 것이 싫어서가 절대 아니었다.

게다가 제가 기억이 없을 때긴 했지만, 그렇게 약속을 했다면 또 어쩔 수 없는 노릇이었다.

물론 다 채우고 돌아간다고 한 건 거짓말이었지만, 지금 급박한 루다의 머릿속에는 이것밖에 방법이 떠오르지 않은 상태였다.

"……알았다."

루드비히의 입에서 허락이 떨어지고 말았다. 루다가 표정을 풀어 웃었다.

"좋아."

그대로 아르비드를 향해 발걸음을 서두르려다가 끼익 멈췄다.

"아. 해제!"

루다의 한마디와 함께 그녀의 머리가 눈동자 색이 갈색으로 돌아왔다. 로브를 벗으니 길었던 머리가 찰랑거리며 쏟아져 내렸다.

그러는 와중에 아르비드의 일행은 어느새 루다와 열 걸음 정도 떨어진 곳에 도착해 있었다. 그들의 시선이 루다에게 쏠리기 시작했다.

루다가 그대로 손을 높이 흔들었다.

"알비!"

루다의 외침에 선두에 있던 아르비드의 눈이 커졌다. 루다가 밝게 웃었다.

그래도 여기 와서 나름 꽤 같이 있었다고 오래간만에 보니 반갑긴 하네.

"오랜만……."

이야. 하지만 루다의 인사는 금세 쏙 들어가고 말았다.

뭐지? 왜 내가 움찔한 거지?

이상하게 루다의 등줄기로 땀 한 줄기가 흐르는 것이 느껴졌다.

기사들과 걸어오던 아르비드가 오른손을 들어 올렸다. 그의 손짓에 그를 따라오던 기사들이 자리에 멈췄다.

아르비드가 뚜벅뚜벅 루다를 향해 다가왔다.

"폐하."

"응?"

이상하다? 왜 도망쳐야 할 거 같지? 이유를 알 수 없네?

"오랜만입니다."

아르비드가 루다의 앞에 서서 깊숙이 허리를 숙였다. 하지만 왜인지 그의 모습에서 내재된 분노가 묻어 나오고 있었다.

대체 왜 화났지? 머리를 굴리던 루다가 한 가지를 기억해 냈다.

"아."

제가 어떻게 황성을 떠나왔는지를.

황성을 떠난 지 며칠 지나지 않았지만 하도 바쁘게 움직이느라 제가 어떻게 떠나왔는지 까맣게 잊은 상태였다.

루다는 이제야 기억해 냈다. 기사를 데리고 가려던 아르비드의 말을 무시하고 쪽지 한 장만 달랑 써 둔 채 혼자 제롬으로 튀어 버렸던 과거를.

"알비."

루다가 머쓱한 웃음을 얼굴에 걸고서 아르비드를 불렀다.

"예, 폐하."

헤헤, 웃으며 불렀지만 대답하는 아르비드의 대답이 그리도 냉랭할 수가 없었다.

루다가 하하, 다시 한 번 웃음을 덧붙였다.

"혹시 화났어?"

"제가 어찌 감히 주군께 화를 내겠습니까?"

아르비드가 평소처럼 대답했다. 하지만 계속 옆에서 봐 왔던 루다는 충분히 알아챌 수 있었다.

화났네, 화났어. 그것도 엄청 많이.

아무리 뻔뻔한 루다라도 지은 죄가 있으니 한없이 당당해질 수는 없었다.

루다가 과장되게 웃으며 변명을 나불대기 시작했다.

"아니, 내가 암행을 간다는데 네가 엄청나게 반대하니까 내가 그랬지. 하하! 암행은 자고로 완전 몰래 해야 하는 거잖아?"

"정말 암행 때문만은 아니지 않으셨습니까?"

"정말 암행 때문이었는데?"

루다가 눈을 동그랗게 뜬 채 입에 침도 바르지 않고 거짓말을 했다.

아르비드가 푹, 한숨을 내쉬었다.

이렇게 면전에 대놓고 한숨을 내쉬는 사람이 아니었는데. 아무래도 속 꽤나 썩인 모양이었다.

"어? 방금 내 욕했지?"

"어찌 제가 감히."

루다가 장난조로 물었고 아르비드는 진지하게 대답했다.

아니긴 뭐가 아니야. 죽겠다고 얼굴에 쓰여 있는데. 물론 화가 나는 건 아니고, 그냥 이걸로 분위기라도 풀어 보면 좋겠다 싶은 마음이었다.

"속으로 한 거 다 들렸어."

아르비드가 다시 한숨을 내쉬었다. 루다는 제가 저지른 짓이 있어 더는 몰아붙이지 않고 그저 웃었다.

"아닙니다. 그래도 제시간에 저를 찾아와 주셔서 감사합니다."

아르비드가 다시 한 번 허리를 숙였다.

순전히 진심이었다. 이 상태로 제롬을 뒤져 루다를 찾아내야 할까 봐 계속 걱정하던 차였다.

게다가 눈앞에서 주군이 사고라도 치는 걸 목격한다면 아르비드는 기사단장이 된 이후로 처음으로 위에 염증이 생길 수도 있었다.

주군과 수하의 관계라는 게 어쩔 수 없었다.

아르비드는 제 안에 인내심의 결정체 같은 게 쌓이는 걸 느끼며 시선을 옆으로 돌렸다. 그곳에는 처음 보는 자가 서 있었다.

"이자는 누구입니까?"

아르비드의 눈에 경계의 빛이 서렸다.

누구인지 알아내기라도 하듯 루드비히를 관찰하던 아르비드가 눈을 마주치고는 얼굴을 굳혔다. 그런 아르비드의 반응을 파악하지 못한 루다가 해맑게 대답했다.

"아, 여기는 루비."

"루비?"

"응, 제롬에 있는 동안 잠시 함께하기로 했어."

"어떻게 알게 된 자입니까?"

루다가 머리를 굴렸다. 하지만 마땅한 대답이 생각나지 않았다.

"음……. 잘?"

"잘 어떻게."

"아, 오늘따라 왜 그렇게 빡빡하게 굴어? 나도 친구 사귀고 싶어서 사귀어 봤어. 제롬에서 술 좀 마시다가 어쩌다 보니 알게 된 사람이야. 그냥 친구구나, 하면 되지 왜 그렇게 물어봐? 그냥 알게 된 걸 뭘 어떻게 대답해. 잘 알게 됐어, 잘."

루다가 손을 휘휘 저으며 대답했다.

언뜻 들으면 반박할 거리는 없는 이야기였다. 하지만 이상하게 찜찜했다.

괜히 말을 길게 늘이며 더는 묻지 말라고 말하는 주군도 그렇고. 그 옆에서 저렇게 죽일 듯이 저를 노려보는 알 수 없는 남자도 그렇고.

루다는 에세나의 주군이자 시타라이다. 그리고 루다가 알은척을 하며 다가와서 반갑게 인사할 사람은 적어도 황성의 사람이었다.

그런데 그런 황성의 사람을 보고 어떠한 인사도 하지 않는다니. 아니, 인사는커녕 저렇게 공격적인 눈빛이라니.

에세나에서 나고 자라 2인자까지 올라간 아르비드의 눈에는 그가 의심스러워 보일 수밖에 없었다.

"적어도 로브와 천은 풀어야 하지 않겠습니까?"

"왜?"

루다는 살짝 불안해졌다.

아르비드가 루드비히의 얼굴을 알지 않을까?

물론 실제로 얼굴을 본 건 한두 번밖에 없겠지만, 아르비드의 기억력이 어느 정도인지 모르는 루다로서는 걱정될 수밖에 없었다.

"저희와 함께 다닐 계획이라고 하지 않으셨습니까?"

"그렇지."

"그런데 저렇게 온 얼굴을 꽁꽁 감추고 있으면 제롬 사람들이 의심할 게 뻔합니다. 적어도 얼굴은 보여야 그들의 신뢰를 얻기에 좋을 테고 말이죠."

물론 꼭 그래야 한다는 법은 없었지만, 아르비드로서는 그의 얼굴을 꼭 확인하고 싶었다. 만약 루다의 정체를 알고 고의로 접근한 아타나스 사람이라면 그것도 그것 나름대로 큰 문제였다.

"음……."

루다가 팔짱을 낀 채 고민에 잠겼다.

사실 이대로 로브와 천으로 칭칭 감은 채 돌아다니면 그가 성녀와 같이 다니던 루비라는 게 알려지는 건 시간문제였다.

군주로서의 루다가 성녀와 동일 인물이라는 의심이 피어오르는 것과 루드비히의 얼굴을 보이는 것 사이에서 고민하던 루다가 결정을 내린 모양인지 고개를 끄덕였다.

"좋아."

"뭐?"

"보여 줘."

"진심인가?"

루드비히의 흔들리는 눈빛이 보였다. 루다가 고개를 끄덕였다. 그 옆에서 바라보던 아르비드의 미간이 찌푸려졌다.

"폐하께 반말이라니."

미미한 분노를 담고 있는 그 한마디에 루다가 얼른 끼어들었다.

"아니, 우리 친구 하기로 했다니까? 내가 괜찮다고 했는데 안 될 게 어딨어?"

"허나."

"좀 괜찮아졌다고 생각했는데, 또 융통성이 없어졌나 봐?"

루다가 최대한 위엄을 담은 채 아르비드를 흘겨봤다. 물론 아르비드로서는 해야 하는 행동이었지만, 루다는 그걸 그대로 두고 볼 수는 없었다.

남자 친구에게 존댓말을 듣는다니. 그것도 폐하라는 호칭과 함께. 기억을 잃고 이성을 잃었으면 모를까 제정신으로는 절대 할 수 없는 짓이었다.

"……알겠습니다. 그래도 얼굴을 전부 가리는 건 앞서 말했듯이 신뢰도에 문제가 가는 행동입니다."

"아, 알았어. 알았다니까?"

루다가 대수롭지 않게 대답하며 루드비히를 바라봤다.

마주한 그의 눈이 흔들렸다. 정말 얼굴을 보여도 되냐는 질문이나 마찬가지였다.

루다가 고개를 끄덕였다.

뭐 어때. 루다는 이미 여신과 계약서도 작성했고, 제가 아타나스로 넘어갈 수도 있다는 걸 아르비드에게 이미 말해 놓은 상태였다.

게다가 에세나의 사정을 잘 아는 스테안이 염색만 하고 루드비히를 이쪽으로 보냈다. 스테안이 루드비히를 그렇게 좋아하는 눈치는 아니었지만, 전쟁이 날 정도로 대책 없는 일을 두고만 볼 성격 같지는 않았다.

"괜찮아. 얼굴 보면 자기들이 뭐 어쩔 건데."

루다의 긍정에 루드비히가 제 얼굴을 가리고 있던 로브와 천을 벗겨 냈다. 가려 뒀던 은발이 모습을 드러냈다.

아르비드의 반응이 어떠려나.

루다가 흘끗 아르비드를 바라봤다.

흐트러진 머리를 정리하는 그를 아르비드가 넋이 나간 표정으로 쳐다보고 있었다. 마치 루드비히에게서 눈을 떼지 못하는 것처럼.

말을 잇지 못한 채 입만 뻐끔대는 아르비드의 모습이 어쩐지 이상했다.

뭐야, 이 반응? 마치 첫눈에 반한 사람 같잖아?

루다가 설마 싶은 목소리로 물었다.

"알비, 설마……. 너 남자를 좋아했어?"

안 되는데. 아니, 물론 아르비드의 성적 지향은 존중하는 바지만, 그거랑 별개로 루드비히에게 반해 버리면 희대의 막장드라마가 되어 버린다.

한 사람을 둘러싼 주군과 수하의 러브스토리. 그것도 둘 다 다른 성별이라니. 아무리 제 남자 친구가 잘생기긴 했지만 이건 절대 안 된다.

"무슨 소립니까?"

동공 지진을 일으키는 루다의 질문에 아르비드가 처음으로 어이가 없다는 눈빛을 보내왔다.

"아니, 너무 빤히 보잖아. 반했나 싶어서 물어봤지."

"그럴 리가 없잖습니까."

"아니면 아닌 거지 왜 그런 눈빛으로 쳐다봐."

큼큼. 헛기침을 하며 루다가 괜히 아르비드를 흘겨봤다.

민망함에 나온 허세였다.

"예상치도 못한 질문이라 그렇습니다."

"그럼 왜 그렇게 쳐다봤는데?"

"……혹시."

아르비드가 질문을 망설였다.

도대체 무슨 질문을 하려고 저렇게 망설이는 걸까?

루다는 알 수 없는 내면의 싸움을 하던 아르비드가 결심한 모양인지 질문을 입 밖에 내뱉었다.

"로디온가의 후손이십니까?"

아르비드의 목소리에는 묘한 존경심이 담겨 있었다. 루다와 루드비히의 얼굴에 물음표가 떴다.

"그게 누군데?"

"초대 군주이자 시타라의 성함이십니다. 초상화조차 본 적 없지만, 문서에 따르면 그분 역시 은발을 가지고 있다고 들어서……. 혹시 몰라 물었습니다."

"초대 군주? 은발이?"

루다가 눈을 크게 떴다.

"예."

"초대 군주이자 시타라라고?"

루다가 다시 확인차 질문했다.

"예, 그렇습니다만. 무슨 문제라도 있으십니까?"

"그 사람 이름이 뭔데?"

"'란테스 로디온'입니다."

"스테안이 아니라?"

"처음 들어 보는 이름입니다."

루다가 미간을 찌푸렸다.

처음 들어 본다고? 만약 란테스와 스테안이 동일 인물이 아니더라도 스테안이 과거 시타라였다면 그의 이름을 알아야 하지 않을까? 하지만 아르비드는 스테안이라는 이름 자체를 모르고 있었다.

"내가 알기로 에세나에 시타라가 나 포함해서 셋이었다고 알고 있거든."

"맞습니다."

"란테스가 첫 번째 시타라면, 두 번째 시타라는 머리카락 색이 뭐야?"

"붉은색이었습니다."

뭐야, 스테안 맞네! 하지만 그렇게 소리 내어 말할 수는 없었다. 초대 군주이자 시타라인 그의 이름이 스테안이기도 하다는 사실을 숨긴 건 분명 이유가 있을 테니까.

"어쨌든, 그래? 그렇단 말이지."

이거 스테안 만나면 한번 물어봐야지. 어라, 그런데 란테스? 스테안? 변화는 조금 줬다지만 앞뒤를 바꾸면 비슷한 이름이 된다.

너무 허술하게 지은 거 아니야?

허탈하게 속으로 곱씹고 있는 루다에게 아르비드가 의아한 시선을 보냈다.

"혹시 초대 황제에 대해 알고 있는 바가 있습니까?"

"물론……! 아니지. 없지."

우선은 숨겨 줘야지.

옆을 흘끗 바라보니 루드비히 역시 스테안의 정체는 처음 듣는 모양인지 잠시 혼란스러워하고 있었다.

아르비드는 다시 루드비히를 바라봤다. 그에게 보내는 눈빛에는 아까와 같은 경계의 빛이 한층 사라진 상태였다.

"혹시 그분의 후손이십니까?"

"그 사람의 이름은 처음 들어 보는군."

루다가 불안한 눈으로 루드비히를 쳐다봤다.

아무래도 외양으로는 들키지 않은 것 같은데. 그렇게 누가 들어도 군주 말투를 사용하면 조금 위험하지 않을까 싶은 마음 때문이었다.

하지만 제가 무슨 잘못을 하고 있는지 눈치채지 못한 루드비히는 여전히 말을 높일 생각이 없어 보였다.

"그렇군요."

아르비드가 천천히 고개를 끄덕였다.

이제 그런 건 아르비드에게 별로 중요한 게 아닌 것처럼 보였다. 그의 안에서 루드비히는 이미 초대 황제의 후손으로 결론이 난 모양이었다.

물론 아니었지만, 머리카락 색만으로 위기 상황에서 벗어날 수 있다는 건 참 좋은 일이었다.

루다가 뿌듯한 표정으로 손뼉을 두어 번 짝짝 쳤다.

"자, 그럼 해결된 거지? 이제 들어가면 되나?"

얼른 들어가서 기도나 해야지. 그 전에 해결해야 할 문제도 남아 있었다. 영주와 의사 협회.

루다는 그 악질들을 그 자리에 앉혀 둘 생각은 없었다. 아직 세세한 방법은 생각하지 않았지만, 무슨 일이 있어도 그들을 꼭 응징하고 말리라.

"폐하."

얼른 응징할 생각에 기분이 좋아진 루다가 걸음을 서둘렀다. 하지만 그런 루다를 아르비드가 갑자기 잡아 세웠다.

"왜?"

아르비드가 루다를 빤히 바라보고 있었다. 아까처럼 화가 난 것 같지는 않았지만, 마치 무언가를 요구하기라도 하는 것 같은 표정이었다.

대체 왜 저런 눈빛으로 쳐다보는 거지?

"혹시 제롬을 구한 성녀에 대해 아시는 바가 있습니까?"

곧바로 이어진 질문에 루다가 커다랗게 기침을 토해 내고 말았다.

말을 잇지 못한 채 기침만 해 대는 루다의 등을 루드비히가 조심스럽게 토닥여 줬다.

　루다가 너무 고통스러워 보였다. 육체가 고통스러운 건지 정신이 고통스러운 건지, 둘 다인지 알 수는 없었지만, 어쨌든 고통스러워 보였다.

　뒤에서 보고 있던 기사가 조심스레 다가와 물통을 내밀었다. 루다가 그걸 받아 마시고 겨우겨우 기침을 멈추었다.

　"……진정하셨습니까?"

　"응. 어, 그래. 우리 바쁘지? 얼른 들어가자."

　루다가 겨우겨우 심장을 쓸어내렸다. 아르비드가 그 모습을 의아하게 쳐다봤다.

　"성녀님을 알고 계십니까?"

　"성녀라고 하지 마라."

　"예?"

　"아니, 아니야. 몰라. 난 아무것도 모르는데?"

　루다가 곧바로 대답했다가 얼른 정신을 차리고는 모르는 척 시치미를 뚝 뗐다. 하지만 이상하게 그녀의 눈에는 알 수 없는 원망과 간절함이 담겨 있었다.

　"그런데 왜 그렇게 당황하십니까?"

　"사람이 갑자기 사레들릴 수도 있지."

　루다가 목소리를 가다듬고 애써 태연하게 답했다.

　설마 알고 물어보는 건 아니겠지?

　"……정말 모르십니까?"

　"정말 모른다니까?"

　"그럼 제롬에서 뭘 하셨습니까?"

　"제롬에서 뭘 하긴. 암행했지. 맞아. 내가 엄청 나쁜 놈들을 알아냈어."

　"나쁜 놈들 말입니까?"

　"그래, 내가 딴 건 몰라도 여기 영주는 좌천시키고 갈 거야."

"대체…… 무슨 일이 있던 겁니까?"

"무슨 일은. 그냥 돌아다니면서 사람들 이야기도 듣고 그러다 보니 알게 된 거지. 뭐 별일이나 있었을까, 하하하."

루다가 애써 웃으며 아무 일도 없던 척 계속 얼버무렸다. 제발 빨리 이 주제에서 벗어나고 싶은 마음뿐이었다.

"폐하께서는 성녀에 대한 이야기가 뭔지 궁금하지 않으십니까?"

"미쳤어?"

루다가 또다시 반사적으로 답했다.

아, 제발 저 성녀라는 단어 좀 안 쓰게 만들고 싶은데. 그러려면 이유를 설명해야 하고. 그럼 제가 성녀인 걸 밝히게 되고. 절대 안 될 노릇이었다.

루다는 계속 시치미를 뗐다. 그런 루다를 아르비드가 재 보듯 쳐다봤다. 루다가 애써 눈을 피해 냈다.

아, 또 너무 본능적으로 행동했나?

"……가 아니라. 알잖아? 나 여기 일에 관심 없는 거. 성녀라는 사람이 있었나 보지 뭐. 하하. 그 사람이 무슨 좋은 일이라도 했대?"

루다가 아무렇지 않은 척 덧붙였다. 그만 넘어가고 싶었지만 이 상황에서 억지로 다른 대화 주제로 넘어가는 게 더 이상해 보일 것 같아서.

"제롬의 사람들을 전부 고쳐 주고, 그들의 고혈을 빨아 대던 의사들을 응징했다고 합니다. 간밤에 나타나 어마어마한 신성력을 보여 주고 그 자리에서 사라졌다고 하더군요."

"하하하, 그래? 오, 굉장히 대단한 사람인데?"

"로브를 쓴 자 둘도 함께 있었다고 합니다. 그중 한 명은 은발이었다고 하던데……."

아르비드의 시선이 천천히 루드비히에게로 옮겨졌다. 물론 그들이 말하는 은발은 루드비히가 아니라 스테안일 것이다. 하지만 건너 건너 이야기만 들은 아르비드의 눈에는 루드비히가 그 당사자로 보일 수밖에 없었다.

루다가 걸음을 옮겨 둘의 사이에 들어가 아르비드의 시선을 차단했다. 애써 아르비드와 눈을 마주치며 또 멋쩍게 하하, 웃었다.

"와우. 그래? 신기하네. 이야."

루다의 행동은 누가 봐도 어색하기 짝이 없었다. 마치 무언가 숨기고 있는 듯한. 그리고 융통성은 없어도 눈치는 있는 아르비드가 그 모습을 그냥 넘길 리가 없었다.

"정말 모르십니까?"

"모른다고! 모른다는데 뭘 그렇게 계속 물어봐?"

"그 성녀의 이름은 다이루라고 들었습니다."

다시 루다가 기침을 했다. 그나마 다행인 건 아까보다 작은 기침이라는 점이었다.

큼큼, 겨우 진정하고 고개를 들었다. 아르비드의 눈이 계속 루다를 바라보고 있었다.

"그, 그래서?"

"폐하의 성함은 이루다라고 알고 있습니다."

"그래서. 뭐?"

"그리고 그 옆에 있던 둘의 이름 중 하나는 일란, 그리고 하나는……."

아르비드의 눈이 루드비히에게 가서 멈췄다.

"루비라고 알고 있습니다."

루다의 얼굴이 와락 구겨졌다.

이렇게 다 알고 물어볼 줄 몰랐지!

"아!"

루다가 짜증과 한탄이 담긴 단말마를 내뱉었다. 이제 막 제롬에 왔다고 해서 아무것도 모르는 줄 알고 있었다.

"이거 옆에도 소문 다 났어?"

루다가 간절하게 물었다. 제발 아니라고 말해 줘. 루다의 눈이 그렇게 말하고 있었다.

"여기 근방에 소문이 자자합니다."

하지만 대답은 루다의 소원과 정반대였다. 화를 내고 자시고 할 여유도 없었다.

루다가 주저앉아 머리를 감싸 쥐었다. 고작 하루가 지났다. 그 하루 사이에 이렇게 소문이 날 줄이야.

"아! 그럴 줄 알았으면 가명을 루비가 아닌 다른 거로 했지."

루다가 결국 시인하고 말았다. 어차피 다 알고 물어본 거나 마찬가지인데 여기서 발뺌해 봤자 구차해질 뿐이었다.

머리를 쥐어뜯는 루다를 바라보며 아르비드가 한마디 더 보탰다.

"그게 아니더라도 다이루, 짧은 금발, 유난히 정체를 드러내고 싶지 않은 부분 등등 여러 가지 연유로 폐하라는 걸 짐작하고 있었습니다."

"그럼 왜 물어보냐?"

"확인은 해야 했기에……. 불쾌하셨다면 죄송합니다."

아르비드가 허리를 숙였다.

아, 이러면 또 화를 못 내지.

루다가 얼굴을 감싼 채 하늘을 바라보다가 후, 깊은 한숨을 내쉬었다.

어차피 들킨 거 어쩔 수 없었다. 성녀가 루다라고 생각한 건 아르비드이기 때문이었다. 다른 자라면 알 수 있을 리가 없었다.

이렇게 된 이상 루다가 아르비드에게 원하는 건 단 하나뿐이었다.

"알비, 제발…… 이거 아무한테도 말하지 말아 줘."

"무엇을 말입니까?"

"내가 그 다이루랑 동일 인물이라는 거. 응?"

"명령입니까, 부탁입니까?"

"둘 다."

이게 퍼지면 죽을 것 같았다. 쪽팔려서. 미칠 것 같아서. 왜 전부 숨기고 성녀 노릇을 했는데. 영웅인 것도 왜 숨겼는데! 절대로 성녀니 영웅이니 하는 걸 밝히고 싶은 마음은 없었다.

루다의 간절한 눈을 바라보던 아르비드가 천천히 고개를 끄덕였다.

"……명 받들겠습니다."

아르비드로서는 아쉬웠다. 지금의 군주가 시타라이자 영웅이자, 이제는 성녀라는 것까지 알려지면 가뜩이나 좋았던 평판이 더욱 좋아질 게 분명했다.

셋이 동일 인물인 게 알려진다면 루다가 무슨 짓을 해도 루다의 편일 사람들이 많아질 텐데. 그걸 나서서 거부하는 주군의 모습이 아쉬웠다. 하지만 그렇기에 더욱 믿음직스럽고 존경스럽기도 했다.

"그래, 다행이네."

그런 아르비드의 마음을 알 리 없는 루다는 그저 제 정체가 알려지지 않을 거란 사실에 안심할 뿐이었다.

고개를 끄덕이던 루다가 아르비드의 뒤를 바라봤다. 그에게서 꽤 떨어진 곳에는 기사들이 각이 잡혀 정렬로 서 있었다.

"혹시 들은 사람?"

루다가 그쪽으로 한 걸음 다가가 크게 물었다. 그들의 얼굴에 의아함이 떠올랐다.

"들었든 안 들었든, 오늘 여기서 나온 말이 퍼지면 너희 끝이다. 알았지?"

"예, 알겠습니다!"

루다의 엄포에 기사들이 바짝 긴장해 대답했다. 루다는 안심하며 고개를 끄덕였다.

어휴. 이럴 때는 군주인 게 또 좋다니까.

그래도 기사들의 눈치를 보아하니 저들은 모르고 있는 것 같았다. 아르비드는 말하지 않을 거라는 걸 믿을 수 있었고, 그건 루드비히 역시 마찬가지였다.

"그래서 영주에 대해 알고 계셨던 겁니까?"

안심한 듯 머리를 정돈하는 루다에게 아르비드가 질문을 던졌다.

"그렇지. 걔네가 나한테 시비를 좀 걸었어야지 말이야. 아니, 그런데 이 영주는 뭔데 아무런 조치도 없었어? 제롬 좀 중요한 도시라고 알고 있었는데?"

"그게…… 올라오는 보고나 그런 것들이 전부 관리에 의해 쓰이는 데다가 그걸 판단했던 전대 군주가……."

"폭군이었지."

"그리고 제롬에 있다는 의사 협회의 만행 역시 이번에 대규모 전염병 사태가 터지지 않았으면 수면 위로 떠오르지 않았을 일입니다."

"지금 전염병이 돈 게 다행이라는 거야?"

"그런 말이 아닙니다. 그만큼 시민 사이에 교묘하게 숨어든, 비슷한 계층이지만 보이지 않는 권력을 가진 자들을 색출해 내기가 힘들다는 말을 하고 싶었습니다."

"맞는 말이긴 하지."

루다가 팔짱을 낀 채 고개를 끄덕였다. 아르비드의 말을 듣다 보니 왜 이곳의 문제점이 크게 부각되지 않았는지 알 것 같았다.

가만 보아하니 의사 협회와 영주 말고는 그렇게 그들을 괴롭히던 자들도 없던 것 같고.

하지만 그래서 더욱 괘씸했다.

의사란 자고로 사람의 목숨을 들었다 났다 하는 존재들이었다. 그런 자들이 깡패를 고용해 돈을 뜯어내다니.

이들에게 본때를 보여 주지 않으면 어떤 일이 일어날지 짐작할 수 없었다.

"어쨌든, 그런 의미로 난 여기 영주랑 의사 협회를 가만둘 생각 없어."

"그럼 어떻게……."

"우선 조지고 봐야지."

루다의 입가에 위험한 미소가 떠올랐다.

"그러니까 둘 다 쉿."

루다가 검지를 입가에 가져다 댔다. 루다의 엄숙한 표정에 둘이 동시에 고개를 끄덕였다.

"아. 맞다."

그렇게 제롬으로 다시 입성하려는 찰나, 루다가 무언가 생각난 듯 뒤를 돌았다. 의아한 둘의 시선이 루다를 향했다.

"루비. 이름 바꿔야지. 나랑 같이 다녔던 사람이라고 광고하며 돌아다니면 안 되잖아."

"그냥 내가 입을 다물고 있으면 되는 것 아닌가?"

"만약의 사태라는 게 있으니까."

"……마땅히 생각나는 이름은 없다만."

"으음……."

루다가 팔짱을 끼고 고민하다가 손뼉을 쳤다.

"'존자루' 하자."

"그게 무슨 뜻이지?"

"뜻이 어딨어. 루비는 뭐 뜻 있어서 지었나? 그냥 갑자기 생각난 거야."

"……."

루드비히의 불신 가득한 눈이 루다를 바라봤다. 하지만 루다는 생글생글 웃으며 계속 부정했다.

'그게 존잘이라는 뜻인 걸 루드비히가 알 리가 없지.'

내 남자 친구가 존잘이라는 걸 사람들에게 알리고 싶고 말이야. 형우가 돌아오면 또 머리 뜯을 이름을 루다가 지어 버리고 말았다.

"자, 급한 건 끝. 영주랑 의사 협회들을 보러 이제 진짜 가 볼까?"

루다가 위험한 웃음을 지은 채 다시 속삭였다.

＊

"아이고, 폐하. 오셨습니까?"

시타라이자 성군으로 자자한 군주가 제롬을 방문했다는 소식에 영주가 한달음에 뛰쳐나와 루다를 맞았다. 그의 뒤에는 엄선한 기사들이, 그리고 그 옆에는 익숙한 의사 협회의 장이 서 있었다.

루다가 누군지 알 리 없는 그들은 굽신대며 루다를 제롬의 성에서 제일 좋다는 응접실로 안내했다. 그곳에 배치된 아주 편한 소파에 앉아 루다가 심드렁하니 영주를 바라봤다.

분명 일전의 그 인간 맞는데. 정말 태도가 극과 극이잖아? 강한 자에게 약하고 약한 자에게 강한 자. 완전 전형적인 탐관오리 상이었다.

"폐하께서 오신다고 하셔 저희가 이것저것 준비했습니다."

그들이 안내한 곳에는 각종 금화와 보석들이 쌓여 있었다. 물론 루다의 눈에는 저가형 보물과 몇 푼 되지 않는 돈이었다.

"에이, 이것밖에 없어?"

그래서 루다는 그 반응을 숨기지 않기로 했다. 루다의 한마디에 아르비드와 루드비히가 놀란 눈으로 루다를 쳐다봤다.

바로 거절하거나 호통칠 줄 알았는데, 저것들을 받겠다는 모습을 보이다니. 루다의 의중을 알 수가 없었다.

그들이 어떤 눈으로 바라보든지, 루다가 삐딱하게 앉아 거만한 눈으로 영주를 바라볼 뿐이었다. 스스로는 모르지만 전형적인 군주의 태도였다.

"난 또, 대도시 제롬의 영주라기에 더 많이 준비한 줄 알았지."

소파에 깊게 앉은 루다가 정말로 아쉬운 듯 말했다. 루다의 반응에 영주 무리의 눈에는 탐욕이 스쳐 지나갔다. 성군이니 뭐니 해도 돈에는 어쩔 수

193

없지.

루다를 잘못 파악한 그들은 이제 본격적으로 그들이 준비한 시나리오를 읊기 시작했다.

"그것이 폐하, 저희가 많이 준비하려 하였으나⋯⋯."

"그랬으나?"

"세금을 내지 않은 자들이 너무 많았습니다."

"영주에게 세금을 내지 않았다고? 그게 대체 누구야! 그 돈이 누구한테 가는지 모른단 말이야?"

루다는 장단을 맞춰 줬다. 영주의 얼굴이 더욱 밝아졌다.

"그러게 말입니다, 폐하! 감히, 누구에게 가는 돈인데 그들이 아낀다고 했는지. 이건 반역이나 마찬가지입니다!"

제가 억울한 듯 가슴을 퍽퍽 치는 영주에게 저도 모르게 얼씨구? 하는 표정을 보이려다가 겨우 참아 냈다.

과연 어디까지 헛소리를 할까? 루다는 그게 궁금했다.

"그런데 말이야. 내가 여기 오면서 들은 건데. 제롬에 전염병이 돌고 있다던데?"

"아이고. 맞습니다, 폐하. 전염병이 사그라들었을 때 오셔서 다행입니다."

"그것 때문에 힘들어서 사람들이 세금을 못 낸 건 아니고?"

"그럴 리가요! 지금 전염병은 전부 사라졌지요. 이 의사들에 의해서 말입니다!"

영주가 뿌듯하게 웃으며 제 양옆에 자리한 의사 협회의 의사들을 가리켰다. 그들은 최대한 선하게 웃으며 루다에게 허리를 깊숙이 숙였다.

루다의 얼굴에 이채가 서렸다.

"호오?"

이것 봐라? 지금 다이루가 한 공을 의사들한테 전부 떠넘기겠다 이거지?

"어디서……!"

루드비히와 아르비드가 뒤에서 불쾌한 빛을 띠며 끼어들려고 시도했지만 루다가 한 손으로 그들을 제지했다.

"그래서?"

"이 의사들이 제롬인들에게 헐값에 의술을 베풀어 줬는데도 불구하고 그들은 세금을 낼 생각을 하지 않았습니다."

"그게 나한테 가는 건데도 말이지."

"그렇지요! 폐하!"

루다가 장단을 맞춰 주자 그들이 신이 나 고개를 끄덕였다.

"그런데 내가 여기 오면서 듣기로는 성녀라는 자가 나타났다는데."

제가 제 입으로 말하려니 온몸에 닭살이 돋아나는 걸 숨길 수가 없었다.

하지만 소를 희생해 대를 취한다. 제 입으로 성녀라고 말하는 건 미칠 것 같았지만 저들이 어디까지 걸려드나 루다는 시험해 보고 싶었다.

"아이고. 성녀라니요, 폐하! 그년이 사람들을 선동해 의사들의 공을 제 공이라고 속였습니다. 그러면서 세금을 내지 못하도록 사람들을 구워삶았지요!"

이딴 식으로 나온다 이거지?

루다의 입술에 삐딱한 웃음이 걸렸다. 그대로 화가 난 듯 소리쳤다.

"그 성녀 당장 데려와!"

"폐하, 저희도 그러고 싶지만. 그년이 워낙 신출귀몰해야 말이죠. 잡고 싶었지만 다른 놈들 둘과 함께 튀어 버렸습니다. 그놈들만 아니었어도 제가 그 대역 죄인을 잡아 놓았을 텐데 말이죠!"

"그 여자가 어떻게 생겼는데?"

루다의 질문에 영주와 의사들의 눈에는 생기가 돌았다. 마치 이 질문을 기다렸다는 듯이.

"그것이, 짧은 금발에 푸른 눈을 갖고 있었습니다. 키는 이쯤이고. 좀 날

195

카로운 인상이었습니다. 아주 고약해 보이게 말이죠."

"이렇게?"

루다가 아까 풀었던 가발과 렌즈를 장착한 채 질문을 던졌다. 지금 루다는 이들이 계속해서 욕했던 성녀라는 자와 똑같은 모습이었다.

"예. 그렇죠."

그들이 신나서 고개를 끄덕이다가 갑자기 그 자리에 뚝 하고 멈췄다. 그들의 얼굴에는 믿을 수 없다는 표정이 지어져 있었다.

루다는 턱을 괴고 그들을 바라봤다.

"호오, 이렇게 생겼단 말이지?"

그들이 그리도 욕했던 성녀와 똑같은 얼굴을 한 군주의 입가에 악마의 미소가 걸려 있었다.

"서, 서, 서, 성녀!"

영주와 의사들이 루다를 손가락질하며 크게 소리쳤다.

"성녀? 지금 성녀라고 했어?"

루다의 얼굴에 아까보다 더 싸늘한 미소가 걸렸다.

"죽을래?"

루다가 삐딱하게 그들을 바라봤다. 그들은 아직도 정신을 차리지 못했는지 손가락으로 루다를 가리킨 채 입만 뻐끔거리고 있었다.

"이, 이, 이건 다 성녀가 군주인 척 속인 것입니다! 아니, 대체 이게 어떻게 된……!"

가혹한 현실을 받아들일 수 없는 모양인지 그들이 말 같지도 않은 말을 지껄여 댔다.

"뭐가 어떻게 되긴 어떻게 돼. 자, 해제."

루다의 얼굴이 다시 평소의 루다로 돌아왔다.

"장착."

짧은 금발에 푸른 눈을 가진 다이루의 얼굴이 되었다.

"이런 거지. 이러면 이해가 가려나? 에이, 이렇게 계속 정신을 못 차리면 어떡해? 혹시나 못 알아볼까 봐 얼굴은 그대로고 눈이랑 머리색만 다르게 한 건데. 새로운 군주가 신통방통한 이동술을 쓴다는 이야기는 못 들어 봤나 봐?"

평소라면 쓰지도 않았을 단어들을 스스로 입에 올렸다. 제아무리 수도에서 떨어진 곳에 사는 영주라 하더라도 들은 것들은 있기 마련이다.

새로 온 군주가 시타라라는 것, 겉보기에는 약해 보이지만 역사가 다시 쓰일 만큼 강하다는 것, 일반인은 상상조차 할 수 없는 마법을 부릴 수 있다는 것 등이 제아롬에까지 퍼진 소문이었다.

가만히 생각해 보면, 제롬에 나타난 성녀는 그 모든 것들을 해냈다. 손짓 한 번에 갑자기 나타났다가 사라졌다가 했으며, 또 손짓 한 번에 수천 명의 사람을 치료했다.

성녀가 시타라라면 모든 것들이 설명됐다. 영주와 의사들은 머리가 하얘지는 기분이었다.

"사, 사, 사, 살려 주십시오!"

영주가 무릎 꿇었다. 그 뒤로 의사들도 동시에 무릎 꿇었다.

"뭐라고? 잘 안 들리는데."

"저, 저, 저희가 죽을죄를 지었습니다! 살려 주십시오!"

"너희 말이 앞뒤가 안 맞는데? 죽을죄를 지었는데 어떻게 살려 달라고 빌어?"

"요, 요, 용서해 주십시오! 한 번만 용서해 주십시오!"

그들의 머리에는 어떻게 용서를 빌어야 할지 아무것도 떠오르지 않았다.

"자, 죄목을 읊어 볼까? 맞다. 나는 여기 법을 잘 모르지."

시타라이자 희대의 군주가 에세나의 법을 모른다는 것이 이해가 가지 않았지만, 죄인들에게 있어서 그것만큼 희소식이 없었다.

197

영주와 의사들의 얼굴이 밝아졌다. 루다가 속으로 코웃음을 치며 이럴 때마다 불렀던 이름을 입에 올렸다.

"알비."

"예."

뒤에서 가만히 듣고 있던 아르비드가 한 걸음 앞으로 나왔다.

"이게 저크시즈의 죄에 속하는지 네가 한번 판단해 봐."

"알겠습니다."

영주와 의사들이 불안한 눈빛으로 아르비드를 쳐다봤다. 루다가 그 얼굴을 하나하나 바라보며 최대한 친절해 보이는 웃음을 입가에 걸었다.

"아, 너희 걱정하지 않아도 돼. 우리 알비가 말이야, 그, 몇 년이었지?"

"28년입니다."

"그래, 28년 동안 에세나에 있으면서 얼마나 법에 대해 잘 알고 있는지 알아?"

루다는 안심하라는 투로 말했지만 죄인들에게 그 말이 다행으로 들릴 리가 없었다.

원했던 반응을 보여 주는 영주와 의사들을 보며 루다가 뿌듯하게 말을 이었다.

"그러니까 걱정하지 않아도 돼. 너희에게 죄가 있는지 없는지 여기 있는 기사단장이자 에세나의 2인자인 아르비드가 전부 판단해 줄 거거든."

아르비드. 직접 만난 적은 없지만 익히 들어 알고 있었다. 기계처럼 정확한 자. 손가락 하나 안 들어갈 것처럼 융통성이라고는 하나도 없는 자. 냉정함의 결정체라고 소문난 자가 바로 아르비드였다.

영주와 의사들의 얼굴에 핏기가 가셨다. 그러든지 말든지 루다가 다리를 꼰 채 입을 열었다.

"첫째, 도시에서 세력을 만들고 그곳 사람들의 재산을 착취한 것."

"마땅한 절차가 없는 공식적인 세금을 걷은 것이 아니라면 절도죄에 속합니다."

"허나 이것은 의료 행위에 대해 대가로……!"

"아, 너희가 이야기하니까 생각났네. 하나 더, 고쳐 준다고 엄청난 돈을 받아 놓고 아무도 고쳐 주지 않은 것."

"사기죄에 해당합니다."

괜히 한마디 덧붙였다가 죄목이 하나 더 붙어 버렸다.

무어라 변명하려던 그들이 입을 다물었다.

"힘을 쓸 줄 아는 패거리를 형성해 아타나스와의 전쟁이 아닌, 같은 진영의 사람들을 공격한 데에 사용한 것."

"황성에 군대 형성을 신고하고 허가받지 않은 이상 사병의 소유로 인지되며 심할 경우 역모죄에 속합니다."

"그게 아니라……!"

"내가 말하라고 한 적 없는데?"

루다의 눈을 마주한 자들이 다시 입을 다물었다.

"그 사병들을 끌고 와 군주이자 시타라를 협박한 것."

"대역죄인 반역에 해당합니다."

"그, 그건 폐하께서 폐하인 줄 모르고……!"

"그렇다고 내가 내가 아니게 되는 건 아니지."

맞는 이야기였다. 그들에게는 억울할 수밖에 없지만 한 치의 반박도 할 수 없을 정도로 맞는 말이었다. 루다의 한마디에 그들이 입을 다물었다.

루다가 다음 말을 이었다.

"군주이자 시타라를 이년 저년, 남들에게 욕하고 다닌 것."

"군주 모독이자 신성모독에 해당합니다."

영주와 의사들은 이제는 아무 말도 하지 못하고 있었다. 루다가 열거한 그들의 죄목 중에 틀린 건 단 하나도 없었다.

"자, 이렇게 되면 저들의 처리는?"

"반역과 신성모독은 지독한 죄질입니다. 지금 있는 관직에서 물러나야 하며 최소가 사형이고."

"오, 최소가? 그렇다면 일반적으로는?"

"대를 멸합니다."

아르비드의 대답에 영주와 의사들의 낯이 새파래졌다.

"우선 관직에서 끌어내리고."

"폐, 폐, 폐하! 제발 용서해 주십시오!"

그들이 바닥에 이마를 박은 채 사시나무 떨듯 덜덜 떨기 시작했다.

"용서를 원해?"

용서를 비는 그들을 가만히 내려다보다가 루다가 의미심장한 표정으로 물었다.

"예, 제발. 부탁드립니다! 저희 집에는 토끼 같은 아내와 여우 같은 자식이 있습니다! 제발!"

만약 벌한다면 그들까지 벌하게 될 거라는 말을 굳이 하지 않았다. 사실 루다는 제가 선고를 내리고 싶은 마음도 없었다.

루다가 팔짱을 낀 채 비스듬하게 그들을 내려다봤다.

"그래? 용서를 바란다고? 그렇다면 말이야."

"폐하."

아르비드가 의아한 표정으로 답지 않게 뜸 들이는 루다를 불렀다. 재촉하기 위함이었다.

사실 역모죄와 신성모독은 루다가 억지로 뒤집어씌운 죄나 마찬가지였다. 하지만 그걸 제외한다 하더라도 그들의 죄질은 쉽게 넘길 수 있는 것들이 아니었다.

그런데 설마 그걸 용서해 줄 생각인가?

아르비드가 걱정이 담긴 눈빛으로 바라보는 건 보이지도 않는다는 듯 루다가 말을 이었다.

"우리 모두 알다시피 곧 기도제잖아?"

머리를 조아리던 자들이 고개를 들었다. 아르비드가 의아하게 루다를 바라봤다.

그들의 시선을 받으며 루다가 하려던 말을 이었다.

"그때 제롬 사람들이 용서해 주면 나도 용서해 줄게."

✳

"어쩌실 생각입니까?"

"뭐가?"

죄인들이 아르비드가 데려온 기사들에게 전부 끌려 나갔다. 방 안에는 루다와 아르비드, 그리고 루드비히만이 있었다.

루드비히가 이곳에 있어도 되는지 아르비드가 의아한 눈빛을 보냈으나 루다는 아무렇지도 않게 행동했다. 주군의 뜻이 그런 것, 아르비드는 별다른 반박을 할 수 없었다.

아까와 달리 루드비히와 아르비드 역시 테이블 근처에 마련된 소파에 앉은 상태였다.

묵묵히 음료를 마시는 루드비히를 잠시 바라보고는 아르비드가 다시 루다에게 질문을 던졌다.

"정말…… 용서해 주실 생각이십니까?"

"아니? 내가 그랬으면 다이루랑 동일 인물인 걸 왜 밝혔겠어."

쟤네 다 수도로 끌고 가서 다른 사람한테 나불대지 못하게 만들려는 속셈으로 밝힌 건데.

루다의 단언에 아르비드의 얼굴에 의아한 기색이 떠올랐다.

"하지만 아까 제롬인들이 용서해 주면 폐하 역시 용서해 주겠다고……."

"당연히 제롬 사람들이 쟤네를 용서해 줄 리가 없잖아. 아, 알비 제롬에

201

이제 와서 몰랐구나. 쟤네 절대 용서 못 받아. 오히려 내가 해 줬으면 해 줬지, 여기 사람들은 절대 용서 같은 거 안 해 줄걸?"

저들이 제롬에 한 일이 얼만데.

영주와 의사들에게 향했던 제롬 사람들의 분노를 봤던 루다로서는 확신할 수 있었다.

"혹시 모르는 거라고 생각했습니다."

"그걸 용서해 주면 착한 게 아니라 바보 같은 거지. 제롬이 망할 뻔했는데."

"그렇다면 저들 대신 이곳을 다스릴 관리를 추려 봐야겠습니다."

아르비드가 천천히 고개를 끄덕였다.

"아, 그거 말인데. 내가 원하는 사람 올리면 안 되나?"

"혹시 봐 둔 사람이 있습니까?"

"응, 제롬 사람인데. 아, 여기는 영주도 좀 강한 사람이 하고 그런 규칙이었나?"

"그렇긴 합니다만, 충분한 권위를 가진 명령이 있다면 예외가 생기기도 합니다. 물론 어느 정도 힘은 있어야겠지요."

시타라이자 군주인 루다의 말이라면 굳이 강한 자가 아니어도 영주 자리에 앉을 수 있다는 말이었다.

"음…… 힘은 엄청 약한데. 그런데 새로 온 영주가 제롬을 좀먹고 사람들을 무시하는 사람인지 아닌지 확인할 방도가 없잖아."

루다가 생각에 잠겼다. 루다는 더그를 이곳의 영주로 앉힐 생각이었다.

루다가 사람들을 치료하는 내내 그 옆에서 따라다녔고, 잠시 의사 편에 붙었다는 오해 때문에 사이가 어그러질 뻔했으나 사람들이 사건의 전말을 모두 알고 난 후에는 다시 더그에 대한 신뢰를 보였다. 그만큼 제롬 사람들에게 더그의 신망이 높다는 말이었다.

"봐 두신 사람이 있습니까?"

"응, 내가 보기에 딱이라고 생각했거든."

"그렇다면 한 가지 방법이 있습니다."

"뭔데?"

"폐하께서 봐 두신 자를 영주로 앉히고, 수도에서 강한 자를 그의 보좌로 보내는 방법이 있습니다. 영주는 보통 그 영지에서 제일 강한 자가 되기 마련이오나 만약 그렇지 않다면 군주의 직속 기사들을 보내 원래 존재했어야 할 그곳의 군사력을 충당할 수 있습니다."

"오, 그래? 그럼 내가 생각한 사람을 영주에 앉히고, 보좌로 누굴 보낼지는 알비가 알아서 정해."

걱정하던 루다의 얼굴이 밝게 펴졌다. 복잡해질 줄 알았던 문제가 단숨에 해결됐다.

한번 돕기 시작한 문제이니 가능한 부분까지는 책임지고 싶었는데, 다행히도 루다가 생각하기에 최고의 방법이었다.

"2인자를 상당히 신뢰하나 보군."

갑자기 들려온 목소리에 루다의 고개가 돌아갔다. 알 수 없는 표정으로 던진 루드비히의 한마디였다.

"응?"

루다의 얼굴에 의아함이 떠올랐다.

뭐지, 나름 가까워졌다고 생각했는데 설마 시비 거는 건가?

"너는 이곳에 온 지 별로 안 되지 않았나? 그자와 알게 된 지도 별로 되지 않았는데 상당한 신뢰를 보이는 것 같아서 말이다."

아르비드의 얼굴이 딱딱하게 굳었다. 군주에게 이런 태도를 보이는 자를 가만히 놔둬도 되나 하는 고민이었다.

걱정을 담아 루다를 바라봤지만 루다는 아무런 불쾌함이 없어 보였다.

"뭐, 생각해 보면 그럴 수도 있지만, 그래도 여기 오자마자 맨 처음 알게 된 사람이고……."

루다가 말끝을 흐렸다.

'나 때문에 광신도가 신앙심을 흔들었는데 믿어야지 어떡해.'

이 말까지 할 수는 없었다. 본인의 개인 사정은 상관이 없었지만 2인자의 신앙심이 위태롭다고 말하는 건 좀 다른 의미였다.

"그냥, 사람이 딱 보면 알 수 있는 게 있잖아. 믿을 만한 사람이다, 아니다. 뭐 이런 거? 그런 문제지. 어떻게 이론적으로만 생각해."

루다가 애써 얼버무렸다.

댈 만한 이유도 없었을 뿐더러 스스로 생각하기에 맞는 말이기도 했다. 사람을 믿게 되는 걸 어떻게 설명할 방도가 없었으니까.

루다의 한마디에 루드비히의 표정이 살짝 굳었다. 알 수 없는 실망감 같기도 했고, 무언가에 화가 난 것 같기도 했다.

"생각보다 신뢰를 아무에게나 퍼 주는 모양이군."

루드비히의 한마디에 루다와 아르비드의 표정이 굳었다. 물론 다른 이유에서.

"폐하께 말을."

조심하시지요. 아르비드보다 루다의 말이 훨씬 빨리 튀어 나갔다.

"지금 질투하는 거야?"

루다의 한마디에 이번에 표정이 굳은 건 아르비드와 루드비히였다. 물론 또 다른 의미로.

"그럴 리가."

루드비히가 곧바로 반박했다. 하지만 몇 년간 사귄 루다의 눈썰미를 피해 낼 수는 없었다.

"뭐가 아니야! 맞는데! 아, 그런 거 아니야. 그 신뢰랑 이 신뢰랑 같은 줄 알아?"

"그런 게 아니라니까."

살짝 민망한 얼굴로 루드비히가 급히 변명했지만 이미 결론 내린 루다의 귀에 들릴 리가 없었다.

"사람의 신뢰의 깊이에는 다 정도가 있다고. 종류도 다르고 말이야. 네가 기……."

말하다가 루다가 입을 다물었다.

'억이 날아가도 믿을 수 있을 정도의 깊이가 어떻게 이거랑 똑같아!'

하려던 말을 끝까지 내뱉을 수는 없었다. 그랬다가는 그가 아타나스의 루드비히라는 걸 아르비드에게 말해 주는 것이나 다름없었다.

갑자기 말을 멈추고 큼큼, 헛기침을 한 루다가 얼버무렸다.

"어쨌든 그거랑 이거랑 달라. 알았어? 그렇게만 알고 있어."

루다가 애써 상황을 마무리했다. 물론 여전히 대화의 흐름을 따라가지 못한 아르비드가 경악에 찬 얼굴로 둘을 번갈아 보고 있었지만, 그에게 모든 걸 설명해 줄 여유 따위 루다에게 없었다.

"아, 됐고! 기도는 어떻게 해야 하는 건데? 무슨 준비가 필요하다며?"

"아."

갑자기 돌아온 질문에 아르비드가 황급히 정신을 차렸다.

"뭐냐니까?"

루다가 다시 한 번 재촉했다. 얼른 이 상황을 끝내야 해.

"그…… 제롬에 성스러운 벽이라는 것이 있습니다. 특별한 날, 특별한 자에게만 모습을 드러내는 벽이기에 사람들 앞에서 성스러운 벽을 불러냈다는 것만으로 인정을 받을 것입니다."

"뭐? 성스러운 벽?"

익숙한 이름에 루다가 놀란 눈으로 반문했다. 그런 루다의 질문을 다르게 해석한 아르비드가 고개를 한 번 끄덕이고는 말을 이었다.

"예. 위그드라실의 뿌리라고도 불리는 벽입니다. 그 벽 앞에서 타라의 노래를 읊기만 하면 됩니다."

루다는 시타라다. 시타라가 성스러운 벽을 불러내지 못한 적은 단 한 번도 없었다. 그래서 아르비드는 이게 루다에게 전혀 어려운 일이 아니라고 확신하고 있었다.

하지만 그가 절대 예상하지 못한 장애물이 하나 있었으니.

"그거…… 내가 부숴 버렸는데?"

그건 바로 루다였다.

응접실 안에 침묵이 가라앉았다.

"뭐라고 하셨습니까?"

아르비드가 믿을 수 없다는 목소리로 물어왔다.

제발 거짓말이라고 해 줘. 그의 얼굴에 떠올라 있는 간절함에 루다가 식은땀을 흘리며 말을 골랐다.

"그러니까 그게……."

"부수셨습니까?"

"부수긴 했는데."

"하아……."

아르비드가 한숨을 내쉬었다. 양손으로 얼굴을 부여잡는 건 덤이었다.

깊게 내쉰 그의 한숨에서 허탈함이 느껴졌다. 루다의 얼굴에 당황이 떠올랐다. 아니, 물론 부수긴 했지만 다 이유가 있어서 그런 건데.

"그, 내 말 좀 들어 봐."

"예, 듣고 있습니다."

아르비드의 말에서 영혼이 느껴지지 않았다. 무슨 말을 하는지 들어나 보겠다는 태도였다.

평소의 루다였다면 버럭 했겠지만 지은 죄가 있어 우선은 최대한 차분하게 말을 이었다.

"만약 계획대로였으면 내가 불렀을 때 그 벽이 제롬 사람들 앞에 처음 모습을 드러내는 거잖아?"

"그렇습니다."

"그랬으면 엄청 큰일 났을걸?"

당당한 루다의 한마디에 무슨 헛소리지? 하는 표정이 아르비드의 얼굴에 떠올랐다. 루다가 말을 이었다.

"뿌리까지 썩어 버린 벽 앞에서 기도문을 읊을 수는 없잖아."

"무슨 소립니까?"

"무슨 소리긴. 그 벽은 '성스러운 벽'이 아니라 '타락한 종말의 벽'으로 바뀌어 있었다는 소리지. 그렇지, 루⋯⋯가 아니라 존자루?"

"나는 기억나지 않는다만."

너무 솔직한 한마디에 루다가 루드비히를 째려봤다. 그 눈빛이 말하는 건 하나였다. 얼른 그렇다고 말해. 그 강렬한 눈빛에 루드비히는 저도 모르게 제 말을 번복해 버렸다.

"⋯⋯생각해 보니 그런 것 같기도 하는군."

"봐 봐. 그렇다잖아."

"타락한 종말의 벽⋯⋯이라고 하셨습니까?"

평소였다면 루드비히의 반응에 루다의 말이 거짓이라는 걸 알아챘겠지만 지금은 아니었다. 경악이 아르비드의 얼굴에 붙어 있었다.

아르비드의 반응을 보아하니 완전 루다의 말을 믿지 않는 게 아니었다. 아주 다행이었다. 루다가 뿌듯한 얼굴로 대답했다.

"응, 차라리 벽만 썩어 있었으면 모를까. 그 썩은 뿌리 사이에 새가 갇혀 있었다고. 벽이 나타나자마자 어찌나 시끄럽게 울어 대던지. 누가 봐도 썩 좋은 광경은 아니었다니까?"

점점 심각해지는 아르비드의 얼굴을 보며 루다가 말을 더 빨리했다. 제 결백을 증명해야 했다.

"기도제랍시고 내가 불러냈는데 그런 장면이 제롬 사람들 앞에 떡하니 보였다고 생각해 봐. 이건 어느 모로 보나 좋게 받아들여지지는 않았을걸."

루다가 팔짱을 낀 채 고개를 끄덕였다.

이쯤 되면 믿지 않을까? 그렇게 흘끔 바라본 아르비드는 심각한 표정으로 무언가 골똘히 생각하고 있었다.

루다는 고민하는 그를 기다려 줬다. 억울하게 거짓말이라고 몰아붙이느니 저렇게 믿고 뭔지 모르겠지만 고민하는 게 나았다. 잠시 침묵하던 아르비드가 고개를 들고는 여전히 굳은 표정으로 질문을 던졌다.

"혹시 그 새의 이름이 라킴이었습니까?"

"아니? 그, 뭐였더라? 아트? 비슷한 거였는데?"

"혹시 아티드였습니까?"

"어, 맞아!"

"혹시…… 이것도 타라님의 부탁을 들어준 겁니까?"

"응. 정확히 말하자면 내가 만나지 않은 또 다른 타라."

루다가 고개를 끄덕이며 긍정했다.

아르비드의 얼굴은 여전히 펴질 생각이 없었다. 아니, 오히려 아까보다 훨씬 어두워 보였다.

"그거 부수길 잘했지?"

"혹시…… 아닙니다."

이대로 넘어가려나.

루다가 애써 표정을 밝게 하고는 아르비드에게 물었다. 하지만 그의 입에서 나온 건 긍정도 부정도 아닌 애매한 망설임이었다.

"뭔데? 궁금하게 왜 말을 하다가 말아?"

"……환상 서적에나 나오는 터무니없는 이야기인지라."

"그런데 내가 지금 말한 거랑 관련된 거야?"

"……예."

환상 서적이 정확히 무언지는 모르겠지만, 루다 기준에서 굳이 생각하자면 드래곤이나 엘프, 이런 문제이지 않을까 하는 생각을 했다. 그런데 그게 현실로 나타났다는 이야기니 얼마나 당황스러울까.

"그럼 터무니없는 이야기가 아닌가 보지. 뭔데?"

"라킴과 아티드는, 전설에나 나오는 새입니다. 타라께서 저크시즈를 세우실 때 어깨에 함께 데리고 온 새가 라킴. 보통 천사라고 부르기도 합니다. 라킴의 또 다른 이름은 신의 심판자이기도 합니다."

"신의 심판자? 신이 심판하는 게 아니라 또 심판하는 존재가 있다고?"

루다는 처음 듣는 이야기였다. 스테안에게도 들은 적 없고 이벤트 영상으로도 본 적 없는 이야기였다.

아르비드가 천천히 고개를 끄덕이더니 계속 말을 이었다.

"정확히 말하자면 신을 심판하는 존재입니다."

"신을 심판한다고? 그게 가능해?"

"그래서 그냥 전설이라고만 치부됐습니다."

"그런데 그 이름은 라킴이라며. 그거랑 아티드랑 무슨 상관인데?"

"신의 과오로 세상이 위험해질 때, 라킴은 아티드로 변합니다."

라킴이 아티드로 변한다고?

루다가 본 바에 의하면 그 새 역시 검은 것으로 오염되어 있는 것처럼 보였다. 어쨌든 루다는 아르비드가 하는 말을 계속해서 듣기로 했다.

"네 말인즉슨, 아티드라는 새가 나타난 건 신이 과오를 저지르고 있고, 그로 인해 저크시즈가 위험해질 때라는 말이지?"

"예, 그렇습니다. 아티드는 악의 결정체. 신이 과오를 저지를수록 아티드는 점점 성장하게 되고, 그 크기가 커져 아무도 손쓸 수 없을 때 저크시즈에 멸망이 온다는 이야기가 있긴 합니다."

"오……."

"생각보다 심각한 상황이었군."

가만히 듣고 있던 루드비히가 끼어들었다. 루다가 그 옆에서 고개를 끄덕였다.

아르비드의 말이 전부 맞는지는 확신하지 못하겠지만, 그 전반적인 것들이 사실이라면 왜 '성스러운 벽'이 '타락한 종말의 벽'이라는 명칭으로 바뀌었는지 알 것도 같았다.

"그래서 그 새는 어떻게 하셨습니까?"

"정화했는데?"

대수롭지 않게 던진 루다의 대답에 아르비드의 눈이 크게 떠졌다.

"정화 말입니까?"

"응, 정화했더니 갑자기 칼로 변해서 벽을 다 부숴 버렸어."

루다의 말이 끝남과 동시에 아르비드의 얼굴에 안도가 내려앉았다.

"좋은 징조인가 봐?"

"만약 이게 단순한 전설이 아니라 정설이라면, 다시 라킴이 된 신의 심판자가 타락의 근원을 없앤 것입니다."

"오, 그래?"

타락의 근원을 없앴다는 건 루다가 듣기에 좋은 말이었다. 하지만 루다가 생각하기에 타락의 근원은 타라였다.

그렇다면 타라가 죽었다는 말인가? 왠지 그런 건 아닐 것 같은데.

"네 말은 그 타락한 신이 죽었다는 이야기야?"

"전해져 내려오는 전설에 의하면 그래야 하지만…… 폐하의 반응을 보아하니 그건 아닌 모양이군요."

"응. 그것까진 아닌 것 같아."

아르비드는 전설이라고 말했다. 그렇다는 건 그저 허황된 이야기로 치부될 뿐이지 정확한 뒷받침 근거가 없다는 말이었다.

타락한 무언가를 처단한다는 건 맞는 이야기 같았지만, 그게 신을 그대로 지칭하는 건 아닐 수도 있었다.

아르비드가 루다를 바라봤다. 일이 복잡해졌지만, 초롱초롱한 눈으로 저를 바라보는 주군을 원망할 수도 없는 노릇이었다.

아직 확실하지는 않지만 그 전설이 어느 정도 들어맞는다면 루다가 저크시즈를 구한 거나 마찬가지였으니까.

아르비드가 심각했던 표정을 풀었다.

그녀의 말대로 아무것도 모르고 기도제 때 벽을 불러냈으면 일이 커졌을 게 분명했다.

위그드라실의 뿌리가 타락한 걸 사람들에게 보였다면 제롬뿐 아니라 에세나의 전 국민이 두려움에 떨었을 것이다. 당황스럽기는 했지만, 누가 봐도 루다의 행동이 좋은 결과를 가지고 온 건 맞았다.

다 떠나서 타락을 정화했다는 건 에세나를, 그리고 이곳을 사랑하는 아르비드에게 있어서 쉽게 넘길 수 있는 일이 아니었다.

"저크시즈를 구해 주셔서 감사합니다."

아르비드가 루다에게 깊숙이 허리를 숙였다.

"응?"

루다가 갑작스럽게 감사를 건네는 아르비드를 바라봤다.

"구하려고 한 것도 아니고, 애초에 저크시즈가 멸망하려는지 아닌지도 모르잖아."

"그렇긴 합니다만. 폐하께서 저크시즈에 이로운 행동을 하신 건 맞습니다."

아르비드가 입가에 미미한 미소를 건 채 대답했다. 아까 한심한 사람 바라보듯 했던 태도와는 차원이 달랐다.

루다는 가슴을 쓸어내렸다.

"그래? 그럼 난 무죄지?"

"예?"

무죄? 대체 무슨 소리를 하는 거지? 얼빠진 아르비드의 표정이 루다를 바라봤다.

"벽 부쉈다고 했을 때 한 대 맞는 줄 알았잖아. 눈에 아주 칼을 갈면서."

루다가 호들갑을 떨면서 말했다.

211

"제가 어찌 감히 폐하를 때리겠습니까."

괜히 몸을 뒤로 빼는 루다의 모습에 당황한 아르비드가 애써 변명했다.

"눈으로 때렸다니까?"

"제가 언제……!"

"봤지?"

루다가 루드비히에게 물었다. 이번에도 루다의 눈빛이 말하고 있었다.

'그렇다고 대답해.'

"……그렇더군."

그래서 루드비히는 대답했다.

루다가 만족스럽게 고개를 끄덕였다. 거봐. 루다의 얼굴이 그렇게 말하고 있었다.

어이없는 상황에 처해 버린 아르비드의 얼굴에 억울함이 덕지덕지 붙어 있었다. 그런 하극상이라니. 상상으로라도 한 적 없는 짓이었다.

억울함이 뚝뚝 흐르는 아르비드를 보며 루다가 속으로 썩은 미소를 날렸다. 그래, 그게 아까 내 심정이었다!

억울한 아르비드의 표정을 보며 루다가 속으로 쾌재를 불렀다. 이 정도 놀려 먹었으면 되겠지.

"그래, 내가 용서해 줄게."

"……감사합니다, 폐하."

적반하장을 시전한 루다에게 찍소리도 못 한 채 아르비드가 울며 겨자 먹기로 고개를 끄덕였다. 뿌듯하게 그 모습을 바라보던 루다의 머리에 한 가지 걱정이 스쳤다.

그렇다면 기도제는 없는 건가? 벽이 없으니까?

"그럼 기도제는 어떡해? 성스러운 벽은 없는데."

"제롬의 광장에 있는 동상들 앞에서 기도문을 읊으면 됩니다."

마치 준비된 답을 말하듯이 아르비드가 대답했다.

사람들이 몇 백 년 만에 등장하는 성스러운 벽을 볼 것을 많이 기대했겠지만, 어쩔 수 없는 상황이었다. 예년처럼 진행하면 될 기도제였다.

태평한 아르비드와는 달리 루다는 등줄기에 또다시 식은땀이 흐르기 시작했다.

'그 동상도 내가 부숴 버렸는데.'

물론 형우의 동상이 하나 남아 있긴 하지만, 루다의 동상은 제가 제 손으로 부숴 버렸다. 애초에 황성 사람들을 따돌리고 제롬으로 혼자 도망친 이유가 그거였으니까.

여기서 동상까지 없는 걸 알아낸다면 아르비드에게 들들 볶일 게 뻔했다.

물론 여기에 있는 그 누구도 동상을 부순 사람이 루다라는 걸 아는 자는 없지만, 아르비드라면 동상이 없어졌다는 걸 알아낸 순간 그게 루다의 짓이라는 걸 알아챌 게 뻔했다.

'안 돼. 이대로 가다간 저 융통성이라고는 하나도 없는 알비한테 들들 볶일 게 뻔해.'

그래서 루다는 머리를 재빨리 굴리기 시작했다. 퍼뜩 무언가가 떠오른 듯 루다가 고개를 들었다.

"알비."

"예?"

평소와 달리 아주 진지하고 무겁게 제 이름을 부르는 주군을 아르비드가 걱정스러운 표정으로 쳐다봤다.

"우리, 극적인 거 해 보는 거 어때?"

동상을 들키지도 않고, 들킨다 하더라도 곧바로 황성으로 튀어 버리는 방법.

루다의 잔머리가 발동하기 시작했다.

＊

"폐하."

아르비드가 최대한 목소리를 낮춰 루다를 불렀다. 그의 얼굴에는 잔걱정이 덕지덕지 붙어 있었다.

"응?"

루다가 아무것도 모르겠다는 표정으로 물었다.

"정말 하실 생각입니까?"

"여기까지 와서 또 물어보는 거야?"

여전히 목소리의 볼륨은 한껏 낮춘 상태였다. 루다 역시 덩달아 목소리를 죽였다.

루다를 위해 세워진 단상 아래에는 수많은 제롬의 백성들이 존경을 가득 담은 눈빛으로 위를 바라보고 있었다.

아르비드와 루다는 그들에게 목소리가 들리지 않게 하기 위해 갖은 애를 쓰는 중이었다. 물론 입을 다물고 기도를 올리면 될 일이었으나, 아르비드는 그럴 수가 없었다.

대체 왜 이렇게까지 해야 하는지. 아니, 정말 이렇게 하는 게 옳은 일인지 아직도 아르비드는 답을 내놓지 못한 상태였다.

우물쭈물 고민하던 아르비드가 어렵사리 입을 열었다.

"허나 이건……."

사기나 마찬가지 아닙니까?

아르비드는 차마 입 밖으로 이 한마디를 꺼내지 못한 채 루다를 바라보기만 했다.

"아니, 내가 벽을 봤잖아. 어떻게 생겼는지 알고 있다니까?"

"그렇긴 합니다만……."

"게다가 시타라만 그 벽을 불러낼 수 있다며. 그럼 적어도 몇 백 년 동안 그 벽을 직접 본 사람은 없다는 말이잖아.”

“예, 맞는 이야기입니다.”

“그럼 이런다고 알 사람이 누구냐는 말이야.”

“헌데 굳이 왜 이렇게까지…….”

“아니, 알비 정말 무서운 이야기를 아무렇지도 않게 하네?”

“예?”

“제롬 사람들이 내가 오길 얼마나 기다렸겠어. 몇 백 년 만의 시타라 덕에 성스러운 벽을 볼 기대에 밤잠을 설쳤을 거 아니야.”

“예…….”

그렇게까지는 아니겠지요. 진심은 목구멍 안에 숨겼다.

“그런 사람들의 기대를 처참히 밟아 버릴 거야? 이번에도 성스러운 벽은 보지 못합니다! 하고? 그게 성군이 할 일인가?”

“폐하께서 언제부터…….”

그런 거에 신경 쓰셨습니까. 그 말 역시 목구멍 안에 꾹꾹 눌러 담았다.

“그러니까. 그들에게 가짜로나마 성스러운 벽을 보여 줘야 한다, 이 말이지.”

“……알겠습니다. 그렇다면 그 이후로 행렬 없이 바로 돌아가려는 이유는 무엇입니까?”

“그거?”

“예.”

“그냥.”

“그냥…… 말입니까?”

“……이 아니라. 어차피 보여 주기로 한 장면에서 더 극적인 장면을 보여 주면 좋잖아.”

“……그렇군요.”

“아, 그리고 예외적으로 더그를 영주로 세우는 데에도 무언가 신비감이 있어야 좋고. 그렇지 않아?"

마지막은 뭔가 급조한 것 같지만 기분 탓이겠지. 어쨌든 루다의 말이 틀린 건 아니라 아르비드는 마땅히 반박할 말이 없었다.

문제는 제 주군이 이런 문제에 단 한 번도 민감하게 반응한 적이 없었다는 데에 있었다. 도대체 왜? 의문이 계속해서 올라왔지만 아무리 머리를 굴려도 아르비드는 알 수가 없었다.

"그러니까 잘 부탁해, 루……가 아니라 존자루."

"……알겠다."

졸지에 이 사기극에 동참하게 된 루드비히기 떨떠름하게 대답했다. 루다가 기쁜 표정으로 고개를 끄덕였다. 루드비히가 없었으면 어쩔 뻔했어.

"그러니까, 이제 시작해 보자고?"

루다가 작지만 강하게 말하고는 앞으로 한 발자국 내디뎠다. 루다 역시 이런 쇼맨십을 보여 주는 것과는 거리가 멀었다.

하지만 이건 아르비드에게 지금 당장 동상이 부서진 걸 숨기기 위해 생각해 낸 제일 그럴듯한 반응이었다. 끝나고 곧바로 돌아가기에도 좋은 방법이었고.

"아아, 들리나?"

루다가 목소리를 높였다. 루다의 목소리에 사람들이 크게 함성을 질렀다. 들리는구나, 생각하며 루다가 말을 이었다.

"기도를 읊기에 앞서, 우선 제롬인들에게 물어볼 것이 있다."

말하고는 옆을 슬쩍 바라봤다.

이 말투 그대로 말해도 돼? 루다의 눈빛은 그렇게 묻고 있었다. 아르비드가 고개를 끄덕였다. 계속하라는 의미였다.

"최근, 제롬에 좋지 않은 일이 있었다는 사실을 들었다."

루다의 한마디에 사람들이 강력하게 고개를 끄덕였다.

"지금은 어떤 귀인의 발걸음으로 해결됐다는 것도 들었다. 그 귀인에게는 고맙다는 말과, 군주로서 미리 제롬의 상황을 살피지 않아 미안하다는 말을 전하고 싶다."

물론 그 귀인도 본인이었지만 루다는 그걸 밝힐 마음이 없었다. 사람들이 다시 한 번 함성을 질렀다. 심지어 허리를 굽혀 예를 표하는 자도 있었다.

루다는 지금 속으로 최면을 거는 중이었다.

나는 완전 군주다. 지구 사람이 아니라 저크시즈 사람이다.

꿀꺽, 다시 마른침을 삼키고는 루다가 말을 이었다.

"제롬으로 오는 길에 안타까운 일이 벌어지는 사이에서 이득을 취하려는 자가 있다는 말을 들었다. 그들에 대한 충분한 조사를 마쳤으며, 그들의 죄질이 지독하다는 사실을 알아냈다."

사람들이 웅성거리기 시작했다.

"죄인들을 앞으로!"

루다의 외침에 포박된 무리가 기사에게 끌려 단상 위로 올라왔다. 사람들의 얼굴에는 분노와 환희가 한데 섞여 있었다.

"이들의 죄질이 무겁다 판단했지만, 이들도 제롬의 국민으로서 한 번의 기회를 더 주려고 한다."

환희에 차 있던 사람들의 얼굴이 금세 일그러졌다.

"그들에게 한 가지를 약속했다. 그들이 괴롭힌 제롬의 사람들이 그들을 용서해 준다면, 나 역시 그들을 용서해 주기로. 그래서 묻는데……."

단상 아래에서부터 야유가 들려오기 시작했다.

"감히!"

"말도 안 되는 처사입니다, 폐하!"

"용서할 수 없습니다!"

한데 섞여 들려오는 함성 사이에 간간이 들려오는 내용은 이런 것들이었다.

217

루다가 비웃음 입에 걸고 제 옆에 줄지어 서 있는 그들을 바라봤다.

"들었지?"

"제, 제발, 용서해 주십시오."

그들이 그제야 단상 아래에 무릎을 꿇었다. 사람들이 더욱 흥분하기 시작했다.

"우리가 살려 달라고 했을 때 살려 준 적이 있나!"

"돈이나 가져오라고 한 주제에!"

"지네 목숨이 귀했으면 남의 목숨도 살릴 줄 알았어야지! 의사라는 것들이!"

심지어 손에 돌까지 들었지만 단상 위에 군주가 올라가 있는 터라 차마 던지지 못한 자들까지 보였다.

루다가 크게 헛기침을 했다. 순식간에 장내가 조용해졌다.

"그렇다면, 저들은 황성으로 압송해 커다란 벌을 내릴 것이다. 그리고 다음 대 영주에 대해 할 말이 있다."

사람들의 얼굴에는 걱정이 차올랐다. 몇 년 동안이나 썩어 가던 제롬의 영주를 도려냈는데, 혹시 파견된 영주가 그처럼 영지민들의 고혈이나 빨아먹는 자는 아닐까 하는 불안감 때문이었다.

"그 귀인에게 듣자 하니 전염병 사태를 가라앉히는 데에 혁혁한 공을 세운 자가 있다고 들었다."

사람들의 시선이 일제히 더그에게 향했다. 루다의 예상이 맞는 모양이었다. 사람들은 더그를 꽤 많이 신뢰하고 있었다.

"더그."

더그가 놀란 얼굴로 루다를 바라봤다.

"그를 제롬의 새로운 영주로 임명하는 바이다."

"와아아아!"

루다의 말이 떨어지기가 무섭게 사람들이 기쁨의 환호성을 질러 댔다.

218

잠깐 의사에게 붙었으나 그것 역시 제롬 사람들을 살리려고 했다는 사실을 알게 됐다.

성녀를 데려와 제롬의 사태를 바로잡은 데에는 더그의 공이 컸다. 더그가 성녀를 데려오지 않았으면, 그리고 그녀를 데리고 다니며 여기저기 고치지 않았으면 제롬에 이런 평화는 오지 못했을 것이다.

"단."

커다란 환호성 사이로 루다가 다시 입을 열었다. 기쁨에 찬 사람들의 시선이 루다에게 향했다.

"더그의 무력은 굉장히 약하기에 그를 보좌할 보좌관 다섯을 황성에서 파견할 예정이다. 그러니 앞으로 영지민들은 새로운 영주를 잘 보살피며 함께 신뢰해 더욱 평화로운 제롬을 만들기 바란다."

"와아아아아!"

사람들이 다시 함성을 지르기 시작했다. 루다의 옆에서 아르비드가 더그에게 손짓했다.

단상에 올라가는 것, 어느 정도의 지위가 되어야 가능한 것이었다. 더그가 얼떨떨한 얼굴로 단상 위로 올랐다.

"지금부로 더그가 제롬의 영주가 됐다는 걸 고하는 바이다. 지금 이후로 그의 위치에 의심을 품는 자는 시타라이자 이곳의 군주인 나의 뜻을 따르지 않겠다는 것으로 받아들이겠다."

"여부가 있겠습니까."

루다의 말이 끝남과 동시에 사람들이 깊숙이 허리를 숙였다. 성군에게 보내는 국민들의 예였다.

'으, 빨리 황성으로 돌아가고 싶어.'

그 인사를 받으며 아무렇지 않은 척하고 있지만 루다는 지금 미칠 것 같았다.

루다의 평소 언행과 행동이 어떠한지 옆에서 줄곧 지켜봤던 자들은 지금 루다가 얼마나 뻣뻣하고 어색한지 세세히 보지 않아도 전부 알 수 있을 정도였다.

루다가 아무도 알아채지 못하게 팔을 쓸어 오소소 솟아난 소름을 가라앉혔다.

이제 얼마 남지 않았어.

아아, 난 이곳의 군주다. 원래부터 군주였다.

다시 한 번 스스로를 최면에 빠뜨린 루다가 입을 열었다.

"그럼, 이제부터 여신께 기도를 올리려고 한다. 아, 오늘의 기도는 여기 존자루가 도와줄 것이다."

루다가 최대한 위엄 있는 표정으로 고개를 들었다. 루다의 옆에서 아르비드가 잔뜩 긴장한 채 무표정으로 루다를 바라봤다.

"준비됐지?"

루다가 작게 속삭였다. 루드비히가 고개를 끄덕였다. 루다가 최대한 크게 소리쳤다.

"아이스 솔딩 실드!"

"성스러운 벽이여!"

둘의 목소리가 동시에 섞여 무슨 소리인지 아무도 알아들을 수가 없었다. 그냥 저게 하나의 의식이겠지, 사람들이 생각할 때 즈음 루다의 앞에 거대한 벽이 나타났다.

'방어 기술이 이거라서 다행이야.'

루다가 자주 쓰는 스킬이었다. 그리고 그 스킬은 거대한 얼음벽을 만들어 냈다.

이것도 벽이고 성스러운 벽도 벽인데. 똑같은 벽이면 대충 속겠지. 거기에 좀 더 성스러워 보이기 위해 루다가 다시 한 번 소리쳤다.

"루나틱 스트라이크!"

"솟아나라아아!"

루다의 손짓과 함께 빛이 루나의 앞에 세워진 벽을 비추었다.

루다와 사람들 사이에 우뚝 솟은 얼음 장벽은 빛을 받아 고고하게 서 있었다. 정말 모르고 보면 마치 신성력으로 빛을 발하는 것처럼 보이기도 했다.

사람들의 경외심 가득한 표정을 보고는 루다가 의기양양한 표정으로 아르비드를 바라봤다.

'거봐. 먹힌댔지?'

루다의 표정이 그렇게 묻고 있었다. 아르비드는 얼굴을 가린 채 깊은 한숨을 내쉬었다.

"태초이자, 최후의 창조주시여."

루다가 제 손에 들린 종이를 보고는 읽어 내리기 시작했다.

"시타라를 이곳에……."

루다가 읽다가 입을 멈췄다.

저크시즈의 평안을 기원하며 에세나의 풍요와 번영을 약속한다니. 타라가? 어쩌면 이 모든 악재의 원인일지도 모르는 타라를 위해 기도를 읊어야 돼?

"싫은데."

여기까지 쇼를 했으면 그냥 억지로라도 읽고 끝낼 수도 있겠지만, 루다의 안에 극도의 거부감이 치밀어 올랐다.

죽여도 시원찮은 타라한테 왜 기도를 올려야 해? 기예르모랑 손잡은 타라한테? 뒤에서 무슨 짓을 꾸미는지도 모르는 속이 컴컴한 타라한테?

"폐하?"

다행히도 루다의 마지막 세 글자는 그리 크지 않아 그녀 근처에 서 있는 루드비히와 아르비드의 귀에만 들려왔다.

루다가 고개를 들었다. 불투명한 얼음 장벽 너머로 의아한 사람들의 얼굴이 뿌옇게 보였다. 저들에게 미안하지만, 루다는 이대로 이 기도문을 읊을 생각이 없었다.

"제롬인들이여."

사람들이 놀라 루다를 쳐다봤다.

"타라께서 부르시니 시타라는 가 봐야겠어."

루다의 충동적인 한마디에 아르비드가 놀란 눈으로 쳐다봤다. 지금은 이렇게 끝내지만 이 정도 축복 하나는 해 줘야지.

"제롬에 평화가 깃들기를."

그 한마디를 마지막으로 루다가 루드비히에게 눈짓을 했다. 아무도 들리지 않을 말을 입 모양으로만 내뱉었다. 그 말을 루드비히가 곧바로 외쳤다.

"텔레포트!"

루드비히가 말함과 동시에 루다가 검지와 엄지를 퉁겼다. 루다가 사라지는 것과 그녀가 만들어 낸 거대한 벽이 사라지는 것은 동시였다.

얼음으로 만들어진 벽이 공중으로 흩어졌다. 동시에 얼음을 비추던 빛역시 사방으로 퍼졌다. 시전자가 사라지자 일어난 현상이었다.

그 모습이 마치 빛의 향연과 같았다. 이전, '타락한 종말의 벽'이 정화될 때와는 사뭇 다른 모습이었지만, 모르는 자가 보기에는 루다가 만들어 낸 장면 역시 극도의 성스러움을 자아내는 것처럼 보였다.

벽이 사라지고 난 그 뒤에는 아무도 존재하지 않았다.

신비한 이동술. 그들이 존경해 마지않는 성녀와 비슷한 신출귀몰한 모습이었다. 사람들이 아무도 없는 곳을 향해 깊게 허리를 숙였다. 그들의 얼굴에는 시타라이자 성군을 향한 존경을 가득 담겨 있었다.

✳

에세나의 황성 앞에 빛이 뿜어져 나왔다. 그 빛에서 세 명이 걸어 나왔다. 루다, 루드비히 그리고 아르비드였다.

"어우, 끝났다!"

루다가 답답했다는 듯 기지개를 쭉 켰다. 아르비드가 그런 루다를 말없이 바라봤다.

"왜, 뭘 그런 눈으로 쳐다봐?"

평소답지 않은 아르비드의 행동에 찔리는 게 너무 많은 루다는 괜히 목소리를 높였다.

"······아닙니다."

"그래그래, 할 말 없지? 어휴, 피곤하다. 쉬어야지."

당장 루다가 황성을 떠났던 일부터 성녀 소동, 그리고 기도제까지. 할 말이 없을 리가 없었다. 그걸 알아서 루다는 얼른 발걸음을 옮기려고 했다.

"······기도문은."

그래도 한마디 하는 걸 포기는 못 하겠던 모양인지 결국 기도문을 입에 올리고 말았다.

루다가 그 자리에 멈춰 섰다.

"아. 그건."

엄청난 충동으로 기도문을 읽지 않은 건 맞았다. 하지만 그 행동이 후회되지는 않았다.

"미안한 일이기는 하지만 어쩔 수는 없었어. 왠지 그 자리에서 타라를 위해 기도를 올리면 안 될 것 같았단 말이야."

"혹시······."

제롬에서 무슨 일이 있으셨습니까? 물으려다가 아르비드가 입을 다물었다. 이 사리에는 다른 기사들도 있었고 루드비히도 함께였다.

지금의 발언이야 어떻게 덮어놓고 넘어갈 수 있다지만 그 속사정까지 파고 들어가는 건 말이 달랐다. 괜히 다른 사람들에게 이 나라의 군주가 여신을 존경하지 않는다는 걸 알려 줄 필요는 없었다.

"할 말은 없는 거지? 나 그럼 들어가 본다. 다들 편히 들어가."

루다의 한마디에 다른 기사들이 뿔뿔이 흩어지기 시작했다.

침실이 있는 성으로 향하는 루다의 뒤를 아르비드가 따랐다. 그 옆에는 루드비히도 함께였다.

"가서 쉬라니까?"

루다가 제 옆에서 걸어오는 아르비드를 의아하게 바라봤다.

보좌 겸 항상 그녀의 옆에 있기는 했지만, 이렇게 일이 끝나고 계속 옆에 붙어 있지는 않았다. 갑자기 왜 안 하던 짓을 하지?

루다의 말에 아르비드가 잠시 멈칫했다.

"하고 싶은 말 있어?"

"그게 아니라……."

아르비드가 말을 골랐다.

대체 무슨 말이기에 선뜻 말을 못 하는 거지? 평소 할 말 못 할 말 다 하는 성격은 아니었지만, 그렇다고 이렇게 할 말이 있는데 못 하겠요, 하고 티 내는 스타일도 아니었다.

보통은 말을 하지 않더라도 무슨 말을 하려고 했던 건지 눈치챌 수 있을 정도였다. 그런데 지금은 아니었다. 분명 무언가 하고 싶은 말이 있는 것 같은데, 그게 뭔지 도무지 알 수 없었다.

루다가 아르비드를 빤히 바라봤고, 아르비드가 곤혹스러운 눈으로 루다를 바라봤다가, 시선을 천천히 돌려 루드비히에게 향했다.

"아."

그 시선의 이동에 루다가 감을 잡았다는 듯 깨달음의 한마디를 내뱉었다.

"존자루 때문에 그래?"

루다의 질문에 아르비드가 잠시 침묵했다. 이내 무언가 다짐한 듯 눈동자를 굳히고 답했다.

"……그분은 황성에 두실 생각입니까?"

아르비드의 입장에서는 제일 큰 건이었다. 루다가 군주라고는 하지만 황성 내부의 일을 세세하게 알지는 못했다. 그걸 처리하는 자가 아르비드였으니 이 문제에 관해 물어볼 수밖에 없었다.

물론 다른 이유도 있었지만 루다는 그걸 깨닫지 못했다.

"어……. 있을래?"

루다가 루드비히에게 질문을 돌렸다. 마치 그 결정권자가 루다가 아니라는 듯한 질문이었다.

아르비드의 눈썹이 꿈틀댔다.

"아니, 나는 돌아가야 한다. 네가 부탁한 것도 있고."

"그렇다는데? 곧 돌아간대."

너무 쉽게 내뱉은 루다의 대답에 아르비드가 다시 할 말을 잃었다.

그걸 왜 주군이 아니라 제롬에서 처음 만난 거로 추정되는 남자가 정하는지도 궁금했지만, 그보다 더 궁금한 게 한 가지 있었다. 묻고 싶은 결정적인 한마디가 그의 목구멍에서 꿈틀대고 있었다.

'둘이 무슨 사이입니까?'

물어보고 싶었지만 군주의 사생활을 극히 침해하는 것 같았다. 하지만 이게 또 지극히 개인적인 일은 아닌 것 같았다.

무엇보다 아르비드가 알기로, 아니 정확히 말하자면 아르비드가 추론하기로, 루다의 연인은 아타나스의 군주였다. 그런데 지금 이 상황은 뭘까. 루다가 결국 연인을 정리하고 새로운 연인을 찾은 걸까?

그게 아르비드에게 나쁠 건 없었지만, 만약 그 적군의 군주가 기억이 돌아왔고, 루다의 변심을 알아채고 혹시라도 복수를 하려고 한다면?

아르비드는 겉으로는 평정심을 유지하고 있지만 속으로는 막장드라마를 내리쓰고 있었다.

과연 이게 군주의 지극히 개인적인 사정에 속하는가? 아니면 나라의 전쟁에 영향을 미치는가?

하며 루드비히에게 다시 시선을 돌렸다.

혹시 옛 연인과 닮은 사람을 만나 마음이 빼앗기고 만 건가? 생각해 보면 저자의 말투와 아타나스 군주의 말투가 비슷하기도 했다.

'설마…….'

거기까지 생각한 아르비드가 생각을 멈췄다.

설마. 하지만 왠지 지금의 생각을 곧바로 철회할 수가 없었다. 자꾸만 이 결론이 사실일 거라고 그의 감이 말해 대고 있었다.

지금의 저 루비이자 존자루라고 불리는 사내가 아타나스의 군주일 수도 있다.

그렇게 생각하고 보니 모든 아귀가 다 맞아떨어졌다. 에세나에서 그렇게 드물다는 은발을 하고 있던 이유. 시타라이자 에세나의 군주가 쓰던 텔레포트를 저 사내 역시 자유롭게 사용하던 이유. 모든 것들이 이해가 가기 시작했다.

"폐하."

루다는 아르비드의 눈을 마주하자마자 어떠한 이상한 불안감이 몰려오기 시작했다. 아까의 아르비드가 무언가 궁금한 것이 있는 것 같았다면, 지금은 그에 대한 답을 내린 듯한 모습이었다.

도대체 무슨 질문이고 무슨 답이었을까? 왜인지 루드비히에 대한 질문이었던 것 같은데. 그에 대해서 답을 내렸다는 게 좋은 징조는 아니었다. 그래서 루다는 그에 이어지는 말을 아예 듣지 않는 걸 택했다.

"알비, 내가 지금 어어어엄청 피곤하거든. 그러니까 난 이만……."

손을 휘휘 저으며 이 난감한 순간을 벗어나려 할 때였다.

"폐하!"

루다가 서 있는 곳 맞은편에서 기사 한 명이 헐레벌떡 이쪽으로 달려오고 있었다.

"폐, 헉, 폐하."

이쪽으로 죽을힘을 다해 달려온 기사가 숨을 몰아쉬었다. 무슨 급한 일이라도 있는 듯한 모양새였다.

"무슨 일이야?"

루다가 저크시즈에 떨어진 이후로 이렇게 다급한 기사의 움직임을 봤던 적은 딱 한 번이었다. 루드비히가 에세나 진영에 쳐들어왔을 때.

그리고 지금 그 당사자는 루다의 옆에 서 있었다. 그럼 이번엔 무슨 일이지?

셋의 시선이 그에게 향했다.

"폐하, 헉."

"무슨 일이지?"

아르비드의 표정 역시 심각했다. 이렇게 급하게, 그것도 군주의 일정이 끝나자마자 달려올 정도의 일은 드물었다. 예를 들자면 아타나스와의 일 같은 것.

"국경에, 헉, 아타나스의 군대가 주둔해 있다고 합니다."

그리고 아르비드의 예감은 정확히 맞아떨어졌다.

"뭐?"

"응?"

그리고 루다와 루드비히가 동시에 되물었다. 특히 루드비히의 얼굴에는 혼란이 자리해 있었다.

아타나스의 군사들은 루드비히의 명령 없이 움직일 수 없었다. 그리고 그 군주는 여기에 와 있었다. 그런데 왜? 생각하다가 문득 예전의 일이 떠올랐다.

루다가 아타나스로 넘어갔을 때, 거짓말로 기사들을 움직이고 결국 루다가 에세나로 돌아갔던 사건.

"저번이랑 똑같은데……."

227

루다가 작게 중얼거렸다. 그리고 아르비드는 그 작은 한마디를 놓치지 않았다. 아르비드가 휙 고개를 돌려 루다를 바라봤다.

루다는 그런 그의 시선을 느끼지도 못한 채 고민에 빠져 있었다. 아무래도 루드비히의 반응을 보아하니 그 역시 몰랐던 사실임이 분명했다. 그런데 군사를 이쪽으로 보냈다고?

"나는 이만 가 봐야겠군."

루다의 미간이 찌푸려졌다. 루드비히가 아타나스로 돌아가는 건 기예르모의 계획대로 되는 느낌이었다. 그렇다고 지금 상황에서 가지 말라고 말할 수도 없었다.

"꼭 가야겠지……?"

이런저런 이유로 보내고 싶지는 않았지만 보내야 했다. 루드비히가 천천히 고개를 끄덕였고, 아르비드는 옆에서 둘의 대화를 굳은 표정으로 듣고 있었다.

"아, 그럼 연락은 어떻게 하지?"

가려던 루드비히를 잡았다. 연락할 방도를 알아야 했다.

"연락?"

"내가 부탁한 것 있잖아."

무엇 때문에 타라와 기예르모가 손을 잡았는지 알아봐 달라고 부탁했던 것.

루다가 눈으로 말했고 루드비히가 그걸 알아들었다.

"그랬지. 연락이라……. 스테안을 시키도록 하지."

"스테안이 믿을 만할까?"

"하지만 방법이 없으니까."

"뭐, 그래. 어쩔 수 없지."

"그럼 난 이만 가 보겠다."

"응? 안 데려다줘도 돼?"

"여기서도 충분하다. 그럼…… 다음에 또 보도록 하지. 텔레포트!"

루드비히의 상태에서는 처음으로 다음에 또 보자는 한마디를 남긴 채 눈앞에서 사라졌다. 그 자리에 있던 기사만이 놀란 눈으로 루드비히가 있던 자리를 빤히 바라볼 뿐이었다.

"……어떻게 할까요?"

사라진 루드비히를 바라보다 처음 입을 연 자는 아르비드였다. 기사가 옆에서 잔뜩 긴장한 채 루다의 명령을 기다리고 있었다.

"그냥. 내가 알아서 할게."

일을 크게 키우면 안 되는 상황이었다.

루다가 여전히 아르비드의 눈을 마주치지 못한 채 별일 아니라는 듯 대답했다.

"알아서……. 알겠습니다. 자네는 이만 돌아가 보도록."

"네, 넵, 알겠습니다!"

아르비드의 고저 없는 한마디에 헐레벌떡 뛰어왔던 기사가 금세 고개를 푹 숙이고는 다시 왔던 길로 달려갔다.

그 기사가 사라질 때까지 한참을 주시하던 아르비드가 입을 열었다. 그의 얼굴에는 아까보다 더한 확신이 깃들어 있었다.

"폐하."

"응?"

루다가 최대한 눈을 피한 채 대답했다.

왜 저렇게 다 아는 사람처럼 부르지? 불안하게?

"아타나스의 군주입니까?"

주어는 말하지 않았지만 루다는 아르비드가 말한 자가 누구인지 알 수 있었다. 그래서 루다는 시치미를 떼기로 했다.

"으응? 아닌데?"

"……."

229

루다가 답했지만 단 세 글자가 그리도 어색할 수가 없었다. 아르비드가 가만히 루다의 다른 대답을 기다렸다.

"티 났어?"

그 침묵을 이기지 못하고 루다가 결국 실토하고 말았다.

"예, 아주 많이요."

그리고 아르비드가 아주 단호하게 대답했다. 기다렸다는 듯한 그의 반응에 루다가 얼굴을 감쌌다가 천천히 쓸어내렸다.

손 뒤로 나타난 눈에는 미안함이 가득했다. 그에 어울리는 말을 루다가 내뱉었다.

"……미안."

"제게 미안해하실 일이 아닙니다."

아르비드가 침착하게 대꾸했다.

아르비드는 정말로 진심이었다. 아니, 외려 군주의 입에서 미안하다는 이야기를 들을 거라고는 상상도 못 했다.

"정말로 미안해. 진심이야. 나도 어떻게 더 사과하고 싶긴 한데 그렇다고 내가 대국민 사과할 수는 없잖아? 알비니까 그냥 이 정도로 넘어가는 거지 다른 사람들이 알면 완전 뒤집어질걸?"

루다의 목소리에는 여전히 미안한 기색이 담겨 있었다. 군주니 미안해하지 말라는 뜻이었는데, 루다는 그걸 잘못 받아들인 모양이었다.

"그게 아니라……."

아르비드가 루다를 바라봤다.

그녀의 사과는 진심이었다. 군주로서의 의미였다고 말한들 왜인지 진심으로 이해할 것 같지는 않았다. 그래서 말을 바꾸기로 했다.

"화가 난 것이 아닙니다. 폐하께서 잘못했다는 게 아니라…… 사실 그를 부른 게 폐하는 아니지 않습니까?"

"어떻게 알았어?"

루다가 놀란 표정으로 물었다.

한 번도 말한 적이 없는데, 정말 어떻게 안 거지?

"그렇다면 제게 어떻게라도 귀띔해 주셨을 것 아닙니까?"

대답하는 아르비드의 어조에는 신뢰가 가득했다. 그리고 그게 또 틀린 말은 아니라 루다는 무어라 반박할 수가 없었다.

"그건 그렇지. 아, 그런데 그게 음, 뭐라고 해야 하지?"

루다는 아르비드를 설득할 말을 골라야 했다. 루다야 원래 이쪽 사람이 아니니 아타나스 진영의 사람, 그것도 그곳의 군주를 쉽게 받아들일 수 있었지만 아르비드는 아니었다.

이 게임을 플레이할 때 봤던 바에 의하면, 아타나스와 에세나는 엄청난 대립을 형성하고 있었다. 아타나스의 아 자만 나와도 진절머리를 치는 사람이 한둘이 아니었다.

아르비드는 에세나의 2인자였다. 아타나스 군대의 등장뿐 아니라 그곳의 군주가 에세나에서 활개를 치고 다녔으니 화를 낼 수밖에 없다고 생각하고 있었다.

"아타나스의 군주 역시 기예르모에게 대한 신앙심이 흔들린다고 했습니까?"

하지만 이어지는 아르비드의 말은 루다의 예상과 전혀 달랐다. 화는커녕 루드비히를 이해하려는 듯한 어조였다. 게다가 진실 역시 꿰뚫고 있었다.

루다가 눈을 크게 떴다.

"어떻게 알았어? 혹시 알비, 너도 반신이나 뭐 그런 거야? 에세나의 숨은 반신? 아닌데? 그럼 상태 창에 안 나타날 리가 없는데?"

너무 유능한 기사단장의 추론에 루다가 눈만 깜빡거렸다.

아르비드가 작게 웃었다. 물론 속으로. 겉으로는 평정심을 가장한 채 입을 열었다.

231

"아타나스의 군주는 알려지기로 기예르모에 대한 신앙심이 지대하다고 했습니다. 헌데 그런 자가 폐하와 함께 다니고, 심지어 폐하의 행보를 돕고 있습니다. 사람이 절대 하지 않을 짓을 한다는 건 그가 지켜 오던 커다란 것이 흔들렸다는 이야기기도 하니까요."

"그렇지. 그래, 역시. 사람이 2인자 정도 되려면 머리도 좋아야 된다니까?"

"칭찬입니까?"

"물론이지."

"감사합니다."

루다의 말에 아르비드가 깊게 허리를 숙였다.

이런 모습은 역시나 봐도 봐도 익숙해지기 힘들단 말이야. 그것도 루다가 잘못한 게 분명한 상황에서 이래 버리면 말이지.

루다가 머쓱함에 머리를 긁적였다.

"그렇게까지 안 감사해도 돼. 어쨌든, 뭐. 그렇게 됐어. 아타나스 군주랑도 화해했고, 기타 등등?"

"전부 말해 주실 수는 없는 모양이군요."

너무 많은 일이 있었지만 그걸 전부 설명할 수는 없었다.

생각해 보니 제롬에서 정말 많은 일이 있었다. 루다가 어디서부터 어디까지 말해야 하나 곱씹었다.

"음……. 지금 에세나의 상황이 썩 좋지 않다는 건 알고 있을 거야."

"예, 대충 짐작하고 있었습니다."

"그리고…… 좀 전쟁에 대비를 해야 할 것 같은데."

"예?"

갑작스러운 말에 아르비드가 고개를 번쩍 들었다.

아까 아타나스 군주와 사이좋은 모습을 보였는데 전쟁을 할 생각이란 말인가?

"허나 아까 폐하와 아타나스의 군주의 사이가 나빠 보이지 않았습니다만……."

"아, 그거 말고."

루다가 허공을 바라봤다.

정말 말해 주고 싶었지만, 그냥 신앙심을 흔들어 놓는 것과 그 신을 죽여 버리겠다고 말하는 것은 차원이 달랐다.

게다가 루다는 지금 정보를 모으는 중이었다. 어차피 신과의 싸움, 아르비드를 데리고 할 수도 없었다. 만약 나중에 루다가 신 때문에 쫓기게 될 일이 있다면 도움을 구할 정도만 되면 됐다.

"그냥 어떤 전쟁이 있을 거고, 네가 거기에 참전할 일은 없을 거야."

"도대체 무슨 전쟁…… 아, 설마."

아르비드의 얼굴이 경악으로 물들었다.

"네가 무슨 생각을 하는지는 모르겠지만, 그냥 뭐, 지금 내 말은 못 들은 거로 치자."

"어떻게 이런 말을 못 들은 거로 칩니까?"

"그냥 무능한 인간이 헛소리했다고 생각해."

루다가 손을 휘휘 저었다.

괜히 말했나? 하는 약간의 후회도 몰려오고 있었다. 물론 여신과 싸우면 그걸 비밀로 할 수는 없겠지만, 아직 아무것도 확정되지 않은 상황에서 아르비드를 끌어들인 것만 같았다.

"무능한 인간이 아닌 자의 말을 어떻게 무시합니까?"

아르비드의 눈이 굳건했다.

아니, 여기저기 사고나 치고 다니는 인간인데. 레벨만 높았지 사고뭉치인 저를 왜 그렇게 싸고도나 몰라.

가끔은 이해하지 못할 아르비드의 행태를 보며 루다가 민망함에 턱을 긁적였다.

"음, 나중에 전부 설명해 줄게. 지금은 나도 심증만 있지 물증은 없어서 말이야. 그리고…… 말하면 안 되는 좀 다른 이유도 있고."

"알겠습니다."

아르비드가 다시 신뢰를 가득 담아 대답했다.

루다가 질린다는 표정을 지었다. 이렇게 사고나 치고 다니는 루다를 저렇게 끝까지 믿다니.

정말 융통성이 태초의 타라랑 같이 소멸이라도 한 모양이라고 생각하며 루다가 말을 이었다.

"그럼 나는 진짜 이만 들어가 볼게. 할 게 좀 있어서."

"쉬십시오."

아르비드가 허리를 숙였다. 루다가 그 모습을 빤히 바라보다 얼른 몸을 돌렸다.

"나 내일 타라 만나러 갈 거니까. 같이 갈 거면 준비하고."

제 할 말만 내뱉은 채 손을 휘휘 젓고 사라지는 루다의 뒷모습을 보며 아르비드가 가벼운 웃음을 내비쳤다.

그렇게 루다의 모습이 사라질 때까지 그는 허리를 펴지 않았다.

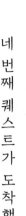

09. 네 번째 퀘스트가 도착했습니다

"으아아아아, 집이다!"

루다가 침대로 다이빙했다. 푹신한 침대가 몇 번 출렁대다가 이내 부드럽게 가라앉았다. 루다가 커다란 침대 위에서 한 바퀴 굴렀다.

"으, 역시 집이 최고야."

지도 모르게 중얼거리고는 루다가 벌떡 일어났다.

"미쳤네."

여기가 집이라고? 대체 무슨 소리야? 몇 밤 잤다고 지금 집이라고 말하는 거야? 스스로의 발언에 충격을 받은 루다가 고개를 도리질 쳐 생각을 떨쳐 냈다.

여기는 집이 아니다. 여기는 완전 다른 세계의, 곧 떠날 빌어먹을 곳의 침실이다. 그래, 여기는 집이 아니다.

"그래도 침대는 죄가 없으니까."

고개를 끄덕이고는 다시 커다란 침대에 양팔을 뻗고 누웠다. 여태까지 엄청 돌아다녀서 피곤하려나 싶었지만 거의 하루를 내리 자서인지 잠은 오지 않았다.

어떻게 되는 대로 일을 진행하고는 있었지만 지금 상황이 어떻게 흘러가는지 루다도 정확히 아는 바가 없었다.

태초의 타라가 소멸했고, 지금의 타라는 태초의 타라가 만들어 낸 관리자일 뿐이었다. 태초의 타라는 관리자들에게 감정이 생기지 않기를 바랐지만, 그게 생각처럼 되지는 않았던 모양인지 감정이 생겨 버리고 말았다.

그리고 그 감정들이 결국 지금의 '다음 대 타라 때문에 소멸되고 싶지 않다.'는 소망을 만들어 내고 말았다.

물론 루다의 생각일 뿐이었지만, 이게 제일 가능성이 높기 때문에 루다는 이 생각을 철회할 생각이 없었다.

"그런데 그렇게 생각하고 보니 좀 불쌍하네."

기계로 태어났는데 갑자기 인공지능이 되어 버린 꼴이었다. 자기가 생명체라는 걸 인식했는데 시한부 인생이라니. 왜 그렇게 악착같이 발버둥 치는지 이해는 갔다.

하지만 그렇다고 타라가 한 모든 행동들을 정당화할 수는 없었다. 결국 지금의 타라가 다음 대 타라를 없애려고 하는 걸 막기는 해야 한다는 이야기였다.

그리고 루다의 예상인데, 왠지 지금의 타라가 그대로 계속 생존한다면 루다는 집에 돌아가는 게 어려울 것 같았다.

"그 인성으로 퍽이나 기억을 되찾고 집으로 보내 주려고."

처음부터 했던 행동을 보면 그러했다. 자기는 숭배받아야 되는 존재고, 나머지는 그저 자신을 숭배해야 하는 존재. 딱 그 정도의 느낌이었다.

아무리 생각해 봐도 다음 대 타라가 태어나지 않고 지금의 타라가 현존한다고 해도 그 인성으로 루다를 도와준다는 확신이 없었다.

결국 루다가 선택할 방법은 또 다른 타라에게서 오는 퀘스트를 진행해 남자 친구의 기억을 찾은 후 어떤 방법을 써서 타라를 끝장내는 것이었다.

여기까지 생각하던 루다가 고개를 퍼뜩 들었다.

"그런데 또 다른 타라는 대체 누구지?"

맨 처음엔 기예르모라고 생각했다. 하지만 기예르모는 아니었다. 하는 꼴을 보아하니 타라와 하는 짓이 똑같았다.

혹시 태초의 타라인가? 하지만 태초의 타라는 소멸한 거로 알고 있다. 그렇다면 대체 어떤 타라지? 어떤 타라이기에 지금의 타라에게 반해서 루다를 돕고 있는 거지?

"으으, 모르겠다!"

루다가 다시 침대에 대짜로 누워 버렸다.

이럴 때 옆에 형우라도 있었으면 같이 머리를 맞대는 건데. 형우가 아니라 루드비히라도 좋았다.

루다는 생각을 길게 이어 나갈 인내심이 없었다. 하지만 남자 친구는 그런 인내심이 있었다. 루다가 지칠 때마다 바로잡아 줄 텐데.

"아! 보고 싶다!"

루다가 한 바퀴 구르며 소리쳤다.

이게 진짜 게임이었으면 채팅창으로 말이라도 걸었을 텐데, 하필이면 게임 속으로 떨어져서는.

그렇게 생각하며 뒹굴뒹굴하던 루다가 갑자기 뚝 하고 멈췄다.

"어?"

눈을 깜빡였다.

"생각해 보니까 여기 게임 안이잖아?"

게임을 플레이할 때 썼던 것들이 실제로 구현 가능했다. 그렇다면 채팅도 가능하지 않을까?

지금까지는 루드비히와 연락을 주고받을 일도 없었으니 차마 생각하지도 못했었다.

"채팅."

루다의 한마디에 루다의 손에 깃펜이 하나 쥐어졌다.

"응?"

이걸로 뭐 하라는 거지? 고개를 드니 루다의 앞에 종이가 둥둥 떠 있었다.

"이렇게 쓰라는 건가?"

깃펜을 들어 눈앞에 나타난 종이에 갖다 댔다. 뭐라고 쓰지? 고민하다가 '안녕, 보여?'라는 글을 쓱싹 적어 넣었다.

"그런데 이거 보내는 건 어떻게 하지? 보내기?"

요리조리 종이를 보며 고민하던 루다가 가볍게 내뱉었다. 그리고 마치 그게 정답이라도 됐던 것처럼 금세 종이가 접히더니 눈앞에서 사라져 버렸다.

"오, 이거 간 거야?"

채팅이 이렇게 구현되다니. 루다가 편지가 사라진 곳을 신기하게 바라봤다.

언제 오려나 답을 기다렸지만 곧바로 연락이 오지는 않았다. 좀 기다려야 하려나.

"잠깐."

생각하던 루다의 머리에 또 다른 한 가지가 떠올랐다.

"혹시 이것도 되는 거야? 영상 녹화!"

하지만 아무런 일도 일어나지 않았다. 이거 되는 거야, 안 되는 거야? 다른 건 다 되는데 영상만 안 되는 건가?

멍하니 침대에 앉아 있는 루다의 눈앞에 생전 처음 보는 결정석이 하나 만들어졌다.

"응?"

그 결정석 위에는 '영상1'이라는 글자가 적혀 있었다. 루다가 결정석을 손에 쥐고는 멍하니 쳐다봤다.

"재생."

하지만 아무 일도 일어나지 않았다. 뭐야, 영상은 어떻게 재생하는 건데? 설마 모니터라도 사 오라는 거야? 하지만 여기에 그런 게 있을 리가 없었다.

루다가 그 결정석을 살펴보다가 우선은 인벤토리에 넣었다.

스테안한테 물어보면 알지 않을까? 이 영상을 어떻게 재생하는지?

정말 게임이라는 형식을 빌려 육성한 게 맞았던 모양인지, 게임 안에서 가능했던 것들은 어떻게든 이곳에서 구현이 가능했다.

갑자기 아쉬움이 밀려왔다. 이것들이 되는 줄 미리 알고 있었다면 어떻게든 써먹었을 게 뻔했다.

이벤트 영상을 녹화하는 게 가능한지는 모르겠지만 그거라도 시도해 봤을 것이고, 제롬에서의 아름다운 장면들도 영상에 담았을 것이고 또⋯⋯.

"아!"

생각하던 루다가 아쉬움을 담아 대자로 침대에 누워 버렸다.

그녀의 얼굴에는 조금 전과는 차원이 다른 아쉬움이 덕지덕지 붙어 있었다. 그 아쉬움을 그대로 담아 루다가 소리쳤다.

"이거 진즉 알았으면 은발에 적안 녹화했지!"

형우가 들었으면 깜짝 놀라 소스라쳤을 한마디를.

"아아악, 아까워!"

다시 한 번 외치고는 팔을 휘저었다.

그만큼 아까웠다.

물론 남자 친구의 흑역사를 박제하고 놀리며 감상하겠다는 의도가 아니라 은발에 적안이 너무 잘 어울렸기 때문이었다.

물론, 놀릴 의도가 아예 없다고 말할 수는 없지만, 아니, 사실 그게 대부분의 이유였지만, 어쨌든 아니라고 합리화하며 얕은 한숨을 내쉬었다.

"후, 다음에 또 그러고 에세나에 올 일은 없겠지?"

이제는 영상을 녹화하는 방법을 알아냈으니 남자 친구가 은발에 적안을 하기만 하면 그대로 녹화할 수 있다. 물론 그럴 일은 없겠지만.

지나간 일 아쉬워해서 뭐 하나. 어차피 그럴 일도 없는데. 그나저나 아직 보낸 채팅은 확인하지 않았나? 게임 안으로 들어왔으니 무조건 온라인 상태일 텐데 생각보다 늦네. 아니면 채팅을 사용하지 못하거나.

"다음에 스테안을 연락책으로 보내면 전해 달라고 해 볼까?"

중얼거리던 순간, 눈앞에 깜빡거리는 빛이 떴다. 퀘스트가 도착했을 때와는 다른 빛이었다.

"어? 설마. 채팅!"

루다의 예감이 맞았던 모양인지 그녀의 앞에 제대로 봉인된 편지 하나가 툭 하고 떨어졌다. 루다가 그걸 집어 들어 읽어 내렸다.

「혹시 다이루인가? 이 서신이 다른 자가 너를 사칭해서 보내는 게 아니라는 걸 어떻게 확신하지?」

"정말 루드비히다운 고민을 하네."

분명 발신자가 누구라고 적혀서 갔을 텐데, 굳이 확인하려 하다니. 어쩐지 첫 이름이 에세나의 군주도 아니고 이루다도 아닌 게 이상하다 싶었는데 이런 이유가 있었다.

역시 루드비히스럽다는 생각을 하며 그 아래로 시선을 내렸다.

루다가 피식 웃고는 계속 편지를 읽어 내렸다.

「그래도 네가 다이루가 맞다면 굳이 스테안을 연락책으로 쓰지 않아도 되어 다행이군.」

"스테안 어마어마하게 미움받고 있나 보네."

말은 그렇게 했지만 루다 역시 이해는 갔다. 물론 지금 진행되는 일을 중간에서 방해하지는 않겠지만, 사이에 껴서 장난이랍시고 어떤 말을 보낼지 알 수가 없었다.

아마 스테안을 연락책으로 이용했으면 루드비히는 물론 루다까지 뒷목 잡을 일이 한두 번이 아닐 게 분명했다.

「네가 말한 건 내 나름의 계획대로 진행 중이다. 좀 더 결과가 보이면 다시 연락하도록 하지. 그 전에 네가 다이루라는 걸 증명해 주길 바란다.」

채팅은 이게 끝이었다. 편지로 도착한 채팅을 보며 루다가 허탈하게 웃었다.

"완전 용건만 간단하게잖아?"

뭐, 상관은 없었다. 스테안이 왔다 갔다 하는 것보다 훨씬 일이 빠르게 진행될 수 있었다.

게다가 루드비히뿐 아니라 형우랑도 채팅을 할 수 있었다. 사실 이게 제일 좋았다.

"그런데 이거 이렇게 편지 형식으로밖에 안 되는 건가?"

아무리 둘러봐도 그 방법 말고는 없어 보였다. 어쩔 수 없지.

"채팅!"

이전처럼 루다의 앞에 종이와 펜이 나타났다. 그걸 집어 들고 써 내리기 시작했다.

「최형우를 아는 건 너랑 나뿐이니까. 이 이름을 쓴 것만으로 내가 당사자라는 증거 아닐까?」

"음, 이걸로 믿지는 않으려나?"

형우라면 이게 채팅이라는 걸 알겠지만, 루드비히는 아니니까. 아, 이럴 때는 형우가 나타나 주면 좋은데 말이야.

「그런데 그게 아니라도 걱정하지 마! 이렇게 바로바로 전송되는 연락책을 사용할 수 있는 사람이 우리 말고 어디 있겠어? 그리고 내가 좀 아는데, 이건 채팅이라고 딱 두 사람만 연락할 수 있는 거라 너랑 내가 할 수 있는 거야. 걱정 안 해도 돼.」

이게 충분하지는 않겠지만, 이 정도면 대충 넘어가지 않을까?

뭐 아니어도 형우가 돌아왔을 때 좀 연락하다 보면 루드비히도 믿겠지. 편하게 생각한 루다가 다음 문장을 이어 썼다.

「그럼, 일 진행 잘할 수 있을 거라 믿을게! 너는 루드비히니까!」

막상 쓰다 보니 딱히 할 말도 없었다. 구구절절 쓰고 싶은데 지금 대화 상대는 루드비히다 보니 애정 표현을 할 수도 없는 노릇이었다.

그럼 이만 끝내 볼까, 하다가 무언가 할 말이 떠올라 한 문장을 덧붙였다.

「아, 혹시 나중에 에세나에 올 일 있으면 꼭 은발에 붉은 눈으로 부탁해! 2인자도 완전 속아 넘어갈 완벽한 변장이었으니까!」

마지막 문장까지 적고 나니 뿌듯함이 몰려왔다.

그래, 이렇게 보내면 나중에 또 은발에 적안을 하겠지? 그때는 꼭 영상을 찍고 말겠다.

아무도 알지 못할 각오를 하며 루다는 그 편지를 고이 접어 루드비히에게 보내 버렸다.

"그럼 나도 할 일을 해 볼까?"

루다가 다시 침대에 누운 채 비장하게 말했다. 루드비히가 움직이기 시작했으니, 이제 루다 역시 움직일 때였다.

그때였다. 아까와는 다른 알림이 깜빡였다. 루다는 이 알림이 뭔지 아주 잘 알고 있었다.

"퀘스트?"

루다의 중얼거림에 루다의 앞에 퀘스트가 떴다.

메인 퀘스트: 남자 친구의 기억 조각을 찾아라! (4/5)

위그드라실은 지금 타락한 신성력으로 인해 위기에 처해 있습니다. 위그드라실의 타락한 뿌리를 도려내고 썩어 가는 위그드라실을 구출해 주십시오.

보상: 위그드라실의 신성한 열매, 근원의 강화석, 태초의 마법 가루, 50,000골드

네 번째 퀘스트였다. 드디어 또 다른 타라에게서 온 퀘스트의 고지가 보였다.

그런데.

"강화석이랑 마법 가루?"

마법 가루는 옵션을 부가할 때 사용할 수 있는 거였다. 게임을 플레이할 때 에세나 진영이었던 루다는 항상 빛의 마법 가루를 사용했다.

그런데 태초의 마법 가루라니? 이건 단 한 번도 들어 보지 못했던 아이

템이었다.

근원의 강화석 또한 마찬가지였다. 강화석이면 강화석이었지 근원의 강화석은 처음이었다.

"아, 혹시?"

루다는 제롬에서 손에 넣은 단검을 떠올렸다. 그 단검은 근원의 단검이었다. 혹시 그걸 강화하는 건가?

"무슨 새롭게 패치라도 된 것 같잖아?"

만렙을 찍기까지 꽤 오랜 시간 동안 플레이했는데 그때까지 한 번도 보지 못한 것들이 눈에 보이고 있었다.

마치 난이도를 한 단계 올려 새로운 시나리오를 뿌려 두고 플레이하라고 하는 느낌이었다.

"그렇다면 내가 또 해 줘야지."

새로운 패치는 콜이었다. 게다가 이 보상들을 주는 건 기존의 타라가 아닌 또 다른 타라였다. 이제 루다는 또 다른 타라를 믿고 있었다.

그리고 또 다른 타라는 기존의 타라와는 달리 작은 거라도 보상을 꼬박꼬박 적어 놨다.

그래, 노력을 하면 보상을 줘야지. 열정페이도 아니고 말이야.

고개를 끄덕이고는 퀘스트의 내용을 다시 떠올렸다.

"위그드라실이라고?"

형우의 세 번째 기억 조각을 찾는 퀘스트가 가리키는 위치는 위그드라실이었다. 이번에 제롬에 가서 엄청 얽혔던 위그드라실.

게다가 이번 퀘스트에서는 그 위그드라실의 뿌리가 썩어 있다는 걸 대놓고 말해 주고 있었다. 마치 신성한 벽은 이번 퀘스트를 위한 발판이라도 됐던 것처럼.

"그럼 제롬에 또 가야 하나?"

아닌 것 같은데. 제롬은 위그드라실에 가까운 곳이지 위그드라실이 있는 그곳은 아니었다.

"맵."

루다가 지도를 켜서 살폈다. 아주 다행히도 위그드라실 근처에 텔레포트할 수 있는 위치가 있었다.

"그래, 가서 하면 되지."

지금은 저녁이었다. 한숨 자고 나서 퀘스트를 깨러 가야겠다.

원래는 타라를 만나려고 했다. 만나서 타라의 퀘스트를 하지 않은 핑계도 좀 대고, 이것저것 떠보려고 했다.

하지만 생각해 보니 이번 퀘스트를 계속 진행해 달라고 할 수도 있었다. 엘피드에 반석은 남아 있고, 그걸 깨는 게 타라의 부탁이었으니. 그에 더해 엘피드에서 타라가 준 퀘스트를 하지 않은 것에 대해 마땅히 댈 핑계가 없었다.

"아쉬우면 지가 오면 되지 뭐."

괜히 가서 약점을 알아내네 뭐네 하면서 들쑤시는 것보다는 남자 친구 기억 전부 찾아내고 가는 게 속이 편하다 싶기도 했다.

어차피 원래 만나기도 힘든 신이라고 했으니 상관없겠지, 하며 루다는 침대에 다시 누웠다.

"채팅이나 다시 와라!"

지금 루다에게 중요한 건 타라보다는 남자 친구와의 연락이었다.

✳

"나 타라 만나는 거 취소하려고."

다음 날 루다가 일어나서 아르비드에게 처음으로 한 말이었다.

"이유를 물어도 되겠습니까?"

"음…… 그냥?"

"그냥…… 말입니까?"

루다의 대답에 아르비드의 얼굴에 의심 아닌 의심이 피어올랐다. 루다
가 그냥이라고 답할 때는 또 다른 이유가 있을 때가 허다했다.

"그런 눈을 보지 말아 줄래? 그냥 맞으니까. 뭐, 정확히 말하자면 보러
갈 이유도 없는데 얼굴 보기 싫은 사람 굳이 볼 필요는 없잖아?"

"……그렇군요."

타라를 사람이라고 표현한 것도 그의 상식선 밖의 일이었지만, 보통은
만나고 싶어 안달 내는 여신을 꼴 보기 싫다는 이유로 보러 가지 않는다는
사실 역시 그의 상식에 어긋나는 발언이었다.

새삼스레 역시 규격 외의 인물이구나 싶은 생각도 들었다.

"응, 만나러 가 봤자 또 뭐 쓸데없는 거나 시키겠지. 제롬에서의 일도 막
캐물어 볼 거고."

"제롬에서의 일은 말하지 않아도 되는 겁니까?"

"말 안 하는 게 좋을걸?"

"이유를 물어도 되겠습니까?"

루다가 고민에 잠겼다. 그 이유.

"말해서 좋을 게 없으니까?"

"……그렇군요."

역시나 세세한 건 말해 주지 않는다. 아르비드는 문득 불안한 생각이 들
었다. 둘 사이에 잠시 침묵이 가라앉았다.

"지금 뭐 할 말 있는 눈치인데?"

그럼 이제 어떻게 할 거냐, 다음 계획은 어떻게 되는 거냐 등등 이것저
것 물어볼 아르비드가 입을 다물자 루다가 은근히 물었다.

그녀의 말이 맞는 모양인지 잠시 움찔한 아르비드가 이리저리 시선을 돌
리다가 조심스레 입을 열었다.

"혹시……."

"혹시 뭐?"

"저에 대한 신뢰가 떨어지신 겁니까?"

"……."

순간 루다는 할 말을 잃었다. 던진 것은 질문이었지만 표정은 거의 배신당한 자의 표정이었다.

루다가 허탈하게 웃었다.

"아니? 전혀. 절대. 네버. 왜 그렇게……. 설마 내가 이것저것 알려 주지 않은 것 때문에 그런 거야?"

"……."

흔치 않은 아르비드의 침묵은 긍정이나 마찬가지였다.

루다는 당황스러웠다. 충성스러운 수하라는 게 너무 생소해서 이런 상황은 상상조차 한 적 없었다.

"아니, 절대 아니라니까? 뭐랄까, 그런 문제가 아니야. 좀 더 현실적인 문제랄까?"

"현실적인 문제 말입니까?"

"응, 여러 가지 일 때문에 타라가 내 일거수일투족을 감시하지 못한다는 건 알고 있거든. 그런데 과연 알비한테도 그럴지는 확신하지 못하거든. 어쩌면 타라가 나의 전부를 감시하지 못하는 이유가 내가 다른 세계 사람이라서 그럴 가능성이 높아서 말이야."

"……충분히 가능성 있는 이야기입니다."

"내가 알비한테 전부 말하지 못하는 이유는 이것뿐이야. 다른 이유는 없어. 그러니까 그런 생각 하지 말라고."

신뢰도를 잃었다고 통탄해하는 신하라니. 정말 너무나도 생소한 경험이라 루다는 이걸 어떻게 위로해야 하나 도통 감을 잡을 수가 없었다.

"그…… 내가 여기 와서 남자 친구 다음으로 믿는 사람이 알비니까. 그런 걱정은 절대 하지 말고."

눈도 마주치지 못한 채 내뱉고는 고개를 돌려 큼큼, 헛기침했다.

정말, 친구들이랑 대화할 때도 술 마시지 않는 이상 이런 낯간지러운 이야기는 잘 하지 못하는 타입인데. 이런 데서 하게 될 줄이야.

그래도 루다의 말이 제대로 통한 모양인지 아르비드의 어두침침했던 표정이 금세 풀어진 게 보였다.

"감사합니다."

또 저렇게 허리를 숙여 인사하는 걸 보아하니 진심으로 감사한 모양이었다. 저크시즈에 온 지 꽤 됐지만 저 진득한 충성심은 언제나 적응이 되지 않았다.

"그렇게 감사할 필요 없어. 그냥 뭐, 그런 거라고. 그나저나 혹시 모르니까 전쟁 준비는 계속하고 있고. 알았지? 알비는 레벨도 별로 어……?"

높지 않으니까. 말하려고 고개를 들었다가 아르비드 머리 위의 레벨을 보고는 루다가 잠시 말을 멈췄다.

"원래 레벨 153 아니었어?"

"예?"

이해할 리 없는 루다의 질문에 아르비드가 반문했다. 퍼뜩 정신을 차린 루다가 제 말을 정정했다.

"아니, 혹시 나 맨 처음 만났을 때보다 더 강해졌어?"

말하며 제 기억이 맞는지 되짚어 봤다. 하지만 루다의 기억에 아르비드의 레벨은 153이었다. 그리고 지금 아르비드의 레벨은 161로 높아져 있었다.

"어떻게 아셨습니까?"

놀란 표정으로 아르비드가 되물었다.

"그냥, 그래 보여서?"

그냥 네 머리 위로 레벨 보인다고 말할까, 잠깐 고민했지만 그건 아닌 것 같았다. 누군가의 머리 위로 이름이나 레벨, 직업 등이 전부 보인다는 걸 알게 되면 아무래도 불쾌할 수 있을 것 같아서.

"폐하의 강한 모습을 보고, 폐하뿐 아니라 아타나스의 군주 역시 폐하께서 단번에 어떻게 하지 못할 정도로 강하다는 걸 알게 된 뒤로 혹시 저도 그 발치나마 따라갈 수 있지 않을까 하여 수련했습니다."

루다가 눈을 깜빡이며 말없이 아르비드를 바라봤다.

왠지 루다의 성격과는 정말 다른 완벽한 모범생을 눈앞에서 보는 듯한 느낌이었다. 게다가 뭔가 제가 그 목표가 되었다고 하니 형용할 수 없는 부끄러움이 몰려왔다.

이걸 뭐라고 답해야 하지 하다가 겨우겨우 입을 열었다.

"어⋯⋯. 고생했어."

"그래도 한눈에 보일 만큼 강해진 것 같아 다행입니다."

"그렇긴 한데⋯⋯."

고작 레벨 8만 올랐다고 말해도 될까? 하지만 공략도 아무것도 없이 짧다면 짧은 기간에 레벨을 8을 올렸는데 나름 대단한 건 아닐까?

"강해지고 싶어?"

말끝을 흐렸던 루다가 대뜸 물어보고는 순간적으로 후회했다. 이게 무슨 유구한 소년 만화에나 나오는 전형적인 대사란 말인지.

하지만 그걸 듣는 아르비드는 전혀 아닌 모양인지 비장하게 자세를 가다듬었다.

"예, 가능하다면 더 강해지고 싶습니다."

너무나도 진지한 그의 모습에 루다가 잠시 할 말을 잃었다. 그래도 이 사태를 초래한 건 본인이니까, 이런 오그라듦도 감내해야지.

속으로 한숨을 삼키며 루다가 입을 열었다.

"인벤토리."

루다가 인벤토리를 뒤져 봤다.

정리한 지 꽤 오래됐으니 운이 좋으면 있을 수도 있을 텐데, 생각하며 뒤적이는 루다의 눈에 찾는 물건이 들어왔다.

"아, 있네."

액체가 담긴 기다란 병 위에는 '상급자용 경험치 포션'이라는 글자가 적혀 있었다. 레벨 100에서 200 사이일 때 경험치 증가를 50퍼센트나 증가시켜 주는 캐시템이었다.

'캐시템을 주는 건 좀 아깝지만, 남아서 가지고 있는 거니까.'

두 개만 남긴 채 레벨 200을 넘어 버려서 사용하지 못한 아이템이었다. 캐시템이라 아까워서 버리지 않았을 수도 있겠다 싶었는데 루다의 생각대로였다.

루다가 포션 다섯 개를 꺼내 아르비드에게 건넸다.

"자, 이거 받아."

"이게 무엇입니까?"

"뭐라고 설명해야 하지? 대충 말하자면 좀 더 빨리 강해지게 도와주는 거? 나만큼 강해지려면 그거 한 스무 개는 있어야 하지만 내가 다 써 버려서 이것밖에 안 남았네."

"제가 이걸 가져도 됩니까?"

아르비드가 얼떨떨한 표정으로 물으면서도 시선은 포션에서 떨어지지 않고 있었다. 갖고 싶어 어쩔 줄 모르는 게 보기만 해도 느껴졌다.

"가져. 난 필요 없어. 지금 상태에서 이거 써 봤자 먹히지도 않거든. 딱 너 정도일 때 효과가 있는 거라. 안 가지면 버리는 수밖에 없거든."

"……감사히 받겠습니다."

루다가 내미는 포션을 받는 아르비드의 손이 잘게 떨리고 있었다. 아니, 이거 그렇게 덜덜 떨면서 받을 만한 물건은 아닌데.

말을 하려다가 그만뒀다. 별로 듣지도 않을 것 같아서.

"그거 지속 시간 하루니까 아무 때나 마셨다가 낭비하지 말고."

"명심하겠습니다."

"아, 만약 경험치 많이 주는, 그러니까 빨리 강해지고 싶으면 키른 골짜기에 변종된 곰들을 좀 잡아 봐. 딱 너 정도일 때 금방 강해지기 좋아."

"그것 역시 명심하겠습니다."

명심까지 할 필요는 없는데. 뭐, 명심하면 좋으니까 명심하라고 하지.

"그렇게 너무 고마워하지 마. 나중에 혹시 전쟁 나면 강하게 만들어서 부려 먹으려고 하는 거니까."

루다는 진심이었다. 나중에 만약에라도 타라와 전면전을 하게 된다면, 또 다른 높은 레벨의 지원군이 필요할 수도 있었다.

스테안, 루다, 형우, 셋만 생각하기에는 너무 극한이었다. 아르비드가 좀만 무리해서 움직여 레벨 200을 넘으면 정말 좋을 텐데.

"영광입니다."

그런 루다의 진심을 알 리 없는 아르비드가 진중한 표정으로 충신의 한마디를 내비쳤다. 루다는 괜히 찔렸다.

"어휴, 정말 눈치랑 융통성이랑 반비례 법칙이라도 있는 건지."

눈치만큼 융통성도 있어 줬으면 좋겠는데 말이야.

루드비히의 정체를 그 자리에서 밝히지 않고 보냈다는 것부터 융통성이 뚝뚝 흘러넘치는 거였지만 루다의 생각이 거기까지 닿지는 않았다.

"그건 거기까지 하고. 혹시 영상을 재생하는 그런 거 알아?"

이 주제로 대화하다가는 어떤 오그라드는 말을 들을지 몰라 루다가 얼른 주제를 돌려 버렸다.

"영상을 재생하는 거라고 하시면……."

너무 설명이 빈약했나?

"말 그대로. 녹화된? 저장된 영상을 재생시킬 수 있는 거."

설마 없는 건 아니겠지? 영상을 녹화할 수는 있으면서 재생할 수 있는 건 없다는 게 말이 되지 않았다.

"혹시 재생석 말씀하시는 겁니까?"

"어……. 정확한 명칭은 나도 잘 모르는데."

"재생석을 말씀하시는 게 맞는 것 같습니다만. 혹시 영상석을 갖고 계십니까?"

"영상석?"

영상석이 뭐지? 하다가 어제 영상을 녹화했을 때 생겼던 결정이 생각났다. 루다가 인벤토리를 뒤적여 어제의 결정을 꺼내 들었다.

"혹시 이거 말하는 거야?"

"예, 맞습니다."

말하고는 아르비드가 잠시 입을 다물었다.

"왜? 무슨 문제 있어?"

"문제가 아니라, 사실 그것 역시 전설에 나오는 것 중 하나였습니다. 순간을 저장하고 그걸 사람들에게 보여 주는 결정이 있다고 듣기만 했는데, 눈으로 보니 조금 놀라워서 말입니다."

"이게?"

루다가 손바닥 위에 놓인 영상석을 바라봤다.

물론 게임을 플레이할 때는 본 적이 없지만, 영상을 녹화하고 플레이하는 게 특별한 일은 아니었다. 하지만 여기 사람들에게는 그게 아닌 모양이었다.

신기한 듯 루다의 손 위에 놓인 영상석을 바라보며 아르비드가 답했다.

"예, 하여 재생석이 있는 곳 역시 구설만 내려오는 것인데. 폐하께서 갖고 계신 영상석을 직접 보고 나니 재생석 역시 소문만은 아닐 거라는 생각이 들었습니다."

"오, 신기하네. 그럼 그거 있으면 재생시킬 수 있대?"

"구설에 따르면 그렇습니다."

"확실하지는 않다는 이야기네. 재생석은 어떻게 얻을 수 있는데?"

"그 방법이라는 것이 그리 간단한 것은 아니라……."

"뭔데?"

"위그드라실을 보호하는 결계라는 것이 있다고 합니다. 그 결계는 신력 덕에 주기적으로 소멸하고 재생하는 것을 반복한다고 합니다. 그 결계가 소멸할 때 어떠한 결정이 되어 바닥에 떨어지기도 하고 파묻히기도 하는데 그걸 재생석이라고 부릅니다."

"오, 재생이랑은 엄청 상관없을 것 같은 출처인데?"

"사실 폐하께서 무언가를 볼 수 있는 걸 물었기에 또 다른 이름으로 답한 것뿐이고 원래 이름은 따로 있습니다."

"그게 뭔데?"

"신석이라고 합니다."

신석? 루다가 미간을 찌푸렸다.

"신의 돌이라는 말이야?"

"그렇습니다. 하여 진짜 그 존재를 물어보는 것에 조금 놀랐습니다."

"나도 놀라운데."

신석으로 영상을 재생할 수 있다는 게 말이야. 마치 무언가를 녹화해서 재생하는 건 신들의 영역인 것처럼.

"설마 진짜 그런 건가?"

"예?"

"아니, 혼잣말이었긴 한데. 음, 혹시 영상 재생이나 이런 게 신의 영역이라든가 그런 거야?"

"그거까지는 저도 잘 모르겠습니다."

"흠, 그래? 어쨌거나 재생석을 얻으려면 우선 위그드라실 근처로 가야한다는 말이지?"

"예. 정확히 어디인지는 저도 잘 모르겠습니다. 결계라는 게 사실 진짜로 있는지도 확신하지 못하는지라……."

아르비드가 송구한 듯 말을 늘렸다. 루다가 별거 아니라는 듯 손을 휘휘 저었다.

"그건 가서 확인해 보면 되지. 어차피 위그드라실에 가야 하거든."

"위그드라실로 가십니까?"

"응, 할 게 있어서."

루다의 대답에 무언가 잠시 망설이던 아르비드가 다시 입을 열었다.

"저도 동행해도 되겠습니까?"

조심스럽게 던진 질문에는 진심이 담겨 있었다.

루다가 고민에 빠졌다. 왠지 데려가야 할 것 같지만 지금 데려가서 좋을 게 하나도 없어 보였다. 중간에 무슨 일이 터졌을 때 자기 몸 하나 간수할 정도의 레벨이 아니었다.

인간끼리의 싸움이라면 충분했지만 이건 인간을 초월한 싸움이었다. 더불어 타라의 감시를 벗어난 사람인지에 대한 확신도 없었다. 해서 루다의 대답은 하나였다.

"유감스럽게도 힘들 것 같은데."

"그렇군요."

"그렇게 낙담한 표정 짓지 말고. 나 다녀올 때까지 레벨 200까지, 아니, 지금보다 훨씬 강해져 있으면 되지."

"명심하겠습니다."

"명심할 것까진 아니고."

이제는 그 여전한 방법이 적용되려 하고 있었다.

그래도 혼자 위그드라실로 가는 건 좀 위험하려나? 루드비히에게 스테안이라도 보내 달라고 말을 하는 게 좋을 것 같았다.

루드비히가 직접 에세나로 오는 것도 좋겠지만 돌아간 지 얼마 되지 않았으니 다시 오는 것도 힘들 게 분명했다. 그나저나.

'왜 채팅 답장이 안 오지?'

생각해 보니 루다가 연락한 이후로 채팅이 오지 않았다. 어제 저녁에 보냈으니 오늘은 와야 했다.

루드비히가 연락하지 않는다 하더라도 형우로 돌아왔을 때는 채팅이 와야 했다.

형우는 루드비히가 했던 행동을 전부 기억할뿐더러 루다처럼 채팅이 뭔지 어떻게 보내는지 전부 숙지하고 있을 게 분명했으니.

보낸 건 어제 오후인데 지금 시간은 점심까지 먹고 난 오후였다. 하루가 지난 상태였다. 그런데 대체 왜?

'뭔 일 생겼나?'

우선 드는 걱정이었다. 뭔 일이 생겨서 루다에게 연락할 여유도 없는 걸까? 하지만 그러기엔 에세나에 들어온 정보가 없었다.

아무리 적 진영이라고 해도 아타나스의 군주가 움직일 수 없는 커다란 일이 생긴다면 에세나에 들어오기 마련이었다. 하지만 그런 일은 없었다.

"조금 불안한데."

루드비히가 움직인 것도 기예르모의 뜻이 아니라 본인의 뜻이었다. 세뇌도 풀렸다고 들었다. 그렇다면 무언가 기예르모의 눈 밖에 나지 않았을까.

걱정이 꼬리에 꼬리를 물다 보니 최악의 사태까지 치닫고 있었다.

아니야. 만약 형우가 어떻게 됐으면 또 다른 타라에게서 온 퀘스트가 아직 유효할 리가 없어. 기억이 돌아갈 당사자가 없는데, 기억을 찾으라고 할 리가 없었다.

그렇게 스스로를 위로해 봐도 이상하게 불안해지는 건 어쩔 수 없었다. 점점 어두워지는 루다의 기색을 살피다가 아르비드가 조심스레 물어 왔다.

"무슨 일 있으십니까?"

"아, 응? 뭔 일이 있는 건 아니고……. 뭔 일이 있을 것 같아서."

불안한 마음에 무슨 말인지도 모를 말을 지껄여 댔다. 설마 최악의 상황이 벌어진 건 아니겠지.

"이럴 때가 아니야. 빨리 위그드라실로…… 응?"

서둘러 위그드라실로 출발하려는 루다의 눈에 깜빡이는 것이 보였다. 혹시 채팅인가 싶었지만 실망스럽게도 새로운 퀘스트였다. 그것도 메인 퀘스트.

"응?"

타라의 퀘스트는 끝내지도 않았고, 또 다른 타라의 퀘스트는 어제 왔다. 그렇다면 새롭게 올 퀘스트가 없을 텐데. 설마 세 번째 타라는 아니겠지?

"퀘스트."

루다의 외침에 눈앞에 퀘스트가 떴다.

위그드라실의 뿌리가 썩고 있습니다. 위그드라실은 타라의 심장이나 마찬가지. 그로 인해 저크시즈의 존망까지 위협받고 있습니다. 제가 정화석을 드릴 테니, 위그드라실로 가 뿌리를 정화해 주십시오. 이번 일은 저뿐 아니라 에세나의 존망에 관한 문제이니 시타라께서 무시하지 않을 거라 생각합니다.

"허이구, 말투 봐라?"

그게 끝이 아니었다. 그 아래로 또 말이 이어져 있었다.

저번에 부탁드린 일 역시 시타라께서 행하지 않았음을 알고 있습니다. 위그드라실의 임무와 함께 반석 역시 부숴 주세요. 이번만큼은 시타라를 꼭 믿겠습니다.

"개소리하고 있네."

루다가 표정을 구기며 손에 든 양피지를 구겨 버렸다. 그런다고 없어질 건 아니었지만, 기분이라도 풀리라는 의미였다.

또 다른 타라의 퀘스트는 정중했다. 그뿐 아니라 그 아래 보상까지 꼬박꼬박 적혀 있었다. 하지만 지금의 타라는 아니었다.

타라에게 육성으로 들을 때는 인자한 목소리를 빙자해 말하기 때문에 잘 몰랐다. 그런데 이렇게 우편으로만 받아 보고 나니 속이 뒤집혔다.

"타라님의 임무입니까?"

"임무는 개뿔."

가감 없이 말하며 새로 도착한 퀘스트 옆, 색이 바래진 양피지를 신경질적으로 꺼내 읽었다. 이전에 온 퀘스트의 마지막에는 '실패'라는 단어가 적혀 있었다.

"하지도 않은 걸 실패라고 적어 놓고 있어. 어이없게."

루다가 그것 역시 꺼내서는 갈기갈기 찢었다. 하지만 찢어진 종이가 아르비드의 눈에 보일 리는 없었다. 말없이 제 모습을 바라보고 있는 아르비드에게 시선을 돌렸다.

"별건 아니고. 엄청 싫어하는 인간, 인간이라고 해야 하나? 그냥 존재라고 하자."

"타라님 말씀입니까?"

"그래, 그거. 그거한테 뭐가 왔거든. 그런데 그 말투가 좀 꼴 보기 싫어야 말이야."

"이전에는 약간의 불신 정도로 보였습니다만."

고민하던 아르비드가 어렵사리 입을 열었다. 그 뒤에 숨겨진 의미는 듣지 않아도 알 것 같았다.

"응, 이제는 확정이야. 꼴도 보기 싫은 존재. 절대 믿을 수 없는 존재."

그럴 줄 알았지만 직접 듣는 건 그 무게가 조금 달랐다. 아르비드의 마음이 무겁게 가라앉았다.

역사상 세 번째 시타라가 타라를 불신한다고 선언해 버렸다.

"……그렇군요."

하지만 전혀 상상하지 못했던 일이라고 말할 수는 없었다. 이전부터 꾸준히 조짐을 보여 왔기에.

"그런고로 나는 이제 가야겠다."

"어제 오셨는데 바로 출발하실 예정입니까?"

루다가 황성에 도착하면 적어도 며칠은 쉬었다. 사실 쉬었다고 보기는 어려웠지만, 타라를 보러 다녀오고 이것저것 정리도 하고 밀린 업무도 처리하면 거의 일주일 정도는 지나 있었다.

평소처럼 며칠 정도 더 머물 줄 알았건만 이번에는 생각보다 빨리 출발할 모양이었다.

"응, 사태가 좀 심각한 거 같아서. 한 달 정도밖에 남지 않았는데. 가서 얼른 막아야지."

무엇인지 물어보고 싶었으나 아르비드는 차마 물어볼 수 없었다. 왠지 이 부분 역시 대답하지 않을 것 같았다.

"아, 혹시 업무 때문에 그래? 내가 처리해야 할 급한 일 있어? 그럼 얼른 처리하고 가지 뭐."

아르비드가 루다를 잠시 바라보다가 고개를 저었다. 제 주군은 언젠가부터 주군으로서의 일을 차곡차곡 진행해 왔다는 걸 모르는 모양이었다.

이번 제롬의 사태만 하더라도 루다가 성스러운 벽의 심각함을 먼저 알고 처리하지 않았다면, 그리고 성녀로서 제롬 사람들을 치료해 주지 않았다면, 그게 쌓이고 쌓여 루다가 지금 당장 출발하지 못하는 상황이 됐을 수도 있었다.

"처리해야 하는 업무는 없습니다."

물론 그로 인한 부작용인 동상 사건으로 아르비드가 뒷목을 잡게 되겠지만, 아직은 모르는 일이기에 지금만큼은 가볍게 미소 지을 수 있었다.

"그래? 그럼 다행이네. 이전처럼 업무나 중요한 일은 알비한테 넘기고 갈게."

"예."

"그럼 난 간다."

루다가 손을 흔들었다.

"다녀오십시오."

아르비드는 루다가 평소처럼 황성을 떠나는 모습을 보며 허리를 숙여 배웅했다.

✳

루다가 방에서 나와 황성에서 텔레포트가 가능한 곳으로 향했다.

"텔레……?"

포트. 내뱉으려던 말이 완성되지 못한 채 의문형으로 끝이 났다. 루다가 어안이 벙벙한 표정으로 한곳을 주시하고 있었다.

"스테안……?"

그리고 루다의 행동을 멈춰 버린 이유를 입에 올렸다.

스테안이 왜 저기 있어? 루다가 눈만 깜빡거리다가 그쪽으로 성큼성큼 다가갔다.

"네가 왜 여기 있어?"

여기는 황성이었다. 그것도 에세나의 황성. 아무리 스테안이 시타라였다고는 하지만 지금은 기예르모의 반신이었다.

아타나스의 2인자가 스테안을 아는 걸 보아하니 그곳에서도 뭔가 규격외의 인물로 받아들여지는 모양인데, 여기에 이렇게 있을 수가 있나?

"전직 시타라를 얕보지 말라고."

스테안이 가볍게 손을 흔들며 답했다. 별거 아니라는 모양새에 루다가 허탈한 웃음을 흘렸다.

"에세나 황성 생각보다 경계 엄청 허술하잖아."

"저기요, 폐하. 저 시타라라니까요?"

"어쨌든 지금은 기예르모의 반신 아니야? 아, 하긴 태초의 군주이기도 했지."

"그건 어떻게 알았어?"

스테안의 눈이 커졌다. 루다는 그 모습에 어이가 없었다.

"에세나인을 무슨 바보로 아나. 알비, 그러니까 여기 2인자가 은발 보자마자 초대 군주의 후손이냐고 묻던데. 그렇게 유명한 걸 왜 모를 거라고 생각한 거야?"

"그래? 그 친구 역사 공부 많이 했네. 원래 그 친구가 군주 될 운명이었던 것 같은데."

"너 완전…… 네가 태초의 군주인 건 사람들이 잘 모르는 일이라고 생각하는 것 같은데?"

"보통 역사를 고대까지 공부하지는 않지. 게다가 전설이랑 실제 역사를 잘 구분하지도 못하고 말이야."

"그럼 초대 군주는 전설에 속한다는 이야기야?"

"전설이랑 같이 떠내려 온다는 이야기지."

스테안이 대수롭지 않게 답했다. 그 모습이 '나는 전설이야.'를 제 스스로 아무렇지도 않게 받아들이는 모습이라 루다는 조금 어이가 없었다.

"예, 몇 천 살 먹어서 좋겠어요, 란테스 님."

"오, 내 이름도 알아?"

"네가 초대 군주 맞긴 맞았구나."

"그렇지."

가볍게 답하는 스테안을 루다가 빤히 바라봤다. 이거 왠지 에세나에 알리면 스테안도 좀 곤경에 처할 것 같은데.

성녀와 시타라의 등장에도 열광했는데, 살아 있는 전설이라니. 얼마나 사람들이 열광할까 생각만 해도 재밌어 죽을 것 같았다.

하지만 아직 스테안은 표면적으로 기예르모의 반신이었다. 사람들의 여론은 어떻게 조정할 수 있다 해도 기예르모가 어떻게 나올지는 아무도 모르는 일이었다.

"그래서 여기는 무슨 일이야?"

맨 처음 물어봤어야 하는 질문을 이제야 던졌다. 정말 무슨 일인지. 이전에는 수도에서 꽤 떨어진 제롬에서 우연히 마주쳤다고 해도 지금은 아니었다.

황성, 그것도 텔레포트가 가능한 곳에 와 있다는 이야기는 스테안이 루다를 만나러 여기까지 온 거나 마찬가지라고 볼 수밖에 없었다.

"어라?"

대답을 기다리며 스테안을 살피던 루다가 의아하다는 듯 다시 스테안을 이리저리 뜯어봤다.

"너 혹시 어디 아파?"

얼굴이 예전 같지 않았다. 대화하는 내내 아무렇지도 않은 것처럼 툭툭 대답해 눈치채지 못하고 있었는데, 가만히 살펴보니 안색이 창백했다. 입술도 파리해져 있는 것 같고.

루다의 질문에 스테안이 가볍게 웃었다. 누가 봐도 쓴웃음이었다.

"그거 긍정이지?"

미간을 찌푸린 채 던진 루다의 질문에 스테안이 어깨를 으쓱였다.

"글쎄."

"글쎄는 무슨 글쎄야. 아픈 거 맞고만. 뭐야, 무슨 일인데?"

반신이 아프다니. 그게 말이나 되나? 아닌가, 말이 되는 건가. 천년도 넘게 살아왔다기에 아플 일은 없는 줄 알았다.

"정말 별일 아닌데."

"반신이 아프기도 해? 감기 이런 건가? 반신도 감기에 걸려? 난 반신한테 안 좋은 일이 생긴다는 건 신력 이런 거에 문제가 생긴다는 건 줄 알았는데."

루다가 팔짱을 끼고는 제 생각을 털어났다. 설마 그럴까 싶어 던진 말이었다. 장난식으로 넘어가야 할 말이었는데, 스테안의 표정이 멈칫하는 것이 보였다.

"어라?"

"또 뭐가?"

"정말이야?"

"이상한 소리 할 거면 내가 여기 온 본론 먼저 듣는 게 어때?"

스테안의 얼굴은 평소의 능글맞은 표정으로 돌아와 있었다. 하지만 루다는 아까의 그 멈칫했던 찰나를 놓칠 수 없었다.

루다의 말이 무언가 정곡을 찌른 것이라면, 지금 스테안은 단순히 아픈 게 아니라.

"지금의 신들한테 무슨 저주라도 걸린 건 아니겠지?"

신력에 속한 일로 고통을 당하고 있다는 말이나 다름없었다. 순간적인 판단력으로 내뱉었다가 루다가 얼른 손을 내젓고는 다시 말을 이었다.

"아, 세계의 진실인지 뭔지에 해당하는 거면 대답하지 마."

"……"

가끔은 침묵이 대답이 되기도 한다. 루다는 스테안의 반응에 확신했다.

타라인지 기예르모인지 누구인지는 모르겠지만, 스테안이 그들의 뒤에서 그들의 의지에 반하는 행동을 했다는 걸 알아냈고, 어떠한 저주를 내린 모양이었다. 저주가 아니면 제약이든가.

"미친놈들이네, 정말."

루다의 얼굴이 와락 구겨졌다. 정말로 화가 났다.

이것저것 일을 알아 가면 알아 갈수록 스테안은 일반적인 시타라와는 달랐다. 그들보다 더욱 오래된, 태초의 타라가 인정한 존재였다. 그런 스테안에게 저주를 걸다니. 저크시즈를 조율한다는 사명을 잊었다고 자백하는 거나 마찬가지였다.

"지금 당장 죽여 버릴까?"

루다의 언성이 좀 더 높아졌다. 진심으로 화가 났다. 스테안을 볼 때마다 얄밉고 때려 주고 싶다고 생각은 했지만, 진짜로 싫어하는 건 아니었다. 한동안 같이 다니고 대화하다 보니 어느새 스테안은 루다에게 미운 정이 들어 버린 친구가 되어 있었다.

여기 와서 만든 얼마 안 되는 친구 중 하나인데, 그에게 저주라는 걸 걸다니. 하는 꼴이 악당이나 마찬가지였다.

"기예르모인지 타라인지 물어보고 싶지만, 그것도 대답 못 하겠지."

루다의 한마디에 스테안이 또다시 옅게 웃었다. 대답하지 못해 미안하다는 얼굴이었다. 이 지경이 돼서 미안하긴 뭐가 미안해! 버럭 화라도 내려다가 루다가 꾹 참았다.

지금 화를 내 봤자 그냥 화풀이일 뿐이지. 스테안이 잘못한 것도 아니고, 잘못한 건 빌어먹을 신들인데.

후, 깊게 숨을 내쉬며 루다가 머리를 쓸어 넘겼다. 화를 가라앉힐 때마다 하는 행동이었다. 왜 그런 건지, 어떤 이유로 그렇게 됐는지 물을 수는 없어도 하나만큼은 알고 싶었다.

"죽을병은 아니지?"

"그건 아니야."

"다행이네."

그들이 자비로울 리는 없으니 어떠한 목적으로 스테안을 살려 놨거나, 아니면 그들이 죽일 수 없거나. 둘 중의 하나인 것 같았다.

그래도 제일 궁금한 걸 알아냈다. 이걸 다행이라고 해야 할지는 모르겠지만.

루다가 팔짱을 낀 채 아무렇지도 않은 표정으로 저를 바라보고 있는 스테안을 삐딱하게 쳐다봤다.

"그래서 그 아픈 몸을 이끌고 여기 온 이유가 뭔데?"

아프면 좀 쉬든가. 아니면 티라도 내든가. 이쪽도 융통성 없는 건 매한가지구먼.

스테안은 들리지 않을 말을 툴툴대며 루다가 물었다.

"반석에 가 봐."

"반석?"

뜬금없는 한마디에 루다가 기우뚱 고개를 기울였다.

"응, 엘피드의 반석. 가능하면 빨리."

"엘피드의 반석은 왜?"

엘피드의 반석은 며칠 전에 가서 타락한 어둠의 장막과 고군분투했던 곳이었다. 지금 타라의 퀘스트가 가리키는 곳이기도 했다.

하지만 루다는 타라의 퀘스트를 진행할 용의가 없었다. 또 다른 타라의 퀘스트가 가리키는 위그드라실이 지금 루다의 목적지였다.

하루라도 빨리 형우의 기억을 찾아서 타라를 조질 생각이었는데 갑자기 엘피드라니? 설마 타라랑 기예르모에게 협박당하고 있는 건 아니겠지?

조금의 불안함을 담은 채 저를 바라보는 루다를 스테안이 똑바로 바라봤다. 그 안에는 제발 저를 믿어 달라는 간절함이 담겨 있었다.

"이유는 말해 줄 수 없어. 제약이 너무 많아서 말이야."

답지 않게 비장한 표정을 하고는 스테안이 잠시 생각에 잠겼다. 무언가 할 수 있는 말을 찾는 것처럼 보였다. 이내 할 수 있는 말을 찾은 모양인지, 스테안이 다시 말을 이었다.

"굳이 할 수 있는 한마디를 보태자면, 아타나스의 군주가 나를 네게 보낸다고 한 이유 중 하나야."

감을 잡지 못하고 루다가 의아한 표정을 지었다.

저게 대체 무슨 소리야?

"루드비히가 너를 보낸다고 한 건 우리가 주고받기로 한 연락책밖에 없는데."

하지만 그건 이미 채팅으로 충족된 상태였다. 사실, 엄밀히 말하자면 충족이 되지는 않았다. 루다가 보낸 채팅의 답장이 여전히 도착하지 않았으니까.

그렇다면 그 연락을 하기 위해 온 거라는 이야기인가? 스테안은 루드비히와 루다가 채팅으로 연락을 주고받을 수 있다는 걸 알고 있나?

하지만 바로바로 연락을 주고받을 수 있는 채팅을 두고 왜 스테안을 보냈지? 연락이 안 되는 이유를 알려 주려는 것도 아니고.

"아."

연락이 안 되는 이유. 설마 지금 엘피드의 반석으로 가면 그 이유를 알 수 있다는 말인가?

거기에 대체 무슨 일이 일어나고 있기에? 갑자기 섬뜩한 불안감이 밀려왔다. 직접 연락하지 않고 스테안을 보낼 일이 대체 무엇일까?

"알았으면, 어서 가 봐."

루다의 어두워지는 표정이 무엇을 의미하는지 알기라도 한 것처럼, 스테안이 루다를 재촉했다.

✳

엘피드의 광장이었던 곳에 밝은 빛이 터져 나왔다. 그곳에 긴 머리를 가진 루다가 나타났다. 루다가 그대로 반석을 향해 달리기 시작했다.

모습을 바꿀 여유도 없었다. 아까부터 계속 알 수 없는 불안감이 밀려오고 있었다. 루다의 감이 얼마나 들어맞을지는 알 수 없지만 이 불안감을 무시할 수도 없었다.

도대체 무슨 일이기에 스테안이 아픈 몸을 이끌고 나타난 거지? 그것도 에세나의 황성에? 기예르모에게 걸리면 어떻게 될지도 모르는데?

정황을 생각하면 할수록 계속 안 좋은 결론만 났다. 설마 최악의 상황은 아니겠지?

숨을 쉬지 않는 남자 친구를 잠깐 떠올렸다가 루다가 금세 고개를 저어 떨쳐 버렸다.

"재수 없는 생각 하지 마, 이루다."

스스로 되뇌었다. 그런 거 아니야. 만약 그런 거라면 스테안이 저렇게 아무렇지 않은 척하며 루다를 찾아올 리가 없었다.

그래, 생각해 보니 그랬다. 형우의 목숨이 걸린 일이었다면 와서 아타나스의 군주가 목숨이 위험하다고 말했지 이렇게 아무것도 말하지 않고 가 보라고 하지는 않았을 것이다.

그렇게 생각하니 아까보다는 훨씬 숨 쉬기가 편해졌다. 그래도 불안감을 전부 떨칠 수는 없었다. 온갖 부정적인 생각을 하며 최대한 달렸다. 저 멀리 반석이 보였다.

"응?"

루다가 바람 빠지는 의문을 내뱉었다.

달리며 최대한 반석의 상태를 살폈지만, 아무것도 없었다. 그때 보였던 알 수 없는 결계 역시 사라진 상태였다.

옛날에 있던 신전의 존재를 나타내는 반석만이 즐비할 뿐, 그곳에는 사람의 인영이라고는 찾아볼 수 없었다.

"뭐야? 스테안, 나 속인 거야?"

루다의 속도가 점점 느려지기 시작했다.

설마 진짜로 기예르모의 명을 듣고 위그드라실에 가는 시간을 늦추려는 건 아니겠지. 스테안이 설마 우리를 배신한 건 아니겠지. 정말 친구라고 생각했는데.

머리에 온갖 생각을 떠올릴 때였다. 반석 근처에 검은빛이 번쩍이는 게 보였다.

"저건 뭐야?"

텔레포트인가? 생각했지만, 루다와 형우가 사용하는 텔레포트는 하얀색이었다. 그럼 저게 뭐지? 하지만 그 검은 기둥이 사라진 후 그 자리에 나타난 건 너무나도 익숙한 얼굴이었다.

"자기야……?"

루다가 얼빠진 목소리로 중얼거렸다. 남자 친구가 대체 왜 저런 기둥 안에서 나타나지? 이상한 불안이 밀려왔다.

"최형우!"

루다가 다시 속도를 높이기 시작했다. 나타난 루다의 남자 친구는 루다가 부르는 소리에도 아무 미동이 없었다. 마치 저크시즈에 떨어지고 기억이 사라진 남자 친구를 처음 만났을 때와 같았다.

아, 설마 루드비히인가? 그래서 반응이 없는 건가?

"루드비히!"

목청이 터지도록 불렀지만 역시나 아무런 미동이 없었다.

도대체 뭐야? 형우가 아니면 루드비히라는 이름에는 대답해야 하는 거 아니야? 에이, 마지막이다.

"자기야!"

루다가 외쳤다. 아무 미동도 없던 남자 친구가 고개를 들었다. 정확히 눈이 마주쳤다. 하지만 그것도 잠시일 뿐, 그가 다시 고개를 돌렸다.

이상해. 분명 남자 친구가 맞아. 저 키, 체형, 생김새, 전부 남자 친구가 틀림없었다. 그런데 왜 모른 척하지?

그에게 달려가는 루다는 그의 고려 대상이 아니라는 듯, 그가 대검을 높이 쳐들었다. 그 대검이 향하는 곳은 반석이었다.

267

"설마."

반석을 부숴 달라고 했던 타라의 퀘스트가 떠올랐다. 그게 무엇을 의미하는지 루다는 알고 있었다. 저대로 스킬을 난사하기만 한다면 반석이 부서지는 건 시간문제였다.

"헤이스트!"

루다가 가속을 걸었다. 저 스킬보다 속도를 더해야 했다.

"헤이스트!"

한 번 더 외쳤다. 원래도 빠른 속도에 그의 몇 배는 되는 속도가 붙었다.

날아가듯 쏘아져 나간 루다가 도착한 곳은 형우와 반석의 사이였다.

"피암마의 칼날."

"아이스 솔딩 실드!"

둘이 외친 것은 동시였다. 콰과광, 불길이 어마어마하게 피어오르는 공격과 얼음 장벽이 거대한 소리를 내며 부딪쳤다.

거대한 두 힘이 부딪친 충격에 연기와 먼지가 피어올랐다. 눈앞이 뿌옇게 흐려졌다.

강한 바람이 불어와 시야를 막은 먼지와 연기를 치워 버렸다. 깨끗해진 시야에 비치는 남자 친구의 눈에는 온기라고는 없었다.

"플레임 블레이드."

반석을 향하던 거대한 칼은 그대로 루다에게 향했다. 그리고 그 칼끝에서 거대한 화염이 피어올랐다.

"문 소드!"

어느새 나타난 열 개의 단검이 그대로 날아가 루다를 향해 날아오는 불길과 부딪쳤다.

까가가각, 두 개의 스킬이 마찰하는 소리도 잠시, 펑 하는 소리와 함께 공격들이 전부 증발했다.

루다는 이 상황이 이상할 정도로 익숙했다.

처음 저크시즈에 떨어지고 기억을 잃은 남자 친구를 만난 날. 루다를 적으로 생각하는 남자 친구를 만난 날.

분명 남자 친구의 조각난 다섯 개의 기억 중 세 개가 돌아왔다. 형우가 아니더라도 루드비히와 우호적인 관계가 되었다. 그러기 위해 엄청난 우여곡절이 있었다.

루드비히를 잘 설득했고, 그에게 기예르모와 타라가 손을 잡은 이유를 알아내 달라고 부탁했다. 그렇게 둘은 아군인 상태로 헤어졌다.

그런데 대체 지금 어째서 그가 자신을 공격하는 거지?

"아이스 솔딩 실드!"

쿨타임이 찼다. 루다의 외침에 루다의 앞에는 거대한 얼음 장벽에 세워졌다.

반투명한 얼음 너머 남자 친구의 얼굴이 보였다. 깨끗하게 보이지는 않았지만 충분히 그가 어떤 표정인지, 어떤 눈을 하고 있는지 확인할 수 있다.

'대체 왜?'

루다는 몇 번이나 자신에게 묻고 있었다. 도대체 어떻게 된 일이지?

그의 눈은 루다를 바라봤지만, 이상하게도 아무런 감정이 느껴지지 않았다. 맨 처음 루드비히를 만났을 때 보였던 그 증오조차도.

이상하게 초점이 없는 눈. 그게 너무나도 불안했다.

남자가 다시 대검을 수평으로 세웠다. 스킬을 시전할 때 하는 행동이었다.

"형우야."

스킬을 사용하려는 찰나, 루다가 남자 친구의 이름을 불렀다.

스킬을 내뱉으려던 남자 친구의 입이 멈췄다. 남자의 눈썹이 움찔했다. 하지만 여전히 남자에게서는 대답이 없었다.

"루드비히."

여전히 대답이 없었다. 하지만 이상하게도 미동 역시 없었다. 곧바로 스킬을 난사해야 하는데, 그는 그것도 하지 않고 있었다.

그의 미간이 찌푸려졌다. 마치 무언가와 싸우는 것처럼. 고통스러워 보였던 남자 친구의 얼굴이 다시 기이할 정도로 평온해졌다.

"헬 플레임."

그와 동시에 그의 입에서 스킬명이 터져 나왔다.

루다의 앞에 세워진 얼음 실드가 연기를 발하며 녹아내리기 시작했다.

"나이트 플레임."

검은 어둠이 일렁거리는 검신 주위로 푸른 불꽃이 솟아올랐다.

"미친, 필살기를 쓴다고? 홀리 스트라이크!"

지금 눈앞의 남자 친구가 계속 내뱉는 스킬들은 마나 소모가 어마어마한 스킬들이었다. 어떻게 보면 파괴적이었지만, 또 어떻게 보면 비효율적인 스킬들이었다.

예전 루드비히일 때도 이렇게 스킬을 생각 없이 난사하지는 않았다. 지금 그는 마치 아무 생각도 없는 인형 같았다.

"인형?"

루다가 발에 가속을 걸고 높이 뛰어오르며 중얼거렸다.

남자 친구의 시선이 하늘로 날아오르는 루다를 좇았다. 하지만 그 눈에는 이상할 정도로 감정이 없었다.

스테안이 굳이 왜 나타나서 여기로 가라고 했을까? 루다를 돕기로 하고 돌아간 루드비히가 어째서 지금 루다를 죽이려고 하고 있을까? 고작 이틀 떨어져 있던 루드비히가 어째서 지금 완전 다른 사람처럼 바뀌어 있을까?

루다가 아래를 내려다봤다.

남자 친구의 시선은 이제 루다가 아니라 반석을 향해 있었다. 마치 루다는 방해물일 뿐이고 그의 원래 목적은 반석이었다는 듯.

마치 반석을 부수라는 값이 입력된 기계처럼 행동하고 있었다.

그 행동들에 여전히 감정이 느껴지지 않았다. 무언가 사고를 강요당한 사람 같았다. 마치 세뇌를 당한 것처럼.

"세뇌……?"

루다가 눈을 크게 떴다.

기예르모가 루드비히에게 세뇌를 건 적이 있다고 들었다. 그리고 루드비히가 기예르모에게 의심을 가진 순간, 세뇌가 깨졌다고 알고 있었다.

그리고 그 세뇌를 기예르모가 다시 루드비히에게 걸었다면?

"플레임……!"

"아이스 애로우!"

루다가 형우에게 스킬을 사용했다. 마나 사용이 제일 적은 스킬이었다.

다섯 개의 얼음 화살이 그대로 남자 친구에게 돌진했다. 남자 친구의 눈이 또다시 루다에게 향했다. 여전히 초점이라고는 없었다.

"세뇌 맞네."

분노가 차올랐다.

그에게 다시 세뇌를 걸었다. 이건 기억을 잃은 거랑은 달랐다. 아예 인형처럼 만들어 버렸다.

도대체 어떻게? 루다가 지금까지 찾은 기억은 전부 수포가 되는 건가? 아예 형우도 루드비히도 전부 사라지는 건가?

"헬 플레임."

형우가 다시 루다에게 스킬을 사용했다.

"헤이스트!"

허공에서 발에 가속을 걸어 가까스로 스킬을 피해 냈다. 머리카락을 스친 불길에 고작 한 올의 머리카락이 떨어진 정도였다.

까드득, 루다가 이빨을 갈았다.

저 세뇌를 어떻게 깨지?

세뇌는 세뇌다. 사람을 아예 바꾸는 것이 아니다. 기억이 없던 상태에서도 고작 의심 하나로 깨진 적이 있었다.

세뇌를 몇 번 걸 수 있는지, 그래서 지금 세뇌가 저번 세뇌보다 더 강한지 약한지는 모르겠지만, 이 세뇌를 깨야 했다. 하지만 도대체 어떻게?

루다가 바닥에 착지했다. 형우의 칼이 다시 반석을 향하고 있기 때문이었다. 우선은 그 사이를 가로막아 반석을 부수지 못하게 만들어야 했다.

"최형우, 제발 정신 차려!"

반석을 향해 내지르던 칼끝이 움찔했다. 동시에 그의 눈썹 역시 꿈틀거리는 것이 보였다. 루다가 눈을 크게 떴다.

"최형우?"

그의 눈동자가 흔들렸다. 하지만 흔들리던 눈동자는 이내 가라앉았다. 잠시 동요했던 감정 역시 사라진 상태였다.

루다의 눈썹이 꿈틀댔다. 설마?

"나이트 플레임."

루다의 생각이 이어지기도 전에 남자 친구가 다시 스킬명을 내뱉었다. 그의 칼끝에서 거대한 화염이 솟구쳤다. 루다가 이대로 피하려다가 바로 뒤에 반석이 있다는 걸 깨닫고는 외쳤다.

"아이스 솔딩 실드!"

눈앞에 생긴 커다란 벽이 화염을 막아 내는 걸 보며 루다가 생각했다.

'설마 세뇌가 완벽하게 걸린 건 아닌가?'

공격을 막아 낸 얼음벽이 연기를 내며 사라졌다.

"다크 플레임."

하지만 그 한마디에 튀어나왔어야 할 스킬은 칼끝에서 뻗어 나오지 않았다. 아무래도 마나가 전부 떨어진 모양이었다.

칼끝을 조용히 응시하던 남자 친구가 그대로 앞으로 튀어나왔다. 평타라도 휘두르려는 것이 분명했다.

제 앞을 가로막은 루다에게 대검을 들고 그대로 돌진했다.

"할로우……!"

루다가 사용하려던 스킬을 멈췄다.

무시무시한 속도로 루다에게 돌진하던 대검이 그대로 멈춰 있었다. 남자 친구의 눈에는 잠시간 혼란이 자리했다. 좀 전까지 아무 감정 없던 눈과는 전혀 달랐다.

잠시 초점이 돌아온 눈과 마주쳤다.

"루다…… 큭."

말을 하려던 그가 갑자기 엄습한 고통에 머리를 움켜쥐었다.

"자기야, 돌아왔어?"

"……."

하지만 그건 잠시뿐인 모양인지 다시 말이 없었다. 그대로 루다에게 돌진했다.

하지만 검이 루다에게 닿으려고 할 때마다 조금씩 빗나가고 있었다. 무언가와 싸우고 있는 것이 분명했다.

"젠장, 타라 새끼 진짜 죽여 버릴 거야."

루다가 낮게 짓씹었다.

의지와 반해 공격해 들어오는 대검을 족족 막아 냈다. 하지만 역부족이었다. 이대로 가다가는 루다의 마나 역시 바닥을 보일 게 뻔했다.

"최형우! 루드비히! 정신 차려!"

그가 움찔했다.

"나랑 같이 타라 조지기로 했잖아! 막타는 남겨 달라며! 정신 차려! 최형우! 루드비히!"

루다가 남자 친구의 공격을 피해 뒤로 물러나며 다시 소리쳤다.

―역시, 그대는 나에 대한 반감을 품고 있었군요.

하지만 루다의 절박한 외침에 돌아온 건 형우의 목소리가 아니었다. 너무나도 익숙한 목소리에 루다가 천천히 고개를 돌렸다.

"타라······."

새하얀 빛을 일렁거리는 여신이 반석 위에 고고하게 서 있었다.

루다의 표정이 와락 구겨졌다. 꼴 보기 싫은 존재가 이곳에 있었다.

"뭐야, 너!"

루다가 분노를 담아 소리쳤다. 화가 난 루다와 달리 타라는 지극히도 이성적으로 보였다.

ㅡ어리석게도 신을 죽이겠다고 생각하다니.

"어리석은 것 좋아하시네."

헛소리를 지껄이는 타라는 여전히 평온한 얼굴이었다. 이제 저 모습이 완전한 악신으로 보였다.

"형우한테 세뇌를 건 게 너야?"

ㅡ그걸 당신한테 말해 줄 필요가 있나요?

"이제야 성격 나오네. 그동안 성격 숨기느라고 얼마나 답답했어?"

루다가 증오를 담아 비꼬았다. 하지만 타라의 얼굴은 일말의 동요도 없었다.

ㅡ전 당신에게 한 번도 거짓말을 한 적이 없습니다.

"하!"

루다가 바람 빠지는 웃음을 지었다.

"나한테 거짓말한 적이 없다고?"

ㅡ그렇습니다.

"웃기고 있네. 날 처음 만났을 때 거짓말부터 했으면서. 형우 기억을 뺏은 게 기예르모라며? 그런데 형우는 맨 처음 만난 게 너고 정신을 차렸을 때는 기예르모가 있다던데?"

ㅡ이미 세뇌를 당한 자의 말을 믿습니까?

"넌 맨날 그딴 식이지? 말장난하지 마, 빌어먹을 새끼야. 그렇게 눈엣가시면 날 죽여 봐. 내가 반기를 들었으니까 날 죽여야겠네? 어서 죽여 봐!"

−저는 인간을 죽이지 않습니다. 한낱 미물에 불과한 인간을 신이 죽이는 경우는 없습니다.

루다가 생각했던 답을 타라가 내뱉었다. 안 죽인다고? 타라는 처음부터 루다를 죽일 생각이 없었다.

저딴 인성이면 루다를 죽이고 다른 자를 데려올 수도 있었겠지만 지금 이런 상황이 올 때까지 타라는 루다를 죽이지는 않았다. 그 말인즉슨 시스템인지 뭐인지 때문인지는 모르겠지만 신은 루다를 죽일 수 없다는 말이었다.

"웃기고 있네. 안 죽이는 게 아니라 못 죽이는 거 아니야? 그리고 신?"

루다가 비웃음을 걸었다. 하는 꼴이 어이가 없어 웃음밖에 나오지 않았다.

"고작 관리자 주제에 신이라고? 창조는 딴 놈이 하고 그 영광은 고작 600년만 살 수 있는 관리자가 얻어먹으려고 하네."

−…….

"왜 갑자기 조용해졌어? 너무 정곡을 찔렸어? 왜? 어디 한번 공격해 보시지? 과연 내가 죽을 수 있나 한번 시험해 보자고."

루다가 도발했다. 이건 일종의 실험이나 마찬가지였다. 정말 신의 공격이 먹히는지 아닌지에 대한 도발.

생각해 보면 예전 기예르모 역시 루다를 위협하기만 했지 직접적으로 공격해서 상처를 입힌 적은 없었다. 바로 죽이면 되는 걸 굳이 루드비히에게 임무랍시고 떠넘겼다.

루다의 도발에 타라가 잠시 침묵했다. 그 모습에 루다는 확신했다.

이곳의 신, 아니 정확히 말하자면 관리자들은 루다를 죽일 수 없다.

도대체 왜? 신은 인간을 죽일 수가 없어서? 아니면 루다가 이세계에서 들어온 인간이라?

그렇게 생각하면 왜 남자 친구를 죽이거나 고통스럽게 하지 않고 세뇌한 채 부려 먹으려는지 알 것 같았다.

아니, 그런데 왜 저는 세뇌하지 않고 형우만 세뇌하는 거지? 몇 번이나 루다에게도 세뇌를 걸 수 있었는데 도대체 왜?

혹시 기예르모만이 세뇌라는 스킬을 쓸 수 있나? 타라는 불가능하고?

이걸 알아야지 루다에 맞설 것 같았다. 어떻게 해야 타라의 입에서 세뇌에 대한 사실을 들을 수 있지?

─신의 목소리에 응답하십시오.

잔뜩 머리를 굴리는 루다의 귀로 뜬금없는 타라의 목소리가 들렸다. 알 수 없는 한마디였다.

"무슨 헛소리……!"

루다가 하려던 말을 멈췄다. 잠시 멈춰 있던 남자 친구가 루다에게 돌진하고 있었다.

"헬 플레임!"

거대한 기술이 형우의 검에서 튀어나왔다.

"젠장."

타라와 대화하는 사이에 마나가 어느 정도 찬 모양이었다.

설마 이걸 노린 건가? 어느 정도 시간이 지나면 마나가 저절로 찬다는 사실까지 타라가 알고 있는 걸까? 그건 왠지 아닐 것 같은데.

어쩌면 또 말도 안 되는 말로 루다를 설득하려고 했을 수도 있었다. 지금까지도 본성을 보이지 않고 제가 거짓말을 한 적이 없네 뭐네 말하는 걸 보아 하면 그럴 가능성이 매우 컸다.

지금 당장이라도 타라에게 따지고 들고 싶었지만 그럴 여유가 없었다.

"아이스 솔딩 실드!"

루다의 외침에 거대한 얼음 방어막이 솟아올랐다.

마나 사용 대비 효율성이 좋은 스킬이기는 하지만, 이걸 사용하는 것도 세 번 정도밖에 남지 않았다. 물론, 지금의 공격으로 남자 친구의 마나는

276

바닥이 나 있겠지만.

"플레임 소드."

루다의 예상이 맞아떨어진 모양인지, 그 한마디는 스킬을 불러오지 못했다.

이곳에 타라가 그대로 있는지 확인할 여유도 없었다. 루다가 이를 악물었다.

"정신 차려!"

루다가 그대로 앞으로 쏟아져 나갔다.

"정신 차리라고! 최형우!"

성질이 났다. 이 바보야, 정신 차려! 이대로 우리끼리 싸우면 안 돼!

이제는 스킬을 사용할 수 없게 된 남자 친구가 대검을 휘둘렀다. 하지만 그 공격의 궤적이 루다의 근처에 와서 우뚝 멈췄다.

자연스럽던 움직임이 이상할 정도로 삐걱대고 있었다. 거침없이 공격하던 그의 미간에 주름이 갔다.

아까도 이런 표정을 지은 적이 있었다. 루다가 그의 이름을 불렀을 때. 세뇌에 싸우고 있는 게 분명했다.

세뇌를 깨지 못한 모양인지 이내 다시 정신을 차리고는 대검을 들고 그대로 루다를 향해 돌진했다. 하지만 그 역시 루다의 코앞에서 대검을 멈출 뿐이었다.

-뭘 하는 거죠?

청아한 타라의 음성이 들렸다.

찌푸렸던 그의 눈썹이 다시 평온해졌다. 그대로 루다를 향해 공격이 쇄도했다. 전부 평타였지만 만렙의 속도와 공격력은 절대 무시할 수 있는 게 아니었다.

"헤이스트!"

그대로 뒤로 피해 버린 루다의 움직임에 반동으로 그의 몸이 앞으로 쏠렸다. 그 찰나를 놓칠 루다가 아니었다.

"헤이스트!"

그대로 앞으로 쏘아져 나간 루다가 남자 친구의 다리에 발을 걸었다. 중심을 잡지 못하고 기우뚱 쓰러진 남자 친구의 몸 위로 루다 역시 중심을 잃고 넘어졌다.

얼른 정신을 차리고 제 아래에서 일어나려고 발버둥 치는 몸을 꾹 눌렀다. 이렇게 힘으로 제압할 수는 없었다.

루다가 곧바로 외쳤다.

"루나틱 홀딩!"

밝은 빛과 함께 그의 움직임이 봉쇄됐다. 고작 몇 초지만 그동안 정신을 차리게 하고 싶었다.

"최형우! 자기야! 루드비히!"

아까 그가 반응했던 이름들을 연달아 불렀다. 하지만 그사이에 벌써 면역이라도 됐는지 초점 없는 그의 눈동자는 루다의 말을 들을 생각이 없어 보였다.

"최형우! 집으로 돌아가야지! 정신 차려!"

꿈틀, 아까와는 다른 미세한 반응이 왔다.

집에 가자는 말 때문에 그런가?

지금도 그렇고 아까도 그렇고 루다는 알 수 있었다. 그가 세뇌에서 빠져나오려고 발버둥 치는 순간은 전부 루다에게서 자극이 올 때였다. 그녀가 그의 이름을 불렀을 때, 직접 폭력을 가하려고 할 때.

고마운 건지, 안쓰러운 건지, 무엇인지 알 수 없는 감정이 소용돌이쳤다.

연인의 목소리, 연인의 절박함에 반응한다니. 그만큼 저를 사랑하고 있다고 생각해서 기뻐해야 했지만 지금은 그럴 때가 아니었다.

그런 것들이 자극이 된다고? 그래서 세뇌와 싸운다고? 그렇다면 사랑하

278

는 연인으로서 제일 크게 자극을 줄 수 있는 게 하나 있었다.

루다가 형우의 위에 앉은 채로 그대로 고개를 숙였다. 마지막 도박이나 마찬가지였다. 입술과 입술이 포개졌다.

'제발, 정신 차려!'

루다가 속으로 기원했다.

가만히 자리 잡았던 그의 동공이 흔들리기 시작했다. 흔들리던 형우의 동공이 이내 멈췄다. 초점 없던 눈동자에 빛이 돌기 시작했다.

깜빡, 눈이 감겼다 떠졌다. 아직 상황을 파악하지 못한 멍한 표정이었다. 하지만 이내 그의 표정이 굳기 시작했다. 기억이 돌아오기 시작한 게 틀림없었다.

"루다야……?"

마침내 형우의 입에서 루다의 이름이 튀어나왔다. 루다의 얼굴에 환한 표정이 떠올랐다.

"정신 들어?"

기대가 가득 담긴 목소리로 루다가 물었다. 하지만 그에 대한 형우의 대답보다 먼저 들리는 목소리가 있었다.

─에세나의 군주가 아타나스의 군주와 내통했다.

"뭐?"

루다가 번쩍 고개를 들었다. 반석 위에 거대한 여신이 성스러운 빛을 내뿜으며 근엄한 표정으로 공중에 떠 있었다.

─지금부터 에세나의 군주를 시타라고 칭하는 자가 있다면 신의 뜻을 위배한 것으로 알겠다. 에세나의 군주는 지금부로 역사에 새겨질 대역 죄인이며, 신이 내린 죄를 등에 업은 자임을 밝히는 바이다.

"뭔 개소리야?"

─폐위된 군주이자 대역 죄인을 돕는 자가 있다면 신의 이름으로 처벌할 것이며, 그 죄인의 영혼 역시 온전하지 못할 것이다.

영혼까지 온전하지 못하다니. 무시무시한 저주나 마찬가지였다.

분노에 가득 찬 루다의 눈이 타라를 향했다가, 그 위로 향했다. 루다의 시선은 이내 그곳에 고정되고 말았다.

"대체 저게 뭐야……?"

처음 보는 장면이었다. 하지만 익숙한 장면이기도 했다. 각종 SF영화나 드라마에서 수없이 봤다. 공중에 둥둥 떠 있는 스크린 안에는 루다가 형우에게 키스하는 장면이 재생되고 있었다.

연인과 키스하는 모습을 전 국민에게 재생하는 데에서 오는 수치심 따위 느낄 상황이 아니었다.

"미친. 영상을 재생한다고?"

신석, 재생석. 아르비드가 했던 말이 떠올랐다.

전설에만 존재했던 재생석이라는 게 이런 걸 의미하는 거였어? 모니터 따위 필요 없었다. 영상이 어떤 식으로 재생되는지 알 것 같았다.

저 영상이 어떤 식으로 송출되는지는 모르겠지만, 저렇게 신의 목소리를 담아 이야기할 정도면 에세나의 모두가 저 영상을 보고 있다는 말이나 다름없었다.

─죄인이여, 할 말이 있는가?

타라가 처음 보는 근엄한 표정을 지은 채 처음 듣는 반말로 루다에게 물었다. 진심으로 죄인을 대하는 모습이었다.

"계약서는?"

아타나스로 넘어가더라도 죄를 묻지 않겠다는 계약서는? 이라고 물으려다 이대로 가면 여론이 나빠질 것 같은 느낌에 압축한 질문이었다.

─무슨 소리인가, 죄인이여? 신과의 계약이라니 오만방자한 말을 하는군.

"오호라, 처음부터 지킬 생각이 없었구먼?"

완전히 놀아났네, 놀아났어.

―에세나의 기사들이여. 엘피드로 와 죄인을 압송해라.

그 수많은 기사가 오더라도 루다가 이길 자신이 있었다. 게다가 옆에는 세뇌가 풀린 형우까지 함께였다. 하지만 루다는 그 사람과 싸우고 죽일 자신이 없었다.

우선은 후퇴였다. 지금 루다는 타라를 공략할 방법을 몰랐다.

"만렙 둘을 건드린 대가가 어떤지 알려 주지."

악당 같은 대사를 내뱉은 채 형우의 팔을 잡았다.

"텔레포트!"

그 자리에서 루다의 인영이 사라졌다. 혼자 남은 타라의 입가에는 의기 양양한 미소가 지어져 있었다.

루다가 도착한 곳은 황성이었다. 다행히도 주변에 사람은 많이 없었다.

황성 사람들의 눈에 루다가 띈다면 어떤 반응을 보일지 알 수가 없었다. 게다가 지금은 아타나스의 군주도 함께였다. 누군가를 마주쳐서 좋을 일이 하나도 없었다.

타라의 명령이 어느 정도까지 영향이 갈지는 확신할 수 없었다. 저크시 즈는 사람들이 거의 광신도급으로 신을 숭배하는 곳이다.

에세나에 타라의 음성이 들렸다는 것은 역사적으로도 남을 일이 분명했다. 그런데 그것이 루다의 죄를 고했다. 지금 에세나는 난리가 났을 것이 분명했다.

황성에 도착한 루다가 발걸음을 빨리했다.

"루다야."

할 말이 있다는 듯 형우가 루다를 불렀다. 형우는 지금 완전히 정신을 차린 상태였다.

"대화는 나중에 하고 우선 따라와. 가속 걸고."

세뇌가 깨지고 난 후에 상황이 너무 급박하게 돌아가 정신이 없겠지만, 그걸 전부 차근차근 대화할 여유가 없었다.

루다가 형우에게 마나 포션을 쥐여 줬다.

"마나 모자라지? 이거 얼른 마시고 가자."

형우가 잠시 바라보다가 포션을 집어 들어 입에 털어 넣었다. 마나가 다시 풀로 찼다.

"헤이스트!"

둘이 동시에 외쳤다. 탁, 바닥을 박차고는 그대로 달리기 시작했다. 몇 번이나 가속을 더해 그들의 움직임은 일반 사람들의 눈으로 좇을 수 없을 정도였다.

루다는 그대로 아르비드에게 달려갔다.

지금은 에세나의 비상사태이니 그곳에 있을지는 정확하지 않았다. 하지만 아르비드라면 왠지 그곳에 있을 것 같았다. 그곳에서 우선은 루다를 기다릴 것 같았다.

루다가 응접실의 문을 벌컥 열었다. 그곳에는 루다의 예상대로 아르비드가 서 있었다. 다행히도 그의 주변에는 아무도 없었다.

"폐하?"

아르비드가 놀란 표정으로 루다를 바라봤다.

"타차원의 흐름!"

그대로 루다가 스킬을 외쳤다. 반투명한 시간의 장막이 루다와 형우, 아르비드를 감싸고 솟아올랐다.

루다가 아르비드에게 성큼성큼 걸어갔다.

"알비, 나 왔어."

"대체 이게 어떻게……."

예상대로 아르비드는 혼란스러울지언정 루다를 적으로 생각하지는 않은 상태였다.

"타라 새끼가 형우, 그러니까 아타나스의 군주한테 세뇌를 걸었고, 그래서 형우 정신 좀 차리게 만들어 준다고 하다가 이 지경이 된 것?"

"그렇다고 타라가 시타라를 내친 겁니까?"

"말하자면 좀 복잡하긴 한데, 내가 타라를 좀 방해했거든. 그리고 내가 타라를 조져 버리고 싶다고 생각했던 것도 들켜 버렸고?"

"아……. 허나 저번에 타라를 뵈었을 때는 폐하께서 뭘 하셔도 상관하지 않겠다 하지 않았습니까?"

"그걸 믿냐던데?"

이야기하고는 루다가 어이가 없어 바람 빠지는 웃음을 지었다.

역시 처음부터 믿으면 안 되는 존재였다. 이 게임머니들 전부 현실 돈으로 바꿀 수 있을 줄 알았는데, 계약을 지키지 않아도 되는 게 맞다면 그것도 거짓말이었겠지.

"직접 그렇게 말했습니까?"

"못 믿겠어? 나도 영상이라도 녹화해서 보여 주고 싶네."

"그게 아니라 너무 치졸해서……."

믿지 못하겠다는 듯 아르비드가 말끝을 흐렸다. 너무나도 적절한 단어 선택에 루다가 푸하하 웃어 버렸다.

"그렇지? 치졸하지? 어떻게 그렇게까지 치졸할 수 있나 싶다니까 말이야, 신도 아닌 게."

"예?"

아르비드가 눈을 깜빡거렸다.

이건 또 무슨 소리란 말인가?

"아, 이건 말하면 안 됐나? 근데 뭐 어때. 내가 이럴 거 모르고 그런 것도 아닐 텐데. 걔 신 아니야. 태초의 신은 저크시즈를 창조한 후 죽었고, 관리자를 세웠는데 그게 지금의 타라거든."

"……."

아르비드가 충격받은 얼굴로 입만 벙긋댔다.

너무 충격적인 사실이었다. 신이 사실은 신이 아니라니.

"이거로 너한테 피해가 갈 줄은 모르겠다. 그런데 알고는 있으라고. 여신은 개뿔 치졸신이지."

"……정말입니까?"

"정말이냐는데?"

루다가 고개를 돌려 옆에 서 있는 형우를 바라봤다. 형우는 여전히 얼떨떨한 얼굴이었지만 아까보다는 진정되어 있었다.

"……진실입니다."

조금 가라앉은 목소리로 형우가 대답했다. 아르비드의 시선이 형우에게 향했다.

형우를 가만히 바라보던 아르비드가 어렵사리 입을 열었다.

"아타나스의…… 군주입니까?"

"현재로서는 그렇게 됐습니다."

"그런데 왜 저한테 말을 높이는지요?"

아르비드의 얼굴에는 얼떨떨한 표정이 지어져 있었다.

"낮추는 게 좋겠습니까?"

"꼭 그러라는 건 아니지만. 적응이 되지 않아서……."

루드비히를 생각하고 있는 게 분명했다. 잠시 생각을 하다가 아르비드가 떠오르는 것을 물었다.

"그렇다면 기예르모는 무엇입니까?"

"그건 나도 몰라."

"예?"

지금의 타라에 대해서는 너무 확신을 갖고 말하는지라 기예르모에 대해서도 알고 있는 줄 알았다. 하지만 예상과 다른 대답에 반문하고 말았다.

"뭔지 알아냈어?"

루다는 또다시 형우에게로 고개를 돌렸다.

"미안하지만 못 알아냈어. 뭐라도 떠보려고 기예르모에게 찾아간 순간 그대로 세뇌에 걸려 버렸거든."

형우의 말에 아르비드가 또다시 눈을 크게 떴다.

"세뇌…… 말입니까?"

"그래. 뭐…… 말하기에 복잡한 일들이 많이 있었어. 지금 시간도 별로 없으니까. 그냥 하려던 말이나 하고 갈게."

"……예."

이것저것 더 물어보고 싶었지만, 지금 이 길게 대화를 나눌 상황은 아니라는 걸 알고 있었다. 그에 더해 지금 들어온 정보들도 너무 충격적이라 더 들을 자신도 없었다.

굳은 아르비드를 바라보다가 피식 웃고는 루다가 질문을 던졌다.

"오늘부로 알비가 군주가 되는 거지?"

"송구하게도 그렇게 됐습니다."

"송구하긴 뭐가 송구해. 나는 더 좋은데. 기사들 더 단련시키고. 너도 레벨…… 오, 189까지 올렸네. 11만 더 올리자. 200 제한 아이템 몇 개 있거든."

"더 강해지라는 말씀이십니까?"

이제는 주군이 개떡같이 말해도 찰떡같이 알아듣는 아르비드였다.

"그렇지. 아, 내가 준 포션은 다 썼어?"

"예, 그걸 전부 썼지만 이 정도밖에 강해지지 못했습니다."

"원래 그 정도 물량이면 이게 정상인 거야. 형우야, 경험치 포션 남은 거 있어?"

"다섯 개 정도?"

"그거 알비 줘도 돼?"

"상관은 없는데……."

형우가 잠시 고민하다가 말을 이었다.

"믿을 만한 거 맞지?"

형우의 눈이 아르비드를 훑었다. 날카로운 시선에 아르비드가 바싹 긴장했다.

저번보다 훨씬 온순하고 부드러워졌다고 생각했지만 그 눈을 마주한 순간 아르비드는 다시 인정할 수밖에 없었다. 저자는 아타나스의 군주다.

"응. 알비는 믿어도 돼."

"……그래."

못마땅한 기색이 비쳤으나 그래도 뭐라고 하지는 않았다. 형우가 인벤토리를 뒤져 루다에게 남은 경험치 포션을 건네줬다. 그걸 루다가 아르비드에게 건넸다.

"이거 먹고 강해져. 최악의 상황에서 강한 아군 한 명 정도는 있어야 되거든. 그리고 가끔 내가 찾아와도 놀라지 말고."

"찾아오실 생각입니까?"

"왜, 싫어?"

"그것이 아니고, 위험하지 않을까 걱정돼서 여쭤본 겁니다."

"내가 텔레포트하는 거 눈앞에서 놓쳤는데 뭐. 걔는 내가 어디 가는지 모르는 게 분명해. 아, 그리고. 음, 이건 만에 하나의 확률로 말하는 건데."

루다가 잠시 고민에 빠졌다. 일어날 일인지 확신할 수 없는 걸 말하는 게 좋을까? 하지만 상관은 없겠지.

"나 말고 은발에 푸른 눈의 남자가 올 수도 있거든."

아르비드의 눈이 형우에게 향했다.

"아타나스의 군주를 보낼 생각이십니까?"

"응? 무슨 소리야? 아, 맞다, 알비 처음 만났을 때 형우가 은발이었지."

루다의 한마디에 옆에 서 있던 형우의 어깨가 움찔하는 것이 느껴졌다.

힘내, 루다가 형우의 어깨를 두어 번 툭툭 두들겨 주고는 말을 이었다.

"아니, 아타나스의 군주 말고. 진짜 은발에 청안 있어."

"예?"

오늘 너무 많은 이야기를 들었다. 아르비드의 뇌가 터질 것 같았다.

은발의 청안이 있다는 말인가? 그렇다면 군주가 성녀로 돌아다닐 때 옆에 있었다는 은발이 아타나스의 군주가 아니었나?

"그리고 음…… 걔한테 너무 많은 걸 물어보지는 말고. 잘못 대답하면 죽을 수도 있거든."

"예?"

"듣자 하니 그렇대. 그러니까 나에 관한 것만 종종 물어봐."

"그…… 예, 알겠습니다."

"그럼 내가 전해 줄 말은 이제 끝."

루다가 손바닥을 마주쳤다. 짝, 하는 소리가 방 안에 울려 퍼졌다. 아르비드는 여전히 얼떨떨한 표정으로 주군과 아타나스의 군주를 번갈아 볼 뿐이었다.

"폐하, 하나만 여쭤봐도 되겠습니까?"

"뭔데?"

아르비드는 이 질문이 바보 같은 질문이라는 걸 알았다. 하지만 루다와 지내면서 전설이 실존한다는 것을 너무 잘 알아 버리고 말았다.

그래서 아르비드는 지금 제 머릿속에 떠오르는 가정이 맞는지 확인하고 싶었다.

"혹시 그 은발에 청안의 사내라는 분이…… 란테스 님이십니까?"

루다가 씨익 웃었다.

역시, 내 수하는 너무 유능하다니까.

"나한테는 스테안이라던데? 뭐, 오래 산 건 맞아."

남에게 알려져도 되는지 알 수 없어 루다가 돌려 대답했다. 이렇게 말해도 눈치 빠른 아르비드라면 알지 않을까 싶어서.

"스테안…… 란테스. 아."

깨달음이 아르비드의 얼굴에 스쳐 지나갔다. 루다가 만족스럽게 웃었다.

"알겠지? 걔 말 잘 듣고. 기사들 훈련도 잘 시키고."

"기사들이 제 말을 믿을까 걱정됩니다."

"응? 무슨 소리야? 기사들한테 그 얘기를 왜 해."

"예? 기사들을 훈련시키라는 말이……."

"그냥 훈련시키라고. 혹시 모를 사태에 대비해서. 너는 나랑 같이 싸울 거고."

"나중에 기사들이 폐하의 적이 될 걱정은 하지 않으시는 겁니까?"

아르비드의 얼굴에는 걱정이 뚝뚝 묻어 나오고 있었다. 그 기특한 반응을 보며 루다가 씨익 웃었다.

뒷구멍으로 무언가 좋지 않은 걸 꾀할 때마다 짓던 웃음이었다.

"과연 그럴까? 나중에 기사들의 생각 역시 바뀔걸?"

"예? 그게 무슨…… 혹시 어떤 계획이라도 갖고 계십니까?"

"글쎄?"

루다가 팔짱을 낀 채 웃었다.

지금 상황이 완전 루다에게 불리하도록 흘러가는데, 루다는 이상할 정도로 여유로워 보였다. 무언가 마지막 하나가 있는 게 아닐까 생각될 정도로.

"힘 키워 놓고, 가끔 내가 와도 놀라지 말고, 어쩌다 스테안이라는 인간이 찾아와도 놀라지 말기. 아, 이제는 이렇게 말하면 안 되는구나. 군주 잘하고 있으세요, 폐하."

"폐하만큼은 저한테 그렇게 말하지 않으셨으면 좋겠습니다."

아르비드가 미간을 찌푸린 채 루다에게 말했다. 진심이었다.

그 모습에 루다가 과장되게 허리를 굽히며 인사했다.

"알겠습니다, 폐하."

"폐하."

아르비드의 난감한 모습에 루다가 다시 웃고는 형우의 팔을 잡았다.

"자기야, 타차원의 흐름 한 번만 더."

루다의 스킬은 이미 시간이 다 되어 가고 있었다. 쿨타임이 차기까지 시간이 좀 걸리니 형우의 스킬을 이용할 생각이었다.

"타차원의 흐름!"

형우의 외침에 반투명한 장막이 다시 솟아올랐다. 하지만 이번에는 아르비드를 제외한 채였다.

"알비는 왜?"

"믿음직스러운 건 알겠지만, 지금부터 우리가 어디 갈지 뭘 할지 모든 걸 알려 주는 건 좀 위험하지 않을까?"

"하긴, 그건 그래."

루다가 끄덕였다.

루다에게는 세뇌를 걸지 않았지만 형우에게는 두 번이나 세뇌를 걸었다. 만약 아르비드에게도 세뇌를 걸어서 루다의 앞으로 계획이 어떤지 말하라고 하면 아르비드는 제 의지가 아닌 채로 전부 다 말할 수도 있었다. 그래서는 안 되지.

"형우야, 그럼 이제 어떡할 예정이야?"

"자기는?"

형우의 반문에 루다가 팔짱을 낀 채 고민했다.

"나는 우선 위그드라실로 가려고. 같이 갈래?"

루다의 제안에 형우가 잠시 생각에 잠겼다가 이내 결심한 모양인지 입을 열었다.

"아니, 나는 아타나스로 돌아갈게."

"아타나스로 돌아간다고?"

도대체 왜?

루다가 의아한 표정을 지었다. 타라와 기예르모는 한통속이었다. 이미 루다와 형우가 손을 잡고 있다는 걸 그 둘은 전부 알고 있을 것이 뻔했다.

"네가 나한테 키스하는 것만 봤지, 내 정신이 다시 돌아온 건 확인하지 못했잖아."

"그렇지……? 그래도 대충 알지 않을까?"

"대충이지 정확히는 아니니까."

"그건 그래."

루다가 고개를 끄덕였다.

확실히 그때 형우에게 미세한 변화가 있는 건 알아챘겠지만 제대로 세뇌가 풀렸는지는 눈치채지 못했을 확률이 높았다. 그대로 루다가 형우의 팔을 잡고 텔레포트를 했으니 눈앞에서 둘 다 놓친 것이기도 했고.

"나는 여전히 세뇌가 풀리지 않은 척하고 아타나스로 가서 동향을 살피는 게 좋을 것 같아."

"위험하지 않을까?"

"위험하면 텔레포트 하면 되지. 네 말대로 타라건 기예르모건 우리를 죽일 수 없는 것 같으니까 말이야."

물론 맞는 말이었지만, 그래도 걱정되는 건 어쩔 수 없었다. 아르비드처럼 아타나스의 2인자가 형우를 도와줄 거라는 확신도 없었다.

도통 펴지지 않는 루다의 얼굴을 바라보다가 형우가 루다의 양 볼을 감싸 쥐었다.

"너무 걱정하지 마, 루다야. 나 못 믿어?"

"믿어. 믿지."

꾹 눌린 입에서 웅얼거리는 소리가 나왔다. 그 모습에 형우가 가볍게 웃었다.

"자기는 믿는데, 루드비히는? 걔가 과연 잘할까?"

"걔가 더 잘하지 않을까?"

"그건 그렇지만…… 정말 괜찮은 거지?"

"정말로."

형우가 루다의 이마에 가볍게 입 맞췄다. 루다가 작게 한숨을 내쉬었다.

이렇게 나오면 어쩔 수 없었다. 게다가 형우의 계획이 위험도를 제하면 더 좋은 것 같기도 했다.

우선 형우의 말대로 그를 아타나스로 보내고 루다는 제 할 일을 해야 했다.

"알았어. 그럼 난 변장하고 위그드라실로 갈게."

"어떻게 변장하게?"

"성녀로 변장하려고."

성녀로 변장하는 것이 아주 안전한 건 아니었다. 하지만 루다는 성녀로 변장한 채 할 일이 있었다. 타라를 엿 먹이기 위한 전초 과정이었다.

"무슨 계획이라도 있는 것 같은데."

"응, 아주 멋지게 엿 먹여 줄 작전이 있어. 여론전이라고 들어나 봤나 모르겠네."

"그렇다면 외모를 아주 미세하게 바꾸는 건 어때? 성녀인 건 알아보지만 지금의 너보다 키를 좀 키운다거나 하는 식으로."

왜? 하고 물으려다가 루다가 납득했다. 하긴, 예전에 제롬에서는 운 좋게 걸리지는 않았지만 아주 최악의 경우 머리와 눈 색만 바뀌었기에 알아보는 사람이 생길 수도 있었다.

하지만 루다의 얼굴이 다시 실망감으로 물들었다.

"하지만 이제 소망의 물약 같은 거 없는데?"

"이거?"

형우가 인벤토리에서 소망의 물약을 꺼냈다. 루다가 그걸 건네받아 요리조리 살폈다.

"그런데 이거 조건이 카라트인데?"

"음……."

형우는 또다시 난관에 봉착했다. 예전 루드비히일 때 루다에게 어떻게 이 소망의 물약을 먹였는지 떠올랐다.

설마, 시간이 꽤 지났는데 지금 알아채지는 않겠지. 해서 형우는 사실대로 말하기로 했다.

"그렇긴 한데, 시타라한테도 적용되는 모양이더라고."

"어? 왜?"

루다가 놀란 표정으로 물었다. 조건이 카라트인데 왜 시타라에게도 적용돼?

"왜냐고 물어봐도 나도 잘 모르겠어. 그냥 그렇더라고."

"그렇지. 자기도 알 수가 없지. 그런데 난 지금 시타라도 아닐 텐데. 아까 타라가 시타라도 아니라고 했잖아."

"그런데 지금 네 머리 위에 시타라라고 적혀 있는데?"

형우의 시선은 루다의 머리 위를 향하고 있었다. 루다가 의아한 듯 되물었다.

"응? 무슨 소리야? 타라가 아니랬는데? 상태!"

설마 싶어 루다가 제 상태 창을 띄웠다.

[철혈의여제빙끄곤듀님. Lv.250
문 댄서, 시타라]

"이게 어떻게 된 일이야……?"

루다의 상태를 나타내는 곳에는 문 댄서, 그리고 여전히 시타라라는 타이틀이 달려 있었다.

"아까 분명 시타라도 아니라고 했는데?"

루다가 눈만 깜빡거렸다.

"자기도 카라트 그대로야?"

"응, 나도 그대론데?"

"정말 뭐지?"

알 수가 없었다. 형우야 아직 세뇌가 안 풀렸다고 생각한다면 카라트라는 타이틀을 계속 유지할 수도 있었다.

하지만 루다는 타라가 아예 대놓고 시타라가 아니라고 말했다. 그렇다면 시타라라는 타이틀이 사라졌어야 했는데, 여전히 시타라라는 타이틀이 남아 있었다.

"이게 타라가 말했던 시스템을 바꾸지 못한다는 거에 속하나?"

루다가 팔짱을 낀 채 중얼거렸다. 그렇다면 타라가 바꾸지 못할 수도 있었다.

"무슨 소리야?"

"내가 예전에 타라한테 게임에서처럼 부활 좀 많이 시켜 달라고 했더니 그건 자기가 정하는 게 아니라서 안 된다고 했거든."

"하긴, 타라가 관리자라면 그럴 수도 있겠네."

"응. 그래서 이것도 타라가 그때 말한 역량 부족인가 싶어서. 어쨌든, 여전히 내가 시타라라면 나쁘지는 않지. 제약도 없을 테고 말이야."

"그건 그렇지."

형우가 짧게 긍정했다. 여전히 의아함은 얼굴에서 벗어던지지 않은 상태였다.

"왜? 무슨 걱정 있어?"

"그냥, 어째서 조건이 카라트인 것이 시타라에게도 적용되는지. 나는 분명 기예르모에게 세뇌가 걸렸는데 타라의 말을 들었는지. 이것저것 이상한 점이 많아서 말이야."

"그건 둘이 같은 편이라서 그런 거 아닐까?"

"그냥 그것만으로 다른 조건인 것들을 충족하는 게 가능한가? 잘 모르겠어."

"여기 시스템이 그럴 수도 있지 않을까?"

둘이 아무리 고민을 해 봤자 답은 없었다. 그냥 이곳이 그렇게 돌아가나 생각할 뿐이었다.

"뭐, 루다 네 말대로 나쁜 건 없으니까."

그저 찜찜할 뿐.

더 대화를 나누고 싶었지만 시간이 많은 게 아니었다.

루다는 루다 나름대로 또 다른 타라의 퀘스트를 진행하고, 형우는 형우 대로 아타나스에서 동향을 살피면서 정보를 모으는 게 좋을 것 같았다.

"좋아, 그럼 마셔 볼까."

"그런데 소망의 물약 제한 시간이 일주일인데 괜찮아?"

"확신할 수는 없지만, 내 계획대로만 되면 그 안에는 괜찮을 거야."

"그래, 이루다니까."

루다가 싱긋 웃으며 고개를 끄덕였다. 손에 든 물약을 그대로 입에 털어 넣었다.

형우의 말대로 루다의 키가 조금 더 커져 있었고, 얼굴은 약간 더 서구 적으로 바뀌어 있었다. 하지만 금발에 푸른 눈을 가진 제롬에서 성녀의 모 습과 아주 다르지는 않았다.

루다가 그 위에 로브를 걸쳤다. 겉보기에는 제롬의 성녀 모습이었다.

"이러면 되려나?"

루다가 변한 모습을 보여 주며 물었다.

"충분한 것 같아."

형우가 대답하고는 조금 높아진 루다의 이마에 다시 한 번 입 맞췄다.

"자, 이제 가 볼까?"

루다의 한마디와 함께 시간의 장벽이 무너져 내렸다. 둘의 앞에는 아르 비드가 난감한 표정을 한 채 그대로 서 있었다가 금세 표정이 바뀌었다.

눈치채지도 못한 새에 루다의 외양이 바뀌어 있었다.

"다시 성녀……."

"성녀라고 하지 마."

"예?"

"라고 하고 싶지만, 이젠 뭐 성녀라고 말하고 다닐 거니까. 마음대로 말해."

루다가 어깨를 으쓱였다. 그것이 무엇을 의미하는지 대충 알 것 같았다. 하지만 주군이 원하는 대로 하는 것이 수하의 도리.

"예, 다이루 님. 이제 그 모습으로 돌아다니실 생각이십니까?"

"우선은 그래."

"지금 출발하실 생각이군요."

"그것도 맞아."

"군사를 정비한 채 기다리겠습니다."

깊게 허리를 숙이는 아르비드를 가만히 내려 보다가 루다가 물었다.

"그렇게까지 날 믿어도 돼?"

"제 믿음은 제 선택입니다."

너무나도 확고한 아르비드의 대답에 루다는 할 말을 잃었다.

"그렇게 생각하면 뭐라고 할 말은 없지."

큼큼, 헛기침을 한 번 하고는 루다가 빙긋 웃었다.

"그 믿음, 고마워, 알비. 난 이제 가 볼게."

"살펴 가십시오, 폐하."

아르비드가 묵례했다. 그대로 방을 빠져나가려다 루다가 그냥 한마디를 내뱉었다.

"그래도 알비 안심하라고 하나만 알려 주자면, 나 아직도 시타라래."

"예?"

"저크시즈는 나를 그렇게 인식한다더라고. 그럼 진짜 간다. 나중에 봐!

헤이스트!"

루다가 다시 한 번 손을 흔들고는 아타나스의 군주와 눈앞에서 사라져 버렸다.

금세 사라진 루다의 뒷모습을 멍하니 바라보다가 아르비드가 작게 중얼 거렸다.

"진정한 신의 사자……."

관리자를 벗어난 진정한 시타라가 눈앞에 있었다. 아르비드는 루다가 있던 그 자리를 가만히 바라볼 뿐이었다.

✳

"이게 뭔 팔자냐."

밝은 빛 속에서 루다가 걸어 나오며 머리를 한 번 쓸어 넘겼다.

정말 이게 뭔 팔자인지. 목숨 걸고 싸워야 되는 팔자라니. 뭐 이딴 일이 다 있지.

한껏 투덜대며 루다가 주변을 둘러봤다.

"저게 위그드라실이야?"

루다가 꽤 떨어진 곳에 있는 새하얀 나무를 바라보며 중얼거렸다. 위그 드라실 바로 앞에는 텔레포트를 사용할 수 없어 위그드라실과 제롬의 사이 에 좌표를 찍고 도착했다.

그나마 다행인 것은 좌표에서 위그드라실까지 거리가 꽤 가깝다는 것이 었다.

"헤이스트!"

루다가 가속을 걸고 최대한 빨리 위그드라실로 갔다. 얼른 이 퀘스트를 끝내고 싶었다. 형우의 상태가 유지되는 게 더 길수록 형우의 계획이 성공 하기가 더욱 쉬울 것 같았다.

위그드라실 앞에 도착한 루다가 고개를 들어 위그드라실을 바라봤다.

사람 1백 명 정도는 둘러싸야 겨우 감쌀 수 있을 정도의 기둥과 빽빽하게 하늘을 덮고 있는 줄기, 서늘한 날씨임에도 무수한 하얀 잎들. 그리고 미세하게 뿜어져 나오는 하얀 빛까지.

성목이라는 말이 어울릴 자태였다.

"겉보기에는 괜찮아 보이는데."

말 그대로 겉보기에는 괜찮아 보였다. 뿜어져 나오는 빛도 성스러워 보였고. 기둥, 줄기, 나무 중 어느 곳에도 썩은 흔적이라고는 없어 보였다.

하긴 뿌리가 썩었다고 했으니까. 혹시 모르니 퀘스트를 다시 확인하는 게 좋을 것 같았다.

"퀘스트!"

메인 퀘스트: 남자 친구의 기억 조각을 찾아라! (4/5)

위그드라실은 지금 타락한 신성력으로 인해 위기에 처해 있습니다. 위그드라실의 타락한 뿌리를 도려내고 썩어 가는 위그드라실을 구출해 주십시오.

보상: 위그드라실의 신성한 열매, 근원의 강화석, 태초의 마법 가루, 50,000골드

퀘스트를 쭉 읽은 루다가 다시 거대한 위그드라실을 바라봤다.

"뿌리를 도려내란 말이지? 잠깐, 타라의 퀘스트는 뭐였지?"

루다가 또 다른 타라의 퀘스트 옆에 있는 타라 새끼의 퀘스트를 꺼내 다시 읽었다.

위그드라실의 뿌리가 썩고 있습니다. 위그드라실은 타라의 심장이나 마찬가지. 그로 인해 저크시즈의 존망까지 위협받고 있습니다. 제가 정화석을 드릴 테니, 위그드라실로 가 뿌리를 정화해 주십시오. 이번 일은 저뿐 아니라 에세나의 존망에 관한 문제이니 시타라께서 무시하지 않을 거라 생각합니다.

또 다른 타라의 퀘스트는 위그드라실의 뿌리를 도려내라는 말이었고, 지금 타라의 퀘스트는 뿌리를 정화하라는 말이었다.

말만 들으면 정화가 더 좋은 일인 것 같았다. 하지만 지금까지의 전적이 있으니 타라의 퀘스트를 믿을 수는 없었다.

"그런데 정화석이라고? 인벤토리!"

루다가 인벤토리를 뒤적여 퀘스트 아이템인 정화석을 꺼내 들었다. 반투명한 수정 안에는 뿌옇게 연기가 가득 차 있었다.

모르는 사람이 봤으면 정화석이라고 깜빡 넘어갈 수도 있었지만 루다는 왠지 이 돌도 의심스러웠다.

"그런데 뿌리는 어떻게 끄집어내서 도려내라는 말이지?"

루다가 정화석을 손에 든 채 중얼거렸다.

그녀의 말마따나 위그드라실의 뿌리는 땅속 깊이 파묻혀 있었다. 땅 위로 조금씩 솟아난 뿌리도 보이기는 했지만 그것들은 전부 새하얗게 빛을 발하고 있었다.

타락한 뿌리를 찾아내려면 설마 땅이라도 파서 뿌리를 전부 확인하라는 말인가?

"뭐야? 난이도 별로 안 높은 줄 알았는데 아니었어?"

이번엔 웬일로 할 만한 퀘스트를 던져 주나 싶었더니 착각이었던 모양이다.

어려움에 봉착했다고 생각한 순간이었다.

"으앗! 뭐야?"

루다가 반사적으로 뒤로 물러났다.

루다가 있던 곳에는 검게 변한 뿌리가 빠른 속도로 내리꽂혔다. 그 파괴력이 절대 약하다고 할 수는 없었다.

"이게 뭐야?"

땅에 꽂혔던 뿌리가 어마어마한 속도로 다시 루다에게 돌진하기 시작했다.

"왜 공격하냐고!"

타락하면 다 공격하기라도 하는 거야? 아니 갑자기 왜 나타난 거지? 내가 타락한 걸 유인하는 뭐 특이체질이라도 되는 거야?

"헤이스트!"

온갖 생각을 하며 루다가 발에 가속을 걸었다. 루다가 있던 땅이 다시 뿌리 때문에 움푹 파였다.

대체 저게 왜 나온 거지? 나오면 좋긴 하다만.

"이대로 잘라 달라는 거지? 할로우 댄싱 소드!"

다섯 개의 단검이 그대로 뿌리로 향했다.

그래, 그대로 도려내는 거야!

하지만 뿌리와 루다의 단검이 만났을 때, 루다가 단 한 번도 듣지 못했던 소리가 들렸다. 팅, 하는 단단한 것에 무언가 튕기는 소리.

"뭐?"

루다가 너무 당황한 나머지 순간 자리에 멈춰 버렸다.

풀옵에 풀강 한 만렙템이 튕겨 나온다고? 이게 말이 돼?

하지만 루다의 생각이 그대로 이어질 수는 없었다. 검게 타락한 뿌리들이 아까와는 차원이 다른 속도로 루다를 향해 돌진하고 있었다.

"미친, 뭐가 이렇게 빨라? 헤이스트!"

하지만 뿌리들의 속도가 어마어마했다. 이대로 따라잡힐 수도 있겠는데?

"헤이스트! 헤이스트!"

두 번이나 중첩 가속을 걸고 나서야 뿌리들의 공격에서 벗어날 수 있었다.

또다시 헛공격을 한 뿌리들이 부르르 떨었다. 마치 분노하고 있는 것 같았다.

'무슨 위그드라실 정도 되면 감정이 있어? 이게 뭐야?'

어이없는 자태를 보며 인상을 찌푸렸다. 이대로 가면 퀘스트 실패인데, 이럴 수는 없는데. 도대체 저 뿌리가 어떻게 나온 거지?

정말로 루다가 타락한 무언가를 불러내는 속성이 있었다면 이곳에 도착하자마자 저 타락한 뿌리가 튀어나왔어야 한다. 하지만 그때는 가만히 있다가 갑자기 튀어나왔다. 별다른 짓을 하지 않았는데.

루다가 여기 와서 한 행동은 퀘스트를 확인하고 정화석을 꺼내 본 것밖에 없었다.

"어라? 정화석?"

루다가 제 손에 들고 있는 정화석을 바라봤다. 그래, 이걸 꺼낸 이후로 뿌리들이 저렇게 날뛰기 시작했다.

"인벤토리!"

루다가 다급하게 외쳤다. 눈앞에 나타난 인벤토리 창에 던지듯 정화석을 집어넣었다. 그러자 마구 날뛰던 뿌리들이 잠잠해지는 것이 보였다.

"오, 이게 유인하는 거였어?"

루다가 가슴을 쓸어내리고는 자리에 멈춰 섰다. 뿌리들은 뱀이라도 되는 것처럼 꿈틀대며 다시 땅으로 기어 들어갔다.

이대로 공격해서 저걸 다 도려내고 싶지만 루다의 단검으로는 불가능한 것이었다.

"대체 어떻게 하지? 특별한 템이라도 필요한가?"

루다가 자리에 앉아 고민하기 시작했다.

공략을 볼 수 없으니 답답하기 그지없었다. 생각보다 어려운 퀘스트가 아니라 대놓고 어려운 퀘스트였다.

"속성이 맞아야 할 텐데."

이런 경우는 보통 속성이 맞거나 뭔가 특수 조건이 맞는 무기를 써야 했다. 아무리 머리를 굴려도 어떤 조건의 아이템이 맞는지 알 수가 없었다.

포기할 수도 없고 무턱대고 모든 무기를 찾으러 떠날 수도 없었다.

그 자리에서 계속 머리를 굴리다가 한 가지 결론을 내렸다.

"갖고 있는 아이템부터 전부 사용해 봐야지 별수 있나."

대 노가다의 시작이었다.

✳

"으아! 이것도 아니야?"

루다가 소리 지르며 바닥에 드러누워 가쁜 숨을 몰아쉬었다.

열세 번째 무기도 실패였다. 있는 무기를 거의 다 사용한 셈이었다.

타라가 준 정화석을 이용해 뿌리를 유인하고, 그걸 요리조리 피하며 손에 익지도 않은 아이템으로 때리기를 열세 번이나 반복했지만 결과는 전부 실패였다.

"인벤토리!"

루다가 짜증을 담아 외쳤다. 눈앞에 나타난 인벤토리 창에 손에 들고 있는 활을 휙 하고 던져 넣었다.

이제 남은 건 하나밖에 없었다. 루다가 마지막으로 손에 넣었던 단검.

-근원의 단검, 등급: SSS

위그드라실을 구성하는 ??을 깎아 만든 단검. 드러나지 않는 신의 흔적을 제거(도련)할 수 있다.

속성: 근원

효과: 타라의 힘을 ???? 할 수 있다.

"응?"

검을 꺼내 습관처럼 속성을 확인하던 루다가 눈을 크게 떴다.

예전에 물음표로만 떴던 것들이 정체를 드러낸 상태였다. 물론 몇 개는 여전히 물음표로 가려져 있기는 하지만 이 정도면 대충 어떤 무기인지 알 것 같았다.

문제는 봐도 정확히 판단하기가 힘들다는 점이었다.

근원의 속성이라는 게 도대체 무슨 말인지. 루다가 갖고 있는 무기들은 대부분 빛, 어둠, 불, 얼음과 같은 명확한 속성을 갖고 있었다. 이렇게 포괄적이고 추상적인 개념이 아니었다.

"이 단검이 위그드라실로 만들어진 거였어?"

어쩐지 새하얗다 했다.

루다가 단검을 손에 쥐었다. 왜인지 느낌이 좋았다. 잠시 넣어 뒀던 정화석 역시 꺼내 들었다.

"좋아, 와라!"

루다의 외침과 동시에 시커먼 뿌리들이 루다에게 돌진했다.

어째 아까보다 그 수가 더 많아진 것 같은데?

"헤이스트!"

루다가 뒤로 물러나며 단검을 높이 띄웠다.

"홀리 스트라이크!"

단검이 그대로 뿌리를 향해 날아갔다.

"제발!"

루다의 바람이 들리기라도 한 것처럼 날아간 단검이 그대로 위그드라실의 뿌리를 파고들었다. 콰과광, 거대한 소리를 내더니 뿌리가 그대로 떨어져 나왔다.

"됐다!"

루다가 만세를 부르며 크게 외쳤다.

노가다의 끝이었다. 식물 주제에 무시무시하게 빠른 공격을 피하느라 얼마나 고생을 했던지.

뿌리가 하얗게 가루가 되기 시작하더니 모여서 형우의 기억 조각이 되었다. 좀 굵은 것들은 그대로 굳어 하얀색 결정처럼 반짝였다.

"이게 근원 강화석이라고?"

루다가 손에 든 단검을 바라봤다. 아무래도 이거로 강화하면 될 것 같았다.

어차피 쓰던 단검도 풀옵에 풀강이었는데, 이렇게 많은 강화석이면 풀옵은 몰라도 풀강은 가능할 것 같았다.

"좋아! 잘 풀린다."

루다가 조심스럽게 형우의 기억에 손을 뻗었다. 예전 유르센 마을에서의 기억과 같다면, 형우가 아니라 루다가 손을 대더라도 이 기억의 조각을 사라질 테고 형우의 기억이 돌아올 것이다.

루다의 예상대로 손이 닿자마자 밝게 빛나더니 흡수되듯 사라졌다. 이대로 형우의 네 번째 기억이 돌아온 거겠지.

"퀘스트!"

혹시 몰라 루다가 퀘스트를 확인했다.

퀘스트 옆에는 완료 표시가 되어 있었다. 루다가 기쁨에 팔을 허공으로 휘저었다.

"마지막 하나 남았다!"

드디어 하나만 더 찾으면 남자 친구의 기억은 전부 되찾는 거였다. 그렇게 되면 남은 건 타라를 죽이는 것밖에 없었다. 자, 이제 재생석을 찾으러 가 볼까? 생각하며 자리에서 일어난 순간이었다.

─들리나요?

익숙한 듯 생소한 목소리가 루다의 귀에 울려 퍼졌다.

"누구야?"

루다가 뒤를 돌아봤다. 하지만 아무도 없었다.

"설마 귀신은 아니겠지?"

이 세계에 귀신이 있다고는 못 들었는데.

괜히 오싹해져 오는 느낌에 루다가 팔을 쓸었다.

"잘못 들었나?"

분명 뒤에서 난 것 같았는데. 잘못 들었나 보다 생각하며 다시 고개를 돌린 순간이었다.

"으아아악!"

루다가 저도 모르게 소리 질렀다. 새하얀 소복을 입은, 아니, 소복이 아닌데 저건?

"타라……?"

머리부터 발끝까지 새하얀 존재가 위그드라실 앞에 서 있었다.

루다의 미간이 확 찌푸려졌다.

"왜 또 여기에 나타났냐!"

루다가 분노를 담아 소리쳤다. 하지만 타라는 루다를 바라보고 있지 않았다.

―역시 아무도 없군요.

타라가 눈을 내리깔고는 작게 속삭였다. 그 모습이 조금은 처연해 보였다.

"뭔 소리야? 여기 사람 있는데?"

루다가 손을 휘휘 저으며 타라를 불러 봤지만 타라는 루다를 바라보지 않았다. 무시한다기보다는 보지 못하는 것 같았다.

루다의 얼굴에 의아함이 떠올랐다. 왜 날 못 보지?

타라가 천천히 고개를 들었다. 하지만 여전히 루다는 신경도 쓰지 않고 있었다. 이제 보니 타라를 제외한 다른 것들이 조금은 뿌옇게 보이는 것 같았다.

이런 모습은 익숙했다. 루다는 이제야 알 수 있었다. 이거, 이벤트 영상이구나.

―소멸할 수가 없다는 걸 몰랐군요.

"응?"

―세상의 규칙을 재정립한 이후로 세계가 더 붕괴될 줄을 몰랐네요. 제발 아무나 이 목소리를 들을 수 있는 자가 나타난다면.

루다가 눈을 깜빡거리며 혼잣말하는 타라를 바라봤다. 그녀는 지독히도 고통스러워 보였다. 죄책감에 혼자 무너져 가는 것처럼 보였다.

―누군가 들린다면, 부디 막아 주세요.

"들리는데……."

주어를 말하지 않았지만 루다는 그게 누구인지 알 것 같았다.

―지금의 타라를 막아 주세요.

"안 그래도 막으려고 했는데요?"

툴툴대며 되받아쳤다. 하지만 루다의 목소리가 들릴 리 없었다. 이건 이벤트 영상이었으니.

─내 말이 들린다면, 당신은 그럴 자격이 있는 자. 이 씨앗을 가져가 당신을 강하게 만드세요. 부디, 지금의 타라를 막아 주세요.

"잠깐!"

마지막 인사를 남긴 타라에게 루다가 반사적으로 손을 뻗었다.

어떻게 죽일 수 있는지 알려 줘야 할 것 아니야?

하지만 루다의 말이 들릴 리 없었다. 저장된 영상은 점점 투명해지더니 금세 사라져 버렸다. 그리고 그 자리에는 커다란 씨앗이 남아 있었다.

"근원의 씨앗?"

루다가 그 씨앗에 손을 뻗었다. 씨앗 주변으로 어둠과 빛이 일렁거리고 있었다. 루다의 손이 씨앗을 들어 올린 순간이었다.

─콰앙!

거대한 소리가 이곳 가득 울려 퍼졌다. 루다가 귀를 틀어막았다. 바로 지척에서 나는 것처럼 거대한 굉음이었다.

쿠구구궁, 동시에 바닥이 울리기 시작했다.

아래를 내려다봤다. 발아래의 땅에 금이 가기 시작했다.

"지진?"

왠지 이 자리에 이대로 있다가는 자연재해에 휘말릴 것 같았다.

"헤이스트!"

루다가 가속을 걸어 뒤로 물러났다. 하지만 바닥이 꺼지는 속도가 만만치 않았다. 이걸 어떻게 피하지? 생각하다가 문득 떠오르는 것이 있었다.

"여신의 날개!"

루다의 외침에 루다의 등에 날개가 나타났다. 타라에게서 받았던 유니크 등급의 아이템. 그대로 루다가 땅을 박차자 루다의 몸이 허공 높이 날아올랐다.

"대체 이게 뭐야⋯⋯?"

공중에서 루다가 멍하니 중얼거렸다.

아래에 보이는 모습은 장관이었다. 루다가 서 있던 새하얀 흙에는 거대한 균열이 가득했고 그 힘을 이겨 내지 못한 위그드라실이 붕괴되어 땅속으로 가라앉고 있었다.

"끼이이이이이아악!"

그 거대한 위그드라실이 땅속으로 사라졌을 때, 알 수 없는 곳에서 소름 끼치는 비명이 들려왔다. 루다가 반사적으로 귀를 틀어막았다. 하지만 그 행동이 소음을 가려 주지 못했다.

"아, 시끄러워!"

루다가 눈을 꾹 감고 짜증을 담아 소리 질렀을 때, 뚝 하고 비명이 가라앉았다. 눈을 슬며시 뜬 채 아래를 내려다봤다.

"대체 어떻게 된 일이야?"

건물만 했던 거대한 나무가 자취를 감춰 버렸다. 지진과 함께 균열이 가득했던 토지 역시 제 모습을 되찾은 상태였다.

루다가 조심스레 땅으로 착지했다.

"위그드라실이 없어졌어⋯⋯?"

루다가 알기로 위그드라실은 신의 심장이나 마찬가지였다. 아타나스는 어떤지 모르겠지만 에세나에서는 그러했다. 그렇다면 심장이 사라진 건가?

문득 예전 엘피드에서 새로 탄생했던 위그드라실이 떠올랐다.

"뭐가 대체 어떻게 되는 거야⋯⋯."

조금 전 나타났던 타라, 마치 지금 사태를 예견이라도 한 것처럼 엘피드에 새로 태어났던 위그드라실. 왠지 신에 관련된 무언가가 재편성되는 거대한 역사의 한복판에 서 있는 기분이었다.

"뭔 상관이야. 나는 형우 기억 찾고, 타라 조지고 집에 돌아가기만 하면 돼."

저크시즈의 미래 따위 알 바냐? 그래도 친구라고 할 만한 사람들도 몇 있으니 망하지만 않으면 된다.

지금 타라 조지면 여기가 망하는 건 막을 수 있는 거겠지.

가볍게 생각하며 루다가 손에 놓인 씨앗을 살펴봤다.

> -근원의 씨앗.
> 저크시즈의 근원을 담았던 씨앗입니다. 안타깝게도 씨앗만 남긴 채 모든 것이 사라져 버렸군요. 하지만 그 힘만은 남아 있습니다. 씨앗을 어떻게 키울지는 당신의 몫입니다.
> 속성: 근원
> 효과: 근원은 무수한 가능성을 지녔다. 평범한 자의 손에 닿지 않는 것을 생성할 수도 있고, 파괴할 수도 있다.
> *마을의 현자에게 가서 방법을 물어보자.

설정을 전부 읽어 내린 루다가 미소 지었다. 난이도만큼 주는 게 좋았다.

"에픽템에 옵션템이잖아?"

속성이 근원이면 아까 루다가 사용한 단검에 옵션까지 붙일 수 있었다. 루다가 강화석과 씨앗까지 전부 모아 인벤토리에 집어넣었다.

"땡큐, 타라. 네 말대로 조져 줄게."

그 말을 마지막으로 루다가 다시 속도를 높였다. 이젠 진짜 재생석을 찾으러 떠나야 할 때였다.

"아으, 허리야."

루다가 허리를 쭉 폈다. 제 손 위에 놓은 결정들을 바라봤다.

"이게 재생석이란 말이지?"

재생석의 위에는 [신석]이라는 명칭이 떠 있었다. 이미 몇 십 개는 전부 주워 가방에 넣은 상태였다.

반짝반짝 빛나는 게 왠지 다른 사람들이 전부 주워 갔을 것 같지만 이 상하게도 무수히 많은 재생석이 곳곳에 깔려 있었다.

"이 정도면 되지 않았을까?"

인벤토리에 넣은 것만 해도 수십 개는 됐다. 재생석을 찾기 위해 시간을 좀 들이지는 않을까 걱정했지만 생각보다 쉽게 찾아 다행이었다.

재생 방법은 이미 숙지한 상태였다. 아주 친절하게도 상태 창에 재생 방법이 나와 있었다.

신석 앞에 영상이 저장된 돌을 두고 재생을 말하면 된다는 것.

"생각보다 쉽지 뭐."

타라 역시 이 재생석을 사용한 건지는 알 수 없었다. 다만 확실한 건, 루다 역시 타라처럼 재생석을 이용해 영상을 재생할 수 있다는 것이었다.

재생석이 클수록 더 커다란 스크린을 만들어 낼 수 있고, 소리 역시 크게 들리는 것도 알아냈다. 이제 할 것은 아르비드를 시켜 이 재생석을 곳곳에 뿌려 두는 것이었다.

지금 당장 아르비드에게 갈까, 아니면 이 근처에서 단검을 강화하고 옵션을 부여해 볼까 고민하다가 루다가 이내 결심했다.

"가기 전에 강화랑 옵션부터 박자."

강화는 근처 대장간에서 할 수 있다고 치지만 옵션을 부가해 주는 현자는 찾기가 힘들었다.

루다가 허리를 쭉 펴고는 지도를 봤다.

"오, 네펠레 마을? 가까운데?"

루다가 씨익 웃었다. 루다가 알기로 제일 성공 확률이 높은 현자가 사는 마을이었다. 다행히도 이곳에서 가깝기도 했다.

루다가 속도에 박차를 가했다. 준비는 완벽할수록 좋다. 로브를 입었는지, 외양은 금발에 푸른 눈이 그대로인지 확인한 후 그대로 텔레포트를 사용했다.

네펠레 마을에서 현자의 집으로 찾아가는 건 어렵지 않았다. 어차피 마을의 좌표는 찍혀 있었고, 현자의 집은 자주 가던 곳이었으니까.

익숙하지 않은 듯 익숙한 집 앞에서 루다가 똑똑, 문을 두드렸다.

"플락, 계십니까?"

하지만 답이 없었다. 플락이라고 말하면 언제나 문밖으로 나오던 자였다. 그리고 그자는 항상 집에 있었는데, 오늘은 왜 나오지 않지?

루다가 다시 한 번 문을 두드렸다.

똑똑.

"플락, 계십니까?"

여전히 답이 없었다. 루다는 슬슬 불안해지기 시작했다. 이러면 안 되는데. 이대로 안 되면 문이라도 부수고 들어가야 하나, 생각하며 루다가 마지막으로 문을 두드렸다.

똑똑.

"플……."

락. 말이 끝나기도 전에 문이 벌컥 열렸다. 플락이었다. 현자의 전형적인 외양이라도 되는 듯한 새하얀 머리를 뒤로 질끈 묶고 동그란 안경을 낀 여자였다.

"한 번만 노크하랬지!"

문을 열고 나온 여자가 소리를 빽 질렀다가 루다를 바라보고는 눈을 깜빡거렸다.

"누구쇼?"

"……지나가던 행인인데요."

루다의 대답에 플락의 얼굴이 와락 구겨졌다.

"행인 안 받슴다!"

루다의 대답은 들으려고 하지도 않은 채 플락이 문을 닫으려 했다.

루다가 화들짝 놀라 닫으려는 문을 막았다. 만렙의 힘을 이길 수 없는지 닫히던 문이 뚝 하고 멈췄다.

"무단 가택침입으로 신고하는 수가 있수?"

날카로워진 눈으로 현자가 협박했다.

루다가 눈만 깜빡거렸다. 분명 예전에는 인챈트도 잘 해 줬었는데?

아, 설마 그 친밀도가 커스터마이징 캐릭터일 때인가? 지금은 설마 외양이 바뀌어서 못 알아보는 건가? 아니, 그런 게 대체 어디 있단 말인지.

캐릭터는 똑같은데 면전에서 박대당하는 건 말이 안 됐다. 새로 친밀도를 높일 수도 없는 노릇이었다.

하지만 루다의 예상이 맞아떨어진 모양인지 플락은 강제로 문을 닫으려 하고 있었다. 물론 루다를 이길 수는 없는지라 문은 꿈쩍도 안 하고 있었지만.

이 틈을 타 방법을 찾아야 했다. 이전에 어떻게 플락에게 인챈트를 부탁했지?

플락은 받은 만큼 주는 캐릭터였다. 루다가 게임을 플레이했을 때, 플락을 도와주고 그와 친분을 쌓기 시작했다.

그렇다면 지금 상황에서 플락을 도와줘야 한다는 이야기인데. 지금 그녀를 도와줄 게 있나?

루다가 혹시 몰라 플락을 살폈을 때였다.

"어?"

저도 모르게 목소리가 튀어나왔다.

"뭐요? 빨리 이거 안 놔?"

점점 열이 오르는지 목소리가 높아지고 있었다. 하지만 루다의 얼굴에는 그와 맞지 않은 미세한 웃음이 지어져 있었다.

"혹시 여기에 전염병이 돌지 않았어요?"

플락의 거친 행동이 순간 뚝 하고 멈췄다. 어떻게 알았지? 하는 표정이었다가 금세 다시 구겨졌다.

"누구한테 전염병이라고 들었는지는 모르겠지만, 그거로 말 같지도 않은 얘기 하려거든 썩 물러가게!"

루다의 예상이 맞아떨어졌다. 플락의 이름 옆에 제롬에서 루다가 봤던 질병 표시와 똑같은 표시가 떠 있었다. 드디어 인챈트를 받을 방법이 생각났다.

루다의 웃음이 더욱 짙어졌다.

루다가 남은 한 손을 들어 로브를 벗었다. 그녀의 짧은 금발이 빛을 받아 반짝였다. 입가에 미소를 건 채, 예전이라면 절대 하지 않았을 한마디를 내뱉었다.

"혹시, 옆 동네 제롬에서 성녀라고 들어 보진 않았나요?"

"성녀? 들어 봤소. 온갖 전염병을 치료했다고 들었는데. 그게 뭐?"

루다가 오그라드는 손을 꾹 쥔 채 최대한 진지한 어투로 대답했다.

"그 성녀가 바로 접니다."

뜬금없는 고백 후, 둘 사이에 잠시 침묵이 가라앉았다. 곧 플락의 얼굴에 어이없는 비웃음이 걸렸다.

"지나가는 행인이라더니 이제 사기꾼인 모양이군."

"사기라니요. 그럴 리가!"

"옆 동네 성녀는 엄청 겸손하다고 들었소. 외양만 똑같이 꾸미고 와서 어디서 겨우 들은 소문으로 뭐라도 뜯어내려고? 썩 꺼지소!"

"그건 해 봐야 아는 거죠! 내가 치료해 보고 안 고쳐지면 내 발로 나가면 되잖아요."

"……."

플락은 다시 말이 없어졌다.

"그거 나한테 바라는 거 있다는 말로 들리는데."

"역시 현자네요."

"뭘 바라오?"

"지나가는 행인이 바라는 건 하나밖에 없죠."

"그쪽도 모험가요?"

모험가. 이 게임을 맨 처음 시작할 때는 영웅도 뭣도 아닌 모험가라는 타이틀로 시작했다.

이걸 답하는 게 과연 맞는 걸까 고민하다가 그냥 얼버무리기로 했다.

"대충 그렇다고 치죠, 뭐."

루다의 대답에 가만히 루다를 바라보던 플락이 한마디 내뱉었다.

"신기하군."

"뭐가요?"

"모험가는 이제 이 저크시즈에 안 나타나는 거로 알고 있는데."

"그러게 말이에요."

"자네, 뭔가 있군."

루다가 아무렇지 않게 대답한 말에 플락이 눈을 가늘게 뜨고 되물었다.

뭘 이렇게 꼼꼼히 따지고 들어? 지금까지 이런 적은 없었는데. 역시 현자라 이건가?

"뭔가 같은 거 없어요. 어쨌든, 그 병 고쳐 주면 마법 부여해 주시는 거죠?"

"아니."

"아, 왜요!"

마치 해 줄 것처럼 계속 대화해 놓고 왜 아니라고 해!

루다가 언성을 높였다.

"나 말고 이 병이 걸린 사람들이 있수. 그 사람들까지 고쳐 주쇼."

사람이 많을수록 성녀라는 소문이 나기에 좋다. 냉큼 고개를 끄덕이려다가 루다가 순간 말을 멈췄다. 만약 제롬에서처럼 수천 명이면 시간이 너무 모자랐다.

"좋아……가 아니라, 몇 명인데요?"

"2백 명 정도 되오. 다행히도 탓시의 진행이 멈췄군."

"탓시?"

"내가 지은 병명이오. 어쨌든, 그렇게 해 주면 그깟 마법 부여 내가 해 주지."

"좋아요."

루다가 흔쾌하게 수락했다. 수천 명의 전적이 있는 루다에게 2백 명 정도는 껌이었다.

플락의 얼굴이 펴졌다.

괴팍해 보이긴 해도 마을 사람들을 사랑하는 자였다. 우수한 실력에 황성에서 부르는데도 수도가 이곳에서 멀다는 이유로 움직이지 않을 정도였으니까.

"사람을 고치는 동안 묵을 곳은 내가 구해 주지."

"묵을 필요 없어요. 그거 30분이면 되거든요. 안타깝게도 내가 지금 좀 급해서 얼른 끝내고 가 봐야 하거든요."

루다의 한마디에 플락이 묘한 눈빛으로 루다를 바라봤다.

"그래, 자네가 편한 대로 하소."

"아, 우선 당신 먼저 고치고 가죠. 성스러운 치유!"

플락의 답도 듣지 않고 루다가 외쳤다. 빛이 빛나더니 플락을 휘감고는 금세 사라졌다.

"완쾌……됐군."

제 몸을 이리저리 살피던 플락이 천천히 말했다.

"네, 그러니까 얼른 환자들한테 안내 좀요. 금방 끝내 드릴게요."

잠시간 루다를 빤히 바라보던 플락이 천천히 고개를 끄덕였다.

루다의 예상대로 네펠레 마을의 환자들을 고쳐 주는 건 오래 걸리지 않았다. 플락의 말에 따르면 말도 안 되는 속도로 여기저기 전이되던 전염병이 조금 전을 기점으로 소강됐다고 한다.

남은 증세를 치료할 방법을 몰라 고민하던 차에 루다가 도착했고, 다행히도 빠른 속도로 사람들을 고쳐 줬다.

"고맙소."

"감사합니다, 성녀님!"

"감사합니다!"

루다가 저도 모르게 미간을 찌푸렸다가 겨우겨우 얼굴을 폈다. 듣기 싫지만 제가 자초한 일 어쩔 수 없었다.

"하하, 네. 뭐, 이게 다 현자께서 부탁해서 고쳐 드린 겁니다."

"이거, 너무 감사해서 그런데 조금 쉬셨다 가시는 건 어떻습니까?"

"하하, 아쉽게도 제가 급한 일이 있어서요. 제가 바라는 건 플락에게 받기로 했으니 감사하면 그만큼을 현자에게 해 주면 되겠네요."

루다가 최대한 자애로워 보이는 미소를 지은 채 답했다. 사람들의 얼굴에는 감사와 벅차오르는 존경이 떠올랐다.

루다가 경련하는 눈가를 접어 애써 웃어 보였다. 성녀 노릇이 이렇게 힘들 줄이야.

"시간이 좀 급한데, 이만 좀 빨리 돌아가죠."

루다가 플락에게 작게 속삭였다. 그 모습이 간절하기 이를 데 없었다.

플락이 알 수 없는 눈으로 루다를 바라보다가 고개를 끄덕였다.

"급한 사람 귀찮게 굴지 말고 얼른 집으로 들어가소! 환자였던 자들이 병이 나았다고 그게 다인 줄 아나? 후유증이 올 수도 있는 게 병이라고. 가서 어서들 쉬어!"

손을 거칠게 흔들며 말하지만 그 말에서 마을 사람들에 대한 애정이 느껴졌다. 적어도 플락이 나쁜 사람은 아니라 다행이었다.

사람들을 집으로 전부 돌려보내고 다시 집으로 돌아온 플락이 음료를 한 잔 꺼내 루다 앞으로 내밀었다. 루다가 그 음료를 봤다가 살짝 감탄을 내비쳤다.

"오, 마나 음용료네요. 그것도 체력 증진제까지 포함된."

루다가 차를 들고 기쁘게 입에 갖다 대는 모습을 가만히 바라보다가 플락 역시 루다의 앞에 앉았다.

"역시. 범상한 자는 아니었어."

"감사히 잘 마실게요."

현자라는 타이틀을 괜히 얻은 자가 아니었다. 루다가 사람들을 고쳐 준 게 의료 기술이 아니라 마법인 걸 눈치챈 모양이었다.

"그래서 무슨 마법 부여를 원해서 내게 왔소?"

"이 단검에 이걸 이용해서 마법을 좀 부여해 주세요. 실패하면 안 되는데, 그럴 사람이 플락밖에 생각이 안 났거든요."

플락의 성공 확률은 95퍼센트였다. 그만큼 호감도를 올려야 했지만, 지금 루다는 플락의 부탁을 들어준 상태였다. 충분히 될 것이다.

최악의 경우 5퍼센트로 인챈트 실패였지만, 이게 최선이었다. 다른 방법은 없었다.

루다가 내민 두 개를 받아 이리저리 살피던 플락의 눈이 커졌다. 손이 조금씩 떨리기 시작했다.

"이, 이건 어디서……?"

"전부 합법적인 절차로 손에 넣은 거니까 괜한 의심은 하지 말고요."

괜히 일이 커질까 루다가 급히 손을 내저었다. 출처를 파고 들어가며 따지기 시작하면 할 말이 없었다. 혹시 몰라 급히 한 마디 덧붙였다.

"아까 약속했잖아요. 현자 플락은 한번 내뱉은 말은 지키는 거로 알고 있는데요."

물론 반신이 아니니 무르면 어쩔 수는 없었다. 그래도 가능한 부분까지 밀어붙여야 했다.

"아니, 그게 아니라······."

잠시 두 개를 들고 말이 없던 플락이 고개를 들었다. 루다를 바라보는 눈빛이 굳건하기 이를 데 없었다.

모든 것을 뚫어 보는 듯한 눈으로 플락이 무거운 한마디를 내뱉었다.

"당신, 영웅이었소?"

너무 정곡을 찔린 한마디에 루다가 마시던 차를 뿜으며 기침을 하고 말았다.

뿜어져 나오는 찻물에 플락이 소스라치며 뒤로 물러섰다가 휴지를 가져와 내밀었다.

"아, 아닌데요?"

"그럴 리가 없는데. 아니면 새로운 영웅이라도 되는 거요? 하지만 새로운 영웅이면 내가 모를 리가 없소."

"모를 수도 있죠!"

영웅이 아니라고 말하고 싶었지만, 이미 영웅이라고 확신한 자에게 아니라고 해 봤자 별수 없었다.

그래서 루다는 다른 식으로 기존의 영웅이 아니라는 걸 어필하고 싶었다. 하지만 플락은 루다의 말을 들을 의향이 없어 보였다.

"아니. 영웅이 되기 위해서는 온갖 여정을 거쳐 저크시스의 마나를 몸에 뒤집어써야 하는데. 그걸 단기간에 할 수 있는 게 아니지."

그런 거였어?

루다가 몰랐던 걸 이제야 들은 것처럼 눈만 껌뻑였다. 현자가 괜히 현자가 아닌 모양이었다.

"그리고 이건…… 위그드라실의 소실이 자네 때문이었군."

"어……. 하하하."

루다가 긴장에 젖은 웃음을 흘렸다.

이걸 보고 어떻게 다 알아? 아무리 현자여도 그렇지. 아무도 모르던 걸 현자가 어떻게 아냐고!

루다는 미칠 것 같았다. 플락이 인챈트를 하지 않겠다고 하고, 만에 하나의 확률로 이 일을 타라에게 전하면 루다는 난감해졌다.

"마법 부여는 해 주겠소."

하지만 아주 다행히도 루다의 걱정과는 다른 말이 플락의 입에서 나왔다.

"정말요?"

루다가 자리에서 벌떡 일어났다가 뻘쭘하게 다시 앉았다. 플락이 고개를 끄덕였다.

"하지만 된다고 확신은 못 해."

"알고 있어요. 그래 봤자 실패 확률은 5퍼센트잖아요. 그 정도 할 수 있는 사람 찾기 힘들어요. 실패하면 어쩔 수 없지."

"정말 영웅이 맞았군."

"하, 하하하."

대체 무엇 때문에 영웅이라고 생각하는 거지? 알 수 없었지만 루다는 이제 포기했다. 이쯤 되니 다 알고 말하는 것 같았다. 그래도 군주인 걸 들키지 않아서 다행이라고 해야 하나?

플락이 단검과 씨앗을 들고 작업대 위로 갔다. 무어라 중얼중얼하더니 마법 스크롤과 가루를 뿌리고 다시 주문을 외우기 시작했다.

화면으로 보던 모습을 직접 눈으로 보고 있자니 신기하기 짝이 없었다.

[마법 부여가 성공했습니다.]

"성공했소."

안내 창과 플락의 한마디가 들려오는 건 동시였다.

"감사합니다! 현자님!"

루다가 받아 들고는 폴짝폴짝 뛰었다. 옵션이 어떻게 붙었는지 확인해 볼까?

‑근원의 단검, 등급: SSS

위그드라실을 구성하는 ??을 깎아 만든 단검. 드러나지 않는 신의 흔적을 제거(도련)할 수 있다.

속성: 근원

효과: 타라의 힘을 ???? 할 수 있다.

초월자의 권능: 2회

공격력과 방어력이 훨씬 높아져 있었고 그 아래 인챈트로 인해 부여된 옵션이 있었다.

"초월자의 권능?"

초월자, 어디서 들어 본 바였다. 머리를 굴리다가 어디서 들었는지 떠올랐다.

초월자. 신을 죽일 수 있는 자가 초월자라고 이전 아르비드가 말했었다.

저도 모르게 미소가 지어졌다. 고작 2회인 건 마음에 들지 않지만, 그 말인즉슨 타라를 죽일 수 있다는 말로 들렸다. 일이 차근차근 잘 진행되고 있었다.

"신을 죽일 생각이오?"

"예?"

루다가 화들짝 놀라 고개를 들었다. 날카로운 그녀의 눈과 마주쳤다.

루다의 등으로 땀이 한 줄기 흘렀다. 대체 어디서부터 어디까지 알고 있는 거야.

"아, 아닌데요. 그럴 리가요! 어떻게 감히 타라님을 해하겠어요. 하, 하하."

"거짓말을 못하는 성격이군."

"아닌데요! 완전 잘하는데요!"

루다의 절박한 외침에 플락이 루다를 바라보다가 다시 입을 열었다.

"그래, 거짓말을 참 잘하나 보오. 그럼 혹시 한 가지 알고 있수?"

"뭐, 뭐요?"

루다가 긴장했다. 설마 '내가 바로 타라에게 전부 찌를 거라는 거 말이오.'라고 말해 버리면 어쩌지, 하는 긴장 때문이었다.

하지만 루다의 걱정이 무색하게도 현자의 입에서 나온 질문은 전혀 다른 것이었다.

"혹시, 위그드라실이 새로 태어났소?"

"어……."

이걸 말해도 되나 싶었다. 망설이며 플락을 바라봤다. 진실을 갈구하는 표정이었다.

에라, 모르겠다. 루다가 알기로 현자는 공격에는 젬병이라고 알고 있다. 죽이지는 않겠지.

"네."

대답하고는 괜히 불안한 마음에 한마디 덧붙였다.

"아마도요."

현자가 루다의 말이 진실이라는 걸 모를 리는 없었다. 천천히 고개를 끄덕이고는 천천히 중얼거렸다.

"그랬군…… 이제 가 볼 생각이오?"

"하하, 네. 급한 일이 있어서."

그게 타라를 엿 먹일 일이지만, 말할 생각은 없었다. 아르비드와 형우, 스테안을 제외하고 누군가 타라를 조질 거라는 걸 아는 사람은 없었고, 알게 해서도 안 됐다.

루다가 서둘러 자리에서 일어났다.

"감사했어요. 전 이만 가 볼게요."

"잘 가시오."

"아, 맞다. 성녀가 여기 구한 거 소문 좀 내 주시고요. 멀리멀리! 모두에게!"

절대 하고 싶지 않은 한마디를 내뱉자 플락이 가볍게 고개를 끄덕였다.

가볍게 목례하고 루다가 그대로 달려 나갔다. 그 속도가 범인들은 절대 따라잡지 못할 속도였다.

"가는 길에 태초의 영광이 함께하기를."

사라진 그 모습 뒤에서 플락이 가볍게 묵례했다. 이미 빛의 속도로 사라진 루다는 듣지 못했을 한마디였다.

10. 다섯 번째 퀘스트가 도착했습니다

"호우, 여기로 올라오는 것도 처음인데?"

성벽 제일 높은 곳에서 한 인영이 조용히 중얼거렸다. 빛을 막고 주변을 둘러본 루다가 그대로 성벽에서 뛰어내렸다.

일반인이라면 죽을 생각인가 할 정도로 말도 안 되는 행동이었겠지만 만렙인 루다는 아니었다.

공중에서 몇 번 도움닫기를 한 루다가 탁, 작은 소리를 내며 바닥에 안전하게 착지했다.

"이놈의 스테안은 필요하면 나타나지도 않는다니까."

황성에 안전하게 입성한 루다가 조용히 투덜댔다.

말 그대로였다. 위그드라실도 갔다가 그 옆에 전염병이 퍼진 네펠레 마을도 갔다.

현자와 인사를 끝낸 후 곧바로 황성으로 돌아가려다가 강화를 하지 않은 것이 생각나 대장간에 들르기도 했다. 실패가 몇 번 뜨기도 했지만 다행히도 아슬아슬하게 풀강에 성공했다.

지금 루다의 새로운 아이템은 풀강에 옵션까지 붙은 상태였다. 엄청 큰 차이는 아니지만 이전에 쓰던 단검보다 공격력도 방어력도 높았다.

스테안은 그 강화와 옵션 부여까지 전부 할 동안 루다의 눈앞에 나타나지 않았다. 평소에는 홍길동처럼 여기저기서 잘도 솟아오르더니 꼭 필요할 때는 나타나지 않았다.

조금 더 시간을 끌기 위해 루다는 다시 위그드라실이 사라진 공터로 향했다.

신성한 곳이라 불리는 그곳에는 일반 사람들의 출입이 드물었다. 애초에 결계가 쳐져 있으니 들어올 수 있는 사람도 없었다.

그곳에서 루다는 재생석이 어떤 원리로 작용하는지 확인했다. 그룹을 걸어 놓으면, 같은 그룹의 영상석은 같은 영상을 동시에 저장할 수 있었다.

이걸 알게 되었을 때 루다는 쾌재를 불렀다.

그 후 필요한 것들은 스테안에게 부탁하려고 했다. 아니어도 나눠서 하거나.

이 노가다를 전부 제가 하고 싶지는 않았다. 하지만 결국 스테안은 나타나지 않았다.

그 결과, 루다는 지금 텔레포트를 몇 번이나 사용해 가능한 모든 마을의 광장에 다녀온 상태였다.

잠깐 나타나서 재생석을 심고 다시 이동하고, 재생석을 심고 다시 이동했다.

가능한 한 알고 있는 모든 마을에 재생석을 심었을 때는 루다의 마나가 반 정도나 깎인 상태였다.

"기어코 나오지도 않는구나."

루다가 마지막 도착지인 황성에서 허탈하게 중얼거렸다.

옷은 황성 기사들의 옷을 입은 상태였다. 외양도 대충 바뀌었으니 알아

보는 사람은 없겠지.

"아, 이럴 줄 알았으면 속 편하게 황성 구석에나 있을 걸 그랬나?"

루다의 예상대로 대수롭지 않게 루다를 지나치는 사람들을 보며 작게 투덜댔다.

진즉 알았어도 하지 않았을 속 편한 생각을 하며 루다가 마지막으로 황성의 중심에 자리한 정원에 재생석을 설치했다.

"자, 이제 끝이다."

루다가 뿌듯한 얼굴로 자리를 뜨려 했을 때였다.

"폐하."

화들짝 놀라 고개를 돌린 곳에는 아르비드가 서 있었다.

"쉿, 조용히 해. 무슨 짓이야?"

자신에게 무해한 사람인 걸 알아챈 루다가 한껏 목소리를 낮췄다. 고개를 들어 아르비드를 보니 그의 옷차림이 군주의 옷으로 바뀌어 있었다.

"오올, 알비 잘 어울리는데?"

"……폐하께서 다시 입게 될 옷입니다."

"무슨 소리야! 네가 제일 잘 어울리는데!"

"빈말 감사합니다."

"빈말 아니야. 진심인데?"

아르비드가 미간을 찌푸렸다.

군주가 눈앞에 있는데 제가 군주가 될 수는 없는 노릇이었다.

그런 융통성 없는 아르비드의 생각을 알 리 없는 루다가 조심스레 주변을 한 번 더 둘러봤다.

"안 되겠어. 타차원의 흐름!"

루다의 외침에 둘의 주변으로 시간의 장막이 솟아올랐다.

아르비드는 이제 이 스킬을 보는 데에는 익숙했다. 휴, 안도의 한숨을 내쉬는 루다를 바라보며 아르비드가 궁금한 것을 물었다.

"여기는 어쩐 일이십니까?"

"어…… 작전 수행 중?"

"작전 말입니까?"

"그래. 별일은 없었지?"

"타라의 명령으로 기사들이 폐하를 찾으러 에세나 곳곳을 샅샅이 뒤지고 있습니다."

"등잔 밑이 어두운 법이지."

그럴 줄 알았다. 아마 기사들은 루다가 여기 있는 줄 모를 게 분명했다.

"예?"

알아듣지 못할 말에 아르비드가 반문했다.

"아니야. 그런 말이 있어. 어쨌든, 별일은 없다는 말이네."

"그리고 스테안 님께서 다녀가셨습니다."

"스테안이?"

루다의 목소리가 커졌다.

필요할 땐 없던 놈이 왔다 갔다고? 그렇게 만나려고 여기저기 돌아다닐 때는 나타나지도 않더니 루다가 없는 새에 황성에 다녀간 모양이었다.

"폐하를 찾으셔 위치를 알려 드렸는데 아마 엇갈린 모양입니다."

"그러게 말이야. 그래서 뭐 별다른 말은 없었어?"

"결전의 장소에서 보자고 하셨습니다."

"결전의 장소?"

스테안과의 만남은 엘피드로 가기 전, 황성에서가 마지막이었다. 그때까지는 타라와의 싸움이 이렇게까지 가까워질 줄 몰랐기에 결전이니 뭐니 하는 걸 제대로 생각한 적이 없었다.

그런데 대뜸 결전의 장소라니. 아마 기예르모에게 무언가를 듣고 루다가 타라를 찾아갈 걸 알고 있는 게 분명했다.

"그리고……."

아르비드가 곤혹스러운 얼굴을 했다.

"뭔데?"

"혹시 전설 속의 군대를 끌고 나타나도 놀라지 말라고 하셨습니다."

"엉?"

전설 속의 군대라니? 무슨 그런 거창한 이름이 다 있지? 게다가 처음 들어 보는 명칭이었다.

눈만 깜빡거리는 루다에게 아르비드가 답했다.

"아마 고대의 병사를 말씀하신 모양입니다만."

"고대의 병사?"

"초대 황제에게 내려진 타라님의 군대라고 알고 있는데. 이것 역시 실존하는지 처음 알았습니다."

"그걸 끌고 온대?"

"예, 그렇게 말씀하셨습니다."

그걸 대체 왜 끌고 오는 걸까?

아직은 스테안도 기예르모에게 완전히 반기를 든 상태는 아닐 것이다. 아무것도 들리는 게 없고, 이렇게 아르비드에게 찾아와 말을 전할 정도면 말이다.

그건 형우 역시 마찬가지였다. 형우는 아직 세뇌에서 풀리지 않은 척하고 아타나스로 돌아간 상태였다.

형우의 연기가 탁월해 기예르모에게 걸리지 않았다면 시간을 내 형우와 스테안이 머리를 모으고 작전을 짤 수도 있었다.

그나저나 형우는 잘 지내고 있으려나? 갑자기 걱정이 밀려왔다.

그런 루다의 걱정에 답이라도 해 주듯 알림이 하나 깜빡거렸다. 새로운 채팅의 도착을 알리는 알림이었다.

"채팅."

루다가 반가운 표정으로 도착한 편지를 읽어 내렸다. 형우에게 채팅이

왔다는 이야기는 아직까지 들키지 않고 무사하다는 이야기였다.

「타라가 기예르모의 전력까지 모으고 있어. 아마 네가 타라를 만나면 기예르모의 전력인 스테안과 나를 마주치게 될 거야. 그런 일이 없었으면 좋겠지만 스테안과 내가 너를 공격해도 당황하지 마. 싸우는 척하면서 약점을 찾아보자.」

루다가 편지를 몇 번이나 읽어 내렸다. 방금 도착한 편지니 형우는 아직까지도 무사하다는 이야기였다.

그런데 아타나스의 전력까지 데려온다고? 아주 제대로 함정을 파 놓으려는 모양인데. 이대로 당할 수는 없었다.

"알비."

"예."

"가자."

"예?"

뜬금없는 루다의 한마디에 아르비드가 되물었다. 루다의 얼굴은 결연했다.

"지금 너까지 데려갈 생각은 아니었는데 그렇게 안일하게 생각할 때가 아니었나 봐."

루다가 팔짱을 낀 채 손가락으로 팔을 두어 번 톡톡 두드렸다.

사실 지금 당장 박 터지게 싸울 계획은 아니었다.

우선 루다가 다시 에세나의 통솔권을 가져오고 자유롭게 돌아다닐 수 있는 환경을 만들 생각이었다. 지금까지의 움직임은 그걸 위한 여론전을 조성하기 위함이었다.

하지만 상대가 무력을 끌어모으고 있다면 말이 달랐다. 아타나스의 군사를 데려간다면 루다는 에세나의 군사를 데려가야 했다.

타라가 간과한 것이 하나 있다면, 지금 에세나의 군주가 여전히 루다에게 충성을 다하고 있다는 것이었다.

스테안도 루다의 편, 형우도 루다의 편, 에세나의 군사들도 루다의 편이었다. 아타나스의 군사들을 데려온다고는 했지만, 루다의 계획대로만 된다면 그들 역시 루다의 편에 설 게 분명했다.

최종적으로 타라에게 남는 건 기예르모밖에 없겠지. 물론 기예르모와 타라가 같은 편이고 둘 다 신이라는 건 생각보다 커다란 장애물이었지만, 상황이 나쁘지는 않았다.

생각보다 타라를 무찌를 수 있는 무기도 빨리 손에 넣었다. 죽어도 다시 살아날 수 있는 부활권도 있었다.

형우만 지킬 수 있다면 조금 무모할 수도 있지만 싸워 볼 만하지 않을까?

루다의 뜬금없는 동행 제안에 아르비드의 얼굴에는 아까는 없던 긴장이 잔뜩 묻어 있었다.

"제가 따라가도 되겠습니까?"

"어쩔 수 없지 뭐. 아, 다른 군사들도 같이."

"예? 허나 그들은 데려가지 않겠다고……."

"아, 기사들까지 싸우는 건 아니야. 그냥, 뭐랄까. 작전의 일부랄까? 데려가기만 하는 거지. 어쩌면 너도 안 싸워도 되고."

루다가 무얼 계획하는지 아르비드로서는 알 수 있는 게 없었다. 그저 주군께서 명하시니 따를 뿐.

"그럼 연무장에 군사들을 전부 모으겠습니다."

"오케이. 연무장에서 기다릴게."

아르비드가 짧게 허리를 숙이고는 군사들을 데리러 떠났다.

사실 루다 역시 확신은 없었다. 이 방법이 잘 먹힐까? 도박이나 마찬가지였다. 문제는 첫 베팅부터 올인이라는 점이었다.

하지만 타라에게 엿을 거대하게 먹이고 싶었다. 그렇다면 그만큼 거대한 베팅을 해야 했다.

루다가 연무장으로 향하는 중에도 아무도 루다를 알아보지 못했다. 역시 소망의 물약은 편하다니까, 생각하며 루다가 연무장에서 아르비드를 기다렸다.

시간이 조금 지나 연무장으로 들어오는 군사들이 보였다. 정예 중의 정예만 뽑아 놓은 게 분명했다. 그런데도 그들의 레벨은 100대 초반에서 머물고 있었다.

루다가 여기저기 다니던 중에도 아르비드는 훈련을 많이 한 모양인지 레벨은 198에 도달해 있었다.

"짧은 사이에 노력 많이 했네."

흐뭇하게 웃으며 루다가 걸어 기사들의 무리에 합류했다. 그 모습을 바라보는 아르비드의 얼굴에 의아함이 번졌다. 루다가 눈짓으로 신호했다.

'여기서 들킬 수는 없잖아.'

들켜도 가서 들켜야지.

아르비드가 루다의 의중을 알아챈 모양인지 살짝 고개를 끄덕이고는 목소리를 높였다.

"우리는 지금 거대한 전쟁을 위해 출발할 예정이다."

기사들의 얼굴에 의아함이 떠올랐다.

"혹시 대역 죄인을 잡은 것입니까?"

누군가가 맹랑하게 물었다. 대역 죄인이라는 단어가 마음에 들지 않는 모양인지 아르비드는 못마땅한 얼굴로 고개를 끄덕였다.

'아이고. 다 티 난다, 다 티 나.'

기사의 무리에 숨어 있는 대역 죄인이 속으로 혀를 찼다.

저렇게 대놓고 대역 죄인이라는 말을 싫어하는 티를 내다니. 하지만 대역 죄인은 아직 나설 수 없었다.

"그곳이 어디입니까? 저희가 어떻게 가야 합니까?"

누군가가 잔뜩 긴장한 채 물었다. 눈으로 보기에도 위대했던 사람과 싸워야 한다니 긴장이 안 될 수가 없었다.

아르비드가 난처한 듯 루다를 바라봤다.

'여기서 뭐라고 말해야 합니까?'

마치 그렇게 묻고 있는 듯했다.

그래, 이 정도까지 했으면 됐지. 이 뒤는 루다의 차례였다.

루다는 그들이 어디로 가야 하는지 알고 있었다. 이 상황을 유도한 자가 바로 루다였으니.

기사들의 한가운데에서 루다가 읊조렸다.

"타깃."

갑자기 난입하는 목소리에 기사들의 시선이 일제히 루다에게 쏠렸다. 그대로 루다가 소리쳤다.

"오귀스트 텔레포트!"

모두의 경악 어린 표정을 뒤로한 채 어마어마한 인원이 빛무리에 둘러싸였다. 무어라 한 마디 내던질 시간도 없었다.

환한 빛무리가 모두를 휘감고 사라진 후, 그 자리에 남아 있는 자는 아무도 없었다.

✳

성소에서 꽤 떨어진 곳에 화려한 빛무리가 퍼져 나왔다. 빛이 사라진 곳에는 잔뜩 무장한 수많은 기사가 있었다.

"이게 대체 어떻게 된……."

기사들이 술렁대기 시작했다.

누가 봐도 이곳은 황성이 아니었다. 그리고 그들은 이것과 비슷한 장면을 이전에 본 적이 있었다. 아주 위대했던, 지금은 대역 죄인이 되어 버린 전 군주가 이런 인간을 초월한 기술을 쓰고는 했다.

모두의 시선이 아까 '오귀스트 텔레포트'를 힘껏 외친 여자에게 쏠렸다.

"안녕. 다들 오랜만."

어느새 이전 모습으로 돌아온 루다가 가볍게 손을 흔들었다. 그녀의 모습에 긴장한 기색이라고는 하나도 없었다.

루다를 발견한 모두가 황급히 그녀의 곁에서 멀어졌다. 그들의 얼굴에는 두려움과 긴장감이 잔뜩 배어 있었다.

그럴 수밖에 없었다. 지금은 신언에 의해 에세나의 대역 죄인이 되었다지만 루다는 역사에 새겨질 게 분명할 정도의 강함을 갖고 있었다.

이 자리에는 루다의 싸움을 직접 옆에서 목격했던 자들도 있었다.

아무리 생각해도 그녀의 강함은 인간을 초월해 있었다. 여기서 그들을 공격해 온다면 제대로 당해 낼 자가 없었다.

"뭘 그렇게 긴장해?"

칼을 뽑아 든 채 제게 겨누면서도 아무도 달려들지 않는 기사들을 보면서 루다가 가볍게 물었다.

"폐, 폐하! 명령을 내려 주십시오!"

기사들이 아르비드를 바라보며 절박하게 소리쳤다. 그 모습을 멀리서 바라보던 아르비드가 작게 한숨을 내쉬었다.

"우리 힘으로는 역부족이다."

아르비드가 마치 준비했던 것처럼 가볍게 말했다.

기사들의 얼굴이 순식간에 절망으로 물들었다. 이 중 제일 강한 군주가 포기를 선언했다. 그건 이 싸움에 가망이 없다는 말이나 마찬가지였다.

"허, 허나! 타라님의 명령 아니었습니까!"

"……."

이 사태를 받아들이지 못하는 광신도의 울부짖음에 아르비드가 입을 다물었다. 이대로 두다가는 아르비드 역시 곤욕을 치를 게 분명했다.

"아, 그거 말인데."

루다가 재빨리 끼어들었다. 갑자기 튀어나온 대역 죄인의 한마디에 기사들이 다시 바짝 긴장했다.

이렇게까지 경계의 대상이 되다니. 생각보다 묘한 기분이라고 생각하며 루다가 말을 이었다.

"어차피 곧 타라 만날 거니까. 너희가 굳이 나설 필요는 없어."

"무슨······!"

예상치 못한 한마디에 기사들의 얼굴에 혼란이 떠올랐다.

"한번 생각해 봐. 지금 나랑 싸워서 이길 수 있다고 생각해? 그렇게 생각하는 사람?"

루다가 기사들을 빙 둘러봤다. 아무도 손을 드는 자는 없었다. 누군가의 목으로 꿀꺽, 침 삼키는 소리가 들렸다. 두려움에서 기인한 침묵이었다.

"마, 말도 안 되는 소리! 우리는 목숨을 바쳐서 신의 명을 들을 것이다!"

두려움을 이겨 내고 누군가 용맹하게 소리쳤다.

"오오, 엄청 용감한데? 그 용기는 가상하지만, 그렇다고 목숨이 아깝지 않은 건 아니잖아?"

"우리는 목숨이 아깝지 않다!"

"그래? 정말? 그럼 여기서 죽여 줄까?"

루다가 입가에 미소를 건 채 물었다. 어느새 루다의 주변으로 열 개의 단검이 빙빙 돌고 있었다. 기사들의 얼굴이 일순 사색이 되었다.

두려움에 떠는 자들을 보며 루다가 최대한 사악해 보이는 미소를 지었다.

"봐 봐. 살고 싶잖아. 왜 거짓말하고 그래?"

"······."

"내가 너희를 죽이려는 게 아니라니까? 그냥 이대로 나랑 저기 성소까지

가서 타라만 만나면 돼. 그럼 타라가 나를 알아서 하겠지. 그렇지 않아?"

"……."

"나는 너희가 바라는 대로 순순히 타라의 철퇴를 맞을 텐데. 뭐가 그렇게 걱정이야?"

무언가 꿍꿍이가 있는 것 같은데, 루다의 한 마디 한 마디에 반박할 말이 없어 그들은 그저 침묵만 유지했다.

과연 저 안으로 들어가면 타라를 만날 수 있는지, 저곳으로 따라가면 자신들의 목숨은 무사한 건지 궁금한 것투성이였지만 그걸 입 밖으로 내뱉을 수 있는 자는 없었다.

루다와 대치한 기사들 역시 살고 싶은 건 사실이었다. 그리고 지금, 루다는 살길을 제시해 준다고 속삭이고 있었다.

악마의 속삭임도 이보다 달콤할 순 없을 것 같았다.

서서히 루다에게로 넘어가는 광경을 바라보며 아르비드가 속으로 한숨을 내쉬었다.

'완전 협박 아닙니까?'

하고 싶은 말은 꾹 참은 채 루다가 하는 모습을 계속해서 바라봤다. 아무래도 기사들을 보고 있자니 루다의 말에 반쯤 넘어온 것 같았다.

전부 계산한 건지는 모르겠지만, 처음부터 텔레포트로 자신들과의 격차를 실감하게 한 후, 무력을 통해 협박했다. 그리고 곧 타라를 만나 죗값을 치를 거라는 감언이설까지.

만약 전부 노리고 한 행동이라면 이만한 심리전이 없었다.

이제 기사들의 시선은 아르비드에게 향했다. 그에게 결정하라는 뜻이나 마찬가지였다.

지금 상황에서 처음부터 루다와 공범인 그가 할 말은 정해져 있었다.

"우선은 그녀의 말대로 하지."

아르비드의 허락에 기사들의 얼굴 위로 안도가 내비쳤다. 만약 이대로 싸우라고 했으면 여기 있는 자들은 전부 떼죽음일 게 뻔했다.

"자, 그럼 타라한테 벌을 받으러 가 볼까?"

루다가 기분 좋은 목소리로 흥얼거렸다. 성소로 향하는 루다의 발걸음은 가볍기 그지없었다.

익숙한 길을 걷다 보니 저 먼 곳에 있는 타라의 성소가 눈에 들어왔다. 루다의 걸음이 점점 빨라졌다.

루다가 제 품을 다시 한 번 확인했다. 모든 준비는 완벽했다. 성소의 앞에서 루다가 소리쳤다.

"홀리 스트라이크!"

굳건하게 닫혀 있던 성소의 문이 열렸다.

멈칫한 기사들과는 달리 루다는 그 성소 안으로 성큼 들어갔다. 평소처럼 루다를 따라 성소로 들어온 자는 아르비드밖에 없었다.

결전의 장소에서 보자기에 성소에서 루다를 기다리고 있을 줄 알았는데, 예상과는 달리 새하얀 성소 안에는 아무도 없었다.

앞서 들어간 루다를 따라 기사들이 들어가려 했을 때였다. 갑자기 성소의 문이 그들의 앞에서 닫혔다.

"오."

루다가 닫힌 문을 뒤돌아봤다가 다시 몸을 돌렸다. 그곳에는 조금 전과 달리 거대한 타라가 모습을 드러낸 상태였다.

"안녕, 오랜만?"

루다가 가볍게 손을 흔들었다. 타라를 둘러싼 빛이 일렁였다.

-죄인이 여기는 어떤 일이죠?

"너무하네. 우리가 고작 이 정도 사이였어? 그래도 볼 꼴 못 볼 꼴 다 본 사이였잖아."

루다가 타라에게 다가갔다. 그 얼굴에는 비굴함이 가득했다. 그런 루다를 바라보는 타라의 얼굴에는 알 수 없는 의아함이 떠올라 있었다.

─무슨 속셈인지는 모르겠지만 한번 등을 돌린 자를 받아 줄 생각은 없습니다.

그럴 리가. 그랬다면 루다가 여기 들어오기도 전에 저렇게 문을 닫아 버렸어야지.

기사들은 들어오지 못하게 한 채 루다만 들어온 걸 보아하니 타라는 루다와 대화할 의향이 있었다.

말도 안 되는 타라의 말에 비웃음을 날려 주고 싶었지만, 루다는 애써 미안한 미소를 지어 보였다. 지금은 루다가 굽히고 들어갈 때였다.

"너무 매정하게 굴지 마. 난 네게 잘못을 빌려고 온 거야. 내가 군주의 자리에서 떠밀리고 죄인이 돼서 여기저기 돌아다니다 보니까 너어어어무 힘들지 뭐야?"

루다가 혼신의 눈물 연기를 펼쳤다. 물론 눈물은 나지 않지만 괜시리 손가락으로 눈물을 찍어 내는 척도 더했다.

─당신의 거짓말은 믿지 않습니다. 그렇다면 바깥의 기사들은 대체 왜 데려온 거죠?

"왜긴! 내가 여신한테 벌을 받는 모습을 보여 주려고 데려왔지. 그들도 그 모습을 보고 나면 타라 여신님의 위대함을 다시 알지 않을까 싶어서."

루다가 배시시 웃었다. 마치 네가 정말 최고야. 진심으로 말하는 듯했다.

타라는 한동안 답이 없었다.

루다가 계속 입을 털었다.

"아무리 생각해도 내가 잘못 생각한 것 같아."

─뭘 말이죠?

"내가 예전에 그랬잖아. 권력 따위 필요 없다고. 그런데 요 며칠 동안 혼자 돌아다니다 보니까 생각이 바뀌었어."

루다의 말에 아르비드의 얼굴에 의아함이 떠올랐다. 그러든지 말든지 루다는 하던 말을 계속했다.

"한번 손에 넣은 권력의 맛은 잊을 수가 없더라고."

"폐하……!"

아르비드가 혼란에 가득 찬 목소리로 루다를 불렀다.

"타차원의 흐름!"

루다가 스킬명을 외쳤다. 타라와 루다를 감싸고 시간의 장막이 솟아올랐다. 여전히 타라의 얼굴에는 의심이 덕지덕지 붙어 있었다.

"쓸데없는 방해꾼 없이 한번 허심탄회하게 얘기해 보는 게 어때?"

루다가 탐욕에 젖은 눈으로 타라를 바라봤다. 모르는 자가 본다면 진심으로 권력을 원하는 자처럼 보일 정도였다.

그런 루다를 이리저리 살피던 타라가 조심스레 물었다.

─정말입니까?

루다가 의미심장한 미소를 입에 걸었다.

"물론이지. 권력을 원하는 인간을 무시하지 말라고. 뭐든 배신할 수 있게 되니까."

성소 안에는 잠시 침묵이 내려앉았다.

과연 루다를 믿어도 되는가. 타라가 가만히 루다를 내려다보다가 루다에게 물었다.

─……그렇지만 확실히 당신을 믿을 수 없습니다. 당신은 저를 해치려 하지 않았습니까?

"네 마음은 충분히 이해해. 하지만 내 입장도 좀만 생각해 봐 줄래? 난 여기에 혼자 떨어졌단 말이야. 얼마나 외로웠겠어."

루다가 울상을 지었다. 마치 정말 외로웠다는 듯 팔을 한번 쓸었다가 타라를 다시 마주하고는 말을 이었다.

"그런데 내 남자 친구가 아타나스에 있다는 말을 들었어. 그런 남자 친구를 못 만나게 하고, 남자 친구의 기억도 사라져 버리고. 난 정말 무서웠

단 말이야."

무섭기는커녕 화가 나고 어이가 없었지만 루다는 뻔뻔하게 말을 이었다.

―그래서요?

"맨 처음에는 남자 친구의 기억을 못 찾게 하니까 너도 의심했지."

물론 지금도 의심하고 있었다.

하지만 사실대로 말할 수 없으니 루다는 계속 말을 이었다.

"하지만 아타나스 군주의 기억을 가져간 자가 기예르모라는 걸 이제는 확신하게 됐어."

―제 말을 처음부터 믿지 않은 건 당신이었습니다.

"내가 원래 멍청해서 그래. 좀 의심이 많단 말이야. 권력 지향형 인간은 원래 의심밖에 못 해."

―하지만 당신은 저를 해치려 하지 않았습니까?

"그것도 한번 생각해 봐. 너라면 충분히 이해할 거라고 생각하는데. 네가 나를 속이고 있다는 걸 알게 됐는데, 내가 어떻게 너를 믿겠어? 당연히 우리를 죽이려고 속이는 줄 알았다고."

―…….

루다의 말이 썩 진심으로 보였던 모양인지 타라는 루다의 말을 부정하지 않았다.

"살고 싶었으면 처음부터 다음 대 타라를 죽여 달라고 말했으면 됐잖아. 그럼 그냥 다음 대 타라를 없애 버리고 우리는 집으로 돌아가고. 얼마나 좋아? 하지만 기예르모를 죽여 달라고 했으면서 네가 기예르모와 한편이라는데, 내가 어떻게 너를 믿을 수 있었겠어?"

―……그렇다면 이제 와서 손을 내미는 이유가 뭡니까?

"왜긴. 나는 권력에 욕심이 생겨 버렸다니까? 계속 시타라랑 군주를 하면서 이 권력을 유지해야겠다는 말이야. 그러니까 다 터놓고 대화해 보자고. 나는 이제 너의 목적을 다 알았고, 너도 우리의 목적을 알았잖아. 진짜로 손을 잡자는 거지.”

루다가 손을 내밀었다.

그 손을 바라보는 타라가 말없이 바라봤다. 고민으로 흔들리는 게 분명했다.

여전히 의심이 어느 정도 담긴 목소리로 타라가 물었다.

—당신의 목적은 집에 돌아가는 거 아니었습니까?

“물론 그랬지. 그런데 아까 말했잖아? 권력을 한번 맛보고 났더니 이걸 놓고 싶지 않아졌다니까? 다시 돌아가 봤자 신입사원 나부랭이밖에 못 해. 그러느니 여기서 군주 하는 게 더 이득이지.”

—그렇다면…….

루다가 타라의 말을 중간에 잘랐다. 타라가 제일 원하는 한마디를 던져 구워삶아야 했다.

“내가, 그리고 아타나스의 군주가 다음 대 타라를 없애 줄게. 가능한 방법 찾아냈거든. 대신, 네가 타라로 군림하는 동안 나를 계속 이곳의 군주로 만들어 줘. 평생.”

루다가 입술 한쪽을 끌어 올려 웃었다. 정말로 권력을 탐하는 것 같은 웃음이었다.

그 얼굴을 가만히 바라보던 타라가 입을 열었다.

—좋습니다.

타라의 얼굴에 미소가 떠올랐다. 주변을 감싸고 있던 빛이 일렁였다. 그것이 진실이라는 걸 충분히 알 수 있었다.

좋아. 루다 역시 활짝 웃었다. 이제 첫 단계는 끝냈으니 두 번째로 넘어가 볼까?

“그런데 궁금한 게 있는데.”

—뭐죠?

"태초의 타라가 죽고 네가 관리자인 거잖아. 그럼 혹시 태초의 타라가 다시 태어날 일은 없는 거야?"

루다가 정말 궁금한 것처럼 물었다. 이제 둘은 겉보기에 모든 것을 털어놓은 공범자였으니 이 정도 질문에는 답해 주지 않을까 싶어 던진 질문이었다.

—태초의 타라는 소멸했습니다. 소멸한 존재는 절대 우리를 방해할 수 없습니다.

그리고 다행히도 타라는 루다의 질문에 흔쾌히 대답했다. 심지어 타라는 루다와 자신을 우리라고 지칭하고 있었다.

루다가 만족스러운 미소를 지었다.

"그래? 완전 다행이네. 그런데 또 걱정되는 게 있어."

루다가 다시 울상을 지었다. 정말로 걱정되는 듯한 모습을 보이려는 최고의 노력이었다.

—뭡니까?

"내가 또 다른 타라의 목소리에 홀려서 여기저기 다니면서 봤는데. 에세나 여기저기가 어둠으로 타락해 있던데, 멸망의 위험은 없는 거야?"

—몇몇 지역의 인간들이 죽어 나갈지언정 저크시즈는 멸망하지 않습니다. 죽어 나가는 인간들보다 저크시즈 곳곳에서 태어나는 인간의 수가 더 많으니 고작 그걸로 죽는 자들은 신경 쓸 필요 없습니다.

"오, 그래? 와, 대단하다. 나는 인간들의 지지를 받으려면 인간들을 살려야 된다고 생각했는데. 엄청난 욕망을 가진 존재는 다르구나. 아, 나 또 궁금한 거 있는데."

루다가 진심으로 감탄한 듯 고개를 끄덕이며 또 다른 질문을 대비했다.

—무엇입니까?

"왜 네 말을 잘 듣는 저크시즈의 사람들을 시키지 않고 우릴 부른 거야? 괜히 나랑 힘겨루기 하느라 힘들었을 텐데."

—처음에는 저크시즈인들을 시키려고 시도해 봤으나 이곳의 규칙 때문에 불가능했습니다.

"아아, 태초의 타라가 세워 둔 규칙 말이구나."

루다가 깨달았다는 듯이 거칠게 고개를 끄덕였다.

—그렇습니다. 그래서 규칙 밖의 사람들인 당신들을 데려온 거죠.

"그런데 그 규칙이라는 게 우리를 죽이지 못한 이유기도 해?"

—세계 밖의 사람들은 이미 틈 사이로 흘러들어 왔기에 당신들이 죽게 되면 저크시즈가 어떻게 될지 알 수 없습니다.

"그럼 죽일 수는 있다는 이야기네?"

—죽이지 않는 게 좋다는 이야기죠. 더불어 당신들을 데려오는 데 많은 힘을 써 버렸기 때문에 다른 세계 밖의 인간을 데려오는 것도 힘들고 말이에요.

또 다른 걸 들었다. 죽일 수는 있지만, 죽이면 이 세계가 어떻게 될 수도 있었다.

타라는 저크시즈를 관장하는 신이 되고 싶은 것이지 저크시즈를 멸망시키고 싶은 게 아니었다.

"그렇구나. 그럼 원래 우리 대신 이용하려고 했던 다른 저크시즈 사람들은 어떻게 됐어?"

—그들은 알아서는 안 되는 걸 알게 된 자들이죠.

"설마 죽였다는 말이야?"

—비밀을 비밀로 유지했다는 말입니다.

"그렇구나. 그런데 우리가 네 말을 무시하고 다른 타라의 말을 들어 버린 거구나."

—지금이라도 뉘우치고 돌아왔으니 상관없습니다. 자비로운 제가 전부 용서해 드릴 수 있으니까요.

타라가 최대한 부드럽게 웃으며 답했다.

그 뻔뻔함 자체에 비웃음이 나오려는 걸 겨우겨우 참아 냈다.

"용서해 주다니 정말 고마워. 나 그런데 하나 더 궁금한 게 있어."

ㅡ무엇이죠?

"기예르모도 신이 아니라 관리자야?"

ㅡ……그렇다고 볼 수 있죠.

이제는 타라가 술술 불고 있었다.

하긴, 그럴 수밖에 없었다. 지금 이 대화를 들을 수 있는 사람은 루다와 타라를 제외하고는 아무도 없었다.

지금 이렇게 진실을 말한다고 제 악행이 에세나에 퍼지지 않을 거라 믿기 때문에 타라는 마음 놓고 진실을 말할 수 있었다.

이미 손을 잡은 상대고, 제가 말하지 않았더라도 많은 것을 이미 알고 있는 자였다.

어차피 서로의 이익을 위해 움직일 것, 적당히 궁금한 것을 솔직하게 대답하는 척 알려 주는 게 이용하기 좋겠다고 판단한 것도 있었다.

루다가 뻔뻔하게 웃음 짓고 있는 타라를 바라보며 계속해서 질문을 던졌다.

"그럼 그 기예르모도 다음 대 타라가 나타나면 사라져?"

ㅡ예, 그렇습니다.

"우와, 너무 신기하다! 둘이 완전 같은 편이라서 아타나스에서 있던 일들을 알고 있었구나. 원래 시타라이자 반신이었던 스테안도 기예르모의 반신으로 만들 수 있었고."

ㅡ……그렇습니다.

루다가 고개를 끄덕였다.

그래, 전부 긍정하니 얼마나 좋아.

루다가 씨익 웃었다.

"그러니까 요약하자면 진짜 신인 타라는 죽었고, 저크시즈를 너무 사랑한 태초의 타라가 저크시즈를 관리하기 위해 타라라는 이름의 관리자를 만들었어. 그렇지?"

-그렇죠.

"그 타라는 600년에 한 번씩 죽고 다시 태어나는 존재야. 그렇게 앞서 네 번의 타라가 소멸되고 다섯 번째인 네가 태어났어. 이제 몇 주 후면 새로운 타라가 나타날 시기야. 그런데 태초 타라의 계획과는 달리 지금의 관리자 타라는 감정이 생겨 버렸어. 마치 권력에 아무 욕심 없던 내가 권력욕이 생긴 것처럼 말이지."

-…….

루다가 하나하나 정리하기 시작했다.

무언가 이상한 낌새를 눈치챘는지 타라의 말수가 점점 줄어들고 있었다.

"그래서 너는 다음 대 타라를 죽여 버리려고 했지. 나랑 아타나스의 군주를 이용해서 말이야. 하지만 안타깝게도 우리가 네 속셈을 알아 버렸고, 심지어 다음 대 타라를 도와주는 행동을 해 버리고 말았네?"

루다의 입가에는 여전히 미소가 떠올라 있었다. 숨을 들이쉬었다가 말을 이었다.

"그래서 네 말대로 되지 않는 우리한테 화가 난 네가 하필 타이밍도 적절하게 증거를 잡아 버렸고, 그걸 에세나 전역에 송출해 나를 대역 죄인으로 만들어 버렸지 뭐야?"

-전부 아는 걸 다시 이렇게 말하는 이유가 뭐죠? 당신이 다시 군주가 되고 싶으면 저와 손을 잡는 방법밖에 없을 텐데요?

뻔뻔하게 웃고 있던 타라의 얼굴이 살짝 굳었다.

괜히 말이 길어지는 루다가, 아까와는 다른 웃음을 입에 걸고 있는 루다가 문득 불안해진 게 분명했다.

아까부터 생글생글 웃던 루다의 얼굴에 명백한 비웃음이 걸렸다.

삐딱하게 타라를 바라보는 모습에는 아까 보여 줬던 비굴한 모습도, 호의적인 모습도 전부 사라진 상태였다.

"손을 잡는다고? 내가 너랑? 내가 왜?"

-대체 무슨…….

"신도 아닌, 몇 주 후면 죽어 버릴 관리자랑 내가 왜 손을 잡아? 웃기는 소리 하고 있네. 너 같은 짜가랑은 손 안 잡아."

아까부터 평온했던 타라의 얼굴에 금이 갔다. 굳은 표정, 그 위에는 사태를 파악하지 못하는 의아함도 함께 떠올라 있었다.

하지만 그 모습도 잠시, 타라의 표정이 서서히 펴지기 시작했다. 여유로운 모습도 다시 돌아왔다.

-당신이 그럴 줄 알았습니다.

은은한 목소리가 흘러나왔다.

-하지만 당신은 저의 무력을 당해 낼 수 없지요.

말이 끝나기가 무섭게 거대한 빛기둥이 루다의 눈앞에 나타났다. 그 빛기둥이 사라진 곳에는 조금 전까지 그 자리에 없었던 사람들이 있었다.

아타나스의 군주이자 루다의 남자 친구인 형우, 스테안, 그리고 아타나스의 정예군들.

-이자들과 싸워 이길 자신이 있는 모양이군요.

그 전력은 모두 루다가 알고 있는 바였다.

"허억! 너무 무섭다!"

루다가 화들짝 놀란 척하며 뒤로 물러났다. 그 모습을 바라보는 타라의 얼굴이 살짝 구겨졌다.

-당신이 아무리 강하다 한들 이 정도의 전력을 상대할 수는 없을 텐데요.

"물론이지. 내가 어떻게 그 정도를 전부 상대하겠어."

루다가 팔짱을 낀 채 삐딱하게 되물었다.

–그걸 아는 사람치고는 너무도 여유롭군요.

"사람은 여유롭게 살아야지. 그렇지 않아, 형우야?"

루다가 몸을 풀며 형우에게 질문을 던졌다. 형우가 굳은 얼굴로 천천히 루다를 바라봤다.

루다가 순간 흠칫했다. 세뇌 다시 걸린 건 아니지?

–아타나스의 군주여, 내 명을 들어라.

형우가 뚜벅뚜벅 앞으로 나섰다. 루다가 긴장했다.

설마 그 채팅 역시 타라가 쓰라고 시킨 건가? 형우는 아직 제정신이 아닌가?

"형우야?"

루다가 불렀지만, 형우는 아무런 반응도 없었다.

–아타나스의 군사들도.

아타나스의 정예군들 역시 타라의 명령에 앞으로 나섰다. 루다가 미간을 찌푸렸다.

"대체 아타나스의 기사들이 왜 타라의 명령을 들어? 저기요?"

기예르모와 타라가 내통하고 있다는 건 아타나스의 군주와 에세나의 군주가 내통하고 있는 것과는 차원이 다른 문제였다.

두 진영이 몇 백 년 동안 서로를 증오하며 으르렁대던 근본적인 이유는 타라와 기예르모였다.

둘은 서로를 적대했고, 서로를 증오해야만 했다. 그렇지 않으면 수백 년에 걸친 에세나와 아타나스의 전쟁에는 명분이 사라진다.

그렇기에 아타나스의 기사들이 타라의 명을 듣는다는 사실이 이해가 되지 않았다.

그들이 제정신이라면 이런 일이 있을 수가 없었다. 그래, 제정신이라면.

"설마……."

루다가 타라의 양옆으로 서 있는 아타나스의 군사들을 바라봤다.

그들의 눈에 초점이라고는 없었다. 마치 예전 형우를 봤을 때처럼.

"너 설마 아타나스의 기사들에게 세뇌를 건 거야?"

충격으로 동공이 흔들리는 루다에게 타라가 평온하게 대답했다.

─제가 아니라 기예르모가 걸었고 제게 이 군사들을 넘겨줬죠. 여기서 끝이 아닌데 벌써 놀라면 슬프답니다. 스테안.

타라의 호명에 스테안이 앞으로 나왔다. 이제는 그의 특징이라고 할 수 있는 흰색 완드를 손에 든 채, 한쪽 손을 흔들며 루다에게 인사했다.

그 모습이 너무나도 여유로워 보여 루다는 순간 여기가 성소가 아닌가 고민할 정도였다.

스테안이 바닥에 완드를 쿵, 하고 박았다. 바닥에서 희뿌연 것들이 올라오기 시작했다. 연기처럼 생긴 그것들이 퍼지더니 이내 형상들을 만들기 시작했다.

"고대의 병사……."

뒤에서 멍하니 중얼거리는 소리가 들렸다. 타차원의 흐름은 사라졌고, 그곳에는 같은 시간을 공유하는 아르비드가 혼란스러운 얼굴로 서 있었다.

"저게 고대의 병사야?"

─그렇습니다, 죄인이여. 하나하나가 탁월한 무력을 가지고 있죠.

아르비드에게 물어본 거였지만 그 대답은 타라가 했다. 그녀의 얼굴 위에는 자신만만한 미소가 지어져 있었다.

그들의 위에 적힌 레벨은 최소가 180이었다. 평균적인 레벨은 220정도가 되는 것 같았다. 그런 자들이 1백 가까이 모여 있었다.

루다가 꿀꺽, 마른침을 삼켰다. 생각보다 타라의 군사력이 어마어마했다.

─자, 당신에게 마지막 기회를 주죠.

"뭐?"

예상외의 한마디에 루다가 어이없는 얼굴로 타라를 바라봤다.

기회를 준다고? 이대로 저를 공격하라고 말할 줄 알았다. 아무래도 아직 타라는 루다를 제 편으로 만들고 싶은 모양이었다.

―만약 당신이 나의 편에 서겠다고 하면, 넓은 아량으로 당신이 지금까지 한 모든 죄를 씻어 주겠어요.

넓은 아량 같은 소리 하고 있네. 밴댕이 소갈딱지 같은 인성을 가진 주제에 제일 어울리지도 않는 말을 하고 있어.

루다가 머리를 굴렸다.

저 고대의 군사들은 스테안이 이미 언질은 준 바였다. 미리 말했다는 건 나름의 방법이 있기 때문이 아닐까? 그렇다면 고대의 군대는 타라의 전력에서 우선 제외하기로 했다.

형우의 기억이 돌아왔는지는 아직 확실하지 않았다.

루다가 형우와 눈이 마주쳤다. 형우의 왼쪽 눈이 한 번 감겼다 떠졌다. 여전히 무표정이지만 루다에게 제 나름의 신호를 보낸 것이나 마찬가지였다.

타라의 커다란 전력이라 할 수 있는 고대의 병사와 형우는 타라의 편이 아니었다. 그래서 루다는 타라에게 하던 대로 밀어붙이기로 했다.

"내가 왜?"

―지금 이것들을 보고도 상황 파악이 되지 않나요?

"내가 죽는다 하더라도 너는 곧 소멸할 거잖아. 어차피 죽을 건데 왜 그렇게 발버둥 치는지 모르겠네. 반석도 아직 남아 있고, 위그드라실도 살아 있어. 새로운 타라는 곧 태어나겠지. 너는 죽고 말이야."

루다가 또박또박 한마디씩 내뱉었다.

확신이 담긴 말에 갑자기 타라가 웃기 시작했다. 처음 들어 보는, 만족에 젖은 목소리가 성소를 가득 울렸다.

루다가 멍하니 타라가 하는 꼴을 바라봤다. 드디어 미친 건가? 생각할 때쯤, 타라가 웃음을 멈췄다.

-위대한 영웅의 영혼 조각은 거대한 힘을 가지지.

뭔 말을 하려나 했더니 알아들을 수 없는 말을 지껄였다.

루다의 미간이 움푹 파였다.

"무슨 헛소리야?"

-세계의 규칙을 벗어난 영혼, 그것의 조각은 하나라도 커다란 힘을 발할 수 있지요.

"도대체 무슨."

개소리야. 말하려다 루다가 말을 멈췄다.

영혼 조각. 하나. 그것과 맞아떨어지는 것이 있었다. 마지막 남은 형우의 기억 조각.

-그것은 가진 힘을 증폭시킨다. 신력을 조금이라도 이어받은 내가 갖게된다면…….

타라가 희열에 젖어 말했다.

-소멸을 막아 준다.

그와 동시에 루다의 눈앞에 반짝이는 알림이 도착했다.

"퀘스트!"

루다가 다급하게 외쳤다. 루다의 앞에 새로 도착한 퀘스트가 나타났다.

메인 퀘스트: 남자 친구의 기억 조각을 찾아라! (5/5)

지금의 타라는 금지된 길을 걷고 있습니다. 저크시즈의 올바른 길을 걸어온 영웅이자 시타라여, 타라를 소멸시켜 잘못된 길을 가는 그녀를 어둠에서 구원해 주십시오.

보상: 정화된 타라의 근원, 100,000골드, 귀환

퀘스트를 순식간에 읽어 내린 루다는 알 수 있었다.

"너구나."

형우의 기억을 가지고 장난친 자가 누군지. 그 마지막 조각을 누가 가졌는지.

만족스러운 표정을 짓고 있는 타라와 눈이 마주쳤다.

루다의 얼굴이 분노로 와락 구겨졌다.

"마지막 기억 조각을 가진 새끼가 너였어! 홀리 스트라이크!"

분노가 한껏 담긴 목소리로 외쳤다.

루다의 외침에 단검 다섯 개가 타라에게 돌진했다. 예전에는 튕겨 나왔던 단검이 그대로 박혀 들어갔다. 공격이 먹히는 게 분명했다.

"아싸……!"

루다의 쾌재도 잠시, 루다는 다시 그 자리에서 멈췄다.

타라의 옆에는 타라가, 그 뒤에도 타라가. 여러 명의 타라가 있었다. 각각 타라의 레벨은 400이었다.

"미친 거 아니야?"

타라가 그렇게 자신만만했던 이유가 있었다. 타라가 저 전력을 다 끌어모으지 않았더라도 루다가 타라를 없애는 것은 쉽지 않았을 것이다.

"징그러운 새끼."

살 궁리를 저렇게나 하다니. 고대의 병사와 다른 기사들을 세뇌해 제 편으로 만든 이유는 루다를 좀 더 확실하게 찍어 누르기 위함이 틀림없었다.

─날 죽일 수 있을 거라 생각했나? 한낱 인간이?

타라가 만족스럽게 웃었다. 손을 한번 휘저었다.

대체 무슨 짓이지? 루다가 의아할 겨를도 없이 쿠구궁, 성소를 막고 있던 바위가 커다란 소리를 내더니 성소의 문이 열렸다. 에세나의 기사들이 성소 안으로 들어오고 있었다.

대체 저자들을 왜 안으로 들여보낸 걸까? 죽여 달라고?

루다가 아르비드를 바라봤다.

아직은 아르비드가 에세나의 군주이니 기사들에게 명령을 내릴 수 있지 않을까?

"맞아. 알비, 쟤네 좀 어떻게 좀 설득해서……."

"저들의 상태가 이상합니다."

아르비드가 미간을 찌푸렸다. 루다가 아르비드를 따라 그들을 살폈다. 에세나의 기사들을 살피던 루다의 얼굴 역시 와락 구겨졌다.

"지금 쟤들까지 세뇌시킨 거야?"

에세나의 기사들 역시 눈에 생기가 없었다. 아타나스 병사들과 같은 증상이었다.

─조금 더 신에게 충성할 수 있도록 만든 것뿐이지요.

타라가 뻔뻔하게, 그리고 만족스럽게 웃었다.

그렇게 자신만만한 이유가 있었구나. 어떤 조건인지는 모르겠지만, 강하지 않은 저크시즈인을 세뇌하는 건 타라에게 어려운 일이 아닌 게 분명했다.

루다가 스테안과 형우를 바라봤다. 지금 믿을 사람들은 저들밖에 없었다.

─공격하라!

타라가 소리쳤다. 루다의 사방에서 군대들이 돌진하기 시작했다.

그때였다.

"파이어 월."

낮은 목소리가 공간에 울려 퍼졌다. 루다의 주변으로 뜨거운 벽이 솟아올랐다.

"형우야!"

"좀 더 시간을 끌려고 했는데 더는 안 될 것 같아서."

형우가 씁쓸한 웃음을 지었다.

"상황이 좋지 않아."

"왜?"

"그게……."

형우의 시선이 스테안에게 향했다. 스테안이 미안한 듯 씁쓸한 미소를 지었다.

루다는 그 미소가 썩 달갑지 않았다.

"왜? 스테안이 배신이라도 했어?"

"아니, 그건 아닌데……."

−고대의 병사들이여.

형우의 말이 끝나기도 전에 타라의 목소리가 성소를 울렸다.

루다의 고개가 서서히 돌아갔다.

타라의 명령에 그들이 움직이기 시작했다.

"아니, 저게 왜 움직여! 저건 스테안의 군사들이잖아!"

−태초의 반신의 권속이 내게 있다는 걸 몰랐는가?

타라가 평온하게 지껄였다.

대체 저게 무슨 소리지? 반신의 권속과 스테안의 군사가 무슨 상관이란 말이야?

"군사 통솔권을 뺏겨 버렸어."

그리고 그에 대한 답은 형우의 입에서 나와 버렸다. 즉, 이제 태초의 군사는 타라에 의해 움직인다는 말이었다.

"뭐 이딴 일이 다 있어?"

다 된 밥이라고 생각했다. 지금 당장 타라를 죽일 수는 없어도 우선 여론을 잠재운 후, 힘을 비축해서 타라를 칠 수 있을 거라고 생각했다.

하지만 이대로라면 타라의 손에 죽을 게 분명했다.

스테안이 타라를 배신하고 루다의 편에 선다고 해도 어떠한 제약으로 타라를 공격하지 못할 가능성이 컸다.

레벨이 200이 넘는 자들이 1백이 넘고, 거기에 죽이기에 까다로운 인간 기사들까지 전부가 타라의 병력이었다.

대체 이걸 어떻게 하지?

ㅡ저 대역 죄인들을 처단하라!

타라의 외침에 반투명한 고대의 병사들이 열 맞춰 앞으로 돌진했다. 중장비를 들고 적을 처단하기 위해 기이한 속도를 내는 모습이 어찌 보면 장관이었지만, 공격을 당하는 루다의 눈에는 절대 그렇게 보일 수가 없었다.

"야! 저걸 뺏기면 어떻게 해!"

들어오는 공격을 피하며 루다가 스테안에게 소리쳤다.

고대의 병사를 데려가도 놀라지 말라기에 그 군대를 루다의 아군으로 쓰게 할 방법이 있는 줄 알았다. 하지만 그게 아니었단 말이야?

"미안."

말하고는 스테안이 하하, 웃었다.

"지금 이게 웃을 일이냐! 할로우 댄싱 소드!"

루다가 뛰어오르며 타라를 공격했다.

이건 보스전이나 마찬가지였다. 여기서 저 병력을 전부 잠재울 방법은 타라를 죽이는 것밖에 없었다.

루다의 공격이 타라에게 명중했다. 하지만 타라의 머리 위에 있는 레벨은 여전히 물음표로 떠 있었다. hp도 마찬가지였다.

지금의 공격으로 타라가 어느 정도 닳았는지 알 수가 없었다.

아타나스의 군대, 에세나의 군대, 거기에 고대의 군대까지 합쳐지니 이건 완전 정예 중의 정예, 질과 양을 전부 갖춘 대군대나 마찬가지였다.

루다가 바닥에 착지하자마자 빛처럼 나타난 고대의 병사가 루다에게 창을 찔러 넣었다.

"헤이스트!"

루다가 빛의 속도록 그 공격을 피해 냈다. 주변을 둘러보니 형우도, 아르비드도 그들과 싸우느라 고전하고 있었다.

루다가 움직이려 할 때마다 공격해 들어오는 이들을 피하는 것도 너무 큰일이었다.

"아아아악! 귀찮아! 아이스 에이지!"

루다의 외침에 거대한 냉기가 루다의 주변을 휘감았다.

주변으로 퍼진 냉기는 루다에게 달려드는 것들을 순식간에 얼려 버렸다. 하지만 그들을 일시적으로 정지시켰을 뿐, 죽은 자는 없었다.

"뭐 이딴 난이도가 다 있어!"

루다가 절규했다.

루다의 눈이 타라를 똑바로 바라봤다. 그 눈에는 분노가 가득했다.

루다의 눈에는 저 치졸하고 졸렬하고 멍청하고 욕심만 많은 관리자를 꼭 죽이고야 말겠다는 다짐이 굳게 담겨 있었다.

"엄호 좀 부탁해."

루다가 형우에게 말했다. 어느새 루다의 곁으로 다가온 형우가 걱정스러운 얼굴로 루다에게 물었다.

"뭐 하게?"

"우두머리만 죽여 버리면 되는 거 아니야?"

이를 악다문 채 다시 공격해 오는 고대의 병사를 발로 찼다. 뿌연 연기처럼 보이는 주제에 어마어마한 공격력을 자랑하는 병사를 보는 건 썩 좋은 기분은 아니었다.

"방법이 있어? 내 눈에는 지금 타라의 레벨이랑 hp가 안 보이는데."

"나도 마찬가지야. 그런데 한번 해 봐야지."

형우처럼 지금 루다의 눈에도 타라의 레벨과 hp는 보이지 않았다. 대신 루다에게는 고대의 단검이 있었다.

그 단검에는 초월자의 권능이라는 옵션이 두 번 부여되어 있었다.

지금 성공한다는 보장은 없었다.

이 초월자의 권능을 한 번은 타라에게, 다른 한 번은 기예르모에게 사용할 생각이었다.

하지만 만약 지금 실패한다고 하더라도 기예르모를 죽이는 건 포기하지 뭐.

타라를 죽이면 다시 돌아갈 수 있는 귀환권을 준다고 했다. 기예르모도 괘씸하지만 저 더럽고 치사한 타라를 죽여야 했다.

귀환권을 손에 넣은 채 어떻게 방법을 찾아내 기예르모를 죽여도 되고.

타라를 죽이기만 한다면 방법은 많았다.

"할 수 있겠어?"

"몰라, 그래도 타격은 주겠지. 그러니까 얘네 좀 막아 줘."

루다가 단호하게 답했고, 형우가 걱정스레 고개를 끄덕였다.

"아이스 에이지!"

주변을 얼려 버린 채 루다가 타라에게 한 걸음 다가갔다.

"아이스 에이지!"

한 번 더 스킬을 외쳤다. 루다 주변이 다시 마비됐다. 뒤에서는 형우가 루다를 도와주고 있으니 걱정할 것 없었다.

"초월자의 권능……을 사용한단 말이지."

루다가 공중으로 단검을 띄웠다. 새하얀 빛이, 알 수 없는 어둠이 동시에 단검을 휘감았다.

"기간틱 소드!"

─막아라!

타라가 절박하게 소리쳤다. 하지만 루다의 공격이 조금 더 빨랐다.

루다의 단검에서 뻗어 나온 거대한 빛이 그대로 타라를 관통했다.

대지가 울렸다. 성소가 흔들렸다. 순백으로 가득했던 성소에 순간 어둠이 내려앉았다.

"드디어……!"

그것이 타라의 죽음이라고 생각했다. 하지만 어두워졌던 성소가 다시 밝아졌다가, 다시 어두워졌다가, 마치 빛이 나간 형광등처럼 깜빡거리고 있었다.

—노력은 가상하군.

들리지 않았으면 싶었던 타라의 목소리가 들렸다. 그 목소리가 낮아졌다가 다시 높아졌다.

낮아졌을 때의 목소리. 그 목소리에서 루다는 이상한 기시감을 느꼈다.

"저 목소리 어디서 들어 봤는데……."

분명히 들어 본 목소리였다. 어둠을 가득 안은 목소리. 성소 안을 전부 울리는 목소리.

"들어 봤겠지."

"응?"

지금 상황과 전혀 어울리지 않는 여유로운 한마디가 들려왔다. 대뜸 끼어든 목소리의 주인은 스테안이었다.

"내가 한 가지 알려 줄까?"

"뭐야, 갑자기?"

지금의 상황에 전혀 맞지 않는 여유. 그 여유는 평소 스테안의 모습과 정말 잘 어울렸다. 이런 상황에서 절대 보여 주지 않았던 모습이라는 게 문제였지만.

그의 의중이 파악되지 않아 루다가 찌푸린 눈으로 스테안을 바라봤다. 그 와중에도 그는 여전히 웃고 있었다.

—스테안! 입 닥쳐라!

타라가 소리쳤다. 평온한 척, 고고한 척했던 그녀의 모습과 다른 처절함이었다.

루다는 이게 타라의 약점 중 하나라는 걸 순식간에 깨달았다.

"아이스 솔딩 실드!"

루다의 외침에 만들어진 얼음벽이 스테안에게 달려들려는 타라를 막아
냈다.

"고마워. 이루다, 그 전에 궁금한 게 있는데."

"뭔데?"

"여기는 네 작전 안인가?"

"작전……?"

스테안은 설마 루다의 작전이 뭔지 알고 있는 걸까? 아는지 모르는지 확
실히는 모르겠지만, 작전 중이냐고 물어보면 맞는 말이었다.

루다가 고개를 끄덕였다.

"응, 여전히."

"좋아."

스테안이 웃었다. 결연에 가득 찬 눈빛, 여유로운 미소. 그 웃음이 이상
하게 불안해 보였다.

─입 닥치지 못할까!

절박하게 외치는 타라의 목소리가 성소를 뒤흔들었다. 고대의 병사들이
루다와 스테안에게 달려들기 시작했다.

"파이어 월!"

형우의 외침이 들렸다. 적절한 시기에 루다와 스테안을 둘러싸고 솟아
오른 불의 장막이 그들의 공격을 막아 주었다.

화염의 장벽 한가운데서, 스테안이 새하얗고 성스러운 완드를 곧게 잡
았다.

드물게 보여 줬던 엄숙한 표정이 그의 얼굴에 자리 잡았다.

한 번도 듣지 못했던 진지하고 진중한 목소리로 그가 입을 열었다.

"나는 란테스 로디온. 저크시즈 태초의 군주이자 현존하는 시타라이자,
태초의 반신. 지금부터 내가 하는 말은 저크시즈의 진실이자 타락한 현 타
라의 오점."

스테안이 바닥을 한번 쾅, 하고 쳤다. 동시에 루다가 세워 놓은 실드에 타라의 공격이 부딪치는 굉음이 들렸다.

"타라가 신이 아닌 관리자라는 건 네가 밝혔지만, 이것 하나는 못 잡아 냈더라고."

"잠깐."

문득 불안한 예감이 들었다.

-그만! 닥쳐라!

말려야 하는데, 루다가 세운 실드가 타라에 의해 깨져 있었다.

"아이스 솔딩 실드!"

그 공격을 막아 내느라, 루다는 스테안이 다음 말을 내뱉도록 여유를 허용해 버렸다. 그 틈을 놓치지 않고 스테안이 말을 이었다.

"타라와 기예르모가 같은 신이라는 것. 정확히 말하자면 같은 관리자라는 것. 타라와 기예르모는 같은 존재야."

"뭐?"

-스테아아아아아안!

성소에 다시 어둠이 내려앉았다가 밝게 돌아왔다. 다시 깜빡이는 성소. 어둠과 빛을 몇 번이나 오간 성소는 다시 본래의 백색으로 돌아와 있었다.

하지만 이전에는 보이지 않던 것들이 있었다.

"그림자?"

아까는 이 안에 그림자라고는 없었다. 하지만 지금은 아니었다. 타라의 발아래 있는 것은 그림자. 그리고 그 형상은.

"기예르모······."

아까부터 쇄도하던 공격이 멈춰 있었다. 성소 안에는 아무 소리도 들리지 않았다. 충격으로 인한 침묵만이 성소를 가득 채웠다.

-하하하하하하!

웃음이 들렸다. 타라의 성스러웠던 목소리에는 기예르모의 낮은 음성이

덮씌워져 있었다.

그래, 저 목소리는 기예르모를 만났을 때 들었던 목소리였다.

그제야 루다는 모든 것이 이해가 가기 시작했다.

처음 타라를 만났다던 형우가 어째서 기억을 잃은 채 기예르모의 앞에서 눈을 떴는지. 어째서 그렇게 확실한 조건을 내걸었는데도 루다를 내쳤는지. 조건이 카라트인 것들이 어떻게 시타라에게도 적용됐는지.

모든 것들이. 전부, 타라와 기예르모가 동일한 존재였기에 가능한 것들이었다.

―그게 어쨌다는 거지? 고작 내 정체를 밝힌 게 무엇이 어떻단 말인가! 저크시즈의 모든 자들이 나의 병사다. 고대의 병사 역시 나의 병사. 너는 여기서 살아 나가지 못한다, 죄인이여.

"그리고 나의 소명은 세계의 진실을 함부로 발설하지 않는 것."

"아."

루다가 퍼뜩 고개를 들었다. 이것은 세계의 진실이었다. 그리고 세계의 진실을 말한다는 건…….

"태초의 창조주가 내린 소임을 다하지 못한 죄, 소멸로 갚을지니."

"말도 안 되는 소리 하지 마!"

루다가 날카롭게 소리쳤다. 하지만 그렇다고 루다가 할 수 있는 건 아무것도 없었다.

스테안의 발밑에서부터 조금씩 빛이 올라오고 있었다. 그 밝디밝은 빛의 조각들이, 마치 스테안의 마지막을 고하고 있는 것 같았다.

"태초의 타라가 내게 남긴 권능을 지금 사용하고자 한다."

점점 사라져 가는 스테안이 손에서 완드를 놨다. 완드가 허공에 떠올라 멈췄다.

"개소리하지 마. 너 여기서 죽으면 내 손에 죽어!"

말도 안 되는 소리를 한다는 자각도 없었다. 저게 마지막 유언인 것 같았다. 지금 막을 방법은 없을까?

루다의 분노에 빙긋, 미소를 지은 스테안이 마지막 말을 이었다.

"반신의 권능은 시타라이자, 에세나의 군주이자, 영웅인 이루다에게. 고로 반신으로서 가질 수 있던 모든 권능 역시."

"필요 없거든!"

루다의 의사는 상관없다는 듯, 스테안이 손에서 놓친 완드가 루다의 앞에 가만히 멈춰 있었다. 마치 저를 잡아 달라고 말하는 것처럼.

"이루다, 전부 네 거야."

마지막 말을 내뱉고는 스테안이 웃었다. 여유로워 보이는 웃음, '이건 기대하지 못했지.'라고 말하는 듯한 얄미운 눈꼬리. 그 모습 그대로 스테안이 인사했다.

"감사했습니다, 영웅들이시여. 그럼 저크시즈를 당신들의 손에."

그 말을 마지막으로 빛의 조각들이 성소에 흩뿌려졌다.

"말도 안 돼. 이딴 게 어딨어!"

친구라고 생각했다. 한 대씩 때려 주고 싶었지만, 죽이고 싶지는 않았다. 타라를 조지면 적어도 밥이라도 한 끼 한 후 인사하고 집으로 돌아가려고 했다.

집으로 다시 돌아가면 생각이 나겠지, 가끔은 보고 싶을 수도 있겠다 했다.

죽게 만들지 않기 위해 하고 싶은 질문들을 몇 번이나 삼켰다. 그 결과가 이거라니.

루다가 제 앞에서 흔들리는 흰색 완드를 가만히 바라봤다. 그 완드에 손을 뻗었다. 빛이 터져 나왔다.

[태초의 반신 타이틀을 획득하였습니다.]

[저크시즈 관리자 모드를 습득했습니다.]

[진실의 눈이 랭크업 됐습니다. 진실의 눈 : 랭크8]

[새로운 스킬을 배웠습니다. '목소리의 실체']

[새로운 스킬을 배웠습니다. '고대의 병사 통솔']

"고대의 병사 통솔?"

루다가 의아한 목소리로 중얼거렸다. 그러자 루다의 앞에 안내 창이 나타났다.

[고대의 병사의 명령권을 탈환하겠습니까?]

"당연하지."

[병사들은 다시 당신의 권속이 됩니다.]

안내 창과 함께 루다와 형우에게 무기를 겨누었던 병사들이 동시에 공격을 거둬들였다. 그들이 동시에 루다의 앞에 무릎 꿇었다. 군주를 향한 충성이었다.

"죽었다 이거지? 네가 준 건 전부 잘 사용해 주지. 그리고 어떻게 되든 살려서 다시 죽어라 패 줄 거니까."

분노에 젖은 목소리로 조용히 읊조렸다.

그 분노는 말도 없이 사라져 버린 스테안에 대한 원망이기도 했지만, 이 상황을 만든 저 빌어먹을 타라에 대한 원망이기도 했다.

루다가 고개를 번쩍 들었다. 그 앞에는 아까보다 현저하게 표정이 굳은 타라가 있었다.

"넌 진짜 내 손에 죽었다."

이를 악물고 루다가 뇌까렸다. 그 말을 들은 타라가 당황을 내비쳤다.

하지만 그건 처음뿐, 타라가 다시 여유로운 미소를 지었다.

"마지막 허세냐?"

─그래 봤자 당신들과 나의 힘 차이는 엄청난 것. 떨거지 같은 너희를 죽이는 데에는 아무런 상관이 없다.

본색을 내비친 타라가 웃었다. 400의 레벨을 함께 가진 타라의 분신들도 함께 웃었다.

루다가 그 모습을 어이없는 표정으로 쳐다봤다.

"그럼 뭐 해? 나 말고 다른 인간들은 너를 신이라고 생각도 안 할 텐데? 무슨 수를 써서라도 널 없애려 할걸? 인간들은 생각보다 강하다고."

─나를 신이라고 생각하지 않는다고? 여기서 너희는 죽을 것이다. 아무도 모를 그 사실로 나를 믿지 않아? 인간들은 여전히 날 우러러볼 것이다!

타라가 희열에 젖어 외쳤다. 루다가 삐딱하게 웃었다.

아직도 뭘 모르네.

"너, 영상석이라고 아냐?"

─그게 무슨 말이지?

"그런 게 있어. 시전자의 눈에 보이는 모든 걸 녹화한 후, 재생석에서 재생하는 게 있거든. 물론 재생석 하나에는 영상이 하나밖에 재생이 되지 않지만. 내가 널 만나러 오기 전에 재생석을 에세나 곳곳에 전부 심고 왔지."

루다가 품에서 재생석과 영상석을 하나씩 꺼내 손바닥 위에 얹었다.

"아까 네가 입을 털기 시작했을 때부터 지금까지 녹화된 모든 영상을 재생할 방법은 정말 쉬운데.”

−닥치지 못할까!

불안에 젖은 타라가 악에 받쳐 외쳤다.

루다가 타라의 공격을 피해 허공에 떠오르며 말을 이었다.

“재생. 이 한마디면 돼.”

에세나 전역에 이 모든 것이 담긴 영상이 송출될 한마디가 루다의 입에서 터져 나왔다.

동시에 루다가 던진 재생석에서 영상이 재생되기 시작했다. 모든 진실을 담은 영상이.

성소 안은 순식간에 침묵으로 휩싸였다.

“어때? 내가 준비한 선물이?”

루다가 타라를 보며 싱긋 웃었다. 그 얼굴에는 승리자의 웃음이 가득했다.

루다가 입꼬리를 올려 웃었다. 이것과 똑같은 영상이 에세나 전역으로 송출되고 있을 것이다. 모두가 타라와 기예르모의 진실을 눈에 담았을 것이다.

−감히! 고작 인간 따위가아아!

타라가 격분에 못 이겨 소리쳤다. 그 한마디에 또다시 성소가 뒤흔들렸다.

하지만 그 와중에도 루다의 영상은 마치 스크린처럼 빛을 발하며 영상을 재생할 뿐이었다.

“미안한데, 나도 관리자가 됐거든. 고작 인간이라고 하기엔 나도 반신이래.”

루다가 가소롭다는 듯 웃었다.

타라의 하얀빛이, 그 아래의 검은 그림자가 거칠게 일렁였다. 마치 그녀의 격분을 보여 주듯.

그런 긴박한 상황 속에서도 아르비드의 시선이 영상에서 떨어지지 못하고 있었다.

"이건······."

스킬로 인해 모든 걸 알지 못했던 아르비드의 얼굴이 사색이 되어 갔다. 타라가 뒤에서 무언가를 꾸민다는 걸 얼추 알고 있긴 했지만, 그것은 얼추였을 뿐이었다.

타라에 대한 신뢰를 많이 죽였던 아르비드조차 이런 반응인데, 아무것도 모르는 에세나 사람들은 그 충격이 만만치 않을 게 분명했다.

고대의 병사들이 공격을 멈추자 한껏 여유로워진 형우가 빠르게 루다 옆으로 다가왔다.

"이럴 줄 알았으면 아타나스에도 심었을 텐데."

형우가 아쉬운 목소리로 말했다.

"먼저 보여 주고 아타나스에 좀 뿌려 달라고 하려 했지."

형우의 말대로 아타나스에는 밝혀지지 않은 게 조금 아쉬웠지만, 이렇게 된 이상 아타나스까지 퍼지는 건 시간문제였다.

―죽여 버릴 것이다! 네년을 죽여 버릴 것이다!

거하게 뒤통수를 맞은 타라의 거대한 목소리에 성소가 울렸다. 루다가 삐뚜름히 입꼬리를 올려 타라를 바라봤다.

"그 얘기도 너무 많이 들어서 식상한데."

―저자들을 죽여라!

타라의 명령에 세뇌에 아직 풀리지 않은 아타나스와 에세나의 기사들이 앞으로 돌진했다.

"군사력은 이쪽도 만만치 않다고. 공격!"

루다의 명령에 고대의 병사가 그대로 돌진했다.

숫자는 타라 쪽이 더 많았지만 레벨은 루다가 더 높았다. 게다가 고대의 병사들은 언데드였다. 속성 부여까지 되어 있으니 질로 따지면 루다가 우세했다.

"아, 사람들은 죽이지 말고."

달려드는 고대의 병사들에게 한마디 덧붙였다. 세뇌당해서 제 의지도 없는데 죽기까지 하면 너무 억울할 테니까.

"맞다, 성스러운 치유!"

루다가 외침에 형우와 루다와의 싸움으로 깎였던 병사들의 hp가 다시 전부 찼다. 이것이야말로 진정한 좀비 병사였다.

ㅡ하지만 저들 역시 오합지졸에 불과한 것. 마지막 발버둥 쳐라! 한낱 인간이여!

다시 기고만장해진 타라가 외쳤다. 그와 동시에 타라의 뒤에 서 있던 타라의 분신들이 앞으로 쏟아져 나왔다.

"젠장."

그 기세에 루다가 다시 태세를 정비했다.

족히 스물은 되어 보이는 저 무시무시한 타라의 군사들을 어떻게 해야 하지?

"아이스 에이지!"

"플레임 버스트!"

루다와 형우가 주변으로 조여 오는 타라의 분신들에게 스킬을 날렸다.

무시무시한 냉기에 잠깐 멈칫하긴 했지만 그것도 찰나였다. 심지어 몇몇은 상태 이상 면역으로 속도도 줄어들지 않았다.

"저거 어떡하지?"

루다가 형우에게 물었다. 등을 맞대고 스킬을 난사하는 형우 역시 이를 악다물고 난감한 표정을 지을 뿐이었다.

레벨 400이 이렇게 몰려서 덤비다니. 이건 역대급 난이도였다.

어떡하지. 혹시 아까 배운 스킬 중에 가능한 게 있으려나?

"관리자 모드!"

에라, 모르겠다. 왠지 그럴듯해 보이는 이름을 루다가 외쳤다.

루다의 눈앞에 창이 주르륵 나타났다. 조절 바부터 탭까지. 마치 SF영화의 한 장면 같았다.

타라의 공격을 피하랴 눈앞에 나타난 창을 읽으랴 고민하던 루다의 표정이 순간 밝아졌다.

"찾았다."

"뭐 있어?"

"관리자 복사. 상한 20. 모드 자동. 실행!"

루다의 외침에 루다의 뒤로 루다와 똑같은 스무 명의 루다가 나타났다. 각각이 전부 만렙이었다.

"아, 나만 가능한 게 너무 아쉬운데."

형우 역시 관리자 모드가 가능했다면 만렙만 40명이었다. 레벨 400에 버티기에는 레벨 차가 너무 어마어마했지만, 해볼 만은 했다.

"어쩔 수 없지. 이게 어디야."

"우선 타라를 죽일 때까지 시간은 끌 수 있어."

표정이 썩어 들어가는 타라를 보며 루다가 웃었다.

"자, 다시 시작해 볼까? 좀비전."

루다의 말이 끝나기가 무섭게 루다의 분신들이 그대로 타라들에게 돌진했다. 온갖 직업 스킬들이 부딪쳤다.

"내 분신들이랑 잘 부탁해. 형우야."

"자기는?"

"나는 저 타라랑 붙어야지. 아직 초월자의 권능 한 번 남았거든."

루다는 타라를 공략하기로 했다. 이 싸움의 모든 원흉은 타라였다. 저 본체만 없애 버리면 세뇌당한 기사들도, 타라의 분신들도 사라질 게 분명했다.

몸을 트는 루다에게 형우가 걱정 어린 눈빛을 보내왔다.

"조심해. 꼭이야."

"난 부활권 있으니까 너무 걱정하지 마. 자기야말로 절대 죽으면 안 돼. 죽으면 자기도 내 손에 죽어."

루다다운 으름장에 형우가 한번 웃고는 고개를 끄덕였다. 마주 웃어 보이고는 루다가 그대로 앞으로 튀어 나갔다.

루다가 타라에게 튀어 나가며 제 주변을 빙빙 돌던 단검을 손에 쥐었다. 초월자의 권능을 사용하기 위한 행동이었다.

아까도 충분히 타격이 있었다. 지금 이대로 한 번 더 초월자의 권능을 내리꽂으면 타라가 죽지 않을까 하는 희망에서 나온 행동이었다.

그때였다.

ー새로운 관리자여.ー

"뭐야?"

갑작스레 들려오는 목소리에 루다가 주변을 살폈다. 하지만 주변에는 아무도 없었다.

그와 동시에 루다에게 꽂혀 들어오는 빛의 칼날에 루다가 다급하게 뒤로 물러났다.

"미친, 이벤트 영상?"

어이가 없었다. 이렇게 긴박한데 이벤트 영상이라고? 안 돼. 이건 아니야.

루다가 이벤트 영상을 급히 종료시키려 할 때였다.

ー아직 제 목소리를 들어 주세요. 때가 되지 않았어요.ー

"뭐? 이벤트 영상이야? 아니면 말을 거는 거야?"

ー새로운 관리자이자 반신이여. 여기까지 와 주어서 감사합니다.ー

"그쪽 감사 인사 들으려고. 아차……! 헤이스트!"

말하려다가 다시 쏟아지는 어둠의 화살에 루다가 가속을 걸어 허공으로 날아올랐다.

"아! 말을 걸 거면 아까 걸든가! 왜 지금 거냐고! 싸우는 거 안 보여?"

루다가 짜증을 가득 섞어 소리 질렀다.

정말이지, 정신없어 죽을 것 같은데 이 상황에서 이벤트 영상이라는 게 가당키나 한지. 그나마 다행인 건, 보이는 건 없고 들리는 것만 있다는 사실이었다.

－제 목소리에 집중하지 않아도 돼요.－

"그럴 거면 왜 말을 걸어! 으악! 아이스 솔딩 실드!"

루다의 외침에 솟아오른 실드가 빛과 어둠이 섞인 타라의 공격을 막아냈다.

하지만 역시 타라의 공격이 막강하긴 한 모양인지 얼마 버티지 못하고 산산이 부서졌다.

－진실에 다가가기 위한 형식적인 절차에 불과하답니다. 이제 됐어요. 무운을 빕니다, 새로운 반신이여.－

"뭔 개소리……! 루나틱 홀딩! 야!"

어이가 없었다. 제 할 말만 하고 사라져? 하지만 목소리가 더는 들리지 않았다.

그 목소리가 끊기는 것과 동시에 루다의 앞에 안내 창이 하나 나타났다.

[진실의 눈이 랭크업 됐습니다. 진실의 눈 : 랭크I]

"설마 이걸 위한 건……."

말이 끊기자마자 스킬의 랭크가 최고치를 찍었다는 알림 창이 보였다. 랭크업을 알리는 알림 창이 사라진 후, 곧바로 알림 창이 눈앞에 나타났다.

─싸움 중에 잘도 한눈을 파는구나!

안내 창이 나타남과 동시에 타라가 만족스러운 웃음을 지으며 다시 루다에게 돌진했다.

"미친. 이게 공략 조건이었어?"

이벤트 영상이 랭크를 올리는 조건 중 하나였던 모양이었다. 그리고 그 덕에 타라 공략 조건을 달성했다.

이거 때문에 굳이 말 건 거였어?

어이가 없었지만, 지금 그것 때문에 한눈팔 때가 아니었다.

루다의 시선이 타라의 머리 위로 향했다. 드디어 타라의 레벨과 hp가 보였다.

"너 레벨 300밖에 안 됐구나?"

그 분신이 400인데 레벨이 302인 걸 보아하니 무슨 사정이 있는 것 같은데, 그건 루다가 알 바가 아니었다. 지금 루다에게 중요한 건 타라의 레벨과 hp의 상태가 보인다는 점이었다.

"마나 포션."

루다의 손에 나타난 포션을 그대로 입에 부었다.

"hp 포션."

닳았던 hp가 다시 회복됐다.

"성스러운 치유!"

루다의 아군의 hp가 전부 채워졌다.

"자, 다시 시작해 볼까? 보스몹 레이드? 헤이스트!"

탕, 반동으로 높이 뛰어오른 루다가 손을 앞으로 내밀었다.

"홀리 스트라이크!"

-한낱 인간은 나를 죽일 수 없다!

"뭔 개소리야? 너 hp 보인다니까? 기간틱 소드!"

빛으로 휩싸여 거대해진 루다의 단검이 다시 타라에게 돌진했다.

-크아아아악!

타라의 입에서 아까와는 차원이 다른 비명이 터져 나왔다.

"벌써 아파하면 안 되지. 루나틱 홀딩!"

타라에게 쏘아져 나간 여섯 개의 단검이 육망성을 만들었다. 그대로 타라의 움직임을 옭아맸다.

고작 잠시였지만 루다의 공격이 먹혀들어 가기에 충분한 시간이었다.

"홀리 스트라이트!"

사방에서 번쩍이는 빛이 타라의 여기저기를 파고들었다. 타라가 몸부림쳤다.

머리 위의 줄어드는 hp가 그렇게 마음에 들 수가 없었다.

-더는 봐주지 않는다! 죽어라! 미개한 존재여!

순간적인 어둠이 지난 후, 타라의 몸이 집채만큼 커지기 시작했다. 그 몸집을 감당하지 못한 성소가 무너져 내리기 시작했다.

타라의 머리 위로 hp가 절반이 줄어든 게 보였다. 보스몬스터의 각성이자 마지막 발악이었다.

"조심해!"

이렇게 무너지는 성소에 깔려 죽을 레벨들은 아니지만 혹시 몰라 루다가 소리쳤다. 뒤를 돌아보니 다행히도 형우와 아르비드가 무사했다.

"마지막 발악이냐? 근데 너 피 별로 없다? 성스러운 날개!"

루다의 등 뒤에 날개가 솟아올랐다.

타라와 기예르모의 형상이 일그러져 융합되기 시작했다. 그들의 분신이 타라에게 몰려들었다.

마지막 발악이자 각성이 아직 끝난 게 아닌 것 같았다.

불안한 감이 몰려왔다.

"미친, 피 차잖아."

심지어 hp통이 점점 늘고 있었다. 이대로 hp가 회복되면 아까보다 훨씬 더 어려워질 게 뻔했다. 절대 안 되지.

마나가 어마어마하게 들지만 그만큼 공격력도 어마어마한 스킬이 하나 남아 있었다. 이걸 쓰면 마나가 전부 고갈될 게 뻔했다.

조금만 잘못해도 타라의 공격을 피하지 못한 채 죽을 게 분명했다. 하지만 지금 이 스킬 아니면 저 타라를 막지 못할 것 같았다.

안 돼도 부활권 있으니까 뭐.

루다가 꿀꺽, 침을 삼켰다.

저쪽이 전력이면 이쪽도 전력으로 나가야지. 공격력 깡패 스킬이자 마나 깡패 스킬로 악명 높은 직업 연계 스킬.

그 스킬의 첫발을 내디뎠다.

"문 라이트."

루다의 단검이 허공에 나타난 달빛 궤적을 따라 빠르게 돌진했다.

"댄스 오브 문."

루다의 몸이 허공에서 반 바퀴 돌았다. 그 반동으로 튀어 나간 네 개의 단검이 그대로 타라에게 돌진했다. 빛을 가르는 속도가 갖고 오는 파괴력은 어마어마했다.

타라가 만들어 낸, 어둠과 빛이 만들어 낸 장막이 루다의 공격을 막았다. 쩌엉! 거대한 힘이 부딪치는 소리가 허공을 울렸다.

루다의 공격을 이겨 내지 못하고 타라의 방패막이 금이 갔다. 하지만 그만큼 공격력이 감소되어 있었다.

타라가 기고만장하게 웃었다.

-나의 힘을 막지 못하리라!

"문 워커."

아쉬워할 틈도 없었다. 계단처럼 허공에 나타난 빛을 밟고, 또 밟고, 마지막으로 밟고 공중에 높이 떠올랐다.

루다의 신형이 거대한 타라보다 더 높은 곳에 있었다.

동시에 타라의 양손에서 탄생한 어둠과 빛이 한데 섞이기 시작했다. 엘피드에서 봤던 오염된 장막. 그 파괴력은 어마어마할 것이다.

하지만 루다는 웃을 수 있었다. 타라의 hp가 절반 이상 줄어들어 있었다. 수없는 게임의 경험으로 루다는 알 수 있었다. 이게 막타다.

저 스킬에 제가 당하든지, 루다의 스킬에 타라가 당하든지 지금이 결판의 순간이었다.

"초월자의 권능."

루다의 몸이 새하얀 빛에 휩싸였다. 루다의 주변을 맴돌던 다섯 개의 단검이 녹아들어 하나의 거대한 검 모양을 만들었다.

엄청난 버프. 루다가 그걸 본 순간 직감할 수 있었다. 루다의 얼굴에 미소가 걸렸다.

"네가 잘못한 게 뭔지 알아?"

-신에게 잘못이라는 건 없다!

루다가 허공에서 타라에게 물었다. 대답을 바라고 물은 질문은 아니었다.

"문 스트라이크!"

거대한 외침과 함께 루다의 칼이 거대한 빛의 궤적을 만들어 냈다. 그 공격이 타라의 공격과 맞부딪쳤다.

콰지지직, 어마어마한 힘이 부딪치는 소리가 들렸다. 우세해 보였던 타라의 공격이 점점 루다의 빛에 먹혀 들어가기 시작했다.

루다가 허공을 날았다. 그녀의 신형이 타라를 갈랐다. 수직으로 내리꽂히는 몸을 따라 웅장한 빛의 검이 타라를 꿰뚫었다.

콰아아앙.

귀를 찢을 듯한 굉음이 들렸다. 귀가 멎을 듯한 거대한 소리가 사라진 후 이곳은 순간 침묵으로 휩싸였다.

그 침묵을 깬 건 타라의 처절한 몸부림이었다.

-크아아아악! 미개한……! 이럴 수는………!

거대한 비명에 성소가 흔들렸다. 타라의 마지막 발버둥에 대지가 뒤흔들렸다. 저크시즈를 뒤덮은 하늘이 요동쳤다.

타라의 몸에 금이 가기 시작했다. 쩌적쩌적, 온몸을 수놓은 밝은 빛은 그대로 터져 나와 타라를 산산조각 냈다.

"한국인을 게임 세계에 불러온 거야."

탁, 바닥에 가볍게 착지한 루다가 조각나 점점이 사라지는 타라에게 마지막 한마디를 고했다.

새카맣던 밤하늘이 순간 빛으로 물들었다가 이내 어둠을 회복하기 시작했다. 타라가 있던 곳에는 루다가 만들어 낸 빛의 궤적만이 존재할 뿐이었다.

타라도, 기예르모도, 그것들의 반신도, 아무것도 없었다.

사방으로 퍼졌던 빛이 순식간에 한곳에 모이기 시작했다. 빛의 결정. 어느새 옆으로 다가온 형우가 그 조각을 가만히 바라봤다.

"자, 네 마지막 조각."

형우가 그 조각에 손을 뻗었다. 빛의 결정이 순식간에 형우의 손으로 빨려 들어갔다. 동시에 루다의 앞에 안내 창이 나타났다.

[퀘스트 완료. 메인 퀘스트를 전부 완료하셨습니다.]

"드디어! 깼다!"

눈에 눈물이 맺힌 채 그대로 안겨 드는 루다를 형우가 꽉 끌어안았다.

마지막 메인 퀘스트의 완료였다.

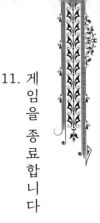

11. 게임을 종료합니다

"아니, 보상을 왜 여기까지 와서 받으라고 해?"

루다가 툴툴댔다.

"그래도 집에 보내 준다고 했으니까. 설마 그 가짜 타라처럼 거짓말하지는 않았겠지."

형우가 루다의 손을 꼭 잡은 채 답했다. 하지만 당한 게 한두 번이 아니었던지라 그의 얼굴에도 불신이 없는 건 아니었다.

루다와 형우의 발걸음이 멈췄다.

지금 이 장소는 형우와 루다가 몇 번이나 와 봤던 엘피드였다. 형우가 세뇌를 당했을 때도 왔었고, 스테안과 정화를 하기 위해서도 왔었고.

생각하다 보니 또 울컥, 감정이 올라왔다.

"죽여 버릴 거야."

루다가 흐르려는 눈물을 애써 참은 채 짜증을 가득 담아 한마디 내뱉었다. 형우는 루다가 말하는 게 누구인지 단번에 알아챘다.

스테안. 얄밉기는 했지만, 미운 정이라도 들었는지 안 보이면 걱정은 되던 자였다. 제게는 그래도 군주랍시고 깍듯하게 대했지만, 루다에게는 아닌 모양이었다.

말도 놓고, 나름의 도움도 주었고, 한동안 동행하기도 했다. 그동안 정이 꽤 많이 쌓였을 수밖에 없었다.

애써 울음을 삼키는 루다를 바라보다가 루다의 손을 조금 더 꽈악 잡아 줬다.

"네 마음대로 해."

엄지손가락으로 루다의 손등을 살살 쓸어 줬다. 루다가 화답하듯 몸을 바싹 붙여 왔다. 여전히 시선은 허공을 향한 채였다.

"알아. 죽었으니 못 죽이는 거. 그래도 여기는 신이 있으니까. 살려 내라고 말하면 되지 않을까?"

"한번 해 보면 되지."

얼굴을 마주 보며 고개를 끄덕이고는 루다와 형우가 반석을 향해 다가갔다.

며칠 전만 해도 자그마한 묘목이었던 위그드라실이 지금은 루다와 형우의 키보다 더 커져 있었다. 하지만 예전 루다가 부쉈던 위그드라실의 크기를 따라갈 수는 없었다.

"벌써 이만큼이나 자랐어?"

놀란 얼굴을 한 루다가 위그드라실로 다가갔다. 죽어 가던 마을처럼 보였던 곳은 이상할 정도로 생기가 흘러넘쳤다. 사람들이 사는 건 아니었지만, 이전과 다른 싱그러움이 느껴졌다.

"상당히 다른 느낌인데."

형우가 주변을 둘러봤다. 루다가 옆에서 동의의 의미로 고개를 끄덕였다.

"그런데 여기 오면 보상 준다면서. 대체 뭐가 있다는 거야?"

루다가 불만이 가득 담긴 얼굴로 위그드라실 주변을 둘러봤을 때였다.

-오셨나요, 영웅들이여.-

익숙한 목소리가 들려왔다. 루다와 형우가 고개를 퍼뜩 들었다.

"자기도 들려?"

루다가 형우를 바라봤다.

이전까지 이 목소리는 루다에게밖에 들리지 않았었는데. 루다와 같은 반응을 하는 걸 보아하니 형우 역시 목소리를 들은 모양이었다.

형우가 천천히 고개를 끄덕였다. 그의 시선은 여전히 앞을 향해 있었다.

루다가 형우가 보는 방향으로 고개를 돌렸다.

"타라?"

둘의 시선이 닿는 곳에는 여자가 한 명 서 있었다. 일반 성인의 몸집이 었지만, 이상할 정도로 비현실적인 그녀의 생김새가 그녀가 누군지 알려 주고 있었다.

이전 관리자 타라와 조금 다른 점이 있다면 지금의 타라는 검은 머리, 검은 눈을 가진 존재라는 점이었다. 그것이 어둠처럼 보여, 가만히 뜯어보 면 빛과 어둠이 공존하는 것 같은 모습이기도 했다.

-처음 뵙겠습니다, 구원자들이여.-

은은한 목소리가 말을 걸었다. 분명 이전 관리자 타라를 만나 대화했을 때도 울림이 있는 성스러운 목소리라는 생각을 한 적이 있었다.

하지만 지금은 그때와 느껴지는 느낌 자체가 달랐다. 부드러우면서 은 은하고, 안정된다. 싱그러우며 동시에 성스럽다.

둘은 지금의 타라를 마주하는 순간, 본능적으로 알 수 있었다. 태초의 타라.

"너 나 본 적 있잖아."

하지만 루다는 정말 신성한 존재라고 한들 존댓말로 존경을 표할 생각은 없었다.

-저의 의지는 많이 만나 보셨겠지만, 제가 세상에 존재를 드러낸 후 처

음 빈지라, 반가움이 들었습니다. -

이벤트 영상에 담긴 것들을 타라는 제 의지라고 하는 모양이었다.

루다가 팔짱을 낀 채 생각에 잠겼다.

이 타라는 또 다른 관리자 타라일까? 아니면 소멸했던 태초의 타라일까? 하지만 태초의 타라는 사실 소멸한 적이 없었다.

"그럼 당신은 태초의 타라입니까?"

루다가 물으려던 질문이 형우의 입에서 먼저 튀어나왔다.

"그래, 나도 그거 물어보려고 했어. 새로 태어난 관리자야? 아니면 태초의 타라? 느낌은 태초의 타라 같긴 하지만."

형우가 옆에서 동의한다는 듯 고개를 끄덕였다.

타라의 주변에 바람이 일렁였다. 타라가 씁쓸하게 미소 지었다.

-소멸한 줄 알았지만 소멸하지 못했던 타라입니다.-

그럴 줄 알았지.

"이쪽으로 오면 보상 준다며."

-그건……. -

"설마 거짓말은 아니겠지?"

루다의 눈매가 날카로워졌다.

태초의 타라는 루다를 도와주기도 했고, 이것저것 이벤트 영상에서 저 크시즈를 진심으로 걱정하기도 했다. 그래서 믿고 있었는데, 설마 이 타라도 저 타라처럼 루다에게 거짓말을 한 건 아니겠지?

-명확히 말하자면 귀환석은 아니고 제가 여러분을 귀환시켜 드리는 겁니다.-

"오, 그래?"

루다의 얼굴이 환해졌다. 옆에 서 있는 형우를 바라봤다.

"우리 집에 갈 수 있대."

형우 역시 웃으며 고개를 끄덕였다.

"그럼 지금 바로…….."

집에 보내 줘. 루다가 말하려다가 입을 다물었다. 지금 당장 돌아갈 생각을 하니 왠지 그건 아닌 것 같았다. 형우가 루다를 향해 부드럽게 웃었다.

"아직 할 일이 남았지?"

옆에서 루다를 계속 봐 왔던 형우는 알 수 있었다. 그녀가 지금 망설이는 이유가 뭔지.

"당연히 곧바로 돌아가려고 했는데…….."

루다가 제 손에 들린 흰색의 화려한 완드를 바라봤다.

"스테안은 살려야겠어."

단호한 눈이 형우를 바라봤다.

"그게 끝이야?"

"그리고 알비한테도 마지막으로 인사하고……. 제롬도 제대로 돌아가는지 한번 확인하고, 마지막으로 도와줬던 사람도 한 번쯤은 봐야겠지?"

"네가 원하는 대로."

형우의 생각이 맞았다. 옆에서 바라봤던 루다는 쌩하니 그냥 돌아갈 수 있는 사람이 아니었다. 싫은 사람은 곧바로 쳐 내지만 한번 제 사람이라고 생각한 사람들에게는 가진 정을 듬뿍 나눠 주곤 했다.

인사도 없이 돌아가려니 그들이 발목을 잡는 게 당연했다. 물론 얼굴을 보고 온다면 그건 그것대로 돌아가기 힘들겠지만, 보지 않은 채 집으로 가는 것보다는 후회가 없을 게 분명했다.

"자기는 볼 사람 없어?"

"나도 아타나스에 한번 들렀다 가야지."

기억이 왔다 갔다 해 루다만큼 2인자와 친분을 쌓지는 못했다. 하지만 그렇다고 인사할 사람들이 없는 건 아니었다.

"좋아."

형우와 대화를 끝낸 루다가 타라를 바라봤다. 타라는 여전히 루다를 향해 온화한 미소를 짓고 있었다.

"우선, 스테안 살려 줘."

가능성을 묻는 것도 아닌, 부탁이었다. 그것도 명령에 가까운 부탁.

타라가 쓰게 웃었다.

─스테안의 소멸은 제가 내린 소명을 지키지 않았기 때문인지라 제가 살리는 것은 불가합니다.─

"뭐?"

─하지만…….─

이어지는 말에 험악해졌던 루다가 타라의 다음 말을 기다렸다.

─모든 법칙에서 벗어난, 같은 직급을 가진 당신이라면 살릴 수 있을 겁니다. 물론 살릴 수 있는 권한이 있다면 말이에요.─

"그러니까, 지금 같은 관리자인 나라면 스테안을 살릴 수 있다는 말이지? 하지만 나한테는 그런 스킬도 아무것도……. 아."

루다가 무언가 떠오른 듯 번쩍 고개를 들었다. 한 가지가 남아 있었다. 최후를 위해 아껴 놨지만 결국 쓰지 못했던 것 한 가지가.

"부활권."

루다가 눈을 들어 타라를 살폈다. 타라는 부드럽게 웃고 있었다.

"이거 누구에게나 쓸 수 있는 거였어?"

─그 앞에 귀속 조건이 없다면요.─

"상태!"

─부활권
목숨을 잃었을 때, 지정된 곳에서 다시 살아날 수 있습니다.

루다가 상태창을 열어 부활권의 조건을 살폈다. 다행히도 부활권에는 누구의 부활이라는 특정한 조건이 없었다.

루다의 얼굴이 환해졌다.

"장소 지정. 위그드라실."

죽은 후 부활 장소는 지금 이곳, 위그드라실이 되었다. 그대로 루다가 외쳤다.

"부활. 스테안!"

맨 처음은 아무 일도 일어나지 않는 듯했다. 잠시의 침묵 후, 갑자기 강한 바람이 불어오기 시작했다.

그 바람은 스테안의 마지막을 수놓았던 빛의 조각을 가져오기 시작했다. 서서히 모여드는 빛들이 어떠한 형상을 만들어 내기 시작했다.

점점 완성되는 그 모습을 바라보며 루다는 그 빛들이 무엇을 만들어 내는지 알 수 있었다. 익숙한 얼굴이 멍하니 나타났을 때 루다가 그 존재의 이름을 불렀다.

"스테안!"

은발에 푸른 눈. 죽었을 때의 그 모습 그대로 나타났다. 상황을 판단하지 못하는, 생전 처음 보는 표정을 얼굴에 지은 채.

멍하니 서 있다 정신을 차린 스테안이 루다와 형우를 발견했다. 그의 눈이 번쩍 커졌다.

"이루다? 그리고 폐하?"

형우가 눈을 마주쳐 긍정을 표했다. 그다음 루다의 눈과 마주쳤다. 온갖 감정을 담고 있는 눈과.

"스테안!"

반가움, 서러움, 분노. 그 모든 걸 담은 채 루다가 그대로 스테안에게 튀어 나갔다.

"너 내 손에 죽었어!"

그렇게 한 번 죽은 스테안은 또 한 번 죽을 위기에 처해 버렸다.

루다의 손바닥이 스테안의 등을 퍽, 시원하게 내려쳤다.

"감히 죽어 버려?"

"잠깐, 으악!"

"그럼 누가 좋아할 것 같았냐? 개소리하고 앉았네!"

루다의 발이 스테안의 허벅지에 명중했다. 으흑! 스테안의 입에서 단말마가 터져 나왔다.

"죽고 싶어서 환장했으면 그냥 죽어!"

루다의 팔꿈치가 또다시 스테안의 등에 명중했다. 퍽, 하는 경쾌한 소리가 들렸다.

"살려…… 주세요."

죽었다 다시 살아났더니 또 죽을 위기에 처한 스테안이 마지막 단말마를 내뱉었다. 그의 머리 위로 꾸준히 hp가 줄어들고 있었다.

"루다야, 그만 때려. 죽을 것 같아."

결국 보다 못한 형우가 루다의 팔을 잡았다.

"그러는 폐하의 손에 힘이 들어가 있지 않습니다."

"착각이다."

하지만 그것도 여의치 않았는지 루다의 손바닥이 다시 스테안의 등에 명중했다. 이제 스테안의 hp는 절반 정도 줄어 있었다.

그제야 루다가 손을 거둬들였다.

"살려 놓고 다시 죽일……."

억울하게 루다를 바라보며 말을 하다가 결국 끝맺지 못한 채 멈췄다. 루다의 눈에 한 번도 보지 못했던 눈물이 맺혀 있었다.

꾹 참아 흐르지는 않았지만, 일렁이는 눈동자가 어떤 감정을 담고 있는지 알 것 같아서 스테안은 차마 그 뒷말을 이을 수가 없었다.

"미안."

스테안의 입에서 사과의 한마디가 흘러나왔다.

"미안한 줄은 알아?"

"……당연하지."

스테안이 미안한 듯 웃었다.

그는 그의 선택이 최선이었다고 생각했다. 상황은 최악으로 치달았고, 까딱 잘못했다가는 루다와 형우마저 죽음을 면치 못했을 것이다.

타라의 권속이라는 것은 생각보다 강렬하게 작용해 스테안이 가지고 있는 통솔권까지 앗아 가 버렸다. 그때 생각난 방법은, 이곳의 규칙을 초월하되 교묘하게 한 발 걸치고 있는 영웅들에게 그 권리를 넘기는 것이었다.

그것이 그 최악의 상황을 벗어날 유일한 타계였고, 아주 제대로 먹혀들었다. 하지만 죽음이라는 것은 남겨진 자에게 언제나 깊은 상실감을 가지고 온다.

스테안이 미안한 것은, 그것을 생각하지 못했다는 것이었다.

반신이라는 존재는 외로웠다. 특히 영생을 함께하던 존재가 소멸한 후의 반신은 처절하게 외로웠다. 그의 모든 걸 아는 자는 없었고, 그를 이해해 줄 자 역시 없었다.

그래서 그는 루다를 만났음에도 여전히 친구라는 존재를 만들지 못했다고 생각했다.

아니, 스스로는 그렇게 생각했을지언정 상대는 그렇지 않을 것이라 생각했다. 언제나 그래 왔기에.

그래서 그 후의 남겨진 사람들에 대해서는 생각하지 못했다. 제가 타라의 소멸을 겪었으면서도. 그 안이한 태도가 문제였다.

"한 번만 더 그래 봐."

스테안의 진심 어린 사과에 루다가 날카로운 목소리로 받아쳤다. 말은 저렇게 해도 그를 걱정한 것은 진심일 게 분명해 스테안은 그저 하하, 웃을 뿐이었다.

"그럼 끝난 거야?"

스테안이 주변을 한번 둘러보며 물었다.

"그렇대."

형우가 고개를 끄덕였고, 루다가 대답했다.

"끝났구나."

스테안의 목소리에는 알 수 없는 감정들이 담겨 있었다. 안도와 알 수 없는 공허감.

"정말로 끝났구나."

스테안이 한 번 더 되뇌었다. 그러다 문득 무언가 생각났는지 의아함이 담긴 표정을 지었다.

"그럼 다음 대 타라는? 아직 태어날 시기가 아닐 텐데."

저크시즈는 타라로 인해 균형이 유지된다 해도 과장이 아니었다. 하지만 타락한 타라가 사라졌고, 아직 새로운 타라가 태어날 시기가 아니었다.

모든 균형을 붕괴시키던 존재가 사라졌지만, 다잡을 존재가 없었다. 어쩌면 저크시즈는 또 다른 위기에 직면한 것일 수도 있었다.

"태어났어."

하지만 돌아온 건 예상과 다른 대답이었다.

"뭐?"

루다가 고갯짓으로 스테안의 뒤를 가리켰다. 스테안의 고개가 서서히 돌아갔다.

"어떻게……?"

스테안이 의아한 표정으로 타라를 바라봤다.

－죄송합니다, 반신이여.－

"아……?"

타라의 한마디에 표정이 확연히 바뀌었다.

의아함, 혼란, 그리고 깨달음. 그다음에 오는 건 감히 읽을 수도 없는 온갖 감정의 소용돌이.

"오늘 처음 보는 표정 많이 보여 주네."

형우의 옆에 바싹 붙어 스테안과 타라의 재회를 구경했다.

"태초의 타라가……."

-맞아요. 정말 죄송합니다, 태초의 반신이여.-

"어떻게…… 그때 분명 소멸을 선택하셨는데. 어떤, 대체……."

스테안의 말이 끝을 맺지 못하고 있었다.

-소멸하지 못했습니다. 하지만 제가 만들어 버린 굴레에 갇혀 나갈 수도 없었지요. 새로운 위그드라실의 탄생은 새로운 창조이기도 해요. 덕분에 다시 저크시즈를 느낄 수 있게 되었네요.-

타라가 쓰게 웃었다. 온 감정이 있기 때문에 소멸을 선택했던 타라는 과연 모든 감정을 표할 수 있는 존재였다. 그런 타라를 바라보다가 스테안이 어렵사리 입을 열었다.

"그럼…… 이제 다시는 소멸하지 않는, 그러니까 계속 태초의 타라로서 존재하시는 겁니까?"

-그게 나을 것 같아서요.-

"그 옆에서 보좌하겠습니다."

스테안이 한쪽 무릎을 꿇고 다시 한 번 충성을 맹세했다.

'괜히 알비 보고 싶네.'

판으로 찍어 놓은 것처럼 똑같이 충성스러운 모습이었다.

문득 든 생각에 흠칫 놀랐다가 루다가 머리를 털어 냈다.

안 돼. 이제 곧 집에 돌아갈 건데. 그런 감상적인 생각을 하면 안 돼.

애써 떨쳐 내고는 루다가 손에 들고 있던 완드를 스테안에게 내밀었다.

"야, 그렇게 충성 맹세할 거면 이것도 가져가."

스테안이 내밀어진 완드를 바라보다가 피식 웃었다.

"그건 이제 네 거야."

"웃기고 있네. 필요 없거든? 다시 돌아갈 건데 내 거가 어디 있어? 가져가! 소중한 거 괜히 남한테 주지 말고."

루다가 대수롭지 않게 던진 한마디에 스테안의 표정이 순식간에 굳었다.

"돌아간다고?"

"당연하지. 이 지랄들을 한 이유가 뭔데. 형우 기억 찾아서 돌아가려고 한 건데."

"……그렇지."

"왜, 아쉽냐?"

루다가 이죽댔다.

"그래."

"응?"

평소처럼 장난으로 깐죽댈 거라 생각했는데. 예상을 벗어난 대답에 루다가 반문했다.

"아쉽지. 그럼 안 아쉬워? 폐하도 말입니다. 그래도 맨날 찾아뵙고 놀리는 맛이 있었는데, 돌아간다니 아쉽습니다."

"그렇게 생각해 줬다니 고맙……군요."

"그렇게 최형우인 척하실 필요 없습니다."

"……."

"무슨 소리야?"

형우가 침묵했고 루다가 되물었다.

설마 루드비히라는 말은 아니겠지? 그럴 리가 없었다. 루드비히가 이렇게 형우처럼 말할 수 있을 리가 없었다.

"아까 무의식적으로 반응하는 걸 보아하니 아무래도 기억이 전부 돌아가 합쳐진 모양이라서요."

스테안이 장난스레 웃었다. 형우가 작은 한숨을 내쉬며 얼굴을 쓸어내렸다.

"맞는 이야기야. 별로 그 말투를 사용하고 싶지는 않지만, 존댓말 하는 게 좀 더 어색하네."

"기억의 조각을 전부 찾으신 모양이군요."

"루다 덕에."

루다가 그 사이에서 브이를 했다.

"세뇌로 인한 후유증은 이제 없을 겁니다."

"응?"

스테안의 말에 루다가 끼어들었다.

"후유증이라니?"

후유증이라니. 처음 듣는 말이었다.

"그냥, 가끔 목소리가 들리거나 그랬었어."

"왜 얘기 안 했어?"

형우가 침묵했다.

루다는 듣지 않아도 알 수 있었다. 걱정할까 봐 말 안 했겠지.

휴우, 작게 한숨을 내쉬고는 루다가 스테안에게 물었다.

"세뇌랑 그거랑 무슨 상관인데?"

세뇌를 생각하면 천불이 났다. 하지만 이제는 그걸 화풀이할 상대도 이미 사라진 상태였다. 루다의 손에 의해서.

"기억의 조각은 영혼의 조각이나 마찬가지라서, 그만큼 불안정한 상태였기 때문에 걸렸던 거거든."

"아."

"아마 후유증은 조각이 전부 돌아오지 않아서였을 테고."

"아아."

"그래도 저크시스 바깥의 사람에게 세뇌를 거는 건 상당히 힘든 일이었을 텐데, 아마 스스로를 깎아 가며 하지 않았을까 싶기도 해."

이제야 왜 타라가 루다에게는 세뇌를 걸 시도조차 하지 않았는지, 형우만 번번이 세뇌가 걸렸는지, 마지막에 봤던 타라의 레벨이 400보다 낮아져 있었는지 알 수 있었다.

"역시 개새끼였어."

아무리 생각해도 그렇게 치졸하고 쪼잔하고 거지 같은 놈이 있을 수가 없었다.

"어쨌든 지금은 기억이자 영혼이 전부 돌아와서 괜찮고. 그 결과 형우가 루드형우가 됐다는 말이지?"

"루다야, 루드형우라니."

처음 듣는 별명에 형우의 얼굴에 금이 갔다.

루드형우라니. 대체 무슨 망측한 이름이란 말인지.

"합쳐졌으면 루드형우지."

"루드는 빼 주면 안 될까?"

"합쳐진 너의 반쪽이야. 어서 받아들이도록 해."

"그……래."

"어쩐지 위엄이 넘친다 했어, 폐하."

"루다야, 그만해 주면 안 될까?"

형우가 루다의 얼굴을 꾹 잡은 채 서글프게 말했다.

"예, 에하."

형우가 볼이 꾹 눌린 상태로 웅얼거리면서도 장난기를 버리지 못하는 루다를 바라보다 작게 한숨을 내쉬었다.

"그래, 하고 싶은 거 다 해. 루다야."

"헤헤, 아니야."

조금은 삐진 형우의 팔에 매달리며 루다가 웃었다. 기대 오는 루다의 머리에 얼굴을 한번 비비고는 형우가 작게 웃었다.

모든 일이 잘 풀렸다. 많은 일이 있었지만 이제는 모든 것이 끝났고, 돌아갈 수 있었다.

"아."

이제 간다고 말할까 하다가 퍼뜩 궁금한 것이 하나 떠올랐다.

"나 궁금한 거 있어."

루다가 슬그머니 오른손을 들어 올리고는 타라를 바라봤다. 모두의 시선이 루다에게 모였다.

-제가 알고 있는 것이라면 무엇이든 대답해 드리겠습니다. -

"기예르모가 타라였다면 모든 게 타라의 자작극이었던 거잖아? 그런데 굳이 걔가 그런 짓을 한 이유가 있나? 진영 두 개를 만들 게 아니라 공동의 적을 만들어서 없애 버리면 되는 건데?"

모든 것이 해결된 후 계속 루다를 괴롭히던 의문점이었다.

관리자 타라의 행동은 여러모로 이해가 가지 않는 것들이 있었다. 기예르모를 굳이 만들어 내고 아타나스 진영을 만든 게 바로 그것이었다.

이게 비단 루다만의 의문점은 아니었던 모양인지 옆에서 형우가 고개를 끄덕였다.

"그건 내가 설명해 줄 수 있을 것 같은데."

가만히 바라보고 있던 스테안이 끼어들었다.

"뭔데?"

"맨 처음엔 다른 차원의 인간들을 데리고 올 생각도 못 했어. 네 말대로 공동의 적을 만들어 놓고 저크시즈 사람들을 이용해 공동의 적을 공격하는 척하면서 새로운 타라를 없앨 생각이었지."

"아, 그래서 맨 처음 기예르모의 세력이 강했던 건가?"

"응, 맞아. 그런데 문제가 생겼어. 다음 대 관리자를 없앨 수 있을 만큼 강한 사람이 없다는 문제가."

"그래서?"

나름 흥미진진한 뒷얘기에 루다가 눈을 빛내며 되물었.

389

"관리자 타라는 계속 생각했어. 어떻게 사람들의 힘을 키울 수 있을까? 그러다가 생각한 게 사람들끼리 경쟁을 시키자는 거였지."

"그러니까. 사람들끼리 서로 적대하면서 힘을 키우게 시킨다는 말이지?"

"그렇지."

스테안의 긍정에 루다의 얼굴이 구겨졌다. 형우 역시 마찬가지였다. 듣다 보니 그렇게 교활할 수가 없었다.

"뭐야? 멍청한 줄 알았는데 생각보다 머리 좀 굴릴 줄 알았잖아? 그런데 그렇게 하면 되지 우리는 왜 불렀대?"

"그렇게 교활하게 머리를 굴린 결과 타라의 뜻대로 저크시즈의 사람들은 꽤 강해졌는데, 그렇게 된 후에야 관리자 타라가 진실을 하나 알게 됐거든."

"뭔데? 설마 '저크시즈인들은 다음 대 타라를 죽일 수 없다.' 같은 거?"

"정답."

검지를 올리며 하는 말에 루다가 어이없다는 웃음을 지었다.

"타라가 그것도 몰라?"

"관리자라고 전부 아는 건 아니거든. 특히 기존에 입력되지 않은 정보들은 부딪쳐 봐야 아는 경우도 꽤 있고."

"그리고 우리가 기존에 입력되지 않은 정보들이었고?"

"바로 그거지."

허허, 루다가 헛웃음을 지었다.

제 말을 잘 들을 거라 착각한 채 무턱대고 루다와 형우를 이곳으로 불러들인 것이나 마찬가지였다. 대책이 없다고 손가락질하고 싶었지만, 오랫동안 신으로 추앙받아 온 타라라면 그럴 수 있겠다는 생각도 들었다.

"관리자 타라 생각보다 무능했잖아?"

가차 없는 루다의 평가에 스테안이 쓴웃음을 지었다.

"영웅들의 눈에 이 저크시즈가 어떻게 보일지는 모르겠지만, 아마 내 예상이 맞다면 관리자가 보던 모습과 비슷할 거야."

"타라 눈에도 레벨이 보이거나 그랬나?"

"레벨?"

정말 모른다는 표정으로 되묻는 걸 보아하니 레벨이 보이는 건 아닌 모양이었다.

"그러니까 사람들이 얼마나 강한지, 직업이 어떤지, 이름이 뭔지 같은 거?"

"응, 맞아. 그렇게 보일 거야."

그제야 왜 게임의 형태를 빌어 그들을 육성했다고 말했는지 알 것 같았다. 제가 계속 보던 방식과 비슷한 게 게임의 방식이었으니까. 아마 그걸 만들어 낸 건 태초의 타라겠지.

루다가 가만히 고민에 잠겼다. 그렇다면 딱 루다만큼만 보이는 건지, 아니면 더한 것들까지 보이는 건지는 알 수 없었다.

"그럼 나랑 형우가 주고받았던 대화나 상태, 그러니까 얼마나 강하고 그런 것까지 다 볼 수 있었겠네?"

"그건 아닐걸?"

산뜻하게 답하는 스테안의 모습에 루다가 의아한 표정을 지었다.

"그걸 네가 어떻게 알아?"

"나한테 그런 것까진 말 안 했거든. 아마 알았으면 그렇게 허투루 계획을 짜지 않았겠지. 그리고 아마 관리자로서 갖게 된 힘이 한계에 다다랐기도 할 거야. 다른 차원의 인간들을 데리고 온다는 게 생각보다 쉬운 건 아니거든. 너희가 여기에 떨어진 후에 느껴지는 관리자의 힘이 현저히 줄었던 걸 생각해도 그게 맞았던 것 같고."

"결국 신이 아니라 관리자라는 거네."

얘기를 듣다 보면 참으로 한계가 많았다. 어쩌면 루다가 아는 것보다 할 수 있었던 일이 많았을 수도 있겠으나 타라는 계속 한계에 도전했다.

그 대담함을 칭찬해야 할지 욕해야 할지 알 수는 없었지만, 어쨌든 도전한 결과 루다를 저크시즈로 데려왔다.

그것부터 한계였으니, 그 이후로 계속됐던 관리자 타라의 행동은 한계에 한계를 더 불러일으키는 행동이었을 것이다. 어쩌면 타라의 레벨이 400보다 더 높았을 수도 있겠다는 생각이 들었다.

어떻게 보면 대담하지만 어떻게 보면 멍청한 행동 때문에 루다가 대항할 수 있는 수준까지 레벨이 떨어졌다. 다행이라면 다행이었다.

고개를 끄덕이던 루다가 다시 스테안을 바라봤다. 너무 속속들이 알고 있는 거 아니야? 눈을 가늘게 뜨고 스테안을 살폈다.

"너는 그런 걸 다 어떻게 알아?"

"뭐야, 나 의심하는 거야? 이 한 몸 바쳐 너를 위해 희생한 사람인데?"

"아니, 누가 의심이래? 그냥 궁금해서 그런 거지! 그리고 뭘 나를 위해 희생해? 말은 똑바로 해야지. 저크시즈랑 태초의 타라를 위한 거였잖아!"

생사람 잡는 소리 하고 있네. 게다가 사실 왜곡까지.

펄쩍 뛰며 온몸으로 스테안의 말을 부정하는 루다의 모습에 스테안이 작게 웃고는 어깨를 으쓱였다.

"태초의 타라가 만든 규칙만 믿고 나한테 열심히 나불댔으니까 알고 있지. 내가 절대 배신하지 못할 거라고 철석같이 믿고 있었거든."

스테안의 얼굴에는 처음 보는 비웃음이 걸려 있었다.

"너…… 관리자 타라 엄청 싫어했구나?"

"당연하지. 너 같으면 좋아하겠어?"

"그건 그렇지."

당연한 말에 루다가 다시 고개를 끄덕였다.

그래, 누가 좋아하겠어. 게다가 스테안이 그렇게 좋아해 마지않는 태초의 타라의 뜻을 반하게 만든 존재인데. 잘못하다가 저크시즈를 멸망하게 만들었을 수도 있고.

어쨌든 앞날을 모르고 나불댄 덕에 루다는 나중에라도 타라의 의도를 훤히 알 수 있었다.

생각하면 할수록 타라는 제 힘에 도취해 있던 것 같았다. 그렇지 않고서야 제가 한 모든 행동이 낱낱이 밝혀지고 패배할 수도 있다는 가정조차 하지 않았을 리가 없으니.

아무렴 어때. 이미 지난 일, 여기까지 알았으면 됐지.

"좋아! 모든 의문점이 다 풀렸다!"

루다가 기지개를 쭉 켜며 소리쳤다. 개운하게 소리치는 모습이 정말 후련해 보였다. 마치 마지막까지 털어 낸 그 모습에 스테안이 불안한 표정을 지었다.

"정말 돌아가야 하지?"

그 안에는 누가 들어도 알아챌 수 있는 아쉬움이 듬뿍 묻어 있었다.

"야, 너무 아쉬워하지 마. 한 500년 정도 살다 보면 잊을 거야."

루다가 스테안의 어깨를 툭툭 건드리며 가볍게 웃었다.

물론 잊으면 섭섭하겠지. 하지만 그래도 세월이란 그런 거니까.

"나도 그랬으면 좋겠다."

"그럴 거라니까? 날 믿어."

루다의 단언에 스테안이 씁쓸하게 웃었다.

잊을 수 있다고? 그럴 리가. 아마 절대 잊을 수 없을 것이다.

"그래."

하지만 잊지 못한다고 말하면, 왠지 그만큼이나 더 쉽게 발걸음을 떼지 못할 것 같아서 스테안은 그냥 고개를 끄덕였다.

루다가 애써 웃어 보이고는 타라에게로 몸을 돌렸다.

-이제 돌아갈 준비가 끝났나요?-

부드러운 타라의 목소리가 들렸다. 정말 돌아갈 수 있을 때였다.

루다가 천천히 고개를 끄덕이다가 멈췄다.

-아직 할 일이 남았나요?-

타라가 부드럽게 웃었다.

할 일.

루다가 고개를 끄덕였다.

"응, 마지막 인사를 하고 와야지."

아직은 할 일이 남아 있었다.

✳

황성, 텔레포트가 가능한 좌표에 빛무리가 터져 나왔다. 언제나 그곳을 주시하며 군주를 기다리던 아르비드가 곧바로 몸을 일으켜 빛이 터져 나온 곳으로 달려갔다.

"폐하!"

"안녕, 폐하."

빠른 걸음으로 루다에게 다가오는 아르비드에게 손을 흔들었다.

아까까지는 별생각이 없었는데, 막상 얼굴을 직접 마주하니 복잡한 감정들이 회오리쳤다.

"왜 제게 아직도 폐하라고……."

질문이 끝을 맺지 못했다. 왜인지 대충은 알 것 같았다. 하지만 인정하고 싶지 않았다.

"나 이제 돌아가려고."

하지만 곧바로 이어진 루다의 대답에 아르비드는 제 생각이 맞다는 걸 받아들여야 했다.

아르비드의 눈이 흔들렸다. 보내고 싶지 않았다. 물론 막을 수는 없겠지만.

아르비드는 루다의 목표가 무엇인지 처음부터 전부 알고 있었다. 그렇게 처절하게 싸운 이유가 무엇인지 알고 있으니, 가지 말라고 절대 말할 수가 없었다.

"가시는군요."

최대한 태연하려고 애썼다. 아쉬운 티는 하나도 내고 싶지 않았다. 하지만 그런 마음과는 다르게 아르비드의 목소리가 조금 갈라져서 나왔다.

"왜? 아쉬워? 그래도 내가 가면 더 편할 텐데? 사고 친 게 몇 갠데. 네가 모르는 사고도 있어. 내가 가고 나면 아, 잘 꺼져 줬다! 하면서 다신 오지 말라고 소금이라도 뿌릴걸?"

루다가 짓궂게 웃었다.

"동상 말씀하시는 겁니까?"

"어? 어어. 아, 벌써 귀에 들어왔나 보네."

루다가 턱을 긁적이며 겸연쩍게 웃었다.

가서 확인하고 뒷목이나 잡고 정 떼라고 한 말인데, 이렇게 빨리 알아내다니. 조금은 민망했다.

"미안."

사과는 해야 할 것 같았다. 이제 볼 사이도 아닌데 괜히 마지막까지 놀려서 좋을 건 하나도 없으니까.

"죄송해하실 건 없습니다. 어쩐 일인지 성녀와 영웅, 그리고 군주, 시타라가 전부 동일인이라는 게 밝혀져 제롬에는 더 화려한 동상이 세워질 예정이라고 하니까요. 벌써 반 정도 완공됐다고 합니다."

"뭐? 아니 밝혀진 게 어젠데 어떻게 반이나 완공돼?"

루다가 화들짝 놀랐다. 게다가 성녀까지 밝혀졌다니.

원래는 제가 제 입으로 성녀라고 밝히며 관리자 타라의 정체를 낱낱이 고할 생각이었지만, 그럴 필요는 없었다. 그래서 거기까지는 말하지 않아도 되어 다행이라 생각했다.

하지만 어느새 성녀, 영웅, 군주, 시타라 넷이 전부 동일 인물인 게 소문이 나다니. 아니, 소문이 나다 못해 또 동상이 세워지다니.

루다의 얼굴이 미칠 것 같은 마음을 가득 담아 잔뜩 구겨졌다.

"폐하께서 성녀로 활동할 때부터 계속 세우고 있었다고 합니다."

"아아악! 그런 게 어딨어!"

완전 헛수고였다. 부숴 버렸더니 거기에 새로운 걸 세워 버렸다고?

"그러니……."

아르비드가 잠시 뜸 들였다. 고민하는 듯 잠시 멈췄다가 말을 이었다.

"새로 생긴 것도 부수고 가시겠습니까?"

부수면 분명 세울 것이다. 그렇게 되면 루다가 또 부술 것이고, 그렇다면 사람들은 또 세울 것이다. 그것들이 반복되는 동안 루다가 에세나에 있었으면 좋겠다.

그것이 아르비드의 진심이었다.

루다는 고개를 들어 솔직하지 못한 남자를 바라봤다. 맨 처음엔 고작 NPC라고 생각했다. 대화하며 조금씩 이곳의 인간다움을 느끼게 해 준 제일 큰 이유가 아르비드였다.

저크시즈에 떨어져 형우의 기억을 찾기까지, 제일 도움을 많이 받은 자를 고르라면 주저 없이 아르비드를 가리킬 수 있었다.

아쉽지 않느냐고 물어보면 절대 그렇지 않았다. 거의 매일 얼굴을 본 자가 아르비드였다. 그만큼 정도 많이 들었다. 이제 아예 볼 수 없다고 생각하려니 기분이 이상했다.

하지만 그게 집으로 돌아가지 않을 이유가 되냐고 물어본다면 루다는 차마 그렇다고 대답할 수가 없었다.

그래서 루다는 애써 웃어 보였다.

"아니. 마지막 기념으로 내 흔적 정도 남기고 가는 것도 나쁘지 않은 것 같아. 맞다, 제롬에 또 이상한 놈들이 나타나지는 않는지 잘 확인하고."

"언제나 확인하고 있습니다."

"그 옆 마을에 현자 플락이라고 살고 있는데, 꽤 유능하니까 지원도 아끼지 말고."

"새로운 인재의 발견은 언제나 기쁜 일이죠."

"유르센에서 데려온 그 애는 황성에서 잘 지내고 있지?"

"폐하를 목표로 수련에 정진 중입니다."

"그래, 그러면 됐다. 나머지는 알비가 알아서 잘하겠지."

아르비드는 그 말을 곧바로 알아들었다.

그의 얼굴에 드물게 웃음이 걸렸다. 주군의 마지막 가는 길에 슬픈 얼굴을 보일 수는 없었다.

"폐하의 가시는 길에 언제나 번영이 가득할 것입니다."

진중한 인사를 루다가 가만히 바라봤다. 이 판타지식 인사도 그리워지겠지.

루다가 아르비드에게 오른손을 내밀었다. 무슨 의미냐는 아르비드의 표정이 돌아왔다.

"악수."

아르비드가 조심스레 손을 내밀었다. 맞잡고 두어 번 흔든 후 놨다.

복잡한 표정으로 제 손을 바라보는 아르비드에게 최대한 진심을 담아 웃었다.

"아르비드는 훌륭한 군주가 될 거야. 나보다 훨씬 더. 저크시즈는 곧 이 혼란을 금세 떨쳐 버리고 더욱 번영하게 되겠지. 이제 이곳에는 훌륭한 군주가 있으니까."

그녀의 얼굴에는 진심이 가득했다. 무언가 말하고 싶지만 차마 입 밖에 꺼내지 못하는 아르비드를 바라보다가 루다가 손을 흔들었다. 이제는 정말 가야 할 때였다.

"안녕. 덕분에 그래도 저크시즈에서의 생활이 나쁘지는 않았던 것 같아.

난 이만 가 볼게. 그럼 마지막으로, 에세나에 위대한 번영을."

마지막 정도는 판타지식으로 축복을 빌어 줘도 되겠지. 루다가 말했고, 동시에 빛무리가 터져 나왔다.

잠시 후, 루다가 있던 자리에는 아무것도 남아 있지 않았다. 이제는 눈에 보이지 않는 군주를 향해 아르비드가 깊숙이 허리를 숙였다.

"폐하만큼 훌륭한 군주는 앞으로의 역사에도 나타나지 않을 겁니다. 가시는 길에 번영을."

돌아오는 대답은 없었다.

저크시즈에 진정한 번영을 가져온 자가 다시 돌아갔다.

절대 잊을 수 없을 것이라 생각하며 아르비드가 발걸음을 돌렸다. 이제는 진정으로 군주로서 살아가야 할 때였다.

✳

─마지막 인사는 잘하고 오셨나요?─

"응."

"예."

루다와 형우가 동시에 대답했다. 그들의 얼굴에는 아쉬움이 덕지덕지 묻어 있었다.

─아직 저크시즈가 미운가요?─

"응?"

뜬금없는 타라의 질문에 루다가 의아한 얼굴을 했다. 형우 역시 무슨 말이냐는 표정으로 타라를 바라보고 있었다.

─저크시즈가 그대들을 많이 괴롭혔지요. 미워할 수밖에 없다고 생각해요. 하지만, 조금 정도는 이곳에 대한 그리움이 있지 않을까 하여…….─

눈치라도 보는 것인지 말꼬리를 흐렸다. 난감한 웃음이 타라의 얼굴에 떠올라 있었다.

루다가 허, 헛웃음을 터뜨렸다.

똑같은 타라라는 존재인데 이렇게 다를 줄이야. 왜 저크시즈가 평화로 웠으며, 그 오랜 시간 동안 타라라는 존재를 따랐는지 어느 정도는 알 것 같았다.

루다가 너무나도 달라진 타라를 빤히 바라보다가 픽, 가볍게 웃었다.

"형우야, 그렇냐고 묻는데?"

형우 역시 루다와 같은 표정을 짓고 있었다.

"질렸다면 질린 게 맞겠지요. 하지만 그것과 이곳에서 쌓은 소소한 추억 들은 조금 별개의 일이라고 생각합니다."

"그래, 형우라면 내가 생각한 걸 이렇게 멋지게 말해 줄 줄 알았어. 들었 지? 그러니까 그렇게 미안해 죽겠는 표정 하지 마. 스테안 울겠다."

"괜한 사람 끌어들이지 말고."

괜한 책임 전가에 스테안이 반박했다. 하지만 그 목소리는 가라앉아 있 었다. 이제는 정말 마지막이었으니까.

-혹시……-

"응?"

-오고 싶을 때 저크시즈에 놀러 오라고 한다면, 가끔은 들르고 싶을 만 큼의 그리움이 있을까요?-

"어? 가능해?"

묻다가 루다가 스스로 화들짝 놀랐다.

정말 다시는 꼴 보기 싫다고 생각했는데, 모든 게 끝났다고 이렇게 물러 질 줄이야.

-방법을 생각해 봐야겠죠.-

"뭐…… 가능하다면? 자기는?"

"나도 마찬가지야."

결국엔 그러했다. 꼴 보기 싫은 존재는 사라졌고, 그리울 사람들만 남게 되겠지. 나름의 추억도 만들었다. 모든 걸 완전 마지막으로 두기에는 확실히 아쉬웠다.

-그렇군요.-

타라가 밝게 웃었다.

"영웅들의 앞날에 축복만이 가득하기를."

"진짜 그 인사도 그리워질 거야."

스테안은 쓰게 웃었다. 그 미소에 루다와 형우 역시 마주 웃어 줬다. 작별이란 언제나 아쉬운 것이었다.

-이제 돌아갈 준비가 끝났나요?-

"응."

-이제 그대들을…….-

"아, 잠깐!"

마지막 인사까지 전부 마친 판국에 루다가 갑자기 무언가 생각난 것처럼 손을 번쩍 들었다. 모두의 의아한 시선이 루다에게 쏠렸다.

"타라, 소망의 물약 있어?"

-원하시면 드릴 수 있습니다만, 그곳에서는 사용이 불가할 겁니다.-

"상관없어."

"그건 왜?"

갑작스런 행동에 형우가 의아한 듯 물었다. 루다가 겸연쩍은 미소를 지으며 형우의 두 손을 꼬옥 잡았다. 이건 정말 예전부터 부탁하고 싶었던 바였다. 한국 가서는 절대 하지 못하니까.

게다가 배경도 어울리지 않고. 그러니까 이런 마지막의 마지막에. 한 번쯤 부탁하면 들어주지 않을까? 사실 그 밑바닥에는 한 가지 가정도 있었다.

이걸 녹화하면 만에 하나의 확률로 돌아가서 재생할 수 있지도 않을까?

하는 그런 마지막 희망 사항.

그 희망을 가득 담아 형우의 이름을 간절하게 불렀다.

"형우야."

"응."

"은발에 적안 한 번만 더 해 주라."

"……."

형우의 얼굴이 순식간에 무너졌다. 할 말을 잊은 채 한동안 침묵만 유지하던 형우가 천천히 타라에게 고개를 돌렸다.

"집으로 보내 주십시오."

ㅡ마지막 축복을 그대들에게.ㅡ

잘게 웃은 타라가 외쳤고, 빛무리가 형우와 루다를 감싸고 올랐다. 빛의 뒤편에서 마지막으로 스테안의 웃음소리가 들렸다.

빛무리가 사라지자 눈에 보이는 풍경이 바뀌어 있었다. 익숙하지만 이상하게도 생소한 장면이 눈에 들어왔다.

TV, 게임 스틱, 침대, 부엌, 문. 모든 것들이 그대로였다. 마치 정말 길고 광활한 꿈이라도 꾼 것처럼.

멍하니 주변을 둘러보다가 고개를 돌려 형우를 바라봤다. 형우 역시 똑같이 루다를 마주 보고 있었다. 둘의 손은 꼭 맞잡은 채였다.

"꿈 아니지, 형우야?"

"내가 묻고 싶은 말인데."

"그럼 꿈 아니네."

"그렇네."

멍하니 주고받던 대화가 순식간에 끊겼다. 결국.

"돌아왔다."

"응, 돌아왔어."

손을 잡은 채 그대로 침대에 누웠다.

"보고 싶을 거야."

"응, 나도."

"다시 갈 수 있을까?"

"아마 불가능하지 않을까?"

비현실적인 현실을 함께 이야기하고 있는 남자 친구를 바라봤다.

아무에게도 말하지 못할 이 모험담을 공유할 사람이 옆에 있었다.

루다가 눈을 접어 웃었다. 형우 역시 화답했다. 이마에 입술이 닿았다 떨어졌다.

"우선 자자."

"그래."

이상하게 피곤했다. 눈을 감았다. 꿈속에서는 가끔 만나겠지.

안녕, 저크시즈.

들리지 않을 마지막 인사를 되뇌고는 잠에 빠져들었다. 정말 오랜만에 하는 집에서의 휴식이었다.

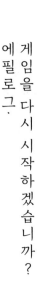

에필로그. 게임을 다시 시작하겠습니까?

삐비빅, 번호 키가 눌리는 소리와 함께 문이 벌컥 열렸다. 루다가 비틀비틀 걸어 집으로 들어왔다.

"왔어?"

거실에서 게임을 하던 형우가 반갑게 루다를 맞았다. 루다가 힘없이 걸어 형우의 품에 폭 안겼다.

"죽을 것 같아."

"왜? 또 부장이 괴롭혀?"

"아니. 이제 괴롭히는 인간 없어. 그냥 일이 너무 많아."

형우의 목에 매달려 루다가 칭얼댔다. 집에 오면 이렇게 잘생기고 자상한 남자 친구가 있다. 집이 좋은 이유가 다 있는 법이지.

"그러게 회사 다니지 말라니까."

"그러는 자기도 회사 다니면서."

"하하……."

멋쩍게 웃는 형우의 입술에 가볍게 입 맞춘 후 소파에 냅다 누웠다. 몸이 노곤했다.

"어차피 취미로 다니는 거니까 상관없어. 그거 알아? 회사도 취미로 다니면 재밌더라."

많은 것이 바뀌어 있었다. 그중 제일 큰 건 통장의 돈이었다.

게임머니를 현실 돈으로 바꿔 주는 건 불가능한 줄 알고 있었는데, 통장을 확인해 보니 어마어마한 돈이 입금되어 있었다. 입금자명은 타라였다.

그 돈을 보고 맨 처음엔 취업은커녕 일도 하지 않으려고 했다. 하지만 그렇게 한 달 정도 뒹굴다 보니 몸이 근질거렸다.

그래서 취업을 준비했고, 부담감도 없으니 루다도 형우도 나름 괜찮은 회사에 취업할 수 있었다.

그렇게 회사를 취미로 다니게 됐고, 잘려도 상관없다는 생각으로 다니다 보니, 우습게도 회사가 다닐 만했다. 가끔 이렇게 업무량이 밀어닥칠 때는 빼고.

"힘들어 죽겠다며."

루다의 가방을 걸이에 걸며 형우가 걱정스러운 듯 물었다.

"그래도 일 때문에 힘들면 보람이라도 있잖아. 자기도 그러니까 다니는 거 아니야?"

"그건 그렇지. 그래도 거기 부장은……."

폭언쟁이에 말이 통하지 않는 진상 상사라고 들었다. 몇 번이나 집에 와서 투덜대는 걸 들으면 듣기만 하는 남이 화가 나는데 당사자는 어떨까 생각한 적이 한두 번이 아니었다.

"그래도 따박따박 말대꾸하니까 이제 괜찮아졌어. 그리고 그거 알아? 나 저번에 너무 화나서 책상 내리쳤다가 부숴 버렸다고 했잖아."

"응."

그랬던 때가 있었다.

형우와 루다가 돌아온 후, 몇 가지 변화가 생겼다. 그중 하나는 그들의 몸의 변화였다.

저크시즈에서처럼 마법이니 스킬 같은 걸 사용할 수는 없었다. 하지만 무언가 영향이라도 미친 모양인지 힘이 비이상적으로 세져 있었다.

힘 조절을 잘못하면 물건을 부숴 먹기 일쑤였다. 마치 진짜 만렙처럼.

갑작스러운 사태에 이런저런 난감한 상황들이 많았다. 플라스틱이 찌그러진다든가 그냥 밀었을 뿐인데 백미러가 부서진다든가 하는 것들.

마침내 조절하는 데에 어느 정도 익숙해졌지만, 감정이 북받칠 때는 어쩔 수 없었다.

그러다 상사의 괴롭힘에 책상을 내려쳤고, 힘 조절 실패로 튼튼한 책상이 부서져 버렸다. 하지만 그 효과가 어마어마했던 모양인지 그 이후로 아무도 루다를 건들지 않았다고 한다.

어디 인터넷에 쓰면 거짓말하지 말라며 욕먹을 이야기가 현실이 되어 있었다. 하긴, 게임 세계에 들어갔다 나온 건 누가 믿을까?

루다가 씨익 웃으며 한마디 덧붙였다.

"그 이후로 얼마나 잘해 주는데. 표정만 좀 굳혀도 무슨 자기 일처럼 챙겨 주던데?"

"그 이후로 몇 개 더 부숴 먹었어?"

형우의 날카로운 질문에 루다가 시선을 살짝 피했다가 배시시 웃었다.

"문 한 짝?"

"용케도 안 잘리고 일하고 있네?"

"일을 좀 잘해야지. 제가 이렇게 유능한 여자 친구예요. 잘하세요, 형우 씨."

"예, 받들어 모시겠습니다. 루다 님."

"지금 말 기억하겠습니다. 으아! 배고파 죽겠다. 밥 먹자."

형우가 루다의 이마에 쪽, 입을 맞추고는 같이 부엌으로 들어갔다.

"어제 먹던 찌개 먹을까?"

"난 좋아. 아무거나 괜찮아."

자금도 적당하겠다, 마음도 맞겠다, 무엇보다 비현실적인 일을 함께 겪었다. 둘은 절대 떨어지고 싶지 않았다.

그래서 다시 돌아오고 얼마 지나지 않아 결혼을 다짐했다.

상견례도 끝났고, 이제 남은 건 식뿐이었다. 집 마련도 당연히 어렵지 않았다. 그렇게 내 집 마련이 어렵다는 세대에 내 집까지 마련하고 나니 사는 게 이렇게 편할 수 없었다.

마치 저크시즈에서의 그 개고생은 이 순간을 위한 액땜이라고 생각될 정도였다.

다시 돌아온 지도 한 달이 지났다. 맨 처음엔 해방감에 신났고, 그다음에는 저크시즈에 대한 그리움에 울적했다.

타라의 말이 생각나 저크시즈에 다시 갈 수 있는 방법을 몇 번 찾아봤지만 도무지 찾을 수 없었다.

〈저크시즈〉 게임 CD가 집에 있기는 했지만, 플레이하려고 하면 TV는 검은 화면만 송출할 뿐이었다. 결국 루다와 형우는 재방문을 포기하고 말았다.

너무 선명했던 게임 세계의 나날들이 쉽게 잊히지는 않지만, 세월이 약이라고 잊히기는 했다.

그래도 문득 가끔은 떠올랐다. 아르비드가, 스테안이, 아름다웠던 풍경들이, 웅장했던 황성이, 지나가며 대화했던 기사들이.

마치 오래된 친구들을 갈 수 없는 곳에 두고 온 것 같은 상실감이 문득문득 올라왔다. 길다면 길지만 짧다면 짧은 그 기간이 루다에게 이렇게 큰 영향력을 미칠 줄은 몰랐다.

하지만 갈 수 없는 곳을 그리워해 봤자 그 그리움은 커질 뿐이었다. 애써 떨쳐 내며 먹을거리를 찾아 냉장고를 뒤적거릴 때였다.

"아, 루다야. 택배 왔던데?"

"택배? 나 택배 시킨 적 없는데?"

뜬금없는 택배 소식에 반찬을 식탁 위에 놓던 루다가 의아하게 물었다.

"주소도 수신자 이름도 다 제대로던데?"

"뭐지? 택배 올 데가 없는데?"

형우가 건네주는 택배를 이리저리 살폈다. 발신자를 확인하려 했지만 발신자가 적혀 있어야 할 곳에는 아무것도 적혀 있지 않았다.

이게 가능해?

"이거 설마 위험한 거 아니겠지?"

루다가 상자를 흔들어 봤다. 달칵거리는, 무언가가 흔들리는 소리가 들릴 뿐 아무런 일도 일어나지 않았다.

"불안하면 갖다 버릴까?"

"음, 아냐. 설마 뭔 일 있겠어? 우선 뜯어보지 뭐. 생화학 무기나 폭탄 같은 것만 아니면 되지."

아무래도 회사에서 책상을 부순 것 때문에 누군가 앙심을 품었나?

조금은 불안한 생각을 하며 상자를 개봉했다. 그리고 그 상자의 내용물이 눈에 보였을 때, 루다와 형우는 한동안 말을 잃고 말았다.

"저크시즈2⋯⋯?"

그 내용물의 정체를 루다가 결국 입 밖으로 내뱉고 말았다. 〈저크시즈2〉라니. 상상도 못 한 내용물이었다.

"이게 뭐야?"

가만히 바라보던 형우가 루다에게서 CD를 건네받았다. 가만히 게임팩을 바라보던 형우가 입을 열었다.

"그때 타라가 했던 말⋯⋯."

"왔다 갔다 하는 방법 찾아본다고 했던 말?"

왜 하필 그 순간이 떠오른 걸까? 혹시 이게 그때 타라가 말했던 방법이라는 게 아닐까?

"응, 그거 아닐까?"

형우의 말이 그럴듯했다. 하지만 또 문득 불안한 것도 있었다.

"혹시 지금 타라도 타락한 거면?"

가능성은 낮았지만 완전히 불가능한 이야기는 아니었다.

루다와 형우의 눈이 마주쳤다. 하지만 이내 표정이 풀렸다.

"아니야, 그럴 리가 없어."

"맞아, 그럴 리가 없지."

둘이 동시에 고개를 끄덕였다. 그러다 루다의 표정이 다시 심각해졌다.

"그런데 진짜 만약에 정말 그렇다면?"

"……."

형우 역시 심각해졌다.

둘이 말없이 머리를 맞댔다. 이 상황을 어떻게 타개할 것인가? 하지만 별다른 결론은 나오지 않았다.

"에이, 무슨 고민이야! 가 보면 알겠지."

더는 생각하기가 싫어진 루다가 성큼성큼 걸어 게임 디바이스를 켰다.

"루다야? 잠깐만."

하지만 게임을 수없이 많이 해 본 루다의 손길은 거침이 없었다. 전원을 켜고 곧바로 CD를 넣었다.

형우가 달려가 루다의 팔을 잡는 것과 루다가 게임 시작 버튼을 누르는 건 동시였다. 화면에 익숙한 풍경이 비쳤다.

[저크시즈에 다시 오신 걸 환영합니다, 영웅들이여.]

익숙한 목소리였다. 마지막으로 들었던 타라의 목소리. 그 목소리와 함께 화면에서 빛이 터져 나왔다.

"자! 간다!"

"루다야!"

너무나도 밝은 빛은 다급한 형우와 신난 루다를 집어삼킨 후, 흔적도 없이 사라져 버렸다.

방 안에는 둘의 온기만이 있을 뿐, 아무도 남아 있지 않았다.

The End

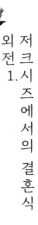

외전 1. 저크시즈에서의 결혼식

"결혼?"

"결혼 말입니까?"

나른한 오후, 황성 식당 안에 두 명의 목소리가 울려 퍼졌다.

놀란 눈으로 되묻는 아르비드와 스테안을 바라보며 루다가 황당한 표정을 지었다.

그 옆에서는 형우가 루다와 비슷한 표정을 짓고 있었다.

"응. 뭘 그렇게 놀라? 우리가 결혼한 게 이상해?"

잠시의 침묵 후 루다가 어이없다는 어조로 물었다. 옆에서 형우가 조용히 끄덕이는 건 덤이었다.

"아니, 그게 아니라……."

"어떻게 말도 안 하고 결혼할 수가 있어?"

"예, 제가 하고 싶은 말이 그 말이었습니다."

스테안이 분하다는 듯 목소리를 높였고 아르비드가 옆에서 동의한다는 모양새로 차분히 고개를 끄덕였다.

둘이 하는 꼴을 루다가 황당한 표정으로 쳐다봤다.

"아주 죽이 맞네, 맞아."

"평소에는 별로 맞지 않습니다."

"그럼, 그럼! 영웅에 관한 일에나 이렇게 찰떡이지."

"예, 그러시겠죠."

어이없는 자태에 썩은 표정을 지어 주고는 앞에 있는 치즈케이크를 푹 찍어 입에 털어 넣었다. 쓸데없는 말은 하지 않겠다는 행동이나 다름없었다.

루다의 그런 모습을 불만스럽게 바라보다가 스테안이 한마디 던졌다.

"이게 다 네가 말없이 결혼해서 그래."

"무슨 말도 안 되는 소리야?"

"그러게 말이야."

루다의 반박에 형우가 옆에서 거들었다.

대체 얘네가 왜 이러지? 둘의 얼굴에는 그런 말이 고스란히 적혀 있었다.

그도 그럴 것이, 성녀니 뭐니 둘을 놀리면 놀려도 형우와 루다의 결혼이나 연애사에 대해 단 한 번도 말을 얹은 적이 없었다.

둘이 연인 사이인 걸 숨긴 것도 아니고, 예전 관리자 타라가 둘의 키스 장면을 널리 널리 퍼뜨린 후 저크시즈의 모두가 루다와 형우의 관계를 알고 있는 것이나 다름없었다.

심지어 저번에 와서 결혼할 거라는 말까지 하고 돌아갔다. 그런데 대뜸 결혼했다는 말 한마디에 이렇게 놀라며 꼬리를 물고 늘어지다니.

둘의 반응이 도통 이해가 되지 않았다.

"괜히 헛소리하지 말고. 케이크나 한 조각 더 줘. 이번에 주방장 바뀌었나 봐? 더 맛있어졌는데?"

저크시즈와 한국을 왔다 갔다 할 수 있게 된 후, 루다는 심심할 때마다 저크시즈에 들르고는 했다.

판타지 세계인만큼 조금만 멀리 나가면 아름다운 곳들이 많았다.

예전에 가 보지 못했던 곳들을 가는 것도 좋았고, 게임을 플레이할 때만 가 봤던 곳에 직접 가 구경하는 것도 마음에 들었다.

장점은 그뿐만이 아니었다.

저크시즈에서 시간을 보내는 동안 한국에서의 시간은 흐르지 않았다.

저크시즈에서 하루를, 이틀을, 더 나아가 몇 달을 보내도 한국에 돌아가면 저크시즈로 떠나온 바로 그 시간이었다.

그러다 보니 주말에 넘어가 몇 주 푹 쉬고 와도 주말이었다.

루다와 형우는 그걸 아주 잘 이용했다.

문제는 루다가 한국에 있을 동안 저크시즈의 시간은 생각보다 빠르게 흐른다는 점이었지만, 루다는 원래 그런 걸 신경 쓰는 인간이 아니었다.

이전과 달리 여유가 생긴 루다는 저크시즈와 한국을 왔다 갔다 하며 저크시즈에 자신의 취향을 전파하기 시작했다. 스테이크, 치즈케이크, 복숭아 크림 타르트 등등.

그리고 루다의 노력은 빛을 발해 루다가 저크시즈에 올 때마다 그녀의 취향에 꼭 맞는 음식을 먹을 수 있었다.

게다가 황성의 요리다 보니 미슐랭 스타 부럽지 않은 퀄리티였다.

루다는 휴식 삼아 저크시즈에 오는 게 익숙했다.

영웅이니 반신이니 사람들의 이목이 집중되는 건 귀찮았지만, 루다의 위치가 위치인 만큼 그녀를 괴롭히는 사람도 없었다.

그렇다 보니 몸도 편하고 마음도 편하고, 이만한 휴양지를 찾기도 힘들었다.

가끔 생기는 짜증 요소라고 하면 스테안 정도였지만 예전만큼 신경을 거스르는 정도는 아니었다.

가끔 도를 넘을 때가 없진 않았지만 정강이를 차 주면 조용해지기 때문에 상관은 없었다.

저번 방문 때 평소보다 더욱 심하게 입을 놀려 정강이를 세 번 정도 차 준 이후로 꽤 조용해졌었는데, 한동안 가만히 내버려 뒀다고 다시 얄미운 혓바닥이 돌아온 모양이었다.

"아르비드, 억울하지도 않습니까?"

"……."

아무것도 모른다는 듯 케이크를 두 개째 해치우는 루다를 가리키며 스테안이 언성을 높였다.

하지만 스테안처럼 정강이를 맞기 싫은 아르비드는 그저 침묵할 뿐이었다.

물론 그게 긍정이라는 건 여기 있는 모두가 아주 잘 알고 있었다.

"괜히 가만히 있는 알비 괴롭히지 말고 디저트나 먹지그래? 안 먹으면 내가 먹는다?"

"안 돼! 영웅의 결혼식을 못 보고 넘어갈 수는 없지."

디저트를 가져가려던 루다의 손이 우뚝 멈췄다.

루다의 얼굴에는 아까와 차원이 다른 황당함이 떠올라 있었다.

"무슨 소리야? 결혼식 이미 다 끝냈는데. 우리 결혼했다니까? 할 계획이 아니라 했다고."

"아, 몰라! 저크시즈의 전 군주이자 반신이자 영웅이자 성……."

"그만하지?"

아무리 시간이 지났어도 성녀라는 말에 절대 익숙해질 수는 없었다.

루다의 흘김에 스테안이 퍼뜩 말을 멈추고는 큼큼, 헛기침을 한 번 했다.

"어쨌든 그런 중요한 사람의 결혼을 못 보고 넘길 수는 없어!"

"이미 지난 일 어쩌겠어? 못 본 거 어쩔 수 없지."

"세상에 어쩔 수 없는 게 어딨어?"

손을 휘휘 저으며 말했지만 스테안은 제 뜻을 꺾을 생각이 없었다.

그만 좀 하지? 말하려고 고개를 든 루다가 스테안과 눈을 마주쳤다.

흠칫, 드물게 오싹함이 등줄기를 타고 내려갔다.

스테안이 저렇게 기분 좋은 표정을 짓는 건 항상 좋지 못한 결과를 가져오곤 했다. 특히 루다에게.

"헛소리하면 죽……."

"저 크시즈에서도 결혼식 해야지."

루다의 말이 끝나기도 전에 스테안의 입에서 그가 계속 말하고 싶었을 게 분명한 한마디가 튀어나왔다.

"뭔 헛소리야."

"헛소리."

루다와 형우가 동시에 말했다.

"이게 왜 헛소리야!"

스테안이 포크를 든 채 언성을 높였다. 하지만 루다와 형우는 스테안이 진심으로 화를 내는 게 아니라는 걸 알 수 있었다.

저 재밌어하는 얼굴이라니. 저건 속으로 무슨 꿍꿍이를 짜고 있는 게 분명했다.

"너 쓸데없는 계획 짜는 거지?"

"아니거든? 날 대체 뭐로 보는 거야?"

"뭐로 보긴, 스테안으로 보지. 너 무슨 이상한 짓 하면 가만 안 둬?"

"이상한 짓 한 적 없거든?"

정말로 억울한 것처럼 말하는 스테안을 흘겨보고는 마지막 남은 케이크를 입에 털어 넣었다.

여기에 이대로 있다가는 이상한 계획에 휘말릴 것 같았다.

태초의 군주이자 태초의 반신이 벌이는 원대한 계획에 한 몸 담그는 건 정말이지 사양이었다.

"말도 안 되는 소리 할 거면 난 일어난다. 오랜만에 왔더니 대체 무슨 소리야."

"오랜만에 온 것도 다 결혼해서 그런 거 아니야!"

"알면서 그래?"

"영웅들의 결혼식을 보지 못했다고 하면 저크시즈인들이 얼마나 슬퍼하겠어! 그렇지 않습니까, 아르비드!"

아르비드는 또 저한테 튄 불똥에 눈만 깜빡거렸다.

"그렇잖아요, 아르비드!"

"……."

다시 대답을 강요하는 스테안의 말에 아르비드가 또다시 침묵을 고수했다.

"거봐 맞다잖아!"

"아무 말도 안 했습니다."

"그래도 맞다고 생각하는 거 다 압니다."

틀린 말은 아닌지라 아르비드는 침묵했다.

사실 아르비드 역시 스테안의 말에 동의는 하는 바였다.

루다의 원래 세계가 있고, 그곳이 고향이라는 건 잘 알고 있었다.

하지만 그래도 저크시즈인들에게 있어서 루다는 영웅이었다. 그냥 영웅도 아니고 태초의 신이 인정한 영웅이었다.

루다뿐만이 아니었다. 형우 역시 마찬가지였다. 루다가 에세나 진영의 영웅이라고 한다면, 형우는 아타나스 진영의 영웅이었다.

세력이 팽팽했던 두 지역이 통일되고 나니 자연스레 형우와 루다의 인지도는 동시에 높아졌다.

두 영웅이 연인 사이라는 것도 저크시즈의 자랑거리나 마찬가지인데 그 둘이 결혼했다고 한다.

아르비드는 왜인지 모르겠으나 저도 모르게 속으로 전 군주이자 현 반신이며 영웅인 루다가 저크시즈에서 결혼식을 치를 것이라 생각하고 있던 모양이었다.

그게 아니면 이렇게 크게 실망했을 리가 없으니.

"괜한 사람 잡지 마. 가만히 있는 알비한테 왜 그래?"

이대로 두면 왠지 정말 뭐라도 추진할 것만 같아 루다는 최대한 진지하게 제 의견을 피력했다.

스테안 좀 말려 봐.

그 눈빛을 받은 아르비드가 잠시 고민했다. 주군의 뜻대로 따라야 하나. 아니면 태초의 군주의 뜻을 따라야 하나.

"그래도 간소하게 한 번 정도는 괜찮지 않겠습니까?"

고민하다가, 모두들 위대한 자이기에 아르비드는 제 뜻을 따르기로 했다.

"뭐?"

예상치 못한 반응에 루다가 자리에서 우뚝 멈춰 버렸다.

"폐하께서 저크시즈보다 원래 있던 곳을 더 애지중지하는 것은 알고 있는 바입니다만."

"아니, 알비. 잠깐만!"

루다가 손을 들어 말을 막았다. 지금 그 스킬을 쓰는 거야? 어이가 없는 눈빛으로 아르비드를 바라봤다.

물론 아르비드가 알고 하는 건 아니겠지만 루다에게는 스킬이라고 받아들여지는 화법이었다.

폐하께 저크시즈가 중요하지 않겠지만, 돌아가고 싶으시겠지만, 이곳이 그리 크진 않겠지만 등등.

서운함이 가득 담긴 그런 말을 던질 때마다 루다의 양심이 콕콕 찔리고는 했다.

417

이제는 저크시즈도 버릴 수 없을 정도로 중요해졌다. 하지만 이전에는 그렇지 않았다. 그 반증으로 루다는 저크시즈를 버리고 한국으로 돌아갔으니까.

물론 고향으로 돌아간 것이지만, 루다와 형우의 부재는 생각보다 컸기에 그 서운함은 배가 되었을 것이다.

루다가 없는 동안 저크시즈는 꽤나 진통을 겪었다.

저크시즈의 통치권을 두고 에세나와 아타나스가 다시 전쟁을 벌일 위기에 처하기도 했다.

관리자 타라의 만행으로 태초의 타라에 대한 신뢰도는 바닥이었다.

하나로 뭉쳐도 괜찮을까 말까 한 자들이 중심을 잃고 흔들리니 저크시즈의 혼란은 이루 말할 데가 없었다.

그 와중에 그들이 바라 마지않는 영웅들 역시 자취를 감춰 버렸다.

역사학자들이 저크시즈에 암운이 깃들었다며 혀를 차 대는 건 어찌 보면 당연했다.

그렇게 저크시즈의 혼란이 끝나지 않을 것 같을 때쯤, 위그드라실에 거대한 빛이 터져 나왔다.

역사적인 영웅들의 귀환이었다. 그렇게 저크시즈는 안정을 되찾았다.

영웅들의 한마디에 이렇게 빨리 안정될 거였으면 그렇게까지 진통을 겪은 이유가 무엇인가 생각했을 정도였다.

다시 돌아온 영웅들의 모습에 아르비드를 포함한 저크시즈의 모두가 군주들의 귀환이라며 환희에 빠져 있을 때쯤, 형우와 루다가 대뜸 다시 돌아가겠다고 선언했다.

'저기가 우리 집이라니까?'

돌아간다고 말하며 루다가 한 말이었다.

418

그 순간 아르비드는 깨달았다. 이곳이 영웅들의 집이 아니구나.

물론 그들이 다른 세계의 사람이라는 건 알았다. 다시 돌아가야 할 곳이 있다는 것도 알았다.

하지만 서운한 건 서운한 거였다. 그렇다고 그들을 잡을 수도 없었다.

'폐하께 저크시즈가 중요하지 않겠지만.', '돌아가고 싶으시겠지만.', '이곳이 그리 크진 않겠지만.'

이 모든 말들은 아르비드 나름대로 그들을 이해한다는 생각으로 내뱉는 말들이었다. 하지만 루다에게는 전혀 아니라는 게 문제였다.

"알비."

루다가 엄숙하게 아르비드를 불렀다.

"예?"

"네가 서운한 건 알겠는데."

"서운하지 않습니다. 주군께서 하신 일에는 그만한 뜻이 있으니까요."

루다가 이마를 짚었다.

주군의 뜻. 저 단어도 서운할 때나 나오는 단어였다.

"우리 결혼식이 왜 보고 싶은데?"

"당연히 저크시즈의 영웅들이니까!"

옆에서 아르비드가 고개를 끄덕였다. 그에 힘을 입은 스테안의 목소리가 더욱 커졌다.

"너희 세계에서는 결혼식에 친구들도 안 불러? 그냥 우리 결혼했어요. 하면 끝인 거야?"

당당하게 물어 오는 스테안의 질문에 루다가 말문이 막혔다.

하긴, 한국에서도 결혼할 때는 청첩장을 돌린다.

결혼식 없이 바로 혼인 신고를 하는 게 아니라면 스몰 웨딩이라도 최측근 한두 명 정도는 초대했다.

몇 주 전 결혼했던 루다의 친구가 그러했다.

"그건……."

"말 늘이는 거 보니까 아니네!"

"아니, 물론 초대를 하긴 하는데."

"그럼 우리는 왜 초대 안 했는데! 그래, 우린 너희에게 엄청 사소하고 조그맣고 없어도 되는 인간들이다 이거지?"

"야, 무슨 말을 그렇게 해!"

"그건 아니지!"

형우와 루다가 동시에 반박했다가 얼른 입을 다물었다.

올라간 스테안의 입꼬리를 보는 순간, 둘은 직감했다.

아, 말려들었다.

"그러니까 결혼식 올리자. 저크시즈에서."

그와 정확히 맞아떨어지는 한마디가 스테안의 입에서 튀어나왔다.

루다와 형우는 한숨을 쉴 수밖에 없었다. 도망칠 구석이 없었다.

"알았어."

"그렇지!"

과할 정도로 좋아하는 스테안을 보고 있자니 이상하게 불안한 기운이 몰려왔다.

조건을 걸어야겠다는 생각이 들었다. 루다가 단호하게 검지를 세웠다.

"단."

"응?"

"우리끼리만 하는 거야."

저크시즈에서 결혼식을 하는 게 나쁠 건 없었다. 하지만 그건 간소한 결혼식일 때였다.

왠지 스테안이라면 이 결혼식을 핑계로 루다와 형우를 놀리는 데 온 힘을 다할 것 같았다. 그건 무조건 막아야 했다.

루다의 단언에 스테안이 마땅찮다는 표정을 지었다.

"으응?"

"스몰 웨딩이라고 알아?"

"몰라."

"저크시즈도 불안정한 마당에 예산을 마구 잡아먹을 수는 없잖아?"

"저크시즈는 꽤 예전에 안정됐고, 예산 역시 충분합니다."

루다의 핑계에 옆에서 아르비드가 끼어들었다. 루다가 죽일 듯한 눈빛으로 아르비드를 바라봤다.

익숙한 그 눈빛에 아르비드가 입을 다물었다.

"윗사람일수록 모범을 보여야지."

"언제부터 그런 걸 신경 쓰셨다고……."

"그래! 내가 하고 싶은 말을 아르비드가 다 해 주네!"

정말이지, 둘이 아주 죽이 잘 맞았다. 꼭 루다 일만 걸리면 둘이 짠 듯 입을 맞췄다.

"둘이 짜고 치는 거야?"

"그럴 리가!"

"그런 짓은 하지 않습니다."

즉답하는 둘을 흘겨보고는 루다가 다시 말을 이었다.

"괜히 토 달지 말고. 그냥 황성 뒤편에서 너희들이랑 형우네 사람들 몇만 불러 두고 결혼식 치를 거야. 그렇게 알아."

"허나 그렇게 하면 저크시즈인들의 원성이 자자할 것입니다."

"그렇지!"

"아, 대체 뭔 소리야! 내가 결혼한 거 말 안 하면 되는 거 아니야? 몰라. 여기까지야. 난 더 양보할 생각 없어! 마음에 안 들면 결혼식 하지 말든가. 우리는 이미 결혼했는데 어쩌라고. 어쩌라고!"

루다가 오른손을 빠르게 휘저었다. 정말 무르기 싫을 때 하는 행동이었다.

"영웅께서도 그렇게 생각하십니까?"

아르비드가 처연한 척하는 눈빛으로 형우에게 물었다. 루다가 옆에서 입을 떡 벌렸다.

아르비드가 저러는 건 정말 드문 일이었다. 정말 대국민 결혼식이라도 하려는 모양이네?

"뭘 묻습니까? 이루다의 의견이 곧 최형우의 의견인 것을."

"알면서 뭘 묻습니까."

답답하다는 어조로 스테안이 답했고 형우가 고개를 끄덕이며 동의했다.

"들었지? 우리 의견은 이래. 그러니까 소소한 결혼식 할 거 아니면 저크 시즈에서의 결혼식은 없는 거야."

만족스러운 형우의 모습에 루다가 미소를 지으며 못을 박았다. 스테안 과 아르비드의 표정이 썩어 들어가는 게 보였다.

하지만 뭐 어쩌라고. 여기까지 양보한 것도 루다에게는 엄청 큰일이었 다.

잠시간의 침묵 후, 스테안이 손뼉을 짝 쳤다.

"좋아. 그대로 이행하겠습니다!"

아르비드의 고개가 휙 돌아갔다. 마치 끝까지 제 편을 들어 줄 거라 생 각했던 아군이 배신한 꼴을 보는 눈빛이었다.

"뭘 그런 눈으로 보고 있습니까? 위대한 영웅들의 뜻을 따라야지요."

"허나."

"계속 끌면 식도 올리지 않는다니 이 얼마나 각박한 처사란 말입니까. 약자가 물러서야지요."

흘리지도 않은 눈물을 찍어 닦으며 스테안이 처연하게 지껄여 댔다.

루다가 그 모습을 어이가 없는 표정으로 쳐다보다가 자리에서 일어났 다.

"말 다 끝난 거지? 난 이만 나가 본다. 배불러."

"나도 이만 나가지."

루다와 세트처럼 움직이는 형우 역시 자리에서 일어났다.

루다가 디저트를 전부 먹어치울 때까지 옆에 앉아 있었을 뿐, 형우 앞의 접시는 비워진 지 오래였다.

"아이고! 강자가 약자를 유린하는 꼴이라니!"

유유히 손을 흔들며 사라지는 둘의 등 뒤에서 스테안이 억울하다는 듯 소리쳤다.

하지만 헛소리는 듣지 않겠다는 듯 루다와 형우는 아무런 대꾸도 하지 않은 채 커다란 식당을 나섰다.

거대한 문이 탁, 닫히는 소리가 들렸다. 그와 동시에 스테안이 아르비드 쪽으로 몸을 틀었다.

그런 스테안을 바라보는 아르비드의 눈에는 일말의 원망이 남아 있었다.

'왜 폐하의 말을 그대로 들어주셨습니까?'

그렇게 묻는 아르비드를 바라보며 스테안이 씨익 미소를 지었다.

루다가 끔찍이도 싫어하는 미소였다. 위험하게 입꼬리를 올린 채 스테안이 입을 열었다.

"얼른 저크시즈를 화려하게 수놓을 결혼식을 준비합시다."

"예?"

아까와 영 딴판으로 말하는 스테안에게 아르비드가 드물게 멍청한 표정을 지었다.

"설마 그들의 말대로 할 생각이었습니까? 그럴 수는 없죠! 그랬다가는 저크시즈인들의 원성이 얼마나 자자하겠습니까!"

스테안이 언성을 높였다. 마치 저크시즈인들을 정말로 사랑하는 성인군자의 모습이었다.

하지만 이상하게 그 모습을 보며 아르비드는 한 가지 생각을 지울 수가 없었다.

'엄청 즐거워 보이십니다만.'

전설 속에서나 들어 왔던 태초의 군주가 루다와 비슷한 성격인 것 같다는 조금 슬픈 생각을 했지만, 아르비드는 금방 그 생각을 떨쳐 버렸다.

환상은 계속되어야 한다. 왠지 이미 깨진 지 오래된 것 같지만, 그건 무시하기로 했다.

우선은 스테안의 장단에 맞춰 줘야 할 때였다. 물론 아르비드의 바람이기도 했고.

"그렇죠. 역사에 길이 남을 영웅들의 결혼식을 우리의 눈에만 담았다는 것에 모두 안타까워할 것입니다."

"그러니까 저크시즈인들을 위해서 성대한 결혼식을 준비해야 하지 않겠습니까, 저크시즈의 군주여."

"제가…… 준비하는 겁니까?"

미묘하게 떨리는 아르비드의 목소리에 스테안이 웃으며 고개를 끄덕였다.

"태초의 군주께서는……."

"물론 도와 드리죠! 설마 제가 모든 책임을 아르비드에게 전부 물겠습니까?"

진지한 척 내뱉는 말에 아르비드는 고개를 끄덕이려다가 멈췄다.

"그런데 만약 폐하께서 아시게 된다면……."

"아, 그건 걱정하지 마십시오! 제가 다 알아서 하겠습니다!"

스테안이 제 가슴을 팡팡 치며 호언장담했다.

왠지 신뢰가 가지 않는 모습이었지만, 아르비드는 괜히 올라오는 불손한 마음이라며 이를 무시하기로 했다.

"그렇다면…… 태초의 군주만 믿겠습니다."

"하하! 물론이죠! 저만 믿으십시오!"

자꾸 고개를 쳐드는 께름칙한 마음을 무시한 채 아르비드는 고개를 끄덕였다.

그렇게 루다와 형우는 모르는 원대한 계약이 성립됐다.

눈앞 스테안의 광대가 터질 것 같은 걸 보니 아무래도 영웅들의 결혼식은 그냥 성대할 게 아닌 모양이었다.

왜인지 사라진 영웅들이 안쓰러워져, 아르비드는 이 자리에 없는 루다와 형우를 향해 들리지 않을 사과의 말을 건넸다.

❋

"한국에서 이렇게 꾸미는 건 말도 안 되는 짓이겠지?"

루다가 방에 딸린 테라스에서 방을 들여다보며 물었다. 방은 루다와 형우에게 배정된 최고급 방이었다.

저크시즈의 영웅들에게 배정되는 방은 당연하게도 엄청나게 컸으며, 이루 말할 수 없을 정도로 호화스러웠다.

여기 있는 걸 다 가져다가 팔면 지금 통장에 있는 액수의 절반 정도는 또 채워질 정도였다.

지금 통장에 꽂혀 있는 돈도 일 안 하고 먹고살 수 있는 정도였는데 그것의 반이라는 건 어마어마할 정도의 사치품이라는 이야기였다.

다행인지 불행인지 저크시즈의 물품들을 한국에 갖고 갈 수는 없었다. 그 반대 역시 마찬가지였다.

그렇기에 저크시즈의 예술품들은 여전히 저크시즈에 남아 있을 수 있었다.

"저렇게 꾸밀까?"

루다의 투정에 형우가 얼굴색 하나 바꾸지 않고 물었다.

"응?"

"할 수는 있잖아."

"아니, 할 수야 있지."

평수야 더 늘리려면 늘릴 수도 있었고, 빈티지 가구들을 사 모으면 엇비슷하게 꾸밀 수는 있었다.

"자기만 원하면 비슷하게 꾸미자."

아무렇지 않게 내뱉고 평온하게 웃는 형우를 보며 루다가 조금 질린 표정을 지었다.

언젠가부터 형우는 이렇게 '뭐 어때?'와 같은 태도를 보이고는 했다.

시기적으로 따졌을 때 대충 루드비히가 사라진 시점과 일치했다.

"그래도 집에 놀러 오는 사람들이 있을 텐데 조금 그렇지 않아?"

"그런 건 오다 보면 적응할 거야."

"그건 그렇지. 그런데 자기는 이렇게 화려한 거 별로 안 좋아하잖아."

"이젠 뭐…… 적응됐어."

덧붙이는 어조가 그렇게 평탄할 수가 없었다.

루다가 크게 뜬 눈으로 형우를 바라봤다. 그 눈을 가만히 마주하다가 형우가 멋쩍게 웃었다.

"왜? 이상해?"

"아니! 전혀!"

민망한 듯 물어오는 형우의 질문에 루다가 손을 세게 내저었다.

무언가 달라진 모습에 루다가 반응할 때마다 형우는 그렇게 묻고는 했다. 내가 좀 이상하게 반응했어?

그 질문에 루다는 항상 일관된 반응을 보였다.

"완전 멋있어!"

지금처럼. 루다의 반응에 형우가 쓰게 웃었다.

"이상한가 보네."

"아니거든! 진짜 멋있거든! 박력쩡! 내 남자 친구 최고! 폐하 만만세!"

"루다야……."

"헤헤. 미안. 그런데 진짜 안 이상해! 걱정하지 마!"

"그렇다면 다행이지."

둘 사이에 잠시 침묵이 흘렀다. 어색함의 침묵은 아니었다.

루다의 얼굴이 무언가 궁금한 것처럼 꿈틀대고 있었고, 그걸 잡아낸 형우가 루다의 질문을 기다리고 있기에 자리한 침묵이었다.

결국 그 침묵의 무게를 견디지 못하고 루다가 슬며시 손을 들었다.

"근데 형우야, 나 진짜 궁금한 거 하나 있는데."

"뭐든 물어봐."

"화 안 낼 거야?"

"내가? 내가 최근 무슨 화낸 게 있었어?"

이번엔 형우가 놀란 표정을 지었다.

형우는 루다가 무슨 질문을 해도 상관없었다. 그건 연애 이후로 한 번도 바뀐 적이 없었다.

루다 역시 그걸 알기 때문에 이것저것 잘도 질문했다.

갑자기 왜 이런 질문을 하는지 알 수가 없었다.

역으로 당황한 형우의 질문에 이번엔 루다가 당황해 황급히 손을 내저었다.

"아니! 그런 거 절대 아니야! 완전 최고! 자상한 내 남자 친구!"

루다가 말하면서 고개를 과하게 끄덕였다.

"그런데 갑자기 왜 그런 걸 물어봐."

"화 안 낼 거지?"

"내가 낼 리가 없잖아."

형우의 얼굴에 부드러운 미소가 내려앉았다. 안심하라는 행동이 분명했다.

그에 용기를 얻은 루다가 조심스레 입을 열었다.

"솔직히 말해서 폐하라고 불리는 거 익숙하지?"

"응?"

"막 루드비히라고 불리고 싶을 때 있지 않아?"

"아……."

루다를 보니 놀리는 것도 아니었다. 이건 정말 진심으로 궁금해서 물어본 게 분명했다.

왜 저한테 화내지 말라고 말했는지 알 것 같았다.

"그런 적은 없어."

"그래?"

"실망했구나."

"아닌데!"

화들짝 놀라 필사적으로 부정하는 루다가 귀여워 형우가 작게 웃음을 터뜨렸다.

"그런데 익숙한 건 맞아."

"그래?"

"근데 그건 자기도 익숙하지 않아?"

"음, 그건 그렇지. 근데 나는 처음부터 나일 때 들은 거고 자기는 루드비히일 때 폐하라고 들은 거라서 물어봤어."

루드비히일 때의 감정 역시 자연스럽게 받아들여진 게 맞냐고 물어본 것이나 마찬가지였다.

형우가 천천히 고개를 끄덕여 긍정을 표했다.

"네가 궁금한 것처럼 루드비히랑 합쳐진 거 맞아."

"내가 뭐가 궁금했는지 그렇게 티 났어?"

"응."

바로 돌아오는 긍정에 루다가 멋쩍게 웃었다.

"그래서 싫어?"

"그럴 리가요. 싫었으면 결혼도 안 했지. 그럴 거라고 예상한 게 언젠데. 안 그래?"

"맞아."

쪽, 가벼운 입맞춤을 한 후 마주 보고 웃었다. 안정감이 담긴 웃음이었다.

"그럼……."

사태가 진정되나 싶었는데, 루다가 전에 없이 말을 늘렸다.

"루드비히로서 수치심을 느끼지 않았으면 지금도 안 느끼지 않을까?"

루다의 눈동자가 위험하게 빛났다. 무언가 꿍꿍이가 있을 때 짓는 표정이었다.

하루 이틀 루다와 지낸 게 아닌 형우는 루다에게 뭔가 다른 목적이 있다는 걸 금방 알아챘다.

"부탁하고 싶은 거 있지?"

"형우야."

"응."

"있잖아."

"응."

"은발에 붉은 눈 한 번 더 해 볼 생각 없어?"

"……."

둘 사이에 무거운 침묵이 가라앉았다. 루다의 얼굴에는 간절함이 잔뜩 묻어 있었다.

반짝반짝 빛나는 루다의 눈을 바라보다가 형우가 어렵사리 입을 열었다.

"그걸 왜 바라는 건데?"

다른 것보다 정말 궁금한 바였다. 저번부터 계속 루다가 요구하는 바였다. 은발에 적안.

분명 형우의 기억에 의하면 형우의 은발과 적안을 맨 처음 마주했을 때, 루다 역시 당황했었다.

그런데 이제는 그렇게 해 달라고 계속 부탁하다니.

"당연히 잘 어울리니까!"

형우의 질문에 루다가 곧바로 대답했다. 판타지 세계 아니면 언제 볼까? 그리고 그것에 속으로 몸부림치는 형우의 모습도 좋았다.

물론 이런 속마음을 들키면 안 되지만.

"정말 그거뿐이야?"

"응. 자기야, 잘 생각해 봐. 여기는 판타지 세계야. 그리고 은발은 초대 군주의 상징이라고."

"스테안의 머리색이기도 하지."

"물론 그렇지만! 의미를 따지자면 그렇다는 말이지. 모두가 우러러 마지 않는 존재!"

"지금도 충분하지 않을까?"

"내가 충분하지 않지."

형우가 충격받은 표정을 지었다.

"나로 부족해?"

물론 장난이었다. 루다도 그걸 알았지만 지금은 형우를 한껏 설득해야 할 때였다.

"아니! 당연히 충분하지! 그러니까!"

말이 생각나지 않았다. 이제 말로 설득할 방법이 없었다.

"그냥 한 번만 해 주면 안 될까? 검은 턱시도 입고 판타지 코스프레한 남자친구 보고 싶어서 그래."

눈썹을 늘어뜨리고 진심을 고백했다.

애절한 루다의 얼굴을 바라보다가 형우가 작게 웃었다. 정말 당해 낼 수가 없었다.

"그래. 알았어."

결국 형우의 허락이 떨어졌다.

"아싸!"

루다는 팔을 허공으로 휘저었다. 박제할 기회가 생겼다! 형우는 들리지 않을 쾌재를 속으로 내질렀다.

"그렇게 좋아?"

루다의 속내를 알 리 없는 형우가 부드럽게 물었다.

"당연하지!"

"이게 마지막이야."

"알아. 한 번이면 족해!"

그래, 저렇게 좋아하는데 한 번 정도는 해 줄 수 있지. 그런 수치심이 뭐라고.

박제 따위 생각하지도 못한 형우가 흐뭇하게 웃었다.

＊

영웅들의 결혼 준비는 순조롭게 진행되고 있었다.

그러니까 스테안의 입장에서 아주아주 순조롭게.

사실 스테안은 루다와 형우가 결혼한다는 소식을 들었을 때부터 거대한 퍼레이드 마차를 준비하고 있던 상태였다.

영웅들의 결혼이라는 이유로 여신의 힘까지 담았으니 그 화려함을 이루 말할 데 없을 정도였다.

아무도 보이지 않는 곳에 그 거대한 마차를 숨겼다. 공간 왜곡을 이용한 마법이었다.

물론 그게 영웅들에게 제대로 먹힐 거라는 생각을 한 건 아니었다.

하지만 그들의 시야 정도는 속일 수 있었다. 물론 시야만.

만약 그들이 걸어서 그 공간 안으로 들어온다면, 퍼레이드 마차는 그들에게 정체를 드러낼 것이다.

절대 그런 일을 만들어서는 안 됐다.

해서 스테안은 루다와 형우가 거의 들르지 않는 사용인 궁 뒤편, 마구간에 가려 보이지도 않는 정원에 퍼레이드 마차를 숨긴 상태였다.

공범은 현 군주였기 때문에 당연히 보안은 철저했다.

절대 그곳에 발걸음을 하지 말라는 아르비드의 명을 듣지 않을 자들은 없었다.

그렇게 스테안의 영웅들 대국민 결혼식 계획은 차곡차곡 잘 진행되고 있었다.

그랬어야 했는데.

"야. 설명해 봐."

스테안은 눈앞의 루다와, 그 옆의 거대한 퍼레이드 마차를 보며 생각했다.

아, 망했다.

스테안이 도로록 눈동자를 굴렸다.

오늘은 바로 결혼식 당일이었다.

이제 결혼식만 진행하면 전부 끝나는 일이었다.

지금 루다가 결혼식 예복을 입고 있는 것만 봐도 계획이 코앞이었다는 걸 확신할 수 있었다.

아마 지금 성문 앞에서부터 저크시즈인들이 바글바글할 것이다. 그러도록 스테안과 아르비드가 만들었으니까.

결혼식을 준비한다는 핑계로 루다와 형우를 황성 밖으로 나가지 못하게 막았다.

해서 황성 밖에 엄청나게 퍼져 있는 대국민 결혼식 소식도 그들은 듣지 못한 상태였다.

사실 이 퍼레이드 마차의 비밀은 하나 더 있었다.

그들이 타자마자 황성 문 앞으로 이동하는 것.

모두 여신의 은총이었다.

거기에만 가면 제아무리 루다와 형우라도 모두가 보는 앞에서 도망치지는 못할 것이다. 모든 계획은 완벽했다.

갑자기 이들이 들이닥치지만 않았으면.

"여긴 갑자기 왜 온 거야?"

"왜긴, 말 가지러 왔지."

"평소에 말도 안 타면서!"

"결혼을 기념해 말을 한번 타 보려고 왔는데, 이렇게 공간 왜곡 마법이 걸려 있네? 궁금해서 들어와 봤더니 영웅들의 결혼식이라 적힌 마차가 떡하니 있는데, 너 같으면 궁금해하겠어 안 하겠어."

스테안이 필사적으로 변명을 생각했다.

뭐라고 하지?

하지만 그런 스테안의 상태를 눈치챈 루다가 한마디 보탰다.

"지금 머리 굴리는 거 다 보인다? 빠져나갈 구멍 생각하지 말고 진실을 말하라고."

"무슨 소리야! 내가 무슨 빠져나갈 구멍을 생각했다 그래!"

"그래? 그럼 이건 뭔데? 설명하라니까 왜 계속 빙빙 말을 돌려?"

루다가 초대형 미친 듯이 화려한 퍼레이드 마차를 턱짓으로 가리켰다.

스테안의 등 뒤로 식은땀이 한 줄기 흘러내렸다. 하지만 절대 티 낼 수는 없었다.

"이건! 작게 황성에서 결혼할 때 쓰려고 했던 거지!"

"황성에서 저걸 타고 이동한다고?"

"사실 원래 네가 오면 결혼식 시켜 주려고 우리가 준비했던 건데. 너희가 작은 결혼식 원한다고 하니까 그냥 황성 안에서만 사용하려고 한 거야."

반은 맞고 반은 틀린 이야기였다.

루다와 형우가 오기 전부터 준비한 건 맞았지만, 그렇다고 황성 안에서만 이용하려고 했던 건 아니었다.

"그래?"

"그럼!"

왠지 루다가 믿는 눈치였다. 스테안의 얼굴에 화색이 돌았다.

"그럼 왜 여기에 텔레포트 마법이 걸려 있어?"

그리고 그 화색은 금세 죽상으로 변했다.

아, 빌어먹을 영웅. 그래, 보이겠지. 관리자인 타라를 죽이기까지 했는데 안 보일 리가 없었다.

그래서 스테안은 끝까지 시치미 떼기로 했다.

"글쎄? 나도 잘 모르겠는데?"

루다의 날카로운 눈동자가 스테안을 훑어 내렸다.

계획은 이미 망쳤다. 하지만 그렇다고 제 잘못을 전부 고백할 수는 없었다.

그때였다. 뒤에서 누군가가 달려오는 발소리가 들렸다.

"루다야, 무슨 일이야?"

"폐하, 무슨 일이십니까?"

타이밍도 적절하게 아르비드와 형우가 달려왔다.

결혼식 직전인 만큼 형우는 결혼식 슈트를 멋지게 입고 있었다.

한국에서 결혼식 때 입는 슈트와는 차이가 있었다.

굳이 따지자면 정장보다는 판타지식 제복에 가깝다고 해야 할까.

거기에 은발에 적안이라니.

루다는 지금 당장 이 모습을 박제하고 싶었다.

상황이 이렇지만 않았어도 다각도로 박제하고도 남았을 것이다.

그 아쉬움을 담아 아까보다 더욱 맹렬히 스테안을 째려봤다.

스테안은 결혼식 예복을 차려입은 루다와 형우를 바라보고는 쩝, 입맛을 다졌다.

저 예복도 얼마나 유서 깊은 옷인데. 그걸 다 입어 놓고 여기까지 오다니.

저들을 어떻게 성문 밖으로 끌어낼 방법이 없을까?

머리를 굴리는 스테안의 귀에 절대 도움 되지 않는 한마디가 들려왔다.

"들킨 겁니까?"

스테안이 퍼뜩 고개를 들고는 눈빛으로 말했다. 아니야. 지금 아니니까 얼른 상황을 모면해 봐!

"호오?"

하지만 그 눈빛을 루다가 먼저 포착하고 말았다.

한껏 동공지진을 일으키는 스테안의 반응은 누가 봐도 의심스러웠다.

"그러니까 황성 안에서 하는 스몰 웨딩이라고 우리를 속이고 난 후, 저 마차에 우리를 태울 생각이었구먼? 그러면 저 마차가 황성 바깥 어딘가로 텔레포트를 하겠지. 그곳에는 저크시즈인들이 잔뜩 모여 있을 거야. 내 말이 맞지?"

"아, 아니야!"

스테안이 마지막 발악하듯이 외쳤다. 물론 신뢰되는 행동은 아니었다.

루다가 몸을 아르비드 방향으로 틀었다.

"내 말이 맞지?"

"저는 모릅니다. 이곳에 저런 마차가 있다는 것도 처음 알았습니다."

스테안의 눈이 커졌다. 아르비드의 말이 맞기는 했다.

스테안은 아르비드에게 마차가 여기에 있다는 말을 한 적이 없었다.

그냥 저에게 다 방법이 있다고 큰소리를 쳤을 뿐이었다.

그걸 지금 이런 방법으로 발 빼는 데 사용할 줄이야.

배신당해 상처받은 스테안의 얼굴을 바라보지도 않고 아르비드가 말을 이었다.

"그리고 아시지 않습니까? 저는 검술은 해도 마법은 사용할 수 없습니다. 요즘 스테안 님께 조금씩 배우고 있는 수준입니다."

아르비드가 조목조목 말했다. 그 모습을 바라보는 스테안의 표정이 점점 경악으로 물들었다.

"와, 지금!"

"스테안이 전부 계획했다는 말이지?"

스테안의 말을 끊고 루다가 던진 질문에 아르비드가 고개를 끄덕였다.

아까보다 더 커진 눈으로 스테안이 아르비드를 바라봤다. 배신감이 덕지덕지 붙어 있었다.

"아르비드! 나한테 이러기 있습니까?"

"저는 정말 몰랐습니다."

"하지만 영웅들의 결혼식을 모두에게 보여 주고 싶다고 한 건 아르비드 아니었습니까!"

"……."

억울함이 덕지덕지 붙은 반박에 아르비드가 입을 다물었다. 루다의 입가에 썩은 미소가 걸렸다.

"호오, 지금 둘 다 공범이다 이거지?"

스테안이 입을 막았고, 아르비드가 원망 섞인 눈으로 스테안을 바라봤다.

"처음부터 대국민 결혼식을 할 생각이었어? 감히 우릴 속여? 형우야, 가자."

마치 루다의 이 말을 기다렸다는 듯이 형우가 고개를 끄덕이고는 낮게 외쳤다.

"텔레포트."

둘의 모습이 금세 사라졌다. 결혼을 코앞에 두고 신랑과 신부가 도망가 버렸다.

❋

"어떡할 거야?"

"몰라. 생각 안 할래."

거대한 위그드라실 앞에서 루다와 형우가 앉은 채 대화하고 있었다.

예전 한국으로 돌아갔을 때 위그드라실은 형우의 키보다 조금 큰 정도였
는데, 이제는 거대한 나무가 되어 있었다.

선선하게 부는 바람에 새하얀 나뭇잎이 흩날렸다.

이곳은 언제 와도 아름다운 모습 그대로라 이곳에 와서 가만히 앉아 있
으면 마음이 진정되는 효과가 있었다.

게다가 특별한 일이 없는 이상 사람들이 찾지 않는 곳이기도 했다.

이렇게 다른 사람들의 눈을 피해 도망가고 싶을 때 오기에 적절한 장소
였다.

"그냥 돌아갈래?"

루다의 옆에 가만히 앉은 형우가 물었다. 뭐든 루다가 원하는 대로 할
게 뻔했다. 형우의 질문에 루다가 생각에 잠겼다.

집에 다시 돌아가려면 어차피 위그드라실로 와야 했다.

원래 지금 돌아갈 계획은 아니었지만 상황이 이렇게 되었으니 돌아가려
면 돌아갈 수도 있었다.

하지만 돌아갈 거냐는 질문에는 선뜻 그렇다는 대답을 할 수 없었다.

사실 루다는 지금 화가 머리끝까지 난 상태는 아니었다.

지금 이 상황을 아예 예상하지 못했냐고 묻는다면 그건 아니었다.

스테안의 평소 행실을 생각해 봤을 때, 뒤로 이상한 계획을 짤 수도 있
겠다는 생각을 했다.

437

정확히 무슨 꿍꿍이가 있는지는 몰랐지만 루다가 원하는 대로 행동하진 않을 거라는 건 알고 있었다.

물론 그래도 기분이 나쁜 건 나쁜 거였다.

결혼식을 보려고 모인 사람들 앞으로 강제 텔레포트 되기 전에 발견해서 다행이지, 만약 아무것도 모르고 당했다면 사람들이 보는 앞에서 화를 내고 그대로 도망쳤을 수도 있었다.

대체 루다의 뭘 믿고 이런 일을 벌였는지 알 수가 없었다.

이대로 다시 집으로 돌아가 버리면 아르비드와 스테안, 그리고 기타 황성의 사람들은 긴장한 채 절절맬 게 분명했다.

어쩌면 루다와 형우가 저크시즈에 다시 돌아오지 않을 거라 생각할 수도 있었다.

아마 다음에 루다와 형우가 다시 올 때쯤 무릎을 꿇고 사과한 후 슬금슬금 눈치를 보겠지. 생각해 보니까 꽤 할 만한데?

순간 혹하는 계획이었지만 이내 고개를 저었다.

그렇게까지 화나지는 않았는데 것 보라는 식으로 행동하고 싶지는 않았다.

하지만 아무 일도 없었다는 것처럼 황성으로 돌아가고 싶지도 않았다.

그렇다고 여기서 시간 좀 죽이다가 아무렇지도 않은 척 돌아갈 거냐고 물어보면 또 그렇다고 대답할 수가 없었다.

"그것도 모르겠어."

정말 모르겠다. 사실 그들의 말마따나 아르비드와 스테안 역시 루다에게 소중한 사람들인데 결혼식에 초대하지 못했던 게 마음에 걸렸던 것도 사실이었다.

"그럼 계속 여기 있을까?"

"우선은."

루다가 고개를 끄덕였다. 조금 복잡한 루다의 얼굴을 가만히 바라보다가 형우가 조심스레 물었다.

"많이 화났어?"

"아니야. 그냥 짜증 나는 거지. 가뜩이나 좀 미안해했는데 그걸 이용해서 뒤로 딴생각이나 하고 있었으니까."

"가서 때려 줄까?"

"자기가?"

루다의 눈이 크게 뜨였다. 평소에 누군가를 때린다는 이야기를 한 번도 하지 않았었다.

때리는 건 루다의 몫이었고 형우는 쌓아 뒀다가 연을 끊거나 냉정하게 말로 화를 내는 편이었다.

그런데 때린다니. 순전히 루다를 위해 하는 말이었다.

"내가 때리면 뭐라고 더 못 할 거니까."

"그건 그렇지."

맞는 말이었다.

스테안은 아직 형우를 완전히 편하게 생각하지 못했다.

루다가 가서 때리면 뭐라고 시끄럽게 변명을 해 대겠지만 형우가 때리면 가만히 맞고 있을 게 분명했다.

"좋아. 때려 줘. 피 절반 정도 닳을 때까지."

"그걸로 되겠어?"

"자기도 화났구나?"

"화난 건 아니고, 괘씸하지."

"맞아, 괘씸한 거지."

역시 형우답게 또 적절한 단어를 찾아 줬다. 정확한 단어에 속이 시원해져 루다가 고개를 끄덕였다.

그래도 이곳에 오니 아까보다는 화가 조금 가라앉았다. 물론 그렇다고 그들이 괘씸한 게 사라진 건 아니었지만.

가만히 앉아 화를 삭이고 있는데, 그들의 귀에 익숙한 목소리가 들렸다.

─오셨군요.─

루다와 형우가 고개를 들자 그들의 앞에는 익숙한 얼굴의 타라가 서 있었다.

"어, 안녕."

"오랜만입니다."

둘의 인사에 타라가 싱긋 웃었다.

─이곳은 어쩐 일인지요? 집으로 돌려보내 드릴까요?─

"아닌 거 알면서 물어보는 거지?"

루다의 불만 섞인 질문에 타라가 말없이 웃었다. 긍정의 표현이나 마찬가지였다.

"스테안이 어디서 배웠나 했더니 너였구면."

태초의 타라는 말하다 보면 의뭉스러운 구석이 있었다.

루다가 스테안에 대해 전부 알기 전, 서로 탐색했을 때 했던 스테안의 행동들이 떠올랐다.

그렇게 의뭉스러울 수가 없었는데 누가 충성스러운 수하 아니랄까 봐 타라에게 배운 모양이었다.

─거의 천 년을 함께했으니까요.─

"부정도 안 하네."

─사실인걸요.─

말하고는 타라가 다시 가볍게 웃었다.

다른 사람이라면 화가 났겠지만, 이상하게도 태초의 타라를 가만히 보고 있으면 조금 안정되는 느낌이 있었다.

타라를 빤히 바라보다가 루다가 피식 웃었다.

"그래. 화낼 생각도 안 든다."

루다는 다시 위그드라실 나무 기둥에 등을 기댔다.

루다와 형우만 그런지는 모르겠지만, 둘은 무슨 옷을 입더라도 전부 똑같이 편안했다.

그래서 지금 둘은 결혼식 연미복을 입은 그대로였다.

옷이라도 편한 게 다행이었다. 옷을 갈아입기도 불편하고, 편하지도 않았으면 지금보다 훨씬 화가 났을 테니까.

별로 감정을 담지 않고 말하는 루다를 잠시 바라보다가 타라가 어렵사리 입을 열었다.

-스테안이 안타까워합니다.-

"그러라고 해. 먼저 속이려고 한 게 누군데."

-나쁜 마음은 아니었을 텐데, 노여움을 푸시는 건 어떤가요?-

"가재는 게 편이라고. 지금 네 반신 편드는 거야?"

-……-

툴툴대는 루다의 질문에 타라가 다시 입을 다물었다.

그래도 화난 사람한테 화를 풀라고 말했던 게 조금은 미안했던 모양인지 타라의 얼굴에는 사죄의 표정이 지어져 있었다.

그 모습을 보며 루다가 헛웃음을 지었다.

"이제는 부정도 안 하네."

-제가 편을 든 건 맞는 것 같아서요. 기분을 상하게 했다면 죄송합니다.-

"아니, 뭐 상관없어. 만약 형우가 걸린 일이었으면 나도 똑같이 행동했을 테니까."

-이해해 주셔서 감사합니다.-

제때제때 사과하고 감사 인사를 던지는 타라를 보고 있자니, 당사자도 아닌데 타라에게 화를 낼 필요도 없겠다는 생각이 들었다.

루다가 후, 숨을 내쉬고는 나무에 다시 등을 기댔다.

"사실, 나 그렇게까지 화난 건 아니야. 아, 이거 홀랑 스테안한테 말하지 말고. 어쨌든 그렇게 엄청 화난 건 아니야. 근데 괘씸하잖아. 사람 미안해 하는 마음 이용해서 뒤에서 속일 생각 하니까."

─충분히 화날 만하다고 생각합니다.─

"그래도 용서해 줬으면 하고 생각하고 있지?"

─아니라고는 못 하겠으나, 그건 그대들의 선택이지요.─

"그래. 그러니까 여기에 좀 있다가 갈게. 좀 전에 내가 한 말 가서 전하지 말고."

─말하지 않겠습니다.─

"그래."

루다가 고개를 끄덕이고는 형우의 어깨에 머리를 기댔다.

바람이 불어왔다. 그래도 여기 있으니까 잡생각이 조금 사라지기는 했다.

상당히 평온한 곳이었다. 하지만 이곳에 온종일 있으면 심심할 것 같기도 했다.

위그드라실에 사람이 많이 없는 이유는 이 근처에 사람이 사는 군락이 없기 때문이었다.

원래 있었던 마을도 사라졌고, 성소는 아무나 들어올 수 없다는 인식 때문에 특별한 일이 있지 않은 이상 이곳으로 들르지도 않았다.

아무리 충신인 스테안이 있다지만 여기에 계속 있으면 심심하지 않을까? 문득 드는 궁금함에 루다가 제 앞에 있는 타라를 바라봤다.

"그런데 여기 혼자 있으면 심심하지 않아?"

─전혀요. 사람들을 전부 바라볼 수 있거든요.─

"아무리 그래도 심심할 것 같은데. CCTV로 사람들 하는 일을 본다고 해도 별로 재밌을 것 같지는 않거든."

─CCTV라는 것은 이곳의 재생석과 비슷한 물건인가요?─

"비슷한데 좀 달라. 재생석은 녹화해서 보여 주는 거고 CCTV는 지금 실

시간으로 벌어지고 있는 걸 볼 수 있고?"

－이렇게 말인가요?－

타라의 질문과 함께 그녀의 근처에 수십 개의 화면이 나타났다. 마치 SF 영화에서나 봤던 장면이었다.

"오, 지금 이것들 다 여기서 실시간으로 벌어지는 일들이야?"

－예, 원하는 장면을 확대해서 볼 수 있어요.－

"이거 관리자 타라도 가능했던 거야?"

－아니요. 그녀에겐 이런 권한이 주어지지 않았습니다.－

"그래. 어쩐지 그럴 거 같았어. 어쨌든 이게 실시간이란 말이지?"

－네. 혹시 보고 싶은 장면이 있나요?－

루다가 팔짱을 끼고 생각에 빠졌다. 루다와 형우가 탈주한 이후 그들의 반응이 궁금하기는 했다.

둘이 손잡고 도망갔다고 뒤에서 욕을 해 대면 전부 다 알고 있다며 가서 큰소리칠 수도 있었다.

"스테안 있는 데 좀 보여 줘."

타라가 잠시 멈칫했다가 팔을 화면 쪽으로 뻗었다.

수십 개의 화면 중 하나가 타라의 손길에 이끌려 나왔다.

화면을 두드리자 작았던 화면이 루다와 형우도 충분히 볼 수 있는 크기로 커졌다. 그 안에는 스테안과 아르비드가 있었다.

"믿으라고 하시지 않으셨습니까?"

"그 상황에서 아르비드가 말만 조심했어도 이렇게까지 되진 않았을걸요!"

스테안과 아르비드 둘이 티격태격하고 있었다.

여태까지 둘의 사이가 좋았는지 몰랐는데 이렇게 보니 확실히 둘의 사이가 생각보다 좋아 보였다.

물론 당사자 둘이 들었으면 거품 물고 쓰러졌을 것 같지만.

"그래서 폐하는 어디로 갔는지 아십니까?"

"대충 짐작은 가죠."

물어 오는 아르비드의 질문에 스테안이 어깨를 으쓱였다.

마치 전부 알고 있는 듯한 그 한마디에 루다가 바싹 긴장했다.

"어디입니까?"

"지금 상황에 사람들이 모이지 않는 조용한 곳이면 한 군데밖에 없죠."

"아."

아르비드 역시 깨달았다는 듯한 표정이었다. 서둘러 어디론가 향하려는 아르비드의 팔을 스테안이 잡았다.

"데리러 가게요?"

"어디 있는지 알면 우선 모시고 와서⋯⋯."

"그냥 가만히 있는 게 좋을걸요."

"예?"

아르비드의 얼굴에 의아한 기색이 떠올랐다.

"그러지 않았으면 좋겠지만 어쩌면 벌써 집으로 갔을 수도 있고요. 만약 계속 그곳에 있다고 하더라도 지금 많이 화났을 텐데 괜히 가서 얼굴 비추면 더 끓어오를 게 뻔하니까요."

답지 않게 루다를 생각해 주는 말이었다. 전적으로 맞는 말이었기에 아르비드가 잠시 고민에 잠겼다.

"그럼⋯⋯."

"여기서 기다려야죠."

"그러다 안 오시면 어떡합니까?"

"그럼 안 오시는 거죠, 뭐. 우리 잘못인데 어떡합니까."

스테안이 말하고는 제 머리를 흐트러뜨렸다. 복잡할 때나 하는 행동이었다.

둘은 잠시 말을 멈췄다. 화면에서는 침묵만이 흘렀다.

그 침묵을 깬 건 스테안이었다.

"그냥 그 둘이 원하는 대로 할 걸 그랬습니다."

"……."

아르비드에게서는 답이 없었다. 그것이 긍정이라는 건 모두가 알 수 있었다.

"그래도 우리를 친구라고 생각해 한 번 한 결혼식 또 한다고 한 것 같은데 말입니다. 괜히 저크시즈인들한테 자랑하고 싶다고 강행할 필요가 없던 것 같습니다."

스테안이 쓰게 웃었다. 그 말에는 진심이 가득했다.

잠시 가만히 있던 아르비드가 어렵사리 입을 열었다.

"저크시즈인들에게는 두 분이 우리 때문에 화가 나 다시 돌아갔다고 말하겠습니다."

"그래야지요."

둘의 눈이 마주쳤다. 아르비드와 스테안의 얼굴에는 비슷한 표정이 지어져 있었다.

미안함과 아쉬움. 둘의 대화 안에 루다에 대한 험담이라고는 전혀 없었다.

사람들을 해산시키려고 아르비드가 떠났다.

그 자리에 혼자 남은 스테안이 쓰게 웃고는 쭈욱 기지개를 켰다.

"아이고. 미움받겠네. 그 둘한테만은 미움받기 싫었는데."

혼자 남아 하는 한마디에는 진심이 잔뜩 묻어 있었다. 하늘을 한 번 보고는 스테안 역시 어딘가로 향했다.

둘의 대화가 끝날 때까지, 루다에 대한 원망은 단 하나도 없었다.

오히려 진심으로 미안한 마음과 루다를 생각하는 마음만 엿봤을 뿐이었다.

루다가 알 수 없는 표정으로 화면을 바라보다가 타라에게 고개를 돌렸다. 무언가 복잡한 눈이었다.

"이거 그만 보려면 어떻게 해?"

루다의 질문에 타라가 웃으며 답했다.

―손으로 화면을 쭉 밀면 됩니다.―

루다가 화면을 손가락으로 밀었다. 화면을 밀어내는 손가락에는 왠지 힘이 없어 보였다.

얼굴 역시 어디 두고 보자 했던 아까와는 달리 눈에 띄게 기분이 처져 보였다.

타라와 형우, 그 아무도 루다에게 말을 걸지 않았다.

무언가 루다 혼자 생각하도록 내버려 두려는 모양이었다.

"다른 장면 없어?"

루다는 방금 봤던 걸 얼른 떨쳐 내고 싶었다.

식을 앞두고 사라져서 난감하게 됐다고 욕이나 하고 있을 줄 알았는데 자기네들 잘못이나 뉘우치고 있다니.

정말, 이래서 판타지 세계 사람들은 융통성이 없어서 안 된다니까.

아까 봤던 장면을 신경 쓰지 않으려고 애썼다.

왠지 그 둘을 계속 생각하다 보면 절대 하면 안 되는 생각을 할 것 같아서.

루다의 질문에 타라가 싱긋 웃고는 대답했다.

―보고 싶은 장면을 아까처럼 당기면 돼요.―

"내가 해도 돼?"

―네, 그럴 권한이 있으니까요.―

루다가 화면들을 바라보다가 제일 사람이 많아 보이는 화면을 앞으로 잡아당겼다.

타라가 그 화면을 두드리자 아까처럼 화면이 커졌다.

그곳에는 어디론가 대규모로 이동하는 저크시즈 사람들이 있었다.

"안타깝지 뭔가?"

"그러게 말이야."

"그래도 어쩌겠나, 안 되는 건 어쩔 수 없지."

"결혼식 꼭 보고 싶었는데 말이야."

루다는 이제야 그들이 무엇에 관한 이야기를 하고 있는지 알 수 있었다.

루다와 형우의 결혼식.

이 어마어마한 인파는 루다의 결혼식이 무산돼서 집으로 돌아가는 사람들인 모양이었다.

"저크시즈가 통일된 이후로 처음 있는 큰 축제라 가게까지 닫고 왔는데 좀 아쉽긴 해."

"그래도 두 분은 이미 부부라고 하시니 그건 다행이야."

그들 주변의 사람들이 고개를 끄덕였다. 그 아무도 루다의 탓을 하지 않았다.

"그래도 이걸 전해 드리지 못한 게 아쉬운데."

"자네뿐이겠는가? 옆 동네 트사르네도 영웅들 드린다고 며칠이나 음식을 준비했는데. 한두 명이 아니야."

"혹시 거기에 독이라도 들으면 어쩌려고. 그 선물을 전부 다 받을 수는 있나?"

"그분들이 독 하나 못 걸러 내겠나? 우리 같은 일반인들이랑은 다르지."

"아, 그렇지. 뭐 어떤가. 이제는 이런 걱정도 쓸데없는 것을. 그냥 하루 휴가 생겼다고 생각하고 집에 가서 누워 쉬지 뭐."

"그러게. 더그 영주님이 준비했다는 불꽃놀이도 그냥 축제 분위기로 보면 되고 말이야. 영웅들의 결혼식이라며 엄청 들떠 했는데 조금 아쉽네."

"그분이라면 영웅들이 뭘 해도 좋아할 인간 아닌가? 더그 걱정은 하지 마."

"맞아, 남 걱정할 때가 아니지. 돌아가세!"

두런두런 나누는 대화를 들을수록 루다의 얼굴이 점점 더 굳어 갔다.

루다가 서둘러 화면을 밀어냈다. 작아진 화면이 타라의 근처로 가서 다른 화면 속에 섞여 들었다.

루다는 지금 봤던 장면들을 머릿속에서 지우고 싶었다. 절대 들면 안 되는 생각이 자꾸 머릿속에 들었다.

그러니까, 이대로 스테안이 준비한 대국민 결혼식을 못 이긴 척 하는 게 좋지 않을까? 하는 생각이.

말도 안 되는 생각이지. 거칠게 고개를 젓고는 타라 주변에 여전히 붕붕 떠 있는 수십 개의 화면을 살폈다.

하지만 살피면 살필수록 루다의 표정은 점점 어두워질 뿐이었다.

여러 개의 화면에서 소리가 한데 섞여 나왔다.

그중 간간이 들리는 말소리들은 전부 루다의 결혼식에 관한 것이었다.

"아쉽게 됐구먼."

"그래도 두 분이 행복하면 됐지."

"축하해 드리고 싶었는데 말이야."

"이 선물을 드리고 싶었는데."

등등. 하나같이 성대한 영웅들의 결혼식을 보지 못한 것에 대한 아쉬움뿐들이었다.

루다가 한 걸음 뒤로 물러서는 낮게 한숨을 내쉬었다.

"화면 좀 안 보여 주면 안 돼?"

-보지 않는 걸 원하시는군요.-

속을 알 수 없는 미소를 짓고는 타라가 화면을 꺼 버렸다.

루다의 바람대로 루다는 아무것도 모를 수 있었다. 원하던 대로 됐음에도 루다는 썩 편한 표정이 아니었다.

루다가 한동안 아무 말도 하지 않았다.

루다가 먼저 보여 달라고 했던 것이었다.

이런 것들만 보게 될 것이라고는 상상도 못 했다. 알고 싶지 않은 사실들을 알게 된 느낌이었다.

사람들이 얼마나 오늘의 행사를 기다렸는지, 그들이 얼마나 아쉬워하는지 등등.

가만히 자리에 앉아 있던 루다가 그대로 자리에서 일어났다. 형우의 부드러운 눈과 마주쳤다.

"형우야."

"응."

"자기는 사람들이 영웅 취급하는 거에 별생각 없지?"

"아무렇지 않은 건 아니지만 자기만큼 오그라들지는 않아."

형우가 루다의 손을 부드럽게 토닥였다. 너무 신경 쓰지 마. 그렇게 말하는 듯했다.

그래, 전적으로 루다의 선택에 달린 일이었다.

평소라면 이렇게 대답하지 않았겠지만, 지금 형우는 루다가 어떤 결정을 내렸는지 알고 있는 게 분명했다.

"그럼……."

선뜻 내뱉지 못하는 말에 루다가 망설였다.

"돌아갈까?"

그녀가 하려던 말이 형우의 입에서 나왔다.

"으아아악! 짜증 나!"

잠시간의 침묵 후 루다가 머리를 감싸 쥐고는 소리 질렀다.

정말 이럴 계획이 아니었는데. 진짜 이대로 있다가 다시 성으로 돌아가서 다시는 그러지 말라고, 절대 싫다고 큰소리칠 생각이었는데.

이 잠깐 사이에 생각이 바뀌어 버리고 말았다.

루다가 휙, 타라에게 고개를 돌렸다.

"전부 다 계획한 거지?"

-저는 사람들을 지켜볼 수는 있어도 무슨 일을 할지 전부 알 수는 없어요. 특히 세계 밖의 존재들이라면요.-

타라의 말에서는 거짓이라고는 조금도 느껴지지 않았다. 그래서 루다는 반박할 수가 없었다.

"몰라! 안 믿을 거야!"

-그대들이 원하는 대로.-

과연 전부 계획하고 했을까? 아닐 것 같지만, 워낙 알 수 없는 존재이기도 해서 이것도 저것도 믿을 수 없었다.

여기서 진위 여부를 따져 봤자 좋을 건 하나도 없었다.

결정한 이상 루다는 사람들이 전부 돌아가기 전에 얼른 돌아가야 했다.

"아아, 결국 그 인간들 뜻대로 됐네."

루다가 마지막으로 툴툴댔다. 이거라도 하지 않으면 그녀의 짜증을 풀 수 없을 것 같아서.

-스테안을 너무 미워하지 말아 주세요.-

그런 루다를 바라보다가 타라가 간곡하게 말했다. 누가 봐도 진심이었다.

루다가 어이가 없어 헛웃음을 짓고는 허공에 손을 휘휘 저었다.

"안 미워해! 근데 지금은 미워할 거니까 몇 대 맞아도 뭐라고 하지 마."

-모든 건 그대들의 선택인걸요.-

타라가 안심한 듯 웃었다. 루다가 빤히 타라를 바라보다가 몸을 돌려 형우에게 다가갔다.

"휴. 여기 오는 게 아니었어. 가자, 형우야."

"이만 가 보겠습니다."

꾸벅 인사하는 형우 옆에서 루다 역시 포기한 사람의 얼굴로 타라에게 손을 흔들었다.

그들이 계획한 어마무시한 결혼식을 치러야 할 때였다.

*

"죄송합니다."

"나도 죄송합니다."

루다의 앞에서 아르비드와 스테안이 머리를 조아렸다. 정말로 미안해 보이는 표정이었다.

황성 앞에 도착한 루다와 형우를 보고는 한달음에 달려와 이렇게 사죄의 인사를 올리고 있었다.

루다가 팔짱을 낀 채 마뜩잖은 표정으로 그들을 바라봤다.

"어떻게 됐어?"

루다가 아무것도 모르는 척 물었다.

"뭐, 뭐가?"

"원래 계획대로라면 저크시즈 사람들한테 우리 결혼식이 있다고 말했다는 거 아니야. 분명 성 앞부터 여기저기 모여 있었을 텐데. 그 사람들 다 어떻게 됐냐고."

"다 돌려보냈어."

"그랬겠지. 내가 없는데!"

"……."

당연한 루다의 말에 둘은 다시 침묵했다. 눈을 도록도록 굴리며 무어라 말해야 할지 잔뜩 고민하는 게 분명했다.

"돌려보낸 지 얼마 안 됐지?"

"응, 조금 전에."

휴, 루다가 팔짱을 낀 채 작은 한숨을 내쉬었다.

작은 소리였지만 아무에게도 안 들리는 소리는 아닌지라, 그 한숨에 아르비드와 스테안이 움찔 어깨를 떨었다.

그런 둘을 바라보다가 루다가 다시 한 번 한숨을 내쉬었다.

내키지는 않아도 이미 결정한 것, 할 말은 해야 했다.

"그럼 다시 불러."

"응?"

전혀 예상치 못한 한마디에 아르비드와 스테안의 눈이 동그랗게 떠졌다.

당연한 반응이었다. 루다가 피식, 헛웃음을 짓고는 다시 한 번 말했다.

"다시 부르라고."

"왜, 왜? 설마 뭐라고 하려고? 하지만 그 사람들은 아무 잘못 없는데……."

"결혼식을 보러 왔으면 마저 다 보고 가야 할 거 아니야? 그러니까 다시 부르라고."

"응?"

여전히 명청한 얼굴로 눈만 깜빡댔다. 그렇게 못 믿을 말인가? 루다가 팔짱을 낀 채 괜히 한마디 덧붙였다.

"못 알아들었으면 됐고."

"아니, 아니!"

스테안의 얼굴이 확 펴졌다.

아르비드는 여전히 이해를 못 하겠다는 표정이었다. 못 알아들은 게 아니라 지금 상황이 납득이 안 되는 게 분명했다.

"알비, 왜 가만히 서 있어? 네가 군주니까 네가 사람들한테 다시 돌아오라고 말해야 할 것 아니야."

"그, 어째서……."

아르비드는 눈만 깜빡이고 있었다.

그럴 수밖에 없었다. 화가 나서 그냥 가 버렸던 루다가 갑자기 돌아와서는 그 거창한 결혼식을 그대로 진행하자고 하다니.

"그냥……."

루다의 다음 말을 기다리며 그녀에게 집중하는 시선들이 느껴졌다.

하지만 루다로서는 위그드라실에 가서 너희가 하는 모든 걸 봤다며 사실을 말할 수도 없었다.

"몰라, 설명 안 해! 그냥 그대로 진행해!"

"예, 분부 따르겠습니다. 폐하."

아르비드가 깊이 허리를 숙이고는 발걸음을 빨리했다.

빠르고 절도 있게 움직이는 그의 입가에는 미세한 미소가 지어져 있었다.

그의 뒤를 따라 발걸음을 옮기는 스테안의 입에도 미소가 지어져 있었다.

대놓고 웃지는 못하지만 아주 좋아 죽겠다는 표정이었다.

루다는 지금 이 순간도 확신할 수 없었다. 제가 과연 잘 선택한 건지.

하지만 또 여기서 그 결혼식을 하지 않으면 두고두고 찝찝할 게 뻔했다.

"괜찮겠어?"

그런 루다를 살피던 형우가 걱정스레 물었다.

"나 선택한 거 후회 잘 안 하는 사람이야."

"그렇지."

"뭐…… 여기서 성녀까지 됐었는데 이거 못 할 거 뭐 있겠어."

생각해 보니 그랬다. 성녀에다가 군주에다가 영웅에다가. 할 것 다 해서 이제 루다를 전부 알아본다.

게다가 제롬에는 제 동상까지 세워져 있었다.

어차피 그런 저크시즈인데, 사람들이 원하는 결혼식 그까짓 거 해 주면 되지, 하는 생각으로 돌아온 것이었다.

스스로 결론을 내리고는 루다가 고개를 끄덕였다. 엄숙해 보이기까지 한 자태였다.

그 옆에서 형우가 무언가 고민하다가 어렵사리 입을 열었다.

"그런데 루다야."

"응?"

"나는 그럼 이만⋯⋯."

형우가 무언가 고민하고 있었다. 혹시 해결되지 않은 무슨 커다란 문제라도 있나?

"원래 모습으로 돌아갈게."

"원래 모습? 아."

루다가 형우를 바라봤다. 형우가 말하는 원래 모습이 뭔지 루다는 알고 있었다. 검은 머리에 검은 눈.

루다의 동공이 흔들렸다. 이런저런 일이 계속 터져서 루다는 아직도 형우의 모습을 박제하지 못한 상태였다.

영상을 녹화하려면 '재생'이라는 단어를 내뱉어야 하는데, 그렇게 되면 소리가 들리고 만다.

그래서 정신이 없는 결혼식 때 촬영을 하려고 했던 거였는데, 여기서 원래대로 돌아가 버리면 루다는 형우의 모습을 박제하지 못하고 만다.

절대 그렇게 둬서는 안 되는데, 생각하다가 루다는 나름 비장의 무기를 써먹기로 했다.

"그래, 뭐."

루다가 말꼬리를 늘렸다. 아쉽다는 투를 가득 담았다. 너무 아쉬워서 슬퍼하기 스킬이었다.

루다의 반응에 형우의 동공이 흔들리는 게 보였다. 역시 계획대로야.

루다는 아쉬운 투를 더욱 담은 채 말을 이었다.

"자기가 돌아가고 싶다면 원래대로 돌려보내야지 뭐. 내가 정할 수 있나."

"루다야."

"내가 어떻게 못 하는 문제지. 머리와 눈은 전부 자기 선택인데 말이야."

"루다야?"

"그렇지? 아무리 내가 원해도 자기는 검은 머리와 검은 눈으로 돌아가고 싶으니까. 그렇지?"

"루다야……?"

"그래, 그럴 수도 있지. 나는 하나도 안 아쉬워."

"……."

루다의 수법이었다. 아쉬워하지 않는 척하기.

루다가 말하고는 눈물까지 닦는 척했다. 누가 봐도 아쉬워서 죽으려고 하는 모양새였다.

그런 루다를 가만히 바라보다가 형우가 단호하게 내뱉었다.

"그럼 박제하지 말기."

"응?"

루다가 화들짝 놀라 고개를 들었다. 너무 정곡을 찔렀다.

누가 가서 전부 말했나? 하지만 아무에게도 말한 적이 없는데?

놀라 눈만 깜빡이는 루다에게 단호하게 말을 이었다.

"촬영해서 두고두고 돌려 보는 건 금지야."

"어어?"

어떻게 알았지? 하지만 절대 들켜서는 안 됐다.

곧 대국민 결혼식을 거행할 텐데, 그 정신없는 와중에 '촬영' 한 마디면 하면 전부 계획대로 될 수 있는 일이었다.

루다는 금세 표정을 갈무리했다.

"어떻게 알았냐는 표정인데?"

하지만 역부족이었던 모양이다. 그래서 루다는 아무렇지도 않은 척 웃기 시작했다.

"그게. 하하하! 아니야. 그럴 리가. 그런 생각 한 적 없는걸."

처음부터 그럴 생각이었다. 물론 입 밖으로 내뱉을 수는 없었다. 루다의 반응에 형우가 살짝 웃었다.

"그럼 더 다행이지."

"……그래."

"루다야, 아쉬운 거 아니지?"

"그럴 리가!"

"아쉬워 보이는데?"

"아니, 전혀!"

애써 태연하게 고개를 저었지만 속으로는 아쉬움에 몸 둘 바를 모를 정도였다.

왜 들켰지? 언제부터 눈치채고 있었지?

"눈치챈 건 조금 전이야. 박제할 게 아니었으면 지금까지 본 것만으로 충분히 만족했을 텐데, 계속해 달라고 해서."

"자기 내 생각 읽어?"

"응, 이제 알았어?"

루다가 잠시 깜짝 놀랐다가 이내 깨달은 듯 심장을 쓸어내렸다.

"순간 믿을 뻔했네."

정말로 안심했다는 듯한 반응에 형우가 작게 웃었다.

"박제라니. 자기가 그럴 줄은 몰랐는데."

"아니야! ……라고 해도 안 믿을 거지?"

"사실이 아니잖아."

이 정도로 확신에 차 있으면 아무리 부정해 봤자 소용이 없었다.

게다가 형우의 말이 사실이기도 했다. 루다는 제가 뭐라고 변명해 봤자 불가능하다는 걸 깨달았다.

"혼자 보려 했어. 정말이야."

"나랑 같이 보려 했겠지."

"진짜 내 생각 읽는구나?"

루다의 눈썹이 아래로 처졌다. 조심스레 형우를 바라보고는 물었다.

"화났어?"

"아니. 이런 걸로 화 안 나. 그냥······."

"그냥?"

"빨리 알아서 다행이다 그거지."

"그래, 빨리 알아서 다행이지."

나는 아닌데. 마지막 기회까지 날아가 버렸다. 이대로 찍었다가 들키면 진짜 화낸다.

형우는 평소에 화를 별로 내지 않지만, 한번 화나면 제아무리 루다라도 화를 풀어 주기가 힘들었다.

이번에는 포기해야 했다.

시무룩한 루다의 볼을 한 번 쓸어 주고는 형우가 말했다.

"어쨌든, 영상으로 안 남길 거면 계속 이대로 있을게."

"좋아. 그럼 나도 머리색 바꿀까?"

"응?"

"어차피 이렇게 된 거, 완전 판타지식으로 하는 거야."

갑자기 든 아이디어였다. 어차피 박제할 것도 아니고, 순전히 재미로만 하는 거라면 루다 역시 머리카락 색을 바꿔도 좋지 않을까 하는 생각이 들었다.

지금 입고 있는 옷도 웨딩드레스라고 하기에는 지나치게 화려했다.

형우의 옷 역시 마찬가지였다. 거기에 은발에 적안을 하니 누가 봐도 판타지식으로 보였다.

그렇다면 루다 역시 누가 봐도 판타지식으로 보이도록 눈 색과 머리 색을 바꾸는 것도 좋을 거라는 생각이 들었다.

"네가 원하는 대로."

"좋아! 화려하게 할 거 완전 화려하게 해 보자고!"

모 아니면 도. 루다의 성격과 꼭 맞는 결론을 내렸다.

어차피 이렇게 된 거 즐겨야지. 복잡했던 마음도 전부 사라지니 이제는 재밌었다.

형우와 손을 잡고 웃고 있자니 저쪽에서 빠르게 다가오는 아르비드가 보였다.

"폐하."

아르비드가 루다의 앞에서 발을 멈췄다.

"저크시즈인들이 영웅들의 결혼식을 기다리고 있습니다."

루다가 고개를 끄덕이고는 형우의 손을 잡아끌었다. 두 번째 결혼식을 치를 때였다.

"가자. 또 결혼하러."

"그래."

루다가 말했고, 형우가 끄덕였다.

이렇게 판타지 세계에 있다 보니 결혼을 같은 사람과 두 번 하기도 하는구나.

생소한 기분이었다. 하지만 누군가 그래서 싫냐고 물어보면 절대 아니었다.

이 정도는 예전에 비하면 아무것도 아니었으니까.

✳

분명 관리자 타라와 싸웠을 때에 비교하면 대국민 결혼식 따위 아무것도 아니었어야 했는데.

루다는 거리에 몰린 인파를 바라보며 희게 질렸다.

"형우야."

"응?"

458

되묻는 형우의 얼굴은 태연하기 그지없었다. 오히려 루드비히일 때의 근엄함과 위엄이 묻어 나오고 있었다.

"설마 무대 체질이야?"

"무슨 소리야, 루다야."

"아니야. 그냥 너무 잘 어울려서."

얼굴도 잘생겼겠다. 이렇게 대중 앞에서 아무렇지도 않을 정도면 한국 가서 배우라도 시켜 볼까?

말도 안 되는 생각을 하다가 루다가 애써 상념을 떨쳐 냈다.

기가 질린 얼굴로 마차 아래를 바라봤다. 수십, 수백, 아니 수만의 사람들이 루다가 지나갈 거리 양옆으로 빼곡하게 채워져 있었다.

말도 안 될 정도로 많은 인파가 루다와 형우가 지나갈 때마다 손을 흔들며 환호하고 있었다.

"이렇게 많을 줄 몰랐어."

"아까 봤잖아."

"물론 다 봤지. 하지만 실제로 보는 거랑 좀 느낌이 다른데?"

"이대로 멈추자고 할까?"

"아니! 그건 아니야. 응, 그건 아닌 것 같아."

멍하니 말하다가 루다가 얼른 고개를 세차게 흔들었다.

정신 차리자, 이루다. 다 제가 자초한 일이었다. 그리고 즐기기로 했잖아?

물론 이렇게 모두의 경외심을 담은 눈빛을 한 번에 받아 보는 건 처음이었지만. 익숙해지면 괜찮지 않을까?

그런 생각으로 루다는 천천히 손을 흔들기 시작했다.

그 손짓에 수많은 사람들이 환호성을 지르기 시작했다. 심지어 몇몇은 눈물을 흘려 댔다.

"오……. 엄청난 월드 스타가 된 느낌이야."

"이미 월드 스타잖아. 여기서는."

"그건 맞는 말인데, 자기 입에서 들으니까 이상하게 오글거린다."

얼떨떨하게 이어지는 루다의 말에 형우가 가볍게 웃고는 루다를 따라 손을 흔들었다.

역시나 우레와 같은 함성 소리가 터져 나왔다.

"후회해?"

"난 후회 같은 거 안 해! 그리고 이제 좀 적응했어."

루다가 비장하게 말하고는 뻣뻣하게 손을 흔들었다.

"전혀 아닌 것 같은데?"

"사실 아니야. 이런 거에 적응하고 싶지는 않다."

눈썹이 축 처져서 내뱉는 말에 형우가 또 한 번 웃음을 터뜨렸다. 그 모습에 사람들이 더욱 크게 환호했다.

영웅들의 행복한 모습을 보는 것은 정말 좋았다. 저크시즈에 다시 번영을 안겨 주었고, 평화를 가져다줬다.

양 진영을 다스렸던 두 성군이 사실 연인 사이였고, 이렇게 결혼한다니.

저크시즈인들은 이 순간을 함께해서 정말 다행이라는 생각뿐이었다.

그 감정들이 그들의 행동에 전부 새어 나와서, 루다는 몸 둘 바를 몰랐다. 그저 이 결혼식이 끝나기를 바랄 뿐이었다.

화려하고 거대한 퍼레이드 마차는 그렇게 수도를 가로질러 결혼식 장소에 도착했다.

결혼식 장소는 저 먼 곳의 위그드라실이 그대로 보이는 장소였다.

높이 쌓아 올린 단상 위에는 위그드라실의 가지와 꽃으로 만들어진 길이 있었다. 아무나 갈 수 없는 길이었다.

형우와 루다가 마차에서 내려 그 길을 걸었다.

환호성을 지르던 사람들이 엄숙하게 입을 다물었다.

차라리 소리를 지르지. 이 분위기가 더욱 부담스러워서 루다가 질끈 눈을 감았다가 떴다.

즐기자. 그래, 즐기자! 머리까지 분홍색 머리로 염색했는데. 지금 안 즐기면 언제 즐기겠어.

형우의 손을 잡고 고개를 드니 꽃길의 끝에 스테안과 아르비드가 서 있었다.

싱글 웃는 스테안과 생전 처음 보는 벅찬 표정의 아르비드를 바라보고 있자니 이상하게 웃음이 나왔다.

"결혼을 두 번을 하네?"

긴장이 풀린 루다가 형우를 바라보며 부드럽게 웃었다.

"두 번 결혼식 전부 루다 너와 함께라서 다행이야."

형우 역시 따스하게 웃으며 덧붙였다. 손을 잡고 앞으로 나아갔다. 걸어서 그 끝에 있는 스테안과 아르비드의 앞에 섰다.

평소와는 달리 깔끔하게 정복을 차려입은 스테안과, 군주의 제복이 아닌 주례의 제복을 차려입은 아르비드의 모습이 조금은 새롭게 느껴졌다.

아르비드가 큼큼, 목을 다듬고는 입을 열었다.

"저크시즈를 평화롭게 만든 위대한 군주이자 영웅이자."

결혼식에서 그 호칭을 줄줄이 듣고 있기가 너무 어려웠다. 해서 루다가 손을 올렸다.

"축복의 말만."

동그랗게 눈이 커진 저크시즈인들과 달리 스테안이 옆에서 크게 웃기 시작했다.

형우 역시 그녀의 옆에서 작게 웃기 시작했다.

"왜, 뭐! 나 그런 수식어 힘들어. 그러니까 축복의 말만. 알겠지?"

"그녀의 말대로."

형우의 허락까지 떨어지자 아르비드가 옆으로 비켰고, 스테안이 한 발자국 앞으로 걸어 나왔다.

"말해 입 아픈 위대한 분들의 결혼식에 타라 여신께서 축복을 내리니, 평생 행복하게 잘 살아야 합니다. 알고 있지?"

"그게 축복이냐? 협박이지."

"그래도 둘이 평생 꼭 붙어서 행복하게 잘 살 거잖아?"

"당연하지!"

"그럼 됐습니다. 그게 우리 전부가 원하는 일이니까."

진심을 담은 미소가 스테안의 얼굴에 피어올랐다. 그대로 그의 완드를 위로 치켜올렸다.

하늘에서 새하얀 꽃잎들이 흩날리기 시작했다.

"타라의 축복이."

"위그드라실의 꽃잎이 이곳에……!"

사람들이 경의를 담아 허리를 숙였다. 꽃잎들 위로 퍼버벙, 무언가 터지는 소리가 들려왔다.

루다와 형우가 고개를 들어 위를 바라봤다.

"이게 더그가 준비했다는 불꽃놀인가 봐."

"예쁘네."

완연한 밤은 아니었지만, 조금 어두워진 저녁 하늘을 수놓는 불꽃놀이가 그렇게 아름다울 수가 없었다.

어쩌면 어떠한 마법 처리가 되어 있을 수도 있었고.

"그럼."

"응?"

형우가 루다의 허리를 잡은 채 바싹 가까이 다가왔다.

"키스해도 될까요?"

"왜 안 하던 질문을 해?"

"싫어할 수도 있으니까."

모든 사람들이 보는 데서 키스라니. 루다라면 충분히 싫어할 수도 있었다. 하지만…….

루다는 하늘을 다시 올려다봤다.

찬란하게 수놓는 불꽃놀이, 그 아래로 흩날리는 빛과 같은 위그드라실 꽃잎. 이때를 놓치면 왠지 후회할 것 같았다.

루다가 형우의 볼을 감싸 안고 그대로 까치발을 들었다.

"당연하죠."

그대로 부드럽게 입을 맞췄다.

환호성을 지르는 사람들 사이에서 루다는 생각했다. 저크시즈에서 결혼식을 올려서 다행이라고.

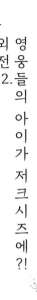

外전 2. 영웅들의 아이가 저크시즈에?!

이건 전적으로 루다와 형우의 실수였다.

평소 그들은 리아가 혼자 집에 있을 때 〈저크시즈2〉 게임 CD를 보이는 곳에 두지 않았다. 그건 리아가 태어났을 때부터 지금까지 쭉 지켜 왔던 그들만의 규칙이었다.

리아가 아주 어릴 때는 리아를 데리고 저크시즈로 건너가기도 했다.

아이가 생겼다는 말에 모두가 거창하게 축하해 줬고, 왠지 리아를 보여 줘야 한다는 생각이 들어서였다.

아르비드와 스테안이 둘의 딸을 보고 눈이 뒤집혀 한껏 놀아 준 이후로는 종종 저크시즈에 데리고 가기도 했다.

그들을 돌봐 줄 사람이 오히려 저크시즈에 많았고, 그렇다 보니 루다와 형우는 리아가 보이는 곳에서 더 편하게 쉴 수 있었다.

하지만 그 편안함도 리아가 네 살일 때까지만 누릴 수 있었다.

루다와 형우는 리아를 저크시즈에 데려가는 것을 그만뒀다. 어쨌든 리

465

아는 한국의 정규 교육과정을 밟을 것이고 계속 한국에서 살 텐데, 판타지 세계라는 비현실적인 곳에 먼저 정을 붙이는 게 위험하다고 생각해서였다.

그래도 리아가 어느 정도 나이를 먹고 난 후에 사실대로 말하려는 계획이 있었다. 하지만 그게 지금은 아니었다.

"자기야, 내가 잘못 본 건 아니지?"

"응, 나도 제대로 보고 있어."

루다와 형우가 게임 화면을 바라보며 멍하니 중얼거렸다. 부모님이 게임 폐인이다 보니 그들의 딸 역시 게임을 좋아했다. 루다와 형우도 완전히 반대하지는 못해 아이들이 할 수 있는 게임 정도는 허락해 줬다.

물론 그 게임에 〈저크시즈2〉는 포함되지 않았다. 포함될 리가 없었다. 그건 게임이 아니었으니까.

게임 화면은 저크시즈 안을 보여 주고 있었고, 그 안에는 리아로 추정되는 캐릭터가 움직이고 있었다. 맨 처음 형우가 납치됐을 때와 정확히 같은 화면이었다.

"미쳤나 봐……."

루다가 희게 질린 얼굴로 화면을 바라봤다. 리아는 아직 아홉 살이었다.

누군가는 혼자 뭐든 할 수 있는 나이라고 말할 수도 있지만, 그건 한국에서나 통하는 이야기였다. 레벨이란 개념도 없는 아이가 이세계에 떨어져서 혼자 돌아다니다니.

"어떡하지?"

"루다야, 우선 진정해 봐. 방법을 찾아보자."

이런 경우는 여태까지 단 한 번도 없었다. 둘 중 한 명을 먼저 보내고 따라 들어간 적도 없었다. 그래서 저크시즈 안에 누군가가 먼저 들어간 이후로 어떻게 저크시즈로 넘어가야 하는지 알지 못했다.

그때, 게임 화면에 익숙한 안내창이 떠올랐다.

생각할 겨를도 없었다. 루다와 형우는 그대로 게임 스틱을 집어 들어 곧바로 'yes' 버튼을 눌렀다. 화면에서 빛이 터져 나왔다.

✳

-오랜만입니다, 영웅……?-

평소처럼 터져 나오는 빛에 타라가 인사를 건네려다가 멈췄다.

빛 안에서 걸어 나오는 건 루다와 형우가 아니라 검은 눈동자와 머리카락 색을 가진, 똘똘하게 생긴 아이였다.

미묘하게 익숙한 모습을 한 아이가 타라를 올려다보며 의아한 표정을 지었다.

"누구세요? 여긴 어디인가요?"

대체 어디서 봤지? 생각하다가 이내 아이가 형우와 루다를 조목조목 닮았다는 사실을 생각해 냈다. 이렇게 보니 예전 어렸을 때 봤던 얼굴이 남아있었다.

-리아……?-

그런데 부모님은 대체 어디 가시고? 멍하니 주변을 두리번거리는 모습을 보아하니 여기가 어딘지 모르고 온 게 분명했다. 대체 왜 혼자 저크시즈에 온 거지?

타라가 전에 없이 당황했다. 그런 타라를 바라보며 리아가 또랑또랑하게 물었다.

"저를 아세요?"

467

타라는 고민했다. 안다고 답해야 하나? 우선은 제 생각처럼 형우와 루다의 아이가 맞는지 확인해야 했다.

–영웅들의 아이 아닌가요?–

"영웅이요?"

아이가 의아한 표정으로 물었다. 혹시 착각이려나 싶어 잠시 긴장했다가 이내 루다와 형우가 리아에게 직접 자신들이 영웅이라고 말했을 리 없다는 것을 떠올렸다.

–아버지, 어머니 성함이 어떻게 되나요?–

"엄마는 이 루 자, 다 자, 아빠는 최 형 자, 우 자예요."

또박또박 말하는 아이의 모습이 그렇게 흐뭇할 수가 없었다. 가만히 리아의 말을 듣고는 타라가 싱긋 웃었다.

–그럼 맞네요. 저크시즈에 다시 오신 걸 환영해요. 그런데 부모님께서는……?–

"어……."

리아가 주변을 둘러보다가 쭈뼛쭈뼛 입을 열었다.

"부모님께서 안 계셔서 잠깐 재미있어 보이는 게임 좀 하려고 했는데 갑자기 풍경이 바뀌었어요."

–아…….–

타라는 상황이 어떻게 된 건지 대충 알 것 같았다. 루다와 형우가 없는 사이에 무언가를 잘못 만졌고 혼자 이곳에 온 게 분명했다.

"그런데 여긴 어디예요?"

–이곳은…….–

타라는 고민했다. 왜 리아를 데려오지 않냐는 질문에 형우와 루다는 아직 모든 걸 밝히기에는 어려서라는 대답을 내놓은 적이 있었다.

그들이 리아에게 아직 저크시즈를 알리고 싶어 하지 않는데 제가 밝혀도 될까?

고민하던 타라는 애매한 웃음을 지었다.

-부모님께서 직접 말씀해 주실 거예요.-

"여기는 안 좋은 곳이에요?"

-절대 아니랍니다.-

부드러운 타라의 음성에 리아가 그녀를 빤히 바라봤다. 아직도 의문이 풀리지 않는 모습이었다.

"그런데 언니는 저를 어떻게 아세요? 저는 여기가 처음인데."

아무것도 모른다는 표정으로 리아가 타라를 올려다봤다.

그런 리아의 검은 눈동자를 바라보고 있자니 타라는 조금 아쉬웠다. 그래도 예전 세 살 때까지는 저크시즈에 올 때마다 타라를 보면서 까르륵 웃었었는데, 몇 년 지났다고 이렇게 기억을 못 하다니.

-리아는 이곳이 처음이 아니랍니다.-

"네? 하지만 전 이런 데 모르는데요?"

-음…….-

타라는 수천 년의 여신 인생에서 처음으로 난관에 봉착했다. 그 수천 년 동안 이런 건 처음 있는 일이었다.

그래도 꽤 오랫동안 존재하면서 깨달은 점이 있다면, 육아는 부모의 손에 맡기자는 것이었다. 그렇기에 타라는 모든 것을 리아에게 말할 수는 없었다.

그게 문제였다. 아무래도 이 소녀는 아직 루다와 형우에 대해서 아무것도 모르는 것 같은데 어디서부터 어디까지 말해야 하나.

그렇다고 모든 것을 함구할 수는 없었다. 이 상황을 타개하기 위해서 최소한의 정보는 알려 줘야 했다.

-리아가 아주 어렸을 때 부모님과 이곳에 온 적 있어요. 아마 아주 어릴 때라 기억나지 않겠지만요.-

"이게 꿈은 아니군요!"

타라의 한마디에 리아가 환하게 웃으며 고개를 끄덕였다.

갑자기 장소가 바뀌었으니 꿈이라고 생각했을 수도 있었다. 리아의 발언에 타라가 보기 드물게 표정을 굳혔다.

아뿔싸. 그냥 꿈이라고 할 걸 그랬나? 하지만 이미 엎질러진 물은 어쩔 수 없었다.

-네, 맞아요. 이곳은 현실이에요.-

"그런데 언니는 왜 그렇게 빛나요?"

리아가 타라 주변의 하얀 빛무리를 보며 고개를 갸웃했다.

-그건…….-

타라는 또 한 번 말문이 막혔다. 얼른 위그드라실에 힘을 밀어 넣었다. 스테안을 부르는 신호였다.

"그건요?"

리아가 똘똘한 눈으로 대답을 요구하고 있었다.

-……원래 제가 그렇게 태어났기 때문이죠.-

살면서 한 번도 흐르지 않았던 식은땀이 흐르는 느낌이었다.

스테안이 오면 이 일을 잘 처리하지 않을까? 무언가 책임을 전가하는 느낌이었지만, 아니라고 타라는 애써 스스로를 위로했다.

"저 근데……."

-하고 싶은 이야기가 있나요?-

"저…… 혹시 다시 집으로 못 돌아가나요?"

아이의 얼굴에 걱정이 내려앉아 있었다. 제가 살던 곳이 아니라는 확신을 가졌으니 다시 돌아갈 수 있을까 걱정이 든 게 분명했다.

하지만 울지는 않았다. 꿋꿋하게 잘 자란 모양이었다.

-아니요. 물론 돌아갈 수 있답니다. 돌아가고 싶나요?-

"네. 그렇다고 지금 당장은 말고요."

내심 지금 당장 돌아가고 싶다고 말하길 바랐던 타라가 속으로 아쉬움의 한숨을 내쉬었다.

　-왜 지금 가고 싶지 않아요?-

　"지금 가면 또 엄마랑 아빠가 저 데리고 안 올 거 같아서요. 그러니까 여기서 최대한 놀다 가야죠."

　-……그렇군요.-

　의젓하고 차분하게 대처해 형우를 닮은 줄 알았는데, 이상한 부분에서 루다를 닮아 있었다. 루다를 닮았다면 타라가 더 상대하기 힘들었다. 어디서 어떻게 행동할지 몰랐으니까.

　루다를 상대하기에 제일 적격인 게 스테안인데. 오늘따라 오는 시간이 길다고 느낄 무렵, 저쪽에서 익숙한 인영이 보였다.

　"타라님, 부르셨…… 응?"

　타라의 구원자가 등장했다. 본인이 여신인데 남보고 구원자라고 하기는 조금 이상했지만, 어쨌든 구원자가 맞았다.

　-왔군요, 스테안!-

　"스테안?"

　반가움에 밝게 외치는 타라의 옆에서 리아가 고개를 갸웃했다. 스테안의 시선이 리아에게 고정됐다.

　"누구……? 어디서 많이 본 것 같은데?"

　이상한 기시감에 리아를 이리저리 뜯어보던 스테안이 눈을 동그랗게 떴다. 무언가 깨달은 표정이었다.

　"설마 리아?"

　"안녕하세요……?"

　"세상에, 리아야? 리아 맞습니까, 타라님?"

　-예, 리아 맞아요.-

　스테안이 좋아하는 모습을 보며 타라가 밝게 웃었다.

　이상하게 알 수 없는 안도감 역시 담겨 있는 느낌이었지만 리아에게 정신이 팔린 스테안은 그런 것조차 알아채지 못했다.

"분명 루다랑 폐하께서 열일곱 살이 될 때까지 저크시즈에 데리고 오지 않는댔는데?"

스테안이 리아의 주변을 살폈다. 루다와 형우는커녕 그들의 코빼기도 보이지 않았다. 스테안이 몸을 낮춰 리아와 눈높이를 맞췄다. 리아는 여전히 의아한 표정이었다.

"부모님은 어디 계시니?"

"부모님은 아마 집에 계실 거예요. 그런데 여기는 외국이에요?"

"응?"

또랑또랑 물어 오는 질문에 조금 전과는 다른 의미로 스테안의 눈동자가 크게 떠졌다.

"오빠도 저 알아요? 오빠 이름은 왜 스테안이에요?"

"어어?"

"한국은 다 이름이 세 글자인데. 아, 혹시 성이 스예요?"

"설마……."

스테안의 눈동자가 크게 흔들렸다.

그러면 안 되는데. 하지만 리아의 말을 듣고 있자니 그러면 안 되는 일이 발생한 느낌이었다.

설마 하는 사실을 확인하기 위해 스테안이 조심스레 입을 열었다.

"설마 나를 기억 못 하니?"

"저 오빠 처음 보는데, 누구세요?"

리아가 스테안의 질문에 쐐기를 박았다. 스테안이 나라 잃은 듯한 표정을 지었다.

"말도 안 돼! 내가 널 얼마나 업어 키웠는데!"

스테안의 절규에 리아가 다시 고개를 갸웃했다.

"오빠가 나를 업어 키웠어요?"

"그럼! 리아가 어릴 때 안아 주면 날 보면서 얼마나 까륵까륵 웃었는데! 정말 기억 안 나니?"

"언제요?"

"네가, 그러니까 어디 보자……. 리아가 몇 살이지?"

"저 아홉 살이에요."

손가락 아홉 개를 쫙 펴며 말하는 리아의 모습이 너무 귀여워 스테안의 표정이 헤벌레 풀렸다가 다시 제자리를 찾았다.

지금 귀엽다고 고개나 끄덕일 상황이 아니었다. 스테안이 기억하기로 리아를 제일 마지막에 만났던 때가 세 살 때였다.

"6년이 지났구나."

"제가 세 살 때 봤어요?"

"세상에! 벌써 셈도 잘하고! 어떻게 그 둘 사이에서 이런 아이가 나왔지?"

루다도 형우도 머리가 절대 나쁘지 않았지만, 팔불출 삼촌 스테안은 나오는 대로 지껄여 댔다.

절망했다가 기특해했다가 정신없는 스테안을 리아는 말없이 바라볼 뿐이었다.

리아가 어떤 눈으로 바라보든 스테안은 끊임없이 리아의 눈을 마주치며 제 할 말만 계속해 댈 뿐이었다.

"그래, 세 살이면 기억 못 할 만도 하지. 이건 리아 잘못이 아니라 루다와 형우 잘못이야. 암, 그렇고말고."

"저기……."

팔짱을 낀 채 혼자 납득하는 스테안을 바라보던 리아가 스테안의 옷을 살짝 흔들었다. 아무래도 이렇게라도 부르지 않으면 무언가 혼자만의 세계에 빠져들어 갈 것 같아서.

"여기는 어디예요?"

"여기? 여기는 저크시즈야."

"아?"

스테안의 대답에 리아가 의문을 내비쳤다.

저크시즈라는 곳이 있었나? 학교에서 배운 나라에 저크시즈라는 곳은 없었다. 어쩌면 비행기로 10시간도 넘게 걸리는 곳일 수도 있었다.

리아는 아직까지도 이곳이 지구가 아닐 거라는 생각을 하지 못하고 있었다.

"여기는 한국에서 많이 멀어요?"

"한국? 아."

스테안이 이내 깨달았다는 표정을 지었다. 루다와 형우에게서 한국이 그들이 살던 곳이라는 걸 들은 상태였다.

"그럼, 아주 멀지."

멀다면 멀었다. 아예 다른 세계니까.

한국이니 뭐니 돌아가니 뭐니 이런저런 수다를 많이 떨었던 상태라 스테안은 리아의 질문에 대충은 대답해 줄 수 있었다.

"돌아가는 데 얼마나 걸려요?"

리아의 얼굴에 걱정이 들어찼다.

좀 놀다가 얼른 돌아가야 하는데, 혹시라도 너무 멀면 부모님보다 빨리 돌아갈 수가 없었다. 하지 말란 걸 했으니 부모님께서 오시기 전에 돌아가지 않으면 혼날 게 분명했다.

"글쎄?"

스테안은 생각에 잠겼다. 아무래도 지금 돌아가야 하는지 아닌지 재 보는 모양인데, 이대로 돌려보냈다가는 루다와 형우가 언제 데리고 올지 몰랐다. 또 그랬다가 열일곱 살에 와서는 기억 못 한다고 하면 스테안은 정말 눈물이라도 흘릴 수 있었다.

"아까 언니가 분명 돌려보내 줄 수 있다고 했어요."

조금 흔들리는 목소리로 리아가 덧붙였다. 눈썹이 축 처져서 걱정하는 모습이 너무나도 귀여워 놀려 주고 싶었지만, 그랬다가 나중에 루다한테 걸리기라도 하면 또 맞을 게 분명했기에 그건 미뤄 뒀다.

스테안은 우선 리아를 안심시키기로 했다. 분위기를 보아하니 리아 역시 다시 돌아가고 싶지 않은 것 같으니, 쉽고 빠르게 집으로 돌아갈 수 있다는 것만 알려 주면 될 것 같았다.

"아니, 돌아가는 데에 10초도 안 걸려."

"정말요?"

리아의 눈이 동그래졌다. 그 모습이 너무 귀여워 머리를 쓰다듬으려 손을 뻗으려다가 멈췄다.

리아는 스테안이 자신을 돌봐 줬던 과거를 기억하지 못하는 상태인데, 괜히 손 뻗었다가 역효과만 날 수 있었다.

왼손으로 오른손을 자제시키고는 스테안이 자신감에 찬 얼굴로 고개를 끄덕였다.

"그럼! 오빠만 믿어!"

"정말이에요?"

혹시 몰라 리아가 타라를 바라봤다.

-네, 맞답니다.-

타라의 긍정에 리아의 얼굴이 확 펴졌다.

저보다는 타라의 말을 더 믿는다는 게 조금은 슬펐지만 지금 그게 중요한 게 아니었다. 리아가 집에 지금 당장 돌아가지 않는다는 것이 중요했다.

리아가 신이 난 얼굴로 고개를 끄덕이다가 퍼뜩 궁금한 게 생겼는지 고개를 갸웃했다.

"그런데 어떻게 외국에서 우리 집까지 금방 가요?"

"리아야, 사실 여기는 외국이 아니야."

"그럼 어디예요?"

"······여기는 판타지 세계란다."

스테안이 고민하다가 루다가 가끔 했던 말을 빌려 답해 줬다. 진지하게 이곳이 판타지 세계라고 말하는 스테안을 빤히 바라보다가 리아가 표정을 굳혔다.

"오빠 중2병이에요?"

"응?"

눈을 깜빡이며 묻는 말에 스테안이 얼빠진 얼굴을 했다.

"판타지 세계로 들어간다는 건 그런 사람들이나 하는 말이랬는데."

"누가?"

"애들이 그랬어요."

"엄마는?"

"엄마는 아무 말도 안 했는데요?"

그래. 엄마가 그 당사자인데, 그런 말을 하면 자기 부정이나 마찬가지지.

"엄마한테 다시 물어보면 엄마는 다르게 말할 거야."

"오빠 우리 엄마랑 알아요?"

리아가 눈을 동그랗게 뜨고는 물어봤다.

정말 계속 저 귀여운 볼을 꼬집어 주고 싶었다. 참자. 참자.

몇 번이나 올라가려는 오른손을 억누르며 스테안이 최대한 믿음직스러워 보이는 미소를 지었다.

"그럼. 리아 엄마랑 얼마나 친한데."

"와, 오빠도 완전 동안이에요?"

"응?"

"우리 엄마, 아빠도 엄청 동안이라고 하거든요. 그런데 오빠가 엄마, 아빠랑 친하면 오빠도 엄청 동안인 거네요!"

초롱초롱 눈을 빛내며 하는 말이 듣기 좋아 스테안이 격렬하게 고개를 끄덕였다.

"그럼, 그럼! 완전 동안이지! 너희 부모님이랑 친구니까."

틀린 말은 아니었다. 실제 나이보다 더 어려 보인다는 점에서 동안인 건 맞지만, 스테안의 경우 일반적인 동안과는 상황이 달랐다.

몇 천 살을 살았고 어느 기점으로 얼굴이 늙지 않는다는 진실을 말할 수 없는 스테안이 난감함에 눈을 도르륵 굴리다가 괜히 말을 돌리기로 했다.

"리아는 이제 뭐 할 거야?"

"음…… 모르겠어요. 지금부터 생각해 보려고요."

"그럼 부모님 올 때까지 같이 기다릴까? 오빠랑 놀면서?"

"엄마랑 아빠가 여기로 와요?"

"리아가 여기 있으면 올 거야."

물론 확실한 건 아니었다.

스테안의 말에 리아의 얼굴이 금방 울상으로 변했다.

"저 부모님께 들키면 안 되는데."

스테안의 얼굴이 순식간에 굳었다.

아뿔싸, 말을 잘못했다. 하지만 이대로 리아를 돌려보낼 수는 없었다.

스테안이 그럴듯한 말을 찾는 사이 리아는 계속해서 말을 이었다.

"저희 부모님 엄청 무서워요. 특히 아빠가 화나면 진짜 무서운데……."

"그렇지. 폐하가 화나면 진짜 무섭지."

"폐하……?"

"하하. 너희 아빠 별명이란다."

스테안은 나오는 대로 지껄였다. 형우가 폐하이자 영웅인 걸 밝히지 않는 것은 마지막 의리였다.

갸우뚱, 의문이 떠오른 리아를 바라보며 스테안이 머리를 굴렸다. 이대로 리아를 보내야 하나? 하지만 그러고 싶지는 않았다.

"오빠가 부모님이 뭐라고 하면 혼내 줄게."

그래서 스테안은 더욱더 되는대로 내뱉었다. 리아가 놀란 표정으로 스테안을 바라봤다.

"정말요? 오빠가 엄마, 아빠보다 더 세요?"

"그, 그럼! 하하! 오빠가 더 세!"

물론 거짓말이었다. 루다와 형우보다 강한 사람은 저크시즈에 없었다.

그 사실을 알 리 없는 리아의 얼굴에 금세 존경이 들어찼다.

존경의 눈빛을 받으며 스테안은 진실은 더 너머로 숨기기로 했다.

뭐 어때. 지금 리아를 이 자리에 붙잡아 놓는 게 제일 중요한 것을.

"그럼 부모님 오시기 전까지 오빠랑 놀까? 오빠가 여기 구경시켜 줄게."

아까보다 훨씬 반짝반짝 눈을 빛내는 리아를 마주 보며 스테안이 최대한 부드럽고 무해해 보이는 미소를 지었다.

"그런데 엄마랑 아빠가 모르는 사람 따라가지 말라고 했는데…….."

리아가 말끝을 늘였다. 스테안이 그 모습에 한껏 긴장했다.

"오빠는 모르는 사람 아닌 것 같으니까요!"

하지만 언제 그랬냐는 듯 리아가 고개를 젓고는 걱정을 떨쳐 버리며 스테안의 손을 잡았다.

아까부터 집에 돌아가기 싫다고 말했던 걸 생각해 보면, 이대로 이곳에 남아 있을 마지막 구명줄이 스테안이라고 판단한 모양이었다.

금세 고개를 끄덕이며 제 손을 잡는 리아를 바라보며 문득 생각했다.

차분해서 형우의 성격과 비슷한 줄 알았더니 이상한 면에서 루다를 닮았네.

"그런데 우리 어디로 가요?"

손을 잡고 방싯 웃는 리아를 보며 스테안이 또 한 번 헤벌레 풀린 표정을 지었다.

아무렴 어때. 루다는 이렇게 귀엽지 않으니까 상관없었다.

"리아를 엄청 보고 싶어 할 사람 보여 줄게."

리아의 손을 꼭 잡은 채 스테안이 말했다.

꼭 리아를 보여 줘야 할 사람이 한 명 있었다. 스테안 혼자만 리아를 만났다고 하면 그 무표정하고 무뚝뚝한 얼굴로 얼마나 갈궈 댈지 상상만 해도 피곤했다.

또, 언제 루다와 형우가 올지 모르니 어서 황성으로 도망가야 했다.

✳

"오셨습니……?"

문을 열고 응접실에 들어온 아르비드가 소파에 앉아 있는 스테안에게 인사를 건네려다가 말을 멈췄다. 그 옆에 앉아 과자를 오물오물 먹고 있는 어린아이를 발견한 탓이었다.

"아, 오셨습니까?"

정작 의문의 인사를 받은 스테안은 아무 일도 없다는 듯 붕붕 손을 흔들었다. 그의 얼굴에 승리의 미소가 의기양양하게 지어진 것 같은데, 그게 무엇 때문인지 도통 알 수가 없었다.

설마 저 아이한테 답이 있나? 아이를 빤히 바라보다가 아르비드가 드물게 미간을 찌푸렸다. 무언가 정말 익숙한데, 그게 뭔지 도무지 생각이 나지 않았다.

"그 아이는 누구입니까?"

결국 아르비드는 스테안에게 물어보는 것을 택했다. 아르비드의 질문에 스테안이 과장되게 놀란 표정을 지었다.

"세상에! 설마 기억 못 하시는 겁니까?"

이 아이가 누구라고 저렇게 호들갑을 떠는 건지. 이해할 수 없다는 표정으로 리아를 바라보던 아르비드의 뇌리에 퍼뜩 스치는 아이가 한 명 있었다.

생각하고 보니 제가 아는 두 명을 미묘하게 닮아 있었다.

또렷한 검은 눈동자, 색이 짙은 갈색 머리, 쌍꺼풀이 없지만 큰 눈 등, 둘의 모습을 섞어 어릴 때로 돌려놓으면 저런 모습일까 싶을 정도였다. 이렇게 보니 아주 아기일 때 봤던 모습이 겹쳐지기도 했다.

"리아……?"

아르비드는 제가 알고 있는 이름을 입 밖으로 내뱉었다. 그에 스테안의 옆에 앉아 있던 리아가 놀란 표정을 지었다.

"아저씨도 저 알아요?"

리아가 물었고 스테안이 옆에서 작은 웃음을 터뜨렸다.

"아저씨……?"

아르비드가 망치로 한 대 맞은 표정으로 리아를 쳐다봤다.

"퓹, 큽, 크흡, 그럼. 알지. 아주 잘 알지! 저 아저씨도 리아를 아주 잘 알지!"

뭐가 그렇게 뿌듯한지 입이 귀에까지 걸릴 만큼 찢어지게 웃으며 리아의 머리를 슥슥 쓰다듬었다.

"오빠도 아는 사람이에요?"

"오빠?"

아르비드가 스테안을 바라보며 허망하게 중얼거렸다. 그가 충격 속으로 빠져들수록 스테안은 더욱더 기고만장해졌다.

"그으럼! 오빠는 이 아저씨 아주 잘 알지!"

"아저씨는 누군데요?"

호기심이 가득한 리아의 질문을 들으며 아르비드가 다시 자란 수염을 만졌다. 설마 이것 때문인가?

주군이 돌아간 이후로 다시 기른 수염이었다. 저크시즈에 돌아올 때마다 그 수염 때문에 더 나이 들어 보인다고 잔소리를 들었지만 기른 게 위엄 있게 보일 것 같아 무시했다. 하지만 이쯤 되니 왠지 수염을 미는 게 좋지 않을까? 하는 생각도 들었다.

　평소라면 하지 않을 생각을 하며 리아를 바라봤다. 상념에 빠졌다고 아이의 대답을 무시할 수는 없었다. 제 대답을 기다리는 아이에게 부드럽게 답해 줬다.

　"저는 아르비드입니다."

　"아르비드?"

　"예, 기억하시겠습니까?"

　"아니요."

　단호한 한 마디에 아르비드의 표정이 충격에 굳었다. 루다가 형우의 기억이 사라졌을 때 왜 그렇게 마음을 졸였는지 조금은 알 것 같았다.

　그런 이해하는 마음과는 별개로, 아르비드는 조금 조급해졌다. 조금이라도 기억이 돌아오게 해야 하는데.

　"리아 님께서 어리셨을 때, 제가 많이 업어 드리곤 했습니다."

　업어 키웠다는 말을 순화시켜 말했다. 아까 스테안이 했던 말과 똑같았다.

　"무슨 소립니까? 업어 키운 건 저지요."

　"스테안 님이야말로 무슨 소리입니까? 제 품에서 리아 님이 얼마나 즐거워했는지 똑똑히 기억합니다."

　갑자기 발생한 둘의 유치한 싸움을 리아가 멍하니 바라봤다.

　"아르, 알, 아비……."

　"아르비드입니다."

　"저…… 아저씨 이름 알비라고 말해도 돼요?"

　아르비드의 얼굴이 다른 의미로 굳어졌다. 꽤 오래전의 안 좋은 기억이 떠올랐기에.

　굳은 아르비드의 표정을 조금 다르게 해석한 모양인지 리아의 얼굴이 조금 어두워졌다.

"너무 길어서 어려운데……."

"……폐하를 닮으셨군요."

어린아이의 입에서 알비라는 단어를 듣자 참 복잡한 감정이 밀려왔다. 설마 주군 말고 다른 사람에게 그 이름을 듣게 될 줄은 몰랐다.

"혹시 폐하께 들으셨습니까?"

"폐하?"

"리아 엄마를 말하는 거야."

"아! 아니요. 엄마는 아무것도 얘기해 준 적이 없는데."

리아가 시무룩한 표정을 하며 고개를 숙였다.

"기분 나쁘셨다면 죄송합니다."

공손하게 허리를 숙이는 리아를 아르비드가 아연한 표정으로 바라봤다.

루다를 닮았다고 생각했는데 또 이런 부분에서는 형우를 닮았다. 아니, 전반적으로 형우 같은데 이상한 데서 루다를 닮았다고 해야 하나?

어쨌든 대화할수록 이 아이가 영웅들의 아이라는 게 확실해졌다.

주군의 아이에게 사과를 받다니. 그것도 사과할 일이 아닌 일로. 아르비드의 생에서 있을 수는 없는 일이었다.

"아닙니다, 리아 님. 사과를 거두어 주십시오."

다급한 아르비드의 만류에 리아가 천천히 몸을 폈다. 얼굴에는 의아한 기색이 잔뜩이었다.

"왜요?"

"리아 님이 잘못하신 게 아니니까요. 알비……라고 불러도 됩니다."

알비에서 잠깐 눈을 감았다 뜬 아르비드가 무언가 다짐이라도 하듯 주먹을 꾹 쥔 채 허락의 말을 내뱉었다.

"품."

옆에서 스테안이 웃음 참는 소리가 들렸지만, 그것보다 이게 더 중요했다.

"그럼 알비라고 알고 있어도 돼요?"

"……예."

부른다고 하지 않아서 다행이려나. 잠시간의 망설임이 있었지만 그냥 받아들이기로 했다. 루다를 만난 순간부터 이건 운명이나 마찬가지였다.

"그런데 아저씨는 왜 저한테 존댓말을 써요?"

"그건 리아 님이 폐……."

폐하를 내뱉기도 전에 스테안이 화들짝 놀라 손으로 아르비드의 입을 틀어막았다.

입이 막힌 채 대체 무슨 짓이냐는 표정으로 스테안을 바라봤다. 스테안이 눈짓으로 말했다.

'말하지 마십시오.'

그래서 아르비드가 눈으로 물었다.

'이유가 무엇입니까?'

스테안이 작게 한숨을 내쉬었다. 이건 말해 줘야겠다.

"오.빠.랑 아.저.씨.는 대화를 좀 하고 올게. 리아는 여기에 얌전히 앉아 있어야 해?"

이상한 부분에 억양을 주며 말하는 스테안을 아르비드가 어이없다는 표정으로 쳐다봤다. 천 년도 넘게 살았으면서 꼭 이렇게 유치하게 굴어야 할까?

그런 둘의 신경전을 알 리 없는 리아가 소파에 앉아 가만히 고개를 끄덕였다.

리아를 향해 최대한 온화한 미소를 지어 주고는 둘이 문을 열고 밖으로 나갔다. 방 안에 남은 건 리아 혼자뿐이었다.

아무도 없는 황성의 복도 구석에서 아르비드와 스테안이 최대한 목소리를 낮춰 소곤댔다.

사뭇 나라의 흥망이라도 말하는 듯한 분위기로 둘은 영웅들의 귀여운 아이, 리아에 대해 말하고 있었다.

"저크시즈에 리아 혼자 왔다고 합니다."

"예? 허나 폐하께서는 리아를 17세까지 데리고 오지 않는다고 하셨습니다."

"그래서 혼자 와 있는 거지요."

스테안의 대답에 아르비드가 의아한 표정을 지었다. 데리고 오지 않는 것과 혼자 오는 것이 무슨 상관이 있다는 이야기일까, 생각하다가 이내 결론을 내렸다.

"아, 혹시 리아가 여기 있는 걸 영웅들께서 모르신다는 이야기입니까?"

"그렇죠."

"그럼……."

그들이 리아가 없어진 것을 알아챈 후 저크시즈로 넘어와 리아를 데려간다면, 그 이후에는 리아가 다시 저크시즈에 오지 못할 수도 있었다. 그렇게 된다면 8년 동안 리아를 보지 못한다.

아르비드가 마치 저크시즈의 멸망이라도 마주한 표정을 지었다.

아르비드가 무슨 생각을 하고 있는지 용케도 알아낸 스테안이 비장하게 고개를 끄덕였다.

"지금 아르비드가 생각하고 있는 것이 맞습니다. 그러니 루다와 폐하가 리아를 데리고 다시 돌아가기 전에 우리와 충분히 놀아야 합니다. 지금 리아가 우리와 있을 때 어떻게든 재밌는 추억들을 많이 만들어 놔야 합니다."

"하지만 부모는 그분들인데……."

"아르비드는 리아가 또 우리를 잊어버리면 좋겠습니까?"

아르비드의 표정이 심각해졌다.

6년 만에 보는 리아는 아르비드를 기억하지 못했다. 아무래도 말을 들어 보니 스테안 역시 기억하지 못했던 게 분명했다.

아마 다시 데리고 간다면 열일곱 살에나 다시 올 텐데, 8년이 지나면 리아는 또 둘을 기억하지 못할 수도 있었다. 안 되지.

"그건 안 됩니다."

"그러니까 여기서 우리끼리 추억을 많이 만들어 놔야 하지 않겠습니까? 나중에 우리를 잊어버리는 일이 절대 없도록 말이죠."

"예, 스테안 님 말이 맞습니다."

드물게 둘의 의견이 합치됐다. 어떻게 하는 게 좋을까 생각하던 아르비드가 입을 열었다.

"그렇다면 최대한 황성에서도 잘 지내고 축제도 데리고 가면 좋지 않겠습니까? 저크시즈의 군주와 반신이 비호한다고 하면 사람들도 리아를 깍듯하게 챙길 겁니다. 이 기회에 아주 완벽히 잊지 못할 추억을 만들어 주면 분명 저크시즈에 또 오고 싶어 할 겁니다."

리아와 끈끈한 유대감을 만들어 낼 나름의 계획이었다.

"아주 좋은 생각입니다! 크, 역시 저크시즈의 군주는 아무나 하는 게 아니지요."

마치 저는 군주인 적 없는 것처럼 말하는 스테안을 황당하게 바라보다가 이내 표정을 갈무리했다. 그래도 반신에 초대 군주인데 하찮은 취급을 할 수는 없었다.

"잘해 봅시다."

그런 아르비드의 속내를 아는지 모르는지 스테안이 손을 내밀었다. 악수를 요구하는 손이었다.

문득 아르비드는 기시감이 들었다.

예전 루다와 형우의 결혼식 때 비슷한 장면이 연출됐던 것 같은데. 저 손을 잡아도 될까? 고민이 들었지만 이내 떨쳐 냈다.

그때는 영웅들을 속이는 일이었지만 이건 아니었다. 어떻게 보면 그 둘에게도 좋은 일이었다. 최대한 아이를 돌봐 주고 예쁜 추억을 만들어 주는 일이었으니까.

물론 표면적인 형태만 그렇지만, 그걸 루다와 형우는 알 리 없을 게 분명했다.

물론 아르비드만의 생각이었다.

속으로 최대한 합리화를 끝낸 아르비드가 조심스레 내밀어진 스테안의 손을 잡았다.

"아름다운 추억을 많이 만들어 드립시다."

둘만의 계약이 성립된 순간이었다.

그렇게 모종의 거래를 끝내고 둘은 응접실로 다시 들어갔다.

응접실에 들어오자마자 그들을 맞이하는 이상한 허전함에 아르비드와 스테안이 눈을 비볐다. 분명 이곳에 한 명이 있어야 했는데, 그 아이가 자리에 없었다.

"리아야?"

"리아 님?"

스테안과 아르비드가 대화하는 그 잠깐 사이 리아가 어디론가 사라졌다. 둘은 아무 말도 못 한 채 그 자리에 가만히 서 있었다. 현실을 받아들일 수 없다는 표정이었다.

그 순간 깨달았다. 리아는 루다의 딸이었다. 한동안 괜찮았던 아르비드의 위가 아파 오는 게 느껴졌다.

✳

위그드라실에서 밝은 빛이 터져 나왔다. 익숙한 빛이었다. 빛 안에서 두 사람이 급하게 튀어나왔다.

"타라!"

-오셨군요.-

"리아는?"

헐레벌떡 나타난 형우와 루다가 리아 먼저 찾았다.

그들이 저크시즈에 올 때마다 위그드라실에 제일 먼저 도착했다. 그러면 항상 여신이 그들을 맞이하곤 했다.

그렇기에 아무리 리아가 루다와 형우 없이 저크시즈에 넘어가더라도 맨 처음 만나는 건 타라일 것이다.

물론 그렇다 하더라도 마음이 안정되는 건 아니었다. 안정은커녕, 혹시 모를 불안함에 지금까지도 심장이 쿵쿵 뛰고 있었다.

－리아는 스테안이 데려갔어요.－

형우와 루다의 얼굴에 불신의 표정이 떠올랐다.

"스테안이?"

"스테안이 말입니까?"

둘의 목소리에는 불안함이 담겨 있었다.

하필이면 왜 스테안인데? 네가 좀 맡고 있지. 듣지 않아도 타라의 귀에 그대로 꽂히는 느낌이었다. 하지만 지금 그걸 따져 물을 겨를도 없었다.

"어디로 갔는데?"

－아르비드와 함께 돌본다고 성으로 갔습니다.－

"고마워!"

"텔레포트!"

루다가 인사했고 형우가 텔레포트를 외쳤다. 순식간에 둘의 인영이 사라졌다. 사라진 둘의 모습을 바라보며 타라가 조금은 걱정스러운 얼굴을 했다.

스테안과 아르비드가 리아를 잘 돌보고 있어야 할 텐데. 그 둘을 못 믿는 건 아니었지만, 이상하게 자꾸만 걱정되는 이유가 뭔지 타라는 알 수가 없었다.

"휴."

스테안과 아르비드의 눈을 피해 응접실을 탈출한 리아가 안도의 한숨을 내쉬었다. 그 둘이 불편하다거나 싫은 건 아니었다.

하지만 가까스로 부모님 없이 새로운 곳에 떨어졌는데 계속 보호받는 건 리아의 성격에 맞지 않았다. 아홉 살이면 다 큰 어른이니, 자꾸 누군가의 보호를 받고 싶지 않았다.

옆에서 누군가 리아의 속마음을 듣는다면 귀엽다고 볼이라도 꼬집어 줬겠지만, 아무도 듣지 않아 다행이라면 다행이었다.

아르비드와 스테안이 보이지 않는 곳까지 무사히 도착한 리아가 천천히 주변을 둘러봤다.

화려한 성들이 보였다. 황성은 둘로 나뉘었던 아타나스까지 흡수하며 예전보다 더욱 화려해져 있었다.

황성 앞에는 하얀 대리석에 영롱한 금으로 장식된 아름다운 분수가 있었다. 분수를 지나 조금 더 걸으니 향긋한 내음이 물씬 풍겨 오는 정원이 보였다.

초록의 나무 사이사이에는 분홍의, 보라의, 흰색의, 색색의 꽃들이 화사하게 피어 있었다. 아마 바람을 따라 날아오는 이 향기는 저 꽃들에서 나는 모양이었다.

응접실에서 나와 이곳으로 걸어오며 마주쳤던 기사들과 성내 사용인들이 리아를 흘끔흘끔 바라봤지만 이내 관심을 껐다.

그 사람들이 입고 있는 옷들은 전부 리아가 이전에 보지 못했던 것들이었다.

"진짜 판타지 세계인가?"

고개를 갸웃했다. 리아는 아직도 지금의 현실이 와닿지 않았다.

판타지 세계라는 게 실제로 존재한다고 생각한 적 없었다. 하지만 이곳이 판타지 세계가 아니라면 지금 겪고 있는 일들을 명확히 설명할 수 없었다.

그렇기에 어느 정도 납득은 하고 있었지만 살갗에 와닿는 것과는 정말 큰 차이가 있었다.

아무리 와닿지 않는다 하더라도 받아들일 건 받아들여야 했다.

아까 만난 아르비드와 스테안은 루다와 형우를 알고 있었다. 부모님께 폐하니 영웅이니 한 걸 보면 그들은 이곳에 대해 알고 있을 게 분명했다.

마음 같아서는 집으로 돌아가면 묻고 싶었지만, 리아는 이곳에서의 일들을 입 밖으로 내뱉을 생각이 없었다. 그렇게 다짐하고 보니 조금은 외로웠다.

"혼자 모험하다 왔다고 엄마, 아빠한테 자랑하고 싶은데."

조금 실망했지만 이내 고개를 젓고는 두 주먹을 불끈 쥐었다.

"괜찮아! 나중에 다시 데려올 수도 있다고 오빠랑 아저씨가 말했으니까 나중에 자랑하면 될 거야!"

금세 긍정적인 생각으로 리아가 용감하게 고개를 끄덕이고는 멈췄던 발을 다시 움직이기 시작했다.

아름다운 정원을 가로지르니 연무장 비슷한 것이 보였다. 저렇게 탁 트인 공간에서 군사들이 훈련하던 모습들이 떠올랐다. 영화나 드라마에서나 보던 장면이었다.

리아가 눈을 빛내고는 조심스레 그쪽으로 발걸음을 돌렸다.

가까이서 비현실적인 광경을 보고 싶었다.

말을 타고 달리려나? 아니면 손에 장검을 들고 서로 겨루고 있을까?

호기심을 이기지 못하고 서서히 다가가자 리아의 눈에 그들의 훈련 장면이 들어왔다.

"와아……!"

리아는 작게 감탄했다. 수십의 사람들이 손에서 무언가를 만들어 내 과녁에 던지고 있었다. 누구는 방패를 만들어 내기도 했고, 누구는 화살처럼 과녁에 얼음을 꽂아 넣기도 했다.

리아는 생각했던 것보다 훨씬 판타지스러운 광경에 입을 다물지 못한 채 그들이 훈련하는 모습을 정신없이 바라봤다.

그때였다.

"조심……!"

누군가의 다급한 목소리가 리아의 귀에 들어왔다.

누군지 모를 남자가 말을 끝맺을 틈도 없었다. 얼음으로 만들어진 거대한 구가 리아의 눈앞으로 돌진하고 있었다.

"엄……!"

마! 말이 입 밖으로 나올 틈도 없었다. 거대한 구가 리아의 지척이었다.

이대로 죽나? 엄마한테 죄송해서 어쩌지? 생각했을 때였다. 눈앞에 두 개의 등이 나타났다.

"아이스 솔딩 실드!"

"플레임 월!"

익숙한 두 명의 목소리가 연무장에 울려 퍼졌다. 동시에 순식간에 생겨난 벽 두 개가 리아에게 날아오던 공격을 막아 냈다.

그렇게도 무서워 보이던 얼음공이 힘도 쓰지 못한 채 루다와 형우가 만들어 낸 방패에 가로막혀 파스스 부서지는 모습을 눈에 담았다.

"엄……마? 아빠?"

리아는 눈만 깜빡였다.

왜 부모님이 여기 계시지? 분명 엄마 아빠가 맞는데, 왜 그 둘의 손에서 거대한 벽이 생긴 거지? 등등, 리아의 머릿속을 가득 채운 혼란스러움이 가시기도 전에 리아의 몸이 획 하고 앞으로 쏠렸다.

"리아야!"

"괜찮아?"

정신을 차리니 엄마의 품속이었다. 가까스로 루다의 품에서 빠져나온 리아가 제 부모님을 멍하니 번갈아 봤다. 그러더니 이내 울음을 터뜨렸다.

"으아아아앙!"

깜짝 놀란 게 분명했다. 비교적 안전한 한국에서, 배운 운동이라고는 하나도 없는 리아가 받아들이기에 지금 상황은 너무 급박했다.

"리아야!"

연무장을 가득 울리는 어린아이의 울음소리에 황성을 샅샅이 뒤지던 스테안과 아르비드가 서둘러 이쪽으로 뛰어왔다. 갑자기 나타난 둘을 루다와 형우가 매서운 눈빛으로 바라봤다.

있으면 안 되는 형우와 루다를 발견한 스테안과 아르비드가 화들짝 놀라 자리에 멈춰 섰다.

저 둘이 왜 여기 있어? 둘의 표정에는 그렇게 적혀 있었다.

상황이 너무 좋지 않았다. 하필이면 리아가 응접실을 무단으로 빠져나 갔고, 또 하필이면 그때 위험에 빠졌다. 이건 전부 스테안과 아르비드의 책임이었다.

그러든지 말든지 루다와 형우는 아직 진정하지 못한 리아를 품에 안은 채 계속 달래 주고 있었다. 만나면 무조건 혼내 주려고 했는데, 상황이 이래서야 혼낼 수도 없었다.

그렇게 몇 분간 놀란 가슴을 진정하던 리아가 겨우겨우 울음을 그쳤다. 연무장을 가득 울리던 아이의 울음소리가 점점 줄어들자 기사들의 얼굴 위로 안심한 표정이 떠올랐다.

만약 이대로 어떻게 되기라도 했으면 여기 있는 모두가 위험할 수도 있었으니.

그걸 알 리 없는 리아가 손등으로 남아 있는 눈물을 닦아 내고는 코를 훌쩍였다. 살며시 든 얼굴에는 더 이상 눈물이 흐르지 않았다.

딸의 얼굴에 아직 남아 있는 물기를 루다가 닦아 주고는 안아 줬던 품에서 리아를 떼어 냈다.

"그런데 최리아."

루다의 목소리가 가라앉았다. 루다의 목소리에 리아가 바싹 긴장했다. 이렇게 차분하고 낮은 목소리는 루다가 심하게 화났을 때나 내는 목소리였다.

히끅, 딸꾹질이 나왔다. 하지만 혼낼 때만큼은 무지막지 엄한 루다는 리아가 그런다 한들 봐줄 생각은 없었다.

"왜 여기에 있지?"

"그······."

리아가 눈을 굴렸다. 여기까지 온 상황에서 어떻게 댈 수 있는 핑계가 없었다.

"허락한 게임 아니면 하지 말라고 했을 텐데."

맞는 말이었다. 리아가 이곳에 있다는 건 부모님과 약속한 걸 어겼다는 반증이었다. 도로록 눈을 굴려 루다의 옆을 보니 아빠 역시 드물게 화난 게 보였다.

"······죄송합니다."

결국 리아가 눈을 내리깔았다. 곧바로 루다와 형우의 잔소리가 이어지는 건 당연했다.

다음에도 또 약속을 어길 거냐느니, 아직 보호자 없이 다니면 위험하다느니. 부모님으로서 할 수 있는 모든 잔소리를 다 끝내고 나니 이제 그들의 표적은 리아에서 리아를 위험에 빠트린 기사들에게 옮겨졌다.

"똑바로 훈련 못 해? 내가 이러라고 가르쳤어? 표적이 저쪽인데 공격을 누가 이쪽으로 해? 그러다 사람 하나 죽으면 어떡할 건데! 황성에 강한 사람들만 있는 줄 알아?"

전부 맞는 말이었기에 기사들이 고개를 숙였다. 그 이후로도 루다의 잔

소리가 계속 이어졌다. 이러라고 내가 마법 가르쳐 준 줄 아느냐, 그거 하나 못 할 거면 어디 가서 황실 소속 기사라고 하지 마라.

잔소리가 끝이 없을 것 같아 형우가 옆에서 겨우겨우 루다를 말릴 정도였다.

황성을 떠들썩하게 했던 사건은 저녁 시간쯤이 돼서야 겨우겨우 소강됐다.

루다와 형우의 육아 철칙은 혼낼 땐 화끈하게 혼내고 그 이후로 뒤끝을 남기지 말자는 것이었다. 그래서 리아는 아무렇지 않은 것처럼 루다와 형우의 손을 잡고 있었다.

리아가 궁금한 게 있다는 듯 루다와 잡은 손을 흔들었다.

"엄마, 궁금한 게 있는데요."

"응? 뭔데?"

"엄마랑 아빠가 여기의 영웅이에요?"

리아의 한마디에 루다와 형우의 얼굴에 쩌저적 금이 갔다. 절대 듣지 않았으면 좋겠는 단어를 딸이 말해 버렸다.

갑작스러운 공격에 루다와 형우가 커다랗게 기침을 하기 시작했다. 영문 모를 부모님의 반응에 리아가 의아하게 둘을 바라볼 뿐이었다.

겨우겨우 기침을 멈춘 형우와 루다가 아까부터 어쩔 줄 몰라 하며 옆에 서 있던 스테안과 아르비드에게 몸을 돌렸다.

그 둘의 시선 세례에 스테안과 아르비드가 바싹 긴장했다. 이제 다음 타자는 둘이었다.

"스테안, 알비."

"죄송합니다."

"정말 죄송합니다."

아무 말도 하지 않았지만 자신들의 이름이 왜 호명됐는지 그 둘은 충분히 알 수 있었다.

엄숙한 루다의 목소리에 스테안과 아르비드가 알아서 눈을 내리깔았다.

"후……."

무어라 말을 해야 할지 몰라 한숨만 내쉬었다.

아르비드와 스테안이 리아를 데려갔다는 말을 듣고 내심 안심했다. '그들이라면 리아를 잘 돌봐 주고 있겠지'라는 믿음이 있었다.

하지만 이렇게 놓쳐 버렸고, 결국 리아가 위험에 빠져 버렸다. 그 둘이 일부러 그런 건 아니기에 심하게 화를 낼 수는 없었지만 마음이 착잡한 건 어쩔 수 없었다.

"아니야. 리아 봐 줘서 고마워."

뭐라고 화를 낼 줄 알았던 루다가 감사 인사를 건네자 스테안과 아르비드가 눈을 크게 떴다.

아무 말도 하지 않고 놀라서 루다를 바라보는 둘의 모습에 헛웃음을 지었다가 다시 말을 이었다.

"너희가 무슨 잘못이겠어. 잠깐 한눈판 사이에 리아가 쪼르르 뛰었겠지."

물론 맞는 이야기였다. 비밀 이야기 하는 사이에 쏙 하고 빠져나갈 줄은 상상도 못 했으니까.

하지만 그걸 루다가 인정해 버리니 이상하게 적응이 되지 않았다.

"혹시 지금 비꼬는 거야……?"

스테안이 머리를 굴리다가 조심스레 물었다. 설마 평소답지 않은 태도로 화를 내는 거라면 둘이 알아서 미안하다고 싹싹 빌어야 했으니까.

"나 그렇게 복잡하게 화 안 낸다?"

"그래, 그건 알고 있는데……."

"그런데?"

"아니, 그냥 뭐."

둘에게 화가 나지 않았다면 다행이었다. 하지만 제일 화내야 할 상대에

494

게 화가 나지 않았다는 건 다른 의미로 찝찝했다.

"왜냐고 묻고 싶은 거지?"

"하하, 가끔 너무 생각을 읽는 것 같다니까?"

"얼굴에 그렇게 쓰여 있으니까, 말 같지도 않은 말 하지 말고."

"그래. 어쨌든, 왜 우리한테 화가 안 났는데?"

"그야…… 말 그대로 너희 잘못이 아니니까. 내가 리아 키워 봐서 아는데, 하지 말라고 한 거에 납득을 못 하면 말을 잘 안 듣거든."

루다의 신랄한 말에 리아가 슬쩍 눈치를 봤다가 딴청을 피웠다. 아무래도 사실인 모양이었다.

"너희가 어디 가지 말라고 했어도 리아는 움직였을 거야. 원래 그런 성격이니까. 그리고 그 전에 리아가 여기에 우리 없이 온 건 우리 잘못이기도 하고. 그렇게 혼자 떨어진 아이를 데려다가 돌봐 준 건 고마워할 일이지 미안해할 건 아니잖아."

"어…… 그렇지."

하나부터 열까지 전부 맞는 말이었다. 너무 맞는 말이라 스테안과 아르비드는 오히려 할 말이 없었다. 제가 아는 루다가 맞나? 의심이 갈 정도였다.

"혹시 뭐 또 다른 인격 이런 거 아니지?"

"아니거든? 뭐야, 화내 달라는 거야?"

"아니, 아닙니다! 이루다가 맞군요!"

루다의 반응에 스테안이 재빨리 손사래 쳤다. 좋게 넘어갈 일을 키우는 것만큼 바보 같은 일은 없었으니까.

"그럼 이제 뭐 할 거야?"

사건이 거의 해결되어 가자 스테안이 조심스레 질문을 던졌다. 설마 리아를 데리고 다시 돌아간다고 하는 건 아니겠지? 걱정이 가득 담긴 질문이었다.

"글쎄……. 아, 리아야. 혹시 레벨 같은 거 보여?"

루다가 갑자기 리아를 바라보며 진지하게 물었다. 무엇 때문에 묻는지 안다는 듯 형우 역시 루다의 옆에서 리아의 대답을 기다리고 있었다.

"레벨이요?"

"사람들 머리 위로 이름이나 레벨 같은 거."

"아니요, 그런 거 안 보이는데."

형우와 루다의 얼굴이 동시에 심각해졌다. 루다가 팔짱을 끼고 고민하기 시작했다.

지금처럼 예상하지 못했던 일이 다시는 벌어지지 않을 거라는 확신이 없었다. 만약 루다와 형우와 같이 저크시즈에 왔다고 하더라도 둘의 시야에서 벗어난다면 리아는 위험에 처할 수밖에 없었다.

절대 그렇게 둘 수는 없지. 루다가 비장한 표정을 지었다.

"안 되겠어. 오늘부터 훈련이다."

"응?"

"예?"

"루다야?"

형우와 스테안과 아르비드가 동시에 루다를 쳐다봤다. 의욕에 가득 찬 루다를 바라보다가 형우가 입을 열었다.

"레벨이 안 보이면 우리처럼 게임의 시스템으로 강해지지 못할 수도 있어."

"타라한테 영웅 할 수 있도록 만들어 달라고 하면 되지."

"좋은 생각이야."

루다가 답했고 형우가 곧바로 납득했다. 어이가 없는 부부의 모습을 스테안과 아르비드가 황당한 표정으로 쳐다봤다.

형우라도 제정신이라고 생각했는데 방법이 있다고 곧바로 루다에게 찬성하는 모습이라니. 둘이 왜 결혼까지 성공했는지 알 것 같았다.

그 둘이 무슨 생각을 하는지 관심이 없는 루다가 리아를 일으키고는 옷에 묻은 풀들을 털어 줬다. 어디론가 떠날 채비였다.

제 몸도 툭툭 털고는 루다, 형우, 그리고 리아가 자리에서 일어났다.

"우리는 여신한테 가 본다."

"잠깐……!"

또 세 명이 사라져 버렸다. 밝게 웃는 모습으로 전부 때려 부수는 영웅들의 자식이라니.

이상하게 눈앞이 깜깜해지는 느낌이었다.

✳

스테안이 어이가 없는 표정으로 정원에 대자로 누워 있는 세 명을 바라봤다.

"그렇게 좀 작작 하라니까."

루다와 형우는 결국 리아를 여신에게 데려가서 영웅의 능력을 얻었다. 리아의 눈에 레벨이 보인다는 걸 알자마자 리아를 여기저기 데리고 다니며 훈련시키기 시작했다.

'뼈 무덤이 레벨업 하기 좋은 장소야.'

그 한마디를 들었을 때 스테안과 아르비드가 얼마나 놀랐던지. 유레니아의 뼈 무덤은 그렇게 어린아이가 갈 만한 곳이 못 됐다.

하지만 루다는 방해할 거면 저리 가라며 스테안과 아르비드를 황성에 남겨 둔 채 홀라당 사라져서는 몇 시간 후에 황성 연무장으로 돌아왔다. 그이후가 더욱 가관이었다.

'리아야, 이제 저 아저씨들 한 대씩 때리면 돼.'

리아가 고개를 끄덕이고는 기사들과 대련하기 시작했다.

맨 처음 기사들은 얼떨떨한 표정을 지으며 마치 아이와 놀아 주는 것처럼 살살 했다.

당연한 현상이었다. 리아는 영웅들의 아이였으며 누가 봐도 아홉 살의 꼬맹이였다. 하지만 리아의 발차기에 한 대 맞을 때마다 기사들은 끔찍한 고통의 단말마를 내질렀다.

그렇게 리아와 기사들의 고통스러운 대련은 계속됐다. 왜 저런 짓을 시키냐는 질문에 루다는 한마디로 일축했다.

'비슷한 레벨대의 기사들이 렙업 하기 최적이거든.'

팔짱을 끼고 흡족하게 웃는 루다를 바라보며 스테안은 아무 말도 하지 못했다.

그렇게 끝나지 않을 것 같은 대련이 2시간 정도 지나자 이제는 루다와 형우가 리아에게 직접 마법을 가르치기 시작했다.

그렇게 1시간쯤 지나자 셋은 결국 연무장 옆에 자리한 휴식 공간에 대자로 드러눕게 된 것이다.

이걸 한심하다고 해야 할지, 대단하다고 해야 할지. 마땅한 말을 찾지 못하고 어이없는 눈으로 루다와 형우를 빤히 바라보는 스테안에게 루다가 손을 휘휘 저었다.

"시비 걸 거면 저리 가."

"애를 그렇게 혹사시켜서 좋을 게 뭐가 있어?"

"야, 혹사시킨 거 아니거든? 아직 레벨 100밖에 안 됐어."

레벨. 루다에게 들어 그게 뭔지 익히 알고 있었다. 하지만 루다와 형우가 레벨이 몇인 줄은 모르고 있었다.

"네 레벨이 몇인데?"

"내 레벨은 250이지."

"내 레벨은?"

"너는 213."

"아르비드는?"

"알비는 202."

스테안의 입꼬리가 꿈틀거렸다. 그래도 내가 강하긴 강하네. 그 속마음을 읽은 루다가 황당한 표정을 지었다.

"좋아하지 마. 너는 천 년도 넘게 살았으면서 한참 후배한테 따라잡히는 거잖아."

"아르비드는 지금 예외에 속하지. 위대한 영웅들이 도와줬잖아."

"너는 안 도와줬나?"

"물약을 주지는 않았지."

"그 얘기 하지 마. 아까워 죽겠으니까! 이럴 줄 알았으면 알비한테 다 주는 게 아니라 좀 남겨서 리아 주는 건데!"

"내가 타라한테 가서 물약 남는 거 있는지 물어볼까?"

이런 면에선 형우가 더 극성이었다.

스테안이 적응되지 않는 눈으로 팔불출이 되어 버린 과거 아타나스의 군주를 바라보다가 다시 리아에게 시선을 돌렸다. 말간 눈으로 말똥말똥 스테안을 바라보고 있었다.

저렇게 귀엽고 어린 애를 훈련이라는 명목하에 가혹하게 괴롭히다니!

사실 누가 봐도 리아는 조금 먼지를 뒤집어쓴 것을 제외하면 전혀 힘들어 보이지 않았다.

전부 스테안의 팔불출 시선이 발동된 탓이었지만 스테안은 그 사실을 애써 무시하고서는 하려던 질문을 계속해서 던졌다.

"그럼 제원은 레벨이 몇인데?"

"168."

제원은 현재 아르비드 다음으로 강한 자였다. 루다의 대답에 스테안의 표정이 조금 구겨졌다.

"라이넨은?"

"138 정도 되나? 거기까진 안 외웠는데."

라이넨은 부기사단장이었다. 즉, 스테안, 루다, 형우를 제외하고는 저크 시즈에서 세 번째로 강한 자라는 이야기였다.

"정예 기사들 평균 레벨이 몇인데?"

"걔네? 걔네 평균 100 조금 넘을걸?"

"지금 리아 레벨이 몇이라고?"

"103."

아무렇지도 않은 듯 돌아온 대답에 스테안은 어이가 없다는 표정으로 루다를 바라봤다.

"지금 하루 만에 정예 기사들만큼으로 만들어 놓고 아직이라고?"

"야, 걔넨 걔네고 리아는 리아지. 그리고 우리가 뭐 혹사시키는 줄 알아? 리아 하나도 안 힘들대. 그치, 리아야?"

"네, 이상하게 숨이 하나도 안 차요!"

대답하며 리아가 배시시 웃었다. 뿌듯하게 웃으며 리아의 머리를 쓰다듬는 루다를 허탈하게 바라봤다.

아이가 엄마 닮는다는 게 그런 걸까? 이쯤 되면 엄마뿐 아니라 아빠까지 닮은 것 같았다. 어이없는 가족의 작태를 바라보다가 스테안이 다시 미간을 찌푸렸다.

"하루 만에 그 정도 강하게 훈련시켰으면 됐지. 아동 학대야, 그거."

"아니 이게 뭐가? 그리고 리아도 좋다고 했거든?"

"좋다고 할 수밖에 없겠지! 옆에서 엄청 센 사람이 다그치는데."

"내가 내 딸 표정 하나 모를 거 같아? 직접 게임하는 거 같다고 얼마나 좋아했는데. 알지도 못하는 인간은 좀 비켜 주지? 저리 가세요, 조상님."

루다가 손을 휘휘 내저었다. 꺼지라는 행동이나 마찬가지였다. 그런다고 사라질 스테안이 아니었다.

그런 스테안을 리아가 빤히 바라보다가 루다에게 몸을 돌렸다.

"조상님? 왜 오빠가 조상님이야?"

"오빠?"

"오빠라고?"

리아의 단어 선택이 예상을 뛰어넘은 모양인지 형우와 루다가 눈이 동그래져 소리를 높였다.

오빠? 쟤가 몇 살인데 오빠라는 거야? 그 둘의 얼굴은 그렇게 말하고 있었다. 뿌듯해하는 스테안을 황당한 눈으로 바라보다가 루다가 미간을 구겼다.

"엄마랑 아빠 친구인데 어떻게 오빠야?"

"그래도 엄마랑 아빠한테 우리 언니나 오빠냐고 묻는 사람들도 많았잖아요."

그건 맞는 말이었다. 루다와 형우는 동안이었다. 그것도 극심한 동안. 저크시즈의 탓일 수도 있고 둘의 천성일 수도 있었다.

"그거랑은 다르지 리아야. 저 인간은 오빠라고 불릴 수가 없는 나이예요."

"왜요? 몇 살인데?"

"아! 말하지 마!"

스테안이 손을 뻗어 루다의 입을 막았다. 하지만 그 옆에는 입이 자유로운 한 명이 더 있었다.

"천 살이 넘었단다."

낮고 부드러운 형우의 목소리에 스테안이 배신감이 뚝뚝 흐르는 눈으로 그를 바라봤다. 스테안의 그런 행동은 눈에 들어오지도 않는지, 리아의 눈이 크게 뜨였다.

"천 살?"

"그럼. 예전에 아빠한테 5백 살 이후로 안 셌다고 했는걸. 아마 여기 역사가 몇 천 년이 됐으니 그 정도 됐을 거야."

"와, 사람이 어떻게 그렇게 오래 살아요? 혹시 사람 아니에요?"

리아의 말에 악의라고는 하나도 없었다. 상식적으로 생각해 보면 사람이 천 년 넘게 살 수는 없으므로 리아의 말 역시 맞는 말이었다.

하지만 그로 인해 진짜 나이가 까발려졌다는 게 문제였다. 스테안이 망연자실한 표정을 지었다. 이대로 혼자 죽을 수는 없었다.

"사실 오빠는 사람이 아니란다. 절반이 신이고 절반이 인간이야."

순순히 긍정하는 스테안을 바라보며 루다와 형우가 미간을 찌푸렸다. 갑자기 왜 긍정하지?

"리아에게 사실을 알려 주시다니, 역시 아타나스를 부강하게 만든 성군답군요, 폐하."

스테안이 허리를 깊숙이 숙였다. 형우의 눈썹이 움찔했다.

"폐하?"

스테안의 행동을 보며 리아가 중얼거렸다.

왜 아빠를 폐하라고 부르지? 호기심이 가득한 눈으로 스테안과 형우를 번갈아 보기 시작했다.

형우는 그제야 스테안이 왜 곧바로 긍정하고는 예의 바르게 행동했는지 알 수 있었다. 이대로 폭로전을 열 생각인 게 분명했다.

"스테안!"

형우가 드물게 당황한 것이 보였다. 당황해 언성마저 높아졌다.

리아의 눈이 더욱 커졌다. 아이의 눈동자에는 흥미가 담겨 있었다. 아무래도 형우가 한 행동이 긍정이라는 걸 알아챈 모양이었다.

얼른 입을 다물고는 형우가 큰 한숨과 함께 제 얼굴을 쓸어내렸다.

"그럼, 네 아버지는…… 어이쿠, 왜 그러십니까, 폐하? 이전까지는 잘도 폐하라는 말을 들으셨으면서."

몇 천 년 산 사람치고는 정말 유치하기 짝이 없는 행동이었다. 문제는 그 유치한 행동이 제대로 먹힌다는 점이었다. 드물게 형우의 눈썹이 위로 솟았다.

"그 말을 하면 용서하지……."

"제 주군도 아니면서 어떻게 용서를 안 하신다는 건지. 지금은 폐하도 루다도 그저 영웅이지 않습니까?"

"영웅?"

리아가 다시 고개를 갸웃하며 물었다. 루다와 형우의 얼굴이 아까보다 더욱 험악하게 구겨졌다.

"조용히 안 해?"

하지만 리아의 앞에서 스테안의 정강이를 때릴 수는 없었다. 리아의 앞에서만큼은 폭력적인 모습을 보여 주지 않기로 다짐했으니까. 발길질이 나가려는 걸 가까스로 막았다.

그 모습에 신이 난 스테안이 또 싱글댔다.

"그거 아니, 리아야? 너희 엄마 영웅일 뿐만 아니라 성……!"

"타차원의 흐름!"

루다가 외쳤다. 그들의 주변으로 시간의 장막이 솟아올랐다.

"아."

스테안의 동공이 지진을 일으켰다. 왜 이걸 생각하지 못했지? 순식간에 리아를 차단한 시간의 장막을 바라보며 스테안이 루다와 형우에게서 한 발자국 멀어졌다.

그런 스테안을 바라보며 루다가 저승사자 같은 미소를 지었다.

"자, 리아도 없으니까 한 대 맞고……."

"성 뭔데요?"

옆에서 들리면 안 되는 목소리가 들렸다. 루다의 행동이 순식간에 멈췄다.

스킬 때문에 가로막혀야 했는데, 왜 리아의 목소리가 들리지?

삐걱대며 고개를 돌린 루다의 눈에 호기심으로 반짝반짝 빛나는 리아의 눈동자가 들어왔다. 루다는 그만 이마를 짚고 말았다. 아무래도 두 영웅의 아이라고 스킬이 먹히지 않는 모양이었다.

"네 엄마는 사람들 모두가 존경하는 성녀였단다."

"와, 성녀?"

"조용히……!"

"게다가 이곳의 영웅! 왜 말을 못 하게 해? 리아가 얼마나 궁금해할 텐데!"

결국 루다가 스테안의 뒤를 쫓기 시작했다. 저 입을 막아야 했다. 더는 리아의 귀에 그 흑역사가 들어가게 놔둬서는 안 됐다.

하지만 스테안은 달리면서도 말을 멈추지 않았다.

"영웅이면서 초월자지!"

"초월자?"

"신을 죽인 사람!"

"신?"

"아주! 나쁜 신이 있었는데! 그걸 죽이고 사람들을 살렸어!"

"우와!"

"엄청 대단하지?"

"네! 완전 짱이에요!"

리아가 엄지를 위로 들어 올렸다. 회사에 다니는 평범한 엄마인 줄 알았는데 그게 아니라 판타지 세계에서 1인자라니.

눈이 아까보다 반짝반짝해지는 리아를 보며 루다는 결국 한숨을 토해 냈다.

여기까지 왔으니 스테안의 입을 다물게 하는 걸 포기할 수밖에 없었다.

"그래, 다 말해라, 말해!"

루다가 결국 포기한 채 잔디에 드러누웠다. 그녀의 포기 선언에 스테안의 입가에 짓궂은 미소가 걸렸다.

"정말?"

"아니! 적당히 말해!"

루다가 어떤 표정을 하든 말든 리아에게 중요하지 않았다.

"그리고요?"

어느새 스테안의 옆에 쪼르르 달려온 리아가 몰랐던 부모님의 이야기를 계속해 달라고 조르고 있었다.

"몇 년 전만 해도 여기에 말이야……."

스테안이 이야기보따리를 풀어놓기 시작했다.

루다는 그 말이 듣기 싫어 먼 곳으로 걸어가 둘이 하는 모습을 같잖은 눈으로 바라봤다. 그 옆으로 형우가 다가왔다.

"그대로 둬도 괜찮겠어?"

"스테안 가고 나면 전부 나한테 물어볼 텐데, 내가 설명하는 것보다는 스테안이 설명하는 게 낫지."

"그건 그렇지."

정원에 앉아 루다가 형우의 어깨에 머리를 기댔다. 그래도 저렇게 즐거워하니까 조금은 괜찮다고 생각해야 하나. 생각하며 슬며시 미소 지을 때쯤, 리아가 이쪽으로 조르르 뛰어왔다.

"아빠."

리아가 아빠의 옷을 흔들었다. 형우가 무슨 일이냐는 의미를 담아 사랑스러운 제 딸을 바라봤다.

"아빠 진짜로 이중인격이었어요?"

형우의 표정이 굳었다. 하지만 잔뜩 들뜬 리아의 눈에 아빠의 표정 따위 보이지 않았다.

"그리고 지금도 아빠의 마음 깊은 곳에 루드비히 2세가 잠들어 있다는 게 사실이에요?"

똘망똘망한 얼굴로 물어보는 딸의 질문이 형우의 심장에 깊숙이 박혔다. 뭐라고 답해 줘야 하나. 아니, 이걸 답해 주긴 해야 하나?

고민하다 보니 점점 분노가 끓어올랐다. 그 분노를 단전에 담아 형우가 그대로 소리쳤다.

"스테아아안!"

답지 않게 형우가 자리에서 일어나 스테안을 뒤쫓기 시작했다. 또다시 시작된 술래잡기를 보며 루다가 밝게 웃기 시작했다. 내 일이 아니니 괜찮겠지.

어쨌든 모든 것이 평화로웠다. 루다가 리아에게 팔을 내밀었다.

"자, 리아. 엄마한테 안기자."

"응!"

리아가 루다의 품에 파고들어서는 둘의 추격전을 하염없이 바라봤다. 평범한 줄 알았던 엄마, 아빠가 이세계의 영웅들일 줄이야.

리아는 입가에 미소가 번지는 걸 막을 수가 없었다.

✳

"조만간 데려올 거지?"

"응?"

위그드라실 앞에서 스테안이 뚱하게 물었다. 옆에서는 아르비드가 아쉬움이 뚝뚝 떨어지는 눈빛으로 리아를 바라보고 있었다.

"리아 말이야. 이대로 데려가서 또 8년 후에 데려올 건 아니지?"

"어어?"

루다가 조금 당황한 듯 눈을 도르륵 굴렸다.

"엄마, 나 열일곱 살에 데려올 거예요?"

"음……."

제발 아니라고 해 주세요. 둘의 눈빛 공격을 받은 루다가 고민에 잠겼다.

"와, 설마 안 데려오려고 했어? 그렇게 지옥 훈련을 시켜 놓고?"

스테안의 눈이 형형하게 빛났다. 주말에 와서는 여기서 며칠간 묵으며 기어코 리아를 만렙으로 만들어 놨다.

그걸 시키는 부모나 재밌다고 따라서 만렙이 되는 리아나 핏줄부터 다른 것 같아 아르비드와 스테안은 고개를 저을 수밖에 없었다.

"리아야, 네 엄마가 이런 사람이야. 8년 동안 리아 안 데려온대."

또다시 울상이 된 리아가 루다와 형우를 번갈아 쳐다보며 루다의 옷깃을 꽉 쥐었다. 루다의 동공이 흔들렸다.

"내가 언제 그런 말을 했다고 리아한테 그렇게 말해?"

"어, 그럼 데려올 거야?"

"……."

루다는 다시 말문이 막혔다. 하지만 흔들리는 동공이 루다가 얼마나 고민하고 있는지 보여 주고 있었다.

여기서 한 방만 먹이면 될 것 같은데. 뭐라고 해야 하지? 생각하는 스테안의 귀로 귀여운 목소리가 들렸다.

"정말 8년 동안 저 안 데려올 거예요?"

리아의 눈동자가 처연하게 흔들렸다. 그 모습을 바라보는 루다의 눈동자 역시 아까보다 더욱 격렬하게 흔들렸다.

루다가 도와 달라는 의미로 형우를 바라봤다. 형우가 작게 웃더니 무릎을 낮춰 리아와 눈을 마주쳤다.

"리아야."

"네."

"엄마가 리아를 여기에 자주 데리러 오고 싶나 봐."

스테안과 아르비드가 놀란 얼굴로 루다를 바라봤다. 속내가 다 까발려진 루다가 작게 한숨을 내쉬며 얼굴을 감싸 쥐었다.

발끈하지 않는 걸 보아하니 역시나 형우가 루다의 본심을 꿰뚫은 모양이었다.

"정말요?"

형우의 말에 리아가 눈을 빛내며 루다를 바라봤다.

"휴……."

루다가 머리를 한 번 쓸어 넘기고는 무릎을 꿇고 루다와 눈을 마주쳤다.

"리아야."

"네, 엄마."

"엄마랑 아빠가 리아를 여기 데려오지 않은 이유는 리아가 잘 적응하지 못할까 봐서였어."

"저 적응 잘했어요!"

"저크시즈가 아니라 한국에."

"아."

루다의 한마디에 리아가 무언가 깨달은 한마디를 내뱉었다.

"학교에서 잘 지낼 수 있어요!"

"말로만 해서 될 일이 아니야. 오늘 있던 일을 친구들한테 말하고 싶을 거야. 계속 저크시즈에 오고 싶을 거고, 여기에서 공부하지 않고 계속 놀고 싶을 수도 있어. 하지만 리아는 한국 사람이고 계속 공부하고 한국에서 생활해야 하잖아."

"네."

"여기서 있던 일들을 친구들한테 말하지 못해서 답답할 수도 있어. 그 답답한 마음을 이기지 못해 친구에게 말하면 분명 친구들이 리아를 놀릴 거야. 그러면 리아는 상처받을 수도 있어. 남들과 너무 다른 삶을 사는 건 리아 생각만큼 그렇게 쉬운 일은 아니야."

"그래도 괜찮아요!"

"그렇게 쉽게 괜찮다고……."

"친구들한테 말하지 못하는 건 엄마, 아빠랑 말하면 돼요. 제가 만약 한 국에서 게으름 피우고 여기로 오고 싶어 하면 그땐 엄마, 아빠가 혼내 주세 요. 엄마, 아빠가 혼내는 건 무서우니까, 아마 정신이 번쩍 들 거예요!"

루다가 형우를 바라봤다. 그건 거의 긍정의 의미나 마찬가지였다.

"이렇게 좋은 사람들을 많이 만났는데, 8년 동안 못 만나는 건 조금 슬퍼 요."

리아가 쐐기를 박았다. 형우가 고개를 끄덕였고 루다가 들리지 않게 작 은 한숨을 내쉬었다. 이렇게 될 줄 어느 정도 짐작은 하고 있었다.

"그래. 엄마랑 아빠는 리아를 믿어. 하지만 나중에 오늘 한 약속을 어기 면 저크시즈에 오는 건 다시 생각해 봐야 할 수도 있어."

"잘할 수 있어요!"

굳건한 표정으로 리아가 말했다. 똑 부러지는 모습에 루다와 형우의 표 정이 온화하게 풀어졌다.

"그래, 그럼 다음에 같이 오자."

"네!"

그런 모녀의 대화를 스테안이 신기하다는 듯 바라봤다.

"뭘 그런 눈으로 봐?"

"아니 그냥……."

"그냥 뭐?"

"용케도 좋은 부모님이 됐다 싶어서."

"용케도?"

"뒤에 말을 좀 들어 줄래?"

"용케도오?"

꼬투리를 잡고서는 물고 늘어지고 있었다. 아까 루다와 형우 정체를 리아에게 전부 말했다고 뒤끝 있게 구는 게 분명했다.

"리아야! 엄마 좀 데려가라!"

짜증과 절박함이 한데 담긴 스테안의 외침에 리아가 꺄르륵 웃음을 터뜨렸다. 그 모습이 진심이 아니라는 걸 이제는 리아도 알 수 있었다.

아름다운 황성, 몰랐던 부모님의 비밀, 영화에서나 봤었던 판타지 세계. 심지어 여기서 리아는 정말 강한 사람이 됐다.

모든 것이 마음에 들었다. 화창하게 웃는 리아를 보며 결국 모든 어른들이 부드럽게 미소 지었다.

저크시즈의 해가 지고 있었다. 이제는 다시 집으로 돌아갈 시간이었다.

루다와 형우가 리아의 양손을 잡은 채 위그드라실로 다가갔다. 집으로 돌아갈 때였다.

"우린 이만 간다."

"다음에 또 와, 리아야?"

"다음에 뵙겠습니다, 리아 님."

"네!"

아르비드와 스테안이 헤벌레 눈이 풀려서는 리아에게 손을 흔들었다.

팔불출 삼촌이 둘이었다. 그 둘을 빤히 바라보다가 루다가 눈썹을 꿈틀 댔다.

"어쭈, 이제 나한테는 인사도 안 한다 이거지?"

"너무 자주 봐서 지겹습니다, 영웅들이시여."

"으아아아! 영웅 소리 듣기 싫어! 빨리 돌려보내 줘!"

아무렇지 않은 척하려 했지만 결국 참지 못하고 루다가 소리쳤다.

─조만간 다시 보아요.─

맑은 여신의 웃음소리와 함께 커다란 빛이 터져 나왔다.

정신을 차리니 다시 집이었다. 다시 돌아온 익숙한 풍경에 리아가 멍한 눈으로 집을 둘러봤다.

"와, 정말 판타지 세계였어."

"그럼 정말이지!"

루다와 형우가 리아의 말에 고개를 끄덕였다.

리아가 어떤 감정인지 대충은 알 것 같았다. 어쩌면 꿈은 아닐까 싶었던 일이 정말 겪은 일이었다.

리아는 그걸 느낀 게 분명했다. 그럼 지금이 정말 현실이라는 걸 더욱 느끼게 하기 위해서는 정말 현실의 일을 말해 줘야지.

며칠 동안 놀고 왔지만 어쨌든 리아는 내일 학교에 가야 했다.

"리아, 얼른 숙제해."

"네!"

평소라면 싫다고 조금만 더 논다고 칭얼댔을 리아가 고개를 끄덕였다. 이런 기분이면 숙제도 금방 할 것 같은 기분이었다. 리아가 밝게 대답하고는 곧장 방으로 들어갔다.

생각보다 아이는 어른스러웠다. 조금 걱정되긴 하지만 아직은 괜찮을 것 같았다.

그리고 며칠 후, 루다의 핸드폰에 한 통의 전화가 걸려 왔다.

"네?"

리아가 교실 책상을 하나 부숴 버렸다는 전화가.

루다와 형우가 깊은 한숨을 내쉬었다. 한국에 다시 돌아왔을 때 회사 기물을 몇 개나 부숴 먹었다는 사실을 이제야 상기해 냈다.

"다시 훈련이다."

루다가 주먹을 불끈 쥐었다.

"좋은 생각이야, 자기야. 힘 조절을 가르쳐 주자."

형우도 옆에서 루다를 따라 주먹을 불끈 쥐었다.

새로운 한국 적응기가 시작되었다. 그들에게 리아를 저크시즈에 데려가지 않는다는 선택지는 이미 사라진 지 오래였다.